가곡으로 되살아난 독일 서정시 II
Die Lyrik im Deutschen Lied

김 희 열

현재 제주대학교 독일학과 교수로 재직하고 있으며, 독일 괴팅겐 대학교, 본 대학교, 뮌스터 대학교, 오스트리아 빈 대학교의 객원 연구 · 강의 교수 및 제주대학교 인문과학 연구소장, 국제교류센터 소장, 교무처장 및 통역대학원장을 역임했다.

주요 연구 논문으로 〈독일 기록극에 나타난 사회 · 역사의식〉, 〈독일 고전주의와 현대 문학에 나타난 그리스 로마문학 수용〉, 〈쉴러와 프리쉬의 '빌헬름 텔' 비교 연구〉, 〈독일 가곡과 슈만의 문학적 음악세계〉, 〈슈만 예술가곡에 나타난 서정시 연구〉가 있다. 독일 어 저서로는 《한국사: 선사시대로부터 현대까지》가 있고, 이문열, 최인훈, 이청준, 박완 서 및 현길언의 작품을 번역하여 독일에서 출간하였다.

가곡으로 되살아난 독일 서정시II
-뤼케르트, 뫼리케의 시와 연가곡, 기악 가곡 및 악극 전 단계 가곡을 중심으로

초판 제1쇄 인쇄 2015. 04. 21.
초판 제1쇄 발행 2015. 04. 28.

지은이　　김희열
펴낸이　　김경희
펴낸곳　　(주)지식산업사
　　　　　본사 ● 413-120, 경기도 파주시 광인사길 53 (문발동 520-12)
　　　　　　　　전화 (031) 955-4226~7 팩스 (031) 955-4228
　　　　　서울사무소 ● 110-040, 서울시 종로구 자하문로6길 18-7
　　　　　　　　전화 (02) 734-1978 팩스 (02) 720-7900
　　　　　한글문패 지식산업사
　　　　　영문문패 www.jisik.co.kr
　　　　　전자우편 jsp@jisik.co.kr
　　　　　등록번호 1-363
　　　　　등록날짜 1969. 5. 8.

책값은 뒤표지에 있습니다.

ISBN 978-89-423-7563-9 (94850)
ISBN 978-89-423-0072-3 (전2권)

이 책을 읽고 저자에게 문의하고자 하는 이는 지식산업사 전자우편으로 연락 바랍니다.

"이 저서는 2009년도 정부(교육부) 재원으로 한국연구재단의 지원을 받아 연구 되었음 (제2권: KRF-2009-812-A00269)."

가곡으로 되살아난 독일 서정시 II

뤼케르트, 뫼리케의 시와 연가곡,
기악가곡 및 악극 전 단계 가곡을 중심으로

김 희 열

지식산업사

서 문

내가 독일 가곡에 관심을 두게 된 것은 우연한 기회였다. 우선은 고교 시절 〈로렐라이〉, 〈보리수〉, 〈들장미〉를 들으며 누구의 시인지 알지도 못한 채 멜로디가 쉬워서 따라 불렀다. 그리고 유년기에 배웠던 많은 동요들, 예를 들면 〈옹달샘〉, 〈소나무야〉, 〈나비야〉 등이 우리의 전래 동요가 아니라 독일 민요에 번역된 우리말 가사를 붙였다는 것을 유학 생활을 하면서 알게 되었다. 또한 오래전 레코드판 전집으로 나온 슈베르트의 〈겨울 나그네〉를 들으면서 독일 가곡에 대한 관심은 이어졌다. 그러다가 독일 가곡에 본격적으로 빠져든 것은 2007년부터였다. 그러니까 독문학을 전공으로 선택해 공부한 지 자그마치 35년이 지난 뒤에야 독일 가곡에 대한 관심을 본격적으로 가지게 된 셈이다. 그 계기는 데트몰트 음대의 라이너 베버 교수가 2002년 무렵 내가 일하고 있는 대학의 우리 학과에서 해 준 '로렐라이'에 관한 특강이었다. 그는 이 특강에서 하이네의 시에 곡을 붙인 질허, 리스트, 클라라 슈만의 〈로렐라이〉를 음악적으로 비교해서 분석해 주었다. 나는 참석자들을 위해서 그 특강의 내용을 통역해 주면서 가곡은 문학의 주요한 수용자이자 해석자라는 인상을 강하게 받았다. 그러니까 우리가 문학작품을 언어로 분석하거나 감상을 언어로 표현하듯 음악가는 작품을 음으로 표현한다는 것을 깨달으면서 가곡은 문학을 수용하는 또 다른 관점임을 인식하게 되었다.

2007년 한국학술진흥재단의 지원으로 1년 동안 독일 뮌스터에서 본격적으로 독일 가곡과 그 가곡의 가사로 쓰인 서정시에 대한 연구를 시작하게 되었다. 이때 음악을 전공하지 않은 사람이 독일 가곡에 대한 연구를 어떻게 할 것인지를 놓고 많은 생각을 하다가, 가곡을 듣는 이[청자]의 처지에서 문학과 음악의 연관성을 고찰하고 더욱이 문학적 분석과 접근을 하면 뜻밖에 새로운 연구가 나올 수 있을 것이라는 판단이 들었다. 그래서 인문학적 시각과 접근으로 우선 지정된 연구 주제에 맞게 로베르트 슈만의 연가곡 가운데 《아이헨도르프-연가곡》과 하이네 시에 곡을 붙인 《시인의 사랑》을 집중적으로 연구했다. 이를 위해서 데트몰트 음대의 라이너 베버 교수와 파더본 대학의 베르너 카일 교수가 전문적 조언을 해 주었고, 이들은 양 대학교의 음대 도서관과 데트몰트 시립 도서관 이용에 도움을 주었다. 문학 분야에서는 뮌스터대의 아힘 횔터 교수와 헤어베르트 크라프트 교수가 도움을 주었다. 그래서 뮌스터와 데트몰트를 오가면서 필요한 문헌 및 악보를 수집하고 분석하면서 작업을 할 수 있었다. 이러한 연구 과정에서 가능하다면 언젠가 독일 가곡과 관련해서 책을 쓸 수 있다면 좋겠다는 바람을 가지게 되었다. 그때는 주로 하이네와 아이헨도르프의 시에 곡을 붙인 슈만의 가곡에 한정해서 연구하고 있었기 때문에, 연구를 가곡 전체로 옮겨서 시와 음악의 관계를 집중적으로 고찰하고 싶었던 것이다.

이런 배경에서 2009년 봄 당시 한국학술진흥재단(현 한국연구

재단)의 저서집필지원사업에 응모하게 되었고, 2009년 12월부터 이 재단의 지원으로 3년 동안 본격적으로 연구 및 집필 작업에 들어가게 되었다. 이제 되돌아보면, 결코 짧지 않았던 5년 동안 일상을 최소화하고 오직 글쓰기에 몰두했던 기억이 새롭다. 그런데 그렇게 정진할 수 있었던 것은 텍스트와 함께 가곡을 듣고 나서 순수한 청자의 처지에서 글쓰기를 하는 과정이 무척 즐거웠기 때문이었다. 시가 있고, 시의 음악적 해석으로서 가곡이 있고, 이를 다시 청자의 관점에서 시와 음악을 동시에 해석하는 글쓰기를 한 셈이었다. 이 글쓰기는 문학을 공부하는 사람으로서 그리고 순수하게 음악을 듣고 느낌을 받는 청자로서의 관점과 방향에서 이뤄졌다. 각 곡의 분석과 글쓰기에 앞서 여러 차례 곡을 들으면서, 받은 인상을 놓치지 않으려고 노력했고, 무엇보다도 음악을 듣는 일이 즐거웠기에 가능한 일이었다. 예를 들면 괴테의 시에 곡을 붙인 슈베르트의 〈실을 잣는 그레첸〉을 분석할 때는 그 가곡이 주는 강한 인상으로 마음이 흡족하고 즐거웠다. 이 점에서 이 책을 읽는 독자도 시와 함께 각 곡을 먼저 들어보고, 그 분석도 함께 살펴보면 독일 가곡이 아주 새롭고 흥미롭게 와 닿을 것이라고 생각된다.

그리고 여기서 다룬 수백 편의 가곡들은 대부분 유튜브(http://www.youtube.com)에서 독일어 곡명을 치면 약 70퍼센트 이상 들을 수가 있으며, 독일어 가사는 해당 사이트(http://www.recmusic.org/lieder)에서 찾아볼 수 있다.

그 밖에 시를 번역할 때는 원래 시의 행과 연을 그대로 준수해서 옮겼다. 작곡가가 시행이나 단어 및 시연을 음악적으로 반복하는 부분이 바로 음악가의 시에 대한 해석이기 때문에 그것을 그대로 전달하려면 다소 어색하더라도 원시原詩의 시행과 시연을 그대로 지키는 편이 합당하다고 여겨서이다. 또 다른 장점은 원시와 번역을 비교해서 음악을 들을 때 도움이 크다는 것이다. 반면 전문 성악가가 우리말로 독일 가곡을 노래할 때는 그 번역시 그대로 노래하는 것이 어색할 수 있기 때문에 노래 부르거나 따라 부르기에 적합하도록 시 번역을 할 필요는 있다. 여기에는 두 가지 방법으로 해소할 수 있으리라고 보는데, 하나는 이 책에서 다룬 가곡들 가운데 이미 우리말로 번역되어 부르는 경우이다. 그럴 때는, 그 노랫말을 그대로 받아들여도 무방할 것 같다. 그리고 다른 하나는 우리말로 소개가 되지 않은 경우인데, 그때는 이 책의 번역을 바탕으로 해서 성악가가 그 내용을 노래 부르기에 적합하도록 시행을 변경하는 등, 자연스러운 번역을 택할 수도 있을 것이다. 그러나 독일 가곡은 독일어로 들을 때 그 참맛을 느낄 수 있기 때문에 가능하다면 독일어로 부르는 독일 가곡을 경험하는 것이 가장 적합하다고 생각한다. 이 점은 언어가 들어간 모든 음악, 예를 들면 오페라에도 해당된다고 생각한다.

이 책 《가곡으로 되살아난 독일 서정시》는 거의 같은 분량의 두 권으로 나뉘어 있다. 1권에서는 정신·문화사 측면에서 문학과 음악, 독일 가곡의 발달 과정을 포함해서 괴테, 실러, 하이네, 아이헨도르프의 시를 중심으로 모차르트, 라이하르트, 첼터, 베토벤, 뢰베, 슈베르트, 춤스테크, 슈만 부부, 파니 헨젤과 멘델스존 오누이, 리스트, 브람스, 볼프, 슈트라우스, 오트마 쇠크, 니체가 위 시인들의 시에 곡을 붙인 가곡 약 120편을 분석하였다. 2권에서는 뤼케르트와 뫼리케의 시를 포함해서 연가곡, 기악가곡과 악극 이전 단계 가곡을 뢰베, 슈베르트, 슈만 부부, 브람스, 말러, 슈트라우스,

니체, 볼프, 쇤베르크, 바그너, 오트마 쇠크의 가곡들을 중심으로 약 200편을 다루었다. 이 책에서는 문인과 작곡가의 생애 또한 다룸으로써 시와 음악 작품을 이해하는 데 도움을 주고자 했다.

　마지막으로 이 적지 않은 분량의 책 출판을 기꺼이 허락해 주신 지식산업사 김경희 사장님께 진심으로 감사드리며, 집필 도중 의문 사항이나 의논 사항이 있을 때마다 기꺼이 조언을 주었던 우베 카르스텐 박사께도 깊은 감사를 드린다. 아울러 이 책이 문학과 음악에 관심 있는 분들과 학생들에게 기초 도서가 되어서 음악적·문학적으로 좀 더 뻗어 나가는 연구의 초석이 되기를 바란다.

2014년 2월
김희열

차 례

1권 차례

제1장

뤼케르트 시의 음악적 해석

1.1 뤼케르트가 음악에 끼친 영향

프리드리히 뤼케르트Fried-
rich Rückert(1788~1866)는 괴테
보다는 39세가 적었고 하이네
보다는 9세, 뫼리케보다는 16
세 많았으며, 아이헨도르프와
는 동년배였다. 그는 시인이
자 동양학 교수였으며, 세계
여러 나라의 언어에 두루 능
통했다. 수백 편에 달하는 그
의 서정시에 42명의 작곡가
들이 1822년에서 1950년 사

프리드리히 뤼케르트

이에 곡을 붙였다. 그러니까 거의 모든 가곡 작곡가들이 그의 시에
곡을 붙였다고 할 수 있는데, 그들은 카를 뢰베Carl Loewe, 슈베르트
Franz Schubert, 슈만Robert Schumann, 프리드리히 질허Friedrich Silcher,
멘델스존Felix Mendelssohn, 하인리히 마르슈너Heinrich Marschner, 로베
르트 프란츠Robert Franz, 마이어베어Giacomo Meyerbeer, 리스트Franz
Liszt, 브람스Johannes Brahms, 볼프Hugo Wolf, 말러Gustav Mahler, 슈트
라우스Richard Strauss, 요제프 마르크스Joseph Marx, 한스 피츠너Hans
Pfitzner, 레거Max Reger, 니체Friedrich Nietzsche, 알반 베르크Alban Berg,
헤르만 로이터Herman Reutter와 아르민 크납Armin Knab 등이다.[1] 그
런데 특이한 점은 일반적으로 대부분의 작곡가들은 특정 시인의

---

1) Harald Fricke: Rückert und das Kunstlied. Literaturwissenschaftliche
    Beobachtungen zum Schweinfurt, Hartmut Bobzin/ Wolfdietrich 1990, 18쪽.

시를 선호하는 경향이 두드러지는데, 이와 달리 뤼케르트의 시에는 아주 다양한 작곡가들이 곡을 붙였다는 것이다.

한편 1990년 흥미로운 설문 조사가 있었는데, 뤼케르트는 오늘날도 여전히 의미 있는 시인인가와 관련해서 150명의 작가에게 질문지를 돌렸고, 그 가운데 73명에게 회신을 받아 이를 분석했다. 그 결과는 "주요한 가곡 작곡가들이 그의 시에 곡을 붙임으로써 그는 서정 시인으로서 여전히 살아 있다"[2]라는 답이 나왔다. 무엇보다도 뤼케르트의 시가 가곡으로 작곡됨으로써 그는 불후의 시인이 되었다는 결론이 나온 것이다. 그런데 뤼케르트의 시에 많은 곡이 붙은 이유는 그의 시가 서정성이 뛰어나거나, 동시대 비평에서 높은 문학적 평가를 받아서도, 대중적 인기가 많아서도 아니었다. 또한 예술가곡에 적합한 주제를 지니거나 음악성이 높은 시를 썼기 때문도 아니었다. 오히려 그의 시들은 대중적 인기보다는 학자 시로 특징지어져서 존경을 받았고, 예술가곡에 적합한 낭만적 주제보다는 철학적 주제들을 다루었다. 곧 신과 인간, 마음의 위대함과 가난함, 죽음과 사랑 등 "이 모든 것은 그의 영원한 후렴의 쌍들이었기"[3] 때문이다. 더구나 뤼케르트가 음악적 시를 썼다고 할 수 없는데, 그는 자신을 "아주 비음악적 시인"[4]이라고 했으며, 또 그의 시들은 "노래하거나 그림 그리기보다는 읽고 마음을 고양시키는 데 적합하다"(RB 1. 726)

2) Wulf Segebrecht: Lebt Rückert? Zur Rezeption von Rückerts Gedichten heute. In: Friedrich Rückert. Dichter und Sprachgelehrt er in Erlangen, Wolfdietrich Fischer/ Rainer Gömmel (Hg.), Neustadt an der Aisch 1990, 209쪽.

3) Georg Schneider (Hg.): Friedrich Rückert. Gedächtnis und Vermächtnis. Fränkische Bibliophilen-Gesellschaft, Schweinfurt 1954, 14쪽.

4) Friedrich Rückert: Briefe. Rüdiger Rückert (Hg.), Bd. 1, Schweinfurt 1977, 104쪽. 이하 (RB, 권수 및 쪽수)로 표기함.

고 했다. 이런 점에서 보면, 처음에 언급한 요인들은 뤼케르트 시에 많은 곡이 붙은 계기가 아니라는 것은 분명하다.

슈바인푸르트에 있는 뤼케르트 생가 표지판

자세히 보면 뤼케르트와는 달리 독일 서정시에서 노발리스Novalis, 브렌타노Clemens Brentano, 릴케Rainer Maria Rilke, 트라클Georg Trakl, 게오르게Stefan George 같은 시인들의 "울림의 마력을 가진" 작품이나 이들의 시가 지닌 높은 서정성은 예술가곡 작곡가들에게 별로 주목받지 못했다.(Harald Fricke, 22) 이와 달리 뤼케르트의 시들은 작곡가들의 주목을 받았는데, 그 이유는 바로 그의 시에 나타난 "자신의 것과 낯선 것을 아름답게 혼합"(Georg Schneider, 14)하는 이중성 때문이라고 할 수 있다. 다시 말하면 동양 문화의 영향을 받은 시 형식과 낯선 문화에 담긴 새로운 주제 등이 자연스럽게 그의 독일 시 안으로 스며든 것이라고 볼 수 있다. 게다가 "뤼케르트의 시에는 반복·변형된 요소들의 다양성들로 말미암아 크게 보면 구조적으로 음악성을 띤다."(Fricke, 23) 뤼케르트의 반복이나 재수용의 형식에 대한 시적 경향은 작곡가들에게 비슷한 추세로 나타나며 왜 뤼케르트의 시가 그토록 자주 쓰이는지에 대한 답을 얻는 데 본질적 열쇠

가 된다. 반복 형식들에 대한 뤼케르트의 성향은 자신의 음악성에
서 나온 것이라기보다는 동방 문화의 영향에서 나온 것이다. 이런
점에서 본다면 뤼케르트가 동양 문학 연구에 집중한 것이 실제 자
신의 서정시 형식과 언어에 영향을 주었고, 이러한 뤼케르트의 시
에 곡을 붙인 예술가곡들이 생겨나면서 무의식적으로 동양 문화의
영향이 스며들었다. 또한 그의 시가 작곡가들에게 자극을 주는 동
시에 텍스트를 다양하게 해석할 수 있는 자유로운 공간을 주었기
때문에 그의 시를 선호했다고 볼 수 있다. 말할 것 없이 뤼케르트에
게 유효한 설명이 예술가곡 가운데 많은 곡이 붙었던 다른 모든 시
인들에게는 적합한 설명이 되지 못하며, 오히려 "괴테, 하이네, 아
이헨도르프, 뫼리케의 경우는 개별 관점에서 각각 다르게 연구해야
한다."(Fricke, 32)

그리고 뤼케르트는 로베르트 슈만이 자신의 시에 곡을 붙였다는
소식을 듣고 감사의 시를 보냈는데, 여기서 그의 시에 나타나는 반
복적 특성을 대표적으로 볼 수 있다.

> 나의 노래들을
> 그대들이 다시 노래하고
> 내 느낌을
> 그대들이 다시 음으로 표현하고
> 내 감정을
> 그대들이 되살리고
> 내 봄을
> 그대들이 다시 가져다 주네
> 나를, 얼마나 아름답게
> 그대들이 다시 젊게 만드는가
> 내 감사를 받으시라.[5]

---

5) Friedrich Rückert an Clara und Robert Schumann, In: Rückert-Nachlese, Bd.

그렇다면 어떠한 경험과 환경이 그를 동양 문화에 대해 연구하도록 만들었고 그와 동시에 문학 작업을 했는지 그의 삶을 통해서 고찰하고자 한다. 프리드리히 뤼케르트는 1788년 5월 16일 마인 강변의 슈바인푸르트Schweinfurt에서 아버지 요한 아담 뤼케르트Johann Adam Rückert와 어머니 마리아 바바라 쇼파흐Maria Barbara Schoppach 사이에서 장남으로 태어났다. 1792년 아버지의 이직으로 가족들은 슈바인푸르트를 떠나 작은 마을 오버라우링겐Oberlauringen으로 이사를 가게 되었다. 이때 그는 네 살이었고, 이곳으로 이사한 뒤 세 여동생이 태어났는데 모두 두 살을 넘기지 못한 채 일찍 사망하였다. 이로써 그는 유년 시절에 집안에서 탄생과 죽음을 일찍 경험하게 되었다. 뤼케르트는 오버라우링겐 마을의 보좌신부를 통해서 동양의 세계, 낯선 나라의 관습을 알게 되었고 여러 여행기를 통해서 큰 자극을 받았다. 또 이곳에서 뤼케르트는 마을 학교를 다녔으며 더욱이 마을 목사 요한 카스파 슈테프Johann Caspar Stepf에게서 고대 언어들을 배웠다. 자연과 더불어 자유롭게 자란 유년 시절과 행복한 마을 학교 시절을 보내고 14세가 된 1802년 뤼케르트는 슈바인푸르트에서 김나지움에 입학했다. 그는 이미 배운 것이 많았고 열심히 공부하는 성향이어서 월반을 거듭하며 1805년 10월에 학교를 졸업했다. 호메로스Homeros, 클로프슈토크Friedrich Gottlieb Klopstock와 헤르더Gotfried Herder의 작품은 그에게 큰 감동을 주었다.

김나지움을 마친 17세의 뤼케르트는 1805년 가을, 아버지의 뜻에 따라 뷔르츠부르크Würzburg 대학 법학과에 입학했는데, 두 학기는 주로 법학 강의를 들었으나 3학기부터는 그가 흥미가 있

II. 113쪽.

던 분야를 듣기 시작했다. 다비트 마르티니Christoph David Anton Martini 교수의 호라츠Horaz에 관한 강의나 요한 야콥 바그너Johann Jakob Wagner 교수의 그리스 신화에 관한 강의를 들었다. 더욱이 바그너 교수에게 언어 연구에 대한 자극을 받았으며, 셸링Friedrich Schelling의 언어철학 및 신화와 어원학은 그의 관심을 끌었다. 1807년부터 이듬해, 겨울 학기까지 인문학, 법학, 히브리어 강의를 수강하였다. 뤼케르트는 1808년 봄 학적을 하이델베르크로 옮겼고 이곳에서 한 학기 동안 법학 강의와 그리스어 강의를 들었다. 여름방학에는 부모 집에서 지냈는데, 이때 처음으로 담시풍의 12연 6행시 〈헤매는 작은 종Das Irrglöcklein〉을 썼다. 뤼케르트는 방학이면 어김없이 부모가 있는 곳으로 돌아갔고, 그곳에서 자신의 관심사 공부와 시 창작에 몰두하곤 했다. 그래서 "고향과 가족, 박학다식과 시작詩作은 젊은 시절부터 뤼케르트의 가장 본질적 영역에 속했다."[6]

1808년과 1809년 겨울 학기에 뤼케르트는 다시 뷔르츠부르크에서 법학을 공부했다. 이즈음 나폴레옹의 유럽 침공과 프로이센 및 오스트리아의 함락 소식을 듣게 된다. 이 당시 나폴레옹에 반대하는 정서가 지배적이었는데, "피히테의 그 유명한 〈독일인에게 고함〉이라든가, 슐라이어마허의 베를린 연설, 아른트의 애국적인 글들은 당시 독일 대학생들 사이에서 전쟁 참여와 준비의 긴장된 분위기를 조성하는 데 이바지하였다."(PR, 23) 이러한 시대 분위기 속에서 젊은 뤼케르트는 1809년 입대하려고 했으나 이미 빈이 함락되었다는 소식을 듣고 부모가 있는 곳으로 돌아가게 된다. 한편,

---

6) Helmut Prang: Friedrich Rückert. Geist und Form der Sprache, Wiesbaden 1963, 22쪽. 이하 (PR, 쪽수)로 표기함.

당시 뤼케르트의 아버지는 퇴직해서 밤베르크Bamberg와 코부르크 Coburg 사이에 있는 에버른Ebern에 살고 있었다. 1810년 가을까지 뤼케르트는 이곳에서 지내면서 시를 쓰고 대학 교수가 되고자 학문 과정을 밟으려고 했다. 뤼케르트는 23세가 채 되기 전인 1811년 2월 20일 박사 학위 논문을 예나 대학에 제출하였고 3월 21일 철학 박사 학위를 얻었다. 당시 예나Jena 대학은 괴테Johann Wolfgang von Goethe와 실러Friedrich Schiller뿐만 아니라 낭만주의 시인들과 사상가들의 요람이기도 했다. 뤼케르트는 예나 대학에서 강사직을 맡아서 1811년 여름 학기에 강의를 시작했고 주당 4시간 동양 신화와 그리스 신화 강의를 했다. 뤼케르트에게 있어서 동양과 고대 그리스 · 로마의 문화와 언어는 일찍부터 관심 대상이었다.

1811년 봄 〈4월 여행기Aprilreiseblätter〉를 소네트 형식으로 썼으며, 장 파울Jean Paul에게 자신의 시를 골라서 그의 학위 논문과 함께 보냈다. 그런데 젊은 뤼케르트는 "그 당시 고전주의의 엄격함과 나이 들어가는 괴테의 준엄함보다는 장 파울의 낭만화된 판타지의 세계에 더 많은 관심이 있었다." 뤼케르트의 성향 자체는 대중적 명예나 명성 또는 여론에 영향을 끼치는 일보다는 문학 창작의 고요함을 동경하는 쪽에 가까웠다. 그래서 그는 "유년 시절부터 명상적, 정신적 삶으로의 고요한 은둔을 선호하는 내성적인 사람"이었다.(PR, 28) 또 "은둔의 경향을 지니고 있는 조용한 학자이자 시인"(PR, 10) 이기는 했지만 그의 주변에 여러 진지한 친구들이 있었고, 또 자신이 속한 시대 현실에 대해서 여러 편의 시에 자신의 의견을 드러냈다. 그런데 1812년 봄, 뤼케르트는 분명치 않은 이유로 예나 대학을 떠나 부모가 사는 에버른으로 돌아왔고, 하나우 Hanau 고등학교의 교사직을 제안받았으나 수락하지 않았다. 그 이유는 당시 뤼케르트가 교사보다는 시인이 되는 것을 더 선호했기 때문으로 추정된다. 1814년 12월 20일 친구 프리드리히 슈바르트 Friedrich Schubart에게 쓴 편지를 보면 그는 유난히 "가르치기보다는 배우는 것을 원하고"(RB 1, 56) 실제 배울 것이 많고 시를 쓰고 싶어 한다고 밝히고 있다. 이 점에서 뤼케르트는 "배우는 시인"이자 "박식한 언어 연구자"(PR, 15)였던 것이다. 그래서 얼마 동안은 시를 쓰거나 스스로 공부하는 일 이외에 특별한 직업 없이 지냈다.

뤼케르트는 1813년과 1814년에는 정치 시들을 쓰곤 했다. 이 것은 그의 방식으로 자신의 시대와 정치적 사건들에 접근했음을 뜻한다. 이때 나온 시로 1813년에 쓴 〈무장한 소네트Geharnischte Sonette〉가 있으며, 〈비유Ein Gleichnis〉라는 시에서는 1814년 독일의 정치 상황을 빗대어 묘사하였다. 그리고 나폴레옹을 풍자하는 희극 세 편을 썼으나 별로 주목받지 못했다. 이와는 달리 1817년 코타사에서 출판된 《시대의 화환Kranz der Zeit》은 좋은 반향이 있었다. 더욱이 여기에 실린 〈세계의 건설〉[7]은 슈탄체 형식으로 쓴 서사시인데, 뤼케르트가 1817년 1월 6일 코타 출판사에 보낸 편지에서 자신의 모든 생각들은 "오직 하나의 작품"(RB 1, 115)에 모여 있다고 표현했다. 그 작품이 바로 이 서사시 〈세계의 건설〉이며, "작품 전체로 보면 교훈적 성격과 특정한 경향뿐만 아니라 학자 뤼케르트의 재능이 특징적으로 드러나 있다."(PR, 68)

한편, 1815년 가을 뤼케르트는 《시대의 화환》 출판 예약으로 말미암아 코타 출판사에게서 충분한 선금을 받게 되었고, 코타

---

7) Friedrich Rückerts Werke. Historisch-kritische Ausgabe Schweinfurter Edition. Zeitgedichte und andere Texte der Jahre 1813~1816. Claudia Wiener/ Rudolf Kreutner(Bearbeitung), Bd. 1, Göttingen 2009, 269~326쪽.

출판사의 문학 신문 "모르겐블라트Morgenblatt"의 공동 편집 일을 맡게 됨으로써 그가 원하던 경제적 독립을 할 수 있게 되었다. 그리하여 그는 12월 슈투트가르트로 가게 된다. 그러나 이 일은 처음부터 그에게 맞지 않았으며, 구식 복장에 세련되지 못한 젊은 뤼케르트는 신문사의 많은 사람들에게 호의적인 인상을 주지 못했다. 뤼케르트는 슈투트가르트에서 그보다 한 살 더 많은 루트비히 울란트Ludwig Uhland를 알게 되었는데, 두 사람은 자주 교류하면서 1816년 봄에 유명한 시적 논쟁을 벌였다. 그 주제는 "연인의 배신 아니면 연인의 죽음", 어느 쪽이 덜 고통스러운가에 관한 것이었다. 울란트는 "깨진 맹세보다는 죽음이 덜 한탄"스럽기 때문에 "배신이 죽음보다 더 괴롭다"고 주장하였다. 반면 뤼케르트는 그 반대로 생각했다. 그 이유는 죽음으로는 변화에 대한 어떤 희망도 가질 수 없기 때문이었다.(PR, 62)

뤼케르트는 "모르겐블라트"의 편집 일을 하면서도 시를 쓸 계획이나 구상을 계속하였다. 그런데 1816년 7월 코타사의 변호사인 필립 바이어Philipp Beyer에게서 그곳 프리메이슨의 축제 음악에 사용될 시를 부탁받았을 때 뤼케르트는 거절했다. 그 사유 가운데 하나가 앞서 언급한 것처럼 "아주 비음악적인 시인"이기 때문이었다. 그뿐만 아니라 곧 코타사의 편집 일을 그만두게 되었다. 그와 함께 편집 일을 맡고 있는 "하우그와는 서로 입장이 달라서 모르겐블라트라는 수레를 함께 끌어갈 수 없으며" 하우그는 "훌륭한 편집인은 아니지만"(RB 1, 114) 신문을 궤도 위에 올려놓으려면 의견이 다른 두 사람보다는 한 사람이 편집을 맡는 것이 낫다고 보았기 때문이다. 뤼케르트는 1816년과 1817년 슈투트가르트에서 창작에 몰두하는 일 이외에도 고대 독일 시학과 문학 공부에 전념했다. 그 당시 그는 중세 독일 서정시를 더 자세히 알려고 했고, 민네 가수의 노래들과 격언들을 다양하게 옮기는 작업도 하였다. 그 밖에 설화나 민중본에도 큰 관심을 두었다. 1817년 5월 9일 슈투트가르트를 떠나 하일브론Heilbronn과 뷔르츠부르크를 거쳐서 5월 17일 에버른의 부모 집으로 돌아와서 그는 29번째 생일을 맞이하였다. 1818년 1월에는 스위스를 거쳐 로마로 가서 여러 달을 이탈리아에 머물렀다. 그런데 뤼케르트는 레싱, 헤르더, 티크와 마찬가지로 이탈리아에 대한 경험과 인상을 별로 글로 남기지 않았다.

뤼케르트는 동양의 장식적이고 판타지에 가득 찬 정신세계가 절제된 안티케의 엄격한 훈육과 길들이기보다 더 끌렸다. 그래서 그는 이탈리아 여행 이후 삶의 새로운 전기를 맞이하게 된다. 그런데 동양 언어의 정신과 형식에 결정적으로 헌신하게 된 것은 1818년 겨울, 빈 체류와 연관이 있다. 당시 빈에서는 동양학이 활기를 띠고 있었다. 이미 1754년 빈에 오리엔트 아카데미가 설립되어 있었고, 이로 말미암아 하만이나 헤르더와 같은 학자들이 동양에 관심을 두게 되었던 것이다. 빌란트Christoph Martin Wieland와 괴테 역시 동양의 소재와 형식을 도입함으로써 그들의 창작을 풍부하게 할 수 있었다. 또한 프리드리히 슐레겔Friedrich Schlegel은 《인도인의 지혜와 언어에 관해서Über die Sprache und Weisheit der Indier》(1808), 요제프 괴레스Joseph Görres는 2권짜리 《아시아 세계의 신화이야기 Mythengeschichten der asiatischen Welt》(1810)를 출간함으로써 동양에 대한 새로운 길을 열었다.(PR, 81) 이러한 전통과 19세기 후반기의 정신사조가 뤼케르트로 하여금 동양 세계에 대한 관심을 일깨웠다. 그런데 뤼케르트에게 결정적으로 영향을 미친 사람은 바로 동양학자 요제프 하머-푸르크슈탈Joseph von Hammer-Purgstall(1774~1856)

이었다. 그는 합스부르크 황실 통역관이었는데, 1810년 이후 《동양의 보물창고Fundgruben des Orients》와 페르시아 시인 하피스Hafis의 시집을 번역해 출간하였다. 뤼케르트가 1818년 빈에 도착할 즈음 그는 《페르시아의 아름다운 웅변술의 역사Geschichte der schönen Redekünste Persiens》와 《아사신(이슬람의 한 종파, 암살교단)의 역사Geschichte der Assassinen》를 출간하였다. 이 하머-푸르크슈탈을 알게 된 뒤 뤼케르트는 그에게서 오리엔트에 관한 여러 자료와 도서를 빌려다 읽고 공부했다. 1819년 12월 12일 그에게 보낸 편지에서 아라비아 시 형식인 가젤Ghasel도 익혔으며, 하피스 연구를 집중적으로 하였고, 페르시아 왕실에 관한 책 및 수천 편의 시를 복사했고 "스스로 (페르시아) 사전을 만들었다"(RB 1, 146)고 쓰고 있다. 그 밖에 괴테의 《서동시집West-östlicher Divan》은 1819년 가을 뤼케르트에게 좋은 자극을 주었다.

뤼케르트는 문헌 연구만 한 것이 아니라 낯선 언어의 정신과 형식을 가장 적절하게 파악하고 그것을 문학으로 옮긴 모방 시인이기도 했다. 그러니까 그는 "형식과 정신, 동양 언어와 시적 증거들의 본질과 표현을 언어 애호가로서 연구하는 것뿐만 아니라 그 언어의 사용자이자 해석자로서 문학적으로 중재하고자 하였다."(PR, 86) 따라서 뤼케르트는 동양의 언어 지식과 번역 능력을 넘어서 동양의 문학 형식으로 시를 쓰는 최초의 독일 시인이었던 것이다. 1819년부터 뤼케르트의 관심은 13세기 페르시아의 위대한 신비주의 시인들의 작품으로 뻗어 갔고, 산스크리트어 및 아랍어로 그 관심을 확대해 나갔다. 뤼케르트는 동양 언어 연구를 하면서 시 창작에도 몰두하여 《동쪽의 장미Östliche Rosen》를 썼다. 여기에 실은 수백 편이 넘는 시를 통해서 그는 사랑과 포도주를 칭송하고 소녀와 하피스에게 경의를 표하고, 동양의 시각적인 풍부한 비유를 활용하고, 동양의 예술적 유희 형식에 접근하려고 했다. 괴테가 그의 《서동시집》에서 서양의 정신과 감성을 동양의 형식과 표현 방식으로 덧씌우기를 했다면, 뤼케르트는 이와는 달리 동양의 사고방식과 감성을 독일 정신을 통해서 동양화된 언어와 형식으로 이해할 수 있도록 노력했다. 나이 든 괴테에게는 어느 정도 개인적인 고백과 세계관의 문학이 근본적인 창조력이었다면, 뤼케르트의 시들은 독일인에게 낯설지만 보편적 인간 예술 형상에 부합하도록 한 중재자의 작품으로서 더 많은 것을 보여준다.(PR, 88)

뤼케르트는 1820년 말 코부르크로 이주한 뒤 삶에 새로운 전기를 맞이했다. 그곳에서 1797년 출생한 23세의 루이제 비트하우스-피셔Luise Wiethaus-Fischer를 알게 되었고, 그녀는 당시 자신보다 10살이나 더 연상이었던 뤼케르트의 사랑에 화답을 보냈다. 그는 그녀의 부모 집에 세 들어 살게 되면서 그녀를 알게 되었고, 그녀와 나눈 사랑을 표현한 많은 시들은 1834년 《사랑의 봄Liebesfrüh-ling》이라는 시집으로 출간되었다. 이로써 뤼케르트는 당시에 가장 인기 있는 시인 가운데 한 사람이 되었다. 이 점에서 괴테의 서정시를 비롯해서 하이네와 아이헨도르프의 시에서 낭만화된 사랑의 시를 뤼케르트도 달성했다고 할 수 있다. 1821년 12월 26일 마침내 루이제의 집에서 두 사람은 혼인식을 올렸고, 여기에는 가족과 가까운 친지들이 참석했다.

뤼케르트는 결혼한 뒤 뉘른베르크의 문학잡지 〈프라우엔타셴부흐Frauentaschenbuch〉에서 편집 일을 했다. 그러면서 페르시아와 아라비아 문헌 연구 및 코란 연구에 매진했음을 당시의 여러 편지에서 알 수 있다. 1823년 5월 9일 아힘 아르님에게 보낸 편지에서 더욱이 "자신은 문학과 문헌학 연구 중간에 있는 일에 파묻혀 있으며"(RB 1, 274) 코란 번역도 하고 있음을 언급한다. 문학과 동양학 연구 중간에 그의 일이 있다는 뤼케르트의 표현은 인상적인데, 그 이유는 그는 평생 동안 시인으로서 동양 문헌학을 공부했고, 동양학자로서 문학적 모방 시를 썼기 때문이다. 그런데 생계유지를 위해서 뤼케르트는 안정된 일자리가 필요했고 여기에는 몇 가지 현실적인 이유들이 있었다. 우선 그는 동양 언어의 지식을 활용할 기회가 필요했고, 머지않아 둘째 아이가 태어나기 때문에 "불어나는 가족을 부양"(RB 1, 317)해야 했는데 문학잡지 편집 일로는 가족의 생계유지가 곤란했기 때문이다. 그때까지는 아내 몫의 일부 유산이 생활에 도움이 되고 있었다.

뤼케르트는 히브리어, 시리아어, 아라비아어, 페르시아어, 터키어와 산스크리트어도 집중적으로 공부하였다. 한편, 1825년 6월 8일 에어랑겐 대학은 동양학 교수직 공고를 내었고, 얼마 뒤 에어랑겐 대학의 부총장 엥겔하르트Veit Engelhardt가 "관련 학부는 뤼케르트의 지식과 업적에 대해서 의견 일치를 보았으며"(RB 1, 318) 학부의 의견에 따라 뤼케르트 박사의 임용이 적절하다는 의견을 밝혔다. 사실 뤼케르트는 지금까지 예나 대학에서 두 학기 강의를 한 것 이외에 대학 경력은 전혀 없었다. 그럼에도 아랑곳하지 않고 에를랑겐Erlangen 대학은 자유인으로서 동양학자를 인정하였고, 마침내 뤼케르트는 에를랑겐 대학으로부터 1826년 7월 12일 동양학 교수로 초빙한다는 연락을 받았다. 교수직 임용 과정은 시간이 걸렸고, 그 사이 그는 아라비아의 가장 많이 불린 민요집 2권을 1846년 번역 출판했다. 뤼케르트가 에를랑겐 대학의 초빙에 응했을 때 그의 나이는 38세였고, 결혼 5년 만에 정식으로 일자리를 얻은 것이었

다. 당시 에를랑겐 대학의 동양학부에는 뤼케르트 말고 두 사람의
강사가 더 있었다. 뤼케르트가 에를랑겐에서 1827년 겨울 학기를
시작할 즈음 이곳의 인구는 약 1만 명 정도였다. 그리고 1793년 여
름 학기에는 티크Ludwig Tieck와 바켄로더Wilhelm Wackenroder가 1743
년 설립된 에를랑겐에서 공부하였고 여기서 낭만주의 정신이 태동
하기도 하였다. 뤼케르트는 아라비아 민요 및 페르시아와 터키 문
헌을 다루었고, 1827년 여름 학기에는 동양 시학의 정신과 유럽 시
학을 비교하고 아라비아어, 페르시아어, 터키어, 산스크리트어 입
문을 강의했다. 1829년 여름 학기에는 산스크리트어 문법, 히브리
어, 시리아어, 아라비아어, 페르시아어 입문을 가르쳤다.

  1733년에 라틴어로 유럽에 처음 소개된 중국의 《노래집》을 1833
년 뤼케르트가 독일어로 번역해서 출간하였다. 이 노래집은 기원
전 1000년에서 700년 시기의 것이고 약 300개의 시, 그 가운데 대
부분은 민요시였다. 이즈음 겨울에 뤼케르트의 두 아이들이 연달
아 사망했는데, 딸 루이제Luise는 1833년 12월 말, 아들은 1834
년 1월 중순에 사망했다. 이제 그에게 아내와 네 아들이 남아 있었
다. 1834년 《죽은 아이를 그리는 노래Kindertotenlieder》를 썼으며, 같
은 해 그의 첫 번째 시 모음집이 출간되었다. 뤼케르트는 《죽은 아
이를 그리는 노래》에서 승화된 고통으로 아이들의 죽음을 표현하였
다. 더욱이 딸을 묻고 나서 장인에게 보낸 1834년 1월 4일 편지에
서 "신께서 더 이상의 고통은 면해 주기를"(RB 1, 552) 바란다고 썼으
나 이어 1월 중순에 아들이 사망하였다. 두 아이의 죽음은 오랫동안
뤼케르트의 삶에 어두운 그림자를 드리웠다. 또한 1835년 미혼이
었던 그의 25세 여동생이 폐결핵으로 사망했다. 뤼케르트는 어머니
에게 보낸 편지에서 가까운 가족들의 죽음을 차례로 겪으면서 체념

적이지만 종교에 귀의하는 자세를 다음과 같이 보여 주었다.

> 죽음은 사람들에게 해악이 아닙니다, 적어도 순수하고 죄를 짓지 않고 신
> 에게 가는 영혼에게는 말입니다. 하지만 남아 있는 사람은, 사랑하는 사
> 람들이 정말 사라진 것이 아니라 단지 시야에서 사라지는 것이라는 신의
> 조언에 순종해야겠지요.(RB 1, 581)

그의 어머니도 같은 해 12월 30일 69세의 나이로 별세했다.
1833년에서 1835년 사이 뤼케르트의 가장 가까운 가족들이 잇달
아 세상을 떠난 것이다. 그러던 가운데, 1836년에 가장 중요한 문
학적 사건인 그의 교훈시 《브라만의 지혜Die Weisheit des Brahmanen》
제1권이 라이프치히에서 출간되었다. 1837년 제2권이 나왔고,
1838년에 제3권과 제4권, 1839년에 제5권과 제6권이 출판되었
다. 이 여섯 권의 교훈시집은 거의 3천 편의 시와 격언을 담고 있
으며, 이 교훈시집에서는 명상 속에서 얻은 그의 통찰과 인식, 소
망과 희망, 예감과 꿈, 실망과 기쁨, 정신의 힘과 신의 위력에 대한
믿음, 내적 만족 추구, 선과 아름다움의 진정한 가치들이 수천 개
의 시구절을 관통하고 있다. 뤼케르트는 유럽에서 유명한 동양학
자이자 시인으로 알려졌고, 미국 잡지에까지 알려진 독일 시인인
괴테, 실러, 울란트, 루터Martin Luther, 레싱Gotthold Ephraim Lessing,
장 파울Jean Paul, 쾨르너Christian Gottfried Körner, 티크 등과 더불어
유명해졌으며 그의 시는 괴테, 실러, 울란트 다음으로 많이 번역되
었다.(PR, 170~177)

이때 뤼케르트는 자신의 시에 깃든 음악성을 처음으로 드러
낼 기회를 얻었다. 하이델베르크의 음악 감독인 루이스 헤치Louis
Hetsch가 뤼케르트의 시에 곡을 붙이려는 계획을 알려 왔고 나중에
실제로 《사랑의 봄》에 실린 여러 편의 시에 곡을 붙였는데, 뤼케르

트는 헤치에게 보낸 편지에서 다음과 같이 쓰고 있다.

> 당신이 내 언어 예술을 당신의 음악 예술로써 명예롭게 하고자 한 것에 나는 기쁩니다. 사람들이 내 노래들에 종종 붙이는 비음악적이라는 비난을 당신의 곡으로 반박해 주십시오. 말할 것 없이 저는 노래를 지을 때 많은 경우 내적으로 함께 노래하고 있음을 의식합니다. 그러나 이 내적이고 정말 감추어진 노래를 외적으로 만드는 일은 지금까지 어느 누구도 강력하게 또는 주목할 만큼 충분히 해내지 못했습니다. 놀랄 일도 아니지요! 사람들이 유연한 껍질이 있는데 왜 꺼칠꺼칠한 소재를 가지고 만들겠습니까? 당신은 이제 이 투쟁을 시작했고, 이를 행복하고 훌륭하게 통과하시기 바랍니다. 저 자신은 아무것도 직접 보거나 들은 것은 없습니다만, 몇몇 멀리 있는 친구들이 나에게 유럽에서 당신이 만든 곡들을 두고 유명하다고 했습니다. (RB 1, 687)

뤼케르트는 1838년 파니 방겐하임에게 보낸 편지에서도 자신의 시에 곡을 붙일 수 없다는 당시의 몇몇 의견에 대해서 다음과 같이 쓰고 있다.

> 당신이 저에게 뢰베에 대해서 그리고 내 시들에 곡을 붙일 수 없는 이유에 대해서 글을 써 준 것은 아주 유익합니다만 그것을 저에게 적용할 수는 없습니다. 오늘날의 음악은 저에게 아주 낯설어서 마치 품위가 떨어진 연극 같습니다. 당신이 바로 지적했듯이 이성은 작곡될 수 없습니다. (…) 저는 저의 한계를 알고 있으며 내 작품들은 노래하거나 그려지기보다는, 읽고 마음을 고양하는 데 적합하다고 생각합니다. (RB 1. 725~726)

그러니까 그의 시에 곡을 붙이는 것이 어려운 이유는, 먼저 이성적인 것은 작곡하기가 쉽지 않고, 게다가 그의 시는 노래와 그림의 소재보다는 읽고 마음을 다듬는 데 더 적합하기 때문이라고 뤼케르트는 받아들였다.

한편, 1838년 1월 초순 뤼케르트는 바이에른 왕 루트비히 1세에게서 그의 업적을 인정받아서 "왕실의 성 미하엘 기사 훈장"을 수여한다는 소식을 받았다. 뤼케르트는 이에 대해서 1월 16일 왕에게 감사 편지를 보냈다. 또 1839년 에를랑겐의 새집으로 이사한 뒤 에두아르트 뫼리케Eduard Mörike의 신간 시집을 받았는데, 동봉한 서신에 따르면 8월 즈음이다. 그러나 몇 달 동안 코부르크에 있어서 뒤늦게 우편물을 보고는 11월 24일 감사 편지를 뫼리케에게 보냈다.

> 저에게 보내준 시들에 대해서 진심으로 감사드리며 제가 가장 느긋하게 즐기면서 사색케 하는 시들이었고 얼핏 보아서도 이미 많이 명랑하고 신선하게 감동을 주는 것을 발견할 수 있었습니다.(RB 1, 716)

1837년 뤼케르트는 베를린에서 교수직 초빙 제의를 받았는데, 에를랑겐 부총장에게 그 사실을 알렸고, 자신의 처우가 개선되기를 희망했다. 에를랑겐 대학은 1837년 4월 4일 19명의 교수가 서명한 서류를 바이에른 왕에게 전하고 뤼케르트는 뛰어난 동양학자로서 에를랑겐에서 계속 일할 수 있도록 그의 처우를 개선해 줄 것을 요청했다. 실제 뤼케르트는 바이에른 왕이 그의 낮은 보수를 개선한다면 베를린보다는 에를랑겐에 그대로 있고 싶어 했다. 1841년 3월 3일 뤼케르트는 바이에른 왕으로부터 처우 개선에 대한 약속을 회신받게 된다. 이즈음 그의 예나 대학 동기인 카를 에른스트 존Karl Ernst John이 같은 해 3월 12일 편지에서 뤼케르트가 베를린 대학 초빙에 확실히 응할 준비가 되었는지를 문의하게 된다. 베를린 대학의 조건은 에를랑겐 대학에 견주면 거의 두 배 이상 파격적으로 좋았고, 이것은 대가족을 거느리고 있는 뤼케르트에게 상당히 매력적이었다. 게다가 겨울에만 4개월 동안 강의를 하고 나머지 시간을 시골 노이제스Neuses에서 공부하고 작품을 쓰면서 살 수 있다는 사실이 이 초빙을 받아들이는 데 결정적으로 작용한다. 뤼케르트는 1841년 4월 9일 친구 요한 다비트 자우어랜더Johann David Sauerländer에게 보낸 편지에서 "이곳의 편안함을 떠나는 것은 마음 내키지 않지만"(RB 2, 808) 현실적인 이유에서 베를린대로 옮겨 가려는 의사를 표현하였다. 뤼케르트는 베를린대로 이직할 결심을 하고 "바이에른의 공무로부터 해임을 요청하게 되었다. 4월 3일 센크 장관의 편지로 그의 해임에 대한 동의가 이루어졌다."(PR, 209)

1841년 6월 14일 뤼케르트는 베를린 대학의 임용장을 받았는데, 여기에는 그를 정교수로 임명하며 왕실 추밀고문관의 직위를 부여하고 나머지 사항은 그동안 얘기된 바와 동일한 조건이 담겨 있었다. 이후 뤼케르트는 6월 24일 바이에른의 루트비히 1세에게 감사와 해임 요청 서신을 보냈다. 왕은 6월 30일 뤼케르트의 이직을 허락한다고 회신을 보낸다. 해임 절차를 다 마친 뒤 같은 해 10월 초, 베를린으로 이주하기 전 뤼케르트는 8월 25일 카를 존을 만나 함께 얘기를 나누었다. 뤼케르트는 그에게 1840년 등극한 프리드리히 빌헬름 4세는 예술과 학문을 애호하고 정신의 자유를 존중하는 왕이며 뤼케르트뿐만 아니라 낭만주의 대가 루트비히 티크를 베를린으로 초빙했다는 얘기를 듣고 가벼운 발걸음으로 베를린으로 향하였다. 그는 1841년 10월 3일 저녁 에를랑겐에 대한 짙은 향수를 마음에 담고 새로운 기대감을 가지고 베를린에 도착했다.

베를린에 도착한 뒤 뤼케르트의 새로운 관심은 연극으로 쏠렸다. 그는 과거 나폴레옹 3부작을 쓴 적이 있으나 그동안 드라마에는 시간과 관심을 기울일 여력이 없었다. 그는 연극에 대한 새로운 정열로 극작품《아르작 왕König Arsak von Armenien》을 썼다. 이 작품에 대해서 그의 친구 요제프 코프Joseph Kopp는 1841년 10월 10일에 보낸 편지에 예리하게 비평했다. 그의 지적은 정확히 뤼케르트 드라마의 약점과 강점을 본 것이었다. 《아르작 왕》의 "드라마에서 줄거리는 연극적이기보다는 서사적이다. 이 서사적 요소는 비교할 수 없을 정도로 아름답고 완성되어 있기는 하다. (…) 내 생각으로는 전체적으로 그 작품의 소재가 비극보다는 서사시로 더 적합하다."(재인용 PR, 206) 그러니까 고대 안티케와 아리스토텔레스 Aristoteles의 전통적 드라마의 관점에서 보면 뤼케르트의 드라마는 비연극적이었으나, 질풍노도나 그라베Christian Dietrich Grabbe와 뷔히너Georg Büchner 다음 등장한 서사극의 관점에서 보면 뤼케르트의 드라마는 비非아리스토텔레스적 현대연극 형식의 선구자였다. "말할 것 없이 뤼케르트는 새로운 묘사 방법과 서술 방법을 의식적으로 추구한 것이 아니라 전통적 극작술을 준용하여 서술하는 능력이 없는 점에서 비롯하였다."(PR, 214)

뤼케르트는 우선 베를린에 혼자 정착한 뒤 자녀들과 아내가 이곳에 도착하기를 기다렸다. 이들은 마침내 10월 말 베를린에 도착했고, 장남인 하인리히는 공부를 하고자 바로 본으로 떠났다. 뤼케르트는 대도시 베를린에서 겨울 동안만 체류하고 나머지 기간은 다른 곳에서 보내기 때문에 어쩔 수 없이 사교의 범위가 위축될 수밖에 없었다. 게다가 그는 친분을 유지하려고 애쓰는 그런 사교적인 사람도 아니었다. 그래도 다행스러운 것은 그의 아내가 걱정과는 달리 베를린 생활에 만족스럽게 적응하는 점이었다. 반면 뤼케르트는 베를린 생활이 쉽지 않았다. 1842년 1월 27일 자우어랜더에게 보낸 편지에서 베를린을 "저주받은 거주지, 멀리 떠나고 싶은 곳, 꼭 필요한 것보다 단 하루도 더 머무르고 싶지 않은 곳"(RB 2, 841)으로 묘사하고 얼른 겨울 학기를 마치고 시골 노이제스로 가고 싶다는 의견을 털어놓았다. 또 뤼케르트는 1842년 2월 8일 친구 요제프 코프에게 보낸 편지에서 베를린에서 자신의 위치에 회의를 느끼고 있었으며, 베를린 생활이 재미없고 불편하다는 것을 다음 과 같이 말하고 있다.

> 이 지역과 사람들은 우리가 상상하는 것보다는 훨씬 좋지만, 내 처지는 정말 어긋나 있네. 나는 아무것도 아니며 어떻게 이곳을 빠져 나와야 하는지를 고민하고 지금은 내 노이제스의 고독으로 돌아가는 일을 생각하고 있네. 청중의 모든 참여는 셸링에게로 쏠려 있고, 왕을 황홀케 하는 티크는 나에게서 왕을 앗아 갔지. (…) 호기심에서 내 첫 번째 강의에 몰려든 젊은이들은 찬사로 나를 맞이했고, 난 최선을 다했지. 그런데 처음부터 우둔함이 나를 지배하고 질식시키고 억누르고 있네.(RB 2, 843)

사실 이 편지를 보면, 뤼케르트의 마음을 훤히 들여다볼 수 있는데, 시인으로서 그는 공개적 인정을 받지 못하고 있고 학자로서 연구와 교육에 필요한 피드백도 오지 않고 있음을 보여 주고 있다. 이와 달리 그의 아내는 남편이 좀 더 사교적이라면 그들의 베를린 생활이 훨씬 흥미로울 수 있다고 생각했다. 이러한 상황에서 뤼케르트의 창작 활동도 동시에 위축될 수밖에 없었다. 그가 1845년 11월 30일 아내에게 보낸 편지를 보면, 여전히 그는 베를린을 좋아하지 않고 있다. "베를린의 좋은 점들이 나에게 정말 하찮게 여겨진다."(RB 2, 1004) 그뿐만 아니라 1846년 3월 중순 뤼케르트는 알렉산더 훔볼트Alexander Humboldt에게 자신은 "청중 앞에 나서는 것보다 시골 생활의 적적함 속에서 외로운 자신을 도야하는 것이"(RB 2, 1032) 더 적합하다고 썼다. 게다가 1848

년은 모든 정치적 사건들과 기대들로 말미암아 뤼케르트 가족의
삶에 중요한 전환점이 되었다. 뤼케르트는 1847년부터 1848년
까지 이어지는 겨울 학기를 마지막으로 베를린에서 보내기로 결
심하였다. 동양학 학생도 거의 없었고 강의에서 벗어나고 싶은
마음이 늘 있었다. 그래서 1848년 3월 17일 뤼케르트는 영원히
베를린을 떠나 3월 19일 코트부르크에 도착했는데, 이 해는 뤼케
르트가 60세 되는 해였다. 뤼케르트는 가르치기보다 스스로 공부
하고 창작 활동을 하는 것이 천성에 더 적합했고, 대중 앞에 나서
기보다는 은둔자로서 명상하고 침잠하는 삶을 더 즐겼다. 그래서
베를린 대학을 일찍 퇴직해서 자유로운 학자이자 시인의 삶으로
돌아간 것이다.

1852년 3월 2일 하르퉁Johann Adolf Hartung에게 보낸 편지에서 보
면 뤼케르트는 20년 전부터 말레이어를 공부해 오고 있음을 알 수
있다. 그리고 눈에 띄는 것은 1852년 이전부터 산스크리트어는 거
의 다루지 않고 있었으나 시리아어와 아르메니아 문헌을 공부하고
있었다. 그런 가운데 1857년 그의 아내가 사망했는데, 그는 아내
를 잃은 슬픔을 다음과 같이 표현하고 있다.

> 몇 주 전에 내 사랑하는 아내가 고인이 되었네. 하지만 그녀는 여전히 내
> 마음에 있으며 그녀를 잃은 뒤 거의 아무것도 바랄 수가 없고 어떻게 해야
> 할지 도무지 모르겠네. 왜냐하면 난 사랑스런 삶의 동반자만을 잃은 것이
> 아니라 세상 모든 근심들을 나에게서 비켜 가게 했던 사람을 잃은 것이며,
> 지금은 모든 근심을 내 지친 어깨 위에 드리우고 있네.(RB 2, 1257)

그 밖에 뤼케르트가 그의 삶의 마지막까지 어느 정도로 그 시대
의 정치적 사건에 관여했는지는 1848년에서 1865년까지 쓴 수천
개의 정치 시에 드러나고 있다. 그래서 시인이자 번역가로서 뤼케

르트는 퇴직 이후에도 사람들에게 잊힌 것이 아니었다. 1863년 더욱이 그의 75세 생일은 그에게 삶의 절정이었는데, 늦기는 했지만 그의 문학과 사상에 대한 인정을 받았기 때문이다. 각계각층의 인사들이 그에게 수많은 생일 축하 편지를 보내왔고, 그들이 존경을 표하면서 그의 애국적 노래들, 사랑 노래들, 더욱이 《브라만의 지혜》에서 삶의 위로를 받았다는 것을 보여 주었다. 이것은 시인 뤼케르트가 "분명 잊힌 것이 아니라 그가 예상하는 것보다 훨씬 더 생생하게 사람들에게 계속 영향을 미치고 있다"(PR, 307)는 뜻이었다. 또 1863년 슐레스비히–홀슈타인Schleswig–Holstein 문제가 독일과 덴마크 사이에서 분쟁이 되자 독일에서는 민족 감정과 분노가 뒤끓었다. 그래서 그 당시 뤼케르트는 〈슐레스비히–홀슈타인을 위한 투쟁가들〉을 썼다. 1863년 12월 3일 브록하우스에게 보낸 편지에서 "이 투쟁가들이 그의 마지막 폭발이 될 것이라는 생각이 든다"(RB 2, 1396)고 썼다. 실제로 이 투쟁가들은 대중을 향한 그의 마지막 정치적 참여의 시적 표현이 되었다.

앞서 보았듯이 뤼케르트는 생전에 많은 평가와 명성을 얻은 학자이자 시인이었다. 그래서 그 인정의 표시로 여러 흉상이 세워지기도 했다. 한번은 뤼케르트가 젊은 예술가에게, 6월 6일 받은 그의 흉상이 마음에 든다며 감사 편지를 보내기도 했다. 또 로베르트 슈만이 "놀라울 정도로 깊은 이해심으로" 자신의 시에 곡을 붙인 것을 칭찬하였다.(PR, 309) 1865년 4월 15일 슈바인푸르트는 뤼케르트에게 명예 시민권을 수여하였다. 그러면서 뤼케르트를 명예로운 시인, 사고 깊은 사상가, 고귀한 시민 정신을 지닌 독일인이라고 평했다. 이에 대한 회신으로 병중이었던 뤼케르트는 4월 24일 다음과 같이 답했다.

고향이 나에게 존경을 표해 준 것이 모든 명예 가운데 저에게 최고로 가
치가 있습니다.(재인용 PR, 311)

뤼케르트는 슈바인푸르트의 명예시민이 된 이듬해 78세의 나이
로 1866년 1월 31일 영면했으며 그보다 9년 먼저 사망한 아내 곁
에 안장되었다. 이로써 동양학 노학자이자 시인은 죽음을 맞이했
으나 그의 시에 붙여진 가곡들로 말미암아 그는 오늘날도 여전히
기억되고 관심을 끄는 시인으로 남아 있다.

1.2. 뢰베의 뤼케르트-가곡들

카를 뢰베Carl Loewe(1796~1869)는 뤼케르트의 시 약 27편에 곡을
붙였고 여기서는 〈파행단장격 시〉와 〈작은 세대〉에 붙인 곡을 분석
하고 있다.

카를 뢰베   슈테틴에 있는 야콥교회의 뢰베
기념글

1) 〈파행단장격 시〉

뢰베는 뤼케르트의 3연 4행시 〈나에겐 사랑하는 사람이 있었네〉[8]에 1837년 곡을 붙였는데, 뢰베의 〈파행단장격 시Hinkende Jamben〉(Op. 62 Heft 1 No.5)는 피아노의 서주, 간주, 후주가 없는 낭송시 형태의 노래이다. 1연은 "나에겐 사랑하는 사람이 있었네/ 한쪽 눈이 사시인 사람/ 그녀는 나에게 아름답게 보였기 때문에/ 그녀의 사팔눈 또한 아름다웠네"라고 노래한다. 그러니까 서정적 자아에게는 한쪽 눈이 사팔뜨기인 사람조차 사랑하기 때문에 아름다웠다. 2연은 "나에겐 한 사람이 있었네/ 말할 때 더듬거리는 사람/ 그건 나에게 충격이 아니었지/ 그녀는 더듬거리면서 말했지: 사랑하는 이여!"라고 노래한다. 또한 서정적 자아에겐 발음을 분명하게 하지 못하는 사람조차도 도무지 충격이 아니었다. 마지막 3연은 "지금 나에게 한 사람이 있네/ 한 발을 절름거리는 사람/ 말할 것 없이 난 말한다/ 그녀가 절름거리지만 그녀는 우아하게 절름거린다고"노래한다. 그러니까 서정적 자아는 사팔뜨기인 사람을 사랑했는데 그 모습도 사랑으로 말미암아 아름다웠고, 말을 더듬는 사람 또한 사랑으로 말미암아 발음의 부정확함도 흠이 되지 않았다. 그리고 지금 그가 사랑하는 한쪽 다리를 저는 사람도 우아하게 절름거린다고 여긴다. 이런 시의 내용을 뢰베의 가곡은 또박또박 낭송하듯 노래하면서 그 뜻을 되새기게 만들고 있다.

---

8) Rückert: Hinkende Jamben, in: Carl Loewe. Balladen und Lieder, Hamburg 1969, 107쪽.

2) 〈작은 세대〉

뢰베는 1838년 뤼케르트의 16연시 〈작은 세대〉[9]에 곡을 붙였다. 이 시에는 뢰베만이 곡을 붙였으며, 그의 〈작은 세대Kleiner Haushalt〉(Op. 71)에는 피아노의 서주와 후주가 없으며, 간주 또한 극히 제한적으로 들어가 있다. 4행으로 된 1연 "작고 섬세한 세대를/ 난 꾸렸다/ 그건 내 손님이어야 한다/ 세대는 아주 그의 맘에 든다"고 노래한다. 여기 3행 "그건 내 친구여야 한다"를 뢰베는 그의 가곡에서 친구 대신 손님으로 바꾸어서 노래하고 있다. 1연의 노랫말은 흥미로운데, 서정적 자아가 세대를 하나 꾸렸고 그 세대는 그의 맘에 드는 손님이다.

6행으로 이뤄진 2연은 "부리로 나무를 쪼는 딱따구리가/ 집을 내게 지어 주었다/ 집이 칠해졌다/ 제비가 모르타르를 가져와서/ 마지막으로 지붕은/ 해면이 씌워졌다"고 명랑하게 노래한다. 이제 한 가정이 어떻게 꾸려지는지가 구체적으로 묘사되는데, 딱따구리가 부리로 집을 지었고 제비가 모르타르를 가져와서 집을 칠해 주었고 마지막으로 지붕에는 해면을 씌워 이제 살 집이 완성되었다. 이어 피아노의 빠르고 경쾌한 간주가 들어가는데, 이것은 완성된 집에 대한 기쁨을 보여주고 있다.

또한 6행으로 이뤄진 3연은 전체적으로 빠르고 명랑하게 노래하는데, "집안에 방들과/ 거실들/ 장들과 서랍들은/ 빛이 가물거리면서 이글거리고/ 모든 것은 나에게 무료로/ 나비들이 공기로 그려 놓은 것이었다"라고 노래한다. 그러니까 집의 외관은 완성되었

---

9) Friedrich Rückert: Kleiner Haushalt, in: Gedichte, Stuttgart 1988, 13~15쪽, 이하 (RG, 쪽수)로 표기함.

고, 이제 집안 설계와 가구가 필요한데 방, 장, 서랍 들은 나비들이 적절하게 그려서 배치했다고 노래하는 것이다. 2행으로 구성된 4연에서는 "집안은 얼마나 잘 갖추어졌는지/ 가계 경제가 잘 돌아간다"고 노래한다. 이어 피아노의 명랑한 간주는 이제 집의 외관과 실내에 필요한 모든 것이 갖추어지면서 모든 것이 잘 돌아가는 점을 강조한다.

4행으로 이뤄진 5연은 "물의 요정이 부지런히/ 내가 마실 물을 길어 온다/ 나에게 먹을 것을 벌이 가져온 것이 틀림없다/ 그가 어디서 훔쳐 왔는지는 묻지 마라"고 노래한다. 또한 4행으로 이뤄진 6연은 "사발들은 도토리 송이들이다/ 항아리들은 전나무 송이들이고/ 나이프, 포크는/ 장미 가시와 새의 부리이다"라고 노래한다. 그러니까 5연에서는 서정적 자아의 마실 물은 요정이 길어 오고, 먹을 것은 꿀벌이 어디선가 가져오며, 6연에서는 그가 사용할 그릇은 도토리로 되어 있으며 항아리는 전나무 송이이고, 나이프와 포크는 장미 가시와 새의 부리로 이뤄져 있다. 모든 것은 말 그대로 자연이 그 재료인 것이다.

4행으로 된 7연은 6연까지와는 달리 느리게 노래하는데, "집안의 황새는 아이들의 파수꾼이고/ 두더지는 정원사며/ 집안의 여자 관리인은/ 작은 쥐다"라고 노래한다. 또한 4행으로 된 8연 "그런데 귀뚜라미는/ 적막 속에서 노래한다/ 귀뚜라미는 가정적이라 항상 집에 있다/ 그리고 하나의 음 밖에 모른다"고 노래한다. 그러니까 7연과 8연에서 서정적 자아의 가족을 지켜주는 파수꾼은 황새, 정원사는 두더지, 집안 관리인은 작은 쥐, 늘 집안에서 한 가지 음으로 노래하는 악사는 귀뚜라미인데, 이들은 애완동물이 아닌 야생동물로서 그의 집에 함께 살고 있다. 그런데 이 모든 것보다 좋은 것은 깊이 잠을 잘 수 있는 것이다. 이것은 2행으로 이뤄진 9연에서 "하지만 온 집안에서 가장 좋은 것은/ 여전히 깊이 자는 것이다"라고 노래한다.

8행으로 이뤄진 10연은 다시 노래가 빨라지면서 "구석지에, 침대에/ 작은 두 개의 장미 판자 사이에서/ 아주 아름다운 사람이 자고 있다/ 그녀의 발끝에 황제의 왕관이 놓여 있고/ 파수꾼은 물망초/ 침대에서 흔들거리지 않으며/ 촛불처럼 희미한 빛을 지닌 반딧불이/ 방을 밝힌다"고 노래한다. 이어 5행으로 이뤄진 11연에서는 "메추라기가 지킨다/ 온 밤을/ 날이 시작되면/ 애야, 애야 하고 부른다/ 빨리 일어나라고"라고 노래한다. 더욱이 피아노의 반주와 목소리는, 깨우는 장면이 눈앞에 그려질 만큼 현실적으로 생생하게 표현되고 있다. 그러니까 10연에서는 장미로 된 판자 사이의 침대 위에 아름답고 귀한 사람이 자고 있고, 그녀의 발끝에는 왕관이 놓여 있다. 잠자는 그녀를 물망초가 지키고 있고 반딧불이 희미하게 그녀가 자고 있는 방 안을 밝히고 있다. 그리고 11연에서는 집 밖은 밤새 메추리가 지키고, 아침이 밝아오면 자고 있는 아름다운 사람에게 깨어나라고 노래한다.

8행으로 이뤄진 12연은 "사랑하는 이가 깨면/ 삶은 빠른 궤적을 돈다/ 비단옷에/ 여름 옷감 실로 짠/ 나풀거리는 끈으로/ 근심에서 풀려나고/ 좁은 집에서 나와 즐겁게/ 들판으로 나간다"라고 노래한다. 12연에서는 2행 "삶은 빠른 궤적을 돈다"는 반복해서 노래하는데 그 반복 사이에 피아노 간주가 들어간 점이 인상적이다. 그리고 7행의 "즐겁게"는 반복해서 노래한다. 그러니까 그녀가 잠에서 깨어나면 하루가 분주하게 돌아가는 것을 뜻하는데 비단옷을 입고 모든 근심에서 풀려나서 좁은 집에서 밖으로 나가는 모습이

그려진다. 4행으로 된 13연에서는 그녀의 나들이를 위해서 서정적
자아가 마차를 하나 주문한다. "아름다운 마차를/ 내가 주문했고/
우리를 실어다 줄/ 세상을 지나"라고 노래하는데, 이들은 마차를
타고 세상 구경을 떠나는 것이다. 이어 8행으로 된 14연에서 보면
이 마차는 메뚜기 네 마리가 끌고 있으며, 이들은 날개가 있어서
고삐를 세게 당길 필요가 없고, 푸른 들판의 모든 꽃을 잘 알고 있
다. 그러니까 14연은 "네 마리의 메뚜기들이 그것을/ 네 마리의 회
색 둥근 반점의 백마로서 끈다/ 그들은 좋은 수레꾼이다/ 말과 견
줄 수 있는/ 그들은 날개가 있어서/ 고삐를 아프지 않게 한다/ 그
들은 푸른 들판의 모든 꽃을 안다/ 이슬로 마실 것은 충분하다"고
노래한다. 더욱이 마지막 7행 "그들은 푸른 들판의 모든 꽃을 안
다"와 8행 "이슬로 마실 것은 충분하다"는 반복해서 노래한다.

4행으로 된 15연에서 보면, 마차를 타고 가게 되는 상황에서 서
정적 자아는 그녀에게 함께 갈 수 있는지를 묻는다. "걸어서 가지
않는다/ 애야, 같이 갈 수 있니?/ 속보로 간단다/ 오직 신과 함께"
를 노래한다. 3행과 4행을 반복하고, 마지막으로 아주 나지막하
게 4행을 다시 반복해서 노래함으로써 "신과 함께"하는 것을 강조
하고 있다. 그리고 4행으로 된 마지막 16연에는 여러 가지 변용이
들어 있다. 서정적 자아는 마차에게 유쾌하게 그들을 실어 나르라
고 주문하면서 마차가 그들을 떨어뜨리게 되면 그들은 꽃들 속에
서 무덤을 발견하게 될 것이라고 노래한다. 이번 16연에서는 1행
과 2행 "그들이 우리를 실어 나르게 내버려 두렴/ 그들의 유쾌함으
로"를 2번 반복하고는 3행과 4행 "그들이 우리를 마차에서 떨어뜨
리면/ 우리는 꽃들 속에서 하나의 무덤을 발견한다"라고 노래한다.
이어 3행과 4행을 반복하고는 피아노의 짧은 간주가 들어간다. 다

시 4행 "우리는 꽃들 속에서 하나의 무덤을 발견한다"만 세 번 더 반복해서 노래하는데 그 톤이 점점 낮아져서 마지막 세 번째는 낭송조로 노래한다. 이로써 죽음에 대한 뜻이 강조되고 있다. 그러면서도 4행의 반복들에서 피아노 반주와 목소리가 서로 대화를 주고받는 것처럼 펼쳐지는 점이 눈에 띈다.

뢰베의 이 가곡은 뤼케르트의 긴 담시를 마치 작은 극적 줄거리가 있는 노벨레처럼 다양한 톤과 빠르기로 노래하는 점에서 돋보인다.

1.3 슈베르트의 뤼케르트-가곡들

슈베르트Franz Schubert(1797~1828)는 뤼케르트의 시 약 6편에 곡을 붙였고, 여기서는 그 가운데 4편의 곡을 다루고자 한다.

1) 〈그녀가 여기에 있었다는 것은〉

슈베르트는 뤼케르트의 3연 4행시 〈동풍이 향기들을Daß der Os-twind Düfte〉[10]에 곡을 붙였고, 이 시에 슈베르트 이외에 마이어베어가 곡을 붙였다. 슈베르트의 가곡 〈그녀가 여기에 있었다는 것 Daß sie hier gewesen〉(D. 775)에서는 피아노의 서주 없이 바로 노랫말이 나온다. 흥미로운 점은 뤼케르트의 시에 1인칭, 2인칭, 3인칭이 모두 등장하는 점인데, 1연에서는 네가 여기에 있었다, 2연에서는 내가 여기에 있었다, 3연에서는 그녀가 여기에 있었다고 표현하고

---

10) Franz Schubert Lieder, Vol. II, EMI Records Ltd. 2001, 24쪽.

있다. 동풍의 바람결에 실려 오는 향기로 사랑하는 사람이 이곳에 있었다는 것을 알게 되었고 그녀가 눈물을 흘렸으며 끝내 향기와 눈물이 그녀가 이곳에 있었음을 알게 해 준다고 전체적으로 느리고 차분하게 노래하고 있다.

1연 "동풍이 향기를/ 공중으로 내뿜는 것은/ 그로 말미암아 그는 알게 된다/ 네가 여기에 있었다는 것을"이라고 차분하고 느리게 노래한다. 4행 "네가 여기에 있었다는 것을"은 반복해서 노래한 다음 피아노의 느린 간주로 서정적 자아가 그녀의 존재를 여기에서 인지하는 것을 강조하고 있다. 2연 "여기서 눈물이 흘러내리고/ 그로 말미암아 넌 그 내부에 있게 될 것이다/ 그렇지 않았다면 넌 알지 못했을 것이다/ 내가 여기에 있었다는 것을"이라고 노래한다. 이번에는 그녀도 그가 이곳에 엇갈려 있었다는 것을 인지하고 슬퍼한다고 노래했는데, 마지막 4행은 반복되고, 이어 피아노의 느린 간주가 들어간다. 간주는 다소 격정적으로 연주가 바뀌면서 3연으로 넘어간다.

3연의 1행과 2행 "아름다움인가 사랑인가/ 그녀는 숨겨진 채 있나?"는 격정적으로 노래하고, 이어 피아노의 나지막하고 느리고 짧은 간주가 노랫말을 되새김질하고 있다. 3행과 4행 "향기와 눈물이 알게 해 준다/ 그녀가 여기에 있었다는 것을"이라고 느리고 애수에 차서 노래하고 다시 4행을 반복한다. 더욱이 3행의 향기와 눈물은 아주 길게 늘여서 애잔하게 노래함으로써 그녀가 이곳에 있었음을 알게 되었다는 뜻을 강조하고 있다. 이어 피아노의 간주가 들어간 뒤 다시 3행과 4행을 반복하고, 재차 4행 "그녀가 여기에 있었다는 것을" 부분을 반복해서 노래하고는 피아노의 후주로 곡을 끝내고 있다. 슈베르트의 이 가곡에서는 더욱이 피아노의 연주가 절제되고 있는데, 노랫말의 뜻이 주로 성악가의 목소리로 강

조되도록 적절히 낮거나 느리게 또는 휴지부를 잠깐씩 두는 방식
으로 보조하는 점이 독특하다.

2) 〈넌 안식이다〉

슈베르트는 뤼케르트의 〈동방의 장미〉 가운데 세 번째 5연 4행
시 〈넌 안식이다Du bist die Ruh〉(RG, 108~109)에 곡을 붙였다. 이 시
에는 슈베르트, 파니 헨젤을 포함해서 13명의 작곡가가 곡을 붙
였다. 슈베르트의 〈넌 안식이다〉(D. 776)는 뤼케르트의 5연 4행시
를 6연 4행시로 노래하는데, 이것은 5연을 반복함으로써 이루어지
고 있다. 또 1연과 2연을 하나의 가절로 묶고 3연과 4연 또한 하나
의 가절로 묶어서 노래하고, 마지막 5연과 5연의 반복은 다소 변용
된 가절로 노래하는 특징이 있다. 슈베르트의 가곡은 아름답고 서
정적인 피아노의 서주로 곡을 시작하는데 1연 "넌 안식이다/ 온화
한 평화다/ 넌 동경이고/ 뭔가를 진정시키는"이라고 노래한다. 이
어 2연으로 넘어가서 "난 너에게/ 기쁨과 고통을 온전히 바친다/
여기 집으로/ 내 눈과 마음을"이라고 노래한다. 마지막 4행은 반복
해서 노래하고 이어 피아노의 부드럽고 낭만적인 주 모티브를 간
주로 연주한다. 그러니까 여기 1연과 2연은 하나의 가절로서 안식
이자 평화이고 동경으로 상징되는 연인에게 서정적 자아는 기쁨과
고통, 눈과 마음을 온전히 바친다고 노래한다.

3연과 4연 또한 하나의 가절로서 1연과 2연의 같은 멜로디와 똑
같이 노래하고 있는데, 3연은 "내 곁으로 돌아오렴/ 잠그렴/ 네 뒤
로 조용히/ 문들을"이라고 노래하고 바로 4연으로 넘어간다. 여기
서는 "다른 고통을 쫓아내렴/ 이 가슴으로부터/ 이 마음을 가득 차

게 하렴/ 너의 즐거움으로"라고 노래한다. 그러고 나서는 4행 "너의 즐거움으로"를 반복해서 노래한 뒤 피아노의 낭만적이고 서정적인 주 모티브의 간주가 들어간다. 그러니까 연인에게 서정적 자아는 자신에게 돌아와서 조용히 문을 잠그고, 그의 마음속 고통을 내쫓고 대신 그녀의 즐거움으로 그의 마음을 가득 채워 달라고 노래한다. 피아노의 간주는 바로 이러한 서정적 자아의 낭만적 염원을 담고 있다.

5연은 "이 눈의 천막은/ 너의 광채로 말미암아서만/ 밝아진다/ 오, 가득 채우렴!"이라고 노래하는데, 마지막 4행 "오, 가득 채우렴"은 반복된다. 그리고 2행과 3행은 가장 높은 톤으로 "너의 광채로 말미암아서만/ 밝아진다"라고 노래하고 있다. 그러니까 이제 서정적 자아의 눈은 오직 그녀의 광채에 따라서만 밝아지기 때문에 그녀의 광채로 그의 눈을 가득 채우게 해 달라고 노래하는 것이다. 그 뒤로는 피아노의 부드러운 간주가 이어지고, 다시 5연 전체가 반복된다. 더욱이 마지막 4행 "오, 가득 채우렴"이 반복될 때는 간청하듯 부드러운 톤으로 바뀌고, 이어서 피아노의 잔잔한 후주로 곡이 끝난다. 슈베르트의 이 곡은 전체적으로 낭만적이고 서정적인 분위기가 주조를 이루고 있다.

3) 〈웃음과 울음〉

슈베르트는 뤼케르트의 〈동방의 장미〉 네 번째 2연 6행시 〈웃음과 울음Lachen und Weinen〉(RG, 109)에 곡을 붙였다. 슈베르트의 〈웃음과 울음〉(D. 777)은 화려한 피아노의 서주로 곡을 시작한다. 뤼케르트의 시에서 각 연의 1행과 2행은 같은 내용으로 사랑할 때는 동시에 여러 이유에서 웃음과 울음이 함께하고, 1연의 3행은 아침에는 즐거움에 웃고 2연의 3행은 저녁에는 고통으로 운다고 서로 대비적으로 묘사하고 있다. 그런데 1연의 4행에서 6행은 저녁의 빛이 비칠 때 서정적 자아는 자신이 왜 우는지 모르겠다고 노래한다. 2연의 4행에서 6행에서는 서정적 자아가 자신의 마음에게 왜 아침마다 웃으면서 깨어날 수 있는지를 물어보겠다고 한다. 시 구조에서 여러 반복적 요소와 대비가 들어 있다.

1연 "웃음과 울음이 동시에/ 아주 여러 이유로 사랑할 때 깃든다/ 아침마다 난 즐거움에 웃고/ 그리고 지금 난 왜 우는지/ 저녁의 빛이 비칠 때/ 나 자신도 모르겠구나"를 노래하고 다시 마지막 6행 "나 자신도 모르겠구나"는 반복해서 노래한 뒤 피아노의 간주가 다시 이어져 서정적 자아가 왜 우는지 모르겠다는 뜻을 강조하고 있다. 그리고 4행 "그리고 지금 난 왜 우는지"는 정말 슬픔이 마음에 잔잔하게 스며들듯 노래하고 있다. 2연은 "울음과 웃음이 동시에/ 아주 여러 이유로 사랑할 때 깃든다/ 저녁마다 난 고통으로 울고/ 그리고 네가 왜 깨어날 수 있는지/ 아침마다 웃음으로/ 오 마음이여, 난 네게 물어봐야만 하겠구나"라고 노래한다. 2연의 1행은 1연의 1행과 같은 내용이지만 이번에는 단어 도치로 "웃음과 울음"을 "울음과 웃음"으로 바꾸고 있다. 그리고 마지막 6행 "오 마음이여, 네게 물어봐야만 하겠구나"를 반복해서 노래한 뒤 피아노의 후주와 함께 곡이 끝나고 있다.

4) 〈내 인사를 받아 주오〉

슈베르트는 〈동방의 장미〉의 6번째 10행시 〈내 인사를 받아 주오〈Sei mir gegrüßt〉(RG, 110)에 곡을 붙였다. 뤼케르트의 이 시에는 동양 시 형식에 영향을 받아 시 구절의 반복 또는 변용 반복이 대표적으로 나타난다. 1행과 2행에는 후렴구처럼 "내 인사를 받아 주오, 내 입맞춤을 받아 주오"가 들어가 있고 이 후렴구는 다시 4행, 6행, 8행과 마지막 10행에도 들어 있다. 이 시에는 슈베르트만이 곡을 붙였고 그의 〈내 인사를 받아 주오〉(D. 741)는 피아노의 낭만적이면서도 다소 격정적인 서주로 곡이 시작된다. 이 가곡에서 후렴구 "내 인사를 받아 주오, 내 입맞춤을 받아 주오"는 같은 멜로디이며, "내 입맞춤을 받아 주오"는 항상 반복하고 있다.

1행 "그대 분열된 자여, 나와 내 입맞춤으로 내 인사를 받아 주오, 내 입맞춤을 받아 주오"라고 노래하고 앞서 언급한 것처럼 "내 입맞춤을 받아 주오"는 반복되고 있다. 2행 "내 동경의 인사에 이르러 내 인사를 받아 주오, 입맞춤을 받아 주오"라고 노래하고 바로 3행으로 넘어가서 "그대, 사랑의 손에 따라 이 마음에 주어진 자! 그리고 이 가슴으로부터 나를 받아 주오"라고 노래한다. 4행 "이 눈물로 내 인사를 받아 주오, 내 입맞춤을 받아 주오"라고 노래하는데, 눈물에 젖은 인사 부분은 격동적인 톤으로 노래한다. 5행 "나와 너 사이가 불화로 멀어지게 된다고 하더라도"와 6행 "운명 같은 질투의 세력이여, 내 인사를 받아 주오, 내 입맞춤을 받아 주오"라고 노래한다. 6행 이전까지의 인사와 입맞춤은 동경과 사랑의 인사였다가 헤어짐으로 말미암은 서먹함이 두 사람 사이에 자리 잡고 6행에서는 운명의 질투심을 느끼면서 인사를 전하고 있다.

7행 "넌 나에게 사랑스럽고 가장 아름다운 봄에 인사와 입맞춤으로 마중하러 왔던 것처럼"그리고 8행 "내 영혼의 가장 빛나는 용암으로/ 내 인사를 받아 주오, 내 입맞춤을 받아 주오"라고 노래함으로써 다시 그의 인사는 영혼과 마음에서부터 나오는 인사가 된다. 9행 "사랑의 입김은 공간과 시간을 없애고 난 네 곁에 있고, 넌 내 곁에 있게 된다"고 노래한다. 이로써 사랑하는 사람들은 시공간을 넘어 드디어 함께 있는 행복한 상황을 맞는다. 마지막 10행 "난 널 이 팔로 품 안에 안는다, 내 인사를 받아 주오, 내 입맞춤을 받아 주오"를 노래하는데 이제 서정적 자아의 인사는 추상적인 것이 아니라 구체적 실체로서 드디어 그녀를 그의 품에 안게 되는 가장 행복한 상태로 고조되고 있다. 노래가 끝나면 피아노의 후주가 이러한 무르익은 사랑을 강조하면서 곡이 끝난다.

1.4 슈만의 뤼케르트-가곡들

슈만은 뤼케르트의 시 28편에 곡을 붙였다. 여기서는 26곡으로 이루어진 연가곡 《미르테의 꽃Myrthen》(Op. 25)에서 뤼케르트 시 5편, 뤼케르트의 《사랑의 봄Liebesfrühling》 가운데 9편의 시에 곡을 붙인 작품 (Op. 37) 및 《민네슈필Minnespiel》(Op. 101)의 뤼케르트 가곡을 다루고 있다.

1) 《미르테의 꽃》에서 뤼케르트 시에 곡을 붙인 가곡들(5곡)

슈만의 연가곡 《미르테의 꽃Myrthen》(Op. 25)은 여러 시인의 작품에 곡을 붙였으며, 여기에 뤼케르트의 시 5편도 들어 있다. 제1곡 〈헌정〉, 제11곡 〈신부의 노래 I〉, 제12곡 〈신부의 노래 II〉, 제25곡 〈동방의 장미〉, 마지막 제26곡 〈종결을 위하여〉가 뤼케르트 시에 곡을 붙인 것이다. 이 연가곡은 1840년 슈만의 가곡의 해에 작곡되었고, 험난한 과정을 거쳐 결혼에 이르는 신부 클라라에게 주는 결혼 선물이기도 했다.

슈만의 제1곡 〈헌정Widmung〉은 뤼케르트의 12행시《사랑의 봄》(1821) 첫 번째 화환의《각성》세 번째 시 〈그대는 내 영혼, 그대는 내 마음Du meine Seele, du mein Herz〉(RG, 113)에 곡을 붙인 것이다. 이 시에는 슈만을 포함해서 9명의 작곡가가 곡을 붙였다. 슈만의 《미르테의 꽃》제1곡 〈헌정〉은 클라라에게 바치는 뜻을 담고 있으며, 이 곡에는 피아노의 서주와 간주 없이 후주만 있다. 1행에서 6행 "그대는 내 영혼, 그대는 내 마음/ 그대는 내 기쁨, 오 그대는 내 고통/ 그대는 내가 살고 있는 내 세계/ 그대는 내가 둥실둥실 떠 있는 내 하늘/ 오 그대는 내 무덤/ 그곳에 영원히 내 근심을 묻었네"라고 가볍고 명랑하게 노래한다. 그러니까 서정적 자아의 연인은 그의 마음, 그의 기쁨, 그의 고통, 그의 하늘이며 동시에 그의 근심을 묻어 버릴 수 있는 무덤인 것이다.

이어 7행부터는 목소리의 톤이 바뀌어 진지하고 느리게 노래한다. 7행과 8행 "그대는 안식, 그대는 평화/ 나에게 그대는 빛나는 하늘"이라고 톤이 낮고 느리고 다소 엄숙하게 노래한다. 그러니까 그녀는 안식, 평화, 빛나는 하늘이라고 노래한 뒤 이어 9행에서 12행 "그대는 날 사랑하고 날 가치 있게 만드네/ 그대 눈빛은 내 앞에서 나를 신성하게 하였고/ 그대는 사랑스럽게 위로 날 들어 올린다/ 내 선량한 정신, 내 더 나은 자아여!"라고 노래한다. 그러니까 서정적 자아는 사랑 덕분에 가치 있는 존재가 되고, 신성하게 되고, 높은 정신을 소유하게 됨으로써 더 나은 자아가 된다. 슈만은 다시 1행에서 4행까지 그녀는 그의 영혼, 그의 마음, 그의 기쁨, 그의 고통, 그의 하늘이라고 반복해서 노래한 다음 마지막 12

행 "내 선량한 정신, 내 더 나은 자아여!"라고 반복 노래한다. 이어
피아노의 후주와 함께 곡이 끝나는데, 이 후주는 고양된 마음을 지
닌 서정적 자아의 기쁨을 드러내고 있다.

슈만의 제11곡 〈신부의 노래Lied der Braut I〉(No. 11)는 뤼케르트
의 《사랑의 봄》 여섯 번째 화환의 《결합》에 나오는 무제의 33번째
3연 4행시에 곡을 붙인 것이다.[11] 이 시에는 슈만을 비롯해서 3명
의 작곡가가 곡을 붙였다. 이 곡은 《미르테의 꽃》의 11번째 노래이
고, 이 곡에는 피아노 간주가 없으며, 곡은 피아노의 우아하고 부드
럽고 짧은 서주와 함께 시작된다. 1연은 "어머니, 어머니, 믿지 마
세요/ 내가 그를 너무나 사랑하기 때문에/ 이제 사랑이 나에게 깨
어진 것이라고/ 예전처럼 그대를 사랑하는 것이"라고 노래한다. 이
제 결혼을 앞둔 딸이 어머니에게 이제 사랑하는 사람이 생겼다고
해서 예전처럼 어머니를 사랑하는 일이 불가능하다고 생각하지 말
라고 노래하고 있다.

2연은 "어머니, 어머니, 내가 그를 본 이후/ 사랑이여, 난 그대
를 정말로 사랑해요/ 그대를 내 마음 쪽으로 끌어당기고/ 그가 내
게 그러했듯 그대에게 입맞춤해요"라고 노래한다. 여기서 2연 1행
과 2행의 내용은 3연의 1행, 2행과 같으며, 2연에서는 마지막 4
행의 일부 "그가 내게 한 것처럼"은 두 번 반복되는데, 더욱이 두
번째 반복에서는 아주 높은 늘임음으로 노래하고 있다. 2연에서
는 딸이 정말로 사랑하는 사람에게 마음이 끌리고 있지만, 그 때문
에 어머니가 그녀에게서 멀어지지 않기를 바라고 있다. 3연에서는
"어머니, 어머니, 내가 그를 본 이후/ 사랑이여, 그대를 정말로 사

---

11) Friedrich Rückert's gesammelte poetische Werke, Bd. 1, Frankfurt/M. 1882,
Reprint 2006, 608~609쪽. 이하 (RGW, 쪽수로 표기함).

랑해요/ 그대가 내게 존재의 뜻을 주었다는 것은/ 나에겐 그런 영광이 되었어요"라고 노래한다. 마지막 4행의 단어 반복이 부분적으로 들어간 채 "나에겐 그런, 그런 영광이 되었어요"를 반복하고 피아노의 부드러운 후주가 곡을 마감하고 있다. 이러한 반복과 피아노의 후주로써 어머니는 딸에게 존재의 뜻을 주었고 이는 빛나는 일이라는 것을 강조하고 있다. 이 가곡은 전체적으로 낭만적이고 서정적인 분위기가 물씬 묻어 있다.

슈만의 제12곡 〈신부의 노래 II〉(No. 12) 또한 뤼케르트의 《사랑의 봄》 여섯 번째 화환의 《결합》에 나오는 무제의 36번째 6행시(RGW, 609~610)에 곡을 붙인 것이다. 이 시에는 슈만 이외에 한 명의 작곡가가 더 곡을 붙였다. 이 곡은 피아노의 나지막하고 느린 서주와 함께 시작되고, 1행에서 6행 "날 그의 가슴에 기대게 해요/ 어머니, 어머니, 두려움을 내려놔요/ 어떻게 그 일이 전환될지 묻지 마세요/ 어떻게 그것이 끝날지 묻지 마세요/ 끝이라고요? 끝은 있을 수 없어요/ 어떠한 전환이 있을지, 저도 몰라요"라고 노래한다. 이어 1행을 반복하고, 다시 일부분 "날 기대게 해요"를 반복하는데 이것은 마치 후주처럼 작용하면서 곡이 끝난다. 여기서는 딸이 어머니에게 염려를 내려놓고, 어떤 변화가 있을지는 알 수 없지만 사랑하는 사람에게 보내 주기를 바라는 염원을 보여주고 있다.

슈만은 뤼케르트의 《동방의 장미》 가운데 8행시 〈멀리 있는 연인에게 보내는 인사〉(WS)에 곡을 붙였으며, 이 시에는 슈만 이외에 3명의 작곡가가 곡을 붙였다. 슈만의 제25곡 〈동방의 장미Aus den östlichen Rosen〉(No. 25)[12]는 피아노의 후주만 있고, 바로 피아노의 반주와 함께 노랫말이 시작된다. 1행에서 8행 "난 장미의 향기

---

12) http://www.recmusic.org/lieder/s/schumann.html 참조. 이하 (WS)로 표기함.

처럼 인사를 전한다/ 난 장미 같은 얼굴에 인사를 전한다/ 난 봄의 애무처럼 인사를 전한다/ 난 봄빛의 눈에 인사를 전한다/ 내 마음을 날뛰게 하는 고통의 거센 파도로부터/ 훈기를 보내고 그것은 너를 부드럽게 건드린다/ 네가 기쁨을 잃은 사람을 생각한다면/ 그러면 내 밤들의 천상은 빛날 것이다"를 편안하고 부드럽게 노래하고 마지막으로 8행 "그러면 내 밤들의 천상은 빛날 것이다"를 반복 노래한 뒤 피아노의 후주가 곡을 마감하고 있다. 이 곡은 서정적 자아가 장미 향기와 같은 인사와 달콤한 봄 인사를 장미로 형상화되는 연인에게 전하고, 사랑의 열정에서 나온 따뜻한 기운을 연인에게 보내고, 그녀가 그를 생각한다면 그의 밤하늘도 빛을 발할 것이라고 노래하고 있다. 전체적으로 피아노의 반주는 서정적이고 낭만적으로 부드럽게 연주하면서 노랫말과 보조를 맞추고 있다.

슈만은 《미르테의 꽃》의 마지막 제26곡 〈종결을 위해Zum Schluß〉 (No. 26)는 뤼케르트의 《사랑의 봄》의 첫 번째 화환 《각성》의 65번째 무제의 8행시(RG, 115)에 곡을 붙인 것이며, 이 시에는 슈만만이 곡을 붙였다. 이 곡에는 피아노의 후주만 있으며 1행에서 8행 "여기, 지상의 근심스런 대기 속에서/ 우울함이 싹트는 곳/ 난 너를 위해 완벽하지 못한/ 화환을 짰고, 누이여, 신부여!/ 저 위 우리를 맞이하는 자인/ 신의 아들을 마주 보게 되면/ 사랑이 화환을 완성하여/ 우리를 엮게 된다, 누이여, 신부여"라고 부드럽게 노래한 뒤 피아노의 다소 엄숙하고 느린 후주가 곡을 마무리하고 있다. 《미르테의 꽃》 연가곡의 이 마지막 곡은 정말로 사랑으로 맺어진 젊은 슈만 부부의 삶의 뜻을 뤼케르트의 시에 음악적으로 투영시켜 곡을 만들었다는 것을 알 수 있다. 실제 "슈만의 《미르테의 꽃》은 자신의 아내 클라라에게 주는 결혼 선물"(Barbara Meier 1995, 73)이었다. 이 연가곡은 가곡 26편으로 이루어져 있으며 뤼케르트, 괴테, 번즈, 하이네, 바이런, 토마스 모어 등 여러 시인의 작품에 곡을 붙인 것이다. 더욱이 이 연가곡의 첫 번째 곡과 마지막 곡은 서정성이 풍부한 뤼케르트의 시에 곡을 붙임으로써 〈헌정〉으로 시작되어 〈종결을 위하여〉, 곧 누이이자 신부인 아내에게 완성된 사랑의 화환으로 두 사람이 엮인다고 노래함으로써 사랑의 뜻을 강조하고 있다.

   2) 《뤼케르트-12편 가곡》(슈만 가곡 9편 + 클라라 슈만
   가곡 3편)

슈만은 1840년 뤼케르트의 《사랑의 봄Liebesfrühling》(1823)에서 발췌한 시 9편에 곡을 붙였고, 클라라 슈만이 작곡한 3곡을 포함해서 1841년 《뤼케르트-12편 가곡》(Op. 37)이 출판되었다. 슈만은 클라라와 함께 가곡집을 내고자 했고, 그런 구상이 그로 하여금 뤼케르트의 시에 곡을 붙이게 된 계기가 되었다. 그리고 이 곡들은 슈만의 가곡 작곡에 전념한 첫 시기의 마지막 작품이기도 하였다. 한편 클라라 슈만은 남편의 생일 선물로 뤼케르트의 시에 곡을 붙였다. 사실 클라라는 자신이 가곡 작곡에는 소질이 없다고 여겼으나 남편의 격려에 힘을 얻었고, 슈만은 두 사람의 이름으로 발표된 작품이 후대에 기억되기를 바랐다. 따라서 슈만에게는 《뤼케르트-12편 가곡》(Op. 37)의 개별 곡을 두 사람 가운데 누가 작곡했는가는 중요치 않았다. 실제 누구인지를 밝히지 않은 채 출판되었고, 뒷날 연구를 거치면서 개별 곡의 작곡가가 밝혀졌다. 뤼케르트-12편 가곡 가운데 〈그는 비바람 속에 왔다〉(No. 2), 〈넌 아름다움 때문에 사랑하니〉(No. 4), 〈왜 넌 다른 사람에게 묻지 않니〉(No.

11)가 클라라의 곡이다.

슈만의 〈하늘이 눈물을 흘렸다Der Himmel hat eine Thräne geweint〉 (No. 1)는 뤼케르트의 《사랑의 봄》 가운데 첫 번째 화환의 《각성》 12번째 "하늘이 눈물을 흘렸다"(RGW, 371)로 시작되는 10행시에 곡을 붙였다. 이 시에는 슈만, 로베르트 프란츠, 막스 레거를 포함해서 14명의 작곡가가 곡을 붙였다. 슈만의 제1곡은 피아노의 아주 낭만적인 반주를 시작으로 노래가 시작된다. 1행에서 3행 "하늘이 눈물을 흘렸다/ 그것은 바다로 흘러들어 없어져 버리는 것을 뜻하였다/ 조개가 와서 그것을 삼켰다"라고 애잔하게 노래한다. 그러니까 하늘이 눈물을 흘렸고 그 눈물은 바다로 흘러들었는데 그것을 조개가 삼킨 것이다.

이어 4행에서 6행은 조개가 눈물에게 부드럽게 속삭이듯 "넌 내 진주가 되어야 해/ 넌 파도 앞에서 겁먹어선 안 돼/ 내가 널 조용히 데려갈게"라고 노래한다. 이어 아주 짧은 피아노의 간주가 잠시 들어가는데 이것은 다음 행의 새로운 의미와의 간격을 뜻하고 있다. 7행에서 10행 "오 그대, 나의 고통이여, 그대 나의 기쁨이여/ 그대 내 마음속 천상의 눈물이여/ 하늘이여, 내가 순수한 마음에서/ 그대의 가장 순수한 눈물방울을 지키게 해다오"라고 노래한다. 그리고 나서는 마지막 10행은 한 단어를 반복하면서 "그대의 가장 순수한, 가장 순수한 눈물방울을 지키게" 해 달라고 반복 노래하고는 피아노의 서정적이고 아름다운 후주가 곡을 마무리하고 있다. 이 피아노의 후주는 하늘은 서정적 자아의 고통과 기쁨을 담은 마음이며, 그와 동시에 영원히 간직해야 하는 가장 순수한 마음속 눈물이라는 것을 강조하고 있다.

클라라 슈만의 〈그는 비바람 속에 왔다Er ist gekommen, in Sturm

und Regen〉(Op. 12 No. 2)는 《뤼케르트-12편 가곡》 가운데 제2곡
으로 들어가 있다. 그녀의 가곡은 뤼케르트의 《사랑의 봄》 가운데
《두 번째 화환》의 7번째 3연 7행시(RSG, 407)에 곡을 붙인 것이며,
이 시에는 그녀를 포함해서 8명의 작곡가가 곡을 붙였다. 뤼케르
트 시 각 연의 1행과 2행은 같은 내용이며, 그것은 "그는 왔다/ 비
바람 속에"이다. 클라라의 가곡은 격정적인 피아노의 서주로 곡이
시작되는데 1연의 1행에서 4행 "그는 왔다/ 비바람 속에/ 그를 불
안케 했다/ 내 마음이"를 노래하고 피아노의 격정적인 간주가 들
어간다. 그런데 3행과 4행에서 서정적 자아가 그를 불안케 했다는
뜻은 1행과 2행 비바람 속에 그가 온 것보다 더 고양된 톤으로 노
래하고 있다. 이런 고양된 톤은 그대로 유지되어 피아노의 격정적
인 간주로 바뀐다. 이어 5행에서 7행 "내가 어떻게 예감할 수 있었
나/ 그의 길들이/ 내 길 가운데 하나가 되어야만 한다는 것을"이라
고 노래하고는 피아노의 격동적인 주 모티브 멜로디의 간주가 들
어간다. 그러니까 그의 삶의 길들은 서정적 자아의 길 가운데 하나
가 되어야 하는 것을 어떻게 미리 알 수 있겠는가라고 의문을 제기
하고, 그 물음은 피아노의 간주로 강조되고 있다.

〈그는 비바람 속에 왔다〉의 악보 일부

2연의 1행에서 4행이 이번에는 처음부터 높은 톤으로 노래하는데 "그는 왔다/ 비바람 속에/ 그는 받아들였다/ 내 마음을 무모하게"를 노래하고 피아노의 간주가 들어간다. 그러니까 그는 비바람 속에 왔고 서정적 자아의 마음을 대담하게 받아들였다고 격정적으로 노래한 것이다. 더욱이 이번에는 1행과 2행에서 그가 비바람 속에 왔다는 것을 높고 강한 톤으로 노래하고 이어 피아노의 간주가 그의 존재를 격정적으로 부각시키고 있다. 다음 5행에서 7행 "그는 내 마음을 받았는가?/ 난 그의 마음을 받았는가?/ 두 사람은 서로 환영하였다"고 진정된 톤으로 노래하고는 피아노의 간주가 들어간다. 그러니까 두 사람은 서로 마음이 통하였는지를 묻고 그들은 마음으로부터 서로 환영했다고 노래하고 있다.

3연에서 클라라 슈만은 시의 내용을 변용하고 있다. 뤼케르트 시 3행과 4행 "이제 불타고 있다/ 봄의 축복이", 곧 봄의 축복이 타오르고 있다는 뜻을 클라라의 곡에서는 '불타고 있다'는 생략하고 오히려 '봄의 축복이 이제 왔다'라고 시의 내용을 바꾸어서 노래하고 있다. 클라라의 곡에서 3연은 "그는 왔다/ 비바람 속에/ 이제 왔다/ 봄의 축복이/ 친구는 계속 간다/ 난 그것을 명랑하게 본다/ 왜냐하면 그는 나의 모든 길 위에 남아 있기 때문에"라고 노래한다. 그런데 여기에 시행 반복들이 들어가 있는데, 그녀의 가곡에서는 3연 1행과 2행 "그는 왔다/ 비바람 속에"를 반복하는데, 반복할 때 더 격앙되고 높은 톤으로 힘차게 노래하고는 피아노의 간주가 들어간다. 이어 "이제 왔다/ 봄의 축복이"라고, 그러니까 그가 온 것이 아니라 봄의 축복이 이제 왔다고 시의 뜻을 바꾸어 노래한 것이다. 여기서 좀 더 깊이 생각해 보면, 클라라의 곡에서는 비바람 속에 온 그는 바로 봄의 축복이라는 것을 알 수 있다. 그렇다면 오히려 뤼케르트의 시의 뜻을 심층적으로 해석하고 있다고 할 수 있다.

그뿐만 아니라 그 봄의 축복은 친구이기도 한 것이다. 클라라 슈만은 3행과 4행 "이제 왔다/ 봄의 축복" 다음에 5행에서 7행 "그 친구는 계속 간다/ 난 그것을 명랑하게 본다/ 왜냐하면 그는 나의 모든 길 위에 남아 있기 때문에"라고 노래하고는 다시 마지막 7행 "왜냐하면 그는 나의 모든 길 위에 남아 있기 때문에"라고 반복해서 노래한다. 그리고 나서 다시 한 번 3연의 3행에서 7행까지, 봄의 축복이 왔고, 그 친구는 계속 자기 길을 가는데, 서정적 자아는 그것을 즐거운 마음으로 지켜본다. 그 이유는 서정적 자아의 모든 길 위에 그 흔적이 남아 있기 때문이라고 반복해서 노래한다. 노래가 끝나면 피아노의 후주가 축하의 뜻을 담고 격정적이면서도 아름답게 곡을 마감한다.

슈만은 뤼케르트의 《사랑의 봄》 가운데 《여섯 번째 화환》의 11번 째 8행시(RGW, 597)에 곡을 붙였고, 이 시에는 슈만을 포함해서 2명의 작곡가가 곡을 붙였다. 슈만의 제3곡 〈오 너희들 주인이여 O ihr Herren, o ihr werten〉는 피아노의 후주만 있는 가곡으로서 행진곡풍의 명랑한 노랫말로 시작하고 있다. 1행에서 4행은 "오 너희들 주인이여, 오 너희들 귀하고/ 위대하고 부유한 주인이여/ 너희들의 아름다운 정원에서/ 너희는 나이팅게일이 필요하지 않은가?"라고 노래한다. 이어 5행에서 8행 "여기 한 사람이/ 세상을 따라 고요한 자리를 찾는다/ 나에게 한 자리를 마련해 주오, 그러면 난/ 노래로서 그 값을 치르고 싶구나"라고 노래한 뒤 피아노의 후주가 곡을 마무리하고 있다. 이 가곡에서는 정원, 나이팅게일, 고요한 자리, 노래 등 낭만적 동기가 되는 낱말들이 들어 있고, 게다가 정원의 주인은 자연이고 서정적 자아에게 고요한 삶의 자리를 마련해 준다면 노래를 그 대가로 지불하고자 하는 마음이 더없이 아름답게 나타나고 있다. 이러한 시의 분위기는 당당하고 담담한 노래의 톤으로, 다만 마지막 7행과 8행은 다소 고양된 톤으로 노래하고는 피아노의 후주가 아름다운 서정성을 드러내면서 곡을 끝내고 있다.

클라라 슈만의 〈넌 아름다움 때문에 사랑하니Liebst du um Schön-heit〉(Op. 12 No.4)는 《뤼케르트-12편 가곡》의 제4곡이다. 클라라는 뤼케르트의 4연 4행시 〈탠델라이Taendelei〉(RG, 80)에 곡을 붙였고, 이 시에는 그녀와 말러를 포함해서 7명의 작곡가가 곡을 붙였다. 뤼케르트의 〈탠델라이〉는 무척이나 재미있는 시인데, 아름다움만을 기준으로 사랑한다면 오히려 황금빛 머리를 지닌 태양을 사랑하는 편이 낫고, 젊음을 기준으로 사랑한다면 오히려 해마다 오는 봄을 사랑하는 편이 낫고, 보물을 기준으로 사랑한다면 오히려 많은 진주를 가진 인어공주를 사랑하는 편이 낫지만 사랑만을 기준으로 한다면 제발 서정적 자아만을 사랑하라고 주문하면서 그러면 그도 그 사랑에 대해서 늘 화답할 것이라고 응수하고 있다.

클라라의 가곡은 아름다운 피아노의 부드러운 서주와 함께 1연 "아름다움 때문에 사랑하니/ 제발 날 사랑하지는 마라/ 태양을 사랑해라/ 태양은 황금빛 머리를 지니고 있다"고 노래한다. 1연에서 서정적 자아는 아름다움 때문에 사랑한다면 제발 그를 사랑하지 말고 황금빛 머리를 가진 태양을 사랑하라고 노래한다. 1연 1행의 끝 부분 "아름다움"은 더욱이 톤을 높이 올려 노래하고 2행은 여전히 높은 톤을 유지하다가 끝 부분에서 하강하면서 3행 "태양을 사랑하라"는 안정된 톤으로 바뀌고 4행은 서서히 하강하는 톤으로 노래하면서 2연으로 넘어간다.

　2연은 "넌 젊음 때문에 사랑하니/ 제발 날 사랑하지는 마라/ 봄을 사랑하라/ 그건 해마다 젊다"고 노래한다. 2연은 1연의 멜로디를 다소 변용해서 더욱이 2연 3행 "봄을 사랑하라"와 4행의 마지막 "해마다"는 높은음으로 노래하고는 3연으로 넘어가고 있다. 3연은 1연과 같은 멜로디와 노래형식으로 되어 있으며, "넌 보물 때문에 사랑하니/ 제발 날 사랑하지는 마라/ 인어공주를 사랑하라/ 그녀는 많은 진주들을 가지고 있다"고 노래한다. 그러니까 2연에서는 젊음을 사랑한다면 차라리 해마다 오는 봄을 사랑하고, 3연에서는 보물을 사랑한다면 많은 진주를 가진 인어공주를 사랑하라고 노래하고 있다. 그리고 절정이 되는 4연으로 넘어가고 있다.

　이 가곡에서도 시의 뜻이 지니고 있는 절정을 반영해서 시행 반복이 이뤄지고 있다. 4연의 1행과 2행 "너는 사랑 때문에 사랑하니/ 그래 제발 날 사랑하라"를 노래하는데, 더욱이 "그래 제발"이라고 하는 부분에서는 그 말의 뜻이 실감 날 정도로 목소리에 그런 감정이 표현되고 있다. 그리고 다시 1행과 2행을 반복 노래할 때는 강조점을 특별하게 두지 않고 있다. 이어 3행과 4행 "날 항상 사랑하라/ 나도 널 항상 사랑한다"고 노래하는데, 더욱이 4행은 가장 높은 낭송조로 노래한다. 그리고는 피아노의 낭만적인 후주가 곡을 끝내고 있다.

　슈만은 같은 시집 《첫 번째 화환》의 두 번째 6연 4행시(RG, 111)에 곡을 붙였고, 슈만, 프란츠를 포함해서 6명의 작곡가가 곡을 붙였다. 슈만의 제5곡 〈난 내 안으로 빨아들였다Ich hab' in mich gesogen〉는 피아노의 서주와 후주만 있는 가곡으로서 길고 아름다운 서주와 함께 곡이 시작된다. 1연 "난 내 안으로 빨아들였다/ 충실하고 사랑스럽게 봄을/ 세상에서 도망친 봄이/ 여기 내 마음에 남아 있었다는 것을"이라고 노래한다. 그러니까 1연에서는 서정적 자아가 봄을 그의 마음으로 빨아들였고, 세상에서 도망친 봄은 그의 마음에 남아 있다고 노래하고 있다. 이어 2연 "여기 푸른 공기들이 있다/ 여기 푸른 들판들이 있다/ 여기 꽃들, 향기들이/ 활짝 핀 장미 울타리가 있다"고 노래한다. 2연에서는 푸른 공기, 푸른 들판, 꽃과 향기, 만개한 장미 울타리가 있다고 노래되고 있다.

3연은 "여기 가슴에 기대어/ 달콤한 사랑의 탄식과 함께/ 사랑하는 이여/ 봄의 환희를 갈구하는구나"라고 노래한다. 그러니까 사랑하는 사람은 사랑의 탄식과 함께 봄의 환희를 갈구한다고 노래하고 있다. 4연은 "그녀는 몸을 기대고 귀 기울이고 있구나/ 그리고 고요한 기쁨 속에서 듣고 있구나/ 봄의 물결들이/ 그들 시인의 가슴에서 찰랑거리는구나"라고 노래한다. 이 연에서는 그녀가 고요한 기쁨 속에 귀 기울이고 있고 봄의 물결이 시인처럼 그녀의 가슴에서 출렁거린다고 노래하고 있다. 5연은 "거기 노래들로 샘이 솟구친다/ 그리고 노래 위로 흐른다/ 가장 완벽한 봄 위로/ 신이 나에게 선사한 봄"이라고 노래한다. 그러니까 노래로 말미암아 샘이 솟아나고 신이 선사한 가장 완벽한 봄과 노래 위로 샘이 흐른다. 마지막 6연은 "그녀처럼 그것에 취해서/ 주위 공간을 빙 둘러본다/ 그녀의 불꽃으로 말미암아/ 세상이, 봄의 꿈이 피어난다"고 노래한 뒤 피아노의 짧은 후주가 곡을 끝내고 있다. 이 6연은 그녀처럼 노래에 취해서 주위를 둘러보게 되고 그녀의 불꽃으로 말미암아 봄의 꿈이 피어난다고 노래하고 있다. 전체적으로 이 가곡은 빠르지 않으며 감정의 큰 변화 없이 불린다. 피아노 반주는 낭만적인 분위기를 덧붙이면서도 노랫말과 나란히 시의 뜻을 해석하는데 이바지하고 있다.

슈만은 뤼케르트의 같은 시집 《두 번째 화환》의 두 번째 4연 9행시(RGW, 403~404)에 곡을 붙였다. 슈만의 제6곡 〈사랑이여, 무엇이 우리를 헤어지게 할 수 있나?Liebste, was kann denn uns scheiden?〉는 유절가곡으로서 아주 드물게 피아노의 서주, 간주, 후주가 없는 곡이다. 뤼케르트의 이 시는 더욱이 반복과 변용이 많은데, 슈만은 바리톤과 소프라노의 이중창으로 이러한 반복성을 적절하게 극적으로 만들고 있다. 1연은 바리톤이 주로 노래하며, 부분적으로만 이중창으로 노래한다. 1연의 1행에서 6행 "사랑이여, 무엇이 우리를 헤어지게 할 수 있나?/ 그건 피하는 것일수 있나?/ 피하는 것이 헤어짐일 수 있나, 아니야/ 우리가 만나는 것을 피한다 하더라도/ 나눌 수 없도록/ 우리가 마음으로 원하지"라고 노래한다. 여기서 4행 마지막 단어 "아니야"는 이중창으로 노래함으로써 나눌 수 없다는 뜻을 강조하고 5행 "나눌 수 없도록"은 반복 노래함으로써 헤어질 수 없다는 마음을 이중으로 강조하고 있다. 그리고 5행 "나눌 수 없도록" 또한 각 연에서 반복되고 있다. 다음 7행에서 9행 "나와 너/ 너와 나/ 사랑이여, 우리는 하나이고자 한다"라고 노래하고는 다시 9행 "사랑이여, 우리는 하나이고자 한다"는 다시 이중창으로 반복 노래한다. 이 시에서 7행에서 9행은 후렴귀로 각 연에서 같은 방법으로 노래 부른다. 그러니까 1연에서는 사랑하는 두 사람을 나눌 수 있는 것은 아무것도 없다는 것을 강하게 표현하고 있다.

2연은 소프라노가 1행에서 6행 "사랑이여, 무엇이 우리를 헤어지게 할 수 있나?/ 숲과 황야가?/ 먼 곳이 우리를 나눌 수 있나? 아니야/ 우리의 사랑은 이 지상에 있지 않아/ 나눌 수 없도록/ 우리는 하늘에 있고자 하지"라고 노래한다. 1연과 마찬가지로 3행의 일부분 "아니야"는 이중창으로 노래하고, 5행의 "나눌 수 없도록"
은 반복 노래함으로써 사랑은 그 무엇으로도 나눌 수 없다는 뜻이
이중으로 강조되고 있다. 7행에서 9행은 1연과 같은 방법으로 노
래되고 있으며, 사랑하는 사람은 일심동체라는 점을 강조하고 있
다. 2연에서는 그들의 사랑을 이 지상에서 나눌 수 있는 것은 없으
며 게다가 그들은 천상에 있음으로써 늘 하나이고자 한다. 3연은
다시 바리톤이 1행에서 6행 "사랑이여, 무엇이 우리를 헤어지게
할 수 있나?/ 행복과 고통이?/ 그 두 가지가 우리를 나눌 수 있나?
아니야/ 나에게 행복, 고통을 허락하렴/ 나눌 수 없도록/ 내 운명
은 너로부터 온 것이어야 한다"고 노래한다. 그러니까 행복과 고
통도 사랑을 나눌 수 없으며, 서정적 자아의 운명은 오직 사랑하는
사람으로부터 유래했기 때문에 어떠한 경우에도 나뉠 수 없는 사
이라는 것이 점진적으로 강조되어 있다. 3행의 일부분 "아니야"는
이중창으로 노래 부르고. 5행은 반복하여 부른다. 그리고 7행에서
9행은 각 연을 같은 방법으로 노래하고 있다.

　마지막 4연은 다시 소프라노가 1행에서 6행 "사랑이여, 무엇이
우리를 헤어지게 할 수 있나?/ 미움과 질투가?/ 세상이 우리를 나
눌 수 있나? 아니야/ 어느 누구도 너의 평화를 방해하지 않아/ 나
눌 수 없도록/ 우리는 영원하고자 한다"고 노래한다. 또한 3행 일
부분 "아니야"는 이중창으로 노래하고 5행은 반복 노래한다. 그리
고 7행에서 9행 "나와 너/ 너와 나/ 사랑이여, 우리는 하나이고자
한다"는 이중창으로 노래하고, 마지막 9행을 반복해서 이중창으로
노래하고 있다. 뤼케르트의 시에서 보면 각 연에서 반복되는 시행
은 각 1행 "사랑이여, 무엇이 우리를 헤어지게 할 수 있나?", 3행
일부 "아니야", 5행 "나눌 수 없도록", 7행에서 9행 "나와 너/ 너

와 나/ 사랑이여, 우리는 하나이고자 한다"이다. 그렇게 되면 실제로 첫 시행에 대한 답변이 되는 부분인 2행에서 4행만 다른 내용으로 이뤄져 있다. 그래서 슈만은 그의 가곡을 유절가곡으로 만들어서 뤼케르트 시가 지닌 반복성을 드러내고 있으며, 바리톤과 소프라노의 이중창에 따라서 시의 뜻을 강화하고 있다. 그러니까 목소리에 따른 음악적 해석에 주안점을 두고 있으며 피아노는 제한적인 반주의 역할을 하고 있을 뿐이다.

슈만은 뤼케르트의 같은 시집 《첫 번째 화환》의 30번째 2연 4행 시(RSG, 381~382)에 곡을 붙였고, 이 시에는 3명의 작곡가가 곡을 붙였다. 뤼케르트의 시에서 보면 1연의 1행과 2행은 2연의 3행과 4행으로 반복되는 구조이다. 슈만의 제7곡 〈봄의 향연은 아름답다 Schön ist das Fest des Lenzes〉는 제6곡 〈사랑이여, 무엇이 우리를 헤어지게 할 수 있나?〉처럼 이중창으로 노래 부르고, 피아노의 서주와 후주가 없다. 그리고 이번에는 이중창이 서로 엇갈려 겹치면서 노래하는 구조를 띠고 있다. 그러니까 번갈아 가면서 노래하다가 어느 부분은 같이 이중창으로 노래하는 것이 아니라, 주로 바리톤이 먼저 노래를 시작하면 소프라노가 따라 겹쳐서 노래하는 형식인 것이다.

1연의 1행에서 4행은 "봄의 향연은 아름답다/ 하지만 그건 3일 동안 지속될 뿐이다/ 넌 사랑으로 그것을 장식하렴/ 장미로, 그것이 시들기 전에"라고 노래한다. 그러니까 3일 동안 지속되는 봄의 향연을 사랑의 장미로 장식하라고 노래하고 있다. 이어 2연에서는 짧게 벌어지는 봄의 향연 때 술집 주인이 흥겨운 술잔을 권하고 봄의 노래도 부른다. 2연의 1행과 2행 "넌 잔을 가지고 권하렴/ 오, 술집 주인이여, 이때 나에게 노래하렴"을 노래하는데, 이번에는 2

행의 마지막 부분 "이때 나에게"는 반복 노래하면서 피아노의 아주
짧은 간주가 들어가고 있다. 3행과 4행은 1연의 1행과 2행과 같은
내용으로 "봄의 향연은 아름답다/ 하지만 그건 3일 동안 지속될 뿐
이다"라고 노래하는데, 4행의 "하지만"은 반복 노래하고 이번에는
소프라노가 먼저 노래하고 바리톤이 따라서 노래하는 이중창이 되
고, 다시 4행의 일부분 "수 일 동안"은 함께 이중창으로 노래하면
서 곡을 끝내고 있다. 슈만의 가곡에서는 뤼케르트의 시가 지닌 반
복성을 이중창으로 노래하게 함으로써 그 단조로움을 피하면서도
곡을 흥미롭게 만들고 있다.

  슈만은 뤼케르트의 같은 시집 《세 번째 화환》의 87번째 10연 4
행시(RSG, 494~495)에 곡을 붙였고, 이 시에는 슈만 이외에 다른 한
명의 작곡가가 곡을 붙였다. 슈만의 제8곡 〈날기 위하여 날개야,
날개야Flügel! Flügel! um zu fliegen〉에는 3가지 톤이 대비적으로 들어
가 있는데, 1연에서 5연은 빠르고 명랑한 톤, 6연에서 8연은 느린
낭송조, 9연은 다시 노래가 빨라지면서 마지막 10연은 격정적으로
노래하고, 그리고 피아노의 후주 또한 격정적으로 길게 연주되면
서 곡이 끝나고 있다. 1연에서는 "날기 위해서 날개야, 날개야/ 산
과 계속 위를/ 내 마음을 잠재우기 위해, 날개야/ 아침의 빛 위로"
라고 노래한다. "날개야"라고 노래할 때는 마치 날개를 부르는 느
낌을 자아내고 있다. 이제 산과 계곡 위를 날기 위해서, 그리고 서
정적 자아의 마음을 잠재우기 위해서 아침의 빛 위로 날아가자고
노래하고 있다. 2연은 "바다 위를 떠도는 날개여/ 아침놀과 함께/
삶 위로, 날개야, 날개야/ 묘지와 죽음 위로"라고 노래하는데, 더
욱이 4행의 노랫말과 함께 하는 피아노의 반주가 돋보이고 있다. 2
연에서는 이제 바다 위로 아침놀과 함께 날게 되는데, 삶, 묘지, 죽

음 위로 날아다니게 된다. 3연은 "젊음이 가졌던 것처럼 날개야/ 젊음이 나에게서 도망쳐 버렸기 때문에/ 행복의 그림자처럼, 날개야/ 그림자는 내 마음을 속였다"고 노래한다. 그러니까 날개를 가진 젊음은 달아나 버렸고, 행복은 허상이었기 때문에 서정적 자아는 젊음에 배신당했다고 여긴다.

4연은 "지나간 나날들을/ 쫓아가는 날개야/ 친구들을 쫓는 날개야/ 바람 속에 도망쳐 버린 친구들을" 노래하는 데 앞서 2연의 피아노 반주와 같은 주 모티브가 나오면서 노랫말을 적절하게 뒷받침하고 있다. 여기선 날개가 지나간 나날들과 도망가 버린 친구들을 뒤쫓고 있다고 노래하고 있다. 5연은 "나이팅게일과 닮은 날개여/ 장미들이 달아날 때/ 안개가 자욱한 땅으로부터/ 그것들을 쫓기 위해서"라고 노래하고 다시 "날개야"를 두 번 반복 노래한다. 그러니까 나이팅게일의 날개와 닮은 날개가 이번에는 안개 자욱한 곳으로부터 달아나는 장미를 쫓아서 날고 있다. 그리고는 잠시 휴지부가 들어가는데, 이것은 지금까지의 톤이 낭송조로 느리게 바뀌어 노래하게 될 것을 준비하고 있다.

6연은 "아! 유배의 해변가로부터/ 어느 작은 배도 손짓하지 않는 곳에서/ 고향 땅을 찾아가는 날개야/ 왕관이 번쩍이는 곳에"라고 느린 낭송조로 노래한다. 그리고 3행의 일부 "날개"는 반복해서 노래한다. 이제 서정적 자아는 어느 배도 그에게 손짓을 보내지 않는 유배지의 해안가에서 왕관이 번쩍이는 고향 땅을 찾아갈 수 있는 날개를 기다리고 있는 것이다. 7연은 "자유여, 나비가 되기 위해서/ 유충의 삶에서 무르익는 것과 같은/ 영혼의 날개가 펼쳐질 때/ 껍질을 벗어 버릴 때"라고 노래한다. 이번에는 자유를 동경하는데 그것은 마치 애벌레가 껍질을 벗고 나비가 되는 것처럼 영혼의 날개가 펼쳐지면 그 껍질도 벗겨져 자유를 얻게 되는 것을 6연보다도 더 느린 낭송조로 노래한다. 8연은 "가끔은 고요한 자정에/ 난 비약하는 것을 느낀다/ 꿈의 힘으로 날개들이/ 별들의 문을 향해서"라고 노래한다. 여기서는 고요한 자정이 되면 가끔 날개의 비약을 느끼고, 그 꿈의 날개들은 별들을 향해서 날아간다고 여전히 느리고 부드러운 톤의 낭송조로 노래한다.

9연은 "하지만 성장한 깃털들은/ 밤의 향기에/ 난 다시 방울방울 떨어져 나가는 것을 본다/ 아침의 공기에"라고 빠르게 노래한다. 그러니까 날개의 깃털이 아침 공기에 낱개로 떨어져 가는 것을 본다고 노래함으로써 마지막 10연의 내용이 심상치 않음을 나타내고 있다. 10연은 "태양의 불이 날개를 녹이고/ 이카로스는 바다로 떨어진다/ 감각의 쏴쏴거리는 소리가/ 영혼 위를 감돈다"라고 격정적으로 노래한다. 이제 서정적 자아의 날개는 이카로스의 날개가 되어 태양빛에 녹아서 바다로 떨어져 버리고, 그 날개를 삼킨 파도 소리만 여운으로 그의 영혼 위를 감돈다고 노래하고 있는 것이다. 그런 비극적 결말을 피아노의 격정적인 후주가 강조하고 있는데, 이번 슈만의 가곡에서는 다른 뤼케르트의 가곡들보다 피아노가 목소리와 대등하게 시를 해석하는 적극적 역할을 하고 있다.

슈만은 뤼케르트의 같은 시집《첫 번째 화환》의 17번째 10연 4행시(RSG, 374~375)에 곡을 붙였고, 여기에는 슈만을 포함해서 3명의 작곡가가 곡을 붙였다. 뤼케르트의 시는 10연이기는 하지만 1연, 4연, 7연과 10연은 같은 내용으로 되어 있다. 따라서 실제는 7연 4행시의 뜻을 지니고 있으며 1연의 내용은 후렴처럼 반복되는 특징이 있다. 슈만은 그의 제9곡〈장미, 바다, 태양Rose, Meer und Sonne〉에서 이런 시 형식을 대입하여, 1연, 2연, 3연을 하나의 가절로 묶어서 전체적으로 세 개의 가절을 만들고 10연만 다시 1연을 다소 변용한 멜로디로 작곡하였다. 그러니까 1연, 4연, 7연을 중심으로 각각 3연씩 묶어 하나의 가절로 만들어서 전체적으로 유절가곡으로 완성되었다.

슈만의 가곡은 피아노의 서주와 함께 1연 "장미, 바다와 태양은/ 나의 가장 사랑하는 사람의 모습이다/ 그녀의 기쁨과 함께 그것은/ 나의 모든 삶을 에워싼다"라고 노래한다. 2연 "모든 광채는 녹고/ 봄의 평야의 모든 이슬은/ 하나가 되어/ 장미의 목덜미에 누워 있다"고 노래한 뒤 이어 3연 "모든 색들은/ 봄의 광야에서 모든 향기들이 다툰다/ 솟아나기 위해서/ 장미의 모습과 단결해서"라고 노래한다. 여기까지 하나의 가절을 이루고 있다. 서정적 자아의 연인은 장미, 바다, 태양이고 그런 자연에 그의 삶이 둘러싸여 있으며, 모든 광채와 봄 초원의 이슬은 장미와 하나가 되고, 모든 색과 향기들이 장미와 하나가 되어 봄의 초원에 퍼지고 있다. 3연이 끝나면 피아노의 짧은 간주가 들어가고, 4연으로 넘어간다.

다음 4연에서 6연까지가 하나의 가절이며 첫 번째 가절과 멜로디와 형식이 같다. 4연은 1연과 같은 내용이며, 5연은 "모든 강물들은/ 지상에서 그들의 운행을 계속한다/ 묻기 위해서/ 바다의 품을 그리워하며"라고 노래한다. 6연은 "모든 샘들은/ 고갈되지 않는 원천으로 흘러간다/ 한 바퀴를 돌고/ 지상의 빛나는 윤무를 춘다"고 노래한 뒤 피아노의 짧은 간주가 들어간다. 이 가절에서는 1연과 같은 4연의 내용이 반복되고, 모든 강물들은 바다의 품을 그리워하면서 각기 그들의 운행을 계속하고 모든 샘들은 고갈되지 않은 채 계속 바다로 흘러간다고 노래하고 있다. 7연은 1연과 같은 내용이며, 8연은 "공중에 있는 모든 별들은/ 밤의 사랑의 빛이다/

아침의 향기 속에서/ 낮이 밝아오면 죽어 간다"고 노래하고 9연은 "모든 지상의 불꽃들/ 흐트러진 천상의 광채/ 밝게 모두 함께 흘러 간다/ 태양의 광채 화환 속으로"라고 노래하고 피아노의 짧은 간주가 들어간다. 그러니까 이 세 번째 가절에서는 1연과 같은 7연의 내용이 반복되고, 밤하늘에 떠 있는 별은 사랑의 빛이며 아침이 밝아오면 사라지고, 지상의 모든 흩어져 있는 불꽃들도 태양의 환한 빛 속으로 함께 흡수된다고 노래하고 있다. 마지막 10연은 1연과 같은 내용이며, 마지막 4행 "나의 모든 삶을 에워싼다"는 반복되면서 피아노의 낭만적이고 아름다운 후주가 곡을 마감한다.

슈만은 뤼케르트의 같은 시집 《첫 번째 화환》의 18번째 3연 10행 시(RSG, 375~376)에 곡을 붙였고, 이 시에는 슈만 이외에 다른 한 명이 곡을 붙였다. 뤼케르트의 시에서 보면 각 연의 1행, 6행, 10행은 같은 내용이 반복되고 있으며, 각 연의 7행과 9행은 뜻은 다르지만 끝자리의 발음이 같거나 비슷한 과거분사를 사용함으로써 또한 자연스러운 반복의 뜻을 드러내고 있다. 슈만의 제10곡 〈오 태양이여, 오 바다여, 오 장미여!O Sonn', o Meer, o Rose!〉는 유절가곡으로 피아노의 서주 없이 경쾌하게 노래가 시작된다. 그러니까 슈만은 뤼케르트 시가 지닌 반복성을 유절가곡을 통해서 표현한 것이다.

1연의 1행에서 3행 "오 태양이여, 오 바다여, 오 장미여!/ 태양이 의기양양하게 떠오를 때/ 하늘에 떠 있는 별들 위로"라고 노래하고 이어 피아노의 경쾌한 주 모티브가 간주로 들어가 있다. 4행 "희미한 빛들이 나지막하게 서로 뒤를 이어 가고"라고 노래한 뒤 다시 피아노의 짧고 경쾌한 간주가 들어간다. 5행에서 10행 "모든 것이 하나의 광채로 사라질 때까지/ 사랑하는 이여, 그렇게 난 너를/ 발견하였네/ 너는 왔다, 내 마음이 느꼈던 것이/ 시들어 버렸을 때/ 너에게서"라고 노래한다. 1연에서 서정적 자아의 연인은 태양, 바다, 장미이고, 태양이 하늘에 떠 있는 별들 위로 의기양양하게 떠오르는 것처럼 그리고 희미한 빛들이 서로서로 이어서 비추다가 모든 것이 밝은 광채로 합쳐질 때처럼 그렇게 연인을 발견했고, 연인에 대한 그의 마음이 시들어 갈 때 그녀는 왔다고 노래하고 있는 것이다. 1연에서는 마지막 9행과 10행 "시들어 버렸을 때/ 너에게서"는 반복되고, 이어 피아노 간주가 들어간 뒤 2연으로 넘어간다.

2연의 1행에서 3행 "오 태양이여, 오 바다여, 오 장미여!/ 바다의 품이 열릴 때처럼/ 그들을 좇아 사라져 가는 강물들에게"를 노래하고 피아노의 경쾌한 간주가 들어간다. 4행 "격정적으로 강물들은 돌진하여 들어가고"라고 노래한 다음 다시 피아노의 주 모티브 간주가 들어간다. 5행에서 10행 "그들이 깊은 품 안에서 평안을 발견할 때까지/ 사랑하는 이여, 그렇게 난 너를/ 느꼈다/ 내 마음은 모든 동경의 상처와 함께/ 해방되었다/ 너에게서"라고 노래한 뒤 1연과 마찬가지로 9행과 10행 "해방되었다/ 너에게서"는 반복한 다음 피아노의 간주가 들어간다. 2연에서는 강물들은 바다의 품으로 흘러드는데, 바다의 깊은 품 안에서 평안을 발견할 때까지 격정적으로 돌진해 들어가는 것처럼 서정적 자아는 연인에게 그런 느낌을 가졌고 자신의 동경의 상처도 그로 말미암아 치유되었다고 노래하고 있다.

3연의 1행에서 3행 "오 태양이여, 오 바다여, 오 장미여!/ 봄에 수천 배로 사라져 갈 때처럼/ 알록달록한 초록이 다투듯"이라고 노래하고 피아노의 경쾌한 간주가 들어간다. 4행 "싸우는 종족, 당당하게 장미까지 밟으면서"라고 노래한 뒤 다시 피아노의 간주가 들어간다. 5행에서 10행 "그것을 화환으로 묶기 위해서/ 사랑하는 이

여, 그렇게 난 너를/ 동여매었다/ 현존재의 화환은 만발해서 순환
해야만 한다/ 묶여졌다/ 너에게서"라고 노래하고, 다시 9행과 10행
"묶여졌다/ 너에게서"를 반복한 다음 피아노의 후주가 곡을 끝내고
있다. 이 3연에서는 여전히 서정적 자아의 연인은 태양이고 바다이
고 장미이며, 봄의 다양한 초록빛은 흩어져 가는데 한 종족이 장미
까지도 밟으면서 그 초록의 빛을 화환으로 묶기 위해서 애쓰는 것
처럼 그는 그녀를 화환으로 동여맸고 이제 화환은 그녀와 묶여졌다
고 노래하고 있다. 슈만은 그의 가곡에서 전체적으로 경쾌하면서도
명랑한 분위기가 지배적인 음악적 해석을 하고 있다. 그러면서도
유절가곡이 지루하지 않도록 피아노의 반주가 노랫말과 대등하게
적극적 기능을 함으로써 단조로움을 피하고 있는 점도 눈에 띈다.

　　클라라 슈만의 〈왜 넌 다른 사람들에게 물으려고 하니Warum
willst du and're fragen〉(Op. 12 No. 11)는 《뤼케르트-12편 가곡》의 제
11곡이며, 그녀만이 뤼케르트의 《사랑의 봄》 가운데 《다섯 번째 화
환》 40번째 3연 4행시(RSG, 572)에 곡을 붙였다. 그녀의 이 가곡에
는 피아노의 서주, 간주, 후주가 다 들어 있으며, 편안한 서주로 마
치 조용히 물음을 던지듯 느리게 "왜 넌 다른 사람들에게 물으려고
하니?/ 이들은 너에게 신의를 보이지 않는데/ 너에게 말한 것을 믿
지 마라/ 그보다는 여기 이 두 눈을 믿으렴"이라고 노래한다. 그러
니까 서정적 자아는 자신에게 신의를 보이지 않는 사람들을 믿지
말고 오히려 자신의 두 눈을 믿으라고 노래하고 있다. 2연은 "낯선
사람들을 믿지 마라/ 자신의 망상을 믿지 마라/ 넌 내 행동을 해석
하지 말고/ 대신 눈을 보렴"이라고 노래한다. 더욱이 4행은 높은
톤으로 노래하는데, 이것은 낯선 사람들이나 자신의 망상, 그리고
서정적 자아의 행동을 해석하는 것을 그만두고 오직 그의 눈을 보

고 판단하라는 강한 메시지를 담고 있다. 이어 피아노의 간주가 들어가 있는데 4행의 높은 톤을 그대로 유지하고 있으며 이것은 4행의 뜻을 강조하고 있다.

3연은 "입술은 너의 질문에 침묵하거나/ 나에게 반대하는 것을 증명하나?/ 내 입술들이 말하는 것/ 내 눈을 보렴, 난 널 사랑한다"고 노래한다. 더욱이 4행의 마지막 부분 "난 너를 사랑한다"는 가장 강한 톤으로 노래하면서 피아노의 간주가 그런 톤을 그대로 유지한 채 그의 입술들이 말하는 것보다 그의 눈을 보면 그가 정말로 사랑한다는 것을 알 수 있음을 표현하고 있다. 이어 3행과 4행이 반복되는데 이번에는 전체적으로 진정된 톤으로 "내 입술들이 말하는 것/ 내 눈을 보렴, 난 널 사랑한다"고 반복 노래하고는 피아노의 후주가 다시 부드럽고 편안하게 곡을 마감하고 있다.

슈만은 뤼케르트의 같은 시집 《첫 번째 화환》의 21번째 2연 8행 시(RSG, 378)에 곡을 붙였고, 여기에는 슈만과 볼프를 포함해서 10명의 작곡가가 곡을 붙였다. 뤼케르트는 이 시에서도 반복성이 돋보이는 시어 및 시행을 쓰고 있으며, 두운이나 각운이 지켜지는 점이 눈에 띈다. 1연의 7행과 8행은 2연에서도 그대로 반복됨으로써 전체적으로 시어 및 시행의 반복이 들어 있다. 슈만의 제12곡 〈태양은 정말 빛난다So wahr die Sonne scheinet〉는 피아노의 서주 없이 바로 바리톤과 소프라노의 이중창이 시작된다. 1연 "정말 태양은 빛나고/ 정말 구름은 울고/ 정말 불꽃은 빛을 발하고/ 정말 봄은 개화하고/ 정말 난 느꼈다/ 내가 너를 어떻게 동여매었는지/ 내가 너를 사랑하는 것처럼 넌 나를 사랑한다/ 네가 나를 사랑하는 것처럼 난 너를 사랑한다"고 노래한다. 마치 성가처럼 태양은 빛나고, 구름은 눈물을 흘리고, 불꽃이 빛을 발하며 봄이 개화한 것을 느낄 때 확인하게 되는 서정적 자아의 사랑을 단순하게 이중창으로 노래하고 있다. 더욱이 7행 "내가 너를 사랑하는 것처럼 넌 나를 사랑한다"와 8행 "네가 나를 사랑하는 것처럼 난 너를 사랑한다"가 보여주는 시어의 반복성이 두드러지고 있다.

2연은 "태양은 빛이 바래도 좋다/ 구름들은 더 이상 울지 않아도 좋다/ 불꽃이 사방으로 흩어져도 좋다/ 봄은 더 이상 개화하지 않아도 좋다/ 우리는 서로 동여매고자 한다/ 항상 그렇게 느낀다/ 내가 너를 사랑하는 것처럼 넌 나를 사랑한다/ 네가 나를 사랑하는 것처럼 난 너를 사랑한다"고 노래한다. 이어 피아노의 서정적인 간주가 들어가고 마지막으로 7행 "내가 너를 사랑하는 것처럼 넌 나를 사랑한다"라고 반복해서 노래한 뒤 곡이 끝나고 있다. 그러니까 2연에서는 1연과는 달리 태양은 빛이 바래도 좋고, 구름들은 울지 않아도 되고, 불꽃은 빛을 발하지 않아도 좋고, 봄도 오지 않아도 좋다고 대비적으로 노래한다. 그렇지만 1연과 일치하는 것은 두 사람은 서로 묶여 있다는 것을 항상 느끼며 서로 사랑한다고 노래하고 있는 점이다. 그리고 이 가곡에서 유일하게 나오는 노랫말의 반복은 7행 "내가 너를 사랑하는 것처럼 넌 나를 사랑한다"이다. 이로써 서정적 자아가 사랑하는 것처럼 연인이 그를 사랑한다는 것을 강조하고 있다. 이렇게 뤼케르트─12편 가곡은 개별 곡 모음집으로, 로베르트 슈만의 곡 9편과 클라라 슈만의 곡 3편으로 이루어졌다.

3) 《민네슈필》(6곡)

슈만은 그의 두 번째 가곡 창작시기인 1849년에 뤼케르트의 시에 곡을 붙인 《민네슈필》(Op. 101)을 작곡하였다. 이 시기의 가곡은 1840년대 작곡했던 가곡들과는 다른 성격을 보이고 있으며, 이 《민네슈필》은 여덟 곡으로 이뤄져 있는데, 이 가운데 제5곡 〈봄의 향연은 아름답다〉, 제8곡 〈태양은 정말 빛난다〉는 앞서 다룬 뤼케르트의 12편-가곡들과 겹치기 때문에 여기서는 나머지 여섯 곡을 분석하고 있다.

슈만의 제1곡 〈내 노래들이 고요하고 명랑하게Meine Töne still und heiter〉는 뤼케르트의 《사랑의 봄》에 나오는 《세 번째 화환》의 11번째 2연 4행시(RSG, 453~454)와 2번째 6연 4행시(RSG, 448~449)를 합쳐서 하나로 만든 곡이다. 이 시에는 슈만이 유일하게 곡을 붙였으며 아름다운 피아노의 서주로 곡이 시작된다. 1연은 "내 노래들이 고요하고 명랑하게/ 사랑하는 이에게로 올라간다/ 내가 너희들의 사다리를 타고/ 그녀에게로 올라갈 수는 없다"고 노래한 뒤 피아노의 간주가 들어간다.

2연은 "오 그대의 아름다운 노래들이여/ 그녀의 가슴에 내 고통을 얹어 놓으렴/ 엄격한 아름다움을 원하지 않기 때문에/ 내가 그녀의 가슴에 얹어 놓은 것은" 다음에 다시 피아노의 간주가 들어간다. 1연과 2연은 같은 방식으로 노래하고 있는데 1연은 서정적 자아의 노래가 연인에게로 고요하고 명랑하게 전달되지만 그가 그노래의 사다리를 타고 그녀에게는 올라갈 수는 없다고 노래하고 있다. 2연에서는 그 아름다운 노래가 그녀의 마음에 그의 고통을 알려 주고 그가 직접 그녀의 마음에 부담을 주는 것을 피하고 싶다는 것을 보여 주고 있다. 그러니까 여기까지가 뤼케르트의 《세 번째 화환》의 11번째 시에 곡을 붙인 것이다. 그리고 아래 3연부터는 2번째 시에 곡을 붙인 것이다.

슈만의 가곡에서 3연은 "사랑하는 사람은 침묵으로/ 창문을 열어 놓았다/ 웃으면서 앞으로 몸을 수그리고/ 내 시선이 그것을 보았다"고 노래한 뒤 바로 4연으로 넘어간다. 4연 "해맑은 시선으로/ 그녀는 인사에 답하듯/ 순수한 장미들을/ 나를 향해 아래로 흩뿌렸다"고 노래하는데 3행의 일부 "순수한"은 아주 높은 톤으로 반복하면서 4행까지 노래하고 다시 마지막 3행과 4행 "그녀는 순수한 장미들을/ 나를 향해 아래로 흩뿌렸다"를 거듭 노래한다. 그러니까 3연에서 서정적 자아의 연인은 말없이 창문을 열고 미소 지었는데, 그 모습을 그가 보았으며, 4연에서 그녀는 그의 인사에 답하듯 장미꽃들을 그에게 흩뿌렸다고 노래한다. 그러면서 이어지는 3행과 4행의 반복은 서정적 자아의 기쁜 마음을 강조하는 뜻을 지니고 있다.

5연과 6연의 형식도 앞의 3, 4연 방식과 비슷한데, 5연은 "그녀는 입으로 미소 짓고/ 뺨으로도 그러했고/ 세상은 그때/ 장미 덤불처럼 나에게 피어난다"고 노래하고는 6연으로 넘어간다. 6연은 "그녀는 장미들을 향해 미소 짓고/ 내 머리 위로 미소를 보낸다/ 그리고 다시 창문을 닫는다/ 고요히 미소를 지으면서"라고 노래하고는 다시 3행과 4행 "그리고 다시 창문을 닫는다/ 고요히 미소를 지으면서"라고 반복한다. 그러니까 5연에서는 그녀가 미소 짓자 그 미소는 그녀의 입과 뺨으로 번졌고, 그때 장미 덩굴처럼 세상이 그에게 기쁘게 다가왔다. 6연에서는 그녀가 장미들을 향해 미소 짓는데, 그것은 동시에 그를 향해서 미소를 지은 것이고 이제 그녀가 고요히 미소를 머금은 채 창문을 다시 닫는다고 노래한다.

7연과 8연의 형식은 앞의 두 연과 비슷한 방식이며, 7연은 "그녀는 방으로 들어가면서 미소 짓는다/ 그녀의 장미의 빛으로/ 아

고통이여, 그러나 난/ 여기 그녀 곁에 있을 수가 없구나"라고 노래하고 8연으로 넘어간다. 8연은 "아 내가 그녀를 애무해도 좋다면/ 작은 방에서 1년만/ 그녀는 많은 장미들을 가지고/ 완전하게 미소를 지었다"고 노래하는데, 3행의 마지막 단어 "장미들"을 거듭 노래한 다음 4행으로 넘어간다. 그리고 다시 3행과 4행 "그녀는 많은 장미들을 가지고/ 완전하게 미소를 지었다"고 반복해서 노래한 뒤 피아노 후주가 곡을 마감하고 있다. 7연에서는 그녀가 방으로 들어가면서도 여전히 장미를 향해서 미소 짓는데, 서정적 자아의 고통은 그녀 곁에 있을 수 없다는 점이다. 8연에서는 서정적 자아의 감각적 사랑을 노래하고 있으며 그녀는 여전히 많은 장미들을 가꾸면서 그에게 미소 짓고 있다. 슈만은 이 가곡에서 재미있게 가절을 나누어 노래하는데, 1연과 2연은 부드럽게 노래하는 같은 멜로디로 되어 있고 피아노 간주도 들어간다. 그리고 3연과 4연을 다시 하나의 가절로 엮어서 노래하고, 5연과 6연을 하나의 가절, 7연과 8연을 다시 하나의 가절로 만들어서 같은 멜로디로 노래하는 특징을 보이는데 쌍으로 묶인 가절은 주로 높은 톤과 다소 진정된 톤으로 서로 번갈아 가면서 노래하고 있다. 슈만의 이 가곡만 들으면 마치 하나의 시로 이뤄져 있다고 생각할 만큼, 슈만은 뤼케르트의 시 두 편을 뜻이 자연스럽게 통하는 하나의 가곡으로 탁월하게 작곡하였다.

슈만의 제2곡 〈사랑이여, 그대의 언어들이 훔친다Liebster, deine Worte stehlen〉는 뤼케르트의 《첫 번째 화환》의 28번째 4연 4행시 (RSG, 380~381)에 곡을 붙인 것이다. 이 시에는 슈만을 포함해서 3명의 작곡가가 곡을 붙였다. 슈만의 이 가곡에는 피아노의 서주와 간주는 없으며 마지막에 후주만 들어 있다. 1연은 "사랑하는 이여,

그대의 언어들이/ 가슴에서 내 마음을 훔친다/ 내가 어떻게 그대에게 숨길 수 있을까/ 나의 기쁨, 내 고통을"이라고 노래하고 2연으로 넘어간다. 2연은 "사랑하는 이여, 그대의 노래들이/ 내 마음에서 날 끌어낸다/ 우리를 이 지상으로부터 도망치게 한다/ 성스러운 영혼의 합창으로"라고 노래한 뒤 마지막 행 "성스러운 영혼의 합창으로"는 반복해서 노래한다. 그러니까 1연은 연인의 언어들이 서정적 자아의 마음을 읽어 내고, 그러면 그가 자신의 기쁨과 고통을 숨길 수 없다고 노래하고 있다. 2연에서는 연인의 노래들이 그의 마음을 드러내게 하고 그러면 그들은 이 지상으로부터 벗어나 성스러운 영혼의 합창을 노래하게 되는 것을 묘사하고 있다. 그러면서 슈만 가곡에서 마지막 시행 반복은 마치 그들이 성스러운 영혼의 합창 속으로 들어가는 것 같은 인상을 주고 있다.

3연은 "사랑하는 이여, 그대의 현들이/ 춤추면서 하늘을 지나 나를 실어 나른다/ 내 팔이 그대를 붙잡게 하라/ 내가 광채 속에 가라앉지 않도록"을 노래하고 4연으로 넘어간다. 4연은 "사랑하는 이여, 그대의 노래들이/ 내 머리 주위로 빛의 화환을 얹어 놓게 하라/ 오 난 그대에게 얼마나 감사할 수 있는지/ 그대가 나를 그토록 풍성하게 해 준 것을"이라고 노래하는데, 4행의 일부분 "그토록 풍성하게"는 세 번 노래한다. 이어 마지막 3행과 4행 "오 난 그대에게 얼마나 감사할 수 있는지/ 그대가 나를 그토록 풍성하게 해 준 것을"이라고 반복 노래한 뒤 피아노의 후주가 곡을 마감하고 있다. 그러니까 3연에서는 연인의 악기가 천상으로 서정적 자아를 실어 가고, 그가 천상의 광채에 함몰되지 않도록 그의 팔을 붙잡아 달라고 노래하고 있다. 4연에서는 연인의 노래들이 그의 주위에 빛의 화환을 얹어 놓게 되면 한없이 풍성해지고 그는 그것에 대해서 연인에게 무한한 감사를 하게 된다고 노래하고 있다.

슈만의 제3곡 〈난 너의 나무다Ich bin dein Baum〉(No. 3)는 뤼케르트의 《사랑의 봄》 가운데 《다섯 번째 화환》의 12번째 2연 4행시(RSG, 559)에 곡을 붙인 것이다. 이 시에도 슈만만이 곡을 붙였으며 그의 가곡은 소프라노와 바리톤의 이중창으로 노래한다. 이 곡은 피아노의 잔잔한 서주를 시작으로 소프라노가 먼저 1연을 노래한다. "난 너의 나무다, 정원사여, 그대의 성실함이/ 나를 사랑으로 돌보고 달콤한 재배로 이끈다/ 오라, 난 너의 품 안에 감사히 흩뿌린다/ 너로 말미암아 성장한 잘 익은 과일을"이라고 아주 느리고 부드럽게 노래한다. 다시 마지막 4행을 한 번 더 노래한다. 피아노의 반주는 각 행이 끝날 때마다 길게 연주되면서 노랫말을 돋보이게 하고 있다. 1연에서는 나무가 정원사에게 정성껏 자신을 돌보아 준 것에 대해서 감사하면서 그의 과일을 정원사의 품으로 건넨다고 노래하고 있다. 이러한 1연의 내용을 이중창으로 반복하고, 다시 1연을 반복해서 노래하고는 4행 "너로 말미암아 성장한 잘 익은 과일을"이라는 4행 가사가 이어진다. 다시 1행 "난 너의 나무다, 정원사여, 그대의 성실함이", 그리고 2행 "나를 사랑으로 돌보고 달콤한 재배로 이끈다"라고 반복하는데 이때는 2행의 일부분 "나를 사랑으로 돌보고"를 두 번 반복해서 노래하고 2행 전체를 노래한 뒤 2행의 마지막 부분 "사랑으로 돌보고 달콤한 재배"라고 노래하면서 소프라노의 노래는 끝난다.

한편, 2연은 바리톤이 노래하는데 "난 네 정원사다, 오 너, 신의의 나무여!/ 다른 사람의 행복을 난 질투하지 않는다/ 난 끊임없이 성스러운 가지들을 새롭게 발견하고/ 내가 꺾어 온 열매로 장식한

다"고 노래한다. 바리톤이 노래를 시작하면 뒤이어서 다시 소프라
노가 1연의 내용을 겹치면서 이중창으로 노래한다. 그러니까 1연
의 나무는 소프라노가 노래하고 2연의 정원사는 바리톤이 노래하
는데, 이러한 구성은 작고 서정적인 이중창 아리아를 연상시키고
있다. 바리톤은 이어서 2연 가운데 2행을 제외하고 1행 "난 네 정
원사다, 오 너, 신의의 나무여", 3행 "난 끊임없이 성스러운 가지
들을 새롭게 발견하고", 4행 "내가 꺾어 온 열매로 장식한다"고 노
래한 뒤 다시 4행의 일부 "열매로 장식한다"고 반복해서 노래한다.
그리고 마지막으로 2연의 1행 "난 네 정원사다, 오 너, 신의의 나
무여", 다시 "신의의 나무여"를 부르고, "신의"를 한 번 더 노래하
면서 노래가 끝난다. 이러한 정원사의 노래가 진행되는 동안 소프
라노가 계속 이중창으로 나무의 노래를 부른다. 마지막은 바리톤
과 소프라노의 이중창이 동시에 끝나면서 피아노의 아름다운 후주
가 곡을 마무리한다. 이렇게 슈만의 후기 가곡에서는 서정적이지
만 표현 방식은 오페라나 악극의 아리아와 같이 극적 요소를 가미
하고 있다.

　　슈만의 제4곡 〈내 아름다운 별Mein schöner Stern〉(No. 4)은 뤼케르
트의 《사랑의 봄》 가운데 《첫 번째 화환》의 36번째 2연 5행시(RSG,
384)에 붙인 곡이며 슈만만이 이 시에 곡을 붙였다. 슈만의 이 가곡
은 유절가곡으로서 뤼케르트의 2연 10행시를 2연 5행시로 만들었
다. 곧 각각 두 개의 행을 하나의 행으로 만들어서 곡을 붙인 것이
다. 그래서 슈만의 가곡은 2연 5행시로 되어 있다. 1연의 1행에서
3행 "내 아름다운 별이여! 난 네게 부탁한다/ 그대의 명랑한 빛을/
내 안의 증기로 말미암아 음울하게 되지 않도록 하렴"이라고 높지
만 느리고 부드럽게 노래한다. 이어 피아노의 짧은 간주가 들어간

뒤 4행과 5행 "오히려 증기를 내 안에서 빛이 되게 하렴/ 아름다운 별이여, 청명하도록 도와주렴"이라고 서서히 진정된 톤으로 노래하고는 피아노의 낭만적인 간주가 들어간 뒤 2연으로 넘어가서 노래가 나온다. 1연에서는 서정적 자아가 아름다운 별에게 그 명랑한 빛을 자신에게 비추어 달라고, 또 우울하지 않고 오히려 청명할 수 있도록 빛이 되게 해 달라고 부탁하고 있다.

2연의 1행에서 3행 "아름다운 별이여, 난 그대에게 부탁한다/ 땅으로 내려오지 말 것을/ 너는 여기 아래로 나를 쳐다볼 수 있기 때문에"라고 노래하고 피아노의 간주가 들어간다. 4행과 5행은 "오히려 나를 천상으로 들어 올리렴/ 아름다운 별이여, 네가 있는 곳으로"라고 노래하고 피아노의 후주가 아름답게 곡을 마무리하고 있다. 여기 2연에서는 서정적 자아가 별에게 땅으로 내려오지 말고 그를 천상으로, 별이 있는 곳으로 들어 올려 달라고 부탁하는 것이다. 전체적으로 슈만의 가곡에서는 각 연의 1행에서 3행까지는 고양되지만 부드럽고 느린 톤으로 노래하고, 4행과 5행은 하강하는 음으로 부드럽고 느리게 노래함으로써 서로 대비를 이루고 있다.

슈만의 제6곡 〈오 친구여, 내 우산이여, 내 안식처여!O Freund, mein Schirm, mein Schutz!〉(Op. 6)는 뤼케르트의 《사랑의 봄》 가운데 《첫 번째 화환》의 63번째 7연 3행시(RSG, 398~399)에 붙인 곡으로, 이 시에는 슈만만 곡을 붙였다. 이 가곡은 피아노의 서주 없이 맑고 느리게 노래가 시작된다. 홀수 연에는 반복이 없고 짝수 연에는 반복이 들어간 형식으로 진행되는데, 1연은 "오 친구여, 내 우산이여, 내 안식처여/ 오 친구여, 내 보물이여, 내 장식이여/ 나의 자랑, 나의 위로, 나의 저항이여"라고 또한 고양된 톤으로 아주 느리게 노래한다. 그 가운데서도 3행의 일부분 "자랑"은 아주 높은 톤으로 노래해서 정말 자랑스러움이 배어나는 느낌을 주고 있다. 2연은 "나의 요새여, 오 나의 방패여/ 전쟁이 나에게 유효한 곳에선/ 난 네게로, 네 형상으로 도피한다"고 노래하는데, 3행의 일부분인 "네 형상으로"는 반복해서 노래한다. 그러니까 1연에서는 친구가 그의 우산, 안식처, 보물, 장식, 자랑, 위로, 저항이며 2연으로 가면 여기에 덧붙여 그의 요새, 방패이며 전쟁의 위험으로부터 피할 수 있는 도피처라고 노래한다.

3연은 "비탄의 골짜기에서/ 세상이 날 압박하려고 찾을 때/ 난 네게서 도피처를 찾는다"고 노래한 뒤 4연으로 넘어간다. 4연은 "그 도피처가 나에게 혹독한 것을 주더라도/ 혹독하게 날 위협하면/ 난 너에게 그 어려움을 호소한다"고 노래한다. 그리고 3행의 경우 "너에게"는 반복되고 3행을 마저 노래한 뒤 다시 "너에게 그 어려움을"이란 3행 일부를 반복함으로써 시어의 뜻을 강조하고 있다. 이렇게 1연과 2연, 3연과 4연을 마치 하나의 쌍처럼 반복을 통해서 구분하기는 하지만 완전히 같은 유절가곡으로 노래하지는 않는다. 그러니까 3연에서는 서정적 자아가 어려운 고비마다 친구에게서 도피처를 찾고 4연에서는 그 도피처가 혹독한 조건이라면 그 어려움을 그에게 호소할 수 있다고 노래하고 있는 것이다.

5연은 "넌 위로의 말을/ 바로 나에게 보내지 않는다/ 너는 그대로 나의 피난처로 남아 있다"고 노래한 뒤 바로 6연으로 넘어간다. 6연은 "지상의 고통은 농담이고/ 난 네 가슴에 누워/ 나 자신과 내 고통을 얹어 놓는다"고 노래한 뒤 3행의 일부 "그리고 내 고통을"을 반복한 뒤 마지막 연으로 넘어가고 있다. 마지막 7연은 "오 세상이여, 네가 나에게 무엇을 하든/ 난 고요한 기쁨에서 쉬고/ 내 친구의 가슴 옆에서"라고 부드럽게 천천히 노래한 다음 피아노의 느릿한 후주가 곡을 마무리하고 있다. 그러니까 5연에서는 그가 친구에게 어려움을 하소연한다 하더라도 친구가 그에게 바로 위로의 말을 건네지는 않지만 그는 여전히 서정적 자아의 피난처이며, 6연에서는 세상에서 어떤 일을 겪든 서정적 자아는 친구의 가슴에 그의 고통을 내려놓는다고 노래하고 있다.

슈만의 제7곡 〈수천 개의 입맞춤Die tausend Grüße〉은 뤼케르트의 《사랑의 봄》 가운데 《두 번째 화환》의 30번째 5연 4행시(RSG, 420)에 곡을 붙인 것이며, 슈만을 포함해서 3명의 작곡가가 이 시에 곡을 붙였다. 슈만의 이 가곡은 테너와 소프라노의 이중창으로 구성되어 있는데, 1연에서 3연까지는 같이 노래한다. 1연 "수천 개의 입맞춤/ 우리가 너에게 선사하는/ 동풍이 너에게서/ 어느 것도 가로채서는 안된다"고 노래한다. 그러니까 그들이 선물한 수많은 입맞춤을 동풍이 단 하나도 앗아 갈 수 없다고 노래하는 것이다. 2연은 "생각들이 무리를 지어/ 너에게로 간다/ 팔들이/ 너 또한 포옹할 수 있을 것이다"라고 노래하고 3연으로 넘어간다. 3연은 "그대 공중으로/ 그대의 동경을 입김으로 보내라/ 그대 향기들/ 입맞춤들을 내가 잘못 이해하게 내버려 두라"고 노래하고는 다시 3행과 4행 "그대 향기들/ 입맞춤을 내가 잘못 이해하게 내버려 두라"고 반복해서 노래한다. 그러니까 2연에서는 많은 생각들이 너에게로 가고 팔들이 너를 포옹할 수 있을 것이며, 3연에서는 공중으로 너의 동경을 내보내고 향기들과 입맞춤은 그냥 내버려 두라고 노래하는 것이다. 여기까지는 테너와 소프라노가 같이 노래한다.

4연은 소프라노가 먼저 노래를 시작하면 바로 뒤이어 테너가 따라오면서 노래하는데, "맹세하라, 난 그것을 듣는다/ 그대는 나에게 좋은 사람이라는 것을/ 들어라! 난 맹세한다/ 그대는 나의 피라는 것을"이라고 노래한다. 그러니까 너는 나에게 좋은 사람이라는 것을 알고 있으며, 너는 나의 피라고 맹세하기도 한다. 5연은 이 가곡에서 가장 반복이 많이 일어나고 있으며 이중창은 서로 엇갈린 채 4연에서처럼 소프라노가 먼저 노래하면 바로 테너가 뒤따르면서 노래한다. 5연의 4행은 "그대는 나였고, 나는 그대로 있었다/ 그대는 나이고, 나는 그대로 있다/ 난 이미 여러 차례 그것을 썼다/ 난 아직도 여러 차례 그것을 쓴다"고 노래하고는 1행과 2행이 두 번씩 엇갈린 이중창으로 반복된다. 그리고 마지막으로 "너는 나다"라고 노래하는데 이 부분은 시에는 없고 슈만이 그의 곡에서 삽입한 시어다. 5연에서는 과거에도 그랬고 현재에도 너는 나이며 그것을 과거에도 썼고 지금도 쓴다고 노래한다. 그리고는 너는 나라고 하면서 다음 연으로 넘어가고 있다.

실제 뤼케르트의 시는 여기까지이지만 슈만의 가곡에서는 다시 1연, 2연, 3연을 처음과 마찬가지로 이중창으로 노래한다. 다만, 3연의 경우 처음 노래할 때는 3연의 3행과 4행 "그대 향기들/ 입맞춤들을 내가 잘못 이해하게 내버려 두라"를 반복하지만 이번에는 그런 반복은 없다. 그리고 나서 4연의 1행과 2행 "맹세하라, 난 그것을 듣는다/ 그대는 나에게 좋은 사람이라는 것을"을 반복하면서 5연의 1행과 2행 "그대는 나였고, 나는 그대로 있었다/ 그대는 나이고, 나는 그대로 있다"고 노래하면서 마지막으로 "너는 나다"라고 슈만이 추가한 시행까지 노래한 뒤 피아노의 후주가 곡을 끝내고 있다. 이로써 사랑의 뜻을 한층 강화한다.

1.5 클라라 슈만의 뤼케르트-가곡들

여기서는 클라라 슈만의 뤼케르트 가곡 2편 〈오 이혼은 고통스럽구나〉와 〈난 네 눈 속에서〉를 다루고 있다.

1) 〈오 이혼은 고통스럽구나〉

클라라 슈만의 〈오 이혼은 고통스럽구나O weh' des Scheidens, das er that〉(작품 번호 없음)는 뤼케르트의 《사랑의 봄》 가운데 《두 번째 화환》의 36번째 8행시(RSG, 425)에 곡을 붙인 것이다. 이 시에는 클라라 이외에 다른 한 명의 작곡가가 더 곡을 붙였다. 클라라의 이 가곡에는 피아노의 서주와 후주는 없으나 피아노 간주는 자주 들어가 있다. 1행 "그가 행한 이혼은 고통스럽구나"를 노래하고 이어 피아노의 간주가 들어간다. 이 간주는 이혼의 고통스러움을 상기시키는 역할을 하고 있다. 2행에서 4행까지 "그가 나를 동경 속에 내버려 두는구나/ 그가 청했던 부탁은 고통스럽구나/ 그의 눈물이 보여주는 울음들이"라고 노래하는데, 더욱이 4행은 가장 높은 톤으로 노래하고 이어 잠시 휴지부를 둔 다음 5행으로 넘어가고 있다. 그러니까 1행에서 4행에서는 그가 슬퍼하면서 이혼을 먼저 청했고 서정적 자아인 나는 동경하는 마음을 지닌 채 그가 부탁하는 것을 고통스럽게 수용할 뿐이라고 노래한다. 무엇보다도 클라라의 가곡에서는 그런 서정적 자아의 어쩔 수 없는 수동적 자세가 높고 느린 톤으로 절실하게 묘사되고 있다.

클라라 슈만

5행부터 8행까지는 그가 그녀에게 슬픔을 그대로 두라 말했고 그녀 스스로도 자신을 그대로 고통 속에 묻어 두기로 마음먹었으나 슬픔으로 말미암아 그녀는 눈물에 젖었고 마음도 우울해진다고 노래하고 있다. 5행 "그는 나에게 말했다: 너의 슬픔은 그대로 두라고"는 진지하고 느리게 또박또박 낭송하듯 노래하고, 6행에서는 서정적 자아가 "고통 속에 그대로 두기로 스스로 결정"했다고 노래한 뒤 피아노의 느리고 잔잔한 간주가 들어간다. 이로써 담담하게 헤어짐을 수용할 수밖에 없는 서정적 자아의 심정이 잘 표현되고 있다. 7행과 8행 "그의 눈물들로 난 젖었고/ 마음속에선 우울해졌다"고 노래하면서 곡이 끝나고 있다. 마지막 8행에서 클라라는 뤼케르트의 "서늘"이라는 시어 대신에 "우울"이라고 바꾸어 표현하면서 곡을 끝낸다. 이 곡은 애절하면서 슬픔이 깊이 배어든 분위기로 시종일관 느리고 높은 톤으로 노래되고 있다.

2) 〈난 네 눈 속에서〉

클라라 슈만의 〈난 네 눈 속에서Ich hab' in deinem Auge den Strahl〉
(Op. 13 No. 5)는 뤼케르트의 《사랑의 봄》 가운데 《첫 번째 화환》
의 68번째 3연 4행시(RSG, 400)에 붙인 곡이며, 이 시에는 클라라
를 포함해서 3명의 작곡가가 곡을 붙였다. 클라라의 가곡에는 피
아노의 서주는 없고 간주와 후주만 들어 있다. 1연 "난 네 눈 속
에서/ 영원한 사랑의 빛을 보았다/ 난 너의 뺨에서 한번은/ 천국
의 장미들이 있는 것을 보았다"고 노래하고는 피아노의 간주가
들어가 있다. 그러니까 1연에서는 서정적 자아가 그녀의 눈에서
영원한 사랑의 빛을 보았고 그녀의 뺨에 천국의 장미들이 있는
것을 보았다고 노래하고, 피아노의 간주는 그 뜻을 강조하는 역
할을 하고 있다.

2연은 "눈 속에서 그 빛이 어떻게 사그라지는지/ 장미들이 어
떻게 사라지는지/ 그녀의 광채, 영원히 새롭고 신선하게/ 내 마
음속에 남아 있었다"고 노래하고는 바로 피아노 간주 없이 3연
으로 넘어가고 있다. 3연은 "난 결코 뺨을 보지 않을 것이다/ 결
코 너의 눈을 보지 않을 것이다/ 그러면 그것들은 내 마음속 장
미 안에 있게 될 것이고/ 빛을 나에게 보낼 것이다"라고 노래하
고는 피아노의 낭만적 아름다움이 깃든 후주와 함께 곡이 끝나고
있다. 여기 2연에서는 1연의 내용을 거꾸로 뒤집고 있는데, 서정
적 자아는 이번에는 그녀의 눈에서 사랑의 빛이 사라지고, 그녀
의 뺨에선 장미들이 사그라지는 것을 보지만 그녀의 광채는 여전
히 신선하게 그의 마음속에 남아 있다고 노래한 것이다. 3연에서
는 그래서 그는 그녀의 뺨과 눈을 보지 않을 것이라고 노래하면

서도, 그러나 그것들은 그의 마음속 장미의 형상 속에 그대로 남아서 사랑의 빛을 보낼 것이라고 노래하고 있다. 이러한 서정적 자아의 마음을 피아노의 후주가 시적이고 낭만적으로 그려내고 있다. 더욱이 이 곡에서는 피아노가 목소리와 더불어 대등하게 적극적인 역할을 하고 있음을 알 수 있다.

1.6 브람스의 뤼케르트-가곡들

브람스는 뤼케르트의 시 6편에 곡을 붙였는데, 대부분은 합창곡이어서 여기서는 솔로 가곡 〈40세에〉와 〈잠잠해진 동경〉 2편을 분석하고 있다.

1) 〈40세에〉

뤼케르트의 3연 4행시 〈40세에 산에 오르다〉(RG, 170)에는 브람스만이 곡을 붙였는데, 그의 〈40세에Mit vierzig Jahren〉(Op. 94 Nr. 1)는 피아노 서주와 함께 노래가 시작된다. 1연의 1행과 2행 "40세에 산에 올랐다/ 우리는 고요히 서서 뒤를 바라다본다"고 노래하고는 피아노 간주가 들어간다. 이는 중년의 나이에 산에 올라서 조용히 과거를 회상하는 것을 강조하고 있다. 3행과 4행에서 "거기서 우리는 유년 시절의 고요함이 있는 것을 본다/ 거기서 청년 시절의 소란스런 행복을 본다"라고 노래하고 4행의 일부 "청년 시절의 소란스런 행복을"이라고 반복 노래한 뒤 피아노의 간주가 들어간다. 그러니까 서정적 자아가 산에 올라서 유년 시절의 고요와 청년 시절의 활기찬 행복을 기억해 내고 있음을 피아노 간주로 떠올리게 한다.

2연의 1행과 2행에서 "다시 한 번 보고 용기를 내고 가라/ 네 등산지팡이를 들어 올려라"라고 노래한 뒤 피아노 간주가 이어진다. 그러니까 과거를 회상하던 서정적 자아는 이제 계속 산을 오르고 있다. 3행과 4행에서 "산등성이가 또 다른 넓은 산등성이로 이어진다/ 여기는 아니고, 저 위에서 아래로 내려간다"라고 노래하고는 피아노 간주가 들어간다. 2연은 전체적으로 산행이 계속되는 것을 묘사하다가 마지막 4행에서 이제 산을 내려가게 될 것임을 예고하고 있다. 3연에서는 "넌 헐떡이며 앞으로 올라갈 필요는 없다/ 평지가 자연스레 너를 끌어 내린다/ 너와 함께 눈에 띄지 않게 구부러질 것이다/ 그리고 미처 네가 생각하기도 전에 너는 휴식처에 와 있다"고 노래한다. 이어 4행을 반복 노래한 다음 피아노의 후주와 함께 곡이 끝나고 있다. 그러니까 3연에서는 서정적 자아가 산행을 끝내고 평지를 지나 어느새 휴식처에 당도해 있음을 노래하고 있다. 더욱이 이 가곡에서는 3연 4행만 처음으로 반복하고 있으며, 이 반복은 산행 가운데 휴식을 의미하고 있다. 피아노의 후주 또한 그런 분위기를 반영해서 산행하던 가운데 과거에 대한 회상이 있었고 이 회상으로부터도 거리를 둔 휴식의 뜻을 되새기게 한다.

2) 〈잠잠해진 동경〉

브람스는 1884년 뤼케르트의 4연 6행시 〈잠잠해진 동경Gestill- te Sehnsucht〉(RG, 5)에 곡을 붙였다. 이 시에는 브람스를 포함해서 두 명의 작곡가가 곡을 붙였다. 브람스의 〈잠잠해진 동경〉(Op. 91 No.1)에서는 뤼케르트 시 3연이 생략되어서 전체 3연 6행시로 구성되어 있다. 그런데 반주악기인 피아노와 바이올린의 연주가 마치 협주곡과 같은 인상을 자아내면서 브람스의 〈잠잠해진 동경〉은 완전히 새로운 가곡의 분위기를 만들어 내고 있다. 이 두 악기의 반주에 따른 가곡에는 오케스트라 가곡과는 확연히 다르게 낭만적이면서 서정적인 분위기가 극대화되어 있다.

1연은 "황금 저녁 빛에 잠겨/ 숲들은 얼마나 화려하게 서 있나!/ 새들의 낮은 음성 속에 실려 온다/ 나지막하게 저녁 바람 부는 소리가/ 바람들, 새들은 무엇을 속삭이는가?/ 그들은 세상이 잠들도록 속삭인다"고 노래한다. 마지막 6행의 끝 부분 "잠들도록"은 반복되고 이어 피아노와 바이올린의 아름답고 낭만적인 간주가 들어가고 있다. 그러니까 1연에서 숲들은 저녁노을에 잠겨 있으며, 새들의 노랫소리는 저녁 바람에 실려 오고, 바람과 새들은 이제 저녁이 되었으니 세상더러 잠들라고 속삭인다고 노래하고 있는 것이다. 뤼케르트의 시가 지닌 고즈넉한 분위기에 더해서 브람스의 가곡은 최대한 느리게 노래하면서 완전히 새롭게, 편안하고 부드럽고 아름다운 노래의 분위기를 극대화시키고 있다. 더욱이 바이올린의 간주는 느리면서도 서정적이고 낭만적인 분위기를 한껏 북돋우고 있다. 피아노와 바이올린의 간주 다음 2연으로 넘어간다.

2연의 1행과 2행에서는 "너희들을 항상 활기 있게 하는 소망들/ 마음속에 특별히 휴식과 평안이 있다"고 노래하는데, 1행 "너희들을 항상 활기 있게 하는 소망들"은 높은 톤으로 노래함으로써 들뜬 분위기를 전달한다. 2행 다음 두 악기의 간주가 들어간 뒤 3행 "너, 가슴을 움직이는 동경이여"는 가장 격동적으로 노래하고 4행에서 7행까지 "언제 너는 쉬는가, 언제 자는가?/ 바람과 새들이 속삭일 때/ 너희의 동경하는 소망들, 언제 잠드나?"라고 노래한 뒤 다시 6행의 마지막 부분 "언제 잠드나?"를 반복한 다음 두 악기의 간주가 들어간다. 이 연에서는 마음속에 소망들과 휴식 및 평안이 있는데, 이 가운데서도 마음을 동요케 하는 동경은 쉬지 않으며, 바람과 새들이 쉬라고 속삭일 때도 동경은 쉬지 않음을 노래하고 있다.

3연은 브람스의 가곡에서는 생략되어 있는데 그 주요 내용은 동경이 새와 바람의 권유에도 결코 잠들지 않는다는 것을 강조하고 있다. 브람스의 가곡에서 마지막 가절(시의 4연)은 "아, 황금빛 먼 곳에서/ 내 영혼이 꿈의 날개로 더 이상 서둘러 오지 않을 때/ 영원히 먼 별들에게로 오지 않을 때/ 내 눈은 동경하는 눈빛으로 거기에 머문다/ 그러면 바람들, 새들이 속삭인다/ 내 동경과 함께 내 삶에게"라고 노래한다. 4행 "내 동경하는 눈빛으로 거기에 머문다" 다음 피아노의 간주가 들어간다. 그러니까 이 4연에서는 서정적 자아의 영혼이 꿈의 날개를 펴고 별들에게 오지 않지만 그는 동경의 눈빛으로 그곳을 쳐다보고, 바람과 새들은 그의 동경하는 마음과 함께 삶에 속삭인다고 노래하고 있는 것이다. 이어 아름다운 두 악기의 후주가 곡을 끝내고 있다. 무엇보다도 시의 낭만적이고 전원적인 분위기는 피아노보다도 바이올린의 느리고 아름다운 선율의 반주로 극대화되고 있으며, 브람스는 이런 방법으로 가장 아름답고 탁월하게 뤼케르트 시를 음악적으로 해석하고 있다.

1.7 말러의 뤼케르트-가곡들

1〉 구스타프 말러의 가곡 세계

구스타프 말러Gustav Mahler(1860~1911)는 후기 낭만주의에서 현대로 가는 전환기의 오스트리아 작곡가였으며 동시에 그 시대에 가장 중요한 지휘자 가운데 한 사람이었고 더욱이 오페라 단장으로서 악극계의 중요한 개혁자이기도 하였다. 그는 유대 가문 출신이었고, 아버지 베른하르트Bernhard 말러와 어머니 마리 헤르만 Marie Hermann 사이에서 둘째 아들로 1860년 7월 7일 보헤미아 Böhmen에 있는 칼리슈트Kalischt에서 태어났다. 그의 형제는 14명이었으나, 그 가운데 6명이 어린 나이에 사망하였다. 그래서 죽음은 늘 그에게 맴도는 작품 주제의 하나가 되었다. 말러의 부모는 구스타프 말러가 태어나던 해에 이글라우Iglau로 이사를 갔고, 이후 말러는 유년 시절을 이곳에서 보냈다. 어렸을 때 그는 아버지가 어머니를 학대하는 것을 본 경험이 있었는데, 이것은 그에게 평생 동안 트라우마였다. 또한 15살 때 두 살 어린 동생이 죽은 것은 무엇보다 큰 충격이었다.

말러는 이글라우에서 초등학교를 마치고 1869년부터 1875년까지 김나지움을 다녔고 많은 책을 읽었으며 민속음악 및 춤곡, 이글라우에 있는 군악대 연주 및 유대 교회에서 유대 음악을 듣기도 했다. "말러 자신은 뒷날 그의 예술 창작에서 이 유년 시절의 경험들에 가장 큰 중요성을 부여하였다."[13] 구스타프 말러가 네 살이 되었을 때 그의 음악교육은 아코디언으로 시작되었고, 6세 때부터 피아노 교육을 받았으며, 10세 때 처음으로 피아니스트로서 등장했고 12세 때는 리스트Franz Liszt와 탈베르크Sigismund Thalberg의 곡을 연주하기도 했다. 말러는 음악에 대한 열정을 일찍부터 느끼고 15세 때는 음악가가 되려는 결심을 굳혔다. 구스

---

13) Constantin Floros: Gustav Mahler, München 2000, 7쪽. 이하 (CF, 쪽수)로 표기함.

타프의 아버지는 아들에 대해서 다른 장래 계획을 가지고 있었으나, 가까운 친지의 조언에 따라 1875년부터 말러를 빈 음악원에 보냈다. 여기서 그는 율리우스 엡슈타인Julius Epstein에게서 피아노를, 프란츠 크렌Franz Krenn에게서 작곡을 배웠고, 이때 이 음악원에서 함께 공부한 음악가로는 볼프가 있다. 그러나 아버지의 재정 형편이 열악했기 때문에 스스로 고학을 해야 했고 이때부터 그는 혹독한 삶의 투쟁을 하지 않을 수 없게 된다. 게다가 말러의 부모가 1889년 같은 해에 사망하자, 29세의 말러는 어려서 죽은 형을 대신해 장남으로서, 다른 형제들을 돌봐야 하는 책임을 떠맡게 되었다.

1877년 10월 1일 빈 대학에 등록해서 1880년 봄까지 고고학, 역사학을 공부하기도 했고 에두아르트 한슬리크Eduard Hanslick에게서 음악사를, 안톤 브루크너Anton Bruckner의 강의를 듣기도 했다. 말러가 빈에서 학창 시절을 보낼 즈음, 빈 음악계는 바그너파Richard Wagner와 브람스파로 극단적으로 나뉘어 있었는데, 바그너파는 자신들을 진보적 음악가들이라고 여겼다. 반면 브람스파의 대표적 이론가는 한슬리크였고, 그는 바그너, 리스트, 베를리오즈Hector Berlioz, 슈트라우스, 브루크너, 차이콥스키Pjotr Iljitsch Tschaikopski 및 여러 음악가의 작품에 대해서 혹독하게 비판적 글을 쓰기도 했다. 그러나 말러와 그의 친구들은 바그너파 쪽으로 기울어져 있었고, "리하르트 바그너는 그에게 우상"(CF, 14)이었으며 그는 바그너를 셰익스피어, 베토벤 다음으로 천재적인 예술가로 여겼다. 그래서 말러는 바그너의 선례에 따라 시를 짓고 작곡을 하였다. 바그너의 오페라와 악극을 탁월하다고 평가했고 바그너의 작품들을 연구하였다.

말러는 빈 음악원 시절부터 피아노 연주보다는 작곡에 더 큰 관심을 두었고 전공을 작곡으로 바꾸기도 했다. 그 밖에 빈에서 지낼 때 철학과 문학을 하는 여러 친구들을 사귀었고, 다양한 정신적 자극을 얻었다. 그리고 말러는 1880년 바트 할Bad Hall에서 처음으로 오페레타를 지휘하였고 그 뒤 주로 오페라를 공연하는 여러 곳에서 카펠마이스터를 하면서 오페라에 대한 경험을 쌓았다. 그는 자신의 시대에 가장 중요한 작곡가들의 작품들을 들었고 그들과도 교류를 하였는데, 차이콥스키와 슈트라우스를 만났고, 1883년 7월 처음으로 바이로이트Bayreuth로 가서 축제 음악들을 보았으며 코지마와 리하르트 바그너의 아들 지크프리트 바그너를 만났다. 바그너의 마지막 작품 《파르지팔Parsifal》을 처음으로 들었는데, 그 작품의 인상은 그를 압도하였다. 1888년 10월에서 1891년 3월 중순까지 그는 헝가리 부다페스트Budapest에서 상임 지휘자가 되어 활동하였고, 1891년 3월에서 1897년 사이 함부르크 시립 극장의 카펠마이스터가 되었다. 그는 그 사이 유럽에서 인정받는 지휘자가 되었고 여러 도시로 지휘 초청을 받았으며 1892년 6월에서 7월 사이에 런던에서 했던 지휘는 큰 성공을 거두었다. 함부르크에서도 여러 새로운 만남이 있었고, 그 가운데서도 브루노 발터Brunno Walter와의 인연과 교제는 평생 이어졌다. 말러가 빈의 카펠마이스터로 갈 때 발터는 그의 부지휘자로 함께 갔다. 그는 말러의 모습에서 음악가이자 문학가였던 호프만 E.T.A. Hoffmann의 허구적 인물 "클라이슬러의 현신처럼 흥미롭고, 악마적이고, 소심한 인상"(Bruno Walter 1936, 11)을 발견하였다. 그러니까 발터는 말러에게서 악마적 특성과 천재적 특성을 동시에 보았다. 실제 함부르크에서 말러가 지휘할 때는 혹독하고 엄

격하여서 그와 함께 작업을 했던 음악가들은 말러에 대해서 다음
과 같이 평했다.

> 그는 지휘할 때를 제외하고는 우리가 상상할 수 있는 가장 사랑스럽고 가
> 장 친절한 사람이었다. 그러나 지휘봉을 잡는 순간 그는 폭군이 되었다.
> 말할 것도 없이 악의가 있는 것은 아니었다. 그는 모든 관계에서 이상주
> 의자였다.(CF, 26)

1897년에서 1907년까지 말러는 그의 경력에서 원하는 목표를
이루었고, 유럽에서 카펠마이스터이자 빈의 궁정 오페라 지휘를
하였다. 빈에서 말러는 1897년 2월 23일 영세를 받고 가톨릭으로
개종하였는데 당시 반유대주의 정서가 두려웠기 때문이다.

> 내 유대주의가 지금 세상에 있는 일들처럼, 모든 궁정 극장의 입장을 거
> 절하고 있다. 빈, 베를린, 드레스덴, 뮌헨 어느 곳도 나에게 열려 있지 않
> 다. 어느 곳에서나 같은 바람이 불고 있다.[14]

실제 브루노 발터도 1901년 빈에서의 반유대주의는, 더욱이 신
문에서 엄청났다"(재인용 CF, 34)고 회고하였다. 그런데 평소 말러에
게 유대인으로서 정체성은 크게 작용하지 않았으며, 유대 신앙도
특별히 가깝게 다가오지 않았다. 말러의 아내 알마에 따르면, 말
러는 가톨릭에 강하게 기울어져 있었고 그레고리안 성가를 좋아했
다. 말러는 더욱이 제2, 제3교향곡에서 기독교의 부활과 해방 사상
에 집중해서 곡을 붙였다. 그래서 말러의 종교관에서 중요한 핵심
은 기독교와 유대교에 대한 그의 관계에 물음을 남기고 있다. 오히
려 말러는 자연종교적이고 철학적인 성향이 강했다고 볼 수 있는

---

14) Brief an Friedrich Löhr, Ende 1894 oder Januar 1895. 재인용: Herta
 Blaukopf (Hg.): Gustav Mahler. Briefe, Wien 1996, 140쪽.

데, 헤르더에서 출발한 "자연에서 울리는 모든 것이 음악이다"(재인용 CF, 64)라는 말이 그에게는 적합한 표현이며, 그는 더욱이 새의 노랫소리를 좋아하였다. 그뿐만 아니라 말러 자신은 "스스로 이방인으로 느꼈고, 종종 어느 곳에도 100퍼센트 속할 수 없으며 어느 곳에도 집이 없다고 느꼈다."(CF, 53) 그래서 그 자신은 내면에 세 배로 고향이 없다고 느꼈는데, "오스트리아인 사이에서는 보헤미아인으로서, 독일인들 사이에 오스트리아인으로서, 전 세계에서는 유대인으로서"(재인용 CF, 53) 아무도 환영하지 않는 존재라고 느꼈다. 그래서 세상과 그의 관계는 조화롭기보다는 대부분 긴장된 관계였다.

말러는 빈에서 지내는 동안, 페테르부르크, 베니스, 로마, 파리, 암스테르담에서 지휘를 했으며 자신의 작곡 작품도 지휘하는 등 다양한 성과가 있었다. 그는 화가인 로제Rosé형제, 젊은 작곡가 아르놀트 쇤베르크Arnold Schönberg, 알반 베르크 등을 알게 되었으며 이들은 그의 음악에 열광했다. 그런데 말러의 삶에서 결정적 전환점은 알마 쉰들러Alma Schindler를 1901년 11월에 빈에서 알게 된 것이다. 그녀는 오스트리아의 유명한 풍경화가 에밀 야콥Emil Jakob 쉰들러의 장녀였으며, 알렉산더 쳄린스키Alexander von Zemlinsky에게서 작곡 공부를 하였고, 그와 가까운 사이였다. 말러는 그녀에게 여러 차례 편지를 보냈고, 두 사람은 나이 차이가 컸으나 1902년 3월 9일 말러는 41세, 알마는 22세로 결혼을 했다. 말러는 결혼 생활에 대해서 보수적으로 생각했고, 알마 쉰들러와 결혼하게 되었을 때 그녀가 더 이상 작곡을 하지 않고 그 대신 아내와 어머니로서 역할을 해 주도록 요구하였다.

구스타프 말러

알마 말러

그러나 그녀는 일찍부터 수많은 예술가와 교류할 수 있는 환경
에서 자랐는데, 아버지가 화가였던 덕택으로 어린 시절부터 막스
클링거Max Klinger, 구스타프 클림트Gustav Klimt 등 여러 예술가를 알
게 되었다. 그녀는 그들의 대화에도 끼었고 모두 그녀의 아름다움
을 경탄하기도 했다. 말러는 그녀를 처음 보자마자 반했고 알마도
말러가 마음에 들었다. 그녀는 자신보다 19세가 많은 말러와 사랑
으로 결혼했지만 자신의 삶이 그 때문에 제한되는 점에 불만이 있
었다. 심하게는 자신이 그냥 "가정부로 전락한 것"(CF, 37)이 아
닌가 하는 회의를 느끼기도 했다. 반면, 말러는 그녀의 세계관 형
성과 삶에서 자신이 그녀의 스승이라고 여겼다. 두 사람 사이에
1902년 첫딸 안나, 1904년 둘째 딸 유스티네가 태어났고 이 일은
말러를 무척 행복하게 만들었다.

1904년 알마는 그들의 아이들이 정원에서 행복하게 노는데 말러가 왜 뤼케르트의 시에 곡을 붙인《죽은 아이를 그리는 노래 Kindertotenlieder》을 완성하는지를 이해하지 못했다. 시인 뤼케르트는 딸 루이제와 그의 아들 에른스트Ernst가 죽고 난 뒤 같은 제목의 긴 시를 썼는데 이 시는 423편으로 이루어져 있다. 말러는 이 가운데 5편을 골라 곡을 붙인 것이다. 최근의 연구에 따르면 이 가운데 세 편은 1901년 나머지 두 편은 1904년에 완성된 것으로 보고 있다. 1907년 7월 첫딸이 디프테리아로 죽은 일은 말러와 그의 아내에게는 큰 충격이었다. 그의 음악에서 삶과의 작별, 현존재의 뜻, 죽음, 속죄, 죽음 이후의 삶과 사랑은 늘 화두였다.

말러가 미국 연주를 위해서 1907년 12월 빈을 출발할 때 그의 작별은 대단한 사건이었는데, 거의 2백 명이 빈의 서부역에 말러와 작별하고자 모였다. 그 사람들 가운데는 쇤베르크, 알반 베르크, 안톤 베베른Anton Webern, 클림트, 브루노 발터 등이 있었다. 그들은 손에 꽃다발을 들고 눈에 눈물이 가득했다고 알마는 회상했다. 한편, 1908년 1월 메트로폴리탄 오페라에서 연주된 말러의 음악들은 경탄을 불러일으켰고 이 시기는 그의 삶에서 절정기이기도 하였다. 말러는 1909년 10월에는 다시 세 번째로 뉴욕 필하모니에서 지휘를 하였다. 이후 그는 죽을 때까지 미국과 유럽을 오가며 지휘를 했고, 여기에는 자신의 곡도 포함된다. 그러나 알마는 말러의 바쁜 연주 일정으로 말미암아 평소 소외감과 무력감을 느꼈고, 결국 1910년 신경쇠약으로 요양을 하다가 젊은 건축가 발터 그로피우스Walter Gropius를 사귀게 되었다. 사랑에 빠진 그로피우스는 그녀에게 답을 얻으려 편지를 보냈고 그 편지를 말러가 읽게 되었다. 수신인이 말러로 되어 있었기 때문에 그 편지 내용을 알게 된 말러는 그로피우스를 집으로 오게 해서 알마로 하여금 스스로 결정토록 요구하였다. 알마는 침묵하였고, 그들의 결혼 생활은 그대로 유지되었다.

나중에 알마가 쓴 회고록에 따르면, 그때 그녀는 말러를 떠날 수 없다는 마음을 강하게 느꼈다고 한다. 그러나 이 일은 말러를 위기로 몰고 갔는데, 알마는 그의 삶의 중심이었고, 그녀가 그로피우스에게로 가 버릴 것 같은 불안, 그녀의 사랑을 영원히 잃어버렸다는 생각, 자신이 너무 늙어 버렸다는 불안이 엄습하였으며 그녀가 그를 절망으로 내몬다는 생각으로 괴로워했다. 그래서 1910년 8월 26일 프로이트와 상담을 시작하게 되었다. 프로이트Sigmund Freud는 말러와 상담을 하면서 말러는 모든 여자에게서 자신의 어머니를 찾고 있었고, 알마는 그에게서 정신적인 남편, 아버지를 보완하는 사람을 찾기 때문에 두 사람은 상호 보완적 관계라고 분석했다. 프로이트는 더욱이 말러가 "모든 여자에게서 가련하고 고통받고 학대받았던 자신의 어머니를 찾고 있었다"(Alma Mahler-Werfel 1963, 243)고 분석하였다. 그리고 프로이트는 1933년 테오도어 라이크Theodor Reik에게 보낸 편지에서 다음과 같이 쓰고 있다.

> 우리는 그의 삶의 가장 흥미로운 편력에서 그의 사랑의 조건들, 더욱이 그의 성모마리아 콤플렉스를 발견하였다. (…) 그의 강박관념의 외형적 증세에는 어떤 빛도 비추지 않았다. 그건 비밀스러운 건축으로 말미암아 유일하고 깊은 갱도를 묻어 버린 것과 같았다.(재인용 Jens Malte Fischer 2003, 803)

말러는 이중적 성격을 보였는데, 그 이유는 한편으로 아버지에게 학대받은 어머니의 고통에 대한 연민과 트라우마가 그의 마음에 깊이 내재되어 있었고, 다른 한편으로 그의 아버지와 같은 폭군적 기질이 내재되어 있었기 때문이라고 할 수 있다. 이런 기질은 경우에 따라서 완벽한 음악을 만들고 지휘할 때 긍정적으로 나타나기도 하였다. 그는 평소 "모든 공연에서 작품은 새로 태어나야만 한다"(재인용 CF. 51)고 말하곤 하였다.

한편 말러는 1910년 10월 이후 미국의 여러 도시에서 지휘를 하였고 1911년 1월 자신의 네 번째 교향곡을 지휘하였는데, 이것은 큰 성공을 거두었다. 말러는 열에 시달리면서도 1911년 2월 21일 뉴욕 카네기홀에서 마지막 지휘를 하였고, 이미 병이 깊어져서 유럽으로 돌아오게 된다. 그는 파리에 잠시 체류한 뒤 바로 빈으로 이송되었고 1911년 5월 18일 자정쯤 51세의 나이로 빈에서 사망했으며 그의 딸이 묻힌 그린칭 공동묘지Grinzinger Friedhof에 안장되었다. 말러가 사망한 뒤 알마는 1915년 8월 18일 건축가 발터 그로피우스와 재혼했다가 1920년 이혼했고, 1917년 가을에 알게 된 시인 프란츠 베르펠Franz Werfel과 1929년 7월에 결혼해서 그와 여생을 보냈다. 그녀는 1964년 12월 뉴욕에서 사망했다.

말러는 죽을 때, 읽고 있던 마지막 책이 그의 손에서 떨어졌다고 할 정도로 많은 문학작품을 읽었다. 그래서 그는 '책을 먹어치우는 사람'으로 통했고, 늘 친구들과 가족에게 책을 보내달라는 주문을 하곤 했다. 그의 문학과 철학에 대한 관심 범위는 고대 그리스의 정신세계로부터 셰익스피어, 독일의 신비주의자인 야콥 뵈메 Jakob Böhme와 앙겔루스 질레지우스Angelus Silesius, 프랑스의 라신Jean Racine, 몰리에르Molière, 독일의 고전주의와 낭만주의, 칸트Immanuel Kant, 쇼펜하우어Arthur Schopenhauer, 니체, 도스토예프스키Dostojewski, 톨스토이Tolstoi, 입센Henrik Ibsen에까지 이르렀다. 더욱이 괴테는 말러가 가장 좋아하는 작가였고, 말러의 수많은 인용과 편지들을

통해서 그가 괴테와 그의 작품을 깊이 있게 읽었고, 에커만의《괴
테와의 대화Gespräche mit Goethe in den letzten Jahren seines Lebens》,《타
소Tasso》,《파우스트Faust》등을 좋아했음을 알 수 있다. 또한 낭만주
의 시인 가운데는 더욱이 뤼케르트를 좋아했다.

1960년대 말러 르네상스라 할 만큼 그의 음악이 많이 연주되었
는데 여기에는 레너드 번스타인Leonard Bernstein과 라파엘 쿠벨리크
Rafael Kubelik가 이바지하였다. 오늘날 말러의 작품들은 자주 연주
되고, 여러 유명한 성악가들이 그의 가곡을 노래하고 있다. 말러는
오케스트라와 피아노 가곡을 약 50편 썼으며, 민요시, 동화와 설화
적 소재 및 그릴파르처Franz Grillparzer, 니체, 중국의 서정시 및 괴테
의《파우스트》에 곡을 붙인 것을 포함해서 대부분 "자신이 쓴 시에
곡을 붙이거나,《소년의 마술피리》와 뤼케르트의 시에"(CF, 67) 곡
을 붙였다. 그는 뤼케르트에게 마음에서부터 끌리는 것을 느꼈는
데, 그 이유는 "말러는 그에게서 정신적 유사성을 보았기"(CF, 78)
때문이었다. 말러는 뤼케르트의《죽은 아이를 그리는 노래》이외에
도 그의 시 5편에 곡을 붙였다.

2〉 말러의 뤼케르트-가곡들

말러는 뤼케르트 가곡 5편을 피아노 가곡으로 작곡하고, 그 가
운데 4편은 오케스트라 가곡으로도 작곡하였다. 그는 뤼케르트의
시 5편 가운데 4편은 1901년 여름, 다른 한 편은 1902년에 곡을
붙였다. 이 피아노 가곡들은 오케스트라 가곡으로 다시 개작되어
1905년 1월 29일 빈에서 말러의 지휘로 초연되었다. 이때《죽은
아이를 그리는 노래》와《소년의 마술피리》의 6곡도 함께 연주되

었다. 여기서는 피아노 가곡 5편을 중심으로 뤼케르트 시의 음악적 해석을 고찰하고 있다. 이 말러의 뤼케르트-가곡은 〈난 부드러운 향기를 마셨다〉(No. 1), 〈넌 아름다움 때문에 사랑하니〉(No. 2), 〈노래들을 보지 마라〉(No. 3), 〈난 세상에 없는 존재였다〉(No. 4), 〈한밤중에〉(No. 5)로 이루어져 있다.

1) 〈난 부드러운 향기를 마셨다〉

말러의 〈난 부드러운 향기를 마셨다Ich atmet' einen linden Duft!〉(No. 1)는 뤼케르트의 2연 6행시에 곡을 붙였다.[15] 이 시에는 말러만이 곡을 붙였고, 그의 곡은 피아노의 낭만적이고 아름답고 짧은 서주와 함께 천천히 노래가 시작된다. 1연에서는 "난 부드러운 향기를 마셨다/ 방 안에/ 보리수 나뭇가지 하나가 서 있었다/ 작은 선물/ 사랑스러운 손이 보내온/ 보리수 향기는 얼마나 사랑스러웠는지"라고 노래한다. 더욱이 5행과 6행은 높은 톤으로 시작해서 하강하는 톤으로 노래함으로써 시의 뜻을 강조하고 있다. 그러니까 1연에서는 서정적 자아가 방 안에 있는 보리수 나뭇가지에서 부드러운 향기를 맡았고, 이것은 사랑하는 사람이 보내온 선물이며 그래서 그 보리수 향기는 무척이나 사랑스럽다고 노래하고 있는 것이다. 이어 피아노의 느리고 부드러운 간주가 들어간 뒤 2연으로 넘어가고 있다.

2연의 1행은 1연의 6행과 같은 내용이지만 과거형이 현재형으로 바뀌어 "보리수 향기는 얼마나 사랑스러운지"라고 이번에는 아주 부드럽게 노래하고 피아노 간주가 들어간다. 이 간주는

---

15) http://www.recmusic.org/lieder/m/mahler.html 참조. 이하 (WM)로 표기함.

정말 연인을 보는 것처럼 보리수 향기를 감미롭게 느끼고 있음을 강조하고 있다. 2행에서 6행 "보리수 새싹을/ 너는 부드럽게 꺾었다/ 난 나지막하게 숨 쉰다/ 보리수의 향기 속에/ 사랑의 부드러운 향기를"이라고 노래한다. 2연은 전체적으로 느리고 아주 부드럽게 노래하는데, 다만 마지막 6행 "사랑의 부드러운 향기"는 높은 톤으로 노래하다가 다시 하강하면서 부드럽고 느리게 노래하고 있다. 여기서는 그녀가 꺾어서 보내 준 보리수 새싹의 향기를 마시면서 그 속에서 사랑의 향기를 느끼고 있다. 이어 피아노의 후주는 서정적 자아가 편안한 마음으로 연인이 보내 준 보리수 나뭇가지에서 사랑의 향기를 맡으면서 흡족해 하는 것을 잘 드러내고 있다.

말러의 이 가곡은 큰 장식 없이 깔끔하면서도 서정성이 흠씬 묻어나고 있다. 그리고 피아노는 노랫말을 적절하게 뒷받침하면서 시의 뜻을 대등하게 해석하고 있다. 또 이 가곡에서는 음과 시의 관계가 마치 사랑하는 "두 영혼 사이에는 한 마디 말이 필요치 않은"(재인용 CF, 79) 것처럼 행복하고 조화로운 느낌을 주고 있다. 한편 오케스트라 가곡에서는 목관악기 반주가 먼저 들어가면서 노랫말이 나오고, 전체적으로 목관악기 중심의 오케스트라 반주는 노랫말의 뜻을 극대화하는 데 이바지하고 있다. 오케스트라 후주 또한 행복한 느낌과 편안함을 부드럽게 표현하고 있다.

2) 〈넌 아름다움 때문에 사랑하니〉

말러의 〈넌 아름다움 때문에 사랑하니〉(No. 2)는 뤼케르트의 4연 4행시 〈탠델라이Tändelei〉(RG, 80)에 붙여진 곡이다. 뤼케르트

의 〈탠델라이〉에는 말러와 클라라 슈만을 포함해서 7명의 작곡가
가 곡을 붙였다. 말러의 곡은 피아노의 부드러운 짧은 서주와 함
께 노래가 시작되는데, 1연과 2연을 하나의 가절로, 3연과 4연
을 또 하나의 가절로 묶어서 노래하고 있으며, 그 분기점은 2연
다음의 피아노 간주와 4연 다음 피아노의 후주이다. 같은 가절로
노래하지는 않지만 일부 변화를 준 멜로디로 노래하고 있다. 1연
은 아름다움 때문이라면 그를 사랑하지 말고, 오히려 황금빛 머
리를 지닌 태양을 사랑하라고 노래하는데 여기서 3행의 마지막
단어 "태양"은 강한 톤으로 노래함으로써 서정적 자아가 아니라
차라리 태양을 사랑하라는 메시지를 강조하고 있다. 그리고 바로
2연으로 넘어가는데, 여기서는 젊음 때문이라면 오히려 해마다
새롭게 오는 봄을 사랑하라고 노래하며, 1연에서와 마찬가지로 3
행의 마지막 단어 "봄"을 강한 톤으로 노래하는데, 이것은 차라
리 봄을 사랑하라는 뜻을 강조하고 있다. 이어 피아노의 간주가
들어간 뒤 3연으로 넘어가고 있다.

3연에서는 보물 때문이라면 그가 아니라 오히려 많은 진주를
가진 인어공주를 사랑하라고 노래하고, 1연과 2연에서와 마찬
가지로 3연 3행의 끝 부분 "인어공주"는 강한 톤으로 노래하면
서 차라리 인어공주를 사랑하라는 뜻을 강조하고 있다. 그리고 4
연으로 넘어가서 그러나 정말 사랑 때문이라면 제발 자신을 사랑
해 달라고 하면서 항상 그도 연인을 늘 사랑할 것이라고 다짐하
듯 노래한다. 4연 2행과 3행 "제발 날 사랑하라/ 날 항상 사랑하
라"는 아주 부드럽고 높은 톤으로 기도하듯 노래함으로써 앞서
태양, 봄, 인어공주와는 대비되는 톤으로 노래하고 있다. 그리고
4연 4행의 끝 부분, "항상"은 처음으로 반복해서 노래하고 있는

데, 이것은 사랑의 영원성과 변함없음을 강조하는 뜻을 담고 있다. 그러고는 피아노 후주가 곡을 아름답고 깔끔하게 끝내고 있다. 이 곡은 사랑 노래이며, 1902년 말러는 그의 아내 알마를 위해서 작곡했다. 그런 "작곡의 개인적 특징은 말러가 이 노래를 유일하게 뤼케르트 가곡 가운데 오케스트라 가곡으로 작곡하지 않은 점에 있다."(CF, 80) 그래서 이 가곡은 피아노 가곡으로만 존재한다.

말러의 뤼케르트 가곡에서는 무엇보다도 전체적으로 절제된 음으로 표현하고 있는 점이 두드러진다. 곧 피아노의 서주, 간주, 후주는 길지 않지만 적절하게 노랫말과 함께 시의 뜻을 돋보이게 만드는 역할을 하고, 목소리 파트 또한 알맞게 강조점을 두면서 전체적으로 아름다움과 편안함이 두드러지고 있다. 말러의 곡과 클라라 슈만의 같은 제목의 가곡을 비교해서 보면, 클라라 슈만은 1연에서 "아름다움 때문에" 부분에 강조점을 두는데 견주어서, 말러는 아름다움의 상징이 되는 "태양"에 강조점을 두고 있다. 이런 방식은 말러의 경우 2연, 3연, 4연에서도 마찬가지로 나타나지만, 클라라 슈만의 곡에서는 3연이 1연과 같은 멜로디와 노래 형식으로 되어 있으며, 더욱이 4연의 경우 시행 반복이 나타나고 있다. 이것은 시의 뜻이 절정으로 치닫고 있음을 보여주는데, 4연 1행과 2행 "너는 사랑 때문에 사랑하니/ 그러면 제발 날 사랑하라"에서 "그러면 제발"이라고 하는 부분은 아주 사실적으로 그 감정의 표현이 드러나고 있다. 또 4행 "나도 널 항상 사랑한다"는 가장 높은 낭송조로 노래함으로써 서정적 자아도 연인을 사랑한다는 뜻을 강조하고 있다.

3) 〈노래들을 보지 마라〉

말러는 뤼케르트의 2연 6행시 〈금지된 시선〉(WM)에 곡을 붙였는데, 이 시에는 말러만 곡을 붙였다. 말러의 〈노래들을 보지 마라!Blicke mir nicht in die Lieder!〉(No. 3)는 마차가 굴러가는 듯한 빠르고 짧은 피아노 서주와 함께 곡이 시작된다. 1연 1행에서 5행 "내 노래들을 보지 마라/ 난 내 눈을 내려뜨린다/ 사악한 행동을 하다 붙잡힌 것처럼/ 난 주제넘게/ 그것들이 번성하는 것을 쳐다봐서는 안 된다"고 노래한 뒤 피아노의 간주가 들어가고 있다. 다시 1행 "내 노래들을 보지 마라"를 반복 노래하고 다시 피아노 간주가 이어진 뒤 6행 "너의 호기심은 배반이다"는 높은 톤으로 바뀌면서 다시 "배반이다"를 반복할 때는 강한 톤으로 노래한다. 이어 피아노의 간주가 들어가고 있다. 그러니까 1연에서는 서정적 자아가 그의 노래들을 보지 말라고 하면서 나쁜 행동을 하다 붙잡힌 것처럼 눈을 아래로 내리깐다. 그리고 노래가 퍼지는 것을 쳐다보는 것은 안 되는 일이라고 스스로 자제시키고 있다. 그럼에도 호기심 때문에 그의 자제가 무너진다.

이제 2연에서는 1연의 노래들을 벌들에 빗대서 완성될 때까지 기다려야 함을 예시하고 있다. 2연의 1행에서 5행 "벌들이 집을 지을 때/ 그것을 보게 하지 않는다/ 스스로도 보지 않는다/ 풍부한 벌집들이/ 날마다 지원되면" 다음에 피아노 간주가 들어가고 있다. 여기서는 벌들도 집을 지을 때 아무도 보게 하지 않고 심하게는 스스로도 보지 않지만 꿀이 많이 있는 벌집이 완성될 때는 사정이 다른 것을 노래하는데, 5행 다음의 피아노 간주는 바로 풍부한 꿀이 들어 있는 벌집이 완성되는 것을 강조하고 있다. 마지막 6행에서 "그러면 네가 가장 먼저 군것질하게 된다"
고 노래하고는 피아노 간주가 들어간다. 이 간주는 꿀이 풍부하
게 들어 있는 벌집에서 꿀을 꺼내 먹게 되는 것을 강조하고, 다
시 6행과 6행의 일부 "네가 군것질하게 된다"를 반복 노래하고
는 강하고 극적인 피아노의 후주가 곡을 끝내고 있다. 이 후주는
드디어 꿀을 먹게 되는 성취감과 그때까지의 기다림을 강조하는
뜻이 들어 있다. 이 곡과 관련해서 나탈리 바우어-레히너Natalie
Bauer-Lechner는 이 노랫말은 말러와 잘 맞아서 "마치 그가 스스
로 이 시를 쓴 것 같다"(CF, 79)고 평했다. 그러니까 시인 뤼케르
트와 음악가 말러는 둘 다 작품이 다 완성될 때까지 좀체 세상에
내보이지 않는 유형이라는 점에서 유사성이 크다고 볼 수 있다.

말러의 오케스트라 가곡에서는 피아노 대신에 오케스트라의 여
러 악기 가운데서도 현악기로 대체되고 있을 뿐 노래의 분위기와
멜로디는 같다. 다만, 곡이 같다 하더라도 목소리와 현악기의 반주
가 서로 대화하듯 음을 주고받는 점이 피아노 가곡에 견주어 두드
러지고 있다.

4) 〈난 세상에 없는 존재였다〉

말러는 뤼케르트의 《사랑의 봄》에 나오는 《네 번째 화환》의 29
번째 3연 4행시(RG, 117)에 곡을 붙였고, 이 시에는 말러를 포함해
서 세 명의 작곡가가 곡을 붙였다. 말러의 〈난 세상에 없는 존재였
다Ich bin der Welt abhanden gekommen〉(No. 4)는 피아노의 무겁고 아주
느리고 긴 서주와 함께 곡이 시작된다. 1연의 1행에서 3행 "난 세
상에 없는 존재였다/ 그 밖에 난 많은 시간을 그 세상으로 말미암

아 망쳤다/ 세상은 나에 대해서 아무것도 오랫동안 듣지 못했다"라
고 노래하고는 피아노의 조용하고 길고 느린 간주가 들어간다. 이
긴 간주는 서정적 자아가 세상에 없는 사람이었으며 세상에서 그
는 많은 시간을 망쳤고, 세상 또한 그에 대해서 오랫동안 아무것도
듣지 못했다는 것을 음미하게 하고 있다. 그리고 4행에서 "세상은
내가 죽었다고 믿을 수도 있다"고 노래한 뒤 다시 피아노의 간주가
들어가고 있다. 이 간주를 통해서 서정적 자아는 세상에 없는 존재
나 다름없음이 강조되고 있다.

〈난 세상에 없는 존재였다〉의 악보 일부

2연은 1연의 노래의 톤과는 달리 대체로 격정적으로 노래하는데
1행과 2행 "나에겐 그것이 도무지 중요치 않았다/ 세상이 나를 죽
었다고 생각하든 말든"이라고 격정적인 톤으로 노래하고 피아노의
짧은 간주가 들어간다. 여기서는 서정적 자아가 세상이 자신을 죽
었다고 여기든 말든 상관없는 마음을 단호하게 보여주고 있다. 3
행과 4행에서는 "난 그것에 반대하는 그 어떤 말도 할 수 없다/ 왜
냐하면 난 정말로 세상에서 죽었기 때문이다"라고 노래한다. 여기
4행의 한 단어 "죽었다"를 반복해서 노래하고 있으며, 더욱이 4행
의 "정말로"라는 부분에서는 사실적인 느낌을 주면서, 서정적 자아

는 세상의 생각에 대해서 어떠한 말로도 사실이 아니라고 반박할 마음이 없다. 그 자신이 스스로 세상을 등지고 있기 때문이다. 2연의 격정적인 노래의 톤과는 대조적으로 피아노의 간주는 다시 고요하고 길고 느리게 이어진다. 이 간주는 다음 3연에 나타날 분위기 전환을 미리 암시하는 역할을 하고 있다.

3연은 2연에서 목소리의 톤과는 달리 느리고 아주 조용한 톤으로 노래를 시작한다. 1행과 2행에서 "난 세상 군중에게는 죽은 존재였으며/ 난 고요한 곳에서 쉬고 있다"라고 노래하고는 피아노의 간주가 들어간다. 이 간주는 그가 세상을 등지고 고요한 곳에서 쉬고 있음을 강조하고 있다. 3행과 4행에서는 "나 혼자 내 하늘에서/ 내 사랑 속에서, 내 노래 속에서"라고 노래한다. 이때 3행 "나 혼자 내 하늘에서"는 뤼케르트의 시에서 "나는 내 안에 그리고 내 하늘에서"라고 되어 있는데, 그 부분에 조금 변화를 줘서 오히려 더 자연스러운 의미로 전환하고 있다. 4행은 "내 사랑 속에서"를 높은 톤으로 노래하고 이어 같은 톤의 피아노 간주가 들어간다. 이것은 그가 그의 사랑 속에 존재하는 것을 강조하고 있으며 이어 다시 "내 사랑 속에서"를 반복 노래하고 다시 피아노의 짧은 간주가 들어간 뒤 4행의 마지막 부분 "내 노래 속에서"를 낮고 조용한 톤으로 아주 느리게 노래하고는 피아노의 긴 후주가 곡을 마무리하고 있다. 그러니까 3연의 내용은 서정적 자아는 세상에서는 죽은 존재와 같지만 자신은 고요한 곳, 곧 그의 내면에, 그의 하늘에, 그의 사랑 속에, 그의 노래 속에 존재하고 있다. 이 점에서 뤼케르트는 외부 세계에서 등을 돌리고 내면으로 향하는 독일의 내면성을 극대화하고 있다. 또 뤼케르트의 시에 나오는 서정적 자아는 "바로 말러 자신"(CF, 79)이라 할 수 있다.

말러의 이 가곡은 여느 가곡들에 견주어서 노랫말을 최대한 길게 늘여서 노래하고, 피아노 또한 느리면서도 가능한 길게 연주하는 특징을 보이고 있다. 더욱이 피아노의 반주가 가곡에서 이렇게 길게 연주되는 경우는 리스트의 가곡에서 가끔 볼 수 있을 뿐 아주 드문 예가 되고 있다. 그래서 피아노의 연주는 독자적인 프롤로그와 에필로그를 가진 듯한 분위기를 주고 있다. 이 점에서 같은 가곡을 피아노가 아닌 오케스트라의 목관악기로 연주할 때는 그 점이 더욱 강하게 드러나고 있다. 전체적으로 오케스트라 가곡에서는 애잔함이 깔려 있으면서도 서주, 간주, 후주 부분에서 여러 악기가 같이 연주를 함으로써 가곡이 입체적으로 바뀌고 있다. 곧 목소리와 오케스트라의 여러 악기들의 합주는 서로 대화를 나누듯 시의 뜻을 살리고 있으며, 더욱이 오케스트라의 서주와 후주는 평화로우면서도 전원적 분위기의 프롤로그·에필로그와 같다는 느낌을 주고 있다.

5) 〈한밤중에〉

말러는 뤼케르트의 〈한밤중에Um Mitternacht〉 5연 6행시(RG, 178)에 곡을 붙였으며, 이 시에는 말러를 포함해서 11명의 작곡가가 곡을 붙였다. 뤼케르트의 시에서는 반복 시행의 특징이 두드러지고 있는데, 각 연의 1행과 6행은 "한밤중에"라는 부사가 들어 있으며 이것은 마치 각 연의 시작과 끝을 같게 함으로써 각 연의 내용을 감싸고 있다. 말러의 〈한밤중에〉(No. 5)에도 각 연마다 간주가 들어감으로써 마치 각 연의 내용이 완결되는 느낌을 강하게 주고 있다.

말러의 가곡은 한밤중 달빛을 연상시키는 피아노의 느리고, 낭만적이고, 부드러운 서주와 함께 1연에서 "한밤중에/ 난 깨어났다/ 하늘을 올려다보았다/ 별 무리 가운데 어느 별도/ 나에게 웃음을 보이지 않았다/ 한밤중에"라고 노래한다. 그러니까 1연에서는 서정적 자아가 한밤중에 잠이 깨서 하늘을 쳐다보았으나 어느 별도 자신에게 미소를 보이지 않았다고 노래하고 있다. 그리고 피아노의 느린 간주는 이제 잠에서 깨어나 하늘을 쳐다보면서 상념에 잠기는 목가적 분위기를 보여 주다가 갑자기 반전을 주듯 번뜩 강한 톤의 연주를 잠시 하고 다시 부드러운 분위기로 전환되면서 2연으로 넘어간다.

2연의 1행에서 3행 "한밤중에/ 난 생각했다/ 어두운 차단벽들 쪽으로 내다봤다"고 강한 목소리로 노래하는데, 더욱이 3행을 격정적으로 노래하고는 피아노의 간주가 들어가고 있다. 그러고 나서 1행 "한밤중에"를 진정된 톤으로 반복해서 노래하고 다시 피아노의 짧은 간주가 들어가고 있다. 이어 4행과 5행에서 "어떤 생각의 빛도/ 나에게 위로를 가져다주지 않았다"라고 강렬하게 노래하는데, 더욱이 5행은 격정적인 낭송조로 느리게 노래한 뒤 6행 "한밤중에"는 진정된 톤으로 노래하고, 이어 피아노의 부드러운 간주가 들어간다. 그러니까 한밤중에 잠이 깬 서정적 자아는 여러 가지 생각도 해 보고, 어두운 벽 쪽으로 내다보기도 하지만 어떤 생각도 그에게 위로가 되지 않는다. 2연에서는 더욱이 "한밤중에"만 진정된 톤으로 노래하고 그 사이에 끼어 있는 시행들은 강하고 격정적인 톤으로 노래함으로써 그 대비를 두드러지게 한다.

3연은 "한밤중에/ 난 주목했다/ 내 심장의 두근거림을/ 고통의 유일한 맥박이/ 고동쳤다/ 한밤중에"라고 노래한다. 왜 서정적 자아가 한밤중에 잠이 깨어서 하늘을 올려다보고 여러 가지 생각을 하는지, 그리고 그의 심장이 두근거리고 그것을 고통의 맥박이라고 노래하는지, 이 음악을 듣는 사람으로 하여금 물음을 던지게 한다. 이런 청자의 물음과 상념은 피아노의 부드럽고 편안한 간주를 통해서 강화된다. 이어 4연 "한밤중에/ 난 전투를 하였다/ 오 인류여, 너의 고통이여/ 난 그것을 결정할 수 없었다/ 내 힘으로는/ 한밤중에"라고 노래한다. 눈에 띄는 점은 4행에서 동사 '결정하다'는 최대한 늘인음으로 노래하고 또한 이 4행의 끝 부분에서 피아노의 스타카토 반주가 두드러지고 있다. 이런 피아노의 분위기는 그대로 4연의 노랫말이 끝나면 나오는 피아노의 긴 간주에서 이어지다가 다시 주 모티브의 낭만적인 연주로 돌아가서 5연이 시작되고 있다. 그러니까 4연은 서정적 자아가 잠이 깬 한밤중에 삶과 죽음을 결정하는 전투를 하였는데, 그의 힘으로는 그것을 결정할 수 없었다고 회상하고 있다.

마지막 5연은 이 가곡의 절정 부분으로 가장 장엄한 분위기를 연출하고 있다. 5연의 1행에서 4행 "한밤중에/ 난 힘을/ 네 손에 주었다/ 죽음과 삶 위에 있는 신이여"를 노래하는데, 4행의 경우 강한 낭송조로 "신이여"를 반복하면서 "죽음과 삶 위에 있는 신이여, 신이여"라고 노래하고 있다. 이어 5행 "그대가 파수를 보고 있구나"는 세 번 강한 낭송조로 노래하는데, 세 번째 반복에서는 "그대"는 두 번 반복하고 5행 전체 "그대, 그대가 파수를 보고 있구나"를 노래한다. 그러니까 5연에서 보면, 서정적 자아가 삶과 죽음을 결정하는 것이 아니라 신이 결정하며, 신은 죽음과 삶을 초월해서 파수를 보고 있다. 이어 클라이맥스를 진정시키듯 6행 "한밤중에"는 다시 하강하는 톤으로 안정되게 노래하고는 피아노의 격동적이고 긴 후주가 곡을 마감하고 있다.

오케스트라 가곡에서는 관악기와 하프가 주요 악기이며, 오케스트라의 서주와 함께 노랫말이 시작되는데, 노랫말 도중에 간간히 들어 있는 목관악기의 낭만적인 주 모티브의 반주와 간주가 돋보인다. 다만, 4연의 피아노 간주의 다양한 분위기는 오케스트라 가곡의 4연에서 특별히 강조하는 부분을 두지 않고 있다. 더욱이 5행의 반복 부분은 오케스트라 반주에 따라서 마치 합창곡 같은 웅장한 분위기를 주고 있으며, 마지막 후주 또한 오케스트라의 장엄한 반주로 곡의 전체 분위기를 다시 한 번 고조시키면서 곡을 끝내고 있다.

1.8 슈트라우스의 뤼케르트-가곡들

슈트라우스Richard Strauss(1864~1949)는 뤼케르트의 14편의 시에 곡을 붙였으며, 여기서는 그의 가곡 4편을 분석하고 있다.

1) 〈비바람을 피할 숙소〉

슈트라우스의 〈비바람을 피할 숙소Ein Obdach gegen Sturm und Regen〉는 뤼케르트의 《사랑의 봄》 가운데 《첫 번째 화환》의 26번째 2연 8행시(RSG, 380)에 붙인 곡이며, 이 시에는 슈트라우스를 포함해서 3명의 작곡가가 곡을 붙였다. 뤼케르트 시에서는 1연과 2연의 5행, 6행은 같은 내용이다. 슈트라우스의 〈비바람을 피할 숙소〉(Op. 46. No. 1)는 피아노의 서주 없이 바로 노랫말이 나오는데 1연의 1행부터 4행에서 "비바람을 피할 숙소/ 겨울철의/

난 찾았고 천상의 축복을 발견하였다/ 영원의"라고 노래한다. 그러니까 겨울철에 비바람을 피할 숙소를 찾았고 영원한 천상의 축복을 발견했다. 이어 피아노의 간주가 들어간 뒤 5행으로 넘어간다. 5행에서 8행 "오 언어여, 네가 고이 간직했던 것처럼/ 거의 찾지 않는 사람이 많이 발견하는구나/ 난 방랑의 휴식을 구했고/ 내 여행의 목표를 발견하였다"고 노래한다. 여기서는 언어에 내재된 뜻을 특별히 찾지 않는 사람이 오히려 많이 발견하는 것처럼 서정적 자아는 방랑에서 휴식을 찾았고, 여행의 목표를 발견하게 된다. 그리고는 피아노의 간주가 들어가는데 이 간주는 목표를 찾은 방랑자의 마음을 강조하고 있다.

2연 1행에서 4행 "난 손님맞이 문이 열려 있기를 원했다/ 나를 맞이해 줄/ 희망과 달리 사랑스런 마음이/ 나에게 열렸다"고 노래한 다음 피아노의 간주가 들어간다. 여기서는 서정적 자아가 자신을 맞이해 줄 손님맞이 문이 열리기를 원했는데 그런 바람과는 달리 사랑하는 마음이 그에게 싹텄다고 노래하고 있다. 5행에서 8행은 "오 언어여, 네가 간직했던 것처럼/ 거의 찾지 않는 사람이 많이 발견하는구나/ 난 그녀의 겨울 손님이고 싶었고/ 그리고 그녀에게 마음의 친구가 되었다"고 노래한다. 이어 7행과 8행을 되풀이해서 노래하고는 피아노의 후주 없이 곡이 끝난다. 더욱이 반복 노래에서 마지막 단어 "마음의 친구"는 오페라의 아리아처럼 화려하고 느린 바이브레이션을 넣은 목소리 톤으로 노래하고 있다. 그러니까 서정적 자아는 자신을 반갑게 맞이해 줄 것이라는 희망 대신에 오히려 자신이 상대에게 위로가 되는 존재가 되고 있다.

2) 〈미래의 나이에 대해서〉

슈트라우스는 뤼케르트의 5연 4행시 〈결빙이 내 집 지붕을 덮었다〉(WST)[16]에 곡을 붙였으며, 이 시에는 슈트라우스 이외에 슈베르트가 곡을 붙였는데, 그는 〈노인의 노래〉라고 제목을 달았다. 슈트라우스의 〈미래의 나이에 대해서Vom künftigen Alter〉(Op. 87 No. 1)는 피아노의 서주와 함께 노랫말이 시작된다. 1연의 1행과 2행 "결빙이 내 집의 지붕을 덮었다/ 그러나 방 안에선 온기가 내게 있었다"고 노래한 뒤 짧은 피아노 간주가 들어간다. 밖은 겨울이라 결빙이 집 지붕을 덮고 있으나 방 안에는 온기가 있다고 노래하고 있다. 이어 3행과 4행 "겨울은 내 머리의 정수리를 하얗게 덮었다/ 하지만 피는 흐른다, 붉은 피는 마음의 방을 거쳐서"라고 노래한 뒤 바로 2연으로 넘어가고 있다. 그러니까 3행의 겨울은 노년을 의미하고 있으며 흰머리가 하얗게 정수리를 덮고 있으나 젊음을 상징하는 붉은 피는 마음에 흐르고 있다는 의미이다.

2연 "뺨에 만발한 젊음, 장미들은/ 가 버렸다, 모든 것은 차례대로 가 버렸다/ 어디로 간 것일까? 마음으로 내려갔나/ 거기에선 먼저나 뒤나 소망에 따라 꽃이 피어난다"고 노래한다. 그러니까 물리적인 젊음은 모두 사라지지만 마음은 늙지 않은 채 소망에 따라 꽃이 핀다고 노래하고 있는 것이다. 이어 3연 "세상 모든 기쁨의 물결이 바싹 말랐나?/ 고요한 시내는 아직도 내 가슴을 지나 흐른다/ 초원의 모든 나이팅게일은 잠잠해졌나?/ 고요함 속에 여기 한 마리는 내 곁에 아직도 깨어 있다"고 노래하는데, 여기서는 더욱이 대비적 요소가 두드러지고 있다. 세상에서 기쁨의 물결은 사라졌

---

16) http://www.recmusic.org/lieder/s/strauss.html. 이하 (WST)로 표기함.

다 하더라도 서정적 자아의 가슴에는 고요히 기쁨의 시내가 흐르고, 초원의 새들은 사라졌다 하더라도 자신의 곁에 한 마리의 새가 깨어 있다고 노래하고 있다.

이 깨어난 새가 그에게 노래하는 내용이 4연을 구성하고 있다: "그 새는 노래한다: 집 주인이여!/ 추운 세상이 방 안으로 들어오지 않도록 문을 잠그세요/ 현실의 거친 숨결로부터 문을 닫으세요/ 그리고 꿈들의 향기에 지붕과 사이 벽을 주세요"라고 당부의 말을 하듯 그러나 당당하게 노래한 뒤 이어 5연으로 넘어간다. "난 각 노래에서 포도주와 장미들을 가지게 되고/ 그리고 수천 개의 노래들을 가지고 있다/ 저녁에서 아침까지 밤들을 거쳐서/ 난 너에게 젊음과 사랑의 고통을 노래할 것이다"라고 노래한다. 그러니까 나이팅게일이 노래할 때마다 포도주와 장미들이 나오고, 수천 개의 노래들이 있어서 나이팅게일은 날마다 젊음과 사랑의 고통을 하루 종일 노래할 것이다. 이어 피아노의 후주가 여운을 남기듯 이어지면서 곡을 마무리하고 있다. 이 가곡에서는 피아노의 서주와 후주가 있으며 간주는 1연의 2행 다음 아주 짧게 한 번 나올 뿐이다.

3) 〈더 이상은 아니다〉

슈트라우스의 〈더 이상은 아니다Und dann nicht mehr〉(Op. 87. No. 3)는 뤼케르트의 9연 4행시(WST)에 곡을 붙였고 이 시에는 그만이 유일하게 곡을 붙였다. 뤼케르트 시에서 각 연의 4행은 "더 이상은 아니다"가 후렴처럼 들어가 있다. 슈트라우스의 가곡에서는 피아노의 간주는 없으며 서주와 후주만 있다. 1연 "난 그녀를 단 한 번 보았다/ 더 이상은 아니다/ 그때 난 천상의 빛을 보았다/ 더 이상은 아니다"를 노래하고는 2연으로 넘어간다. "난 아침의 미풍에 사뿐사뿐 움직이며/ 그녀가 계곡을 지나가는 것을 보았다/ 그때 봄은 계곡에 있었다/ 더 이상은 아니다"를 노래한 뒤 3연이 이어진다. 3연에서는 "향연의 방에서 난 그녀가/ 베일을 벗는 것을 보았다/ 그때 홀에는 천국이 있었다/ 더 이상은 아니다"라고 노래한다. 4연에서는 "그녀는 작은 주점이었다, 돌면서 기쁨을/ 권하였다/ 그녀는 나에게 웃으면서 한잔을 권했다/ 더 이상은 아니다"라고 노래하고 있다. 그리고 피아노의 간주가 들어가는데, 이 곡에서는 처음으로 간주가 등장한다. 그러니까 1연에서 서정적 자아가 그녀를 단 한 번 보았고 그때 천상의 빛도 함께 보았으며, 2연에서 아침 바람이 불 때 그녀가 가벼운 걸음걸이로 계곡을 지나가는 것을 보았고 계곡엔 봄이 와 있었다. 3연에서는 향연이 베풀어지는 홀에서 그녀가 베일을 벗는 것을 보았고, 그때 그 홀은 천국과 같았으며 4연에서는 그녀는 작은 주점이기라도 한 듯 주위를 돌면서 기쁨을 권했고, 서정적 자아에게 웃으면서 한잔을 권했다.

그런데 5연에서는 앞서와 달리 슬픈 상황으로 바뀌고 있다. 5연 "그녀는 장미였고 난 그것이 피어 있는 것을 보았다/ 아침 이슬에/ 저녁에는 장미가 시들었다/ 더 이상은 아니다"라고 노래한 뒤 6연으로 넘어간다. "정원사인 봄이 다시 울고 있다/ 장미 주위에서/ 그때 죽음이 그에게서 장미를 훔쳐 갔다/ 더 이상은 아니다"라고 노래한다. 이어 7연에서 "단 한 번, 그녀는 죽어야 했기 때문에/ 그건 쓰디 쓴 쾌락이었다/ 삶의, 달콤한 죽음의 고통/ 더 이상은 아니다"라고 노래한다. 그러니까 5연에서는 서정적 자아가 장미를 보았는데 그것은 그녀였고 아침 이슬을 머금고 피어 있는 것을 보았으나 저녁에는 시들어 버린 모습을 보았다. 6연에서는 정원사는 봄이며, 그 봄이 장미 주위에서 울고 있는데, 그 이유는 장미가 죽었기 때문이었다. 7연에서는 끝내 그녀가 죽었기 때문에 그녀를 본 것은 쓰디쓴 즐거움이었고, 동시에 삶의 기쁨이자 죽음의 고통이었다. 8연 "난 초원에서 장미인 신부를 보았다/ 갇혀 있었다/ 어두운 방에 답답하고 비좁게/ 더 이상은 아니다"를 노래하고는 마지막 4행 "더 이상은 아니다"를 반복 노래하고는 9연으로 넘어간다. 9연 "난 장미 신부의 방으로 가려고 한다/ 달빛 속에서/ 난 눈물의 숫자를 헤아리며 울고 있다/ 더 이상은 아니다"를 노래하고는 8연처럼 마지막 행 "더 이상은 아니다"를 거듭 노래한다. 그리고 3행의 일부분 "울다"는 가벼운 바이브레이션을 넣어 그 뜻을 강조하고 있다. 그러고 나서는 1연 전체를 반복 노래하고 마지막 행 "더 이상은 아니다"를 다시 반복하고는 피아노의 후주가 곡을 끝낸다.

여기서 흥미로운 것은 뤼케르트의 시에서 서정적 자아가 초원에서 장미인 신부를 보았는데 그것은 어두운 곳에 갇혀 있었고, 9연에서는 그가 끝없이 눈물을 흘리면서 달빛이 비칠 때 그녀의 그 좁고 답답한 방으로 가려고 하는 것으로 시가 끝나고 있다. 이것은 서정적 자아도 그녀를 따라 죽음으로 간다는 의미인 것이다. 이와 달리, 슈트라우스의 가곡에서는 마지막으로 1연을 반복 노래함으로써 서정적 자아가 그녀를 단 한 번 보았고 그때 천상의 빛도 함께 보았다는 점을 강조하고 있다. 그러니까 천상의 빛, 천국을 보았다는 뜻이 강조됨으로써 죽음보다는 천국의 뜻이 강조되는 셈이다. 그래서 노래할 때도 "천상의 빛" 부분은 길게 바이브레이션을 넣으면서 황홀감을 유발하는 분위기로 노래한다. 그러면서 "더 이상은 아니다"가 반복되면서, 천상의 빛을 함께 보았을 뿐 그 밖의 것은 도무지 본 것이 없다는 뜻이 되면서 뤼케르트 시의 내용과는 역설적이 되고 있다.

  4) 〈햇빛 속에서〉

  슈트라우스는 뤼케르트의 8연 4행시 〈여기 한 시간 머무르게 하라〉(WST)에 곡을 붙였고, 이 시에는 슈트라우스를 포함해 2명의 작곡가가 곡을 붙였다. 뤼케르트의 시에는 각 연의 4행 "햇빛 속에"가 후렴처럼 들어가고 있다. 이런 반복성은 뤼케르트 시의 가장 전형적 특징이다. 슈트라우스의 〈햇빛 속에서Im Sonnenschein〉(Op. 87 No. 4)는 봄처럼 화려하고 밝은 느낌을 주고 있으며 피아노의 서주 없이 곡이 시작된다. 1연에서 "여기서 나로 하여금 한 시간 더 머무르게 하렴/ 햇빛 속에/ 꽃과 더불어 삶의 즐거움과 애환을 나누게 하라/ 햇빛 속에"라고 노래한다. 1연에서는 서정적 자아가 햇빛 속에 한 시간만 더 머무를 수 있게 해 달라고, 그리고 꽃과 함께 삶의 기쁨과 비탄을 나눌 수 있게 해 달라고 청한다. 2연에서는 "봄이 왔고 장미 잎사귀에/ 꿈의 시를 썼다/ 천국에 대해서, 난 황금의 시행들을 읽었다/ 햇빛 속에"라고 노래한다. 이제 봄이 되자 계절은 장미 잎사귀에 천국의 시를 썼고 서정적 자아는 햇빛을 받으며 그 시를 읽었다고 노래하고 있다.

  3연에서는 "여름이 왔고, 지상의 것을 갉아먹으러/ 타오르는 하늘과 함께/ 난 장미가 그 화살에 굴복하는 것을 보았다/ 햇빛 속에"라고 노래한다. 이제 여름은 무더위와 함께 왔고 그 여름의 더위에 장미는 시들어 버린다고 노래하는 것이다. 4연에서는 "가을이 왔다, 삶을 거두러/ 난 가을이 다가오는 것을 보았고/ 그의 손에 장미를 들고 황급히 가는 것을 보았다/ 햇빛 속에"라고 노래하고는 피아노 간주가 처음으로 들어간다. 그러니까 4연에서 가을이 삶을 가져가기 위해서 왔고 가을은 손에 장미를 들고 급히 떠났다. 이것은 장미의 죽음, 곧 장미로 상징되는 사람의 죽음을 의미하고 있으며, 피아노의 간주는 이 점을 부각시키고 있다.

5연에서는 노랫말의 톤이 바뀌면서 "인사를 전하렴, 모든 삶의 형상들이여!/ 난 여기서 그것들을 보았다/ 내 주위에 머물렀다가 내 곁을 서둘러 지나가는 것을/ 햇빛 속에"라고 노래하고는 6연으로 넘어간다. 여기선 모든 삶의 모습들과 경험들이 서정적 자아의 근처에 있다가 햇빛을 받으며 서둘러 가 버렸음을 노래하고 있다. 6연에서는 "인사를 전하렴, 너희 삶의 방랑자들아/ 나 없이/ 그리고 얼마간 나와 함께 방랑했던 자들/ 햇빛 속에"라고 노래한다. 여기서 삶의 방랑자들은 서정적 자아의 삶의 모습들과 경험들인 것이다. 지금은 그 없이 떠나 버린 것이라고 노래하고는 피아노의 간주가 들어간다. 이 가곡에서 피아노 간주는 다음 이어지는 노랫말의 톤이 바뀔 때 그 사이의 교량 역할을 하고 있다.

7연에서는 "되돌아보고 꽃의 계곡들을 본다/ 아주 가볍게 순례한다/ 산을 지나, 한때는 어렵게 올라갔던 비탈진 산을/ 햇빛 속에"라고 엄숙한 낭송조로 길게 노래한다. 그러니까 서정적 자아는 뒤를 돌아보면서 꽃의 계곡들을 보고, 한때 오르는 것이 쉽지 않았던 산을 지금을 가볍게 햇빛 속에 순례한다고 노래하고 있다. 이어 8연으로 넘어가서 1행과 2행 "난 간다, 삶의 달콤한 고단함을/ 이제 쉬기 위해서"라고 아주 느리게 노래한 뒤 잠시 피아노 반주가 이어지는데, 이것은 서정적 자아의 죽음에 대한 동경을 강조한다. 또한 노랫말이 이 부분을 최대한 늘인음으로, 긴 낭송조로 노래함으로써 거듭 강조되고 있다. 3행과 4행에서 "이 지상의 즐거움, 애환을 치유하기 위해/ 햇빛 속에"라고 노래하고는 피아노의 후주가 곡을 끝내고 있다. 8연에서는 서정적 자아가 삶의 피로에서 이제 쉬기 위해서, 또 이 세상의 즐거움과 비탄을 치유하기 위해서 햇빛 비칠 때 죽음을 향해 떠나는 것을 노래하고 있다. 여기서 흥미로운 점은 보통 죽음은 밤에 비유하는데, 여기서는 낮에 삶의 고단함으로부터 벗어나 쉬러 가는 것으로 표현했다는 점이다.

1.9 니체의 뤼케르트 가곡: 〈유년 시절에서〉

프리드리히 니체Friedrich Nietzsche(1844~1900)는 뤼케르트의 〈유년 시절에서Aus der Jugendzeit〉[17](일명 〈제비의 노래〉)에 곡을 붙였다. 뤼케르트의 시는 1818년 쓰였고, 1831년 출판된 뒤, 약 60편의 곡이 붙었다. 뤼케르트 시에는 전형적으로 반복 시행들이 들어가 있는 점이 특징인데, 이 시에서도 그러한 점이 두드러지고 있다. 니체는 본 대학 입학 시절 뤼케르트의 9연 8행시(1연과 9연 동일)에 곡을 붙였는데, 이 가운데 몇 개의 연을 생략함으로써 마치 5연 4행시처럼 만들어 곡을 붙였다. 니체의 곡 〈유년 시절에서〉는 거의 유절가곡에 가까운 단순한 멜로디의 곡이며, 피아노 서주 없이 바로 노랫말이 나오고 있다.

1연은 "유년 시절에서, 유년 시절에서/ 노래 하나가 항상 울린다/ 오 얼마나 멀리 있나, 오 얼마나 멀리 있나/ 한때 내 것이었던 것이!"라고 단순하고 약간은 행진곡풍이 나는 느린 멜로디로 바리톤이 노래하고 있다. 1연에서 보면 어린 시절부터 노래 한 가락이 항상 그의 마음에서 울려 나오는데 지금은 그 노래가 아주 멀리 있

---

17) http://www.autoren-gedichte.de/rueckert/aus-der-jugendzeit.htm 참조.

다. 2연 "제비가 노래한 것은, 제비가 노래한 것은/ 가을과 봄을 가져오는/ 마을을 따라, 마을을 따라/ 지금도 울리는 것일까?"라고 노래한다. 2연에서 보면 서정적 자아의 노래는 바로 가을과 봄에 고향으로 찾아오는 제비의 노래이며, 지금도 고향에서는 그 노래가 울리고 있다. 3연 "내가 작별을 고할 때, 내가 작별을 고할 때/ 궤와 상자는 무거웠다/ 내가 다시 돌아왔을 때, 내가 다시 돌아왔을 때/ 모든 것은 비어 있었다"고 노래하고는 피아노의 간주가 들어간다. 여기서는 서정적 자아가 고향과 작별할 때, 그가 들고 갈 짐은 무거웠으나 그가 다시 돌아왔을 때는 모든 것이 비어 있었다. 이어 뤼케르트의 시 4연부터 7연까지에는 니체가 곡을 붙이지 않아서 바로 8연으로 넘어가고 있다.

8연 "제비가 가져오지 않은 것은, 제비가 가져오지 않은 것은/ 네가 우는 이유를 가져다 주지 않는다/ 하지만 제비는 노래한다, 하지만 제비는 노래한다/ 옛날처럼 마을에서"라고 노래한다. 그런데 제비는 왜 서정적 자아가 슬퍼하는지 그 이유를 알지 못한 채 그저 옛날처럼 마을에서 노래할 뿐이다. 그리고 1연 "유년 시절에서, 유년 시절에서/ 노래 하나가 항상 울린다/ 오 얼마나 멀리 있나, 오 얼마나 멀리 있나/ 한때 내 것이었던 것이!"라고 반복하면서 곡이 끝나고 있다. 이와 달리 뤼케르트의 시에서는 3연의 반복으로 시가 끝나고 있다. 니체의 곡에서는 피아노의 서주와 후주는 없으며, 간주는 3연 다음에 한 번 나올 뿐 피아노의 적극적 역할이 그의 가곡에서는 드러나 있지 않다. 니체의 가곡은 따라 부르기 쉽게 작곡되었고, 음악의 작곡 기법이 정교하지 않으며, 뤼케르트 시를 축약해서 곡을 붙인 것을 제외하고는 시 텍스트에 충실하게 곡을 붙였다.

제2장

뫼리케 시의 음악적 해석

2.1. 뫼리케가 음악에 끼친 영향

에두아르트 뫼리케Eduard Mörike(1804~1875)는 위대한 독일 서정 시인 가운데 한 사람이며, 내면을 향한 고요하고 꿈에 가득 찬 내적 삶을 살았다. 그는 현실 문제와 정치적 상황과 관련해서는 거리를 두고 오직 내면세계로 망명이라도 하듯 내적 세계에 침잠한 채 시작詩作 활동을 하였다. 그것은 그에게 남아 있는 유일한 삶의 길이었으며, 그는 자신과 삶에 대한 고백에 충실하고자 했다.[18] 이 점에서 뫼리케의 〈기도Gebet〉라는 시에 나오는 기쁨과 고통 가운데 있는 "성스러운 겸손Holdes Bescheiden"은 바로 그의 시 세계를 대표적으로 보여 준다. 그러니까 당시 나폴레옹이 빈 점령에서 물러난 뒤 왕정복고로 돌아가려는 오스트리아 수상 메테르니히Klemens von Metternich의 시도와 민중의 새로운 세계를 만들고자 하는 정치적 움직임, 양쪽 모두에 빗장을 걸어 잠그고 뫼리케는 내면으로 향한 시작 활동을 하였다. 뫼리케가 정치적 주제에 몰두하지 않은 것은 "경향성을 띤 나날의 양극적 대립의 영향으로 시학의 가치가 하락하는 것을 두려워하였기"(RM, 104) 때문이었다.

다시 말하면 뫼리케는 시대적 경향에 치우친 시문학에 대한 두려움을 갖고 있었다. 이러한 그의 비정치적 경향은 실제 그의 형과 자신의 친구가 정치적 활동으로 감옥에 갇히는 상황을 목도하면서 더욱 그를 안티케Antike의 고전적 하모니와 고요의 세계로, 곧 그의 "성스러운 겸손"으로 대변되는 문학 세계로 침잠하게 만든다. 흔

---

18) Hans-Heinrich Reuter: Eduard Mörike in seinem Leben und Dichten, in: Eduard Mörike, Victor G. Doerksen (Hg.), Darmstadt 1975, 90쪽. 이하 (RM, 쪽수)로 표기함.

히 독일 문학사에서 세 명의 "독일 그리스인"(RM, 104)으로 대표되
는 실러, 횔덜린Friedrich Hölderlin과 뫼리케는 모두 다 슈바벤Schwaben
출신이다. 이 세 사람은 모두 슈바벤과 독일이라는 모국에 깊이 뿌
리내리면서도 그리스 고전주의적 유산을 지키려고 했다. 뫼리케
는 목사가 되기 위한 전통적 교육과정을 택했는데, 그는 교회의 관
료주의에 부정적이었으나 기본적으로는 종교적 성향이 강했다. 그
의 경건성은 "자연에 대한 내적 헌신과 밀접하게 연관되어 있었
고"(RM, 114) 경건성과 자연은 그의 존재와 세계의 내적 풍요를 이
루는 본질적 요소 가운데 하나이기도 했다. 또한 아이헨도르프처
럼 자신의 유년 시절에 대한 동경이 그를 평생 지배했으며, 더욱이
유령적인 것, 비밀스러운 것, 동화적인 것 등이 그의 관심을 끌었
다. 이 점에서 뫼리케는 뤼케르트와 더불어 독일의 내면성을 대표
적으로 보여 주는 시인이다.

　뫼리케의 시는 내적이고 부드러우면서 멜랑콜리한 색채가 강하
고, 가장 아름답게 자연을 노래한 서정시들이며 민요시의 특성을
지니고 있다. 더욱이 볼프의 뫼리케 시에 곡을 붙인 가곡들로 말미
암아 뫼리케라는 시인이 19세기에 새롭게 조명을 받았다. 다시 말
하면 세기가 바뀐 직후 결정적 변화가 일었는데 그것은 뫼리케의
작품에 대한 이해 확산과 그 가치 평가였으며, 이것은 "후고 볼프
의 독일을 넘어선 놀라운 성공과 관련이 있었다. 이로 말미암아 시
인의 100세 생일을 기념하여"[19] 뫼리케의 전기 및 여러 전집 또는
단행본이 출판되었다. 그런데 보통은 시인으로서 유명해지고 작곡
가들에게도 널리 알려져서 곡이 붙는 것이 일반적인데, 뫼리케의

---

19) Herbert Meyer: Eduard Mörike, Stuttgart 1961, 57쪽. 이하 (MM, 쪽수)로
　　표기함.

경우는 이와 달리, 문학적 관심이 뛰어났던 작곡가 볼프의 가곡이 유명해짐으로써 일반 독자들이 그 가곡의 텍스트에 큰 관심을 보였고, 텍스트를 쓴 시인의 전기 및 작품에 대한 평가와 관심이 뒤늦게 생겨난 것이다. 그런데 뫼리케에게는 모차르트의 음악이 음악 그 자체이자 총체 개념이었으며, 음악은 실러처럼 매혹과 두려움을 동시에 지닌 양면적 모습으로 나타났다.

> 음악은 그를 황홀하게도 하고, 매혹하기도 하지만 동시에 그를 불안하게 하고 놀라게 하고 무기력한 두려움 속에 빠지게도 할 수 있었다. 음악은 본질적 힘에 비교할 수 있는 비밀로 가득 찬 매력과 패닉에 빠지게 하는 두려움이 뒤섞인 영향력을 지닌 것 가운데 가장 강력한 것이었다.(MM, 47)

뫼리케는 49세가 되던 해에 노벨레 《프라하로 가는 여행 중의 모차르트Mozart auf der Reise nach Prag》를 썼다. "시인 자신의 자아상"(RM, 93)이라 평가되고 있는 이 작품에서 볼프강 아마데우스 모차르트Wolfgang Amadeus Mozart를 소재로 해서 완전히 허구적 이야기를 쓰고 있는데, 이야기는 1787년 가을 모차르트 삶의 하루를 묘사하고 있다. 이 작품은 "그의 가장 아름다운 가능성들과 숨겨진 위험들의 반영이기는 하지만 그 자신의 높은 희망상"(RM, 382)을 묘사한 것이다. 실제 모차르트는 뫼리케가 가장 좋아한 음악가이며, 이 작품에서 모차르트는 그의 아내 콘스탄체Konstanze와 함께 빈에서 프라하로 가는 길이었는데 그곳에선 그의 새로운 오페라 《돈 조반니》가 공연되고 있었다. 프라하로 가는 도중 쉰츠베르크Schinzberg 백작의 궁 근처에서 휴식을 취하고 백작의 성 안 공원을 산책하다가 별 생각 없이 아름다운 등자나무의 열매를 꺾었다. 이 때문에 정원사와 갈등을 빚었는데 이 갈등은 모차르트가 백작 부인에게 편지를 써서 양해를 구하자 모차르트 부부를 성으로 초대하는 것으로 끝났다. 백작 부부는 그들의 조카딸 오이게니의 약혼식 축하연에 모차르트 부부를 초대했고, 모차르트는 그 자리에서 자신의 오페라 한 부분을 연주하였다. 그런데 오이게니는 모차르트의 연주를 들으면서 그에게 죽음이 가까이 다가온 것을 느낀다. 다음 날 모차르트와 그의 아내는 백작에게 마차를 선물받고 프라하로 향한다. 이 노벨레는 뫼리케의 유명한 시 "오 영혼이여, 그걸 생각하라!Denk es, o Seele!"로 끝나고 있는데, 그것은 바로 모차르트 죽음에 대한 오이게니의 예감을 담고 있다. 이 노벨레는 1855년 11월 책으로 출간되었고 뫼리케는 모차르트 탄생 100주년을 기념해서 이 작품을 썼다.

에두아르트 뫼리케는 루트비히스부르크Ludwigsburg에서 1804년 9월 8일 의사인 아버지 카를 프리드리히Karl Friedrich 뫼리케와 목사의 딸이었던 어머니 샤로테 도로테아Charlotte Dorothea 사이에서 7번째 자녀로 태어났다.[20] 뫼리케의 아버지 카를 프리드리히는 집안의 뜻에 따라 목사가 되려고 했으나 그의 아버지의 사망으로 신학 공부를 중단하고 1787년 실러가 다녔던 칼스슐레에서 의학을 공부했다. 그는 중부 유럽과 베를린, 괴팅겐Göttingen, 할레Halle, 라이프치히Leipzig, 카셀Kassel, 프라하를 방문할 때면 늘 가장 유명한 의사

---

20) 에버하르트 루트비히 폰 뷔르템베르크 공작이 루트비히스부르크에 1704년 5월부터 성을 세우기 시작하면서 도시로서 면모가 생겨나게 되었다. 당시 뷔르템베르크 공작은 프랑스의 태양왕 루이 14세의 베르사이유 궁전을 모범으로 삼아서 궁전을 짓고자 했다. 그리고 이 루트비히스부르크 출신 가운데 4사람, 율리우스 케르너, 테오도어 프리드리히 비셔, 에두아르트 뫼리케, 다비트 프리드리히 슈트라우스에게 헌정된 오벨리스크가 이곳에 세워져 있다. Udo Quak: Eudard Mörike. Reines Gold der Phantasie. Eine Biographie, Berlin 2004, 10쪽과 16~17쪽 참조.

들을 만나서 자신의 교양에 깊이를 더했다. 더욱이 동시대인 칸트와 셸링과는 대립했으나 데모크리토스Demokritos에게서 의학과 철학의 연관성을 보았다. 뫼리케의 집안은 할아버지와 아버지가 의사였으며, 더욱이 뫼리케의 아버지는 의학과 철학을 접목시키는 안목을 지니고 있었다. 뫼리케 부부는 13명의 자녀를 두었으나 4명의 자녀가 유아 때 사망하였다. 그래서 7번째 자녀로 태어난 에두아르트 뫼리케는 형과 누나 다음 세 번째 자녀가 되었다.

에두아르트 뫼리케

뫼리케 가족의 삶과 형제 관계는 조용한 뫼리케에게 신뢰와 안정을 주었다. 그보다 네 살 위 누나 루이제는 놀이 친구이자 그가 방황할 때 정신적 지주가 되어 주었으나 그에게 더 깊은 영향을 준 것은 그보다 7살 많은 형 카를Karl이었다. 카를은 뷔르템베르크 공국의 공무원으로 일을 시작했으나 나중에 선동적 행동 때문에 1년 동안 호엔아스페르크Hohenasperg 감옥으로 보내졌고 그로 말미암아 가족들은 큰 걱정에 빠졌다. 카를은 다양한 능력을 지넜는데 그 가운데서도 음악적 재능이 뛰어났고 뫼리케의 여러 편시에 곡을 붙이기도 했다.(MM, 14) 또 음악적으로 보면 누나 루이제가 재능이 있었고, 막내 여동생 클라라Klara는 창조적인 것을 즐기고 삶에 현명하게 대처하는 한편 질투심이 강했다. 클라라는 미혼으로, 평생 동안 12세 많은 오빠의 충직하고 신뢰할 수 있는 동반자이기도 했다.

자연에 대한 사랑이 컸고 셸링의 철학에 관심이 많았던 뫼리케의 아버지는 의사로서 종종 집에 있지 않았고, 집에 있다 하더라도 학문적인 일에 몰두해서 가족에게 헌신하는 시간이 거의 없었다. 그래서 형제들과 뫼리케에게 큰 영향을 미친 사람은 어머니일 수밖에 없었다. 더욱이 뫼리케의 "깊은 감정과 비일상적이고 동화적인 것에 대한 성향"(Udo Quak, 20)은 어머니에게서 유래한 것이다. 그의 어머니는 부드럽고, 섬세하며, 감정이 풍부하고 이야기를 재미있게 만들고 노래의 즐거움을 알았다. 뫼리케는 11번째 자신의 생일에 즈음해서 양친에 대한 감사와 찬사를 표현하는 시를 한 편 썼다. 그는 아버지에게 배운 부지런함, 의무감, 인류애를 자신의 모범으로 삼고 있으며, 어머니에게는 부드러운 사랑, 온화하면서도 진지한 심성을 물려받은 것에 대해 감사한다고 쓰고 있다. "그녀의 부드러움, 그녀의 순수한 모범, 제때 하는 말로 아들의 젊은 가슴에 복잡한 문장이나 큰 소리 없이도 저항할 수 없는 부드러운 힘을 보여주었다."(MM, 13)

뫼리케는 루트비히스부르크와 그의 가문 근거지인 슈바벤 지역을 자신의 고향으로 여겼다. 뫼리케는 6살 때인 1811년 부활절부터 1817년 초가을까지 6년 이상 루트비히스부르크 라틴 학교를 다녔다. 이 학교의 하루 일정은 엄격했고 교사의 통제와 학교의 규율과 질서 아래서 공부하는 것이 뫼리케에게는 불편했고 따라서 좋은 학업성적을 내기가 어려웠다. 그는 뛰어난 학생이라기보다 오히려 자신의 상상의 세계에 살았다. 한편 1816년까지 이모 가족이 이웃 마을 베닝겐Benningen에 살았는데, 뫼리케의 이모부는 목사였다. 이들은 서로 자주 왕래했고 더욱이 같은 나이의 금발 곱슬머리 사촌 클라라 노이퍼Klara Neuffer가 그의 맘에 들었다. 시간이 나는 대로 그는 사촌 클라라와 함께 지냈고, 〈기억〉이라는 시에 그녀의 인상이 잘 묘사되어 있다. 노이퍼 가족들이 모두 이사를 간 뒤에도 그들과 좋은 관계는 계속 이어졌다. 그러다가 뫼리케가 13세가 되던 1817년 9월 22일 거의 3년 동안 병을 앓고 있던 그의 아버지가 54세의 나이로 세상을 떴다. 이로써 뫼리케의 아름다운 유년 시절은 끝이 났다.

뫼리케의 어머니는 자녀들과 함께 슈투트가르트로 이사를 가게 되었는데, 사실 아버지가 사망한 뒤 어머니에게는 7명의 자녀를 교육하거나 양육할 수 있는 수입이 없었고 남겨진 재산도 없었다. 이때 뫼리케의 삼촌 에버하르트 프리드리히 게오르기Eberhard Friedrich Georgii는 기꺼이 13살 된 뫼리케를 양육하겠다고 제안 하였다. 슈투트가르트에 있는 삼촌 집에서 뫼리케는 수준 높은 로코코 문화에 대한 안목을 얻었고 다시 조화로운 세계를 보는 안목을 지니게 되었다. 또한 그는 삼촌 집에서 열리는 볼링 회원들의 모임에서 당시 뷔르템베르크Württemberg 공국의 유명 인사들을 볼 수 있는 기회가 주어졌고 삼촌이 모아 놓은 책들을 서재에서 읽을 수가 있었다. 게다가 삼촌은 말이 없고 겸손한 조카에게 유일하게 적합한 공부는 신학이라고 생각했다. 그래서 그를 일루스트레Illustre 김나지움으로 보냈고, 1년 뒤에는 새로 개교한 우라흐Urach의 초급 신학교에 입학하였다. 이후 4년을 우라흐에서 보냈는데, 이 학교는 당시 유명한 튀빙겐 신학교였다. 뫼리케가 우라흐에서 몇 주 만에 빌헬름 하르트라웁Wilhelm Hartlaub을 사귀었으며, 그는 그의 "삶의 마지막까지 신뢰할 수 있는 좋은 동반자"(MM, 17)였다. 뫼리케가 이 학교에서 안티케 고전주의자들의 작품에 전념한 것은 나중에 작가가 되는 데 도움이 되었으며, 이 시기 라틴어와 그리스어 지식을 얻은 것은 그의 작업에서 절정에 속하는 안티케 문학 번역의 초석이 되었다. 그리고 뫼리케의 평생 우정은 이 학창 시절로 돌아가며 이 시기의 경험은 1827년의 시 〈우라흐 방문〉에 잘 나타나 있다. 우라흐의 예비 기간은 1822년 끝났으며, 18세의 뫼리케는 이후 4년 동안 튀빙겐Tübingen 신학교에 다녔다. 이때가 그의 창작 활동에 결정기였고, "그 당시의 인상과 모습들은 그의 상상의 세계와 작품 속에서 나이가 들 때까지 지속되었다."(MM, 20) 튀빙겐에서 그의 학창 시절 친구들인 루트비히 바우어Ludwig Bauer, 빌헬름 바이브링거Wilhelm Waiblinger를 사귀었는데, 이들 세 사람은 과거 뫼리케의 형제들인 카를, 에두아르트, 아우구스트가 했던 것과 유사하게 가장 성스러운 맹세를 할 만큼 관계가 돈독하였다. 그들의 모임에는 아주 소수의 좋아하는 사람만 때때로 초대되었는데 여기에 횔덜린도 종종 초대되었다.

1823년 부활절 방학 때 뫼리케는 루트비히스부르크의 한 주점에서 일하는 마리아 마이어Maria Meyer를 알게 되었는데, 그녀의 남다른 아름다움과 놀라운 박식함, 그리고 비밀스러운 과거가 그를 사로잡았다. 나중에 밝혀진 바에 따르면, 그녀는 샤프하우젠Schaffhausen 출신이며, 몽유병 환자이고 간질병의 발작으로 고통을 받았다. 한번은 그녀가 길거리에 쓰러져 있는 것을 주점 주인이 발견하고는 그녀를 루트비히스부르크로 데려왔고 이후 이곳에서 일하고 있었다. 20세의 뫼리케는 튀빙겐에서 열정적인 편지들을 그녀와 교환하였다. 하지만 금방 불안한 소문들이 그의 귀에까지 전달되었고 그녀의 사랑에 대한 의심이 생겨났으며 가장 힘든 정신적 갈등으로 빠져들었다.

> 그녀는 (…) 뫼리케의 삶에서 작지만 저울질할 수 없는 시간으로 심한 혼란을 야기하면서 나타난다.(Albrecht Goes 1988, 19)

한번은 마리아가 루트비히스부르크에서 사라졌다는 혼란스런 소식이 그에게 도착했다. 그러고는 얼마 지나지 않아서 다시 길거리에 쓰러진 채 하이델베르크Heidelberg에서 발견되었고 부랑인으로 체포되었다. 이곳에서도 그녀는 다른 사람들의 도움을 받아 풀려났고 1824년 다시 튀빙겐에 모습을 드러냈다. 그리고는 뫼리케에게 편지로 만나고 싶다는 연락을 했으나 뫼리케는 그녀의 바람을 받아들이지 않았다. 이후 마리아는 튀빙겐을 떠나서 고향으로 돌아갔다가 1826년 4월 다시 한 번 튀빙겐으로 와서 뫼리케를 만나고자 했으나 그는 그녀와 만나기를 거절하였다. 이로써 그들은 완전히 결별했으며, 그녀와의 만남과 이별에 대한 경험에서 페레그리나-연작시 5편이 탄생했다. 그런데 그는 1824년 여름 마리아를 피해 슈투트가르트로 와서 가족과 함께 지내는 동안 다시 결정적 운명의 힘을 느끼게 된다. 8월 15일, 어느 일요일 자신의 동생 아우구스트, 누나 루이제 및 다른 친구들과 함께 모차르트의 《돈 조반니》를 슈투트가르트 극장에서 다 같이 관람하였다. 그런데 8월 26일 갑자기 아우구스트가 신경쇠약으로 사망했고 이로 말미암아 뫼리케는 크게 충격을 받았다.

뫼리케가 1826년에서 1834년까지는 부목사 생활을 거쳐 목사 직을 맡았던 시기였다. 그가 1826년 신학 교육을 마친 뒤 목사가 되는 것은 가족 모두에게 당연한 일이었다. 그러나 성직자의 길에 대해서 22세의 뫼리케는 회의를 느꼈다. 성직자의 길은 자신의 문학적 소명에 대한 인식과 충돌하였으나, 그의 성향이 어느 쪽에 더 적합한가는 스스로도 분명치 않았다. 뫼리케는 문학 창작에 전념 하고 싶었으나 부목사직 이외에 다른 대안이 없었다. 또 1827년에서 1829년까지 누나 루이제의 죽음으로 말미암아 건강이 악화되었고, 병가를 냄으로써 그의 임무가 중단된 적이 있으며, 이때부터 우울증은 그를 떠나지 않았다.(MM, 25~26) 말할 것 없이 그 이면에는 교회 생활에 대한 그의 회의감이 도사리고 있었다. 1829년 플라텐하르트Plattenhardt의 교회에 근무할 때 고인이 된 목사의 22 세가 된 딸 루이제 라우Luise Rau와 같은 해 8월에 약혼함으로써 "이제 그는 서서히 자신의 직업과 화해하기 시작한다."(MM, 27) 그 사이 뫼리케는 시인으로서 공개적으로 등장했다. 1828과 1829년에 코타 출판사의 가장 많이 읽히는 잡지 "모르겐블라트"에 초기 20편의 시가 발표되었다. 그리고 《화가 놀텐Maler Nolten》이 1832년에 출판되었다. 이 소설은 흔히 전형적 독일 교양소설 내지는 발전소설의 하나로 간주된다. 그런데 이 소설 작품 발표 이후 뫼리케와 약혼녀 루이제 라우 사이에 균열이 생겼고, 끝내 두 사람은 1833년 파혼했다. 한편, 뫼리케가 부목사직을 수행하는 동안 "그의 마음에 와 닿은 것은 드라마, 더욱이 비극이었다."(MM, 28)

외트링겐Ötlingen에서의 부목사직을 마지막으로 29세의 뫼리케는 1834년 마침내 클레버줄츠바흐Cleversulzbach의 목사가 되었다. 그의 목사직 수행을 위해서 그의 어머니와 막내 여동생 클라라가 목사

관에서 그와 함께 살았다. 클레버줄츠바흐는 바인스베르크Weinsberg
와 노이엔슈타트Neuenstadt 사이에 있는 외진 마을이었고 실러 어머
니의 묘지가 있는 곳이기도 했으나 뫼리케가 이것을 발견하여 묘
비를 세워 줄 때까지 알려져 있지 않았다. 뫼리케는 자신의 〈실러
어머니의 묘에서〉라는 시에서 "불멸의 시인의 어머니가 여기 묻혀
있다"[21]고 쓰고 있다. 또 자신의 어머니가 1841년 사망했을 때 그
녀를 실러 어머니 묘지 근처에 안장했고, 이때 실러 어머니의 묘지
에 십자가와 묘비도 함께 세워 주었다. 그 밖에 뫼리케는 가끔 클
레버줄츠바흐에서 인근 바인스베르크에 사는 유스티누스 케르너
Justinus Kerner를 방문하였고, 1837년 이후 모르겐트하임Morgentheim
에서 멀지 않은 곳에 아버지에게 물려받은 교회의 목사직을 맡고
있던 친구 빌헬름 하르트라웁과 자주 교류하였다.

클레버줄츠바흐 목사관

뫼리케가 세운 클레버줄츠바흐에
있는 실러 어머니의 묘비

---

21) Eduard Mörike: Gedichte, Auswahl und Nachwort von Bernhard Zeller,
　　　Stuttgart 1977, 55쪽. 이하 (MG, 쪽수)로 표기함.

뫼리케는 평생 동안 세 편의 시집을 냈는데 이들은 1848년, 1856년과 1867년에 나왔다. 각 판은 모두 부피가 얇은 책이었다. 한편, 1841년은 시인에게 클레버줄츠바흐에서 가장 어두운 시기였는데, 이는 그의 어머니가 늑막염으로 사망했기 때문이었다. 가장 가까운 사람의 죽음으로 충격을 받은 뫼리케는 그 당시 주체할 수 없는 당혹감에 빠져, 어머니를 더 이상 떠올리지 않으려고 이곳을 떠나야 한다고 생각한 적도 있었다. 또 죽어 가는 어머니의 끔찍스러운 고통을 함께 겪고 싶지 않아서 그는 옆방에 머물렀고 동생에게 사망 소식을 전해 듣는다. 이것은 뫼리케가 가진 성격의 특이한 점이기도 하다. 어머니가 사망한 뒤 그는 점점 클레버줄츠바흐에서 생활하는 것이 불만족스럽게 느껴졌고, 기후 또한 그에게 맞지 않았다. 그래서 그는 자주 병이 났고 종종 침대에서 일어나지 못해서 요양을 가야만 했다. 대부분의 일요 예배는 부목사에게 부탁하고 설교는 그의 친구 하르트라웁에게 부탁하곤 했다.

노이엔슈타트의 교구장은 그에게 호의적이었고 주교구도 항상 너그러운 이해심을 보였는데 그것은 이례적인 일이었다. 그러나 1842년 말 주교구는 그가 부목사의 도움 없이는 교회를 이끌어 갈 수 없다면 그에게 퇴임을 하도록 권했다. 뫼리케는 얼마 동안 마음이 흔들리다가 1843년 6월 왕에게 임면을 요청하게 된다. 그 사유는 지속인 병의 상태 때문에 목사직을 수행할 수 없다는 것이었으며 이때 그의 나이는 39세였다. 이로써 뫼리케는 영원히 목사직을 떠났으며, 그의 연금은 해마다 280굴덴(보통 목사 월급은 처음에 600굴덴)이 보장되었다. 뫼리케는 퇴직한 뒤 클라라와 함께 친구 목사 하르트라웁의 집에 1843년 9월부터 그 이듬해 4월까지 머물렀다. 이후 오누이는 모르겐트하임으로 이주해서 육군 중령 슈페트Speeth의 집으로 이사를 오게 되었다.

이제 그는 클레버줄츠바흐 시절의 비생산적 시기를 극복하고 다시 문학 창작에 전념할 수 있게 된다. 이 새로운 창조적 시기를 가능하게 한 정신적 전제 조건은 그가 모든 공직에서 떠나 오랫동안 원했던 자유를 얻은 것과 무엇보다 마가레테(약어: 그레첸 Gretchen) 슈페트Margarethe von Speeth에 대한 사랑이었다. 그는 그녀에게서 특별한 영향을 받고 있다고 여겼으며 이에 대한 특별한 경험을 상세하게 묘사하여 1861년 잡지 "프라이야"에 게재하기도 하였다.(MM, 41) 뫼리케는 그녀와 신비스러운 방법으로 연결되어 있다고 느꼈으며, 더구나 두 사람의 일체감은 죽어 가는 육군 중령 슈페트가 그에게 자신의 딸을 맡아 달라고 간절하게 부탁함으로써 더욱 강화되었다. 그런데 그의 형제나 다름없는 가장 가까운 친구인 하르트라웁이 뫼리케가 가톨릭교도인 그녀와 결혼하려는 생각에 적극적으로 반대했다. 그러나 뫼리케는 그녀와 1851년 11월 25일 모르겐트하임에 있는 기독교 교회에서 결혼식을 올렸다. 이때 그의 나이는 46세였으며 그의 여동생은 계속 그와 함께 살고 있었다.

한편, 평소 친분이 있는 카를 볼프 교장의 도움으로 뫼리케는 결혼 5년 뒤인 1856년에서 1866년까지 카타리나 왕실 여학교König-in—Katharina—Stift에서 문학을 가르치게 되었고, 뫼리케 부부는 슈투트가르트로 이사하였다. 뫼리케는 이 시기 카타리나 학교 교사로 임명된 것 이외에도 뷔르템베르크 공국의 왕과 왕세자를 알현했고, 바이에른 왕은 그에게 감사의 편지와 더불어 막시밀리안 문화·학문 훈장을 수여하였다. 또 튀빙겐 대학의 철학부는 1852년 그에게 명예박사를 수여했으며 4년 뒤에는 교수 칭호를 주었다. 이 모든 명예들보다 그를 기쁘게 한 것은 아내 그레첸이 1855년과

1857년 두 딸을 낳은 것이었다. 뒤늦게 얻은 두 아이에게 시인은 가장 애틋한 사랑과 부성애를 보였다. 그 밖에 그는 테오도어 슈토름Theodor Storm, 프리드리히 헵벨Friedrich Hebbel과 깊은 교류를 나누었다. 그런데 깊은 우정은 시간이 지나면서 화가인 모리츠 슈빈트Moritz von Schwind와 맺어졌다. 1856년 이후 뫼리케는 거의 산문 작품을 쓰지 않았으며 죽을 때까지 몇몇 헌사 시와 여가 선용 시를 제외하고는 시도 거의 쓰지 않았다.

그런데 슈투트가르트의 삶은 시인에게 기발한 생각에 외적, 내적 비약을 가져다주었다.

> 뫼리케에게 모든 자연은 신적이고 악마적 본질로 가득 차 있으며, 좋은 영혼과 악령, 요정들과 난쟁이들 등으로 가득 차 있다. 그의 판타지는 젊은 시절부터 노년까지 그의 문학에서 고정되어 있지 않은 항상 새로운 동화의 인물들에 집중되어 있다.(MM, 45~46)

또한 동화는 그 자체로 그가 가장 좋아하는 교본이고 그의 창작은 신적, 악마적, 주술적 인물들로 채워져 있다. 그리고 갑작스러운 웃음을 통해서 무겁게 내리누르고 있는 부담에서 벗어나고자 낭만적 아이러니를 나타내기도 하였다.(MM, 46) 1851년부터 약 5년 동안은 뫼리케가 마지막으로 두각을 드러낸 위대한 창조적 시기였다. 뫼리케는 그리스와 로마 문학 전문가였고 호메로스의 찬가들을 비롯해서 여러 작품을 번역하였다.

1866년 뫼리케는 마침내 카타린 학교로부터 원하던 사임을 이끌어 냈다. 이듬해 6월 그는 슈투트가르트에서 로르히Lorch로 이사했고 이곳은 한때 실러가 유년 시절을 보낸 곳이기도 했다. 한편, 아내와 여동생과 함께 사는 삶은 뫼리케에게 쉽지 않았다. 그러다가 1873년 여름에 상황은 아주 나빠져서 그는 여동생, 딸과 함께 몇 주간 하르트라웁에게 가서 지냈다. 그레첸에게는 이 상황이 뫼리케의 여동생과 결코 좋은 관계를 유지할 수 없었던 것보다도 더 견디기 어려운 일이었다. 게다가 뫼리케가 그녀에게 서로를 위해서 별거를 제안했을 때 그녀는 이것을 완전한 절교 선언으로 간주하였고 12월에 딸 파니와 함께 메르겐트하임Mergentheim으로 이사해 자신의 적은 재산으로 살아 갔다.

1875년 봄부터 뫼리케는 침대에서 일어나지 못했다. 그는 심한 가슴 통증을 겪었는데 모르핀 주사를 통해서 얼마동안 고통이 진정되는 정도였다. 1875년 5월에 그는 그레첸을 불렀다. 이제 두 여자, 동생 클라라와 아내 그레첸이 번갈아 가면서 그를 돌보았고 이로써 그의 마음의 고통이 완화되었다. 뫼리케는 71세의 나이로 1875년 7월 4일 사망했고, 슈투트가르트 프라그 묘지Pragfriedhof에 안장되었다. 뫼리케는 칠순 이상 살았지만 아주 적은 작품집만 남겼다. 그 이유는 "매우 예민한 예술가적 양심이 그로 하여금 자신의 높은 요구에 부합하지 않는 작품의 출판을 방해하였기"(MM, 7) 때문이었다. 또 그의 창작 과정은 영감의 은총이 있는 특정한 시간에만 이루어졌는데 이것은 시간의 흐름 속에서 드물게 일어났다. 그래서 그가 남긴 문학은 시, 소설, 산문들과 그 밖의 작품들을 다 포함하여도 그리 분량이 많지 않았다.

뫼리케의 사망 5주년에 즈음해서 슈투트가르트에서 뫼리케 기념비가 세워졌다. 뫼리케는 오랫동안 전형적 비더마이어Biedermeier의 대표자로 간주되었는데 오늘날은 그의 작품에서 급진적 세계 도피의 현대성이 들어 있다고 평가되고 있다. "죽을 때까지 우울과 명랑함의 묘한 혼합, 감정들의 이상한 분열이 그에게 특징적으로 나타났다."(MM, 66) 더욱이 1950년대 뫼리케 연구는 두 가지 주요 흐름

으로 나타났는데, 하나는 작품과 편지에 나타난 시인 자신의 진술
을 세심하게 분석하여 이해하는 것이고, 다른 하나는 그의 인품, 예
술의 본질을 개별 작품 해석을 통해서 파악하는 것이었다. 또 최근
에는 뫼리케를 역사적 상황에서, 그리고 그의 창작의 초개인적 조
건들에 대한 비더마이어식 토론과 관련지어서 물음을 던지기 시작
했다. 1950년에 나온 벤노 비제Benno von Wiese와 헤어베르트 마이
어Herbert Meyer의 책들은 뫼리케에 대한 연구의 시작을 알리는 동시
에 뫼리케의 작품, 더욱이 그의 시에 대한 "연구의 르네상스이자 대
표적 뜻을 지니고 있으며 (…) 작품 내재적, 사회-역사적, 마르크스
적 또는 미학적 논의"[22]의 시발점이 되었다.

　뫼리케의 시에 곡을 붙인 가곡은 수백 편이 있는데, "〈버림받은
하녀〉에는 96편, 〈그 사람이다〉에는 60편, 〈기도〉에는 50편의 곡
이 있으며, 뫼리케 가곡은 전체 795편이"[23] 있다.

2.2 슈만의 뫼리케-가곡들

　슈만은 뫼리케의 시 10편 정도에 곡을 붙였고, 여기서는 그 가
운데 4편의 뫼리케-가곡을 다루고 있다.

1) 〈버림받은 하녀〉

슈만은 뫼리케의 4연 4행시 〈버림받은 하녀Das verlassene Mägde-
lein〉(MG, 32)에 곡을 붙였다. 이 시에는 슈만, 볼프를 포함해서 약

---

22)　Victor G. Doerksen: Vorwort, in: Eduard Mörike, XI-XII쪽.
23)　Kurt Honolka: Hugo Wolf. Sein Leben, sein Werk, seine Zeit. München
　　　1990, 129쪽. 이하 (HW, 쪽수)로 표기함

90명의 작곡가가 곡을 붙였다. 슈만은 이 시에 두 가지 버전으로 곡을 붙였는데 하나는 피아노 독창 가곡이고, 다른 하나는 여성합 창곡(Op. 91 No.4)이다. 여기서는 피아노 독창 가곡 〈버림받은 하 녀〉(Op. 64 No.2)를 다루고 있다.

슈만의 가곡에서는 피아노의 반주 없이 바로 1연의 노랫말이 나 온다. "일찍, 수탉들이 꼬꼬댁 울어 댈 때/ 별들이 사라지기 전에/ 난 아궁이 곁에 있어야 한다/ 불을 지펴야 한다"고 노래한다. 그러 니까 서정적 자아는 아침 일찍 닭들이 새벽을 알릴 때, 그리고 아 직 별들이 사라지기 전 이른 새벽에 아궁이의 불을 지펴야 한다고 노래하고 있다. 이어 2연으로 넘어가서 1행과 2행 "불꽃은 아름답 다/ 번쩍임이 피어오른다"고 노래하고는 피아노의 간주가 들어간 다. 이 피아노의 간주는 불꽃과 그 번쩍임이 사방으로 퍼지는 것 을 잠시 연상시킨다. 이어 3행과 4행에서 "난 그렇게 안을 들여다 본다/ 고통에 잠기면서"라고 노래한다. 이제 상황이 바뀌어 그녀는 타오르는 불꽃을 고통에 잠겨서 들여다보고 있다. 왜 서정적 자아 가 고통스러운지는 다음 3연에서 구체적으로 드러난다.

3연에서는 "갑자기 그때 생각이 든다/ 신의를 잃은 소년아/ 난 밤에 너를/ 꿈꾸었다는 것을"이라고 노래한다. 서정적 자아는 갑 자기 고통스러워졌는데, 그 이유는 그녀를 떠난 사람을 간밤에 꿈속에서 보았다는 생각이 들었기 때문이다. 4연에서는 그러면서 눈물이 하염없이 흐르고 하루가 그렇게 왔다가 그렇게 가버린다 는 것을 의식하게 된다. 4연 "눈물은 눈물에 이어/ 한꺼번에 쏟 아져 내린다/ 그렇게 낮은 왔다가/ 다시 가 버렸다"고 노래하고 는 곡이 끝난다. 슈만의 가곡에서는 피아노의 서주와 후주 없이 단지 간주가 2연 2행 다음에 한 번 나오고 전체적으로 슬픔으로 가득 찬 서정적 자아의 심정이 수식 없이 그대로 묘사되고 있다. 하루가 오고 가듯이 마치 그녀가 사랑하는 사람 또한 그렇게 오고 간 것을 더욱이 슈만의 가곡에서는 마지막 4연에서만 톤을 낮춰 노래함으로써 두드러지고 있다.

한편 볼프의 같은 제목 〈버림받은 하녀〉(뫼리케-가곡, No. 7)와 견주어 보면, 볼프의 곡에서는 피아노의 서주, 간주, 후주가 들어 있고, 전체적으로 격정적인 감정을 그대로 노출한 채 노래하고 있다. 피아노의 느리고 차분한 서주를 시작으로 서정적 자아는 이른 새벽 아궁이에 불을 지피는데, 처음부터 노래는 고음으로 시작되면서 격앙된 심정을 보여 주고 있다. 1연 다음 피아노의 간주는 오히려 진정되고 아름답게 연주된다. 그래서 노랫말의 분위기와 피아노의 간주는 서로 다른 감정의 내면적 이중성을 보여 주고 있다. 2연은 1연의 분위기와 달리 한층 진정된 톤으로, 고통에 잠긴 채 아름다운 불꽃과 그것의 번쩍임을 쳐다보고 있다고 노래한다. 이어 피아노의 애잔하고 느린 간주가 들어간 뒤 3연의 "갑자기"는 아주 사실적이면서도 폭발적으로, 정말 갑자기라는 느낌을 주면서 노래를 시작한다. 3연의 노래가 끝나면 피아노의 간주가 들어가고 이어 4연으로 넘어간다. 이 가곡에서 4연은 가장 클라이맥스의 격정적 분위기를 자아내다가, 더욱이 1행과 2행의 눈물이 하염없이 흐르는 부분 또한 아주 사실적으로 눈물이 흐르는 것을 연상시키는 목소리의 톤으로, 마지막 4행 "다시 가 버렸다"는 체념적인 낭송조로 노래한다. 이와 달리 피아노의 후주는 그녀의 체념적인 마음보다는 여전히 격정적인 슬픔을 사실적으로 극대화시키면서 곡을 끝마치는 특징을 보이고 있다. 이렇게 볼프의 가곡에서는 노랫말과 피아노가 인간의 내면적 감정의 다른 색깔, 곧 체념, 원망, 슬폼 등을 다양하게 입체적으로 표현하고 있다.

2) 〈정원사〉

슈만은 뫼리케의 4연 4행시 〈정원사Der Gärtner〉(MG, 29~30)에
곡을 붙였다. 이 시에는 슈만, 볼프를 포함해서 약 17명의 작곡
가가 곡을 붙였다. 슈만의 〈정원사〉(Op. 107 No.3)는 피아노의 서
주와 간주는 없으며 후주만 들어 있다. 피아노의 반주가 먼저 들
어가면서 노래를 시작한다. 1연 "그녀의 호신용 말 위에서/ 눈처
럼 아주 하얗다/ 가장 아름다운 공주가/ 말을 타고 거리를 지나
가고 있다"고 노래한다. 그러니까 예쁜 공주가 말을 타고 거리를
지나는데 그녀와 말의 모습은 눈처럼 아주 하얗다고 노래하는 것
이다. 2연 "말이 그 길 위로/ 아주 우아하게 이리저리 춤추듯 걸
어가고/ 내가 흩뿌렸던 모래는/ 마치 금처럼 반짝거린다"고 노래
한다. 말은 길 위를 우아하게 걸어가고 서정적 자아가 눈길에 미
끄러지지 않도록 길 위에 뿌려 놓은 모래는 금처럼 반짝인다고
노래한 것이다.

3연에서는 "너 장밋빛 모자여/ 위로 아래로 흔들리면서/ 오!
깃털 하나를 던지렴/ 몰래 아래로"라고 노래한다. 서정적 자아는
공주가 쓰고 있는 장밋빛 모자의 깃털 하나를 눈에 띄지 않게 받
고 싶어 한다. 4연에서는 "넌 그것에 반대하는구나/ 내 꽃 한 송
이/ 그 하나에 수천 개로 받으렴/ 그에 대한 대가로 모두 받으렴"
이라고 노래한다. 그러니까 서정적 자아는 깃털 하나를 받고 싶
어 하지만 기회가 오지 않는다. 하지만 만약 깃털 하나를 주면 수
천 배로 많이 꽃의 선물과 대가를 받게 될 것이라고 노래하고 있

다. 이러한 뜻을 강조하고자 슈만의 곡에서는 4연 3행 "그 하나에 수천 개로 받으렴"과 4행 "그에 대한 대가로 모두 받으렴"을 반복 노래하고 다시 마지막 4행을 반복하면서 피아노의 후주가 곡을 끝내고 있다.

한편 볼프의 〈정원사〉(뫼리케-가곡, No. 17)에서는 피아노의 서주, 간주, 후주가 다 들어 있으며, 더욱이 마지막 4연의 경우, 슈만의 가곡과 흡사한 방법으로 3행과 4행 "그 하나에 수천 개로 받으렴/ 그에 대한 대가로 모두 받으렴"이라고 반복한다. 슈만의 경우는 4행을 다시 한 번 반복해서 노래하는 점이 볼프와 다르지만, 깃털 하나를 주면 수천 배로 많이 꽃 선물과 그 대가를 받게 될 것이라는 뜻을 강조하는 점은 같다. 볼프의 가곡은 피아노의 스타카토 서주가 들어간 뒤 노래를 시작한다. 이 서주의 멜로디는 주 모티브로서 간주에서도 그대로 연주되는데, 이것은 말이 마장마술을 하듯 경쾌하면서 가볍고 살짝 절름거리듯 걷는 느낌을 자아내고 있다. 1연에서 가장 아름다운 공주가 말을 타고 거리를 지나는데 그 모습이 눈처럼 하얗다고 노래한 뒤 피아노의 주 모티브 멜로디가 들어 있는 간주가 들어간다. 2연에서는 말이 길 위를 우아하게 춤추듯 지나가고 길 위에 뿌려진 모래는 금처럼 반짝거린다고 노래한 다음, 다시 주 모티브 선율의 피아노 간주가 들어간다. 그러니까 1연과 2연은 공주가 말을 타고 거리를 걷는 모습이 주를 이루고 있는데, 피아노의 간주는 말을 타고 경쾌하고 우아하게 걷는 바로 이 모습을 극대화하고 있다. 한편 3연과 4연은 피아노 간주 없이 바로 노랫말이 이어진다. 그러고 나서 마지막 4연의 3행과 4행의 뜻이 강조되고, 주 모티브 멜로디를 변용한 피아노의 후주가 곡을 마무리한다.

3) 〈군인의 신부〉

슈만은 뫼리케의 3연 4행시 〈군인의 신부Die Soldatenbraut〉(MG, 35)에 곡을 붙였다. 이 시에는 슈만을 포함해서 7명의 작곡가가 곡을 붙였다. 슈만은 이 시에 두 가지 버전, 곧 피아노 독창 가곡과 여성합창곡으로 곡을 붙였다. 여기서는 피아노 독창가곡을 다루고 있으며, 슈만은 이 곡에서 뫼리케의 3연 4행시에다 1연을 반복함으로써 마치 4연 4행시인 것처럼 만들고 있다. 슈만의 〈군인의 신부〉(Op. 64 No. 1)는 행진곡풍의 밝고 경쾌하고 힘찬 피아노 서주와 노랫말이 나온다. 1연에서는 "아, 왕께서 아신다면/ 내 연인이 얼마나 씩씩한지/ 왕을 위해 그는 피도 흘릴 수 있지/ 나를 위해서도 마찬가지야"라고 노래한다. 이 시에서 보면 서정적 자아의 연인은 씩씩한 군인이고, 그는 이제 왕을 위해서만이 아니라 자신을 위해서도 목숨을 바칠 수 있는 사람이다. 더욱이 슈만의 곡에서 4행을 반복해서 노래함으로써 그는 그녀를 위해서 희생할 수 있는 사람이라는 뜻이 강화되고, 이어 피아노의 경쾌하고 힘찬 간주가 들어간다. 이 간주는 서정적 자아의 연인은 군인이며 그의 단호하고 헌신적 모습을 연상시킨다. 2연은 1연과 같은 멜로디로 "내 연인은 동아리도 없고, 별도 달지 않고/ 고귀한 신사들처럼 십자가도 없지/ 내 연인은 장군도 되지 않을 것이다/ 그가 군대를 떠나는 한이 있더라도"를 노래한다. 그리고 4행을 반복 노래하고는 피아노의 경쾌하고 힘찬 간주가 들어간다. 서정적 자아의 연인은 군인으로서 세상의 허영심이나 명예에는 어떤 관심도 없는 사람이라는 것이 드러나고 있다.

3연은 "별 셋이 아주 밝게 빛나고 있다/ 저기 마리아 성당 위로/

그때 붉은색 끈이 우리를 연결하고 있고/ 가문의 십자가가 그 손에 쥐어져 있구나"를 노래한다. 3연에서는 반복해서 노래하는 부분 없이 피아노의 느리면서도 힘찬 간주가 매우 인상적으로 들어가 있다. 그러니까 예수의 탄생을 찾아가는 세 명의 동방박사들에게 나타난 별처럼 하늘에는 유난히 밝게 별 세 개가 성당 위로 빛나고 있고, 그때 붉은색 인연의 끈이 사랑하는 두 사람을 연결해 주고 손에는 십자가가 쥐어져 있다. 피아노의 간주는 이러한 종교적 자세와 밝음이 아주 즐겁고 힘차게 연주됨으로써 강조되고 있다. 더욱이 같은 멜로디를 조를 바꾸면서 연주하는 부분은 단순히 음을 반복하기보다는 종교적으로 밝고 상쾌한 기분을 강조하고 있다. 뫼리케의 시는 여기 3연에서 끝나고 있으나 슈만은 1연의 내용을 다시 반복한다. 그래서 1행에서 4행까지 반복해서 노래한 뒤, 1연에서처럼 다시 4행 "나를 위해서도 마찬가지야"를 반복한 다음 이번에는 피아노의 간주가 길게 이어진다. 이 간주를 통해서 군인의 신부가 자신을 위해서 목숨도 바칠 수 있는 사람이라는 점에 자부심을 느낄 수 있을 뿐만 아니라 전체 분위기도 이제 결혼을 앞둔 신부의 신랑에 대한 기대감이 한껏 강조되고 있다. 그리고 피아노의 긴 간주 이후 마지막으로 4행 "나를 위해서도 마찬가지야"를 천천히 거듭 노래한 다음 피아노의 후주가 행진곡풍의 주 모티브를 연주하면서 곡을 끝내고 있다.

4) 〈그 사람이다〉

슈만은 뫼리케의 9행시 〈그 사람이다Er ist's〉(MG, 15)에 곡을 붙였다. 이 시에 슈만, 볼프를 포함해서 약 60명의 작곡가가 곡을 붙

였다. 슈만의 〈그 사람이다〉(Op. 79 No.23)는 피아노의 반주로 노
래를 시작한다. 슈만의 곡은 1행과 2행에서 "봄은 그의 푸른 끈을/
다시 공중에 나풀거리게 한다"고 노래한다. 이어 피아노의 간주가
들어가고, 이 간주를 통해서 사방에 봄이 와 있음을 연상시킨다.
3행과 4행에서는 "달콤하고 익숙한 향기들이/ 예감에 차서 그 땅
을 배회한다"고 노래한 뒤 다시 피아노의 간주가 들어간다. 이로써
봄 향기들이 사방에 퍼지는 것을 되새기게 한다. 5행에서 8행에서
는 "제비꽃들은 꿈을 꾸면서/ 금방 오려고 한다/ 들으렴, 하프 소
리를/ 봄, 정말 너로구나"라고 노래한다. 7행의 경우 뫼리케의 시
에서는 "들으렴, 멀리서 나지막하게 울리는 하프 소리를"이라고 되
어 있지만 슈만은 하프 소리를 더 직접적으로 묘사하고 있는데, 곧
"들으렴, 하프 소리를"이라고 간단명료하게 봄이 내는 소리를 하프
소리에 비유하고 그 소리를 들으라고 표현한다.

〈그 사람이다〉 악보의 일부

이후 다양한 반복이 이루어지는데 8행의 일부분 "정말 너로구
나, 너구나"를 반복하고, 9행에서 "난 네 소리를 들었다"고 노래
한 뒤 다시 8행의 일부분 "그래 너로구나"를 되풀이하고 나서 피

아노의 간주가 들어간다. 이 반복과 피아노 간주는 봄을 알아보고 반가워하는 서정적 자아의 심정을 여러 차례 "너로구나"라는 표현으로 강조하고 있다. 피아노의 간주 이후 9행 "난 네 소리를 들었다"와 8행 "봄, 정말 너로구나"를 높은 톤으로 노래하면서 다시 "정말 너로구나, 정말 너로구나, 너구나, 너구나"를 반복한다. 다시 9행 "난 네 소리를 들었다"와 8행의 일부 "정말 너로구나"를 반복 노래한 뒤 피아노의 후주가 곡을 끝내고 있다. 슈만의 곡은 반복과 변용을 통해서 봄을 반기는 명랑한 분위기를 최고조로 반영하고 있다.

이와 달리, 볼프의 같은 제목 〈그 사람이다〉(뫼리케-가곡, No.6)는 피아노의 빠르고 화려한 서주가 짧게 들어간 다음 노래를 시작한다. 볼프의 가곡에서는 1행에서 4행까지 노래가 나온 뒤 피아노의 간주가 들어간다. 봄은 사방에 와 있고 봄의 향기 또한 널리 퍼져 있다고 노래한 뒤에 피아노의 짧은 간주는 서주의 분위기와 달리 차분하고 느리게 연주된다. 5행에서 8행까지 이어서 노래하는데, 7행에서는 뫼리케 시의 의미대로 "들으렴, 멀리서 나지막하게 울리는 하프 소리를"이라고 노래한다. 슈만의 경우는 압축된 표현으로 봄의 소리가 하프소리로 상징되고, 바로 그 하프소리를 들으라고 노래한다. 볼프의 가곡에서 8행 "봄, 정말 너로구나"는 반복되고, 이로써 봄을 반기는 서정적 자아의 마음이 강조되고 있다. 9행 "난 네 소리를 들었다"를 노래하고 8행의 일부 "정말 너로구나"를 최고조로 끌어올린 톤으로 화려하게 노래한다. 이어 피아노의 후주가 마치 봄의 향연을 연상시키듯 현란하면서도 명랑한 분위기를 한껏 돋우면서 곡을 끝마치고 있다.

2.3 볼프의 뫼리케-가곡들

볼프는 뫼리케의 시 약 55편에 곡을 붙였다. 여기서는 뫼리케 시 53편에 곡을 붙인 뫼리케-가곡 가운데 14곡을 분석하고 있으며, 〈그 사람이다〉(뫼리케-가곡, No.6), 〈버림받은 하녀〉(No.7), 〈정원사〉(No.17)는 같은 제목의 슈만 가곡에서 이미 분석한 바 있다. 볼프의 뫼리케-가곡은 연가곡이 아니라 개별 가곡으로 작곡되었으며, 볼프는 시 한편 한편이 지닌 내밀한 감정을 제각기 다르게, 독자적인 음악 해석을 하고 있다. 뫼리케의 시들은 1888년 볼프를 마치 화산이 폭발하듯 가곡 작곡에 몰두하게 만들었고, 음악적 착상들은 "마치 열병처럼 그에게 엄습했으며"(HW, 124) 그런 유사한 경험을 이전에는 한 적이 없었다. 그래서 뫼리케의 시들은 볼프의 "핵심적 영감의 근원"이 되었고, 심하게는 그 시들을 "암기하고 그 분위기를 자신의 것으로 만들 때까지 읽기도 했다."[24] 볼프가 뫼리케-가곡을 출판했을 때 음악 비평가 한슬리크는 볼프가 뫼리케의 시만이 아니라 뫼리케라는 시인을 음악적으로 해석했다고 평했다. 또 볼프는 시인 뫼리케의 세계관에서 자신의 삶의 감정과 병행하는 것을 보았는데, 여성과의 만남 및 공동생활에 대한 어려움과 관련해서 더욱이 그러했다. 또 쇼펜하우어를 통해서 "사랑은 일차적으로 행복이 아니라 고통이라는 그의 기본 입장이 강화되기도 하였다."(RL, 573) 그뿐만 아니라 매독 증세 때문에 볼프에겐 평범한 사랑의 관계는 없었고 "이러한 주제를 다룬 그의 뫼리케-가곡들은 정신적으로 외롭고 실망한 사람의 증거물들"(RL, 574)이었다.

---

24) Axel Bauni/ Werner Oehlmann/ Kilian Sprau/ Klaus Hinrich Stahmer: Reclams Liedführer, Stuttgart 2008, 573쪽. 이하 (RL, 쪽수)로 표기함.

1) 〈희망으로 병이 나은 사람〉

볼프는 뫼리케의 2연 8행시 〈희망으로 병이 나은 사람Der Genesene an die Hoffnung〉(MG, 73)에 곡을 붙였고, 이 시에는 볼프와 오토 클렘페러가 곡을 붙였다. 볼프의 〈희망으로 병이 나은 사람〉(No. 1)은 뫼리케-가곡의 제1곡이다. 말할 것 없이 이 곡이 뫼리케-가곡들 가운데 가장 먼저 작곡된 것은 아니지만 그는 이 곡을 첫 번째 곡으로 삼았다. 그 이유는 뫼리케의 시처럼 볼프 자신이 긴 좌절의 수렁과 회의감에서 벗어날 수 있었기 때문이다. 뫼리케의 시에 집중적으로 곡을 붙임으로써 자신을 예술가로 스스로 인정할 수 있는 새로운 삶의 활력이 솟아났던 것이다. 이런 의미에서 첫 번째 곡은 바로 볼프 자신의 심정을 드러내는 음악적 표현이라 할 수 있다.

볼프의 곡은 아주 느린 피아노의 서주와 함께 노랫말이 나온다. 1연의 1행에서 4행 "아침은 끔찍하게 두려웠다/ 하지만 내 머리는 뉘어져 있었다, 아주 달콤하게!/ 너의 품에 감추어진 희망/ 승리가 이겼다고 할 때까지"를 아주 느리게 노래한다. 더욱이 4행은 되풀이되는데, 이때 아주 높은 낭송조로 노래하고 이어 피아노의 격정적이고 느린 간주가 흘러나온다. 5행에서 8행까지 "난 모든 신들에게 제물을 바쳤다/ 하지만 너는 잊었지/ 영원한 구원자들로부터 옆으로 비켜나/ 넌 축제 쪽을 쳐다보았지"라고 노래하는데 7행 "영원한 구원자들에게서 옆으로 비켜나"는 높은 톤으로 노래하고 8행이 끝나면 피아노의 부드러운 간주가 들어간다. 그러니까 1연에서는 아침마다 두려움을 느꼈지만 서정적 자아는 병에서 다 나을 때까지 연인의 품에 감추어진 희망에 의

지하였다. 모든 신들에게 자신의 소망을 빌고자 제물을 바쳤지만 그녀는 그처럼 절실한 것이 없었기 때문에 신들에게 무심한 채 세상일에 관심을 보였다.

2연 1행 "오 용서하렴, 너 성실한 이여!"를 부드럽고 느리게 노래한 뒤 피아노의 간주가 들어간다. 이어 2행에서 8행까지 "너의 어스름한 미광에서 걸어 나오렴/ 내가 너에게서 영원히 새롭고/ 달빛처럼 밝은 얼굴을 볼 수 있도록/ 한 번만이라도 보라, 진심으로/ 아이처럼 동정 어린 마음으로/ 아, 한 번만이라도 고통 없이/ 너의 팔에 나를 안으렴"이라고 노래한다. 전체적으로 부드럽고 느리게 노래하지만 7행 "아, 한 번만이라도 고통 없이"는 애절하게 노래하다가 8행 "너의 팔에 나를 안으렴"에서 "너의 팔에"는 아주 느리고 낮은 낭송조로 시를 읊조리듯 노래한다. 이어 피아노의 느리고 낮은 음의 후주로 곡이 끝난다. 그러니까 2연에서는 서정적 자아가 연인에게 달빛처럼 밝은 그녀의 얼굴을 볼 수 있도록 희미한 빛 속에서 나오라고, 그리고 그가 고통을 잊을 수 있도록 동정 어린 마음으로 그를 팔에 안아 달라고 부탁하고 있다. 이제 그녀는 그의 희망이며, 그녀에게 안기면 자신의 모든 고통이 사라질 것이라고 여긴다.

2) 〈북 치는 사람〉

볼프의 〈북 치는 사람Der Tambour〉(No. 5)은 뫼리케–가곡의 제5곡이지만 가장 먼저 작곡되었다. 볼프는 뫼리케의 같은 제목의 20행 시(MG, 133~134)에 곡을 붙였으며, 이 시에는 볼프를 포함해서 6명의 작곡가가 곡을 붙였다. 볼프의 가곡에서는 피아노의 서주에 나오는 북소리가 주 모티브로 작용하며, 이 곡에는 피아노의 간주와 후주가 들어 있다. 뫼리케의 시는 먼 프랑스에서 굶주리는 독일 용병의 별난 향수를 묘사하고 있다. 그리고 1행과 20행 "내 어머니가 마술을 걸 수 있다면"은 반복되는 시행이지만 그 뜻하는 바는 서로 다르다. 1행에서 어머니의 마술은 군인인 서정적 자아로 하여금 굶주림에서 벗어날 수 있도록 작용하지만, 20행에서는 연인을 이제 만날 수 없는 처지에 있는 서정적 자아의 안타까움을 해소할 수 있는 상상으로 작용하고 있다.

볼프의 가곡에서는 행진할 때의 북소리를 연상시키는 피아노의 서주에 뒤이어 노랫말이 나온다. 1행에서 4행까지는 "내 어머니가 마술을 걸 수 있다면/ 그녀는 연대와 함께/ 프랑스로, 사방으로 함께 갈텐데/ 그리고 종군 상인이 될텐데"라고 노래하고는 피아노의 높고 빠른 음의 간주가 잠시 들어간다. 그러니까 어머니가 마술을 걸어서 상인이 되어 종군하게 되면 그는 굶주림에 시달릴 일도 없게 된다. 5행에서 7행에서는 "진영에서, 아마도 한밤중에/ 보초 말고는 아무도 깨어 있지 않을 때/ 모두가 코를 골고, 말과 사람 모두"라고 노래한다. 그러니까 군대 막사에는 한밤중에 보초 이외에 모두가 코를 골면서 자고 있다. 그런데 7행 다음 피아노 반주가 짧은 스타카토를 한 번 치고는 다음 행으로 넘어간다. 이 피아노의 반주는 마치 모두를 잠에서 깨우는 효과를 냄으로써 한밤중에 모두가 잠든 분위기를 극적으로 반전시키는 효과를 내고 있다. 그래서 방금 전 피아노의 스타카토로 번쩍 잠이 깬 북 치기 군인이 8행에서 "난 내 북 앞에 앉아 있을텐데"라고 노래한다.

9행에서 14행까지에서 보면 북치기 군인에게 닥친 기아의 구체적 상황이 나오고, 어머니의 마술에 따라 기아가 해소되는 상황을 상상하는 것으로 표현되고 있다. "북은 사발이 되고/ 그 안에는 따뜻한 사우어크라우트[25]가 들어 있고/ 북채는 칼과 포크가 되고/ 내 군도는 긴 소시지가 되고/ 내 군모는 큰 술잔으로 쓰기에 좋고/ 난 부르군트 피로 그 잔을 가득 채운다"고 노래한다. 여기 9행에서 14행까지에서 내용을 보면, 북 치기 군인이 가지고 있는 북은 따뜻한 음식이 들어 있는 그릇으로 변하고, 그 그릇 안에는 사우어크라우트가 가득 들어 있고, 그의 북채는 칼과 포크가 되고, 그의 칼은 소시지가 되고, 그의 군모는 술로 바뀐 피가 가득 찬 술잔이 된다. 포도주가 피의 상징이 되는 교회 성찬식의 경우와는 반대로 피가 술로 바뀐 것이다. 15행에서 19행에서는 "나에게 빛이 없기 때문에/ 달빛이 내 천막을 비춘다/ 달은 프랑스 땅으로 비친다/ 헌데 난 내 연인이 갑자기 생각난다/ 아, 슬프다, 이제 즐거움도 끝이다!"라고 노래한다. 여기서 19행의 첫 부분 "아, 슬프다"를 3번 노래하는데, "아, 슬프다"를 노래할 적마다 피아노 반주가 그에 응답하듯 반주되면서 그 슬픔을 강조하고 있다. 그리고 19행 다음에 북 치는 소리의 주 모티브 선율의 피아노 간주가 들어가고 있다.

이어 마지막 20행 "내 어머니가 마술을 걸 수 있다면"을 낮고 간절히 기도하듯 노래하고 주 모티브 선율을 피아노의 간주가 연주한다. 그리고 다시 한 번 20행 "내 어머니가 마술을 걸 수 있다면"을 간절함을 더해 낮고 느리게 조용히 반복해서 노래하고는 여운을 남기면서 피아노의 후주가 이어지고 마지막으로 단 한 번의 강한 스타카토로 곡을 끝내고 있다. 이러한 볼프의 음악적 해석에서는 배고픔을 해소하는 것보다도 사랑에 대한 갈망이 어머니의 마술로 해소되기를 바라는 심정이 더 강조되고 있다.

---

25) 한국의 백김치처럼 신맛과 단맛을 내는 가공된 야채의 한 종류.

3) 〈결코 만족을 모르는 사랑〉

볼프의 〈결코 만족을 모르는 사랑Nimmersatte Liebe〉(No. 9)은 뫼리케-가곡의 제9곡이며, 볼프는 뫼리케의 같은 제목의 3연시(MG, 29)에 곡을 붙였다. 이 시에는 볼프를 포함해서 약 10명의 작곡가가 곡을 붙였다. 뫼리케는 이 시에서 가학적 사랑에 대한 묘사를 하고 있는데, 예를 들면, 입맞춤할 때 "입술을 아프도록 깨문다"거나, "칼 아래 놓인 어린 양"과 같다거나 사랑의 행위가 "고통스러울수록 더 좋다"는 표현 등이 그러하다. 볼프의 가곡에서는 피아노의 서주를 시작으로 노랫말이 시작된다. 7행으로 된 1연 "사랑은 그런가, 사랑은 그런가!/ 입맞춤으로도 잠재워지지 않는/ 누가 바보인가 그리고 채를/ 물로 허망하게 채우려 하는가?/ 넌 수천 년 창조하고/ 영원히, 영원히 입맞춤한다/ 넌 결코 사랑의 뜻에 따르지 않는다"고 노래한 뒤 피아노의 간주가 들어간다. 여기서는 사랑의 속성이 입맞춤으로도 채워지지 않고, 마치 물로 구멍이 성긴 채를 채우려 하는 그런 바보와 같다. 그리고 그런 만족을 모르는 사랑 속에서는 사랑의 진정한 뜻이 간과된다고 노래하는 것이다.

8행으로 이루어진 2연에서는 "사랑, 사랑은 시시각각/ 놀랍도록 새롭게 욕망을 품는다/ 우리는 입술을 아프도록 깨문다/ 우리가 오늘 입맞춤했을 때/ 소녀는 느긋한 휴식을 취했다/ 칼 아래 놓인 어린 양처럼/ 그녀의 눈은 청하였다, 계속 그러자고/ 고통스러울수록 더 좋다고" 노래하고는 피아노의 간주가 들어간다. 여기 2연에서는 사랑의 성적 속성을 드러내고 있는데, 사랑은 매 순간 놀랍고 새로운 욕망에 사로잡히며, 사랑하는 사람들의 입맞춤은 정상적 부드러움과 달콤함보다는 사디즘과, 마조히즘적 고통을 동반함으로써 쾌락이 커지고 그녀는 그런 쾌락을 더욱 요구하고 있다.

4행으로 이루어진 3연에서는 "사랑은 그런가, 그랬다/ 얼마 동안 사랑이 있는가/ 그런데 솔로몬은 달랐다/ 현자는 사랑하지 않았다"고 노래한다. 그리고 나서 3행과 4행을 반복 노래하고는 피아노의 후주가 곡을 마감하고 있다. 그러니까 3연에서는 서정적 자아가 그런 비정상적인 사랑을 인식하고 솔로몬이라면 그런 사랑을 하지 않을 것이라는 점을 깨닫는다. 이것은 서정적 자아가 가학적 사랑에서 벗어나고자 하는 의지를 솔로몬을 빗대어서 간접적으로 표현하고 있는 것이다. 볼프는 더욱이 3행 "그런데 솔로몬은 달랐다"와 4행 "현자는 사랑하지 않았다"를 반복함으로써 서정적 자아의 그런 의지를 강조하고 있다.

4) 〈발로 하는 여행〉

볼프는 뫼리케의 4연시 〈발로 하는 여행Fußreise〉(MG, 17~18)에 곡을 붙였고, 이 시에는 볼프를 포함해서 3명의 작곡가가 곡을 붙였다. 볼프의 〈발로 하는 여행〉(No. 10)은 뫼리케-가곡의 제10곡이다. 볼프의 곡은 명랑하고 경쾌하고 경건한 피아노 서주를 시작으로 산행하면서 부르듯 빠르게 노래한다. 이 가곡에서는 볼프가 뫼리케의 연 구분을 따르지 않고 독자적으로 피아노 간주를 통해서 몇 개의 행을 한 단위로 처리하고 있다. 이 점에서 그의 멜로디는 "시행을 넘어서서 붙였고 운은 무시한 채 독자적이고 완전히 순수한 음악적 원칙에 따르고 있다."(HW, 134)

8행으로 이루어진 1연의 1행에서 4행은 "막 깎은 등산지팡이에 의지하고/ 내가 이른 아침/ 숲을 지나갈 때/ 언덕을 오르고 내리면서"라고 노래한 뒤 피아노의 경쾌한 간주가 들어간다. 여기서는 서정적 자아가 이른 아침 등산지팡이를 들고 언덕을 오르내리면서 숲들을 지나간다고 노래하고 있다. 이어 5행에서 8행에서 "그러면 어떻게 나뭇잎에 있는 새들이/ 노래하고 움직이는지/ 또는 어떻게 황금색 비둘기들이/ 기쁨의 영혼들을 느끼는지 (알게 된다)"라고 노래하고는 바로 2연 1행 "첫 아침 햇살에"까지를 노래하고 피아노의 간주가 들어간다. 바로 이런 점이 볼프가 뫼리케의 시행이나 시연을 뛰어넘어 멜로디를 붙인 대표적인 예이다. 그래서 이 부분은 서정적 자아가 산행을 하면서 새들이 어떻게 노래하고 움직이는지, 또 이른 아침 햇살을 받아 황금색 빛을 띠는 비둘기들이 어떻게 기쁨을 느끼는지를 알게 된다고 노래하고 있다. 여기서 볼프는 뫼리케의 시가 지닌 의미에 아주 밀착해서 곡을 붙이고 있다. 뫼리케 시에서 1연의 8행은 "기쁨의 영혼들을 느끼는지"로 끝나는데, 그 전 7행 "또는 어떻게 황금색 비둘기들이"라는 표현에서 독자는 이 시를 읽을 때 왜 비둘기의 색깔이 황금색이 되는지 얼른 이해가 되지 않는다. 2연의 1행 "첫 아침 햇살에"를 읽어야 비로소 아침노을에 비쳐 하얀 비둘기의 몸이 황금색을 띤다는 것을 알수 있다. 바로 이러한 독자 수용의 측면에서 보면, 볼프는 탁월하게 음악적 해석을 하고 있다. 그러니까 아침 햇살에 비둘기가 황금빛을 띠고 서정적 자아는 그런 비둘기들이 느끼는 영혼의 기쁨, 곧 새들이 노래하는 것을 깨닫고 있다.

　2연 2행에서 6행은 "내 오래된 친구, 친애하는 아담은/ 가을과 봄의 환희를 느낀다/ 신처럼 대담하게/ 결코 경솔하지 않게/ 첫 번째 천국의 기쁨을 느낀다"고 노래하고는 피아노의 명랑한 간주가 들어간다. 아담으로 상징되는 인류가 성경의 아담처럼 경솔하지 않으며, 산행 가운데 느끼는 봄과 가을의 환희를 천국의 기쁨에다 비유한다는 내용을 강조하고 있다. 3연은 이 시의 클라이맥스인데, 그 점을 볼프는 다음과 같이 해석하고 있다. 3연 1행과 2행에서는 "오, 오래된 친구 아담, 너는 그렇게 나쁘지 않다/ 엄격한 선생님들이 말하듯"이라고 노래하고 피아노의 간주가 들어간다. 그러니까 엄격한 선생님들이 말하듯 아담은 그렇게 나쁘지 않다는 것을 피아노의 간주가 강조하고 있다. 3행에서 6행에서는 "하지만 넌 여전히 사랑하고 찬양한다/ 아직도 여전히 노래하고 찬미한다/ 영원히 새로운 창조의 나날들에서처럼/ 너의 친애하는 창조주이자 유지자를"이라고 노래하고는 피아노의 간주가 들어간다. 이러한 간주는 인류로 상징되는 아담이 여전히 창조주를 사랑하고, 그에 대해서 찬미한다는 것을 강조하고 있다. 이런 점에서 앞서 분석했던 〈결코 만족할 줄 모르는 사랑〉과는 대조적으로, 이 곡에서는 뫼리케가 지닌 자연과 신에 대한 사랑을 엿볼 수 있다.

4행으로 이루어진 마지막 4연 "이 신은 그대로 존재하고 싶어한다/ 그리고 내 모든 삶은/ 가벼운 방랑의 땀 속에 들어 있는/ 그런 아침 여행인 것 같다"고 노래하고는 주 모티브를 다소 변용한 멜로디로 피아노의 후주가 곡을 끝내고 있다. 이 마지막 연에서 서정적 자아의 삶은 마치 가볍게 방랑하면서 땀 흘리는 그런 아침 여행과 같다고 표현함으로써 시인이 지닌 삶에 대한 한없는 긍정과 신과 자연에 대한 경외를 볼프의 가곡을 통해서 실감나게 느낄 수 있다. 더욱이 경건하고, 명랑하고 경쾌한 피아노의 연주는 자연과 신에 대한 찬미, 긍정적인 삶에 대한 뜻을 강화하는 데 목소리와 더불어 한몫을 주요하게 하고 있다.

5) 〈아이올로스의 하프에 부쳐〉

볼프의 〈아이올로스의 하프에 부쳐An die Äolsharfe〉(No. 11)는 뫼리케-가곡 가운데 제11곡이다. 볼프는 뫼리케의 〈아이올로스의 하프에 부쳐〉[26] 3연시(MG, 21~22)에 곡을 붙였으며, 이 시에는 볼프, 브람스를 포함해서 7명의 작곡가가 곡을 붙였다.

7행으로 이루어진 1연에서는 "담쟁이 벽에 기대어/ 이 낡은 테라스의/ 그대, 대기 가운데 태어난 뮤즈여/ 현의 비밀스러운 연주/ 시작하라/ 다시 시작하렴/ 그대의 아름다운 비탄을!"이라고 아주 느리게 노래한다. 1연은 피아노의 반주 없이 바로 낭송조로 노래가 시작되어 전체적으로 아주 느리게 진행되고 있으며, 피아노의 반주는 바람에 울리는 하프 소리처럼 우아하고 부드럽게 노랫말과 함께 연주되고 있다. 1연이 끝나면 부드러운 피아노 간주가 들어간다. 여기서는 서정적 자아가 낡은 테라스 담쟁이 벽에 기대어 서서 뮤즈에게 비밀스러운 연주, 곧 아름다운 비탄을 현으로 타라고 주문하고 있다. 주목할 부분은 4행의 "현의 비밀스런 연주"가 바로 "아름다운 비탄"인 것이다. 그러니까 현이 내는 소리는 아름다움이지만, 그 소리에 담긴 내용은 슬픔인 것이다. 그래서 아름다운 비탄이라는 교묘한 결합이 생겨나고 있다. 마찬가지로 볼프의 가곡

26) 아이올로스 하프는 혼령의 하프, 바람의 하프, 날씨의 하프라고도 하는데, 아이올로스라는 명칭은 그리스 신화에서 바람을 관장하는 신 아이올로스에서 유래하며, 라틴어로는 애올루스이다. 현재 유럽에서 가장 큰 아이올로스 하프는 독일 바덴-바덴 궁성의 기사 방에 있으며, 이것은 1999년 제작되었고 높이는 약 4미터에 120개의 현이 있다. 괴대가 파우스트 1부 "아이올로스 하프 소리와 같은", 2부에서 "아이올로스 하프의 반주로"라고 표현한 뒤 뫼리케가 아이올로스 하프에 처음으로 시를 붙였다. http://de.wikipedia.org/wiki/Äolsharfe

에서도 아름다움과 슬픔의 양면적 감정이 잘 표현되고 있는데, 노랫말 속에서는 슬픔을, 하프의 부드럽고 우아한 소리와 같은 피아노 반주에서는 아름다움을 느낄 수 있도록 목소리와 피아노가 서로의 다른 역할을 하면서 훌륭한 하모니를 이루고 있다.

11행으로 이루어진 2연의 1행에서 4행은 "바람이여, 멀리서 이쪽으로 오는구나/ 아!/ 나에게 사랑스러운/ 소년의 싱싱하게 푸른 언덕에서"라고 느리게 노래하고는 피아노의 부드러운 간주가 들어간다. 여기서는 사랑하는 소년이 있는 곳 언덕에서 바람이 불어오고 있다. 5행에서 7행은 "봄의 꽃들을 도중에 스치면서/ 기분 좋은 향기에 실컷 취하면서/ 얼마나 달콤하게 이 가슴은 그녀에게로 향하는지!"를 느리고 부드럽게 노래한다. 7행에서는 "얼마나 달콤하게"를 두 번 더 반복한 뒤, 이어 "얼마나 달콤하게, 얼마나 달콤하게, 얼마나 달콤하게 이 가슴은 그녀에게로 향하는지"라고 노래한다. 그리고 다시 7행이 반복된다. 8행에서 11행 "현의 울림 속에 살랑거려라/ 아름답게 울리는 소리의 우울함에 이끌려/ 내 동경의 모습에서 커져 가면서/ 그리고 다시 사라지면"이라고 노래하고는 피아노의 부드러운 간주가 들어간다. 10행 "내 동경의 모습에서 커져 가면서"는 고양된 톤으로 노래하고, 더욱이 "동경"은 힘차고 높은 톤으로 노래한다. 그리고 11행은 하강하는 톤으로 바뀌면서 피아노의 간주가 이어진다. 9행 "아름답게 울리는 소리의 우울함에 이끌려"에서는 서로 상반된 의미인 아름다움과 우울함이 들어 있는데, 현의 소리는 아름답게 울리지만 그 소리를 듣는 서정적 자아의 마음은 우울함으로 가득 차 있다. 그래서 아름답게 울리는 우울함이라는 표현이 가능해진다.

3연에서는 처음부터 피아노의 반주가 격정적으로 연주되는데, 이것은 1행에서 3행에 마치 거센 바람이 몰아치듯 갑자기 하프의 소리가 울리고 그 소리는 성스러운 외침을 강조하고 있다. 7행으로 구성된 3연의 1행에서 5행은 "그러나 갑자기/ 바람이 다시 심하게 불어 닥치듯/ 하프의 성스러운 외침이 울린다/ 반복하라, 나에게 달콤한 놀람을 주기 위해/ 내 영혼의 갑작스런 흥분이 인다"라고 노래하고는 피아노의 간주가 들어간다. 이것은 마음에 이는 갑작스러운 흥분을 강조하고 있다. 6행과 7행에서는 "그리고 여기 – 만발한 장미가 흔들리며 흩뿌려진다/ 그 꽃잎들이 내 발 앞에서"라고 노래한다. 그러니까 만개한 장미 꽃잎들이 바람에 실려 그의 발 앞에 흩뿌려지는 것이다. 6행에서 "여기" 다음에 피아노의 간주가 있고 "만발한 장미가 흔들리며 흩뿌려진다"와 7행 "그 꽃잎들이 내 발 앞에서"는 느리게 노래한 뒤 피아노의 잔잔한 후주가 곡을 끝내고 있다.

브람스의 〈아이올로스의 하프〉(Op. 19 No. 5)는 볼프와 마찬가지로 피아노의 서주 없이 편안한 화음의 낭송조로 노래를 시작한다. 1행에서 4행까지 서정적 자아는 대기 가운데서 태어난 뮤즈에게 낡은 테라스의 담쟁이 벽에 기대어 현의 은밀한 연주를 주문하고 있다. 4행 "비밀스런 현의 연주" 다음에 피아노의 간주가 들어간다. 5행에서 7행은 뮤즈더러 아름다운 비탄을 노래하라고 하는데, 이것은 죽음에 대한 비탄을 연주하라는 의미이다. 그러니까 1연에서 처음에는 현의 비밀스러운 연주, 그것은 바로 아름다운 비탄의 노래이자 죽음에 대한 비탄인 것이다. 이어 피아노의 잔잔한 간주가 들어간 뒤 2연으로 넘어간다. 2연에서는 사랑하는 소년이 있는 싱싱한 푸른 언덕에서 바람이 불어오는데, 그 바람에 실려 오는 봄의 꽃향기에 취하면서 서정적 자아의 마음은 연인에게로 향하고, 아름답게 울리는 현의 연주에서 그는 우울함을 느끼고, 그 소리는 그의 동경심으로 커져 가기도 하고 사라지기도 하면서 울린다. 2연의 7행 "얼마나 달콤하게 이 가슴은 그녀에게로 향하는지!"는 볼프의 곡에서처럼 반복되고 있다. 그러나 볼프가 "얼마나 달콤하게"를 세 번 반복해서 노래하고, 다시 7행을 반복하는 것과는 달리 브람스는 "얼마나 달콤한지"를 한 번만 반복할 뿐이다. 그리고 2연이 끝나면 피아노의 간주가 들어가고 있다. 이 애잔한 간주를 통해서 서정적 자아의 죽은 연인을 향한 마음은 현의 연주로 되살아나고, 슬픔에 잠기게 되는 것이 강조되어 있다.

3연에서는 하프가 연주될 때 갑자기 바람이 거세게 불어오자 하프의 소리는 성스러운 외침으로 변하고 서정적 자아는 그로 말미암아 달콤한 놀람과 갑작스러운 흥분을 느끼게 되고, 바람에 따라 만발한 장미가 사방으로 흩뿌려지는데, 그 꽃잎들이 그의 발 앞으로 날아온다. 그리고 피아노의 잔잔한 후주가 곡을 끝내고 있다. 4행과 5행 "반복하라, 나에게 달콤한 놀람을 주기 위해/ 내 영혼의 갑작스런 흥분"에서는 시어의 의미대로 다소 높은 톤으로 노래 부르지만, 그 밖의 노랫말과 피아노의 멜로디에서는 차분하고, 애잔하며, 비애에 찬 분위기가 지배한다. 뫼리케의 시에서는 봄의 소리와 죽음에 대한 슬픔 사이의 분열이 표현되어 있고 볼프는 그런 시의 분위기를 적절하게 피아노와 목소리의 변화에 따라서 충실하게 음악적 해석을 하였다. 이와 달리 브람스의 가곡에서는 피아노와 노랫말이 별 갈등 없이 전체적으로 편안하고 비애에 찬 분위기를 그대로 유지하고 있다. 다시 말하면 브람스의 음악적 해석에는, 봄의 명랑한 소리와 죽음에 대한 비탄과 슬픔 사이의 괴리가 드러나지 않은 채 오히려 평화롭고 편안한 애수가 들어 있다.

6) 〈봄에〉

볼프는 〈봄에Im Frühling〉(MG, 16)라는 뫼리케의 3연시에 곡을 붙였고, 이 시에는 볼프를 포함해서 8명의 작곡가가 곡을 붙였다. 볼프의 〈봄에〉(No. 13)는 뫼리케-가곡 가운데 제13곡이다. 볼프의 곡은 피아노 반주를 시작으로 노래를 시작하는데, 유난히 피아노 반주와 노랫말이 서로 대화하듯 멜로디를 주고받는다는 인상을 강하게 준다. 6행으로 이루어진 1연의 1행에서 3행은 천천히 자제된 감정으로 노래하고 4행과 5행은 그런 분위기를 벗어나서 높은 톤으로 노래함으로써 1연에서 서로 대비되는 톤을 보여 주고 있다. 1행에서 3행 "여기 봄의 언덕에 난 누워 있다/ 구름은 내 날개가 되고/ 새가 나보다 앞서 날아간다"는 느리게 노래하고, 피아노 반주가 노랫말과 대화하듯 노랫말이 잠시 쉬면 피아노 연주가 들어가는 형식이다. 여기서는 서정적 자아가 봄날 언덕에 누워 있고, 구름은 그의 날개가 되었는데, 그 날개보다 새가 먼저 날아간다. 그런 전원 풍경 속에서 서정적 자아는 그의 사랑은 어디에 있는지 그 곁에 머무르고 싶다는 심정을 드러내고 있으며 이것은 높은 톤으로 노래 부르고 있다. 4행과 5행에서는 "아, 말하렴, 유일한 사랑이여/ 너 어디에 있는가, 내가 네 곁에 머무르게"라고, 마지막 6행에서는 "하지만 너와 공기들, 너희들은 집이 없다"라고 노래한다. 이어 아주 짧은 피아노의 간주가 들어가면서 2연으로 넘어간다.

6행으로 된 2연에서도 피아노 반주와 노랫말이 대화하듯 멜로디를 주고받는데 1행에서 6행 "해바라기처럼 내 기분이 열린 채/ 그리워하면서/ 확장되면서/ 사랑과 희망으로/ 봄, 너는 무엇을 원했는가?/ 언제 난 진정하게 될까?"는 차분하고 느린 톤으로 노래하고는 피아노의 간주가 들어간다. 이제 서정적 자아의 마음은 열리고, 사랑을 그리워하고 희망으로 확장되는데, 봄은 이런 들뜬 그의 마음을 원하는 것인지, 또 언제쯤 사랑으로 흔들린 마음이 진정될 것인지 자문하고 있다. 더욱이 1행 다음, 짧은 2행 다음, 그리고 4행 다음에 서정적 자아의 질문에 응답하는 듯한 피아노의 연주가 들어간다. 그래서 "심포니와 같은 피아노 반주 주제는 노랫말의 목소리 멜로디와 분리되지 않은 채 전체로 엮이고 있다."(HW, 135) 그리고 4행은 서정적 자아의 기분이 "사랑과 희망으로"확장되는 것을 고양된 톤으로 노래함으로써 강조되고 있다. 2연의 노랫말이 끝나면 호수처럼 잔잔한 피아노 간주가 들어가는데, 이것은 2연 6행 "언제 난 진정하게 될까"라는 노랫말에 대한 응답으로서 이제 잔잔해지는 마음을 묘사하고 있다.

13행으로 이루어진 마지막 3연의 1행에서 6행 "난 구름이 흘러가는 것을 본다, 강물도/ 태양의 황금빛 입맞춤이 몰려온다/ 내 핏속 깊이 안으로/ 눈들이 도취되어서/ 마치 잠이 든 것처럼 행동한다/ 다만 여전히 귀는 벌의 울림 소리를 듣는다"고 노래한다. 여기서 눈에 띄는 점은 4행 "눈들이 도취되어서" 다음, 바로 5행의 첫 단어 "마치"부터 "행동한다"까지 이어서 노래하고는 피아노의 반주가 눈들이 도취되어서 행동한다고 응답하는 형식을 보여 주고 있다. 이렇게 볼프는 뫼리케의 시를 음악적으로 해석할 때 시가 지닌 뜻을 시가 지닌 형식보다도 더 정확하게 보여 주고 있다. 여기서 서정적 자아는 구름과 강물이 흘러가는 것을 보고 밝은 태양이 자신에게 입맞춤하듯 그에게 비치고, 그때 햇빛에 눈이 부셔서 눈을 감게 되는 상황을 묘사하고 있다. 뫼리케는 감각적으로 햇빛이 비추는 것을 태양의 입맞춤이라든가, 입맞춤에 따라 교감이 이뤄져 그의 핏속으로 햇빛이 몰려온다든가, 그로 말미암아 그의 눈은 황홀경에 빠져서 슬며시 눈을 감는 것으로 묘사하고 있다. 이런 시의 분위기가 피아노의 대화하는 듯한 반주를 통해서 노랫말과 더불어 돋보이고 있다.

6행에서는 "다만 여전히 귀는 벌의 울림 소리를 듣는다"라고 노래한 다음 피아노의 간주가 들어간다. 이 간주는 잠시 벌의 윙윙거리는 소리를 연상시킨다. 7행에서 12행은 "난 이것을 생각하고 그것을 생각한다/ 난 그리워하고 무엇을 그리워하는지는 제대로 모르겠다/ 반은 즐거움이고 반은 슬픔이다/ 오 마음이여, 말하라/ 너 기억을 위해 무엇을 잣는지/ 여명의 황금색, 초록 가지들 속으로"라고 노래하는데, 목소리의 톤이 다양하게 들어가서 음악적 변화가 주어지고 있다. 7행과 8행은 느리고 자제된 기본 톤으로 노래하고, 9행에서는 "반은 즐거움이고 반은 슬픔이다"라고 높은 톤으로 노래하고, 10행에서 12행까지는 애잔하게 거의 낭송조에 가깝게 노래한다. 그러니까 7행에서 12행까지는 서정적 자아가 이런저런 생각을 하고, 그리움을 느끼는데, 무엇을 그리워하는지는 뚜렷하게 알 수 없지만 그런 감정은 반은 즐거움이고 반은 슬픔이라고 여긴다. 그러면서 그 자신의 마음에게 여명 속에서 무엇을 기억으로 남기고자 하는지, 곧 즐거움인지 슬픔인지를 말하라고 노래하고 있다. 그리고 마지막 13행에서 답이 나온다. "그건 뭐라 명명할 수 없는 오래된 나날들이다!"라고 노래하고는 곡이 끝난다. 13행의 목소리 톤은 부드럽고 아주 느린 낭송조이다. 끝내 서정적 자아가 절실하게 기억으로 남는 그 감정이 무엇인지를 알려고 하지만 그 답은 알 수 없는 나날들일 뿐이라는 것이 음악적 장식 없이 노랫말로 곡을 끝냄으로써 그 뜻을 극대화하고 있다.

7) 〈오래된 그림〉과 〈기도〉

볼프의 〈오래된 그림Auf ein altes Bild〉(No. 23)은 뫼리케-가곡 가운데 제23곡이다. 볼프는 뫼리케의 아주 짧은 6행시 〈오래된 그림〉(MG, 82)에 곡을 붙였고, 이 시에는 6명의 작곡가가 곡을 붙였다. 짧은 시에 견주어서 볼프는 피아노의 긴 서주, 간주, 후주를 두고 있다. 더욱이 느리고 긴 피아노의 서주를 시작으로 1행에서 4행까지는 "초록 풍경의 만발한 여름 꽃들 속에/ 시원한 물, 갈대, 억새 옆에서/ 그 소년이 얼마나 천진스러운지를 보렴/ 성처녀의 무릎 위에 자유롭게 놀고 있다"고 노래하고는 피아노의 간주가 들어간다. 여기서는 꽃들이 만발한 푸르른 여름날 물가에서 어린 예수가 성모마리아의 품에서 놀고 있는 순진무구한 모습을 표현하고 있으며, 피아노의 간주는 마리아의 품에서 천진하게 노는 아기 예수를 연상시킨다.

5행에서 "숲에는 기쁨이 차 있고"라고 노래하고는 다시 피아노의 간주가 들어간다. 이 간주는 마리아의 품에서 어린 예수가 놀고 있는 숲이 기쁨으로 가득 차 있음을 강조하고 있다. 마지막 6행에서는 "아, 십자가의 계통은 푸르러진다"고 노래하고는 피아노의 긴 후주가 곡을 끝낸다. 곧 6행에서 십자가가 푸르러진다는 것은 희망을 상징하는 것이다. 예수, 마리아, 십자가, 희망을 상징하는 푸르름이 이 시에 나타난 종교적 색채들이다. 뫼리케는 목사 시인이었기 때문에 그에게 이러한 종교성은 자연스러운 일이지만, 볼프의 경우에는 특별히 종교적인 경향을 보이지 않는다. 그럼에도 아랑곳하지 않고 뫼리케의 종교적인 시들 (뫼리케-가곡에서 20번, 21번, 23번, 25번, 26번, 28번)에 곡을 붙임으로써 볼프의 드러나

지 않지만 내면에 도사리고 있는 기독교에 대한 관심을 반영한다
고 해석해 볼 수 있다.

볼프의 〈기도Gebet〉(No. 28)는 뫼리케-가곡 가운데 제28곡이다.
볼프는 뫼리케의 같은 제목의 2연시(MG, 88)에 곡을 붙였고, 이 시
에는 약 35명의 작곡가가 곡을 붙였다. 볼프의 곡은 피아노의 기도
하듯 느리고, 서서히 상승하는 긴 서주로 시작된다. 4행으로 이루
어진 1연에서는 "신이여, 그대가 원하는 것을 보내세요/ 사랑이든
고통이든/ 난 만족합니다/ 둘 다 그대의 손에서 유래하는 것에"라
고 노래한다. 1연에서는 서정적 자아가 신의 뜻에 따른 사랑이든
고통이든 다 만족한다고 종교적으로 지극히 겸손한 자세를 보이고
있다. 이 점은 시인이 시골 목사로서 가졌던 마음가짐을 보여 주는
표현이기도 하다.

5행으로 이루어진 2연의 1행에서 3행까지는 "기쁨으로/ 그
리고 고통으로/ 나를 덮치지 않기를 그대는 바라지요"라고 노래
하고는 피아노의 아주 짧은 간주가 들어간다. 그러니까 신은 서
정적 자아가 기쁨이나 고통으로 흔들리는 것을 바라지 않는다
고 노래하고 있는 것이다. 여기서 피아노의 간주는 잠시 노랫말
의 뜻을 반추하도록 쉬어 가는 뜻을 지니고 있다. 4행 "하지만
그 가운데"를 노래하고 다시 노랫말이 쉬면서 피아노의 짧은 간
주가 들어간 뒤 4행을 반복한다. 그러고는 마지막 4행에서 "성
스러운 겸손이 있습니다"라고 노래하고는 피아노의 우아하고 조
용한 후주가 곡을 끝낸다. 여기에서 볼프는 뫼리케의 특별한 표
현인 "성스러운 겸손"을 강조하는 것이 아니라 그 앞에 있는 4행
"하지만 그 가운데"를 반복해서 노래함으로써 중용의 뜻을 부각
시키고 있다.

비더마이어식의 경건한 시골 목사인 뫼리케의 일상적 표현이자 아주 효과가 풍부한 마지막 구절 '성스러운 겸손'을 작곡가는 자신의 톤으로 장식하고 있다. 곧, 목소리는 당김음으로 이어지는 낭송조를 피하고, 피아노는 완전히 새로운 멜로디로 우아하고 의미심장하게 나타나고 있다.(HW, 140)

8) 〈페레그리나 I〉과 〈페레그리나 II〉

볼프의 〈페레그리나Peregrina I〉(No. 33)는 뫼리케-가곡 가운데 제33곡이다. 볼프는 뫼리케의 같은 제목의 8행시(MG, 67)에 곡을 붙였고, 이 시에는 5명의 작곡가가 곡을 붙였다. 페레그리나는 뫼리케의 소설《화가 놀텐》에 나오는 집시 처녀의 이름인데, 그녀의 모습에는 뫼리케가 20세 때 루트비히스부르크에서 정열적으로 사랑했던 비밀스럽고 낯선 처녀 마리아 마이어의 모습이 투사되어 있으며 자신의 경험을 다섯 편의 페레그리나 시에 표현했는데, 이 가운데 2편에 볼프가 곡을 붙인 것이다.

볼프의 가곡은 피아노의 서주 없이 바로 노랫말이 나오고, 피아노의 간주는 없으나 후주가 곡을 마감하고 있다. 1행에서 8행은 "이 충직한 갈색 눈의 거울은/ 내면 황금의 반사와 같다/ 가슴속 깊이 거울은 그것을 빨아들이는 것 같다/ 저기 그런 황금은 성스러운 원망 속에 번영한다/ 눈빛의 이 밤 속으로 나를 담그도록/ 알지 못하는 애야, 네가 나를 초대하는구나/ 내가 너와 나를 용감하게 불태우기를 바라는구나/ 미소 지으며 나에게 죄의 잔 속에 죽음을 건네는구나"라고 노래한다. 더욱이 5행에서 8행까지 서정적 자아는 그녀와 사랑을 불태우도록 유혹받는데, 그것은 곧 죄의 잔이자 죽음이라는 것을 깨닫는다. 이어 피아노의 잔잔한 후주가 이러한 분위기를 반영하면서 곡을 마감하고 있다.

볼프의 〈페레그리나 II〉(No. 34)는 뫼리케-가곡 가운데 34번째 노래이다. 볼프는 뫼리케의 2연시 〈페레그리나 IV〉(MG, 70)에 곡을 붙였고, 이 시에는 5명의 작곡가가 곡을 붙였다. 볼프의 〈페레그리나 II〉는 〈페레그리나 I〉의 피아노 후주를 피아노 서주가 그대로 이어받아 하나의 연작 형태로 곡이 붙여졌다. 〈페레그리나 II〉는 길고 아름다운 서주와 함께 4행으로 이루어진 1연은 전체적으로 높은 톤으로 "연인이여, 왜 난 너를 생각하는가/ 갑자기 많은 눈물과 함께/ 도무지 만족할 수 없다/ 가슴을 멀리 모든 곳으로 확장시키려 하는가?"라고 노래한 뒤 피아노의 간주가 들어간다. 1연에서는 서정적 자아가 갑자기 눈물을 흘리면서 잃어버린 연인을 생각하고 있다. 더욱이 4행은 아주 높은 톤으로 노래하고 피아노의 간주가 느닷없이 눈물을 흘리는 서정적 자아의 슬픔을 반추하게 만든다.

8행으로 이루어진 2연에는 여러 차례, 거의 각 행마다 피아노의 간주가 들어가고 있다. 1행에서 3행까지 "아, 어제 밝은 어린이용 홀에서/ 꽂아 놓은 촛불들이 화려하게 빛을 발할 때/ 난 소란과 농담 속에 자신을 잊었지"라고 노래하고는 피아노의 간주가 들어간다. 서정적 자아는 어제 밝은 만찬장에서 소란스러움과 여러 사람의 농담을 들을 때는 슬픈 자신을 잊을 수가 있었다. 그런데 4행에서 상황이 바뀐다. 4행 "그대는 걸어오는가, 연민에 찬 아름다운 고통의 형상이여"를 높은 음으로 아주 부드럽게 노래하고 다시 피아노의 간주가 들어간다. 이 간주는 잃어버린 연인의 환영이 나타나고 있음을 연상시킨다. 5행에서는 "그건 너의 영혼이었고 그 영혼이 식탁에 앉았다"고 아주 작고 낮은 톤으로 노래하고는 다시 피아노의 간주가 들어간다. 피아노 간주 또한 아주 낮게 연주되다가

음이 높아지면서 다음 행으로 넘어간다. 그러니까 5행에서는 이제 연인의 환영이 조용히 그와 함께 식탁에 앉은 것이다.

6행에서 "우리는 낯설게, 말없이 행동하며 고통스럽게 앉아 있었다"라고 노래하고 다시 피아노의 간주가 들어간다. 이 간주는 다음 행의 격동적인 분위기를 먼저 예감케 하면서 7행으로 넘어가 "먼저 내가 크게 오열을 터뜨렸다"를 울음이 폭발하듯 터지는 격정적인 낭송조로 노래하고는 피아노의 간주가 들어간다. 8행에서는 "우리는 손에 손을 잡고 그 집을 떠났다"고 조용하고 느린 낭송조로 노래하고는 피아노의 후주가 곡을 마친다. 마지막 피아노의 아주 고요한 후주는 연인을 만난 기쁨에 젖은 채 그녀의 환영에 이끌려서 만찬장을 떠나고 있는 모습을 연상시킨다. 또 피아노의 연주가 노랫말 못지않게 돋보이면서 노랫말의 뜻을 강화하고 있다.

9) 〈그걸 생각하라, 오 영혼이여〉

볼프의 〈그걸 생각하라, 오 영혼이여!Denk'es, o Seele!〉(No. 39)는 뫼리케-가곡 가운데 제39곡이다. 볼프는 뫼리케의 《프라그로 가는 모차르트》에 나오는 2연시 〈그걸 생각하라, 오 영혼이여〉(MG, 67)에 곡을 붙였고, 이 시에는 약 30명의 작곡가가 곡을 붙였다. 이 시에서 뫼리케는 나무들, 장미들과 명랑하게 풀을 뜯는 말들이 있는 전원적 풍경에 직면해서 항상 존재하는 죽음을 경고하고 있다. 볼프의 곡은 대화하듯 어둡고 경쾌한 멜로디의 대비가 들어 있는 피아노 서주와 함께 시작된다. 8행으로 이루어진 1연의 1행에서 4행까지 "전나무 한 그루가 푸르게 서 있다, 거기/ 누가 알까. 숲에서/ 장미 덩굴이라고 누가 말하나/ 어느 정원에서?"라고 노래하고는 잠시 휴지부가 들어간다. 여기서는 숲에 전나무 한 그루가 서 있다고, 정원에 장미 덩굴이 있다고 누가 말하는지 의문을 제기하고 있다. 그래서 휴지부는 이 나무들은 숲이나 정원에 핀 것이 아니라는 긴장감을 잠시 부여하는 효과를 내고 있다. 5행에서 8행까지는 "그것들은 이미 우수한 품질이다/ 그걸 생각하라, 오 영혼이여/ 너의 무덤 위에 뿌리내려진 것을/ 그리고 자라는 것을"이라고 노래한 뒤 주 모티브 멜로디의 피아노 간주가 들어간다. 여기서 죽음에 대해서 생각하라는 경고가 들어가 있는데, 전나무와 장미 덩굴은 무덤가에 뿌리를 박고 무성하게 자라고 있다. 그러니까 이것은 1행에서 4행까지에서 제기한 의문에 대한 답이 되고 있다.

　10행으로 이루어진 2연의 1행에서 4행까지, "두 필 검은 말들이 풀을 뜯고 있다/ 목초지에서/ 그들은 시내에 있는 집으로 돌아간다/ 용감하게 성큼성큼 뛰면서"라고 노래하고는 피아노 간주가 들어간다. 이 피아노 간주는 말이 느리게 뛰는 장면을 표현하고 있으며. 이제 초원에서 풀을 뜯던 두 마리 검은 말이 죽음의 사자로서 성큼성큼 집으로 돌아가는 모습이 강조되어 있다. 5행에서 10행까지 "그들은 차근차근 걸어갈 것이다/ 너의 시체와 함께/ 아마도, 아마도 그 전에/ 그들의 말발굽에서/ 징이 풀려나가 버린 것 같다/ 난 그것이 반짝이는 것을 본다"라고 노래하고는 피아노의 후주가 들어간다. 그러니까 말들은 그냥 집으로 돌아가는 것이 아니라 시체를 싣고 돌아가고 있으며, 말발굽에 박힌 징이 풀려 길에 나뒹구는 것을 서정적 자아가 본다. 더욱이 9행과 10행에서 피아노의 트레몰로 연주가 말발굽에서 풀려나온 징이 햇빛에 반사되어 반짝이는 모습을 보이듯이 생생하게 표현하고 있다. 또한 피아노 후주는 트레몰로 연주에서 다시 주 모티브의 멜로디로 돌아가 길게 연주되면서 곡이 끝난다. 더욱이 볼프는 2연에서 두 번째 경고로서 죽음이 얼마나 가까이 있고 위협적인 것인지를 9행의 피아노 트레몰로 반주와 함께 8행과 9행에서 높은 톤의 역동적인 목소리로 강조하고 있다.

10) 〈불의 기사〉

볼프는 뫼리케의 5연 10행시 〈불의 기사Der Feuerreiter〉(MG, 36~38)에 곡을 붙였고, 이 시에는 5명의 작곡가가 곡을 붙였다. 뫼리케는 화재를 예감하고 냄새를 맡는 사람에 관한 옛 민담에서 유래한 불의 기사와 같은 제목의 시를 썼는데, 그의 시에는 기독교적 특징이 덧붙여졌다. 뫼리케의 담시에는 불의 기사가 성스러운 십자가를 가지고 불을 끄려고 하는 신성모독을 범함으로써 죽고 만다는 이야기로 시의 내용이 이루어져 있다. 볼프의 담시풍 〈불의 기사〉(No. 44)는 뫼리케-가곡 가운데 44번째 노래로서, 이 곡은 말이 급하게 달리듯 빠른 피아노의 서주로 시작을 연다.

1연의 1행에서 4행까지, "너희들은 창가에서/ 저기 붉은색 모자를 다시 보니?/ 그건 섬뜩한 일임에 틀림없다/ 왜냐하면 그는 이리저리 움직인다"라고 다급하고 빠르게 노래하고는 피아노의 간주가 들어간다. 사람들은 붉은 모자를 쓰고 말 탄 불의 기사를 창가에서 보는데, 그의 등장은 뭔가 섬뜩한 일이 일어났다는 사실을 알려 준다. 여기서는 목소리와 피아노가 대화하듯 빠른 박자로 주고받으면서 노래하고 연주하는데, 이로 말미암아 시행의 뜻이 여운을 남기는 효과를 내고 있다. 5행에서 10행까지 "그리고 갑자기 무슨 혼잡인가/ 밭으로 가는 다리 곁에!/ 들어라! 화재의 종소리가 울린다/ 산 너머/ 산 너머/ 방앗간에서 불이 타고 있다"고 노래한다. 사람들은 갑자기 혼잡한 소리를 듣고, 화재의 울림 소리를 듣게 된다. 그리고 8행과 9행은 후렴구로서 "산 너머"에 화재가 발생했다고 외치고 있다. 그리고 10행에서 화재가 난 곳은 산 너머에 있는 방앗간이라는 것이 드러나고 있다. 이어 피아노 간주는 후렴구의 멜로디와 같게 연주되고, 이 간주에는 화재 사실을 다급하게 소리치는 절박함이 표현되어 있다.

2연에서는 2행, 7행 다음 노랫말보다 길게 피아노의 반주가 이어지면서 각 시행의 의미에 대한 여운을 남기고 있다. 1행에서 10행까지 "봐라, 그때 그가 화가 나서 바로 질주한다/ 성문을 통해서, 불의 기사가/ 갈비뼈만 남은 짐승의 등에 타올라/ 소방 사다리로 삼아서/ 들판을 가로질러, 연기, 습기를 지나/ 그는 달리고 있고 그 장소에 당도한다/ 저 너머에선 계속, 계속 소리가 난다/ 산 너머/ 산 너머/ 방앗간에서 불이 타고 있다"고 노래하고는 후렴구와 같은 멜로디를 연주하는 피아노의 빠른 간주가 들어간다. 2연의 8행에서 10행은 1연의 같은 행의 내용과 같으며 여전히 빠르게 노래한다. 여기서는 사람들이 불의 기사가 드디어 화재를 알아차리고 서둘러 성문을 통과해 달리는 것을 보는데, 그는 삐쩍 마른 말을 소방 사다리 삼아서 타고 드디어 불타고 있는 장소에 도착한다.

3연의 1행에서 4행까지 "그는 아주 가끔 붉은 수탉을/ 멀리 떨어진 곳에서도 냄새 맡는다/ 성스러운 십자가의 나뭇조각으로/ 불손하게 불을 끄려고 했다"고 느리게 노래한다. 불의 기사는 가끔은 아주 멀리서 수탉의 냄새를 맡을 만큼 냄새 맡는 일에 능숙하지만 이제 불을 끄는 수단으로 십자가를 불손하게 사용함으로써 그에게 닥칠 파국을 예감케 한다. 5행에서 7행 "슬프다! 지붕 뼈대가 너에게 비웃음을 머금고 있다/ 거기 지옥의 빛 속에 적이 있다/ 네 영혼에 신의 은총이 있기를"이라고 격정적으로 노래하고는 같은 분위기로 피아노의 강렬한 간주가 들어간다. 이제 불의 기사는 신성모독을 범했기 때문에 방앗간 화재로 죽게 되는데, 역설적이게도 서정적 자아는 그의 영혼에 신의 은총이 있기를 바라고 있다. 말할 것도 없이 이것은 그의 죽음 이후 신의 은총을 바란다는 의미이기도 하다. 8행과 9행은 후렴구로서 "산 너머"에 불이 타고 있음을 외치는 노래이고, 10행에서 "불은 방앗간에서 미쳐 날뛴다"고 노래하고는 불이 심하게 타는 장면을 연상시키는 피아노의 빠른 간주가 들어간다.

4연의 1행과 2행까지 "한순간도 불을 멈추지 못한다/ 방앗간이 잿더미 속에서 부숴질 때까지"라고 노래하고는 피아노의 느린 간주가 들어간다. 이제 방앗간이 무너지고 나서야 겨우 화재가 진정된다. 3행에서 7행까지 "하지만 용맹한 기사를/ 사람들은 그 시간 이후 전혀 보지 못했다/ 혼잡 속에 백성들과 마차들은/ 이 모든 경악에서 벗어나 집으로 돌아간다/ 화재 종소리도 울림이 멈춘다"고 노래한다. 방앗간이 잿더미로 변한 뒤 사람들은 용맹한 불의 기사를 보지 못했고 이제 화재를 알리는 종소리도 멈추고, 사람들은 화재의 충격에서 벗어나 집으로 돌아간다. 8행과 9행은 후렴이지만 상황이 종료된 가운데 부르는 구절이기 때문에 "산 너머"에서 10행 "불타고 있다"를 앞의 연들과는 달리 체념한 듯 부드럽게 노래한다. 이러한 볼프의 음악적 해석에서는 8행에서 10행의 뜻이 산 너머에 화재가 발생했는데, 이제 다 탔다는 안도의 느낌을 강하게 주고 있다. 그 밖에 볼프의 곡에서는 피아노의 간주와 더불어 긴 휴지부가 들어간 다음 마지막 5연으로 넘어가는데, 이것은 방앗간이 무너지고 난 뒤 모습이 보이지 않는 불의 기사에 대한 궁금증을 자극하고, 그가 맞은 파국을 강조하는 효과를 준다.

5연의 1행에서 4행까지 "얼마 뒤 방앗간 주인은 발견했다/ 모자를 쓰고 있는 해골을/ 창고 벽에 꼿꼿하게/ 뼈가 앙상한 말 위에 앉아 있는 것을"이라고 슬프고 느리게 노래한다. 피아노 간주 또한 같은 분위기로 연주하고는 5행 "불의 기사여, 얼마나 춥게/ 너는 네 무덤에서 말을 타고 있는가!"를 노래하는데, 여기서는 다양한 변용을 주고 있다. "불의 기사여" 다음에 6행 "너는 네 무덤에서 말을 타고 있는가!"를 아주 낮은 톤으로 노래하고 피아노 간주 또한 짧지만 느리게 들어간다. 이어서 7행은 "쉿! 저기서 재가 떨어진다"고 가장 낮은 톤으로 노래한다. 여기서도 "쉿!" 다음 피아노 간주가 나오고, 7행의 노래가 끝나면 잠시 휴지부가 들어간다. 이러한 볼프의 음악적 해석에는 불의 기사가 죽은 채 말 잔등에 올라타 있다가 이제 재가 되어 땅에 뿌려지는 것의 의미가 강조되어 있다. 그리고 8행과 9행은 같은 내용으로 "잘 쉬렴"이라고 기도하듯 느리고 낮게 노래한다. 10행에서 "저 아래 방앗간에서"라고 느리게 노래하고는 피아노의 느린 후주가 곡을 끝낸다. 볼프의 뫼리케-가곡들의 특징은 남달리 마지막 연에서 음악적 해석과 변용, 강조가 다양하게 이루어지는 점에 있다. 이 가곡에서도 마지막 연의 5행과 7행의 경우, "불의 기사여", "쉿!" 다음에 피아노의 간주가 들어감으로써 기사에게 말을 걸듯 사실적 표현으로 되살아나고, "쉿!"과 같은 의성어를 넣어 담시의 극적 효과를 극대화하고 있다.

11) 〈뭄멜제의 혼령들〉

볼프의 〈뭄멜제의 혼령들Die Geister am Mummelsee〉(No. 47)은 뫼리케-가곡 가운데 제47곡이다. 그는 6연 6행의, 제목이 같은 뫼리케의 담시(MG, 38~39)에 곡을 붙였고, 이 시에는 볼프를 포함해서 4명의 작곡가가 곡을 붙였다. 뫼리케의 담시에는 슈바르츠발트에 있는 뭄멜제에서 호수의 유령들이 그들 왕의 장례를 치르고 있는 광경을 묘사하고 있다. 볼프는 뫼리케-가곡의 마지막 담시로서 〈뭄멜제의 혼령들〉에 곡을 붙였는데, 이 곡은 어둡고 음산한 피아노의 서주로 시작되고 있다. 6행으로 이루어진 1연에서 "자정 늦게 산에서, 저기 뭔가/ 횃불을 들고 아주 화려하게 내려오나?/ 무도회, 연회로 가는 것일까?/ 노래들이 내겐 아주 명랑하게 울린다/ 오, 아니야!/ 자 말하라, 무엇일 수 있는지?"라고 엄숙하게 노래를 시작한다. 목소리의 톤이 크게 바뀌는 부분은 5행 "오, 아니야"이다. 1연에서는 자정 늦게 산에서 내려오는 행렬을 서정적 자아는 처음에 연회장으로 가는 무리라고 여겼고 그들이 부르는 노래가 명랑하다고 느꼈으나 이내 그것이 아니라는 것을 알아차리고 의구심을 드러내게 된다. 그 답은 2연에서 나오는데, 피아노의 간주 없이 1행에서 6행 "네가 저기 보는 것은 장례 행렬이다/ 그리고 네가 저기서 듣는 것은 비탄의 소리다/ 왕에게, 마술사에게 그 고통은 유효하다/ 그들은 그를 다시 짊어지고 간다/ 오, 슬프다!/ 그것들은 호수의 혼령들이다"라고 노래한다. 그러니까 서정적 자아가 본 것은 유령들의 장례 행렬이며, 그가 들은 노래는 비탄에 빠져 애도하는 소리였던 것이다. 이제 호수의 유령들이 호수로 자신들의 왕을 장례 지내러 가는 길이다. 여기서도 5행 "오, 슬프다"는 아주 사실적으로 노래하고 있다.

3연에서는 "그들은 뭄멜제 계곡으로 내려간다/ 그들은 물을 밟았다/ 그들은 물을 건드려도 발은 한 번도 적시지 않는다/ 그들은 낮은 기도를 하면서 시끌시끌하다/ 오, 봐라!/ 관 옆에 빛나는 여인을!"이라고 노래한다. 5행 "오, 봐라!"의 노래는 사실적으로 표현되고 있다. 여기서는 호수의 유령들이 뭄멜제 계곡으로 내려가서 왕의 장례를 치르려 하고 있다. 그들은 호수의 유령이기 때문에 호수의 물을 밟아도 젖지 않으며, 기도 소리로 소란한 가운데 관 옆에는 왕비가 있다. 4연에서는 "이제 호수가 빛나는 초록색 문을 연다/ 조심해라, 이제 그들이 아래로 내려온다/ 살아 있는 계단이 흔들린다/ 그리고 저 아래에선 노래들이 울린다/ 듣고 있는가?/ 그들은 그의 명복을 비는 노래를 하고 있다"고 노래한다. 마지막 6행 "그들은 그의 명복을 비는 노래를 하고 있다"가 이 곡에서 처음으로 반복되고, 또한 처음으로 피아노 간주가 나온다. 이 간주의 고음 멜로디는 마치 하프 소리와 같은 효과를 내면서 호수의 유령들이 왕의 명복을 비는 노래를 부르고 있음을 연상시키고 있다.

5연에서는 "호수 물들, 얼마나 사랑스럽게 타고 빛나는가!/ 초록빛이 된 불 속에서 노닐고 있다/ 해변의 안개도 유령이 된다/ 호수가 바다로 굽이굽이 흘러든다/ 자 조용히!/ 저기선 아무것도 건드리려고 하지 않나?"라고 노래한다. 그러니까 호수에서는 왕의 시신이 잠기면서 불타고 있고, 안개도 어느 사이 호수 유령들의 무리가 되면서 이제 호수는 바다로 흘러들고 있다. 그러면서 조용히 하라고 하는데 아무것도 움직이지 않는다. 6연 1행에서 "가운데에서 움찔거린다. — 오 맙소사, 도와줘요!"라고 고양된 톤으로 노래한다. 2행에서 6행까지 "이제 그들이 다시 온다, 온다/ 갈대에서 붕

붕 우는 소리가 나고 갈대밭에서 소리가 바스락거린다./ 자 서둘러라, 도피해라!/ 거기에서부터/ 그들은 알아채고 나를 날쌔게 붙잡았다"고 노래한다. 6연의 노래는 대체로 아주 높은 톤으로 노래하면서 마지막 6행의 노래 다음 태풍이 몰아치듯 피아노의 빠르고 격동적인 멜로디에서 하강하는 음의 후주로 곡이 끝나고 있다. 여기서는 아무것도 움직이지 않는 것 같았으나 호수 한가운데서 유령들이 움직이고 갈대밭에서 음악 소리를 내면서 돌아온다. 서정적 자아는 재빨리 그곳에서 도망치려 했으나 그들이 그를 날쌔게 붙잡는다. 이로써 그 또한 호수 유령들의 대열에 합류하게 되는 것이다. 전체적으로 섬뜩하고 어두운 극적 분위기가 마지막 연을 통해서 극대화되고 있다.

12) 〈황새의 소식〉

볼프는 뫼리케의 7연 4행시 〈황새의 소식Storchenbotschaft〉(MG, 13~14)에 곡을 붙였고, 이 시에는 3명의 작곡가가 곡을 붙였다. 뫼리케의 시에서는 두 마리의 황새가 목동에게 그가 쌍둥이의 아버지가 될 것을 알린다. 볼프의 〈황새의 소식〉(No. 48)에서는 더욱이 "항상 새롭게 변모하는 불협화음의 피아노 모티브"(HW, 146)가 두드러지고, 다양한 목소리의 톤으로 시어의 뜻을 강조하는 점이 돋보이고 있다. 볼프의 제48곡은 피아노의 평화롭고 전원적 분위기의 서주로 시작되며 이런 분위기가 피아노의 주 모티브를 이루고 있다.

1연은 전체적으로 부드럽게 노래하는데, 1행에서 4행은 "목동의 집, 그건 두 개의 수레바퀴 위에 서 있다/ 초원 위 높이 서 있고, 이르든 늦든/ 그리고 여럿이 숙박을 할 때도/ 목동은 왕과도 그의 잠자리를 바꾸지 않는다"라고 전체적으로 부드럽게 노래한 뒤 주모티브의 멜로디로 피아노 간주가 들어간다. 그러니까 목동의 집은 초원 위 높은 곳 수레바퀴 위에 서 있고, 목동은 자신의 집에 여럿이 함께 자야 할 때도 자신의 잠자리를 왕에게도 내주지 않는다. 2연에서는 "그런데 밤에 그에게 이상한 일이 일어난 것 같았다/ 그는 격언으로 기도하고 귀를 대고 눕는다/ 유령, 마녀, 우스꽝스럽게 생긴 난쟁이/ 그들이 그의 집 문을 두드리지만 그는 응답하지 않는다"고 노래한 뒤 피아노의 간주가 들어간다. 그러니까 어느 날 밤 목동에게 이상한 일이 일어났는데 유령, 마녀, 난쟁이가 그의 집 문을 요란스레 두드린 것이다. 하지만 그는 여전히 잠자리에 누워 기도하면서 문을 열어 주지 않았다.

3연의 1행과 2행은 빠르게 노래하고, 3행과 4행은 느려지다가 아주 부드럽고 느리게 노래하는 톤으로 서로 대비를 이루고 있다. 1행에서 4행까지는 "하지만 한 번, 그는 그 일이 정말로 너무 혼란스러웠다/ 덧문에서 덜컹거리는 소리가 나고, 개들이 짖어 댄다/ 이제 목동은 빗장을 연다 – 이런 봐라!/ 거기엔 두 마리 황새가 서 있다, 수컷과 암컷이"라고 대비되는 톤으로 노래한다. 그러니까 마음이 혼란스럽고, 덧문이 덜컹거리고 개들이 짖어 대는 어수선한 분위기는 빠르게 노래하고, 목동이 빗장을 열자 거기에는 황새 한 쌍이 서 있었다는 부분은 놀람을 반영하면서도 부드럽고 느리게 노래한다. 이어 주 모티브가 변용된 피아노의 간주가 들어가고 있다. 4연에서는 "그 한 쌍은 아름다운 칭찬을 한다/ 아, 그럴 수만 있다면 기꺼이 얘기하고 싶어 한다/ 황새야 내게 뭘 원해? 뭔가 청이 있니?/ 나에게 기쁜 소식이 허락되었나 보다"라고 노래하는데, 더욱이 3행에서 목동이 황새에게 무엇을 원하는지를 물을 때는 높은 톤으로 노래하고 4행에서 그에게 기쁜 소식이 주어질 때는 부드럽게 노래한다. 이와는 달리 피아노 간주는 빠르게 들어가고 있다. 5연에서도 대비되는 톤이 들어가는데, 1행과 2행은 빠르게, 3행과 4행은 느리게 노래하고 있다. 목동이 황새 한 쌍에게 "너희는 저 뒤편 라인 강변에 집이 있니?/ 너희가 내 소녀의 다리를 깨물었니?/ 지금 아이와 어머니를 울게 하니?/ 그녀는 사랑하는 사람이 오기를 원하니?"라고 묻는 노래를 하고는 피아노의 격동적이고 짧은 간주가 들어간다.

6연 또한 대비되는 톤이 들어 있으며 "그리고 세례를 주문하길 원하니?/ 양 한 마리, 소시지 하나, 돈 주머니 하나를 원하니?/ 그러니 말하라, 내가 이틀 낮이나 3일 뒤에 가야 하는지를/ 내 아들에게 인사를 전해 주고 죽을 쑤어 주렴!"이라고 노래한다. 더욱이 3행에서 그가 언제 가야 할지를 말하라는 부분은 아주 높은 톤으로 노래하고, 피아노의 간주 또한 높은 톤으로 연주한다. 목동은 황새 한 쌍이 전하는 소식이란 그가 아들을 얻게 되었다는 것으로 이해하고, 언제 산모와 아이를 보러 가야 할지를 말하라고 하고 있다. 독일에서 보통 황새는 아기(아들)의 탄생을 알리러 오는 새인데, 여기서는 황새 한 마리가 아니라 암컷과 수컷 한 쌍이 그의 집에 나타났다. 이 예사롭지 않은 방문에 대한 답은 다음 7연에서 나오고 있다.

마지막 7연에서는 "잠깐! 너희들 둘은 왜 그렇게 서 있니?/ 바라건대, 쌍둥이는 아니니?/ 그때 황새들은 가장 명랑한 소리를 내고/ 고개를 끄덕이고 절을 하고는 거기서 날아간다"를 두 가지 톤으로 노래한다. 곧 1행과 2행은 아주 느리고 부드러운 톤이고, 3행과 4행은 밝고 명랑한 톤이다. 그리고 4행 황새가 쌍둥이 소식을 목동에게 전하고 떠나는 부분은 반복하는데, 이때는 황새의 축하를 전하듯 아주 높은 톤으로 노래하다가 마지막은 높은 음의 낭송조로 노래한다. 그러고 나서는 명랑한 톤의 피아노 후주로 곡이 끝남으로써 쌍둥이를 얻게 된 목동에게 황새가 그 소식을 기쁘게 전하는 점이 강조되고 있다.

13) 〈작별〉

볼프의 〈작별Abschied〉(No. 53)은 뫼리케-가곡 가운데 마지막 제53곡이다. 볼프는 뫼리케의 같은 제목의 2연시(MG, 140~141)에 곡을 붙였고, 이 시에는 2명의 작곡가가 곡을 붙였다. 볼프의 곡은 피아노 서주 없이 바로 노랫말이 나오고 있다. 11행으로 이루어진 1연의 1행에서 "한 신사가 저녁에 문도 두드리지 않고 내 집에 들어선다"고 빠르게 노래한다. 피아노 반주는 노랫말과는 달리 오히려 문을 두드리고 있다는 인상을 준다. 2행은 "난 당신의 비평가가 되는 영예를 가지고 있습니다"라고 이제 노크도 없이 바로 집안으로 들어선 낯선 비평가가 연극 대사처럼 노래한다. 피아노가 노래의 연극적 톤을 잠시 이어 가다가 이윽고 느리고 무거운 간주를 시작한다.

3행에서 5행은 "그는 급히 손으로 램프를 집는다/ 오랫동안 벽에 비친 내 그림자를 쳐다본다/ 가까이 갔다 멀리 갔다 하면서"라고 부드럽게 노래한다. 이 부드러운 노래로 그 비평가가 벽에 비친 서정적 자아의 그림자를 여러 각도에서 살펴보고 있음을 연상할 수 있다. 5행의 마지막 부분에서 7행까지 "친애하는 젊은이/ 옆에서 그대의 코를 잘 보십시오!/ 그건 이상 발육이라는 것을 인정하겠지요"라고 연극 대사를 하듯 그러나 빠르게 노래한다. 그 비평가에 따르면, 서정적 자아의 코는 기형적인 모양인 것이다. 비평가의 말을 들은 그는 8행에서 "이것 말이오? 이런 확실하군요!"라고 빠른 낭송조로 확인해 준다. 9행과 10행 "아, 난 생각하지 않았다/ 내 평생 동안"은 느리게 노래하고 11행에서는 "이상한 코를 내 얼굴에 달고 있다는 것을"이라고 강한 톤의 낭송조로 노래한다. 이어 피아노의 격정적이고 짧은 간주와 휴지부가 들어간 뒤 2연으로 넘어간다. 여기서는 그가 평생 동안 자신의 코가 기형적인 모양이라고 의식한 적이 없었다.

13행으로 이루어진 2연의 1행에서 4행은 "그 남자는 이런저런 것을 더 얘기했다/ 난 내 명예에 걸고, 더 이상 알지 못한다/ 내가 그에게 고해해야만 하는 것을 뜻했는지를/ 먼저 그는 일어섰고 난 그에게 빛을 비추어 주었다"라고 느리게 노래하고는 피아노 간주 또한 느리게 들어간다. 다만, 3행의 경우 피아노 반주가 노랫말의 느림과 달리 빠르게 연주되면서 "내가 그에게 고해해야만 하는 것을 뜻했는지"의 뜻이 강조되고 있다. 여기서는 서정적 자아가 비평가에게 자신의 코에 대해서 먼저 정보를 주어야 했는지에 대해서 알지 못했으며, 그가 자리에서 일어서자 그의 가는 길에 빛을 비추어 준다. 5행에서 7행까지는, "우리가 계단에 있게 되자/ 그때 난 그에게 아주 기쁜 마음으로/ 작은 발길질을 한다"고 느리게 노래한다. 반면 피아노의 반주는 경쾌하며, 이 경쾌함 속에는 남의 불행을 기뻐하는 마음이 표현되어 있다. 8행에서는 "뒤로 엉덩이에도 함께"라고 노래하고, 이 가운데 "엉덩이에"는 폭발하듯 터지는 고음으로 노래하면서, 피아노 또한 높은 톤의 간주가 들어간다. 이 간주는 비평가의 엉덩이를 걷어찬 것을 기뻐하는 서정적 자아의 마음을 드러내고 있다.

9행에서 13행까지는 "이런 맙소사, 그것은 덜컹거리는 소리가 되었다/ 쿵 넘어지는 소리, 절뚝거리는 소리/ 난 그런 것을 본 적이 없었다/ 내 삶 전체를 통틀어/ 그렇게 빨리 계단을 내려가는 사람을"이라고 노래한다. 9행과 10행은 높은 톤으로 노래하고 11행과 12행은 윤무를 추는 왈츠곡처럼 부드러우면서도 느리게, 13행 "그렇게 빨리 계단을 내려가는 사람을"은 다시 빠르게 노래하고는 피아노 후주가 승리한 듯 빠르고 화려하게 연주되면서 곡이 끝난다. 여기서는 서정적 자아가 그의 집을 나서는 비평가의 엉덩이를 걷어차자 그가 넘어지면서 계단을 굴러간다. 이 모습을 보면서, 그의 생전에 그렇게 계단을 빨리 굴러 내려가는 사람을 본 적이 없다며 전형적인 뱅켈(장돌뱅이) 노래처럼 상대의 약점을 보고 즐거워하는 모습을 보이고 있다. 볼프는 이 승리감과 기쁨을 피아노 후주를 통해서 비엔나 왈츠곡처럼 환호하면서 춤추고 기뻐하는 모습으로 표현하고 있다.

이렇게 53편으로 이루어진 볼프의 뫼리케-가곡에서, 볼프는 좌절과 회의감에서 벗어나 새로운 삶의 활력을 얻는 제1곡 〈병이 나은 사람〉부터 뒤에서 엉덩이를 걷어차여 계단을 굴러가는 모습에 환호하는 악동의 노래인 마지막 제53곡 〈작별〉에 이르기까지 다양한 내용의 시들을 골라 곡을 붙였다. 그리고 그 사이에 있는 가곡들은 민속적이고 신비로운 황홀감을 지닌 시, 다양한 형태의 사랑 시, 아이 같은 명랑함에서 절망의 외침이 담긴 시, 유머와 풍자가 담긴 시, 담시 등에 곡을 붙인 것이다. 이 점에서 볼프는 앞서 언급한 것처럼 뫼리케의 시에만 곡을 붙인 것이 아니라 시인을 음악화했다는 한슬리크의 평가에 동의하게 된다. "후고 볼프는 시에만 곡을 붙인 것이 아니라 시인 뫼리케에 곡을 붙인 것이다."(재인용 RL, 573)

2.4 오트마 쇠크의 뫼리케-가곡들

오트마 쇠크Othmar Schoeck는 뫼리케의 시 45편 이상에 곡을 붙였다. 여기서는 쇠크의 〈페레그리나Peregrina〉(3곡)와 1947년에서 1949년 사이 뫼리케의 시 40편에 곡을 붙인 《성스러운 겸손》(Op. 62) 가운데 8곡을 분석하고자 한다. 쇠크가 곡을 붙이려고 선택한 뫼리케 시들에는 대부분 소수의 작곡가만이 곡을 붙인 특징이 있으며, 쇠크의 《성스러운 겸손》은 볼프와 마찬가지로 연가곡이 아니라 뫼리케의 시들을 주제별로 다룬 것이다.

1) 〈페레그리나〉(3곡)

뫼리케의 5편으로 이루어진 시, 〈페레그리나〉는 쇠크와 볼프가 번갈아서 5편 모두에 곡을 붙였다. 뫼리케의 이 사랑 시에는 더욱이 입맞춤으로 상징되는 사랑의 감각적 표현이 자주 사용되고 있음을 볼 수 있는데, 이 5편의 시 가운데 쇠크는 〈페레그리나〉 II, III, V에 곡을 붙였고, 볼프는 〈페레그리나〉 I과 IV에 곡을 붙였다. 이 점에서 두 작곡가의 〈페레그리나〉는 상호 보완적 역할을 하고 있다. 그러니까 볼프의 〈페레그리나 I〉(No. 33)은 뫼리케-가곡 가운데 제33곡이며, 뫼리케의 8행시 〈페레그리나 I〉(MG, 67)에 곡을 붙인 것이다. 이 시에서는 서정적 자아가 페레그리나와 사랑을 불태우도록 유혹을 받는데, 그것은 곧 죄이자 죽음이라는 것을 깨닫는다.

뫼리케의 7연시 〈페레그리나 II〉(MG, 68~69)에 곡을 붙인 쇠크의 〈페레그리나〉는 《성스러운 겸손》(Op.62)의 제14곡이다. 뫼리케의 〈페레그리나 II〉에는 쇠크를 포함해서 5명의 작곡가가 곡을 붙였다.

쇠크의 곡에는 피아노의 간주와 후주가 들어 있으며 전체적으로 신
비롭고 부드럽게 노래한다. 쇠크의 〈페레그리나〉는 피아노의 구슬
이 굴러가는 듯한 반주를 시작으로 8행으로 이루어진 1연에서 "기
쁨의 방은 예쁘게 장식되었다/ 불이 밝고, 알록달록하고, 그리 덥지
않은 여름밤/ 열린 정원의 천막이 서 있다/ 기둥처럼 쌍을 지어 솟
아나 있다/ 초록색으로 둘러싸인 철의 뱀들/ 12개 기둥, 감긴 목으
로/ 지탱하고 받치면서/ 가볍게 울타리가 쳐진 천막지붕을"이라고
노래하고는 피아노의 잔잔한 간주가 들어가고 있다. 여기서 신혼의
방은 실내가 아니라 여름밤 정원에 쳐 놓은 천막 안에 있으며, 그 천
막의 여러 개의 기둥들은 천막 지붕을 받치고 있다.

11행으로 이루어진 2연에서는 여러 번 피아노의 간주가 들어가
고 있다. 2연의 1행과 2행 "그러나 신부는 여전히 숨어서 기다리고
있다/ 그녀의 집 방 안에서"라고 노래하고는 피아노의 잔잔한 간
주가 들어간다. 이 간주는 왜 그녀가 모습을 드러내지 않은 채 숨
어서 자신의 방에서 그를 기다리고 있는지에 대한 궁금증을 강조
하고 있다. 3행에서 5행 "마침내 결혼 행렬이 움직인다/ 횃불을 들
고/ 장엄하게 말없이"라고 노래한 뒤 피아노의 짧은 간주가 들어
간다. 드디어 횃불을 들고 장엄하고 말없이 결혼 행렬이 움직인다.
그런데 이 결혼 행렬에는 기쁨과 환호, 소란의 분위기는 없고 마치
장례 행렬처럼 고요한 분위기 속에서 움직이고 있는 점이 두드러
지고 있으며, 이 점은 피아노의 짧은 간주를 통해서 더욱 강조되고
있다.

6행에서 11행까지는 "그리고 가운데/ 내 오른손을 잡고/ 검은
옷을 입은 채 신부가 걸어간다/ 진홍빛 천은 아름답게 접힌 채/ 장
식 많은 머리를 휘감고 있다/ 웃으면서 그녀는 간다, 만찬은 이미

좋은 냄새를 풍기고 있다"고 노래하고는 간주가 들어간다. 마침내 만찬과 연회의 좋은 분위기가 피아노 간주를 통해서 강조되고 있다. 이 부분의 노랫말은 결혼 행렬 한가운데 신랑과 신부가 걸어가고, 신부는 검은색 옷을 입고 있으며 장식을 한 머리에는 진홍빛 베일이 드리워져 있고 그녀는 기쁜 마음으로 결혼 만찬장으로 들어가고 있다. 만찬장에서는 맛있는 음식 냄새가 퍼지고 있다. 7행으로 이루어진 3연에서는 "얼마 뒤 향연의 소란 속에서/ 우리는 옆으로 서로 몰래 사라져 버렸다/ 정원의 그늘로 배회하고자/ 덤불 속에서 장미들이 빛을 발하는 곳/ 달빛이 백합 주위에서 반짝이는 곳/ 전나무들이 검은 머리로/ 연못의 거울을 반쯤 가려 버린 곳"이라고 노래한 뒤 피아노 간주가 들어간다. 그런데 신랑 신부는 결혼식 향연이 베풀어지는 동안 그 자리를 몰래 빠져나와 장미가 만발하고, 달빛이 백합 주위를 비추고 전나무들이 연못 수면을 반쯤 검게 가려 버린 밤의 정원을 배회하고 있다.

　2행으로 이루어진 4연은 "거기 비단 같은 잔디밭에서, 아, 마음과 마음이/ 서로 뒤엉킨 것처럼 내 입맞춤이 수줍어하는 입맞춤을 눌러 버렸다"고 노래한다. 그러니까 정원을 산책하던 두 사람은 부드러운 잔디밭에서 입맞춤을 하였다. 그리고 나서 바로 6행으로 이뤄진 5연으로 넘어가서 "샘물은 무심하게/ 풍만한 사랑의 속삭임 옆에서/ 영원히 졸졸 흐르는 소리에 기뻐했다/ 멀리서 우리에게 노래하고 유혹하였다/ 다정한 음성들이/ 플루트와 현악기는 헛되다"라고 노래하고는 피아노의 강하고 다소 화려한 간주가 들어간다. 여기 5연에서는 자연의 소리가 악기의 소리보다 더 유혹적으로 작용하고 있다. 그러니까 멀리 들리는 샘물은 두 사람이 나누는 사랑의 속삭임과 병행해서 졸졸 소리를 내면서 흐르고 있는데, 그 소리가 내는 다양한 음색들은 악기가 내는 음악 소리보다도 더 마음을 끈다. 샘물의 소리에 이끌리는 마음을 피아노의 간주가 강조하고 있다.

6행으로 이루어진 6연에서는 "이내 내 열망을 위해/ 가볍고 사랑스러운 머리가 피곤한 듯 내 무릎 위에 놓였다/ 내 눈은 장난하듯 그녀의 눈을 내리누른다/ 난 잠시 긴 속눈썹을 느꼈다/ 잠이 그녀를 엄습할 때까지/ 나비 날개처럼 위아래로 움직인다"라고 노래한 뒤 피아노 간주가 들어간다. 그러니까 그녀는 그가 바라는 대로 그의 무릎 위에 머리를 대고 누웠고, 그는 장난하듯 그녀의 눈에 자신의 눈을 갖다 대었으며, 그러자 그녀의 속눈썹이 움직이는 것을 느낀다. 그녀는 아직 잠이 들지 않았기 때문에 속눈썹은 나비 날개처럼 파르르 가볍게 위아래로 떨린다. 피아노의 간주는 그가 그녀에게 눈을 갖다 댄 뒤 감각적으로 느낄 수 있는 것을 강조하고 있다. 4행으로 이루어진 7연에서는 "아침 태양이 비치기 전에/ 등불이 신부의 방에서 꺼지기 전에/ 나는 그녀를 깨워서/ 그 묘한 아이를 내 방으로 데려갔다"고 노래한 뒤 피아노의 후주가 곡을 끝내고 있다. 이제 아침이 오기 전에, 등불이 신혼 방에서 꺼지기 전에 잠든 그녀를 깨워서 그의 방으로 데려간다. 여기서 그녀를 묘한 아이라고 표현함으로써 신부에 대한 신비감을 한층 강화하고 있다. 이러한 표현의 배경에는 뫼리케가 잠시 열정적으로 사랑했던 출신을 알 수 없는 마리아 마이어의 비밀스러운 모습이 내재되어 있다. 그녀는 "작지만 저울질할 수 없는 시간으로 뫼리케의 삶에 모습을 드러냈고 혼란을 야기하였다."(Albrecht Goes, 19)

뫼리케의 3연시 〈페레그리나 III〉(MG, 69~70)에 곡을 붙인 쇠크의 〈페레그리나 II〉(Op. 17 No.4)는 《성스러운 겸손》(Op. 62)에 들어 있지 않고 Op. 17의 제4곡이다. 뫼리케의 이 시에는 쇠크를 포함해서 4명의 작곡가가 곡을 붙였다. 쇠크의 〈페레그리나 II〉는 피아노의 화려하고 느린 서주와 함께 노래를 시작한다. 12행으로 이루어진 1연에서 "미혹이 달빛 비치는 정원으로 왔다/ 그건 한때 성스러운 사랑의 정원이었지/ 전율하면서 난 시효가 지난 속임수를 발견한다/ 눈물 흘리는 눈길로 하지만 끔찍스러워하며/ 난 마르고/ 매력적인 소녀를/ 나로부터 멀어지게 했지/ 아, 그녀의 고귀한 이마는/ 수그러졌지, 그녀는 나를 사랑했기 때문에/ 그러나 그녀는 말없이/ 잿빛 세계로/ 떠나갔지"라고 노래하고는 피아노의 간주가 들어간다. 1연에서는 미혹이 서정적 자아의 마음을 사로잡았으나 그녀와 헤어졌고, 그때 그녀는 그를 사랑했기 때문에 이마를 푹 수그리고 말없이 그를 떠났다. 3행으로 된 2연 "그 뒤 아프고/ 상처받고 내 마음은 고통스러워하지/ 결코 그건 낫지 않을 것이다"라고 노래한다. 그러니까 그녀를 떠나보내고 난 뒤로 서정적 자아는 고통스러운 마음을 겪으면서 결코 그 사랑의 상처가 낫지 않을 것이라 여긴다.

이어 피아노의 간주 없이 바로 3연으로 넘어간다. 3연에서는 피아노의 간주가 3번, 곧 3행, 6행, 8행 다음에 들어가고 있다. 9행으로 이루어진 3연의 1행에서 3행까지는 "마술의 끈이 공중에서 실을 잣다가 갔듯/ 그녀로부터 나에 대한, 불안한 인연의 끈이/ 그렇게 물러나고, 고통스럽게 그녀에게로 이끌지"라고 노래한 뒤 피아노의 간주가 들어가고 있다. 여기서는 그녀와 이어져 있던 불안한 인연의 끈은 사라졌으나, 고통스럽게도 여전히 그의 마음은 그녀를 향하고 있다. 이런 서정적 자아의 마음은 피아노의 간주에서 강조되고 있다. 4행에서 6행은 "어떻게? 내가 어느 날 내 문지방에서/ 그녀가 앉아 있는 것을 보았을 때, 아침의 여명 속에/ 그녀 곁에는 여행 보따리가 있고"라고 노래하고 피아노의 간주가 들어간다. 그러니까 어느 날 아침 그의 집 문지방에 여행 보따리를 들고 앉아 있는 그녀와 마주쳤다. 그는 어떻게 된 일인지 의아해하고 있다. 그런 의아한 마음이 피아노의 간주를 통해서 강조되고 있다. 7행과 8행에서는 "그녀의 눈은 나를 솔직하게 쳐다보면서/ 말했지. 내가 다시 여기"라고 노래하고는 피아노의 간주가 들어간다. 그녀의 눈이 그를 쳐다보면서 다시 여기로 온 것이라고 말하는 듯했다. 그런 장면이 피아노 간주에 따라 연상된다. 마지막 9행에서 "먼 세상으로부터 왔어요"라고 노래하고는 피아노의 후주가 곡을 끝내고 있다. 그를 떠날 수밖에 없었던 그녀가 다시 그를 찾아온 것이다.

뫼리케의 2연시 〈페레그리나 IV〉에는 볼프가 곡을 붙였고, 볼프의 〈페레그리나 II〉는 뫼리케-가곡 가운데 제34곡이다. 뫼리케의 〈페레그리나 IV〉에서는 서정적 자아가 잃어버린 연인이 생각나서 눈물을 흘리는데, 여러 사람이 모인 밝은 만찬장의 소란스러움 속에서 여러 사람의 농담을 들을 때는 자신의 슬픔을 잊을 수가 있었다. 그런데 그녀의 환영이 만찬장에 나타나 조용히 그의 곁에 있는 식탁에 앉자 재회의 기쁨에 먼저 그가 울음을 터뜨렸고 그들은 손에 손을 잡고 만찬장을 떠난다.

뫼리케의 4연시 〈페레그리나 V〉(MG, 70~71)에 곡을 붙인 쇼크의 〈페레그리나 I〉 또한 《성스러운 겸손》에 들어 있지 않고 Op. 15의 제6곡이다. 뫼리케의 이 시에는 쇼크를 포함해서 7명의 작곡가가 곡을 붙였다. 쇼크의 〈페레그리나 I〉(Op. 15, No.6)에는 피아노의 서주는 없으며, 피아노의 반주와 함께 4행으로 된 1연에서 "사람들은 말한다, 사랑은 기둥에 묶여 있다고/ 끝내 불쌍하게, 엉망이 된 채,

신발도 신지 않고 걸어간다고/ 이 고귀한 머리는 어디에도 더 이상 쉴 곳이 없다/ 그녀는 눈물로 발의 상처를 적신다"고 노래하고는 피아노의 간주가 들어간다. 그러니까 페레그리나는 엉망이 된 모습으로 가련하게 맨발로 걸어 다니고, 이제 그녀는 그 어디에서도 쉴 곳이 없으며 눈물로 발의 상처를 적시고 있다. 4행으로 이루어진 2연은 "아, 난 페레그리나를 그렇게 찾았다!/ 그녀 망상, 그녀 뺨의 홍조는 아름다웠다/ 여전히 농담하듯 봄의 격정적 분노 속에서/ 머리에는 거친 화환을 두르고"라고 노래한 뒤 피아노의 간주가 들어가고 있다. 서정적 자아는 봄에 페레그리나를 다시 만났는데, 그녀의 머리에는 화환이 얹혀 있었고, 그녀의 망상과 그녀 뺨의 홍조를 아름답다고 여겼다.

3행으로 이루어진 3연에서는 "그런 아름다움을 떠나는 것이 가능했나?/ 옛 행복이 더 매력적으로 그렇게 돌아온다!/ 오, 오렴, 이 팔로 너를 붙잡도록!"이라고 노래한다. 여기서는 서정적 자아가 다시 찾은 연인을 더 매력적이라 여기고, 그녀가 지닌 아름다움을 떠나는 것이 가능하지 않다고 받아들인다. 그래서 그의 품에 안기러 오라고 그녀에게 권유하고 있다. 이번에는 피아노의 간주 없이 바로 3행으로 이루어진 4연으로 넘어간다. "하지만 아, 아, 이 시선은 나에게 무엇인가?/ 그녀는 사랑과 미움 사이에서 나에게 입맞춤한다/ 그녀는 멀어지고 결코 나에게 돌아오지 않는다"고 노래하고는 피아노의 잔잔하고 짧은 후주가 곡을 끝내고 있다. 4연에서 그녀는 그에게 와서 한편으로는 여전히 그를 사랑하고 다른 한편으로는 미워하면서 그에게 입맞춤하고는 끝내 그를 떠난다.

2) 〈내 강〉

쇠크의 〈내 강Mein Fluß〉은 《성스러운 겸손》의 제9곡이다. 쇠크는 뫼리케의 같은 제목의 6연 7행시(MG, 22~23)에 곡을 붙였고, 이 시에는 쇠크 이외에 다른 한 명의 작곡가가 더 곡을 붙였다. 쇠크의 곡은 피아노의 화려하고 짧은 서주와 함께 시작되며 간주는 없고 후주만 서주처럼 화려하게 연주되면서 곡이 끝난다. 쇠크의 뫼리케 가곡 가운데서 아주 드물게 피아노의 화려한 반주가 돋보이는 곡이다. 1연에서는 "오, 강이여, 아침 햇살에 젖은 내 강이여!/ 받아들이렴, 받아들이렴/ 동경에 가득 찬 육신을/ 그리고 가슴과 뺨에 입맞춤하렴/ 강은 내 가슴 위로 올라오는 것을 느낀다/ 사랑의 즐거운 전율로 차가워진다/ 그리고 환호하는 노래로"라고 노래한다. 여기서는 서정적 자아가 강과 하나가 되고 있는데, 그는 아침 햇살에 젖은 강에게 그의 동경에 찬 육신을 받아들이고 그의 가슴과 뺨에 입맞춤하라고 말한다. 강물은 그의 가슴 위로 출렁거리고 이로 말미암아 사랑의 전율과 환호로 서늘해진다. 강물의 차가운 속성 때문에 아무리 사랑의 열정과 즐거움이 크다 하더라도 가슴은 뜨거워지지 않고 늘 차갑다. 1연에서는 신비스럽게도 강이 그를 받아들이면서 그의 강이 된다.

2연에서는 "황금빛 태양이/ 방울져 내 곁에서 미끄러져 내려간다/ 물결이 이리저리/ 바쳐진 지체들을 흔든다/ 난 팔을 펼쳤다/ 팔은 나를 향해서 서둘러 온다/ 잡았다가 다시 나를 놓아준다"고 노래한다. 여기서는 황금빛 태양이 강물에 비치고 물결이 그의 몸을 이리저리 흔들거리게 하자 그는 팔을 펼쳤으나 다시 물결에 실려 다시 제자리로 돌아왔다 다시 풀려났다를 반복한다. 3연은 "내 강물이여, 왜 너는 그렇게 중얼거리느냐?/ 넌 옛날부터/ 너와 관련된 이상한 동화가 있다/ 그리고 그것을 말하려고 애쓴다/ 넌 너무 서두르고 너무 달려간다/ 마치 나라를 온통 싸돌아다닐 듯이/ 그 때문에 누구에게 물어야 할지 사람들은 모른다"고 노래한다. 그러니까 옛날부터 강물에 관해 이상한 동화가 있었고 그것을 말하려고 애쓰지만, 너무 서두른 데다 나라 안을 온통 헤집고 다녀서 그것에 관해 누구에게 물어야 할지 알 수 없게 만든다.

4연 "하늘은 푸르고 아이처럼 순진무구하다/ 물결이 노래하는 곳에선/ 하늘이 너의 영혼이다/ 나로 하여금 그것을 사로잡게 하렴!/ 난 정신과 감각으로/ 깊은 푸르름을 지나 물속으로 잠긴다/ 그것을 획득할 수는 없다"고 노래한다. 4연에서 하늘은 푸르고 순진무구하며 물결이 노래하는 곳에서는 하늘이 강의 영혼이며, 서정적 자아는 정신과 감각으로 푸른 강물 속으로 깊이 잠기지만 그 하늘의 푸르름은 얻지 못한다. 5연에서는 "무엇이 그토록 깊고, 무엇이 그처럼 깊은가?/ 오직 사랑만이/ 사랑은 지치지 않으며 결코 싫증 나지도 않는다/ 그 순환하는 빛과 함께/ 내 강물아, 부풀어라, 일어나라!/ 전율로 나를 덮치렴!/ 내 삶을 네 삶 주위로"라고 노래한다. 오직 사랑만이 강물처럼 깊고, 강물처럼 순환되어서 지치지도 싫증 나지도 않는다. 이제 서정적 자아에게 강물과 사랑은 같은 개념이 되어서, 강물이 그를 덮쳐 그와 강물이 서로 하나의 삶이 되길 소망한다.

6연에서는 "너는 알랑거리면서 나를 배척하는구나/ 네 꽃의 문지방으로/ 그렇게 네 행복을 지녀라/ 너의 물결 위에서 흔들거리렴/ 태양의 화려함, 달의 고요함 속에/ 넌 수천 번이나 헤맨 끝에/ 영원한 모태의 원천으로 돌아간다"고 노래한 뒤 서주와 마찬가지로 피아노의 화려한 후주가 곡을 끝내고 있다. 6연에서는 서정적 자아의 바람과 달리 강물이 살랑거리면서 그를 밀어내고 그렇게 강물은 자신의 행복을 유지하고, 화려한 태양과 달의 고요함 속에 흔들리는 물결과 함께 영원한 강의 원천으로 돌아간다. 끝내 서정적 자아와 강이 서로 하나가 되는 신비한 체험은 좌절되지만 화려한 피아노 후주는 마치 도도한 강물의 위용을 강조하듯 노랫말과 서로 대비를 이루고 있다.

3) 〈포장되지 않은 물건〉

쇠크는 뫼리케의 16행시 〈포장되지 않은 물건Lose Ware〉(MG, 57~58)에 곡을 붙였고, 이 시에는 쇠크를 포함해서 2명의 작곡가가 곡을 붙였다. 쇠크의 〈포장되지 않은 물건〉은 《성스러운 겸손》의 제10곡이다. 쇠크의 이 가곡은 담시 가곡처럼 극적인 목소리에 의존한 음악적 해석을 하고 있으며, 짧지만 피아노의 서주와 후주가 들어 있다. 잉크 파는 소년과 신사의 대화가 시의 주 내용을 이루고 있고, 마찬가지로 쇠크의 음악적 해석에는 목소리의 톤을 달리하여 소년과 신사가 대화하듯 노래하면서도 극적 역동성이 들어 있다. 이 곡은 피아노의 빠른 서주를 시작으로 1행에서 4행까지 "잉크, 잉크, 누가 필요로 하나요? 난 아름다운 검은색 잉크를 팝니다/ 한 소년이 밝은 거리를 이리 오르고 저리 오르면서 소리쳤다/ 웃음 띤 그의 빛나는 눈길이 위층 창가에 있는 나와 마주친다/ 내가 그것을 사기도 전에, 그 소년은 집 안으로 서둘러 들어온다"고 노래한다. 1행과 2행은 잉크 파는 소년이 거리를 오르내리면서 외치는 소리이고, 3행과 4행에서는 그 소년이 창가에 서 있는 신사와 눈길이 마주치자, 청하지도 않았는데 그의 집 안으로 들어온다.

5행에서 8행까지는 "소년아, 아무도 너를 부르지 않았다!/ 나리, 제 물건을 시험해 보시라고요/ 그는 등에서 통을 기민하게 이리저리 움직였다/ 그때 반쯤 찢어진 재킷은 약간/ 어깨에서 밀려나고 날개 하나가 밝게 빛을 발한다"고 노래한다. 여기서 신사가 소년에게, 물건을 사겠다고 하지도 않았는데 집 안으로 들어온 것에 대해서 질책하자 소년은 자신의 물건을 시험해 보라고 하면서 등에 짊어지고 있는 통을 흔들어대었고, 그의 재킷은 어깨에서 밀려나면서 그 사이로 날개 한쪽이 드러난다. 그러니까 이 잉크 파는 소년은 예사로운 인물이 아니다. 9행에서 13행까지는 "이런, 얘야, 장사할 때의 펜 쓰는 법을 보여 주겠니?/ 사랑의 신 아모르, 위장한 녀석 같으니라고! 내가 널 쥐어뜯어야 하나?/ 그는 미소 지으며, 자신을 드러내면서 입술 위에 손가락을 갖다 댄다/ 조용히! 그것들은 관세를 내지 않았어요 – 내 장사를 방해하지 마세요!/ 그 통을 주세요, 내가 그것을 공짜로 가득 채워 드리죠. 그러면 우리는 친구로 남겠지요!"라고 노래한다. 그러니까 그 소년은 사랑의 신 아모르였으며, 그는 자신의 신분을 감추고자 신사에게 공짜로 잉크를 통에 가득 채워 줄 테니 친구가 되자고 제안한 것이다. 14행에서 16행까지 "그렇게 말한 대로 행하고는 그는 문밖으로 슬며시 나간다/ 하지만 그는 나를 인도하였다. 난 뭔가 유용한 것을 쓰고자 한다/ 그러면 바로 한 편의 사랑의 편지가 되고, 바로 한 편의 에로틱한 사랑의 글이 된다"고 노래한 뒤 피아노의 후주로 곡을 끝내고 있다. 이제 신사는 소년으로 변장한 사랑의 신의 제안을 받아들였는데, 그는 소년이 건네주는 잉크 펜으로 사랑의 편지, 그것도 에로틱한 사랑의 글을 쓰고 싶기 때문이었다.

4) 〈자매들〉

쇠크의 〈자매들Die Schwestern〉은 《성스러운 겸손》의 제12곡이
다. 쇠크는 뫼리케의 같은 제목의 5연 4행시((MG, 34~35)에 곡을
붙였고, 이 시에는 쇠크를 포함해서 9명의 작곡가가 곡을 붙였
다. 쇠크의 곡은 피아노의 서주 없이 노래가 시작되는데, 1연에
서는 "우리 둘은 자매이다, 우리들은 아름답고/ 얼굴도 아주 닮
았지만/ 계란처럼 서로 닮지는 않았다/ 별자리도 서로 닮지 않았
다"고 노래한다. 여기서 두 자매는 아름다우며 얼굴은 닮았지만
달걀처럼 닮지도 않았고, 별자리도 달랐다. 이어 피아노의 간주
없이 2연으로 넘어간다.

2연에서는 "우리들은 자매이다, 우리들은 아름답고/ 우리는 밝
은 갈색 머리카락을 지니고 있다/ 너는 그들의 머리를 땋는다/ 사
람들은 그들을 영원히 알지 못한다"고 노래한다. 그러니까 두 자매
는 밝은 갈색 머리를 땋고 있으며 사람들은 두 자매에 대해서 알지
못한다. 이어 3연에서는 "우리들은 자매이다, 우리들은 아름답고/
우리는 같은 옷을 입는다/ 초원에서 산책하고/ 손에 손을 잡고 노
래한다". 4연에서는 "우리들은 자매이다, 우리들은 아름답고/ 우리
는 베틀을 짠다 그리고 시합한다/ 우리는 방추 옆에 앉아 있다/ 그
리고 한 침대에서 잠을 잔다"고 노래하고는 피아노의 후주가 들어
간다. 4연 2행의 경우, 뫼리케의 시에서는 "우리는 지지 않으려 하
면서 베틀을 짠다"고 되어 있어 서로 경쟁하듯 두 자매가 베틀을
짜는 의미이지만 쇠크의 가곡에서는 두 자매가 베틀을 짜고 그 결
과는 서로 경쟁한다는 의미로 뉘앙스가 다소 차이가 있다. 그리고
4연에는 이 가곡에서 유일하게 피아노 간주가 들어가 있다. 이어 5

연에서는 더 부드럽게 노래 톤이 바뀌면서 "너희 아름다운 두 자매여/ 나뭇잎이 서로를 향하듯/ 너희들은 서로 사랑하는구나/ 이제 노래는 끝났다"고 노래한 뒤 피아노의 후주가 곡을 마감하고 있다. 그러니까 두 자매가 서로 사랑하는 것으로 그들에 관한 노래는 끝나고 있다.

　　　5) 〈아름다운 로트라우트〉

　쇠크는 뫼리케의 4연 8행시 〈아름다운 로트라우트Schön Rohtraut〉 (MG, 30~31)에 곡을 붙였고, 이 사랑 시에는 약 20명의 작곡가가 곡을 붙였다. 쇠크의 같은 제목의 가곡은 《성스러운 겸손》의 제13곡이다. 뫼리케의 시에서는 각 연의 마지막 행은 같은 내용 "내 마음이여, 조용히 침묵해라!"로 되어 있다. 쇠크의 이 사랑 노래에는 드물게 피아노의 서주, 간주, 후주가 들어 있다.

　피아노 서주를 시작으로 1연에서는 "링강 왕의 딸 이름은 무엇인가?/ 로트라우트, 아름다운 로트라우트/ 그녀는 하루 종일 무엇을 하나?/ 그녀는 실을 잣지도 않고 바느질도 좋아하지 않는데/ 낚시질하고 사냥한다/ 낚시질하고 사냥하는 것은 날 즐겁게 한다/ 내 마음이여, 조용히 침묵해라!"고 노래하고는 피아노의 간주가 들어간다. 여기서는 왕의 딸 로트라우트는 실을 잣거나 바느질은 좋아하지 않으며 오히려 낚시질과 사냥을 좋아한다. 그래서 아름다운 왕의 딸을 좋아하는 서정적 자아가 그녀와 함께 낚시와 사냥을 하고 싶어 하는데, 그런 마음을 들키지 않도록 스스로 자제한다. 그러고 나서는 피아노의 간주가 8행 "내 마음이여, 조용히 침묵해라!"를 강조하고 있다. 2연에서 "잠시 뒤에/ 로트라우트, 아름다운 로트라우트/ 링강의 성에서 그 소년이 시중을 든다/ 사냥꾼의 복장으로 그리고 말이 있다/ 그녀와 함께 사냥할/ 오, 내가 왕의 아들이라면!/ 로트라우트, 난 아름다운 로트라우트를 아주 좋아한다/ 내 마음이여, 조용히 침묵해라!"고 노래하고는 피아노의 간주가 들어간다. 여기서는 서정적 자아가 사냥꾼 옷을 입고 성에서 공주의 시중을 드는 소년이 되어 있다. 공주를 좋아하는 그는 그녀와 함께 사냥을 떠날 말도 있다. 그러면서 이번에는 자신이 왕자라면 좋겠다는 소망을 품는데, 그런 마음이 드러나지 않도록 조용히 침묵하며 조심하고 있다.

3연에서는 "그들은 한때 떡갈나무 곁에서 쉬었다/ 그때 아름다운 로트라우트가 웃는다/ 무엇 때문에 넌 날 그토록 황홀하게 쳐다보니?/ 네가 나를 마음에 두고 있다면 나에게 입맞춤하렴!/ 아! 소년은 놀랐다!/ 그는 생각한다, 나에게 그것이 허락되었구나/ 아름다운 로트라우트의 입술에 입맞춤한다/ 내 마음이여, 조용히 침묵해라!"고 노래하고는 피아노 간주가 들어간다. 더욱이 여기 3연에서는 여러 가지 서술 관점이 들어 있는데, 하나는 소년과 로트라우트의 대화가 간접적으로 들어 있는 것이고, 다음은 제삼자적 시각이 들어 있고, 또 소년이 스스로에게 말을 거는 1인칭 화법도 들어있다. 그래서 1행과 2행은 제삼자적 시각으로 되어 있고, 3행과 4행은 공주 로트라우트가 소년에게 하는 말이고, 5행은 다시 제삼자적 시각, 6행과 7행은 제삼자적 시각과 소년의 1인칭 관점이 혼합되어 있고, 8행은 후렴처럼 1인칭 관점으로, 서정적 자아가 스스로에게 하는 말로 이루어져 있다.

마지막 4연 "그리고 그들은 말을 타고 말없이 집으로 돌아갔다/ 로트라우트, 아름다운 로트라우트/ 소년은 마음속으로 환호한다/

넌 오늘 (내게) 황비가 될 것이다/ 내 마음을 다치게 하지 않는다면/ 숲에서 너희 수천 개의 잎들은 안다/ 내가 아름다운 로트라우트에게 입맞춤했다는 것을/ 내 마음이여, 조용히 침묵해라!"고 노래하고 피아노의 짧은 후주가 곡을 마감하고 있다. 여기서는 소년이 숲에서 공주와 입맞춤한 것에 대해 크게 기뻐하면서 공주와 함께 사냥을 끝내고 말을 타고 성으로 돌아가고 있다.

6) 〈요한 케플러〉

쇠크는 뫼리케의 18행시 〈요한 케플러Johann Kepler〉(MG, 54)에 곡을 붙였고 이 시에는 쇠크만이 곡을 붙였다. 뫼리케는 자연철학자, 수학자, 천문학자, 신학자였던 요하네스Johannes 케플러(1571~1630)에 시를 붙인 것이다. 쇠크의 〈요한 케플러〉는 《성스러운 겸손》 가운데 제23곡이다. 쇠크의 가곡에서는 피아노가 극히 제한적으로 음악적 해석에 쓰이는데, 이 곡에서도 피아노가 노랫말의 반주 역할로 제한되고 있다. 1행에서 6행 "어제, 난 밤의 야영지에서 동쪽에 뜬 별을/ 거기 붉은 빛을 띠고 있는 그 별을 오래 관찰했을 때/ 그 별의 궤도를 재던 그 남자를 생각했다/ 신으로부터 자극을 받아 천상의 의무에 헌신하였고/ 지속적인 근면으로 가난의 혹독한 가시와 화해하면서/ 그것을 무시하려는 노력은 헛되었다"고 노래한다. 그러니까 서정적 자아는 그의 야영지에서 붉은 빛을 띠고 있는 동쪽에 뜬 별을 가만히 지켜보다가 천문학자 요한 케플러를 기억해 냈다. 그는 그 별의 궤도를 과학적으로 재려 했으며, 천문학에 부지런히 헌신하였으나 가난은 늘 그를 괴롭혔다.

다음 7행에서 12행은 "내 마음은 우울함에 사로잡혔다. 아, 나는 생각했다/ 천상의 힘들은, 마이스터여, 그대의 더 나은 운명을 알지 못했는가?/ 시인이 영웅을 고르는 것처럼 호메로스가 아킬레우스를 선택해서/ 고귀한 사람에게 감동하여, 노래로 그를 아름답게 찬양하였듯/ 그대는 각 천체로 힘을 집중하였고/ 그 강력한 궤도는 그대에게 영원한 노래였다"고 노래한다. 여기서 서정적 자아는 가난했던 케플러를 생각하면서 우울한 마음이 들었고, 그는 더 나은 운명을 알지 못했는가 물으면서 시인이 영웅을 고르듯, 스스로 선택해서 별 연구를 했으며 그 길은 그에게 영원한 노래와 같은 것이었다. 13행에서 18행은 "하지만 어느 신도 자신의 황금 의자에서 내려와/ 성스러운 노래에 귀 기울이면서 그를 구원하러 오지 않았다/ 더 높은 힘이 그의 어두운 나날들을 정해 놓았고/ 인간의 운명은 결코 너희 별들을 감동시키지 못했다/ 너희들은 그 현자 아니면 바보의 머리 위에서/ 너희의 성스러운 길을 영원히 태연히 가지"라고 노래한다. 그러니까 힘들고 어려운 삶을 사는 이 천문학자에게 어느 신도 도움을 주지 않았고, 그의 노력도 별들을 감동시키지 못했으며, 별들은 현자인지 바보인지 알 수 없는 그의 머리 위에서 그 궤도를 영원히 돌 뿐이다. 이렇게 노랫말이 끝나면 피아노의 잔잔한 후주가 곡을 마무리한다.

7) 〈위로〉와 〈기도〉

쇠크의 〈위로Trost〉는 《성스러운 겸손》 가운데 제29곡이다. 쇠크는 뫼리케의 같은 제목의 3연시(MG, 72)에 곡을 붙였고, 이 시에는 쇠크를 포함해서 2명의 작곡가가 곡을 붙였다. 이 곡에는 피아노의 서주, 간주는 없으며 후주만 아주 짧게 들어가 있다. 12행으로 이루어진 1연에서 "그래, 내 행운이여, 그건 오래 함께했지/ 그리고 마침내 나를 떠났다!/ 그래, 난 가장 사랑하는 친구들을 본다/ 어깨를 으쓱하며 나를 피하는/ 그리고 은혜로운 신들은/ 가장 잘 도움을 줄 줄 알았던/ 조롱하면서 등을 돌렸다/ 무엇을 시작해야 하나? 내가 뭔가/ 평생 원하던 대로/ 재빨리 선물과 칼을 붙잡아야 하나?/ 그건 멀리 있다! 아마도/ 마음속에서 조용히 붙잡아야만 할지도 모른다"고 노래한다. 그러니까 1연에서 보면 서정적 자아에게 행운은 오래 함께 있다가 가 버렸다. 가장 사랑하는 친구들도 그를 피하고, 은혜로운 신들조차도 그를 비웃으면서 등을 돌려 버렸다. 이제 그는 무엇으로 위로를 얻어야 할지 당황스러워하고 있다.

8행으로 이루어진 2연에서는 "난 내 마음에다 대고 말했다/ 우리를 단단히 붙잡게 하라고/ 우리는 서로를 알고/ 마치 제비가 자기 둥지를 알듯이/ 치터가 가인을 알듯이/ 칼과 방패가 서로를 알아보듯이/ 방패와 칼은 서로 사랑한다/ 그런 한 쌍, 누가 그것을 나눌 수 있겠는가?"라고 노래한다. 그러니까 서정적 자아가 믿을 수 있는 건 오직 자신의 마음뿐이다. 그것은 제비가 자기 둥지를 아는 것과 같고, 현악기 치터가 가인을 알아보는 것과 같고, 칼과 방패가 서로를 알아보는 것과 같다. 그래서 어느 누구도 한 쌍인 방패와 칼을 나눌 수 없는 것처럼 그와 그의 마음은 나눌 수 없다고 노래하고 있는 것이다. 마지막 3행으로 이루어진 3연 "내가 이 말을 했을 때/ 내 마음은 가슴속에서 기뻐 펄쩍 뛰었지/ 여전히 울고 있었던 마음이"라고 노래하고는 피아노의 후주가 그의 즐거운 마음을 연상시키면서 아주 짧고 부드럽게 곡을 끝낸다. 이 3연에서는 서정적 자아가 친구들도 신도 그에게 등을 돌렸지만 스스로 마음을 추스르고 위로를 찾은 것이다.

쇠크는 뫼리케의 2연시 〈기도Gebet〉(MG, 88)에 곡을 붙였다. 쇠크의 〈기도〉는 《성스러운 겸손》 가운데 제33곡이며, 《성스러운 겸손》이란 제목은 바로 이 시 2연 마지막 5행에 나와 있는 시어에서 발췌한 것이다. 높은 톤의 피아노 서주와 함께 1연에서는 서정적 자아가 신의 뜻에 따른 사랑이든 고통이든 다 만족한다고 종교적으로 지극히 겸손한 자세를 보이고 있다. 피아노의 간주 없이 바로 2연으로 넘어간다. 5행으로 이루어진 2연의 1행에서 3행은 "기쁨으로/ 그리고 고통으로/ 나를 덮치지 않도록 그대는 바라지요"라고 노래한 뒤 피아노의 간주가 들어간다. 4행 "하지만 그 가운데"는 부드럽게 노래하고 5행 "성스러운 겸손이 있습니다"는 더욱 부드럽게 노래한 뒤 피아노의 후주가 곡을 끝내고 있다.

볼프의 같은 제목의 가곡에서는 피아노의 기도하듯 느리고 서서히 고양되는 긴 서주로 시작된다. 쇠크는 볼프와 마찬가지로 1연 다음 피아노의 간주 없이 바로 2연으로 넘어가고 있다. 2연에서 피아노 간주가 3행 다음 들어가는 것 또한 쇠크와 볼프가 비슷한 음악적 해석을 했으나, 4행과 5행의 해석은 다르게 나타나고 있다. 볼프는 4행 "하지만 그 가운데"를 노래하고 다시 노랫말이 쉬면서 피아노의 짧은 간주가 들어간 뒤 4행을 반복해서 노래한다. 그러고 나서 마지막 행 "성스러운 겸손이 있습니다"를 노래하고 피아노의 우아하고 조용한 후주가 곡을 끝내고 있다. 여기에서 볼프는 뫼리케의 특별한 표현인 "성스러운 겸손"을 강조하는 것이 아니라 그 앞에 있는 4행을 반복 노래함으로써 그 뜻을 부각시키고 있다. 이와 달리 쇠크의 경우, 마지막 5행은 시어의 의미처럼 겸손함을 드러내면서 곡을 끝내고 있다.

8) 〈우라흐 방문〉

쇠크는 뫼리케의 12연 8행시 〈우라흐 방문Besuch in Urach〉(MG, 18~21)에 곡을 붙였고, 이 시에는 쇠크만이 곡을 붙였다. 쇠크의 〈우라흐 방문〉은 《성스러운 겸손》 가운데 제40곡이다. 이 곡은 한 편의 길고 낭만적인 음악 서정시라 할 수 있으며, 뫼리케 시에 곡을 붙인 다른 여느 가곡들과는 달리 피아노의 적극적 역할을 통해서 긴 노랫말이 지루하지 않도록 적절하게 역할 분담을 하고 있다.

피아노의 서주, 간주, 후주가 들어 있으며 1연은 부드럽고 낭만적인 피아노 서주가 있고 나서 시작된다. 8행으로 이루어진 1연에서는 "거의 꿈인 것처럼 나에게 일어났다/ 내가 좋아한 이 계곡을 헤맨 것이/ 내 눈이 본 것은 기적이 아니다/ 땅이 흔들리고 대기와 다년초 식물들이 웅성거린다/ 수천 개의 초록 거울들에서/ 웃으면서 나를 혼란스럽게 만드는 과거의 시간이 지나가는 듯하다/ 진실은 여기선 시가 되고/ 내 자신의 모습은 낯설고 숭고한 얼굴이 된다!"고 노래한다. 그러니까 1연에서는 서정적 자아가 익숙한 곳이자 가장 좋아하는 우라흐 계곡에서 길을 잃은 것은 꿈같은 일이고, 땅이 흔들리고 대기와 식물들이 웅성거리는 듯하고 그를 혼란스럽게 만들었던 지난 시간들이 그냥 지나가는 듯하고, 여기선 진실한 것이 시가 되고 갑자기 자신의 모습이 낯설어지고 오히려 숭고한 얼굴로 바뀌는 경험을 하게 된다.

2연에서는 "거기서 너희들은 모두 다시 기운을 얻었다/ 양지바른 바위들이여, 옛 구름의 의자들이여!/ 숲에는 정오에도 거의 빛이 비추기 어려운데/ 그늘은 발삼 향기가 가득한 무더위와 합쳐진다/ 너희들은 나를 아직 아는가, 여기로 도피해 온 자인/ 이끼에서 달콤하게 졸리는 감정들에서/ 모기의 윙윙거리는 소리가 귀에 울려오고/ 아, 너희들은 날 아는가, 내 앞으로 도망 오고자 하는가?"라고 노래한다. 2연에서는 구름들도 잠시 쉬어 가는 의자 같은 바위들은 햇빛으로 말미암아 다시 기운을 얻게 되고, 숲에는 한낮에도 해가 비치는 일이 드물고, 그곳에선 그늘이 무더위와 합쳐지곤 한다. 서정적 자아는 이곳으로 도피한 자신을 자연이 알아보는지를 물으면서 이끼가 낀 곳에서 달콤한 기억을 회상하는데, 모기가 윙윙거리는 소리를 듣고, 이번에는 모기들이 그에게 달려드는 것을 두고 그가 누구인지를 알고 그에게 도피해 오려고 하는 것이냐고 묻는다.

3연에서는 "여기 덤불 하나, 각 줄기는 덫이 되고/ 사랑스러운 관찰을 하면서 나를 휘감고 있다/ 어떤 벽도, 어떤 나무도 너무 시시하지 않아서/ 완전히 우울함에 사로잡힌 내 시선은 거기에 기대지 않는다/ 각기 나에게 반쯤 잊힌 것들을 말한다/ 난 느낀다, 고통과 기쁨에 따라 내몰리는 것 같은/ 눈물이 멈추고 내가 지체 없이/ 망설이고, 싫증 내고, 갈증을 느끼며 서둘러 감으로써"라고 노래한다. 여기서는 덤불 줄기가 그를 휘감고 여전히 그는 슬픈 느낌에 사로잡혀 있으며 이곳의 각 사물은 그가 잊어버린 것들을 기억하게 하고, 고통과 동시에 기쁨을 느끼면서 지체 없이 서둘러 가자 그의 눈물은 멈춘다. 4연에서는 "그쪽으로! 그리고 너 샘의 무리여, 나를 안내하라/ 너희들은 초원의 푸른 황금과 유희한다/ 나에게 태초로 이끼 낀 물의 세포들을 보여 주렴/ 거기에서 너희의 영원한 삶이 돈다/ 가장 대담한 숲에서 무성하게 자란 육지의 융기/ 너희 어머니의 힘이 산에서 원망하는 곳/ 그녀가 폭넓은 비약으로 바위 벽에서/ 아래로 떨어질 때까지, 계곡에서 너희들을 보내기 위해서"라고 노래한다. 그러니까 서정적 자아는 초원과 놀고 있는 샘물을 보고, 이끼 가득 낀 물 주위를 보면서 자연의 영원한 삶이 항상 이렇게 돌고 있고 계곡 아래로 물이 흐르는 것을 보고 있다.

5연에서는 피아노의 간주가 여러 차례 들어가고 낭송조의 시행이 또한 여러 번 나온다. 1행 "오, 여기가 자연이 베일을 찢는 곳이다"를 낭송조로 노래하고는 피아노의 간주가 들어가고 있다. 이 간주가 자연이 어떤 모습으로 나타날 것인지에 대한 궁금증을 강조하고 있다. 2행에서 4행에서는 "자연은 자신의 초인적 침묵을 깨뜨린다/ 큰 소리로 말하면서 자연의 영혼은/ 스스로 들으면서 자신을 내보인다"고 의미심장하게 노래하고 피아노 간주가 이어진다. 그러니까 자연이 침묵을 깨고 모습을 드러내는데, 자연은 큰 소리를 내고 그 소리를 스스로 들으면서 모습을 드러낸다. 5행과 6행에서는 "하지만 아, 자연은 인간보다도 더 고아가 되어 그대로 있다/ 그 자신의 비밀에서 빠져나오면 안 된다!"고 노래하고는 피아노의 간주가 들어간다. 여기서는 자연이 모습을 드러내게 되면 인간보다도 더 외톨이라는 것을 알게 되기 때문에 오히려 자연의 비밀 속에 그대로 있는 편이 훨씬 적합하다고 노래하고 있는 것이다. 피아노의 간주는 자연의 비밀스러운 안주를 강조하고 있다. 그리고 쇠크는 뫼리케 시 5연의 7, 8행과 6연 전체를 가곡에서 생략하고 있다.

7연 1행에서 5행은 "위대한 화려함으로 가득 찬 이 울창한 그늘의 심연 저편에서/ 나를 내리누르면서 흔드는 화려함/ 내 다문 입은 침착하게 인사한다/ 꾸밈없는 모서리를 향해, 한때 반쯤 풍화한/ 이 작은 의자가 있는 곳, 오두막이 있던 곳에"라고 노래한다. 5행에서 "작은 의자" 다음에 피아노의 간주가 들어가고 이어서 5

행의 나머지 부분 "오두막이 있던 곳에"를 노래하고 긴 피아노 간
주가 들어간다. 6행에서 8행에서는 "기억은 미소로 쓰디쓴 마력의
달콤한 잔을/ 무감각하게 될 때까지 건넨다/ 그렇게 난 열심히 황
홀하게 고통을 마신다"고 노래한다. 더욱이 8행은 낭송조로 노래
하고 있다. 여기 7연에서는 서정적 자아가 울창한 숲 그늘에서 바
람에 낡아 버린 의자, 오두막이 있는 곳을 향해서 인사를 하고 이
곳에 대한 기억이 고통과 함께 되살아난다.

8연의 1행과 2행에서 "여기서 한 어린 팔이 수천 번이나 휘감
았다/ 내적 기쁨으로 내 목을"이라고 노래하고는 피아노의 짧은
간주가 들어간다. 이것은 나무줄기가 반가워하면서 그의 목을 휘
감는 것을 연상시킨다. 실제는 울창한 숲길에서 나뭇가지에 부딪
치는 장면인 것이다. 3행에서 8행까지는 "오, 나는 나를 보는 것
같다, 소년의 특이한 비통함이/ 한때 요정들과 함께 초원을 지
나 이리저리 움직이는/ 너희 언덕들이여, 오래된 태양으로 따뜻
해진/ 너희 가운데 아무도 나에게 모습을 드러내지 않는다/ 나와
같은 형상이여, 젊은 시절의 신선함으로/ 숲의 덤불 속에서 솟구
쳐 튀어 오르는가?"라고 노래한다. 여기서는 서정적 자아가 요
정들과 함께 초원에서 노는 소년의 모습에서 자신을 보았고, 양
지바른 언덕들은 그에게 모습을 드러내지 않는데 이 모든 것들은
그와 닮은 형상이며 이제 신선함으로 숲의 덤불에서 불쑥 모습을
드러낼 것인지 묻고 있다.

9연의 1행에서 4행까지는 "오, 오렴, 모습을 드러내라! 그러면
너는/ 다정하게 어두운 내 눈을 들여다볼 텐데/ 항상, 착한 소년
아, 나는 너와 같다/ 우리는 서로 두려워하지 않게 될 것이다"라고
노래하고는 피아노의 간주가 들어간다. 여기서는 자연이 의인화된

소년더러 그 모습을 드러내라고 하면서 그는 자신과 닮았으며 그러니 서로 두려워할 필요가 없다고 말한다. 피아노의 간주는 4행의 의미 "우리는 서로 두려워하지 않게 될 것이다"를 강조하고 있다. 5행에서 8행에서는 "그러니 오라 그리고 여기선 나 자신을 제어하기 어려우며/ 너의 순수한 마음을 신뢰하게 하라/ 헛되이 내가 네게 팔을 뻗는구나/ 네가 갔던 땅을 입맞춤으로 덮는다는 것이"라고 노래하고는 피아노의 간주가 들어간다. 서정적 자아는 자연이 의인화된 소년에게 오라고 재차 권유하면서 자연의 순수한 마음을 신뢰할 수 있도록 해 달라고 했으나 끝내 그가 자연을 향해서 팔을 내뻗고, 대지를 다정한 입맞춤으로 덮는다는 것이 부질없다는 것을 깨닫는다.

10연에서는 "여기서 난 크게 흐느끼면서 누워 있고 싶다/ 무정하게 모든 것은 자기의 궤도대로 간다/ 잔디 위로 희미하게 내 손가락이 쓰기 시작한다/ 기쁨은 사라졌다! 모든 것은 자기 궤도대로 간다!/ 그때 갑자기 난 대기 가운데서 몰려오는 소리를 듣는다/ 멀리서 치는 벼락이 나를 놀라게 한다/ 내 존재는 유연하게 긴장하면서/ 뇌우가 치는 공기로부터 다시 건강해지는 것 같다"고 노래하고는 피아노의 부드럽고 평화로운 간주가 들어간다. 1행 "여기서 난 크게 흐느끼면서 누워 있고 싶다"는 감정의 고양된 상태를 그대로 표현해서 높은 음으로 노래한다. 여기 10연에서는 서정적 자아가 자신의 신뢰와 다정함을 표현할 길이 없게 되자 크게 흐느끼게 되고 그대로 초원에 누워 있고자 하는데, 이곳 자연의 모든 것은 자기 궤도대로 흘러가고, 잔디 위에 기쁨은 사라졌고 모든 것은 각자 자기 궤도대로 돈다고 그는 손가락으로 쓴다. 그때 대기 가운데서 멀리 벼락이 치는 소리를 듣고 놀라는데, 오히려 뇌우가 치는 공기로부터 신선함을 얻어 자신이 다시 건강해지는 것을 느낀다. 피아노의 간주는 바로 서정적 자아의 마음이 안정되고 심신이 회복되는 것을 강조해서 부드럽고 평화로운 분위기를 자아내고 있다.

11연의 1행에서 6행까지는 "봐라! 구름들이 어두운 두루마리를 닫는 것을/ 성벽 폐허의 위엄 있는 거부를 에워싸고!/ 멀리서 옛 거인을 듣는다/ 말없이 계곡은 알 수 없는 표정으로 학수고대하고 있다/ 뻐꾸기는 단조롭게 인사한다/ 신비로운 황야의 초록에 숨겨진 채"라고 노래하고는 이어지는 피아노의 부드럽고 잔잔한 간주는 끝부분에서 격정적으로 바뀌면서 다음 행으로 연결되고 있다. 이제 먹구름이 성벽 폐허를 둘러싸서 몰려 있고, 멀리서 사람들은 옛 거인이 내는 소리, 곧 천둥소리를 듣고 계곡은 그가 오기를 기다리고 있으며, 황야의 숲에선 모습을 드러내지 않은 채 뻐꾸기가 단조롭게 인사하고 있다. 7행과 8행에서 "이제 궁륭이 삐걱거리고 오랫동안 울린다/ 아름다운 연극은 계속된다!"고 노래하고는 피아노의 빠르고 다소 격정적인 간주가 들어가고, 이 간주는 8행 "아름다운 연극은 계속된다"는 것을 강조하고 있다. 그러니까 먹구름이 몰려와서 천둥 번개가 내리치는 것을 아름다운 연극이라고 표현하고 있다.

12연의 1행에서 4행에서는 "그래 이제 고귀한 불의 밝음으로/ 번개가 내 이마와 뺨을 밝히고/ 난 큰 축복을 소리친다/ 내 말이 담고 있는 천둥의 날카로운 음악 속으로"라고 노래하고는 피아노의 간주가 들어가고 있다. 이 간주는 3행과 4행 천둥소리와 함께 축복의 큰 소리가 합쳐지는 것을 강조하고 있다. 그러니까 이제 서정적 자아는 번개가 자신의 이마와 뺨을 밝히자 천둥소리를 향해서 큰 축복의 말을 외친다. 그 축복의 말은 바로 계곡이 그의 삶의 또 다른 문지방이고, 가장 내면적 힘의 고요한 아궁이고, 사랑의 기적 같은 둥지라고 하면서 이제 이곳을 떠나지만 계곡의 천사가 그를 동행하게 된다. 이러한 뜻이 5행에서 8행에 드러나는데 "오, 계곡이여! 너는 내 삶의 다른 문지방이다!/ 너는 내 가장 깊은 힘들의 고요한 아궁이다/ 너는 내 사랑의 기적의 둥지다. 난 떠난다/ 안녕! 그리고 네 천사가 나를 동행하게 해라"고 부드럽고 조용히 노래하고는 피아노의 후주가 곡을 마감하고 있다. 이 후주 또한 부드럽고 조용하게 연주되는데, 이것은 이제 우라흐의 방문을 끝내고 서정적 자아가 그곳 천사의 동행을 받으면서 편안한 마음으로 길을 떠나는 것을 강조하고 있다. 더욱이 8행 "안녕! 그리고 네 천사가 나를 동행하게 해라"에서 "안녕!"은 높은 톤으로 노래하고는 잠시 피아노의 간주가 들어간다. 그리고 8행의 나머지 부분 "네 천사가 나를 동행하게 해라"를 마저 노래하고는 피아노의 후주가 들어간 것이다.

제3장

연작시의 음악적 해석

그리스어에서 유래한 '순환Zyklus'이라는 용어는 가곡에서 '연가곡Liederkreis'과 같은 의미이며, 이 형식은 주로 피아노 반주의 독창곡에서 특징적으로 나타났다.[27] 일반적으로 연가곡은 연작시에 곡을 붙이거나 또는 작곡가가 시를 선택해서 연작 형태로 작곡하였는데, 후자의 경우라 하더라도 한 시인의 텍스트 또는 여러 시인의 텍스트에서 시를 선택하여 작곡가의 연작 구상에 따라 연가곡으로 만들어졌다. "가곡사에서 최초의 연가곡"[28]은 베토벤Ludwig van Beethoven의 《멀리 있는 연인에게An die ferne Geliebte》(1815~1816)였으며, 그의 유일한 이 연가곡의 텍스트는 당시 젊은 의학도였던 알로이스 야이텔레스Alois Jeitteles(1794~1858)의 6편 연작시에서 비롯하였다. 베토벤은 텍스트의 연작 특성을 주체적으로 수용하여 "시적이고 음악적으로 좀 더 엄격한 연가곡 형태로 만들었는데"[29] 이 연가곡은 당시 "완전히 새로운 양식"[30]이었다. 이후 그의 연가곡에 대한 개념은 슈베르트, 슈만, 브람스, 쇤베르크, 오트마 쇠크 및 여러 다른 가곡 작곡가들에게 이어져 나갔으며, 가곡 및 연가곡의 발달에 있어서 가장 중요한 작곡가는 슈베르트와 슈만이었다.

---

27) 순환Zyklus에 대해서 빌페르트는 그의 전문용어 사전에서 "작품을 결정짓는 문학적 구성 형식으로서 내용과 형식에 연관되어 완결된 일련의 작품"이라고 풀이하고 있다. Gero von Wilpert: Sachwörterbuch der Literatur, Stuttgart 1989, 1053쪽.

28) Malte Korff: Ludwig van Beethoven, Berlin 2000, 114쪽. 이하 (KB, 쪽수)로 표기함.

29) Ludwig Finscher: Zyklus, in: Die Musik in Geschichte und Gegenwart, Ders (Hg.), Sachteil 9, Stuttgart 1998, 2528쪽.

30) Gerald Abraham: Geschichte der Musik. Teil 2, in: Das Große Lexikon der Musik, Bd. 10, Freiburg 1983, 482쪽.

3.1 베토벤 연가곡:《멀리 있는 연인에게》(6곡)

베토벤은 피아노 반주의 솔로가곡을 약 80편 작곡했고, "슈베르트 이전의 가장 중요한 가곡의 대가"(KB, 113)였다고 할 수 있다. 그뿐만 아니라 베토벤은 가곡에서 그의 가장 개인적인 감정들과 분위기를 표현하고 있으며, 시 텍스트를 선택할 때도 자신의 세계관 및 확신에 일치하는 점이 그 기준이 되고 있다. 그리고 "사랑, 동경, 고통, 신앙과 영원에 대한 희망의 노래들은 그의 내면 변화의 과정으로 이해될 수 있다."(RL, 124) 베토벤의 가곡 형식은 특이하고 다양한데, "단순하고 다소 변용이 있는 유절가곡에서부터 두 부분 또는 여러 부분으로 나뉜 곡 형식을 지나 넓은 의미로 유절마다 다른 멜로디의 가곡으로 간주될 수 있는 형식으로까지"(KB, 114) 다양하게 나타나고 있다. 더 나아가서 가곡의 형식을 확대해 나갔는데, 마침내 그는 연가곡으로까지, 곧 연작시를 수용하여 음악적 형식으로 확대해 나갔다. 목소리와 피아노의 연주는 분리되지 않은 전체이며, 성악가는 베토벤 멜로디의 특성인 감각적 아름다움보다는 정신적, 내면적 분위기를 적극적으로 표현한다.

베토벤의《멀리 있는 연인에게》(Op. 98)는 앞서 언급한 것처럼 독일 가곡 역사에서 첫 번째 연가곡이다. 요제프 폰 롭코비츠에게 헌정된 이 연가곡은 야이텔레스의 같은 제목의 연작시에 붙인 가곡이다.[31] 당시 브룬Brunn에서 전염병 퇴치에 전념하고 있던 젊은 의사 야이텔레스의 이야기를 듣고 베토벤은 그의 노력을 훌륭하게 평가했다. 야이텔레스는 그것에 대한 감사의 화답으로 베토벤에게

---

31) http://de.wikipedia.org/wiki/An_die_ferne_Geliebte와 http://gedichte.xbib.de/gedicht_Jeitteles.htm

자신의 시들을 보냈고 베토벤은 바로 작곡에 착수하였다. 이 작품
은 1816년 12월 그의 Op. 98로 출판되었고 이로써 무명의 시인에
게 불멸의 명성을 가져다주었다. 야이텔레스의 시 여섯 편은 환상
과 몽상적 감정이 혼합된 사랑의 동경이라는 주제를 다루고 있다.

루트비히 베토벤

본에 있는 베토벤 생가와 표지판

그런데 베토벤이 야이텔레스의 시를 선택한 것은 그의 개인사와도 관련이 있다. 이것은 1812년 7월로 추정되는 어느 날, 휴양지 테플리츠Teplitz에서 쓴 '불멸의 연인Unsterbliche Geliebte'의 편지 수신인과 연관된다. 이 편지는 베토벤의 유고에서 나왔으며 오늘날 베를린 국립도서관에 소장되어 있다. 1970년대까지는 베토벤 연구가들, 골트슈미트Harry Goldschmidt와 텔렌바흐Marie Elisabeth Telenbach는 이 발송되지 않은 편지의 수신인이 요제피네 브룬스비크Josephine Brunsvik라고 여겼다.[32] 그러다가 1977년 미국의 베토벤 연구가 솔로몬Solomon은 요제피네가 아니라, 1810년 베토벤이 빈에서 알게 된 젊은 귀족 출신 안토니에 브렌타노Antonie Brentano라고 하였다.[33] 그러나 아직까지도 정확하게 그 편지의 수신인 '불멸의 연인'이 누구인지에 대해서는 이견이 있다.

베토벤의 《멀리 있는 연인에게》는 제1곡에서 제6곡까지 곡이 끊어지지 않은 채 마치 하나의 자연스러운 흐름을 가진 연가곡으로 작곡했는데, 그것은 더욱이 피아노 후주 또는 서주가 그 가교 역할을 함으로써 자연스러운 흐름을 극대화하고 있다. 이러한 기법은

---

32) 요제피네 브룬스비크는 베토벤이 빈에서 알게 된 여인이며, 베토벤은 그녀에게 연정을 느꼈으나 그녀의 어머니는 1799년 여름 요제프 폰 다임 백작을 딸의 배필로 정해 놓았다. 1804년 그 백작이 사망한 뒤 젊은 미망인이 된 그녀에게 베토벤은 깊은 정열과 사랑으로 편지를 보내곤 하였다. 그러나 그녀는 다시 1808년 재혼한 뒤 빈을 떠났다. 그러다가 그녀의 두 번째 결혼이 실패하면서 베토벤과 요제피네는 1811~1812년 마음으로부터 가까워졌다. Malte Korff, 37쪽 참조.

33) 안토니에 브렌타노의 원래 이름은 요한나 안토니아 요제프 비르켄슈토크 Johanna Antonia Josepha von Birkenstock(1780~1869)이며 귀족 가문 출신이었고 베티나와 클레멘스 브렌타노의 이복형제인 프란츠 브렌타노와 1798년 7월 23일 결혼하였다. http://de.wikipedia.org/wiki/Antonie_Brentano 참조.

나중에 오트마 쇠크의 연가곡《산 채로 묻히다Lebendig Begraben》에서
도 유사하게 나타나고 있다. 베토벤의 연가곡은 노랫말의 멜로디
또한 듣는 이의 가슴에 잔잔한 감동을 주는 단순한 톤으로 표현되
고 있다.

제1곡 〈살피면서 난 언덕 위에 앉아 있네Auf dem Hügel sitz ich
spähend〉는 5연 4행시로서 피아노의 반주를 시작으로 1연에서 "난
언덕 위에 앉아 있네/ 푸른 안개의 나라를 살피면서/ 멀리 가축이
드나드는 길들을 보면서/ 연인이여, 내가 그대를 발견했던 곳에서"
라고 노래한다. 이어 피아노의 평화로운 간주가 들어가고 있다. 그
간주는 서정적 자아의 마음을 잔잔하게 강조하고 있다. 그러니까
1연에서는 서정적 자아가 언덕 위에 앉아서 연인과 만났던 장소를
보면서 사랑에 대한 동경에 잠기고 있다. 2연에서는 "난 그대로부
터 멀리 떨어져 있네/ 산과 계곡이 우리를 나눈 채 놓여 있고/ 우
리와 우리의 평화 사이를/ 우리의 행복과 고통 사이를"이라고 노래
하고는 피아노의 투명하고 맑은 간주가 들어간다. 여기서는 서정
적 자아가 연인과 멀리 떨어져 있으며 그들의 평화, 행복, 고통 사
이에는 산과 계곡이 놓여 있다는 것을 알 수 있다.

3연에서는 "아, 그대는 그 시선을 볼 수가 없네/ 그대를 향해 그
토록 빛을 내면서 서둘러 가는 눈빛/ 그리고 탄식들은/ 우리를 나
눈 공간에서 사라져 가네"라고 노래하고는 피아노의 간주가 들어
간다. 그러니까 3연에서는 그녀가 서정적 자아의 마음과 시선을
볼 수가 없으며 그는 탄식만 하고 있다. 4연에서는 "그 어떤 것도
그대에게로 향하고자 하지 않는다/ 그 어떤 것도 사랑의 사신이 되
려고 하지 않는가?/ 난 노래하고자 한다, 노래를 부르고자 한다/
그대에게 내 고통을 토로하는 노래들을"이라고 노래하고는 피아노

의 간주가 들어간다. 4연에서는 서정적 자아의 마음을 전해 줄 사람은 아무도 없고, 그는 그저 사랑의 고통을 담은 노래들만 부르고 있다. 마지막 5연에서 "왜냐하면 사랑의 울림 앞에서/ 각 장소와 각 시간이 달아난다/ 그리고 사랑하는 마음은/ 사랑하는 마음이 신성하게 한 것에 당도한다"고 노래하고는 피아노의 후주가 곡을 마감한다. 5연에서 보면 연인과 헤어져 있기는 하지만 사랑하는 마음은 그녀에게 당도할 것이라는 희망을 내보이면서 곡이 끝나고 있다. 이 곡에서는 피아노의 서주는 없으나 피아노의 간주와 후주가 변용된 멜로디로 반복되고 있다.

제2곡 〈녹음 우거진 산들Wo die Berge so blau〉은 3연 6행시로 되어 있다. 이 곡에는 피아노의 서주와 간주가 들어 있다. 더욱이 각 연 6행의 노랫말이 반복되는데, 이때 6행을 반복해서 노래하는 것이 아니라 6행과 동일한 멜로디를 피아노가 응답하듯 반주하면서 반복되는 특징을 보인다. 피아노의 느린 서주가 있고 나서, 1연에서는 "녹음 우거진 산들이/ 안개 낀 잿빛 속에서 솟아 나와/ 쳐다보는 곳에/ 태양의 빛이 다하고/ 구름들이 움직여 가는 곳에/ 나는 있고 싶구나"라고 노래한다. 6행은 같은 멜로디로 노랫말과 피아노 반주가 번갈아 가면서 반복되고 있다. 노랫말과 같은 멜로디의 피아노 반주와 번갈아 가면서 노랫말이 반복되고 있다. 그리고 짧은 피아노의 간주가 있고 나서 2연으로 넘어간다. 그러니까 1연에서는 녹음이 우거진 산들이 안개 낀 잿빛 속에 솟아 있고, 구름들은 흘러가고 태양이 저물어 가는 그곳에 있고 싶다고 서정적 자아는 노래하고 있다. 그리고 6행의 반복은 서정적 자아가 연인을 만났던 그곳에서 여전히 머물러 있고 싶은 소망을 강조하고 있다.

2연은 전체가 같은 멜로디의 낭송조로, 차분하고 느리고 나지막하게 노래하고 있다. "거기 고요한 계곡에서/ 고통과 아픔이 침묵한다/ 암석에서/ 앵초가 조용히 생각하고/ 바람이 아주 가볍게 부는 곳에/ 난 있고 싶구나"라고 노래한다. 2연에서도 6행은 1연과 같은 방식으로 반복한 다음 피아노의 간주가 있고 나서 3연으로 넘어간다. 그러니까 2연에서는 고요한 계곡에선 고통도 멈추고 바위 사이에 피어 있는 앵초 꽃이 바람결에 실려 조용히 생각하는 곳에 서정적 자아도 있고 싶다고 노래한 것이다. 3연은 2연의 고요한 낭송조에서 벗어나 "명상에 잠긴 숲으로/ 사랑의 힘이 나를 내몬다/ 내적 고통이/ 아, 그것이 나를 여기에서 끌어내지 못하는 것 같네/ 사랑하는 이여, 난 그대 곁에/ 영원히 있을 수 있을 것 같구나"라고 노래한다. 3행 "내적 고통"과 6행 "영원히 있을 수 있을 것 같구나"는 1연 및 2연과 같은 방식으로 반복 노래하지만 6행의 노랫말 반복 다음에 피아노의 후주 없이 다음 제3곡으로 넘어가고 있다.

제3곡 〈정상에 있는 가벼운 범선들Leichte Segler in den Höhen〉은 5연 4행시로 되어 있다. 피아노의 가볍고 명랑한 서주로 시작하는 1연에서 "정상에 있는 가벼운 범선들/ 너, 시내는 작고 좁구나/ 내 사랑은 그 범선을 살피는 것 같다/ 그것은 나에게 수천 번이나 인사를 한다"고 노래하고는 피아노의 간주가 들어간다. 여기서는 서정적 자아가 하늘에 떠 있는 구름들에게 말을 거는 내용으로, 산 정상에는 그것들이 떠 있고, 작고 좁은 시내가 있으며, 사랑하는 마음이 구름들을 살펴보자 자신에게 그들이 수차례 인사하는 것 같은 인상을 받고 있다. 피아노의 간주가 그러한 장면을 강조하고 있다. 2연에서는 "구름들이여, 너희들은 범선이 움직이는 것을 보는가/ 고요한 계곡에서 생각에 잠긴 채/ 내 모습을 그 범선 앞에 보이게 하라/ 공기가 유영하는 천공의 홀에서"라고 노래하고는 피아노의 간주가 들어간다. 2연에서는 서정적 자아가 구름들에게 다른 구름들이 고요한 계곡을 생각에 잠긴 채 흘러가는 것이 보이는지, 그리고 천공의 범선으로 상징화된 구름들에게 자신의 모습을 보라고 말을 걸고 있다.

3연에서는 "그것은 덤불 곁에 서 있을 것이다/ 가을빛에 색이 바래고 벌거벗은 채/ 너희들은 내게 어찌 된 일인지를 한탄한다/ 새들이여, 너희들은 나의 고통을 애석해 한다"고 노래하고는 피아노의 간주가 들어간다. 3연에서 범선은 가을빛에 색이 바래고 헐벗은 채 덤불 곁에 머물러 있고, 새들은 어찌 된 일인지를 한탄하면서 서정적 자아의 고통을 안타까워한다. 4연 "고요한 구명조끼여, 바람이 불면/ 내 마음이 원하는 쪽으로 가져오라/ 내 탄식들을/ 마치 태양의 마지막 빛처럼 사라지는"이라고 노래하고는 피아노의 간주가 들어간다. 여기서는 바람이 불 때면 구명조끼가 마치 태양의 마지막 빛이 사라지는 것과 같은 탄식을 그의 마음이 내뿜게 한다. 5연에서는 "너희들은 내 사랑의 간청에 속삭인다/ 시내는 작고 좁구나/ 너의 물결 속에서 범선을 충실하게 보이게 하라/ 내 눈물들은 헤아릴 수도 없구나"라고 노래한다. 마지막 4행의 일부분 "헤아릴 수도 없구나"를 반복 노래하고 바로 제4곡으로 넘어간다. 5연에서는 작고 좁은 시내를 항해하는 범선, 곧 시내에 비친 구름이 파도의 출렁거림에 따라 출렁거리고 그럴 때면 서정적 자아는 눈물을 하염없이 흘리게 된다고 노래하고 있다.

제4곡 〈정상의 이 구름들Diese Wolken in den Höhen〉은 3연 4행시로 되어 있다. 제3곡에 이어 피아노의 서주 없이 바로 1연의 노랫말이 나온다. "정상의 이 구름들/ 명랑하게 움직이는 새들의 무리/ 헌신하는 이여, 그들은 너를 볼 것이다/ 가벼운 비상 속에 나를 함께 데려가렴!"이라고 노래하고는 피아노의 간주가 들어간다. 1연에서는 산 정상의 구름들과 무리 지어 날아가는 새들은 그녀의 모습을 볼 것이고 그들이 날아갈 때 자신도 함께 데려가 달라고 노래하고 있는 것이다. 2연에서는 "이 조끼는/ 너의 뺨과 가슴 주위로 희롱하면서 장난할 것이다/ 비단 같은 곱슬머리를 헤집을 것이다/ 난 이 즐거움을 너희들과 나누게 될 것이다"라고 노래하고는 피아노의 간주가 들어간다. 여기서 그를 함께 싣고 나르는 새들은 그의 구명조끼가 되고 있으며, 그녀의 모습을 발견하게 되면 함께 즐거움을 나누게 될 것이라는 기대와 희망을 표현하고 있다.

이어 마지막 3연에서는 "저 언덕들로부터 너에게/ 부지런히 이 시내가 서둘러 간다/ 그녀의 모습이 네게 반영될 것이다/ 그리고 지체 없이 그녀에게로 되돌아 흘러가렴"이라고 노래한다. 여기서는 언덕에서 흘러나오는 시내에 그녀의 모습이 반영되고 쉼 없이 그녀에게로 흘러가라고 기원하고 있다. 그리고 이 곡에서 처음으로 4행 "그리고 지체 없이 되돌아 흘러가렴"은 반복 노래되고, 다시 "그래 지체 없이"라고 강조해서 다시 반복하면서 격정적인 피아노의 반주가 들어가는데 이것은 다음 제5곡의 서주로 기능하고 있다. 전체적으로 제4곡 〈정상의 이 구름들〉은 너무 빠르지 않게 그리고 편안하게 많은 감정을 표현하면서 노래하고, 피아노는 마치 새의 지저귐을 연상시키는 연주를 함께 하고 있다.

제5곡 〈오월이 돌아오고, 들판이 푸르러진다Es kehret der Maien, es blühet die Au〉는 6연 3행시로 되어 있다. 앞서 말했듯이 이 곡에서 두드러지는 특징은 피아노의 격정적이고 빠른 긴 서주가 제4곡의 노랫말이 끝남과 동시에 시작되면서 연가곡의 흐름이 자연스럽게 연결되도록 하고 있는 것이다. 또한 1연, 3연, 5연은 피아노의 간

주가 없고 2연, 4연, 6연 다음에는 피아노 연주가 들어가는 특색을
보이고 있다. 1연에서는 "오월이 돌아오고, 들판이 푸르러진다/ 공
기들은 아주 부드럽게 아주 따뜻하게 불어오고 있다/ 시내들은 요
란하게 그 속에서 찰랑거린다"라고 노래하고는 피아노 간주 없이
2연으로 넘어간다. 1연에서는 봄이 오면 들판에 꽃과 나무가 푸르
러지고 공기도 따뜻해지고 시냇물 소리도 청명하게 들린다고 노래
하고 있다. 2연에서는 "손님을 환대하는 지붕으로 제비가 돌아오
고/ 아주 부지런히 신부의 방을 짓는다/ 사랑이 거기에 깃들게 된
다"고 노래하고는 3행을 반복해서 노래한 뒤 피아노의 간주가 들
어간다. 여기서는 봄이 되면 제비가 돌아오고, 둥지를 새로 짓고
거기에 사랑이 깃들게 된다고 노래하고 있다.

3연에서는 "제비는 열심히 이리저리 움직이며/ 더 부드러운 많
은 나뭇조각을 신부의 침대로 가져온다/ 많고 따뜻한 나뭇조각
은 어린 제비들을 위한 것이다"라고 노래하고는 4연으로 넘어간
다. 여기서는 제비가 부지런히 부드러운 나뭇가지를 모아 집을 지
으면 행복한 제비 가족의 사랑스러운 삶이 영위된다. 4연에서 "이
제 부부가 함께 성실하게 살고 있다/ 겨울과 작별한 것을 오월이/
그가 아는 사랑하는 것을 하나로 묶는다"고 노래하고는 2연처럼 3
행 "그가 아는 사랑하는 것을 하나로 묶는다"를 반복 노래하고는
피아노의 간주가 들어간다. 4연에서는 제비 부부가 행복하게 둥지
에서 살고, 오월은 추운 겨울을 보내고 새로 찾아든 봄이며 사랑하
는 이를 모두 하나로 묶는 역할을 한다고 노래하고 있는 것이다. 5
연 "오월이 돌아오고 초원은 푸르러진다/ 공기들은 아주 부드럽게
아주 따뜻하게 불어오고 있다/ 난 안에서 밖으로 끌어낼 수가 없구
나"라고 노래하고는 마지막 6연으로 넘어간다. 5연에서는 오월이

오면 세상만물은 따뜻하고 푸르러지지만 서정적 자아는 연인이 멀리 있음으로써 거기에 합류하지 못하는 것을 노래하고 있다. 6연에서는 "사랑하는 모든 것을 봄이 하나로 일치시키는데/ 우리의 사랑에만 봄이 모습을 드러내지 않는구나/ 얻은 것이라고는 눈물들이다"라고 노래하고는 마지막 3행 "얻은 것이라고는 눈물들이다"를 반복 노래하고 다시 "그래 얻은 것이라고는"을 반복한다. 이어 피아노의 후주가 곡을 끝내면서 마지막 제6곡으로 넘어간다. 그러니까 6연은 서정적 자아의 슬픈 마음을 표현하고 있다. 봄은 왔지만 연인에 대한 그리움으로 그는 오직 눈물만 흘릴 뿐이다.

제6곡 〈이 노래들을 받으렴Nimm sie hin denn, diese Lieder〉은 아주 고요하지만 화려하게 노래하면서 연가곡의 내적 절정에 달하고 있다. "피아노의 낮고, 전율스러운 비브라토는 빛이 사그라지면서 어둠으로 가라앉는 저녁놀을 묘사하고 있다."(RL, 140) 그리고 반복되는 처음 멜로디는 연가곡 형식을 마지막 노래의 상승으로 감싸고 있다. 피아노의 후주는 긴장된 감정과 연가곡의 열정적인 흥분을 마지막 종결 형식으로 요약하고 있다. 이 곡은 4연 4행시로 이루어져 있으며 피아노의 잔잔하고 낭만적인 서주를 시작으로 1연에서는 "이 노래들을 받으렴/ 연인이여, 내가 그대에게 불러 주었던 노래들/ 저녁마다 다시 그 노래를 부르렴/ 라우테에 맞춘 달콤한 울림을"이라고 노래한다. 그러니까 서정적 자아는 연인에게 그가 불러 주었던 노래를 부름으로써 그를 기억하길 바라는 마음을 표현하고 있다. 그리고 나서 피아노 간주 없이 2연으로 넘어간다. "저녁놀은 물러날 때/ 고요한 푸른 바다로/ 그의 마지막 빛이 작열하면서 사그라진다/ 저 산 정상 너머로"라고 노래하고는 3연으로 이어진다. 여기서는 저녁놀이 고요한 푸른 바다로 물러나면서 작열하던 빛도 약해지고 산 정상 너머로 완전히 해가 지고 있는 것을 노래하고 있다. 3연에서는 "너는 내가 노래했던 것을 노래하고/ 내 온 마음을 담아 불렀던 것/ 어떤 가식적 허영 없이 울렸던 노래/ 다만 동경만을 의식한 채"라고 노래하고는 피아노의 간주가 들어간다. 더욱이 4행 "다만, 다만 동경만을 의식한 채"를 반복해서 노래하는데, '다만'은 두 번 반복된다. 그러니까 3연에서는 연인이 서정적 자아의 진심을 담은 노래들, 어떤 가식도 들어 있지 않은 순수한 동경의 노래를 부름으로써 두 사람의 마음이 연결되기를 바라는 희망이 표현되어 있다.

마지막 4연은 피날레로서 화려한 멜로디와 절정에 이른 감정이 잘 표현되어 있다. "이 노래들 앞에서/ 우리를 그렇게 멀리 헤어지게 한 것은 움츠린다/ 그리고 사랑하는 마음은/ 사랑하는 마음이 신성하게 한 것에 당도한다"라고 노래하고는 피아노 간주가 들어간다. 그러니까 연인들이 서로 떨어져 있지만 사랑하는 마음으로 말미암아서 서로를 기억할 수 있다는 당당한 믿음을 표현하고 있다. 이런 마음은 노랫말의 반복으로 강조되고 있다. 곧 3행과 4행 "그리고 사랑하는 마음은/ 사랑하는 마음이 신성하게 한 것에 당도한다"를 거듭 노래하는데, 3행에서 일부분 "사랑하는 마음"은 세 번 반복되고 있다. 그러고 나서 1행에서 4행을 다시 한 번 노래하는데, 1행의 첫 단어 "그리고"는 반복된 뒤 피아노의 간주가 들어간다. 다시 4행이 나오는데, 여기서도 "사랑하는 마음"은 재차 반복되고, 이어 다시 4행이 되풀이된다. 반복에서는 "사랑하는"과 "것"은 단어 반복이 두 번씩 이루어지고는 화려한 피아노의 후주가 이 연가곡을 마무리 짓는다.

3.2 슈베르트의 연가곡들

1〉 빌헬름 뮐러가 음악에 끼친 영향

루트비히 빌헬름 뮐러Johann Ludwig Wilhelm Müller(1794~1827)는 슈베르트보다 세 살이 더 많지만 거의 동년배라고 할 수 있으며, 그는 슈베르트처럼 30세를 갓 넘기고 세상을 떠났다. 빌헬름 뮐러는 시만이 아니라 노벨레를 썼으며, 슈베르트의 위대한 두 연가곡 말고도 241명의 작곡가가 그의 시 783편 가운데 123편에 곡을 붙였다."[34] 더욱이 뮐러 자신이 시를 노래라 불렀고, 그리고 "항상 그의 가볍게 흘러가는 시들 속에 음악이 내재되어 있다"(BM, 64)고 여겼기 때문이다. 그는 자신에 내재된 음악성에 대해서 다음과 같이 말했다.

> 난 연주도 할 줄 모르고 노래도 할 수 없지만 내가 시를 지을 때면 난 노래하고 연주한다. 만약 내가 그 방식들을 할 수 있었다면 내 노래들은 지금보다 더 마음에 들었을 것이다. 하지만 같은 영혼을 발견할 수 있다는 점에 위로를 받는데, 그 영혼은 언어에서 나온 그 방식에 귀 기울이게 하고 그것을 나에게 되돌려준다.[35]

또한 뮐러는 여느 시인들과는 달리 자신의 음악에 곡을 붙인 것을 생전에 들을 수 있었고, 실제 그 당시 유명했던 성악가이자 배우였던 에두아르트 데브리엔트Eduard Devrient가 자신의 시에 곡을

---

34) Erika von Borries: Wilhelm Müller. Der Dichter der Winterreise. Eine Biographie. München 2007, 13쪽. 이하 (BM, 쪽수)로 표기함.

35) 1815년 10월 8일 뮐러의 일기에서. Wilhelm Müller: Werke, Tagebücher, Briefe. Maria-Verena Liestner (Hg.), Bd. 5, Berlin 1994.

붙인 노래들을 부르자 매우 자랑스러워했다. 또한 슈베르트의 연가곡 작곡에 대해서도 알고 있었는데, 1824년《아름다운 물방앗간 아가씨Die schöne Müllerin》작곡 소식은 신문을 통해서 데사우-Dessau 에까지 전해졌다. 데브리엔트뿐만 아니라 루트비히 베르거Ludwig Berger, 파니 헨젤Fanny Hensel, 베른하르트 클라인Bernhard Joseph Klein 이 뮐러의 시에 곡을 붙이기도 했다.

빌헬름 뮐러는 재단사 장인 크리스티안 하인리히 레오폴트Chris-tian Heinrich Leopold와 그의 아내 마리 레오폴디네Marie Leopoldine의 6 번째 자녀로 1794년 10월 7일 데사우-Dessau에서 태어났다. 그가 세 살이 되었을 때 그의 다른 여섯 형제자매들은 일찍 사망해서 유일하게 생존한 아이는 빌헬름뿐이었다. 또 뮐러는 11세 때 어머니를 잃었다. 그래서 그는 고독과 상실감을 일찍 경험하였고, 그런 감정은《겨울 나그네》에 잘 표현되어 있다. 형제들과 어머니의 죽음에 더해 아버지의 오랜 질병으로 말미암아 빌헬름 뮐러는 재정적 어려움을 겪었으나, 그가 14세가 되던 해인 1809년 그의 아버지는 부유한 미망인 마리 젤만Marie Seelmann과 재혼하였다. 1812 년 뮐러는 김나지움 졸업 시험(Abitur)를 마치고, 훔볼트가 문을 열고 고틀리프 피히테Johann Gottlieb Fichte가 총장이었던 베를린 대학에서 인문학(고대 문헌학, 역사, 현대 영어학) 공부를 시작했다. 하지만 1813년 2월 10일 프로이센 왕이 나폴레옹에 전쟁을 선포하자 자원병으로 프로이센 군대에 입대했고, 나폴레옹에 맞선 자유 쟁취 전쟁에 참여하였으며 1814년 소위가 되었다. 뮐러는 1815년 봄 다시 베를린에 돌아와 공부를 계속했고, 이곳에서 구스타프 슈바프Gustav Schwab, 아힘 아르님Achim von Arnim, 클레멘스 브렌타노, 루트비히 티크를 알게 되었다. 뮐러는 더욱이 파니 헨젤의 시누이

이기도 했던 루이제 헨젤을 사랑했으나 뜻을 이루지 못했고, 1817
년 8월 보조 연구원으로 프로이센 왕실에 추천되어 그리스, 팔레
스타인, 이집트로 교양 여행을 마치고 빈으로 갔다. 1818년에는
이스탄불로 여행을 떠나려 했으나 페스트의 창궐 때문에 대신 이
탈리아의 베니스, 플로렌스 등을 거쳐서 로마로 갔다. 나중에 이
탈리아 여행 인상을 담아서 로마에 관한 책을 출판하였다. 그런데
"뮐러는 오래 행복하게 책에 파묻힐 수 있는 학자 타입은 아니었고
오히려 사교를 필요로 하였고 좋아하였다."(BM, 67)

로마 여행에서 돌아온 뒤인 1819년 4월 그는 고향 데사우에서
보조 교사 생활을 시작하였고, 동시에 왕실 도서관 사서가 되었다.
뮐러는 1821년 5월 22일 성악가인 아델하이트 바제도Adelheid Base-
dow와 결혼했는데, 그녀는 개혁가 요한 베른하르트 바제도Johann
Bernhard의 손녀였다. 그녀와 결혼함으로써 뮐러는 명망 있는 시민
사회에 자연스럽게 합류하는 기회를 얻었으며, 이 결혼은 그의 사
회적 성공에 중요하게 작용했다. 게다가 아델하이트의 음악적 재
능은 뮐러처럼 노래 시를 짓는 시인에게는 아주 잘 어울렸다. 그녀
는 1822년 딸 아우구스테Auguste와 1823년 아들 프리드리히 막스
Friedrich Max를 낳았고, 아들 막스 뮐러는 뒷날 언어학자이자 종교
학자로 유명해진다. 1824년 뮐러는 궁정 고문관으로 임명되었고,
같은 해 7월 1일에서 3일까지 클로프슈토크의 음악 축제에 참여하
였다. 1826년 뮐러는 천식을 심하게 앓았고, 여러 차례 요양에도
그의 건강은 악화되어서 그 이듬해 1827년 33세 나이로 세상을 떠
났다. 이때 그의 아들 막스는 네 살이었다. 집안의 가족들이 단명
한 것과 마찬가지로 빌헬름 또한 같은 운명이었다.

빌헬름 뮐러는 언어에 뛰어난 재능을 보여 번역가, 문학 비평가

로 활동하였으며, 학문적 작업을 하면서 작품을 발표하였고 라틴어와 그리스어 교사이기도 하였다. 그뿐만 아니라 오스만튀르크가 그리스를 침공하자 그리스인의 자유 투쟁을 격려하는 앙가주망 시들을 발표하였고, 그로 말미암아 "그는 문학사에서 보통 '그리스인 뮐러Griechen—Müller'라 불리기도 했다."(BM, 11) 그러나 실제 그리스를 방문한 적은 없었다. 그는 대표적으로 낭만주의와 젊은 독일학파 사이에서 그리고 자유 투쟁의 위대한 희망과 빈 회의 이후 개혁실패에 대한 깊은 실망 사이에서 갈등을 겪으며 살았다. 뮐러는 하이네처럼 사회 비판적 독일 민요시들을 쓴 것으로 유명하였고, 영어 문헌을 잘 읽었고 그 가운데 그리스독립전쟁에 동조했던 바이런의 시들이 그에게 많은 영향을 끼쳤다. 그 밖에도 뮐러는 브록하우스에서 출판된 17세기의 독일 시인 도서관 편찬에 참여하기도 하였으며, 여러 문학잡지에도 글을 게재하였다.

뮐러의 《아름다운 물방앗간 아가씨》는 《어느 여행하는 발트호른 연주자가 남긴 시들Nachgelassene Gedichten aus den Papieren eines reisenden Waldhornisten》, 〈겨울에 읽는 시Im Winter zu lesen〉라는 부제가 달린 제1시집에 들어 있다. 이 시집은 1821년 데사우에서 출판되었다. 이 연작시에 등장하는 주인공들인 아름다운 물방앗간 아가씨, 그녀를 연모하는 물방앗간 도제, 사냥꾼 등은 빌헬름 뮐러가 고안해 낸 것이 아니다. 18세기 이후 이들과 시내, 물레방아 등은 독일 문학에서 문학적 소재로 자주 사용되었다. 예를 들면 1793년 베를린에서 〈아름다운 물방앗간 아가씨〉라는 제목으로 노래극 초연이 있었고, 괴테는 프랑크푸르트에서 1797년 여름 이 공연을 감동적으로 본 뒤 물방앗간 아가씨 오페레타를 쓸 계획을 세웠다.[36] 괴테뿐

---

36)   Elmar Budde: Schuberts Liederzyklen. Ein musikalischer Werkführer, München

만 아니라 아이헨도르프, 브렌타노, 뤼케르트, 케르너가 그들의 문
학작품에서 지조가 없는 아름다운 물방앗간 아가씨를 묘사하기도
하였다.(BS, 25) 19세기 초 위의 문학적 소재들은 독일의 내면주의
나 낭만주의와 맞물리면서 각광을 받았다. 뮐러는 1815년 베를린
에서 학업을 할 때 이 소재에 관심을 가지게 되었다.

　그런데 중세 이후 독일의 장인 전통과 문화에서, 도제는 장인이
되려면 여러 경험과 실습을 거쳐야만 했다. 그 가운데서도 여러 곳
을 돌아다니면서 직업 경험을 쌓고 다양한 장인들에게 교육을 받는
일은 필수적이었다. 이 방랑(편력) 시기는 중세 후기에서 산업화가
시작될 때까지 마이스터 자격을 얻으려는 도제가 반드시 거쳐야 하
는 과정이었다. 더욱이 도제들은 새로운 일자리에서 실습하고 삶의
경험을 쌓고 낯선 곳, 지역을 아는 일이 중요했다. 도제의 방랑 시
기와 의무는 시대, 직업 분야와 길드에 따라 달랐지만 그것은 규정
으로 정해져 있었다. 편력 시기와 특정 몇 년 동안의 방랑 수업이
끝나면 마이스터가 되고 그에 맞는 일자리를 얻는 일이 가능했다.
그러니까 오늘날 인턴십과 같은 것이라고 볼 수 있다.

　뮐러의 연작시 《아름다운 물방앗간 아가씨》의 주인공 물방앗간
도제 또한 마이스터가 되려면 편력 시기를 거치지 않을 수 없다.
괴테의 《빌헬름 마이스터의 수업시대》와 《빌헬름 마이스터의 편력
시대》 제목이 보여주듯이, 마이스터가 되는 데 도제의 수업시대와
방랑시대는 필수 과정이었다. 그런데 방랑시대를 겪는 도제에게
어느 한곳에 정착해서 평생을 영위하는 일은 적합할 수가 없으며,
그래서 누군가를 사랑하고 정착하려는 시도는 좌절될 수밖에 없
다. 뮐러의 시 이전에 물방앗간 아가씨에 관한 이야기가 전래해 오

─────────
2003, 24쪽. 이하 (BS, 쪽수)로 표기함.

고 있었는데, 어느 아름다운 물방앗간 아가씨가 도제와 사냥꾼 두 사람 모두에게 호의를 보였으나, 끝내 현실적 이유에서 그녀가 사냥꾼을 택하자 도제는 절망해서 죽음을 택한다.

이러한 소재의 시 10편을 골라 맨 먼저 루트비히 베르거가 노래극으로 만들었는데, 그는 예술가곡과 민요 중간쯤의 곡으로 작곡하였다. 그의 곡에는 "처음부터 노래극의 의미에서 시에 음악적 모습을 부여"(BS, 26)하였다. 베르거가 선택한 10편 가운데 5편은 뮐러의 시였다. 이후 뮐러는 서시와 맺음말 이외에 23편의 연작시 《아름다운 물방앗간 아가씨》를 썼다. 나중에 뮐러는 베르거의 노래극에 들어 있던 5편의 시를 개작해서 연작시에 포함시켰고, 이 연작시는 1821년 데사우에서 출판한 전체 77편 시가 담긴 제1시집에 포함되었다. 뮐러의 서시와 에필로그에는 시인이 등장함으로써 서사극처럼 소외 효과를 낳고 있으며 그는 이 연작시를 일종의 노벨레적 특성을 담은 극시 형태로 표현하였다. 보통 시에서 볼 수 없는 실체가 분명한 주인공들이 등장하고, 극적 갈등 및 파국도 함께 들어 있다. 그래서 그의 연작시 《아름다운 물방앗간 아가씨》는 서정적 소설 또는 "서정적 연극이자 독백극"(M. V. Leistner 1994, 300)인 것이다. 뮐러의 두 편의 연작시 《아름다운 물방앗간 아가씨》와 《겨울 나그네》는 서사적인 것이 서정적으로 변모된 형상이라 할 수 있다. 이 점에서 슈베르트의 연가곡 또한 음악적 방식으로 시에 담긴 이야기를 서사적으로 설명하는 동시에 서정적 순간이 음악적으로 투시되고 있다.

한편, 뮐러가 1822년 시작해 1823년에 완성한 연작시 《겨울 나그네》의 최종 완성본은 1824년 데사우에서 《어느 여행하는 발트호른 주자가 남긴 시들. 두 번째 시집》으로 출간되었다. 뮐러가 《겨

울 나그네Winterreise》를 쓰던 때는 사실 그가 행복한 결혼을 하였
고 교사이자 공작의 사서로서 직위와 직업이 안정된 시기였다. 이
러한 안정과는 달리 "그 당시 인기 있던 세계 고통의 시 형식에
서"(BM, 150) 방랑자의 잃어버린 사랑에 대한 고통을 묘사하고 있
다. 그가 《겨울 나그네》를 쓰던 시기, 당시 유럽에서 세계 고통을
유행시킨 영국의 바이런 시에 몰두하고 있었다. 사실 어느 정도로
《겨울 나그네》에서 묘사된 고통의 감정이 그 자신의 경험과 일치하
는지는 알 수 없다. 하지만 이 작품은 뮐러 시대의 문학적 경향, 혁
명 시기와 나폴레옹 시기 이후 좌절의 어두운 분위기에서 나왔고,
낭만적 문학의 전형적 특징들을 보여 주고 있다. 현실에 대한 심한
좌절로 말미암아 독일의 낭만주의는 과거의 정신적 세계로 회귀함
으로써 고통과 좌절을 생산적으로 극복하였는데, 뮐러의 연작시에
는 그가 속한 시대 경향 및 왕정복고로 회귀하는 현실에 대한 음울
한 생각들이 반영되어 있다. 그 밖에도 뮐러는 낯선 존재로서의 경
험을 여기에서 표현하고 있다. "종종 여러 편지에서 그는 낯선 존
재가 되었고 낯선 자로서 세계를 헤매고 있다고 말한다. 그의 시작
에는 항상 이러한 묘사가 나타나고 있다."(BS, 151)

뮐러의 《겨울 나그네》는 분명 암울한 중세로 후퇴하는 것만을
의미하는 것이 아니라 모든 희망들이 정치적 봄에서는 다 죽게 되
는 얼어붙은 분위기가 퍼져 있었던 복고 시대와 연관되어 있다. 그
리고 밤은 위안받을 길 없는 지상의 현존재에 대한 은유이며, 죽음
만이 그런 현존재에서 벗어나게 한다. 이러한 입장은 바로크뿐만
아니라 낭만주의 문학에서 두드러지고 있다. 뮐러의 이 연작시는
여기저기 그냥 떠나는 여행이 아니라 "방랑자의 내면으로 이끄는
여행"(BS, 158)인 것이다. 또 뮐러의 《겨울 나그네》를 《아름다운 물

방앗간 아가씨》와 견주어 보면, 후자는 사랑의 싹에서 시작하여 죽음의 결말에 이르는 사랑 이야기를 내포하고 있는데 견주어서 전자는 이미 이 연작시의 내용이 시작되기 전에 끝난 사랑의 경험들에 대한 잔영인 것이다.

2〉《아름다운 물방앗간 아가씨》(20곡)

슈베르트의 《아름다운 물방앗간 아가씨》(Op. 25, D. 795)는 20곡으로 이루어져 있으며, 이 연가곡을 작곡할 당시 슈베르트는 심하게 병을 앓고 있었고, 가곡의 일부는 입원 중에 작곡되었으며, 1824년 출판되었다. 이 연가곡은 흔히 "가곡 노벨레"(RL, 267)로 일컬어지며, 서정적 자기 고백의 1인칭 형식으로 어느 물방앗간 도제의 행복과 고통, 죽음을 표현하고 있다. 그는 마이스터가 되려고 방랑 생활을 하다가 어느 물방앗간에서 실습을 하게 되었고, 그곳에서 사랑의 행복과 고통을 경험하고 끝내 죽음에 이른다. 죽음은 낭만주의자들처럼 그에게 귀향의 의미였으며, 자신의 절망적인 삶을 끝내고 지상에서 구할 수 없었던 안식과 평온을 얻게 된다. 뮐러의 같은 제목의 연작시에서 시내는 도제가 방랑하는 동안 늘 동행하였고, 그를 운명적인 물방앗간으로 인도하였으며 그의 명랑하고 슬픈 고백을 들어 주기도 한다. 시내는 유혹하고 위협하는 자연적 힘이며, 게다가 젊은이가 죽을 때 들려주는 시내의 노래는 "마치 아이들에게 불러 주는 자장가"(RL, 268)와 같다. 인간의 고통과 자연의 악마성이 서로 결합되어 있는 것이 이 젊은이의 운명에서 나타나는데, 이것은 낭만주의 문학에서 자주 등장하는 주제이기도 하다.

슈베르트는 뮐러의 연작시 가운데, 서시Prolog와 맺음말Epilog 그리고 3편의 시 〈물방앗간 생활Das Mühlenleben〉, 〈첫 번째 고통, 마지막 농담Erster Schmerz, letzter Scherz〉, 〈물망초Blümlein Vergißmein〉를 생략한 채 나머지 20편 시에 순서대로 곡을 붙였다.(BM, 265~285) 이 세 편의 시는 평온한 휴식의 순간들을 묘사하고 있는데, 뮐러는 목가적 의미에서 평온한 휴식을 강조하고자 했지만, 슈베르트는 오히려 영원한 안식인 죽음으로 끝나는 방랑에 그러한 휴식은 방해가 된다고 보았다. 또한 뮐러의 시에서 서시와 에필로그는 아이러니와 거리감의 시적 수단인데, 슈베르트는 음악 기법으로 그 거리감을 유지한다. 슈베르트의 연가곡에서 조 편성은 "음악적 논리에 따른 것이 아니라 시의 내용에 따르고"(RL, 268) 있다.

제1곡 〈방랑〉은 내림나장조로 시작되고, 마지막 곡 〈시내의 자장가〉는 마장조로 끝나는데, 이것은 연가곡이 처음 톤으로 돌아가는 것이 아니라 오히려 처음 톤과 큰 거리를 두고 곡이 끝나는 것을 의미하고 있다. 제1곡은 일종의 도입부로서 근심 없이 방랑하는 방앗간 도제와 더 나은 행복의 세계에 대한 동경을 표현하고 있다. 이와 달리 마지막 곡 〈시내의 자장가〉는 절망적인 방앗간 도제의 죽음에 대해서 노래하고, 그는 죽음에서 휴식, 평화 그리고 마침내 기쁨을 발견한다. 마장조를 써서 기쁨과 꿈의 세계, 천상의 세계를 표현하고 있으나 이 세계가 지상 세계와는 달리 더 나은 세계인지 아닌지는 시인 빌헬름 뮐러와 작곡가 슈베르트에게는 열려 있다. 그 밖에 20곡으로 이루어진 슈베르트의 연가곡 가운데 아홉 곡은 유절가곡이다. 또 이 연가곡은 내적인 대칭 구조를 지니고 있으며, 두 부분으로 나뉜다. 제1곡에서 제10곡이 첫 번째 부분이고, 두 번째 부분은 제11곡에서 제20곡까지이다. 두 부분은 거의 대칭적 구조를 통해서 드라마의 전개, 절정, 파국의 완결된 구조를 보여 주고 있다. 결론을 명확히 하고 있다는 점에서 개방 연극이 아니라 폐쇄 연극의 형태처럼 나타나고 있다. 그러니까 연가곡《아름다운 물방앗간 아가씨》는 연작시를 극적으로 설명하는 음악 형식인 동시에 완결된 줄거리로 구성되어 있다. 또 이 작품은《겨울 나그네》와 마찬가지로 편력을 핵심 주제로 다루고 있다.

제1곡은 뮐러의 5연 5행시 〈방랑 시기〉에 붙인 곡이며, 슈베르트는 제목을 조금 바꾸어 〈방랑Das Wandern〉으로 명명하였다. 이것은 명사 '방랑 시기'에서 명사화된 '방랑(편력)'으로 뉘앙스가 바뀐 것이다. 이러한 슈베르트의 의도는 이 연가곡 전체에서 도제의 편력이 암시하는 뜻이 중요하기 때문이다. 이 곡은 거의 유절가곡이며, 2/4 박자에 명랑하고 빠른 피아노 서주와 함께 노랫말이 나온다. 1행과 2행 "방랑은 방앗간지기 도제의 기쁨이다/ 방랑이여!"는 적당한 빠르기로 노래하고 다시 반복해서 노래한다. 이어 3행에서 5행까지 "그는 나쁜 방앗간지기 도제임에 틀림없다/ 방랑에 도무지 생각이 미치지 않는 도제/ 방랑이여"라고 노래한다. 마지막 5행은 세 번 더 노래하고 피아노의 짧은 간주가 이어진다. 그러니까 1연에서는 방랑은 방앗간지기 도제의 기쁨이며, 편력을 생각하지 않는 도제는 마이스터가 될 수 없으며, 나쁜 도제라고 노래하면서 마지막 5행 "방랑이여"를 세 번 더 반복하며 도제의 실습 기간을 의미하는 편력을 찬미하고 있다.

2연 또한 1연과 같은 방식으로 "우리는 물에서 그것을 배웠다/ 물에서/ 그건 낮이나 밤이나 쉬지 않는다/ 항상 방랑만을 생각한다/ 물이여"라고 노래한다. 1행과 2행을 반복 노래하고, 5행은 세 번 더 반복해서 노래한다. 여기서는 도제가 편력의 뜻을 밤낮으로 쉼 없이 흐르는 물을 통해서 배운다고 노래하고 있다. 더욱이 5행

"물이여"를 세 번 반복함으로써 흐르는 물과 편력은 같은 의미라는 것이 강조되고 있다. 이어 피아노의 간주가 들어가고 3연으로 넘어가서 이번에는 물레방아의 바퀴가 쉼 없이 돌아가는 것 또한 방랑과 같은 뜻이 된다. 도제는 쉼 없이 돌아가는 물레방아의 바퀴를 통해서 편력을 보고, 또한 편력 가운데 있는 자신처럼 이 바퀴들은 멈춰 서는 것을 좋아하지 않는다고 노래한다. 3연의 1행에서 5행까지 "우리는 물레방아 바퀴들을 통해서도 본다/ 물레방아 바퀴들에서/ 그것은 조용히 멈춰 서 있는 것을 좋아하지 않는다/ 피곤한 줄 모른 채 나의 나날이 돌아간다/ 물레방아 바퀴여"라고 노래한다. 1행과 2행은 반복 노래하고 5행은 세 번 더 반복 노래하면서 계속 돌아가는 물레방아 바퀴를 편력과 동일시하며 그 뜻을 강화하고 있다. 이어 피아노 간주가 들어가고 4연으로 넘어간다.

4연에서는 무거운 물레방아 돌이 계속 돌고 게다가 더 빨리 돌려고 한다고 노래하고 있다. 여기서도 계속 돌아가는 물레방아 돌은 방랑을 의미하며, 이 물레방아 돌이 더욱 빨리 돌려고 하는 것은 바로 편력의 뜻을 더욱 강조하는 것이다. 1행에서 5행까지 "돌조차도 아주 무겁다/ 돌이여!/ 그것들은 명랑한 윤무를 춘다/ 게다가 더 빨라지려고 한다/ 돌이여"라고 노래한다. 이어 피아노의 간주가 들어간 뒤 마지막 5연으로 넘어간다. 5연에서는 밤낮 쉼 없이 흐르는 물, 계속 돌아가는 물레방아 바퀴와 물레방아 돌로 상징되던 편력의 뜻이 직접적으로 나타난다. 1행에서 5행까지 "오, 방랑이여, 방랑이여, 내 기쁨이여/ 오, 방랑이여/ 장인들이여/ 나를 평화롭게 계속 가게 하라/ 그리고 방랑하게 하라"고 노래한다. 그러니까 편력은 도제의 기쁨이고, 편력시대의 실습을 하는 도제는 지금의 실습장에서 또 다른 실습장으로 떠날 수 있도록 마이스터에게 허락을 구하면서 계속되는 방랑을 강조하고 있다. 이것은 도제가 언젠가 마이스터가 되는데 꼭 필요한 과정을 거친다는 의미뿐만 아니라 삶의 편력을 의미하고 있다. 이후 피아노의 밝고 명랑한 후주로 곡이 끝나고 있다. 이 곡에서는 5연을 제외하고 1연에서 4연까지는 같은 음악 형식을 취하고 있다.

제2곡 〈어디로?Wohin?〉는 뮐러의 같은 제목의 6연 4행시에 붙인 곡이며, 이 곡은 사장조에서 마단조로 조가 바뀌고, 2/4 박자의 적당한 속도로 노래한다. 사장조는 "전원적이고 목가적인 톤으로 유효"(BS, 41)하며, 동시에 슈베르트 연가곡에서는 시내를 뜻하고 있다. 이 곡에선 시내가 등장하고 자연스럽게 흐르는 물소리로 도제를 유혹하고 그 울림은 은밀한 요정의 노래가 되면서 "너의 찰랑거림으로 내 감각을 홀리는구나" 부분에서 마단조로 바뀐다. 이것은 마침내 비극으로 끝나게 될 것을 암시한다고 볼 수 있다. 그리고 이 곡은 간단한 피아노의 서주만 있을 뿐 간주와 후주는 없다.

〈어디로?〉의 악보 일부

뮐러의 시 1연에서 5연은 도제의 입장에서 노래하고, 마지막 6연은 시내가 도제에게 말을 거는 것으로 되어 있다. 1연에서는 "난 시냇물이 찰랑거리는 소리를 듣는다/ 바위샘에서/ 계곡 아래로 내려가면서 찰랑거린다/ 아주 신선하고 아주 맑게"라고 노래한다. 그러니까 도제가 바위샘에서 맑고 신선한 시냇물이 계곡 아래로 흐르는 소리를 듣고 있다. 이러한 전원적이고 목가적인 분위기가 꾸밈없이 단출하게 표현된다. 2연에서는 "난 내가 어떻게 되었는지 모른다/ 누가 내게 조언을 주었는지도 모른다/ 나도 아래로 내려가야만 했다/ 내 방랑 지팡이를 짚고"라고 노래하고는 3행과 4행은 다시 반복된다. 뮐러의 시에서 "난 바로 아래로 내려가야만 했다"가 슈베르트의 곡에서는 "나도 아래로 내려가야만 했다"로 바뀌는데, 부사 "바로"가 "또한"이라는 의미의 부사로 뉘앙스가 달라진 것이다. 2연에서 도제는 누가 조언을 주었는지 모르지만 시냇물 소리에 홀려서 그것을 따라 방랑 지팡이를 잡고 계곡 아래로 내려가고 있다.

3연에서는 "아래로 그리고 계속해서/ 점점 더 시냇물 쪽으로/ 점점 더 신선하게 찰랑거린다/ 점점 더 맑게 시냇물이"라고 노래하고는 다시 3행과 4행이 반복되고 있다. 3연에서는 도제가 계속 계곡을 따라 내려가면서 맑고 신선한 시냇가에 가까이 가고 있음을 노래하고 있다. 4연에서 도제는 이곳이 그가 가야 할 길인지를 자문하면서 시내에게 어디로 가는지를 말하라고 재촉한다. 그러면서 그는 졸졸 흐르는 시냇물의 찰랑거리는 소리에 그의 감각이 홀린 것 같다고 노래한다. 4연에서는 "그것이 내 길인가?/ 오 시내여, 말하렴, 어디로 가는지?/ 넌 네 찰랑거리는 소리로/ 내 감각을 홀리고 있구나"라고 노래하고는 다시 3행과 4행을 반복해서 노래한다. 5연에서는 "난 찰랑거리는 소리에 대해 뭐라 말할까?/ 그건 찰랑거리는 소리일 수 없다/ 그건 아마도 요정들의 노래이다/ 깊이 저 아래 대오를 지어"라고 노래한 뒤 다시 3행과 4행을 반복해서 노래한다. 4행에서, 뮐러의 시에 쓰인 "저기"라는 부사가 슈베르트의 노래에서는 "깊이"라는 부사로 뉘앙스가 바뀌고 있다. 5연에서는 시내의 찰랑거리는 소리가 이제는 물 속 깊이 사는 요정들의 노래라고 도제는 생각한다. 그래서 시냇물이 흐르는 소리는 물 속 깊은 곳에 사는 요정의 노래가 되고 이것은 도제의 감각을 홀릴 만큼 매력적이다.

마지막 6연은 시내가 도제에게 하는 말이며, 1행에서 4행까지 "도제여, 노래하게 하라, 찰랑거리게 하라/ 그리고 명랑하게 방랑을 따르렴!/ 물레방아 바퀴들이 돌고 있다/ 어느 맑은 시내에서나"라고 노래한다. 이어 3행과 4행을 반복해서 노래하고, 다시 1행과 2행을 반복하고는 2행 일부 "명랑하게 따르렴"을 두 번 더 노래한 뒤 곡이 끝난다. 여기서는 요정이 노래하고 어느 맑은 시내에서 물레방아가 돌고 있는데, 시내는 도제에게 그곳까지 계속 방랑하도록 권유하고 있다. 그래서 실제로 시내는 도제가 당도할 곳을 일러주고 있으며, 시내의 동행은 더욱이 6연에 나오는 노랫말의 반복을 통해서 강조되고 있다.

제3곡 〈멈추렴!Halt!〉은 뮐러의 같은 제목의 3연 4행시에 곡을 붙였고, 이 곡은 6/8 박자에 다장조이다. 도제를 물방앗간으로 이끈 것은 시내이며, 그 도제는 물방앗간에 이르자 방랑을 멈추고 그곳에 머무르게 된다. 제3곡은 피아노의 **빠르고 격정적인** 서주가 연주된 다음 노랫말이 나온다. 1연에서는 도제가 오리나무들 사이로 시냇물 흐르는 소리와 물레방아 도는 소리를 듣는다. 1행에서

4행까지 "난 물레방아가 번쩍이는 것을 본다/ 오리나무들 사이에 서/ 찰랑거림과 노랫소리를 뚫고/ 물레방아 도는 소리가 터져 나온다"를 적당한 빠르기로 노래하고, 4행은 반복해서 노래한다. 2연에서는 도제가 물레방아의 환영 소리를 듣고, 물방앗간 집은 편안하고 창문에는 햇빛이 반사되어 반짝거리는 것을 본다. 1행에서 2행 "환영, 환영/ 달콤한 물레방아의 노랫소리여!"라고 노래하고는 다시 1행과 2행을 반복해서 노래한다. 이어 3행과 4행 "집은 얼마나 다정한가!/ 창문은 얼마나 반짝거리나!"라고 노래하고 마지막 3연으로 넘어간다. 하늘에선 태양이 밝게 비치고, 도제는 시내에게 여기서 방랑을 멈추라는 의미인가라고 물음을 던진다. 1행과 2행에서 "그리고 태양은 얼마나 밝게/ 하늘에서 빛나고 있는지!"라고 노래하고는 다시 1행과 2행을 반복해서 노래한다. 3행과 4행에서 "아 시내여, 사랑스런 시내여/ 그것이 그 의미였나?"라고 노래하고는 다시 3, 4행을 거듭 노래한 뒤 다시 4행을 두 번 더 노래하고는 피아노의 짧은 후주와 함께 곡이 끝난다.

제4곡 〈냇물에 감사Danksagung an den Bach〉는 뮐러의 5연 4행시에 붙인 곡이며, 이 곡은 2/4 박자에 사장조이고, 약간 느리게 노래한다. 피아노의 다소 느린 서주가 있고 나서 노랫말이 시작된다. 1연에서 도제는 제3곡 마지막 행에서 했던 말을 되풀이하는데, 그는 시내에게 그 노래와 울림 소리는 이제 방랑을 멈추라는 의미인지 다시금 묻는다. 1행에서 4행 "그것이 그 의미였나?/ 내 찰랑거리는 친구여/ 너의 노래, 너의 울림이/ 그 의미였나?"라고 노래하고는 4행을 반복해서 노래한다. 이어 2연에서 시냇가에 있는 방앗간 앞에 자신을 멈추게 한 이유가 바로 물방앗간 아가씨에게로 가도록 하는 것이냐고 도제가 시내에게 묻는다. 1행에서 3행까지

"물방앗간 아가씨에게 가자고!/ 그렇게 울리는구나/ 그래, 내가 제대로 이해했나?"라고 노래하고는 다시 3행의 "내가 제대로 이해했나"를 되풀이한다. 4행 "물방앗간 아가씨에게 가자고!"를 노래하고는 4행을 한 번 더 노래한 다음 피아노의 간주가 들어가고 있다. 여기서 피아노의 간주는 도제의 부푼 희망과 물방앗간 아가씨를 만날 것에 대한 설렘을 강조하고 있다.

3연에서 도제는 시내더러 그녀가 보낸 것인지 아니면 자신의 환상인지를 알고 싶다고 말한다. 1행에서 4행까지 "그녀가 너를 보냈니?/ 아니면 나를 홀린 것이었니?/ 알고 싶구나/ 그녀가 너를 보냈는지를"이라고 노래하고는 다시 4행을 반복해서 노래한다. 이 반복은 그녀가 시내를 메신저로 자신에게 보냈기를 바라는 그의 마음을 강조하고 있다. 이어 피아노의 간주가 들어간 뒤 4연으로 넘어간다. 4연에서 도제는 이제 자신이 찾던 것을 찾았고 그런 상태가 항상 가능할 것이라는 희망을 표현하고 있다. 1행에서 4행까지 "이제 그럴 것도 같다/ 난 자신을 바친다/ 내가 찾는 것을 발견했다/ 항상 그럴 것도 같다"고 노래하고는 피아노의 짧은 간주가 4행의 멜로디를 거듭한다. 5연에서는 도제가 물방앗간으로 가서 도제 실습을 할 수 있는지를 물을 것이고, 이제 그는 방랑을 멈추고 도제 실습을 할 모든 준비가 되어 있다. 1행에서 4행까지 "난 일할 수 있는지 물을 것이다/ 이제 난 충분히/ 손과 마음/ 아주 충분히 준비되어 있다"고 노래하고는 4행을 다시 부른다. 이어 피아노의 후주와 함께 곡이 끝난다. 이 제4곡에서도 도제의 기대, 희망, 쾌활함 등은 장조의 조 편성으로 표현하고 있음을 볼 수 있다.

제5곡 〈일과를 끝낸 저녁에Am Feierabend〉는 뮐러의 같은 제목의 2연 10행시에 붙여진 곡이다. 이 곡은 가단조와 바장조로 되어 있

고, 6/8박자로 아주 빠르게 노래한다. 여기에선 "처음이자 유일하
게 방앗간지기의 현실적인 직업의 세계가"(RL, 270) 나타나고 있다.
이 곡은 피아노의 격정적인 서주와 함께 노랫말은 여러 가지로 톤
이 바뀐다. 격정적이고 빠르게 노래하다가 아름다운 물방앗간 아
가씨가 말을 할 때는 아주 부드럽고 느리게 변하고, 마이스터의 칭
찬은 낭송조로 노래하는 등 목소리로 노래 분위기가 다양하게 달
라진다.

　피아노의 서주는 처음 격정적으로 연주되다가 물레방아가 도는
것을 연상시키는 연주에 이어서 1연의 1행에서 8행까지 "내가 수
천 개/ 팔들로 만져 볼 텐데/ 우르릉 소리 내면서/ 난 물방아를 돌
릴 수 있을 텐데/ 난 울려 퍼지게 할 텐데/ 모든 초원을 지나!/ 난
돌릴 수 있을 텐데/ 모든 방앗돌들을!"이라고 빠르고 힘차게 노래
한다. 이어 9행과 10행 "아름다운 물방앗간 아가씨가/ 내 진실한
마음을 알아챘기를" 바란다고 다소 누그러진 톤으로 노래하고는
다시 9행과 10행을 노래한 뒤 피아노의 온건한 간주가 짧은 휴지
부처럼 들어간다. 1연에서는 도제가 물방앗간 아가씨의 팔을 잡아
볼 수 있다면, 신나서 방아를 더 잘 다루고, 방앗돌도 더 잘 돌릴
수 있고, 물레방아 도는 소리는 바람에 실려 초원으로 퍼질 것 같
다고 생각하면서, 물방앗간 아가씨가 그의 연모하는 마음을 알아
주기를 바란다. 그러나 아직은 그녀의 마음을 알 수 없다.

　2연 1행에서 4행까지 "아, 내 팔이 얼마나 약한지!/ 내가 들어
올리는 것, 내가 드는 것/ 내가 자르는 것, 내가 치는 것/ 어느 도
제나 그것은 한다"고 빠르고 강한 톤으로 노래한다. 이어 4행을 반
복해서 노래하고는 짧은 피아노 간주가 들어간다. 5행과 6행에서
"난 거기 큰 원 안에 둘러앉아 있다/ 일을 끝낸 선선하고 고요한

시간에"라고 노래하는데, 노랫말과 피아노의 반주가 서로 대화를 주고받듯 진행되고는 피아노의 짧은 간주가 들어간다. 1행에서 6행까지는 물방앗간 도제들의 일상을 표현하고 있다. 7행과 8행에서 "마이스터가 모두에게 말한다/ 너희가 한 일이 내 맘에 들었다"고 낭송조로 노래한다. 9행과 10행에서는 "그리고 사랑스런 소녀가/ 모두에게 잘 자라고 인사한다"고 점점 더 부드럽고 느리게 노래한다. 이 부분은 물방앗간 아가씨가 도제들에게 밤 인사를 하는 장면인데, 그에 걸맞게 10행은 아주 부드럽고 느리게 노래한 뒤 아가씨의 인사에 답례하듯 피아노 간주가 짧게 들어간다. 그러고 나서 다시 10행 "모두에게 잘 자라고 인사한다"고 한 번 더 노래한다. 이어 격정적인 피아노 반주와 함께 1연 전체가 반복된다. 그리고 9행과 10행 "아름다운 물방앗간 아가씨가/ 내 진실한 마음을 알아챘기를"이라고 거듭 노래한 뒤 다시 피아노의 짧은 간주가 들어간다. 다음 9행 "아름다운 물방앗간 아가씨가"를 또 한 번 노래하고, 다시 짧은 피아노 간주가 들어간다. 마지막으로 10행을 반복한 다음 피아노의 강하고 짧은 스타카토 후주로 곡이 끝난다. 이렇게 1연을 반복하는 슈베르트의 곡은 뮐러의 시에 견주어서 물방앗간 아가씨가 도제의 마음을 알아챘기를 바라는 소망을 강조하면서도 그 여부에 대한 불확실성과 불안을 훨씬 강조하고 있다.

제6곡 〈궁금해하는 사람Der Neugierige〉은 뮐러의 같은 제목의 5연 4행시에 붙인 곡이다. 슈베르트의 이 곡은 나장조와 사장조로 되어 있고, 2/4 박자로 천천히 노래한다. 방앗간 도제는 "그녀가 날 사랑하나?"에 대한 답을 얻고자 시내에게 묻지만 시내는 침묵할 뿐 답을 주지 않는다. 그러니까 시의 제목은 그녀의 사랑을 알고자 하는 도제의 마음을 드러내고 있다. 이 곡은 호수처럼 잔잔하고 느린 피아노 서주와 함께 시작된다. 1연 "난 꽃에게 묻지 않는다/ 난 별에게 묻지 않는다/ 그것들은 모두 나에게 말할 수 없다/ 내가 기꺼이 알고 싶은 것을"이라고 기도하듯 천천히 노래한다. 여기서는 도제가 꽃에게도 별에게도 그가 알고 싶은 것을 물을 수 없다. 왜냐하면 꽃도 별도 그것에 대한 답을 말해 줄 수 없기 때문이다. 1연의 노랫말에 이어 바로 2연으로 넘어가서 "난 정원사가 아니다/ 별들은 너무 높은 곳에 있고/ 난 내 시내에게 묻고자 한다/ 내 마음이 나를 속였는지를" 천천히 노래한다. 그러니까 도제는 정원사가 아니기 때문에 꽃에게 물을 수도 없고, 별은 너무 높이 떠 있어서 물을 수가 없으니 이제 그의 동행자인 시내에게 그가 착각하는 것인지 아닌지를 묻고자 한다. 2연 노랫말에 이어 피아노의 간주가 들어간 뒤 3연으로 넘어간다.

3연에서는 "내 사랑의 시내여/ 넌 오늘도 어쩌면 그리 말이 없는가?/ 하나는 알고 싶구나/ 한마디라도 완전하게"라고 노래하고 4행을 거듭 노래한 다음 피아노의 반주가 먼저 들어가고 4연의 노랫말로 넘어간다. 그러니까 3연에서는 오늘도 말이 없는 시내에게 한 마디 대답만이라도 듣고자 하는 도제의 절박한 심정이 표현되고 있다. 4연에서는 "네라는 한마디 말이다/ 또 다른 말은 아니오이다/ 그 두 말은/ 나의 온 세상을 좌우한다"고 노래하고는 3행과 4행을 반복하고, 짧은 피아노 간주가 이어진다. 4연에서는 도제가 시내에게 네 또는 아니오라는 말을 듣고자 하는데, 그 대답은 그의 삶과 직결되어 있다. 그래서 3행과 4행의 반복은 그 대답에 그의 삶이 달려 있음을 강조하고 있다. 마지막 5연에서는 "내 사랑의 시내여/ 넌 얼마나 아름다운지!/ 그것을 말하려 하지 않는구나/ 말하라, 시내여, 그녀가 나를 사랑하니?"라고 노래하고 있다. 그리고 4

행을 반복하는데, 이것은 도제가 정말로 그녀가 자기를 사랑하는지 알고 싶어서 시내에게 묻는 다급한 심정을 강조하고 있다. 도제는 아직 대답을 얻지 못해서 불안하지만, 역설적이게도 피아노의 후주는 평화롭게 곡을 끝내고 있다.

제6곡 〈궁금해하는 사람〉과 제7곡 〈초조함Ungeduld〉 사이에 놓여 있는 뮐러의 시 〈도제의 삶〉에는 슈베르트가 곡을 붙이지 않았다. 그리고 연가곡의 제7곡에서 제10곡까지는 유절가곡이다. 제7곡 〈초조함〉은 뮐러의 같은 제목의 4연 6행시에 붙여진 곡이며, 이 곡은 가장조에 3/4 박자로 약간 빠르게 노래한다. 이 곡에는 "자제하던 감정의 돌풍 같은 폭발이 나타나고 있으며, 슈베르트의 가장 인기 있는 곡 가운데 하나이다."(RL, 270) 이 곡은 앞서 언급한 것처럼 유절가곡으로서 피아노의 빠르고 구르는 듯한 서주로 곡이 시작되며, 그 제목 〈초조함〉이 암시하듯 도제가 참고 자제하던 감정을 폭발적으로 드러내고 있다. 각 연의 6행 "너는 내 마음이고 그리고 영원히 그럴 것이다"는 마치 후렴과 같은 역할을 한다.

1연에서는 "난 모든 나무껍질에 그것을 새길 텐데/ 난 기꺼이 조약돌에다 그것을 묻을 텐데/ 난 그것을 싱싱한 화단에 뿌리고 싶구나/ 재빨리 드러나는 냉이싹과 함께/ 하얀 쪽지 위에다 그것을 쓰고 싶구나/ 너는 내 마음이고 그리고 영원히 그럴 것이다"라고 격정적으로 노래한다. 마지막 6행에서는 부분적 반복이 나타나는데 먼저 "너는 내 마음이고, 너는 내 마음이고"를 반복한 뒤 나머지 일부인 "그리고 영원히 그럴 것이다"를 두 번 반복해서 노래하고는 피아노의 격정적인 간주가 따라 나온다. 그러니까 1연에서는 그녀는 영원히 도제에게 사랑의 대상이며, 그는 그녀가 자신의 마음이라고 나무껍질이나 조약돌에 새기고 화단에 뿌리고, 하얀 종이 위에도 그것을 쓰고 싶어한다.

2연에서는 "난 어린 찌르레기를 내게로 끌어당기고 싶구나/ 그것이 순수하고 분명한 말들을 할 때까지/ 그것이 내 목소리로 그녀에게 말할 때까지/ 내 마음의 완전하고 뜨거운 열정과 함께/ 그것은 그녀의 창문을 통해 밝게 노래하게 될 것이다/ 너는 내 마음이고 그리고 영원히 그럴 것이다"라고 노래하는데, 마지막 6행은 1연의 6행과 같은 방식으로 노래한다. 그리고 피아노의 간주가 들어간다. 2연에서는 그녀를 만나기 쉽지 않기 때문에 작은 찌르레기를 통해서 도제는 그녀에게 순수하고 맑은 사랑을 전하고 싶어한다. 3연에서는 "난 아침 바람에 그것을 불어넣고 싶구나/ 난 활기찬 숲을 지나 그것이 살랑거리는 소리를 듣고 싶구나/ 오, 꽃별에서 빛나게 될 것이다/ 향기가 가깝게 멀게 그것을 그녀에게 실어 가는 듯하다/ 너희들의 물결, 너희들은 물레방아 바퀴 이외에 아무것도 돌리지 못하나?/ 너는 내 마음이고 영원히 그럴 것이다"라고 노래한다. 여기서는 도제가 황야를 지나 불어오는 아침 바람을 들이마시고 꽃들의 향기가 바람에 실려 그녀에게 닿기를 바라면서 시내의 물결은 물레방아 바퀴만 돌릴 뿐 그녀에게 그의 마음을 전하지 못하는 것에 대한 안타까움을 표현하고 있다. 4연에서는 "내 말은, 그것이 내 눈 안에 있어야 하는데/ 사람들이 내 뺨에서 그것이 타오르는 것을 봐야 할 텐데/ 내 말 없는 입에서 그것을 읽어 내야 할 텐데/ 숨결마다 큰 소리로 그녀에게 알려야 할 텐데/ 그런데 그녀는 두려운 충동에 대해서 아무것도 알아채지 못한다/ 너는 내 마음이고 영원히 그럴 것이다"라고 열정적으로 노래하고는 피아노의 짧은 후주로 곡이 끝난다. 여기서는 눈, 뺨, 입을 통해서 그의 연모하는 마음을 그녀가 알아채기를 바라는데 그녀는 아무것도 눈

치채지 못하고 있다. 이 때문에 도제의 마음은 초조해지고 있다.

　제8곡 〈아침인사Morgengruß〉는 뮐러의 같은 제목의 4연 6행시에 곡을 붙인 유절가곡으로서 다장조에 3/4 박자로 부드럽게 노래한다. 도제는 그녀에게 수줍게 아침 인사를 전하고 있으며, 제7곡과는 달리 그의 마음에 일고 있는 격정은 드러나지 않은 채 각 연의 처음 3행은 노래의 톤이 강하고 다음 3행은 다소 부드럽게 대비되면서 노래한다. 이 곡은 피아노의 우아하고 느린 서주를 시작으로 1연의 1행에서 3행 "안녕, 아름다운 물방앗간 아가씨!/ 어디로 머리를 바로 숨기고 있니?/ 너에게 무슨 일이라도 있는 것처럼"이라고 노래하고 피아노의 간주가 들어간다. 그리고 4행에서 6행까지 "내 인사가 너에게 그리 심하게 역겨웠니?/ 내 눈빛이 그렇게 너를 방해했니?/ 그러면 난 다시 가야만 하는구나"라고 노래한다. 마지막 6행은 우선 전체를 반복하고, 다시 부분적으로 "다시 가야만"을 거듭 노래한다. 이어 피아노 간주가 들어간다. 그러니까 1연에서는 도제가 물방앗간 아가씨에게 아침 인사를 했으나 마치 무슨 일이 있는 것처럼 그녀가 머리를 숨기자, 그의 인사가 그녀에게 환영받지 못하고 게다가 그녀를 방해했다고 느끼고 그는 이제 다시 떠날 수밖에 없다고 여긴다.

　2연의 1행에서 3행까지는 "멀리에서나마 날 서 있게 해 주렴/ 너의 사랑스러운 창가를 보면서/ 멀리, 아주 멀리서"라고 다소 애절하게 노래하고 피아노 간주가 뒤따른다. 그리고 4행에서 6행까지 "너의 금발머리여, 보여 주렴!/ 너희들의 둥그스름한 문에서 빠져나오렴/ 너희 푸른 아침 별들이여!"라고 노래한다. 이어 6행을 한 번 반복하고, 다시 그 일부분 "너희 아침 별들이여"를 노래한 뒤 피아노의 간주가 들어간다. 2연에서 보면 도제는 그녀

의 모습과 그녀의 금발 머리를 멀리서나마 볼 수 있고, 새벽별들
도 뜨기를 고대하고 있다.

　3연의 1행에서 3행까지는 "너희들의 졸음에 취한 눈/ 너희 이슬
을 머금은 꽃/ 너희들은 왜 태양을 두려워하니?"라고 졸음에 겨운
듯 부드럽고 낮게 노래한다. 이어 피아노 간주가 들어간 다음 4행
에서 6행까지 "그건 밤이 그렇게 좋다는 의미였니?/ 너희들이 눈을
감고 몸을 숙이고 운다는 것은/ 너희들의 고요한 기쁨을 찾아서?"
라고 노래한다. 6행은 반복하고, 6행의 일부분 "너희들의 기쁨을
찾아서"는 또 한 번 노래한 뒤 피아노 간주가 들어간다. 3연에서는
졸음에 취한 채 이슬 머금은 꽃들은 태양을 두려워하고, 그리고 고
요한 밤의 기쁨을 찾아서 눈을 감고 몸을 수그린 채 눈물을 흘린다.

〈아침 인사〉의 악보 일부

　4연의 1행에서 3행까지 "이제 만발한 꿈들을 털어 내렴/ 신선하
고 자유롭게 솟아 나오렴/ 신이 주신 밝은 아침에!"라고 노래하고
는 피아노의 간주가 들어간다. 4행에서 6행까지 "종달새는 공중을
배회하고/ 마음 깊은 곳에서/ 사랑은 고통과 근심을 부른다"고 노
래한다. 이어서 6행을 반복해 노래하고, 다시 그 일부분 "고통과
근심"은 또 한 번 반복 노래한 뒤 피아노의 후주가 느리게 곡을 마
감한다. 여기서는 도제가 밝은 아침에 꿈들을 털어 내고 자유롭고
신선한 모습을 기대하고 있다. 그런데 종달새가 공중을 날 때 그

의 사랑은 오히려 고통과 근심을 불러오고 있다. 그럼에도 슈베르트의 곡에서는 도제의 고통스러운 마음이 직접적으로 터져 나오고 있지는 않다.

제9곡 〈방앗간 도제의 꽃들Des Müllers Blumen〉은 뮐러의 같은 제목의 4연 5행시에 붙인 곡이며, 이 곡에는 "매력적인 전원성, 명랑한 목동시의 반향, 낭만적 우울함"(RL, 271)이 서로 섞여 있다. 이 곡 또한 유절가곡으로서 가장조에 6/8 박자로 노래하며, 피아노의 느리고 편안한 서주를 시작으로 서정적인 노래가 나온다. 1연의 1행에서 4행까지 "시냇가에는 많은 작은 꽃들이 피어 있다/ 밝고 푸른 눈으로 보고 있다/ 시내는 방앗간지기 도제의 친구이다/ 밝은 푸른색의 사랑의 눈이 빛난다/ 그래서 그건 내 꽃들이다"라고 이어서 적당한 빠르기로 노래한다. 이어 피아노 반주가 먼저 들어가면서 5행 "그래서 그건 내 꽃들이다"를 노래한다. 다시 5행을 반복해서 노래한 뒤 피아노 간주가 들어간다. 그러니까 1연에서는 시내는 도제의 친구이며, 시냇가에는 많은 꽃들이 피어 있고 꽃들의 밝고 푸른 꽃망울은 그녀의 눈망울이 되고 이내 꽃들은 물방앗간 아가씨와 동일시되고 있다.

2연 1행에서 4행 "그녀의 창가 아래 빼곡하게/ 난 거기 꽃들을 심으려 한다/ 거기서 모든 것이 침묵할 때 너희들은 환호한다/ 그녀의 머리가 졸음에 겨워 꾸벅거릴 때"까지를 노래하고는 피아노 간주가 들어간다. 이어 5행 "너희들은 내가 의미하는 것을 알지"를 노래하고 다시 5행을 반복해서 노래한 뒤 피아노 간주가 들어간다. 여기서 도제는 그녀의 창가 아래 꽃들을 심고, 모든 것이 침묵하고 그녀가 졸음에 겨워 머리를 꾸벅거릴 때 꽃들이 환호하는데, 꽃들은 그가 그녀에게 전하고 싶은 말이 무엇인지를 안다. 3연의 1행에서 4행 "그리고 그녀의 눈망울이 감긴 것 같을 때/ 달콤하고, 달콤한 휴식에 잠든 듯하다/ 그래서 꿈속 얼굴이 속삭인다/ 그녀에게: 잊지마, 날 잊지마!"까지 이어서 노래한다. 피아노 반주가 먼저 들어가면서 마지막 5행 "그 속삭임은 내가 원하는 것이다"를 노래하고, 다시 5행을 반복 노래한 뒤 피아노의 간주가 들어간다. 3연에서는 눈이 감기고 그녀가 달콤한 휴식에 빠져들었을 때 꿈에 나타난 얼굴이 그녀에게 그를 잊지 말라고 속삭이는데, 그것은 바로 도제가 하고 싶은 말인 것이다.

4연의 1행에서 4행 "그리고 그녀는 일찍 덧문들을 연다/ 그리고 사랑의 눈길로 내다본다/ 너희들 눈망울 속 이슬/ 그건 내 눈물방울들이다"를 이어서 노래한다. 이어 피아노 반주가 먼저 들어가고 마지막 5행에서 "내가 너희들에게 흘리는 눈물"이라고 두 번 노래하고는 피아노의 후주 없이 곡이 끝난다. 이 4연에서는 그녀가 이른 아침 창문을 열고 사랑스런 눈길로 밖을 쳐다보지만 꽃들의 눈망울에 비치는 이슬, 곧 도제가 흘리는 눈물방울을 알아채지 못한다. 제9곡에서는 사랑의 화답을 얻지 못한 도제의 슬픈 사랑이 부분적으로 묘사되고 있다.

제10곡 〈눈물 비Tränenregen〉는 뮐러의 같은 제목의 7연 4행시에 붙여진 곡이며, 가장조와 가단조로 되어 있고, 6/8 박자로 아주 천천히 노래하는 유절가곡이다. 달과 별들이 은빛 시냇물에 반사되고 도제는 물에 비친 연인의 모습을 본다. 그녀는 고개를 수그리고 시냇가에 핀 푸른 꽃들을 쳐다보고, 꽃들은 그녀를 본다. 이 때 유혹하는 물의 마력이 작용하는데, 시내는 도제를 물속으로 끌어가려고 한다. 이 곡은 마지막 7연에서 노랫말이 나올 때 장조가 단조로, 다시 단조에서 장조로 바뀌었다가 피아노 후

주는 단조로 연주되면서 곡이 끝난다. 그러니까 가장조를 통해서
"무한한 사랑, 자신의 처지에 대한 만족, 재회의 희망"(BS, 61) 등
이 표현되다가 곡이 끝나는 부분에 이르러 가단조로 바뀌면서 희
망 없는 사랑을 표현하고 있다. 이러한 조바꿈은 두 번째 부분의
첫 곡인 연가곡 제11곡과도 연관성이 있다. "사랑스런 물방앗간
아가씨는 내 것이다"(제11곡 9행)라는 노랫말을 보면 도제의 희
망이 이루어진 것 같지만 이내 그의 기쁨은 물거품이 될 것이라
고 미리 예고되고 있다.

  제10곡은 피아노의 느리면서도 밝은 서주로 곡이 시작된다. 1연
에서는 "우리는 아주 다정하게 함께 앉아 있었다/ 서늘한 오리나무
지붕 곁에/ 우리는 아주 다정하게 함께 쳐다보았다/ 아래 졸졸 흐
르는 시냇물을"이라고 노래하고는 피아노 간주가 들어간다. 여기
서는 도제 젊은이와 아가씨가 저녁에 데이트를 하고 있는 장면인
데, 두 사람은 다정하게 함께 앉아서 찰랑거리는 시내를 쳐다보고
있다. 2연에서는 "달도 떠 있었다/ 그 뒤로 별들도/ 아주 다정하게
함께 들여다보았다/ 은빛 거울 속을"이라고 노래하고 피아노 간주
가 들어간다. 2연에서 두 사람은 시냇물에 비치는 하늘, 달과 별들
도 다정하게 함께 들여다보고 있다.

〈눈물 비〉의 악보 일부

3연에서는 "난 어느 달도 보지 않았다/ 어느 별도 보지 않았다/ 난 그녀의 모습을 보았다/ 그녀의 눈들만 보았다"고 노래하고는 피아노 간주가 들어간다. 여기서는 사랑에 빠진 도제는 달도 별도 보이지 않고 오직 그녀의 모습, 그녀의 눈만을 볼 뿐이다. 4연에서 "그녀가 고개를 수그리고/ 성스러운 시내에서 눈을 돌려 쳐다보는 것을 보았다/ 냇가에 핀 꽃들, 푸른 꽃들을/ 그것들이 고개를 수그리고 그녀를 쳐다보았다"고 노래하고는 피아노의 간주가 들어간다. 여기서는 도제가 냇가에 핀 꽃들을 쳐다보는 그녀의 모습을 보았고, 반대로 꽃들이 그녀를 쳐다보는 것을 보았다.

5연에서는 "시냇물로 가라앉는 듯했다/ 온 하늘이/ 그리고 나를 아래로/ 시내의 깊은 곳으로 끌고 가고자 하였다"고 노래하고는 피아노 간주가 들어간다. 여기서는 시내의 마력적인 힘이 묘사되고, 도제는 그 마력에 이끌리는 것을 느낀다. 하늘이 시내에 비치고 시내는 그를 물속으로 끌고 들어가고자 한다. 하필이면 도제가 아가씨와 함께 즐겁게 시냇물, 냇가의 꽃들, 물에 비친 달, 별, 하늘을 보고 있는데 불현듯 시내에서 악마적 힘을 느낀다. 그것도 가장 즐거운 순간에 마력과 죽음의 그림자를 느낀 것이다. 6연에서는 "구름과 별들 위로/ 거기에서 시내가 명랑하게 찰랑거렸다/ 그리고 노래와 울림으로 불렀다/ 도제여, 도제여, 날 따라와!"라고 노래하고는 피아노 간주가 이어진다. 6연에서는 5연의 마력이 구체적으로 나타나서 시내가 도제에게 따라오도록 권유하고 있다. 7연에서는 "그때 내 눈에는 눈물이 가득 고였다/ 그때 그것은 거울 속에서 아주 굽이쳤다/ 그녀가 말했다: 비가 오네/ 안녕, 난 집으로 가요"라고 노래하고는 피아노의 슬픈 후주로 곡이 끝난다. 여기 7연의 1행과 2행에서는 도제가 시내의 권유를 듣고 눈에 눈물이 가득 고이

고, 이것이 시내에 떨어져서 굽이치고 있다. 그런데 물방앗간 아
가씨는 이것을 비가 온다고 간주해서 급히 집으로 가려고 작별 인
사를 한다. 이 마지막 부분에서 아가씨의 무미건조한 마음과 젊은
이의 눈물이 극적인 대비를 이루고 있다.

연가곡 두 번째 부분은 제11곡부터 시작되며, 두 번째 부분의
10개 곡 가운데 다섯 곡이 모두 단조로 되어 있는데, 이는 파국
의 뜻을 강조하는 것이다. 그러니까 "두 번째 부분의 곡 울림의 특
징은 첫 번째 부분과 대조적으로 어둡고 점점 더 음울해지고 있
다."(BS, 43) 제11곡은 "내 것"이라고 물방앗간 도제의 세상을 향한
승리의 외침으로 시작되며, 라장조와 내림나장조로 되어 있고 기
본 박자로 아주 빨리 노래한다. 슈베르트의 라장조는 "전쟁의 외침
이자 승리 및 환호의 톤"(BS, 43)인데, "내 것"이라고 반복 노래할
때는 예상치 않게 라장조에서 내림나장조로 조가 바뀐다. 이것은
제1곡의 조로 되돌아간 것인데, 편력의 뜻을 강조하려는 의도라고
볼 수 있다. 그러다가 마치 후렴처럼 제11곡은 다시 라장조로 돌아
가서 끝이 난다. 마치 도제가 모든 불확실성에도 아랑곳하지 않고
"내 것"이라고 외치는 것처럼 승리를 강조하고 있다. 그는 시내,
꽃들, 새들, 봄, 태양을 향해서 "사랑하는 물방앗간 아가씨는 내 것
이다"라고 "행복의 찬가"(RL, 272)를 보낸 것이다.

제11곡 〈내 것!Mein!〉은 밀러의 같은 제목의 15행시에 붙인 곡이
며, 피아노의 빠르고 경쾌한 서주로 곡이 시작된다. 1행에서 5행까
지 "시내여, 너의 찰랑거림을 그만두렴!/ 물레방아 바퀴들이여, 너
의 굉음을 멈추렴!/ 너희 명랑한 모든 숲새들이여/ 크고 작은/ 너
희들의 멜로디를 끝내렴!"이라고 씩씩하고 힘차게 노래하고, 5행을
반복한다. 여기에선 도제가 시내의 찰랑거리는 소리, 물레방아 도

는 소리, 새들의 크고 작은 지저귐 소리도 멈추라고 한다. 왜냐하면 그는 이제 중요한 말(9행)을 할 것이기 때문이다. 6행에서 8행 "초원을 지나/ 나가고 들어오면서/ 오늘은 후렴 하나만 울려 퍼지게 하렴"까지 노래하고는 다시 6행에서 8행의 노래가 반복된다. 여기서는 모든 소리가 멈추고 오직 하나의 후렴만 울리게 하라고 요구하고 있다. 그 하나의 후렴은 바로 9행의 의미인 것이다. 9행 "사랑스런 물방앗간 아가씨는 나의 것이다"를 노래할 때는 변용과 반복, 곧 "사랑스런 물방앗간 아가씨는 나의 것, 나의 것이다"라고 격정적으로 노래하면서 다시 반복해서 노래한다. 또 10행 "나의 것"은 두 번 반복되고 있으며 이 반복은 그의 승리에 찬 외침을 강조하고 있다.

11행에서 15행까지는 "봄이여, 그것이 너의 모든 꽃인가?/ 태양이여, 넌 더 밝은 빛을 지니고 있지 않나?/ 아, 난 완전히 혼자/ 내 것이라는 성스러운 말과 함께/ 삼라만상 속에서 이해되지 못한 채 멀리 있어야만 하나"라고 노래하고 다시 15행 "삼라만상 속에서 이해되지 못한 채 멀리 있어야만 하나"를 반복해서 노래한 다음 피아노의 간주가 들어간다. 뮐러의 시는 여기에서 끝나고 있다. 그러나 슈베르트는 다시 1행에서 10행까지를 처음처럼 반복해서 노래하고는 피아노의 후주와 함께 곡을 끝내고 있다. 이렇게 슈베르트가 반복한 부분은 도제가 시내, 물레방아, 새들에게 소리를 멈추고 오직 하나의 후렴만 울리라고 요구한 바로 그 부분, 곧 "사랑스러운 물방앗간 아가씨는 나의 것이다"이다. 뮐러의 시에서는 11행에서 15행까지 도제가 아무도 이해하지 못하는 말을 혼자서만 하고 있는 독백의 쓸쓸함으로 끝나는 데 견주어서, 슈베르트 가곡에서는 오히려 도제의 사랑에 대한 기대감과 고조된 기쁨이 강조되어 있다. 그러나 이것은 앞서 제10곡에서 분석한 바와 같이 기쁨이 큰 만큼 고통도 커지게 되는 것을 뜻한다.

제12곡 〈쉼Pause〉은 뮐러의 같은 제목의 18행시에 곡을 붙였고, 이 곡은 내림나장조와 내림가장조로 되어 있으며 2/4 박자로 노래하는데, 유쾌하고 행복한 분위기는 사라지고 불안스럽게 류트의 울림이 멈춘다. 바람결에 스쳐 소리가 날 때는 현들이 나지막하게 탄식한다. 내림나장조는 더 나은 세계에 대한 동경의 뜻을 지니고 있으며, 이것은 다시 제1곡의 편력의 의미로 회귀하는 것을 나타낸다. 방랑자는 항상 계속 길을 가야 하고, 한곳에 오래 머무르지 않는다. 이 곡은 피아노의 느리고 편안한 하프 소리와 같은 서주와 함께 시작되며, 2행, 4행, 5행, 9행, 15행, 16행의 경우에는 매번 하프 소리를 내는 피아노의 주 모티브 반주가 먼저 나오면서 노랫말이 나오는 특징을 지니고 있다.

이 곡은 18행시로 되어 있으나 17행과 18행을 반복함으로써 마치 20행처럼 노래하고 있으며, 전체를 두 부분으로 나누어 노래하고 있다. 그 분기점은 10행 다음 피아노 간주가 그 역할을 한다. 1행에서 10행까지는 "내 류트를 벽에 걸었다/ 그것을 초록색 끈으로 감아서/ 난 더 이상 노래할 수 없다, 내 가슴이 너무 벅차서/ 내가 어떻게 운을 넣어야 할지 모르겠다/ 내 동경의 가장 뜨거운 고통을/ 난 노래의 익살로 내뿜는다/ 어떻게 내가 그렇게 달콤하고 섬세하게 한탄했는지/ 하지만 내 고통이 적다는 것을 의미하지는 않는다/ 아, 얼마나 내 행복의 부담이 큰 것인지/ 이 지상의 어떤 울림도 그것을 품고 있지 않다는 것을"이라고 노래하고는 피아노의 간주가 들어간다. 여기서 도제는 초록색 끈으로 감은 류트를 벽에 걸었고, 그의 가슴이 너무 벅차서 더 이상 노래할 수 없으며 어떻게 운을 넣어야 할지 모르겠고, 동경의 고통을 오히려 익살스러운 노래로 표

현했으나 그렇다고 그의 고통이 적다는 것을 뜻하지 않으며 행복의
부담이 커서 이 지상의 어떤 울림으로도 그것을 표현할 수가 없다.

〈쉼〉의 악보 일부

　　11행에서 18행까지는 "사랑스러운 류트여, 이제 여기 못에서 쉬
렴!/ 그리고 공기가 네 현악기 줄 위로 지나간다/ 그리고 꿀벌 하
나가 그 날개로 너를 쓰다듬는다/ 그때 난 두렵고 몸이 전율한다/
왜 난 그 끈을 그토록 오랫동안 매어 두었나?/ 가끔은 줄들 주위로
탄식하는 울림 소리가 난다/ 그건 내 사랑의 고통의 반향인가?/ 그
건 새로운 노래들의 서곡인가?"라고 노래하고는 피아노의 느린 간
주가 들어간 뒤 다시 17행과 18행에서 "그건 내 사랑의 고통의 반
향인가?/ 그건 새로운 노래들의 서곡인가?"라고 반복해서 노래한
다. 이어 피아노 주 모티브를 반복 변용한 후주로 곡이 끝나고 있
다. 여기서 벽에 걸린 류트는 바람결이나 꿀벌 날개의 부딪힘에 따
라서도 소리를 내는데, 그 소리는 탄식의 울림이다. 그리고 그는
사랑의 고통을 반영하는 이 탄식 소리에 두려움을 느끼면서 이것
은 고통의 메아리인지 아니면 새로운 비극적 노래들의 서곡인지
의아해한다.
　　제13곡 〈초록색 류트 끈으로Mit dem grünen Lautenbande〉은 뮐러의
같은 제목의 3연 6행시에 곡을 붙였고, 제12곡의 내용과 연관되어

있다. 이 곡은 유절가곡이며, 내림나장조이고 2/4 박자로 피아노의 적당히 빠른 반주로 노래가 시작된다. 1연의 1행에서 3행은 물방앗간 아가씨가 하는 말인데, "아름다운 초록색 끈 주위로/ 여기 벽에서 색이 바래는 것이 아쉽네/ 난 그 초록을 아주 좋아해"라고 보통 속도로 노래하고는 3행 "난 그 초록을 아주 좋아해"를 반복해서 노래한다. 여기 1연에서 보면 그녀가 벽에 매달아 놓은 류트의 초록색 끈을 보면서 자신이 좋아하는 초록이 벽에서 색이 바래는 것을 아쉬워하고 있다. 그 말을 들은 도제는 벽에서 초록색 끈을 풀어서 그녀에게 보낸다. 1연의 4행에서 6행까지는 "그렇게 너는 오늘 나에게 말했지, 내 사랑/ 난 그것을 바로 풀어서 너에게 보낸다/ 이제 그 초록을 좋아하렴!"이라고 노래하고는 다시 6행을 반복해서 노래한 뒤 피아노 간주가 들어간다.

2연의 1행에서 3행은 제삼자적 시각의 서정적 자아가 물방앗간 아가씨에 하는 말이다. "네 연인이 하얀색이라 하더라도/ 초록은 그 대가를 지니고 있지/ 나도 그걸 좋아하지"라고 노래하고, 3행은 반복된다. 4행에서 6행까지는 "우리의 사랑이 항상 초록이니까/ 희망의 동경들이 항상 초록으로 만발하니까/ 그래서 우리는 그것을 좋아하지"라고 노래하고, 다시 6행을 반복한 뒤 피아노의 간주가 들어간다. 그러니까 초록은 사랑과 희망 및 동경의 상징이기 때문에 그 자체로 가치가 있으며 그래서 누구나 그 색을 좋아한다. 3연의 1행에서 3행까지 "넌 이제 네 곱슬머리에/ 초록 끈을 예쁘게 감아 맨다/ 그래 넌 아주 초록을 좋아하는구나"라고 노래하고 다시 3행을 반복해서 노래한다. 이제 그녀는 도제가 보낸 초록색 끈으로 머리를 묶었으며, 그것을 보고 그는 그녀가 정말로 초록색을 좋아한다는 것을 인정한다. 4행에서 6행까지 "희망이 있는 곳을 난 알아/ 사랑이 군림하고 있는 곳을 난 알아/ 그래서 이제 초록을 좋아하게 되는구나"라고 노래하고 다시 6행을 반복해서 노래한 다음 피아노 후주 없이 바로 곡이 끝난다. 그러니까 이제 도제는 사랑에 대한 희망으로 자신도 초록색을 좋아하게 된다.

제14곡 〈사냥꾼Der Jäger〉은 뮐러의 같은 제목의 2연시에 곡을 붙인 것이며, 이 시의 1연은 10행, 2연은 12행으로 이루어져 있다. 슈베르트의 같은 제목의 곡은 다단조이며, 6/8 박자로 빠르게 노래한다. 이 곡에서는 제13곡에 나타난 도제의 기쁨과 희망을 그의 라이벌인 사냥꾼이 나타나 깨뜨린다. 사냥꾼이 등장하자 도제는 그에게 여러 가지 경고를 한다. 이 곡은 피아노의 빠른 서주와 함께 노랫말이 시작된다. 10행으로 이루어진 1연에서는 "도대체 사냥꾼은 여기 물레방아 시냇가에서 무얼 찾나?/ 거만한 사냥꾼, 네 구역에나 머물러라!/ 여긴 네가 사냥할 야생동물이 없어/ 여긴 나를 위한 노루 한 마리, 연약한 한 마리만 살 뿐이야/ 네가 그 우아한 노루를 보고자 한다면/ 네 사냥 엽총들을 숲에 두어라/ 그리고 짖어 대는 개들은 집에나 두고/ 마구잡이로 호른을 불어 대는 것을 멈추어라/ 그리고 숱 많은 턱수염을 자르라/ 그렇지 않으면 정원에 있는 노루가 정말 두려워한다"까지 빠르고 단호한 톤으로 힘차게 노래한다. 그리고는 다시 9행과 10행을 반복해서 노래한 뒤 피아노의 간주가 들어간다. 그러니까 도제가 물방앗간 근처에 나타난 사냥꾼에게 이곳은 그의 사냥 구역이 아닐 뿐더러 사냥할 동물도 없으며, 오직 작은 노루 한 마리가 살 뿐이고, 그 노루라도 보고 싶다면 사냥엽총과 사냥개는 가져오지 말 것이며 게다가 노루가 놀라지 않도록 턱수염을 깎고 오라고 말한다.

12행으로 이뤄진 2연에서는 "하지만 넌 숲에 머무는 것이 더 낫다/ 물레방아와 방앗간지기를 그냥 내버려 두라/ 물고기들이 푸른 나뭇가지에서 무슨 소용이 있나?/ 다람쥐가 푸른 연못에서 무엇을 원하겠는가?/ 그러니 숲에 머물러라, 너 교만한 사냥꾼이여/ 세 개의 수레바퀴와 함께 날 혼자 내버려 두라/ 내 연인에게 널 사랑받게 만들고자 한다면/ 뭐가 그녀의 마음을 어둡게 하는지나 알아봐라/ 밤에 숲에서 나와 어슬렁거리는 수퇘지들이/ 배추밭을 습격한다/ 들어와서는 밭을 사방 파헤친다/ 너 사냥꾼 영웅이여, 그 수퇘지나 쏘아라!"라고 노래한 뒤 피아노의 후주가 곡을 마감하고 있다. 2연에서는 도제가 사냥꾼에게 그가 머물 곳은 사냥할 수 있는 숲이며, 물방앗간 아가씨의 마음을 무겁게 하는 것이 무엇인지 알면 그가 그녀의 호의를 얻을 수 있겠지만 그녀와 자신을 그대로 내버려 두고 밭을 황폐하게 만드는 수퇘지들이나 사냥하라고 말한다. 전체적으로 이 시는 도제가 사냥꾼에게 경고하는 말을 건네는 이야기 시이며, 아주 극적이고 단호하면서도 빠르게 노래하고 있다.

제15곡 〈질투심과 자부심Eifersucht und Stolz〉은 뮐러의 같은 제목의 3연 4행시에 붙인 곡이며, 사단조와 사장조로 되어 있고 2/4 박자로 빠르게 노래한다. 이 곡은 제14곡과 같은 연장선에서 도제가 시내에게 하는 말로서, 피아노의 아주 빠른 반주와 함께 시작된다. 1연의 1행에서 4행까지는 "내 사랑스러운 시내여, 그렇게 빨리 그렇게 혼란스럽게 그렇게 거칠게 어디로 가니?/ 넌 화가 나서 뻔뻔한 사냥꾼을 서둘러 쫓아가니?/ 돌아오렴, 돌아와, 그리고 네 방앗간 아가씨를 꾸짖으렴/ 그녀의 가볍고, 불안정하고 작은 변덕스러움에 대해서"라고 노래하고는 3행의 일부 "돌아오렴"을 세 번 반복해서 노래한다. 여기서는 물방앗간 도제와 시내는 일체가 되어 있는데, 도제가 시내에게 건네는 말은 바로 그 자신에게 건네는 말과 같다. 그는 시내에게 사냥꾼을 그렇게 서둘러 쫓아갈 필요 없이 돌아와서 물방앗간 아가씨의 변덕스러움이나 꾸짖으라고 말한다.

이어 피아노의 간주 없이 바로 2연으로 넘어가서 1행에서 4행까지 "넌 그녀가 어제 저녁 문가에 서 있는 것을 보지 못했니/ 큰길로 목을 길게 내밀고?/ 사냥꾼이 사냥길에서 즐겁게 집으로 갈 때/ 그때 조신한 사람이라면 누구도 창밖으로 머리를 내밀지 않지"라고 노래하고 다시 3행과 4행을 반복한다. 그러니까 어제 저녁 아무도 호기심을 보이지 않는데 오직 그녀만이 사냥길에서 돌아오는 사냥꾼을 창밖으로 내다보았다. 그녀의 사냥꾼에 대한 호기심과 관심은 조신하지 못한 태도라는 것을 강조하고자 3행과 4행을 반복해서 노래하고 있다. 3연의 1행에서 "시내여, 가서 그녀에게 말하렴, 하지만 그건 그녀에게 말하지 마라"라고 노래할 때, 1행의 일부분이 반복되어 "시내여, 가서 그녀에게 말하렴, 시내여, 가서 그녀에게 말하렴, 하지만 그건 그녀에게 말하지 마라"라고 노래한다. 2행에서 4행까지는 "내 슬픈 얼굴에 대해서는 한마디도, 듣고 있니/ 그녀에게 말하라: 그가 내 곁에서 갈대 피리를 깎아서/ 그걸로 아이들에게 아름다운 노래를 불러 주고 춤추게 한 것을"이라고 노래한다. 그러니까 3연에서 보면 도제가 시내더러 자신의 슬픈 얼굴에 대해서 한마디도 하지 말고, 사냥꾼이 갈대 피리를 만들어서 그것으로 아이들에게 아름다운 춤을 추게 하고 노래를 불러 주었다는 것만을 그녀에게 말하라고 한다. 그리고 다시 3연의 3행과 4행을 반복해서 노래하는데, 이번에는 후렴처럼 "그녀에게 말하라"를 여러 차례 반복 노래하고 난 뒤 피아노의 짧은 반주와 함께 곡이 끝난다.

제15곡 〈질투심과 자부심〉과 제16곡 〈좋아하는 색Die liebe Farbe〉

사이에 있는 뮐러의 시 〈첫 번째 고통, 마지막 농담〉에는 슈베르
트가 곡을 붙이지 않았다. 제16곡은 뮐러의 3연 6행시 〈좋아하는
색〉에 곡을 붙였고, 이 곡은 나단조이며 2/4 박자로 다소 느리게
노래한다. 제16곡 〈좋아하는 색〉과 제17곡 〈싫어하는 색〉은 내적
사건의 위기, 절망으로 가는 단계를 포함하고 있다. 두 곡은 모두
단조로 끝나고 있는데 이것은 "인내, 자신의 운명에 대한 고요한
기대 그리고 신의 운명에 복종하는 톤이다."(BS, 46~47) 또한 슈베
르트에게 "나단조는 고요한 기대와 인내뿐만 아니라 고독, 버려짐,
절망, 죽음에 대한 동경까지 다양한 뜻을 내포하고 있다."(BS, 47)

제16곡 〈좋아하는 색〉은 유절가곡으로서 각 연의 3행과 6행은
같은 내용으로 되어 있다. 이 곡은 피아노의 느리고 부드러운 서주
가 나온 다음 1연의 1행에서 3행까지 "난 초록으로 옷을 입고자 한
다/ 눈물의 초록 버드나무로/ 내 연인은 초록을 아주 좋아하네"라
고 느리고 슬프게 노래한다. 3행을 반복해서 노래한 다음 4행에서
6행까지 "사이프러스 황야를 찾고자 한다/ 초록의 로즈마리 황야
를/ 내 연인은 그렇게 초록을 좋아하네"라고 노래한다. 6행은 다시
반복한 뒤 피아노의 슬픈 주 모티브 간주가 들어간다. 1연에서는
도제가 그의 연인이 좋아하는 초록색으로, 눈물의 녹색 초원 옷을
입고자 한다. 따라서 여기서 초록은 그녀가 좋아하는 색이지만 그
에게는 슬픔을 상징하는 색이 되고 있다.

2연의 1행에서 3행까지는 "어서 즐거운 사냥을 하러 가자!/ 어
서 황야와 숲을 지나/ 내 연인은 사냥을 아주 좋아하네"라고 노래
한 뒤 3행을 반복해서 노래한다. 이것은 물방앗간 아가씨가 도제
가 아니라 사냥꾼을 좋아하고 있음을 분명하게 드러내고 있다. 4
행에서 6행까지 "내가 사냥하는 숲, 그건 죽음이구나/ 난 황야를

사랑의 고난이라 부르네/ 내 연인은 사냥을 아주 좋아하네"라고 노
래하고, 이어 6행을 거듭 노래한 뒤 피아노의 간주가 들어간다. 여
기서는 도제가 황야와 숲을 지나 사냥을 가는데, 그가 사냥하는 숲
은 바로 죽음을 의미하고 황야는 사랑으로 말미암은 고난이다. 따
라서 물방앗간 아가씨가 사냥을 좋아한다는 것은 그의 죽음이자
사랑의 고난을 좋아한다는 뜻이 되기 때문에 역설이다. 사실 그 아
가씨가 좋아하는 것은 사냥꾼의 사냥이지 도제의 사냥이 아닌 것
이다. 왜냐하면 도제가 숲으로 사냥을 간다는 것은 바로 그 스스로
죽음의 땅으로 들어가는 것을 뜻하기 때문이다.

　3연의 1행에서 3행까지 "잔디밭에 내 무덤 하나를 파서/ 초록 잔
디로 나를 덮어 주렴/ 내 연인은 초록을 아주 좋아하네"라고 노래
하고, 3행은 한 번 더 노래한다. 4행에서 6행 "검은색 십자가도 알
록달록한 꽃도 아니고/ 초록, 모든 것이 초록으로 주위에!/ 내 연
인은 그렇게 초록을 좋아하네"라고 노래한다. 이어 6행을 반복해서
노래한 다음 피아노의 후주가 서주와 같은 분위기로 연주하면서 곡
이 끝난다. 3연에서 도제는 자신의 무덤을 검은색 십자가나 아름다
운 꽃 대신에 그의 연인이 좋아하는 초록색 잔디로 덮어 달라고 노
래하고 있다. 이 제16곡에 이르면 도제는 경쟁자인 사냥꾼에게 물
방앗간 아가씨의 호감과 사랑이 간 것을 알고 이제 그의 눈앞에 놓
인 죽음의 길에서 안식을 얻고자 한다. 그런데 사랑스러운 색은 역
설적으로 그의 무덤을 장식하는 색이 되고 있다. 그래서 다음 곡에
서는 초록이 사랑스러운 색이 아니라 싫어하는 색이 되고 있다.

　제17곡 〈싫어하는 색Die böse Farbe〉은 뮐러의 같은 제목의 6연 4
행시에 붙인 곡으로, 나장조와 나단조로 되어 있으며 2/4 박자
로 빠르게 노래한다. 이 곡에서는 마지막으로 절망적인 열망이 표

현되지만, 이내 위로받을 수 없는 슬픔으로 가라앉는다. 한 번 더 신선한 방랑가의 톤이 나오지만 이 에너지는 가라앉고, 노랫말과 피아노 반주는 강약의 세기와 장조와 단조 사이에서 "내적 분열상"(RL, 273)을 보여 주고 있다. 이 곡은 피아노의 빠르고 명랑한 서주와 함께 1연에서 "난 세상으로 나가고 싶구나/ 넓은 세상으로/ 그렇게 초록이든 초록이 아니든/ 거기 밖에 숲과 밭으로" 가고 싶다고 힘차게 노래한다. 여기서 도제는 이제 물방앗간을 떠나 넓은 세상으로, 숲과 밭이 있는 곳으로 그녀가 좋아하는 초록이 있든 없든 떠나고자 한다. 2연에서는 "난 모든 초록 잎들을/ 어느 가지에서나 꺾고 싶구나/ 모든 푸른 잔디를 뽑고/ 완전히 시체처럼 창백하게 되어 울고 싶구나"라고 노래하고, 4행은 다시 반복해서 노래한다. 2연에서 도제는 나뭇가지나 잔디나 모든 초록색을 없애고 난 뒤 창백한 모습으로 눈물을 흘리게 될 것을 안다.

3연에서는 "아 초록이여, 너 사악한 색이여/ 넌 나에게서 무엇을 보는가/ 아주 자랑스럽게, 아주 거만하게, 아주 즐거워하면서/ 가련하고 하얗게 창백한 남자인 나를"이라고 노래하고 다시 4행을 반복해서 노래한다. 3연에서 드디어 초록색은 나쁜 것이 되고 가련하고 창백한 그를 초록색은 거만하고, 비웃듯이 보고 있다. 4연에서는 "난 그녀의 문 앞에 누워 있고 싶구나/ 돌풍이 불고, 비와 눈이 내리는 속에/ 그리고 나지막하게 낮이나 밤이나 노래하고 싶구나/ 한마디를, 안녕이라고!"라고 노래하고, 다시 4행은 반복해서 노래한다. 이어 아주 짧은 사냥 호른 소리의 피아노 간주가 나오고 5연으로 넘어간다. 4연에서 보면 도제는 아직도 그녀에 대한 미련을 품은 채 궂은 날씨에도 아랑곳하지 않고 그녀에게 마지막 작별 인사를 하고자 그녀의 집 문 앞에 있다.

〈싫어하는 색〉의 악보 일부

   5연의 1행과 2행에서는 "귀 기울여라, 숲에서 사냥 호른이 울리
는 소리가 날 때/ 그때 그녀의 창문에서도 소리가 난다"고 노래하
고 사냥 호른 소리를 연상시키는 피아노의 짧은 스타카토 간주가
들어간다. 3행과 4행에서는 "그녀는 날 향해 내다보지 않는다/ 내
가 들여다보아도 될까"라고 노래한다. 여기서 도제는 그녀와 작별
인사를 나누려고 기회를 기다리는데, 숲에서 사냥 호른 소리가 울
려 그녀가 창밖으로 내다보지만 그를 향해서는 내다보지 않는다.
그래서 차라리 그가 그녀를 들여다볼까 하는 생각을 하고 있다. 6
연의 1행과 2행에서는 "네 이마에서/ 초록, 초록색의 머리띠를 떼
라"고 노래하고, 다시 2행을 반복해서 노래한다. 3행과 4행에서는
"안녕, 안녕! 그리고 와 닿게 하렴/ 작별의 표시로 네 손이 내게"라
고 노래하고 다시 3행과 4행을 반복한다. 그리고 4행을 한 번 더
부른 뒤 피아노의 빠른 후주로 곡이 끝난다. 도제는 그녀에게 그가
건네준 류트의 초록색 끈을 이마에서 떼어 버리라고 하면서도 그
녀가 작별의 표시로 손을 잡아 주기를 고대하면서 노래가 끝난다.
이제 물방앗간 아가씨는 도제가 아니라 사냥꾼의 사랑을 택했다는
것이 분명해진다.

제17곡 〈싫어하는 색〉과 제18곡 〈시든 꽃들Trockne Blumen〉 사이에 있는 뮐러의 시 〈물망초〉에는 슈베르트가 곡을 붙이지 않았다. 제18곡 〈시든 꽃들〉은 뮐러의 같은 제목의 8연 4행시에 곡을 붙였고, 이 곡은 사단조와 마장조로 되어 있으며 2/4 박자로 아주 느리게 노래한다. 〈시든 꽃들〉은 〈들장미〉처럼 슈베르트의 전형적인 민요조의 곡이며, 피아노의 느린 스타카토 서주와 함께 노래가 천천히 시작된다. 1연에서는 "너희 꽃들 모두/ 그녀가 나에게 주었던/ 사람들이 너희들을/ 나와 함께 묘지로 놓아야 한다"고 노래하고 바로 2연으로 넘어간다. 1연에서 보면, 그녀가 그에게 주었던 꽃들은 모두 그의 묘지 위에 놓이게 될 것임을 알 수 있다. 2연에서는 "너희 모두는/ 나를 아주 고통스럽게 보는 것 같구나/ 마치 너희들이 알기라도 하듯/ 내게 무슨 일이 일어나는지를"이라고 노래한다. 여기서는 꽃들이 모두 그에게 닥칠 일을 알고 있기라도 한 듯 그를 고통스럽게 보는 것 같다고 도제는 느낀다. 3연에서는 "너희 꽃들 모두/ 얼마나 시들고 얼마나 창백한가?/ 너희 꽃들 모두/ 무엇으로 그렇게 젖어 있는가?"라고 노래한다. 꽃들은 도제처럼 모두 시들고 창백하며, 그가 슬픔에 젖어 있는 것처럼 꽃들도 모두 슬픔에 젖어 있다.

4연에서는 "아, 눈물들이/ 5월의 푸르름을 만들지 않는다/ 죽은 사랑을/ 다시 꽃피우지 않는다"라고 노래한다. 그러니까 눈물에 젖은 꽃들은 봄의 푸르름도 만들어 내지 못하며, 이미 죽어 버린 사랑도 다시 되살아나지 않는다. 5연에서는 "그리고 봄은 올 것이다/ 그리고 겨울은 갈 것이다/ 그리고 꽃들은/ 풀밭에서 다시 피어날 것이다"라고 노래한다. 그러니까 자연은 어김없이 자기의 순환대로 이행한다. 6연에서는 "그리고 꽃들은/ 내 무덤 위에 놓여 있다/

꽃들은 모두/ 그녀가 나에게 주었던"이라고 노래하고는 피아노 간 주가 들어간다. 여기서는 1연에서처럼 사람들이 그녀가 준 꽃들을 그의 무덤으로 가져와 그 위에 얹어 놓았다.

7연에서는 "그리고 그녀가/ 언덕을 지나갈 때/ 마음에서 생각하라/ 그는 그녀에게 진실했다는 것을"이라고 노래한다. 그런데 그의 묘지 위에 놓여 있던 시들고 창백한 꽃들에게 계절의 변화가 깃들게 된다. 그것은 그녀에 대한 그의 변함없는 마음을 뜻하고 있다. 8연에서는 "그리고 꽃들 모두/ 나오너라, 나와라!/ 오월이 왔다/ 겨울은 지나갔다"고 노래하고는 피아노의 간주가 들어간다. 이렇게 8연에서는 그 꽃들이 겨울을 보내고 봄을 맞이하게 된다. 그리고 7연과 8연을 반복해서 노래한 뒤 다시 8연을 한 번 더 노래하고 피아노 후주가 곡을 마감한다. 여기서는 7연과 8연을 반복하고, 8연을 다시 노래함으로써 도제의 삶에 거는 마지막 희망이자 자연의 섭리에 대한 기쁨을 표현하고 있다.

제19곡 〈물방앗간 도제와 시내Der Müller und der Bach〉는 뮐러의 같은 제목의 8연 4행시에 곡을 붙였고, 도제와 시내의 대화로 구성되어 있는, 이 곡은 사단조와 사장조로 되어 있고 3/8 박자로 노래한다. 조바꿈은 도제와 시내 사이의 대화를 규정하고 있다. 도제의 원망을 표현하는 사단조는 시내의 사장조와 대비되는 어두운 면을 드러내고 있다. 이 곡은 외형적으로 보면, 도제와 시내 사이의 마지막 대화이다. 물결은 여전히 요정의 노래를 메아리치고, 수면 아래로 도제를 부르는 유혹이 승리한다. 시를 읽은 사람은 도제와 시내 사이의 대화로 이해하고, 도제의 독백이 시냇물에 메아리처럼 반영된 것으로 간주할 수 있다. 그러나 "슈베르트의 가곡에서는 이와 반대로 기억뿐만 아니라 도제와 시내가 다시 한 번 희망을 일깨

우고 있다. 하지만 이 희망은 비극적인 방법으로 실제 현실이 된
다. 도제와 시내는 하나가 된다."(BS, 49)

〈물방앗간 도제와 시내〉는 피아노의 느리고 짧은 서주와 함께
도제의 노래가 시작된다. 도제의 노래는 1연에서 3연, 7연에서 8
연이고, 시내의 노래는 4연에서 6연이다. 먼저 도제는 1연에서
"충직한 마음이/ 사랑 때문에 시들어 버린 곳에서/ 백합들이 시들
고 있다/ 각 꽃밭에서"라고 노래한다. 그의 충직한 마음은 사랑으
로 말미암아 시들어 버렸고 꽃밭에서 백합들도 시들어 버렸다. 2
연에서는 "그때 구름 속으로/ 보름달이 지나가는 것이 틀림없다/
그래서 그의 눈물을/ 인간들이 보지 못한다"고 느리게 노래한다.
2연에서는 보름달이 구름 사이로 지나가고 사람들은 그의 눈물을
보지 못한다. 3연에서는 "그때 천사들이/ 눈을 감는다/ 탄식하고
노래한다/ 영혼을 쉬도록 하기 위해서"라고 노래한다. 천사들은 눈
을 감고 탄식하면서 그의 영혼이 쉴 수 있도록 노래한다. 이어 피
아노의 반주가 먼저 들어가면서 시내의 노래가 나온다.

4연에서는 "사랑이/ 고통에서 빠져나올 때/ 하나의 별, 새로운
별이/ 하늘에서 반짝거린다"라고 시내가 노래하는데, 3행과 4행
은 반복해서 노래한다. 시내는 사랑의 고통에서 하나의 별이 생겨
나 하늘에서 반짝거린다고 노래한 것이다. 5연에서는 "그때 장미
세 송이가 피어난다/ 반쯤은 붉고, 반쯤은 하양/ 그것들은 다시 시
들지 않는다/ 가시의 새싹에서"라고 노래한다. 별뿐만 아니라 붉고
하얀 장미 세 송이가 피어나고 이 꽃들은 시들지 않는다고 시내는
노래한다. 6연에서는 "그리고 천사들은/ 날개를 접는다/ 그리고
모든 아침이/ 지상으로 내려온다"고 노래하고, 3행과 4행을 반복
해서 노래한 뒤 피아노의 간주가 들어간다. 여기서는 천사들이 날

개를 접고, 지상에는 아침이 온다고 시내가 노래한 것이다.

7연과 8연은 다시 도제가 "아, 시내여, 사랑스런 시내여/ 너는 그렇게 좋게 해석하는구나/ 아 시내여, 넌 아는가/ 사랑이 얼마나 고통스러운지?"라고 노래한다. 도제는 시내가 사랑의 고통 속에서 별이 생겨나고 장미가 피어나고 아침이 다시 온다고 좋게만 해석하는 것에 대해서, 사랑이 얼마나 고통스러운지 몰라서 그런 것이라 여긴다. 그래서 8연에서 차라리 영원한 휴식을 찬미하라고 말한다. 8연에서 "아, 아래, 저 아래/ 차가운 휴식이여!/ 아, 시내여, 사랑스러운 시내여/ 그렇게 계속 노래하렴"이라고 노래하고 3행과 4행을 반복 노래한 뒤 피아노의 후주가 곡을 마감하고 있다. 여기 3행과 4행의 반복은 시내가 부르는 죽음의 노래, 영원한 안식과 평화를 강조하고 있다.

마지막 제20번째 곡 〈시내의 자장가Des Baches Wiegenlied〉는 뮐러의 같은 제목의 5연 6행시에 곡을 붙였다. 마장조의 이 곡은 시내가 부르는 노래이며, 자장가를 연상시키는 피아노의 느리고 편안한 서주와 함께 곡이 시작된다. 피아노의 간주와 후주 또한 서주와 같은 멜로디와 분위기를 반복해서 연주한다. 각 연은 유절가곡이며 같은 형식으로 노래한다. 1연의 1행과 2행에서는 "잘 쉬렴, 잘 쉬렴!/ 눈들을 감으렴!"이라고 노래하고는 다시 1행과 2행을 반복해서 노래한다. 3행에서는 "방랑자여, 너 지친 방랑자여, 너는 이제 집에 있다"고 노래하고는 피아노의 간주가 짧게 들어간다. 4행과 5행에서 "여기에 충직함이 있다/ 내 곁에 누우렴"이라고 노래하고 다시 4행과 5행이 반복 노래된 뒤 피아노의 간주가 들어간다. 6행 "바다가 시내들을 다 삼켜 버릴 때까지"를 노래하고 다시 한 번 더 반복 노래한 뒤 서주와 같은 멜로디의 피아노 간주가 들어간다.

1연에서는 시내가 방랑에 지친 도제에게 이제 집에 왔으니 평안하게 쉬라고, 그리고 바다가 시내를 다 삼켜 버릴 때까지 시내 곁에 누워서 잘 쉬라고 노래하고 있다.

2연의 1행과 2행에서는 "난 서늘하게 네 잠자리를 만들려고 한다/ 부드러운 쿠션 위에"라고 노래하고 1행과 2행을 반복 노래한 다음 3행으로 넘어간다. 3행 "푸르른 크리스탈 방에"를 노래하고는 피아노의 간주가 들어간다. 4행과 5행 "오렴, 오렴/ 잠재울 수 있는 것은"을 노래하고 4행과 5행을 반복 노래한 뒤 피아노 간주가 들어간다. 6행 "재웠고 이제 내 소년을 잠재우는구나"를 노래한 다음, 다시 반복 노래한 뒤 피아노의 간주가 들어간다. 2연에서는 시내가 도제의 부드러운 잠자리를 푸른 크리스탈의 작은 방에 만들어 주면서 도제를 영원한 휴식으로 데려오고 있다. 3연의 1행과 2행에서 "사냥 나팔이 울려올 때면/ 푸른 숲에서"라고 노래하고 다시 푸른 숲에서 사냥나팔이 울려올 때를 반복해서 노래한다. 3행 "난 너를 에워싸고 찰랑거리고 쏴쏴거리고 싶구나"를 노래하고 피아노의 간주가 들어간다. 4행과 5행에서 "안으로 들여다보지 마라/ 푸른 꽃들이여!"라고 노래하고, 다시 반복해서 푸른 꽃들에게 안을 들여다보지 말라고 노래하고는 피아노의 간주가 들어간다. 이어서 6행 "너희들은 잠자는 사람에게 꿈을 아주 무겁게 하는구나"를 노래하고 다시 반복해서 노래한 뒤 피아노의 간주가 들어간다. 3연에서 시내는 푸른 숲에서 사냥 나팔이 울려올 때면 그 소리를 도제가 듣지 못하도록 그를 감쌀 뿐만 아니라 물소리를 더욱 요란하게 낼 것이고, 푸른 꽃들에게 그의 잠을 방해하지 말라고 당부한다.

4연은 물방앗간 아가씨가 와서 그를 깨우지 못하게 하고, 다만 그의 눈을 덮게 그녀의 수건만 던지라고 시내가 말한다. 1행과 2행에서는 "떨어져라, 떨어져라/ 물방앗간 다리에서"는 반복 노래하고 3행에서는 "사악한 처녀야, 네 그림자가 그를 깨우지 않도록!"이라고 노래한 다음, 다시 3행을 반복 노래한 뒤 피아노의 짧은 간주가 들어간다. 이어 4행과 5행에서는 "내 쪽으로 던져라/ 네 수건을"이라고 반복 노래한 뒤 6행 "내가 그의 눈을 덮게"를 두 번 노래한 다음에 피아노의 간주가 들어간다. 5연의 1행과 2행 "잘 자라, 잘 자라!/ 모든 것이 깨어날 때까지"를 노래하고 다시 반복해서 모든 것이 깨어날 때까지 도제에게 잘 자라고 시내가 노래한다. 3행 "네 기쁨으로 자거라, 네 고통으로 자거라"를 노래하고 피아노 간주가 들어간다. 4행과 5행 "보름달이 뜨는구나/ 안개는 엷어지고"를 노래하고 다시 반복해서 4행과 5행을 노래하고 피아노의 간주가 들어간다. 6행 "하늘은 멀리 있을 만큼 멀리 저기 위에 있다!"를 노래하고, 다시 반복 노래한 뒤 서주와 같은 멜로디의 피아노 후주가 연주되면서 곡이 끝난다. 5연에서 시내는 도제에게 그의 기쁨과 고통을 뒤로 하고 모든 것이 죽음에서 소생할 때까지 휴식을 취하라고 하면서 보름달이 뜨고 안개는 엷어지는데 지상의 하늘은 아주 멀리 있다고 노래한다. 이로써 시내는 도제에게 영원한 안식을 제공하고, 도제는 지상이 아닌 저 세상에서 실연의 고통을 잊고 안식을 얻게 된다.

이 마지막 곡의 "수정처럼 맑은 마장조, 3도 · 5도 · 6도 음정에 따른 자연의 울림, 마지막까지 완전하고 장엄한 화음으로써 마력적 노랫말로 안내하는 역할을 하는 죽음의 리듬의 피아노 반주"(RL, 275), 거기다가 서주, 간주, 후주의 반복으로 자장가처럼 편안하게 쉬게 만드는 마력적인 효과, 비밀스럽고 저항할 수 없이 이끌리는 아름다운 죽음의 음악, 단순한 유절가곡이면서도 낭만주의적 요소들, 곧 모든 요정과 악마적 울림들이 들어 있다. 전원적인 것이 죽음의 밤의 영역으로 전이되고, 도제의 슬픈 이야기의 종결이 들어 있다. 늘 그와 동행해 온 시내가 그를 영원한 안식으로 안내하고 있다.

3〉〈겨울 나그네〉(24곡)

빌헬름 뮐러가 1822년과 1823년 사이에 완성한 《겨울 나그네 Winterreise》(BM, 286~299) 연작시에 슈베르트가 곡을 붙였는데, 이 연가곡은 그의 두 번째 연가곡 작품이며 그의 마지막 창작 시기에 작곡되었다. 이 작품은 1827년 봄에 그 첫 번째 부분 12곡, 두 번째 부분은 가을에 작곡을 완성하였다. 실제 슈베르트는 음악적 특성에 따라 두 부분으로 나눈 것이 아니라 뮐러의 연작시 발표 시기와 관련이 있다. 슈베르트의 첫 번째 부분은 1823년 발표한 《빌헬름 뮐러의 방랑가. 겨울 나그네. 12편Wanderlieder von Wilhelm Müller. Die Winterreise. In 12 Liedern》에 12곡을 붙여 1827년 봄에 발표한 것이고, 두 번째 부분은 1824년 데사우에서 출판한 뮐러 24편 시로 이뤄진 최종 연작시에서 12편을 발췌하여 1827년 늦은 여름에 곡을 붙였다.(BS, 69~70) 슈베르트는 뮐러의 시에서 순서를 바꾸기는 했으나 연작시 24편에 곡을 붙였는데, 뮐러의 연작시 《겨울 나그네》는 작곡가의 삶의 마지막 시기의 음울한 분위기와 일치한다. 슈베르트가 이 연가곡을 완성했을 때 이전의 가곡들과 달리 애착을 보인 이 어두운 가곡들을 불러 주고자 친구들을 초대했다. "청중들은 이 곡을 낯설어 하였고 〈보리수〉에만 찬사를 보냈다."(RL, 275)

그러나 슈베르트는 이 연가곡이 다른 가곡들보다 그의 마음에 들었고, 친구들도 그럴 것이라고 여겼다.(BS, 69)

슈베르트의 연가곡은 섬세한 감정으로 시의 특성을 자유 형식의 가곡, 유절가곡 및 변용된 유절가곡을 통해서 음악적으로 해석하고 있다. 멜로디와 낭송조 노래는 비장한 톤이며, 주로 단조로 표현되어 있고, 장조는 거의 낭만적이면서 아이러니한 의미에서 비현실적이고 꿈에 젖은 대비에서 나타나고 있다. 그리고 이 연가곡이 청자에게 첫 곡에서 마지막 곡까지 완결된 통일성을 느끼게 하는 것은 "낭만적이고 알 수 없는 감정들이 주는 깊이의 효과이다. 이것은 슈베르트의 다양한 음악적 가곡 형식으로 흘러들고 전체를 어둡고 깊은 슬픔의 강물처럼 관통하게 하고 있다."(RL, 277)

첫 번째 부분의 제1곡 〈잘 자라Gute Nacht〉는 뮐러의 같은 제목의 4연 8행시에 붙인 곡이며, 이 시에서는 서정적 자아의 절망과 고통의 반향이 그려져 있다. 그리고 연인에 대한 상실감은 다음 이어지는 연가곡의 주제들이 되고 있다. 서정적 자아는 방랑자로 자신을 소개하지만 명랑하고 희망차게 자신의 목표를 향해 가는 젊은이가 아니라, 삶의 행복과 사랑을 뒤로 하고 목적도 희망도 없이 겨울밤에 어느 마을에 도착한다. 1연에서 3연은 단조이다가, 4연에서 라장조로 바뀌면서 희망을 기대하게도 한다. 그러다 "난 너를 생각했다"의 반복의 노랫말에서 다시 단조가 된다. 〈잘 자라〉는 2/4박자에 주로 라단조이며, 1연과 2연은 같은 유절가곡이며 3연과 4연은 다르게 변용되고 있다. 이 곡은 피아노의 애수에 찬 서주로 시작된다. 1연의 1행에서 6행까지는 "난 방랑자로 이곳으로 들어왔지/ 그리고 다시 방랑자로 이곳을 나가지/ 오월은 나에게 의미 있게 다가왔지/ 많은 꽃다발을 가지고/ 그 소녀는 사랑에 대해서 말했지/ 그 어머니는 결혼에 대해서까지"라고 보통의 속도로 노래하고 다시 6행을 반복해서 노래한 뒤 피아노의 간주가 들어간다. 7행과 8행 "이제 세상은 너무 우울하고/ 길은 눈으로 덮여 있지"를 노래하고 다시 7행과 8행을 반복해서 노래한 다음 피아노의 간주가 들어간다. 그러니까 1연에서는 어느 마을로 들어온 방랑자는 꽃들이 만발한 5월에 한 소녀가 그에게 사랑에 대해서, 게다가 그녀의 어머니는 결혼까지도 얘기했는데, 이것은 이미 끝난 이야기가 되었다. 이제 세상은 그에게 너무 우울하고 길은 눈으로 덮여 있다.

2연의 1행에서 6행까지는 "난 내 여행지로 갈 수 있다/ 시간과 함께 선택하지는 않는다/ 스스로 내 길을 택해야 한다/ 이 어둠 속에서/ 달빛 그림자가/ 내 동행자로서 함께 간다"고 노래하고 5행과 6행을 반복해서 노래한 다음 피아노 간주가 들어간다. 7행과 8행 "하얀 초지 위에서/ 난 야생동물의 발자국을 찾는다"를 이어 7행과 8행을 다시 반복해서 노래하고는 피아노 간주가 들어간다. 2연에서는 방랑자가 언제든 새로운 곳으로 떠날 수 있으며, 어둠 속에서는 달빛 그림자가 그와 동행하고, 눈에 묻힌 초지에서는 야생동물의 발자국을 찾아보기도 한다. 3연은 1행에서 7행 "내가 왜 더 오래 머물러야 하나/ 사람들이 나를 밖으로 내모는데/ 흥분한 개들을 짖어 대게 내버려 두라/ 그들 주인 집 앞에서/ 사랑은 방랑을 좋아한다/ 신이 그렇게 해놓았다/ 하나의 방랑에서 또 다른 방랑으로"까지를 이어서 노래한다. 여기 2행의 경우, 뮐러의 시에서는 "사람들이 나를 밖으로 내몰 때까지"로 표현되어 있으나 슈베르트는 "사람들이 나를 밖으로 내모는데"로 바꾸고 있다. 그리고 6행을 반복해서 노래한 다음 피아노의 간주가 들어간다. 이어 5행 "사랑은 방랑을 사랑한다"와 8행 "연인이여, 잘 자라!" 그리고 다시 7행과 8행 "하나의 방랑에서 또 다른 방랑으로/ 연인이여, 잘 자라!"
를 반복한 뒤 피아노의 간주가 들어간다. 그러니까 나그네를 반기
는 사람이 없고 개들은 미친 듯이 짖어 대는 곳에서 그는 더 오래
머물 이유가 없다. 게다가 사랑은 방랑을 좋아하고 신은 방랑에서
방랑으로 이어지게 해 놓았으니 그는 연인에게 잘 자라는 인사를
마지막으로 방랑길을 계속 가려고 한다. 그러니까 젊은이에게 편
력은 그의 운명이다.

　마지막 4연 전체에서 "꿈속에서 널 방해하고 싶지 않다/ 네 휴
식을 해칠까 봐/ 내 발자국 소리를 듣지 못하도록/ 살금살금 문으
로 간다/ 난 지나가면서 쓴다/ 네 문에 잘 자라고/ 네가 보도록 하
기 위해서/ 널 내가 생각했음을"이라고 노래하고는 피아노의 간
주가 들어간다. 여기 5행 "난 지나가면서 쓴다"는 뮐러의 시에서
는 "난 떠나면서 쓴다"로 되어 있다. 그러고 나서 5행부터 8행까지
를 반복하고는 다시 8행 "널 내가 생각했다는 것을"을 반복 노래한
뒤 피아노의 후주가 곡을 끝낸다. 여기서는 나그네가 행여나 꿈속
에서라도 그녀를 방해할까 봐 조심하면서 그녀의 문으로 살금살금
걸어가서 나중에 그녀가 보도록 잘 자라는 인사를 문에 쓴다. 이
인사는 그의 작별 인사이자 그가 그녀를 생각했음을 보여 주는 마
음의 징표이기도 하다. 이 곡에서는 편력을 계속할 수밖에 없는 방
랑자의 고독과 애수가 강하게 반영되어 있다.

　제2곡 〈풍향기Die Wetterfahne〉는 뮐러의 같은 제목의 3연 4행시
에 곡을 붙였다. 서정적 자아는 연인의 집 위에 있는 풍향기와 마
주친다. 집에 풍향기를 매단 것을 보면, 그는 자신보다 신분이 높
은 시민계급의 딸을 사귀었으나 신분 차이 때문이거나 또는 그녀
의 부모가 다른 부유한 배필을 선택해서 그들의 관계는 깨어졌다

고 볼 수 있다. 6/8 박자에 가단조인 이 곡은, 바람에 이리저리 흔들리는 녹슨 풍향기를 묘사하듯 피아노의 아주 빠른 트레몰로 서주와 함께 시작된다. 그리고 피아노 연주에 의한 이 모티브는 나그네의 "불안정을 상징"(RL, 278)하고 있다.

1연의 1행과 2행 "바람이 풍향기와 놀고 있네/ 내 아름다운 연인의 집 위에서"를 아주 빠르게 노래한다. 이어 피아노의 반주가 먼저 나온 뒤 3행과 4행 "그때 난 이미 내 망상에 사로잡힌 채 생각했지/ 풍향기는 가련한 난민을 비웃는다고"를 노래한 뒤 바로 2연으로 넘어간다. 1연에서는 연인의 집 위에서 풍향기가 바람에 흔들리는데, 그 풍향기가 이리저리 흔들리는 모습은 방랑자인 자신을 비웃는 것이라고 생각한다. 2연에서는 "그가 그것을 알아챘더라면/ 그 집에 세워진 문패를/ 그랬다면 그는 결코 찾으려 하지 않았을 텐데/ 그 집에서 어느 충직한 여성의 모습을"이라고 노래하고 피아노의 짧은 간주가 들어간다. 여기서는 제삼자적 시각에서 서정적 자아의 입장을 표현하는데, 그가 그녀의 집 문패를 보았다면 결코 그녀에게서 충직한 여성상을 기대하지도 않았을 것이다. 그러니까 바람에 흔들리는 풍향기는 그녀의 불성실한 마음과 방랑자의 불안정한 마음을 동시에 상징하고 있다.

3연의 1행과 2행에서는 "바람은 내면에서 마음과 논다/ 지붕 위에서처럼, 그러나 그렇게 큰 소리는 나지 않는다"라고 지금까지와는 달리 느리게 노래한다. 피아노의 반주가 먼저 선행되면서 3행과 4행 "그들은 내 고통에 대해서 무엇을 묻는가?/ 너희의 아이는 부유한 신부이다"라고 노래하고 피아노 간주가 들어간다. 그러니까 바람은 풍향기처럼 그의 마음을 흔들리게 하지만 마음속에서는 녹슨 풍향기처럼 소리를 내지는 않는다. 3연의 4행 "너희의 아이는 부유한 신부"라는 표현에 서정적 자아와 그의 연인 사이에는 신분과 부의 차이가 있다는 것을 알 수 있다. 다시 말하면 그들은 신분과 생활에 안정이 보장되는 딸의 결혼에 동의할 것이기 때문에 전문 직업을 위한 편력 과정에 있는 도제 신분으로서는 결혼을 기대할 수 없는 것이다. 그래서 그의 고통은 클 수밖에 없다. 여기서 뮐러의 시는 끝나지만 슈베르트는 3연을 다시 반복해서 노래하게 함으로써 마치 4연 4행시처럼 작곡하였다. 피아노 반주가 앞서 나온 다음 3연의 1행과 2행 "바람은 내면에서 마음과 논다/ 지붕 위에서처럼, 그러나 그렇게 큰 소리는 나지 않는다"를 노래하는데, 더욱이 2행은 아주 느리게 노래하고, 피아노 반주가 선행하면서 3행 "그들은 내 고통에 대해서 무엇을 묻는가?"를 두 번 격정적으로 노래하고, 4행 "너희의 아이는 부유한 신부이다" 또한 격정적으로 노래한다. 노랫말의 격정적 분위기와는 달리 피아노의 후주는 맑고 투명하게 연주되면서 곡이 끝난다. 이렇게 3연을 반복한 데는 방랑자의 잃어버린 사랑을 강조하는 뜻이 있다.

제3곡 〈얼어붙은 눈물Gefrorene Tränen〉은 뮐러의 같은 제목의 3연 4행시에 붙인 곡이다. 서정적 자아는 자신의 뺨에서 눈물이 떨어지면서 얼어붙는 것을 깨닫고, 이 눈물은 연인에 대한 뜨거운 동경에서 흘러나오는데, 왜 차가운 얼음으로 굳어지는지 의아하게 느낀다. 이 곡은 바단조이며, 조와 감정 표현이 하나로 녹아들고 있고, "피아노의 스타카토는 눈물이 얼음으로 얼어 버린 것을 표현하고 있으며"(RL, 279) 성악가의 멜로디에서는 눈물이 한없이 솟구치는 뜨거운 고통의 감정이 표현되고 있다. 제3곡은 마치 천천히 눈물방울이 떨어지듯 느린 피아노의 서주와 함께 곡이 시작된다.

1연에서는 "얼어붙은 눈물방울이 떨어진다/ 내 뺨에서/ 내가 알아채지 못했는지 아니면 알아챘는지/ 내가 눈물을 흘렸던 것을?"
이라고 너무 느리지 않은 보통 속도로 노래하고, 4행을 반복해서
노래한 다음 피아노의 간주가 들어간다. 여기 1연에서는 추운 겨
울 자신도 모르게 눈물이 방랑자의 뺨에서 흘러내리는데, 그 눈물
은 이내 얼어 버린다. 1연 3행의 경우, 뮐러의 시에서는 방랑자가
눈물을 흘렸다는 것을 알아채지 못했다라고 단정적으로 표현하고
있는 데 견주어서, 슈베르트는 눈물을 흘렸다는 것을 알아채지 못
했는지, 또는 알아챘는지의 뉘앙스로 바꾸고 있다. 2연의 1행 "아,
눈물들, 내 눈물들"은 아주 낮게 노래되는 데 견주어 2행 "너희들
은 아주 미지근해서"는 다소 높게 노래함으로써 대비적 느낌을 주
고 있다. 3행과 4행에서는 "얼음으로 응고되나/ 차가운 아침 이슬
처럼?"이라고 다시 아주 낮게 노래한다. 2연에서 방랑자의 눈물은
미지근하게 흐르다가 추운 날씨로 말미암아 아침 이슬처럼 차가운
얼음으로 응고된다. 피아노의 반주가 선행되면서 3연으로 넘어간
다. 3연 "그리고 가슴의 샘에서/ 아주 작열하듯 뜨겁게 솟구친다/
마치 너희들이 부수고자 하는구나/ 모든 겨울의 얼음을" 이라고 노
래하고 4행은 다시 높고 힘차게 반복된다. 이어 3연 전체를 같은
방식으로 반복해서 노래하고 피아노의 후주가 곡을 마감한다. 3연
의 반복을 통해서 눈물은 추위에 얼어붙지만 그의 마음속 열기는
겨울의 얼음까지도 녹일 수 있을 만큼 타오르고 있음을 강조하고
있다. 실연의 눈물은 얼어붙지만 연인을 사랑하는 그의 열정은 이
와 반대로 불처럼 타오르고 있는 것이다.

제4곡 〈얼어붙은 마음Erstarrung〉은 뮐러의 같은 제목의 5연 4행
시에 붙인 곡이다. 이 시는 바로 앞에 나온 〈얼어붙은 눈물〉의 연
장선에 있으며, 이번에는 서정적 자아가 눈을 밟으면서 방랑하고,

연인의 흔적을 찾으면서 그녀에 대한 그리움으로 눈물을 흘린다. 꽃들은 죽어 있고, 연인에 대한 기억은 고통으로 남아 있다. 그래서 그의 마음속에 남아 있는 그녀의 모습을 지우고 다시는 사랑하지 않겠다고 마음먹는다. 뮐러의 시 1연 3행과 4행, 5연 마지막 행에서 슈베르트는 뮐러 시의 의미와 뉘앙스를 바꾸고 있다. 슈베르트의 곡은 다단조이며, 피아노의 빠른 서주와 함께 시작된다. 1연에서는 "난 눈 속에서 헛되이/ 그녀의 발자국 흔적을 찾고 있다/ 그녀가 내 품안에 있던 곳/ 푸른 들판을 헤맨다"라고 빠르게 노래하고는 다시 1연 전체를 반복해서 노래한다. 뮐러 시의 3행과 4행 "여기, 우리가 종종/ 둘이서 들판을 지나 배회했던 곳"을 슈베르트는 "그녀가 내 품안에 있던 곳/ 그 푸른 들판을 혼자서 헤맨다"로 바꿈으로써 그의 외로움을 강조하고 있다. 1연에서는 방랑자가 그녀와 함께 있었던 초원을 지금은 혼자 그녀의 흔적을 찾으며 눈 속에서 헛되이 헤매고 있다.

2연에서는 피아노 반주가 먼저 나온 다음 "난 땅에다 입맞춤하고 싶다/ 얼음과 눈을 뚫고/ 내 뜨거운 눈물들로/ 내가 땅을 볼 때까지"라고 노래하는데, "땅을"은 반복하면서 "내가 땅을, 땅을 볼 때까지"라고 노래하고 다시 2연 전체를 같은 방식으로 반복해서 노래한다. 이어 피아노의 간주가 들어간 뒤 3연으로 넘어간다. 2연에서 방랑자는 얼음과 눈에 덮인 땅에 입맞춤하고 그의 뜨거운 눈물로 언 땅을 녹여서 대지를 보게 될 것이라고 여긴다. 3연의 노래는 지금까지와는 달리 다소 느려지면서 "어디가 내가 꽃을 발견한 곳인가/ 어디가 내가 푸른 잔디를 발견한 곳인가?/ 꽃들은 시들어 버렸고/ 잔디는 아주 빛이 바래 버렸다"고 노래한다. 그리고 이번에는 3행과 4행의 꽃과 잔디가 시들어 버린 것을 먼저 노래하고 1

행과 2행을 반복해서 노래하고 있다. 꽃은 시들어 버렸고, 잔디는
빛이 바래 버려서 방랑자는 과거 어디에서 꽃과 푸른 잔디를 보았
는지 찾을 수가 없다. 4연에서는 "기억을 되살릴 어떤 것도 없나/
내가 여기에서 가질 수 있는?/ 내 고통들이 침묵하면/ 누가 나에게
그녀에 대해 말을 해 줄까?"라고 노래한 뒤 다시 4연 전체를 반복
노래한다. 여기서는 방랑자가 그의 옛 추억을 발견할 수 있는 어떤
것도 찾지 못하고 게다가 그의 고통들조차도 침묵한다면, 그러면
누가 그녀에 대해서 얘기해 줄 수 있는가라고 한탄한다. 그리고 피
아노 반주가 선행되면서 5연으로 넘어간다.

　5연에서는 "내 마음은 얼어붙은 것 같고/ 그녀의 모습이 차갑게
거기 응시하고 있다/ 내 마음은 다시 녹기 시작하고/ 그녀의 모습
도 덧없이 흘러간다"고 노래하는데, 여기서 "그녀의 모습"은 반복
되어 "그녀의 모습도, 그녀의 모습도 덧없이 흘러간다"고 노래하고
있다. 이어 5연 전체가 같은 방식으로 반복되는데, 이번에는 "그
녀의 모습"을 한 번 더 노래한다. 이어 피아노의 후주가 곡을 끝낸
다. 뮐러 시의 5연 1행의 마지막 단어 "얼어붙은" 마음이 슈베르트
의 가곡에서는 "무감각한" 마음으로 바뀌어 뉘앙스가 달라진다. 이
곡에서는 방랑자의 마음은 얼어붙은 정도가 아니라 무감각하다는
의미로 더 강화되고 있다. 그러니까 방랑자의 마음은 감각을 상실
했고, 그녀의 모습은 그의 마음에서 얼음이 녹듯 흔적 없이 사라져
버린다. 이렇게 "비밀스럽고 유령 같은 효과"(RL, 279)가 이 곡에서
나타나고 있으며, 서정적 자아는 결코 다시는 사랑하지 않겠다는
의지를 보여 주고 있다.

　제5곡 〈보리수〉는 뮐러의 같은 제목의 6연 4행시에 붙인 곡이
다. 더욱이 토마스 만Thomas Mann의 《마의 산Der Zauberberg》에서 주

인공 한스 카스토르프Hans Castorp가 많은 정신적 편력을 거치면서 요양원에서 지내다가 마침내 제1차 세계대전이 터진 현실 세계로 돌아갔다가 끝내 전쟁터에서 죽게 된다. 죽기 직전 그는 무슨 노래를 부르는지도 의식하지 못한 채 "난 그 나뭇가지에/ 많은 달콤한 말을 새겨 넣었지"라고 다친 몸을 질질 끌면서 노래한다. 그리고 "보리수 가지들은 살랑거렸다/ 마치 나를 부르듯"을 띄엄띄엄 노래하면서 죽어 간다.[37] 그러니까 그는 삶과의 이별가로서 보리수를 부르고, 보리수 나뭇가지들이 이 소설에서 카스토르프를 죽음으로 초대한 것이다. 이렇게 토마스 만은 그의 소설에서 뮐러의 시와 슈베르트의 곡을 극도의 두려움을 극복하게 하는 힘이자 죽음의 안식으로 인도하는 힘이라고 문학적 해석을 하고 있다. 반면 뮐러의 시와 슈베르트의 곡에서는 방랑자인 도제가 보리수의 죽음에 대한 유혹을 멀리하고 방랑길을 계속한다.

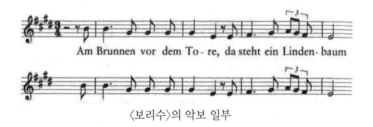

Am Brunnen vor dem To-re, da steht ein Linden-baum

〈보리수〉의 악보 일부

이 〈보리수Der Lindenbaum〉에서 서정적 자아는 방랑하면서 마지막으로 보는 도시의 성문 앞에 있는 보리수 곁을 지나간다. 그는 그 나무에게로 강하게 이끌리는 것을 느끼고 그 앞을 지날 때는 눈을 감고 되돌아보려 하지 않는다. 왜냐하면 보리수는 엄청난 흡인력으로 그에게 작용하기 때문이다. 그곳에서 휴식을 발견한다는 것은

---

37) Thomas Mann: Der Zauberberg, Frankfurt/M. 1952, 756쪽.

죽음에 대한 동경을 의미하며, 그런 유혹에 그는 저항하고 있다. 이 곡은 3/4박자에 마장조이며, 구슬이 굴러가는 듯 빠르다가 느려지는 피아노의 서주로 시작된다. "노래는 16분 셋잇단음표로 된 서주가 흩어지는 호른의 울림이 뒤섞이는 잎사귀의 낮은 살랑거림과 함께 시작되고 있다."(RL, 280) 1연에서는 "성문 앞 우물가에/ 보리수 한 그루 서 있네/ 난 그 그늘에서 꿈꾸었지/ 많은 달콤한 꿈을"이라고 편안하게 노래한다. 이제 서정적 자아는 방랑하다가 성문 앞 우물가에 서 있는 보리수 그늘에서 달콤한 꿈을 많이 꾼다. 흔히 보리수는 뮐러의 시에서 보여 주듯, 고향과 은밀함을 상징하는 은유로 낭만주의 문학에 나타나곤 한다. 2연에서는 "난 그 나뭇가지에/ 달콤한 말을 많이 새겨 넣었지/ 기쁠 때나 슬플 때나/ 항상 날 그리로 이끌었지"라고 노래하고는 피아노의 간주가 들어간다. 방랑자는 보리수 나뭇가지에 달콤한 말을 많이 새겨 넣고, 즐거울 때나 슬플 때나 늘 저절로 끌려가듯 보리수에 다가가게 된다.

3연에서는 "난 오늘도 방랑을 떠나야만 했다/ 깊은 밤에/ 그때 난 어둠 속에서도/ 눈을 감았다"고 노래한다. 3연에서 보면 방랑자는 계속 깊은 밤이라 하더라도 방랑길에 나서야 하고, 보리수를 보지 않고자 어둠 속임에도 눈을 감고 있다. 4연에서는 "보리수 가지들은 살랑거렸다/ 마치 나를 부르듯/ 도제여, 나에게로 와/ 여기서 너의 휴식을 찾을 수 있어"라고 노래하고 피아노의 간주가 들어간다. 4연에선 보리수 가지들이 살랑거리면서 도제에게 여기서 휴식을 찾으라고 유혹하고 있다. 여기서 휴식을 찾는다는 것은 죽음을 뜻한다. 5연에서는 "찬바람이 불었다/ 바로 내 얼굴로/ 모자는 머리에서 날아가 버렸고/ 난 몸을 돌리지 않았다"고 노래한다. 더욱이 4행은 낭송조로 노래하는 데 견주어서 피아노의 간주는 광풍이 부는 날씨를 연상시키고 있다. 5연에서는 찬바람이 그의 얼굴 위로 불어왔고, 모자가 바람에 날려 갔지만 그는 마력처럼 끌리는 보리수 쪽으로 몸을 돌리지 않았다. 그는 아직 휴식을 찾을 때가 아니었기 때문에 계속 방랑길을 간다. 6연에서는 "이제 난 여러 시간/ 그곳에서 멀리 떨어져 있다/ 그럼에도 항상 살랑거리는 소리를 듣는다/ 넌 거기서 휴식을 찾으라고"라고 노래한다. 방랑인은 보리수가 있는 곳에서 꽤나 멀리 떨어져 있으나 여전히 그 나무 곁에서 휴식을 찾으라는 유혹의 살랑거림 소리는 듣는다. 그리고 6연 전체를 다시 한 번 반복해서 노래하고 4행 "넌 거기서 휴식을 찾으라고"는 다시 반복하면서 피아노의 후주가 곡을 마무리한다. 이 4행의 반복은 죽음에 대한 동경을 강화하고 있다.

제6곡 〈넘쳐흐르는 눈물Wasserflut〉은 뮐러의 같은 제목의 4연 4행시에 붙인 곡이다. 이 곡에서는 서정적 자아가 자연에게 말을 걸고 있다. 그러면서 그가 떨어뜨린 눈물과 녹은 눈으로 자연은 변화하고 그로 말미암아 막연하나마 그의 연인과 접촉을 시도하고 있다. 이 곡은 유절가곡으로서 3/4 박자에 올림바단조와 마단조로 되어 있고, 피아노의 느리고 슬픈 서주로 시작된다. 1연에서는 "내 눈에서 많은 눈물들이/ 눈 위로 떨어졌다/ 그 차디찬 눈송이들이 빨아들인다/ 목마른 듯 뜨거운 고통을"이라고 느리게 노래한다. 4행을 반복 노래한 뒤 피아노 간주가 들어간다. 방랑자의 눈물이 눈 위로 떨어지자 마치 목이 마른 듯 눈송이가 재빨리 눈물을 흡수하고 있다. 2연에서는 "풀들의 새싹이 돋아나고자 할 때면/ 미풍이 분다/ 그러면 얼음은 얼음덩이에서 깨어지고/ 부드러운 눈도 부서진다"고 노래하고, 다시 4행을 반복 노래하고는 피아노의 간주가 들어간다. 2연에서는 봄이 되어 새싹이 돋아

날 때는 미풍이 얼음과 눈을 녹이고, 그렇게 녹은 눈들은 시내와 만나게 된다.

〈넘쳐 흐르는 눈물〉의 악보 일부

 3연에서는 "눈이여, 넌 내 동경에 대해서 알지/ 말하렴, 네 길은 어디로 가는지를?/ 내 눈물들을 따라가렴/ 이내 시내가 너를 맞이하겠지"그리고 4행은 반복해서 노래한 뒤 피아노의 간주가 들어간다. 방랑자는 녹아 버린 눈에게 그의 동경에 대해서 아는지, 그리고 이제 어디로 흘러갈지를 말하라고 하면서 그의 눈물을 따라가면 시내와 마주치게 될 것이라고 말한다. 4연에서는 "시냇물과 함께 그 도시를 통과하겠지/ 활기 있는 거리들로 들어가고 나오겠지/ 넌 내 눈물들이 빛나는 것을 느끼니/ 저기가 내 연인의 집이야"라고 노래한다. 4행은 반복해서 노래한 뒤 피아노의 후주가 들어가면서 곡이 끝난다. 4연에서는 시내와 합쳐져서 흘러가는 눈이 활기 있는 도시의 거리들을 지나가게 되면, 도제의 연인의 집 앞도 지나가게 된다. 이때 연인 생각으로 그의 눈은 다시 눈물에 젖어 반짝이게 된다.
 제7곡 〈강 위에서Auf dem Flusse〉는 뮐러의 같은 제목의 5연 4행시에 붙인 곡이다. 서정적 자아인 방랑자는 이제 눈에 얼어붙은 강물 위에 있다. 그리고 물 위 얼음판에 그는 연인의 이름을 새기고 있다. 여기서 서정적 자아의 마음은 강물에 비교되는데, 겉으로는 얼음으로 단단히 얼어붙어 있지만, 그 수면 아래는 요동치는 움직임이 있는 것이 바로 그의 마음과 같다. 비록 연인과 헤어져 다시는 못 만나지만, 사랑의 마음은 그의 내면에서 끊임없이 잔영을 만들어 내면서 사랑의 고통을 겪고 있다. 이 곡은 2/4박자에 마단조이며, 얼어 버린 물 위를 가볍게 절뚝절뚝 걷는 모습을 연상시키는 피아노의 스타카토 서주로 시작된다. 1연에서는 "넌 아주 즐겁게 찰랑거렸지/ 너 밝고 거친 냇물이여/ 이제 너 아주 고요해졌구나/ 작별 인사도 하지 않는구나"라고 느리게 노래하고는 피아노의 짧은 간주가 들어간다. 1연에서는 강물이 명랑하게 찰랑거렸는데, 갑자기 작별 인사도 없이 고요해졌다. 2연에 가서야 왜 강물이 고요해졌는지를 알 수 있다. 2연에서는 "딱딱하고 단단한 껍질로/ 넌 자신을 덮었구나/ 냉랭하게 움직임 없이 누워 있구나/ 모래에 쭉 뻗어서"라고 노래하고는 피아노의 짧은 간주가 들어간다. 그러니까 강물이 얼어붙어서 물의 찰랑거리는 소리가 들리지 않는 것이다. 3연에서는 "난 네 덮개를 판다/ 예리한 돌로/ 내 연인의 이름을/ 시간마다 날마다 새겨 넣는다"고 노래한다. 이어 바로 4연으로 노래가 넘어간다. 3연에서 보면 방랑자는 꽁꽁 얼어붙은 강물 위에 예리한 돌로 연인의 이름을 계속해서 새겨 넣고 있다. 4연에서는 "첫 인사를 나누었던 날을/ 내가 떠났던 날을 새기고/ 이름과 숫자들 주위에/ 부서진 반지가 휘감고 있다"고 노래하고는 피아노의 간주가 들어가고, 잠시 휴지부를 두었다가 피아노의 반주가 선도하면서 5연으로 넘어가고 있다. 4연에서는 그가 그녀와 인사를 나누었던 날, 그가 떠났던 날을 그녀의 이름과 함께 적어 놓았고 그 주위로 쪼개진 반지 모양의 선이 휘감고 있다.

Der du so lu - stig rau - schtest, du hel - ler, wil - der Fluß, wie
(sehr leise)
still bist du ge - wor - den, gibst   kei - nen Schei - de - gruß.

〈강 위에서〉의 악보 일부

5연의 1행은 노랫말과 피아노가 서로 대화하듯 "내 마음이여, 이 강에서"라고 노래하는데, "내 마음이여" 다음에 피아노 반주가 응답하고, "이 강에서" 다음 피아노의 반주가 화답한다. 2행에서 4행까지 "넌 네 모습을 알아볼 수 있니?/ 그 모습이 그 껍질 아래/ 그렇게 아주 동요하면서 흔들거리는 것을?"이라고 노래하고는 피아노의 반주가 응답한 뒤 4행 "그렇게 아주 동요하면서 흔들거리는 것을"을 반복하면서 5연을 같은 형식으로 거듭 노래하고 있다. 다만, 2행 "넌 네 모습을 알아볼 수 있니?" 다음 피아노의 격정적인 짧은 간주가 들어가고, 이 간주는 노랫말의 뜻을 강화하고 있다. 그리고 마지막 4행 "그렇게 감동적으로 흔들거리는 것을" 다음에 피아노의 반주가 화답한 뒤 4행을 두 번 더 반복 노래하는 형식이 되고 있다. 이어 주 모티브가 들어 있는 피아노의 후주가 곡을 마감하고 있다. 그러니까 5연에서는 방랑자가 얼어붙은 강물 아래에서도 여전히 심한 동요가 이는 것을 그의 마음이 아는지를 묻고 있다. 다시 말하면 겉으로는 얼어붙은 것 같지만 여전히 사랑의 동요를 그는 마음에서 느끼고 있다.

제8곡 〈회상Rückblick〉은 뮐러의 같은 제목의 5연 4행시에 붙인 곡이다. 서정적 자아는 방랑 가운데 연인이 사는 도시에 도착했고, 그녀의 집으로 가고 싶었으나 까마귀에 쫓기면서 끝내 사랑에 대한 회상 및 동경을 품고 다른 곳으로 길을 떠난다. 이 곡은 3/4 박자에 사단조이며, 휘몰아치듯 빠른 피아노의 서주로 곡이 시작된다. 1연에서는 "내 두 개의 발바닥에서 불이 난다/ 난 얼음과 눈 위를 걷는다/ 난 다시 숨을 쉬고 싶지 않다/ 내가 더 이상 탑들을 보지 않을 때까지는"을 빠르게 노래한다. 1연에서 방랑자는 얼음과 눈 위를 걸어서 발에 불이 날 지경이었고 연인이 사는 도시의 탑들을 보자 마음의 동요를 느끼게 된다. 이어 2연에서는 "난 돌과 매번 부딪쳤지/ 그래서 도시로 서둘러 갔지/ 까마귀들은 공과 우박들을/ 각 집으로부터 내 모자 위로 던졌지"라고 노래한다. 그리고 3행과 4행을 반복 노래하고는 피아노의 느린 간주가 나온다. 2연에서는 방랑자가 발에 돌이 자주 부딪칠 정도로 서둘러 그녀가 사는 도시로 가는데, 까마귀들이 각 집에 쌓인 눈과 우박 같은 눈송이를 그의 모자 위로 던졌다.

3연에서는 "넌 나를 아주 다르게 맞이했지/ 너 변화가 심한 도시여!/ 너의 빛나는 창가에서/ 종달새와 나이팅게일이 경쟁하듯 노래했다"고 느리게 노래한다. 여기서는 회상 장면으로 과거에 방랑자가 연인이 사는 도시에 도착하자 도시가 그를 반갑게 맞이했고, 밝은 창가에서 종달새와 나이팅게일이 환영하듯 노래하였다. 4연 에서는 "둥그런 보리수들은 꽃을 피웠다/ 맑은 나뭇가지들이 밝게 살랑거렸다/ 아, 소녀의 두 눈동자가 빛을 발했다!/ 도제여, 그때 네 주위로 뭔가 일어났다"고 노래한다. 그리고 3행과 4행을 반복해서 노래한 뒤 짧은 피아노 간주가 들어간다. 4연에서는 도시의 보리수가 풍성하게 자랐고 그 나뭇가지들이 살랑거릴 때 소녀의 눈동자가 빛을 발하자 그의 마음에 사랑이 싹텄던 것이었다.

5연에서는 "그날 난 생각에 빠진 듯/ 다시 한 번 되돌아보고 싶었다/ 다시 비틀거리며 돌아가고 싶었다/ 그녀의 집 앞에 고요히 멈추어 서 있고 싶었다"고 노래한다. 1행과 2행은 다소 빠르게 노래하다가 3행부터 느려지면서, 다시 3행과 4행을 반복해서 노래한다. 방랑자는 방랑하면서 과거의 상념에 사로잡혀 다시 그녀의 집 앞으로 가고자 한다. 그러나 그녀에게 돌아가는 것은 현실적으로 불가하다. 그래서 슈베르트는 다시 5연을 같은 방식으로 반복해서 노래하고는 마지막 4행 "그녀의 집 앞에 고요히 멈추어 서 있고 싶었다"를 한 번 더 반복해서 느리게 노래하는데, 이것은 잃어버린 사랑에 대한 우수에 젖은 마음을 강조한다. 이 곡은 피아노 후주 없이 4행을 후렴처럼 조용히 반복해서 노래하는 것으로 곡이 끝난다.

제9곡 〈도깨비불Irrlicht〉은 뮐러의 같은 제목의 3연 4행시에 붙인 곡이다. 서정적 자아는 도깨비불에 현혹되어 산에서 길을 헤매고 있다. 도깨비불은 그의 삶의 혼란과 비교되고 그는 죽음을 생각하고 있다. 이 곡은 3/8 박자에 나단조이며, 1연과 2연은 유절가곡이고 3연은 변용된 유절이며, 피아노의 느린 서주로 시작된다. 1연에서는 "가장 깊은 바위의 심연으로/ 도깨비불이 나를 유혹했다/ 어떻게 내가 출구를 찾아야 하는지/ 내 감각으로는 어렵지 않다"고 느리고 힘차게 노래한다. 그리고 4행을 반복해서 노래한 뒤 피아노 간주가 들어간다. 방랑자는 도깨비불의 유혹을 받아 깊은 바위들이 놓여 있는 심연에 있었으나 밖으로 나가는 길을 어렵지 않게 찾아낸다. 2연에서 보여주는 것처럼 그는 방랑에 익숙하고 헤매는 일에도 익숙하기 때문이다.

2연에서는 "난 헤매는 일에 익숙하다/ 모든 길은 목적에 이르게 한다/ 우리의 기쁨들, 우리의 고통들/ 모든 것이 도깨비불의 장난이다"라고 노래한다. 그리고 4행을 반복해서 노래하고는 피아노의 간주가 들어간다. 그러니까 길을 헤매다가도 모든 길은 목적에 이르고 기쁨이나 고통들, 그 모든 것이 도깨비불의 놀이에 지나지 않는다고 여긴다. 3연에서는 "산 시냇물의 마른 고랑을 지나/ 난 조용히 아래로 고불고불 내려간다/ 각 냇물은 바다를 얻게 될 것이다/ 각 고통 또한 그의 무덤을 얻게 될 것이다"라고 노래한다. 4행에서 뮐러는 "각 고통 또한 무덤을 얻게 될 것이다"라고 일반적으로 표현하고 있는 데 견주어서, 슈베르트는 고통의 무덤이라는 점을 더 강조해서 "각 고통 또한 그의 무덤을 얻게 될 것이다"라고 표현하고 있다. 그리고 3행과 4행을 반복해서 노래한 뒤 마치 방랑의 종착점을 찾은 듯 피아노의 부드러운 후주가 곡을 마무리하고 있다. 더욱이 4행을 느리게 노래하면서 그런 분위기가 강조된다. 3연에서 방랑자는 모든 냇물이 바다로 흘러들 듯 자신의 모든 고통 또한 최종 죽음으로 귀착하게 된다는 것을 인식하고 있다.

제10곡 〈휴식Rast〉은 뮐러의 같은 제목의 4연 4행시에 붙인 곡이다. 서정적 자아인 방랑자는 휴식이 필요할 만큼 피곤함을 느낀다. 이 곡에서 방랑자는 밤에 쉴 곳으로 숯장이의 오두막을 발견했다. 잃어버린 행복에 대한 꿈이 자는 사람에게 엄습하고, 5월의 꽃들처럼 다양한 색의 꽃들에 대해서 꿈꾸었다. 이 곡은 2/4 박자에 라단조와 다단조로 되어 있고, 느리고 편안하고 낭만적인 피아노의 서주로 시작된다. 1연에서는 "이제 난 비로소 얼마나 내가 피곤한지 느낀다/ 난 휴식을 취하기 위해 눕는다/ 방랑은 나를 경쾌하게 멈추게 하였다/ 인적 드문 길에서"라고 노래한다. 1행과 2행은 느리게 노래하고, 3행과 4행은 다소 힘차게 노래하면서 짧은 피아노 반주가 들어가며 2연으로 넘어간다. 1연에서 방랑자는 방랑의 피곤함을 느끼고 인적이 드문 길에서 방랑을 멈추고 쉬고자 한다. 2연에서는 "발들은 휴식을 취할 것인지 묻지 않았다/ 서 있기에는 너무나 추웠다/ 등은 무게를 느끼지 못했고/ 세찬 바람이 앞으로 나아가는 데 도움이 되었다"고 노래하고, 3행과 4행을 반복해서 노래한다. 더욱이 3행 "등은 무게를 느끼지 못했고"는 부드럽게 노래하다가 4행 "세찬 바람이 앞으로 나아가는 데 도움이 되었다"는 마치 강한 바람이 그의 몸을 밀어 앞으로 나아가게 하듯 힘차게 노래한다. 이어 피아노의 잔잔한 간주가 들어가면서 3연으로 넘어간다. 2연에서는 방랑자가 추위 때문에 서 있기도 어려웠지만 등 뒤에서 거센 바람이 불어와서 계속 앞으로 걸어갈 수 있었다.

3연에서는 "어느 숯장이의 좁은 집에서/ 나는 쉴 곳을 발견하였다/ 하지만 내 몸의 지체들은 쉬지 못한다/ 각 상처들이 달아오른다"고 노래한다. 1행은 노래가 느려지고, 2행 다음 피아노의 반주가 선행되면서 3행과 4행을 노래하는데 이번에는 노랫말의 뜻을 살리듯 강하게 노래한다. 그러니까 3연에서 방랑자는 어느 숯장이의 작은 집에서 쉴 곳을 찾았고, 쉬게 되자 몸의 각 부위 상처가 화끈거리면서 아픔을 느끼게 된다. 4연에서는 "아, 너, 내 마음이여, 투쟁과 폭풍우 속에/ 그렇게 거칠고 그렇게 용맹한데/ 넌 고요함 속에 네 벌레가/ 따끔거리며 달군다고 느끼는구나"라고 노래한다. 더욱이 3행은 부드럽게 노래하고, 4행은 강하게 노래하면서 대비를 보여 주고 있다. 이에 견주어서 피아노의 후주는 변함없이 부드럽고 편안하게 곡을 끝낸다. 4연에서는 방랑자가 마음의 갈등과 궂은 날씨 때문에 지쳐 가고, 그의 몸은 통증으로 따끔거림을 느끼고 있다. 이제 그는 몸과 마음이 모두 지치고 아프다.

제11곡 〈봄꿈Frühlingstraum〉은 뮐러의 6연 4행시에 붙인 곡이다. 서정적 자아는 아름다운 봄꿈으로 말미암아 심하게 마음의 동요를 느끼고 현실에서 그의 꿈으로 되돌아가는 길을 찾고 있다. 꿈에 대한 기억으로 다시 돌아와서 그는 연인의 곁에 있다고 여긴다. 왜냐하면 그는 과거에 대한 기억을 내쫓을 힘이 없고 오히려 봄으로 되돌아가기를 동경하고 있기 때문이다. 이 곡에는 꽃, 새의 지저귐, 사랑과 축복에 대한 꿈, 수탉의 우는 소리에 깨는 잠, 까마귀 울음소리, 얼음으로 변한 꽃들에 대한 묘사가 나오고 방랑자는 헛되이 사라진 꿈을 붙잡으려 한다.

이 곡은 6/8 박자에 가장조이며, 피아노의 밝고 명랑한 서주로 시작된다. 1연에서는 "난 알록달록한 꽃들에 대해서 꿈꾸었다/ 그렇게 오월에 꽃들은 만발하지/ 난 푸른 초원에 대해서 꿈꾸었다/ 기쁨에 찬 새들의 외침에 대해서"라고 약간 격정적이고 경쾌하게 노래한다. 4행은 반복된다. 여기서 방랑자는 오월에 만발한 다양한 꽃, 푸른 초원, 새들의 노래를 꿈꾸고 있음을 알 수 있다. 2연에서는 "그리고 수탉들이 울었을 때/ 그때 내 눈이 떠졌지/ 그때는 춥고 어두웠지/ 까마귀들은 지붕에서 소리 질러 댔고"라고 1연과는 다르게 격정적으로 노래한다. 그리고 3행과 4행을 반복해서 노래하는데, 더욱이 4행 "까마귀들은 지붕에서 소리 질러 댔고"에서는 마치 까마귀가 까악까악 크게 소리를 내는 것처럼 더 힘차게 노래한다. 반면 피아노의 간주는 느리고 부드럽게 들어간다. 2연에서 보면, 서정적 자아가 아름다운 봄꿈을 꾸다가 수탉의 울음소리에 잠이 깨어 현실 세계로 돌아오자 날은 춥고 어둡고, 까마귀들은 지붕에서 소리를 지르고 있었다.

3연의 1행과 2행에서 "하지만 창가에/ 누가 나뭇잎을 거기 그려 놓았을까?"라고 부드럽게 노래하고는 1행과 2행을 반복해서 노래한다. 3행과 4행에서는 "너희들은 꿈꾸는 사람에 대해서 조롱하지/ 겨울에 꽃을 보았던 사람을"이라고 부드럽게 노래하고는 4행을 반복해서 노래한다. 이어 부드럽다가 다시 명랑한 피아노 간주가 나온다. 3연에서는 창가에 나뭇잎들의 그림자가 비치고 나뭇잎들은 겨울에 꽃을 보았고, 꿈꾸는 사람인 방랑자를 비웃는 듯하다. 4연에서는 "난 사랑에 대해서 꿈꾸었다/ 한 아름다운 소녀에 대해서/ 마음과 입맞춤에 대해서/ 기쁨과 축복에 대해서"라고 부드럽게 노래한다. 그리고 4행을 반복해서 노래한다. 4연에서 방랑자는 사랑에 대해서, 한 아름다운 소녀에 대해서, 그녀와 한 입맞춤, 기쁨과 축복에 대해서도 꿈을 꾸었다. 5연에서는 "수탉들이 울어 댈 때/ 그때 내 마음이 깨어났지/ 이제 나 여기 홀로 앉아/ 그 꿈에 대해서 생각한다"고 격정적으로 노래한다. 그리고 3행과 4행을 반복해서 노래하고는 피아노의 느리고 부드러운 간주가 들어간다. 5연에서 방랑자는 수탉들이 아침을 알리면서 울어 댈 때 아름다운 꿈에서 깨어나서는 홀로 앉아 그가 꾼 꿈에 대해서 생각한다.

이어 6연의 1행과 2행에서 "난 눈을 다시 감는다/ 심장은 아주 따뜻하게 두근거린다"라고 부드럽게 노래하고는 1행과 2행을 다시 노래한다. 3행과 4행에서 "언제 너희 잎들은 창가에서 푸르러지나/ 언제 내 연인을 품에 안게 되나?"라고 노래하고는 4행을 다시 노래한 뒤 피아노의 짧고 잔잔한 후주가 곡을 마감한다. 4행을 반복한 것은 방랑자의 연인에 대한 그리움을 강조하는 뜻을 지니고 있으며, 또 뮐러의 시에서는 "언제 내가 너를, 연인이여, 품에 안을까"라고 되어 있으나 슈베르트는 좀 더 직접적이고 간단명료하게 "언제 내 연인을 품에 안을까?"라고 노래하고 있다. 6연에서 방랑 자의 가슴은 여전히 두근거리고, 눈을 감고는 언제 다시 연인을 품 에 안을 수 있을까를 생각하면서 곡이 끝난다.

제12곡 〈고독Einsamkeit〉은 뮐러의 같은 제목의 3연 4행시에 붙인 곡이다. 서정적 자아는 맑은 하늘에 홀로 떠 있는 구름과 비교되고 있으며, 방랑할 때 휴식과 기쁨을 마주치기도 했으나, 그의 내면에 는 여전히 비참함이 도사리고 있다. 이 곡은 2/4 박자에 나단조이 며, 피아노의 애잔한 서주로 시작된다. 1연에서는 "음울한 구름이/ 쾌청한 대기를 지나가는 것처럼/ 전나무 봉우리에서/ 흐릿하게 바 람이 불 때"라고 느리게 노래한다. 여기에서는 전원적 풍경이 그려 지고 있는데, 홀로 외롭게 떠 있는 구름이 쾌청한 대기를 꼬물꼬물 지나가는 것처럼 전나무 봉우리에 미풍이 분다. 2연에서는 "그렇 게 난 내 거리를 지나간다/ 게으른 발로/ 밝고 명랑한 삶을 지나/ 외롭게 인사도 없이"라고 천천히 노래한다. 이어 피아노의 아주 짧 은 간주가 들어간 뒤 3연으로 넘어간다. 2연에서는 1연의 전원적 풍경처럼 방랑자는 그렇게 밝고 명랑한 거리를 아는 사람도 없이 외롭고 느린 걸음으로 지나가고 있다.

3연에서는 "아, 공기가 아주 고요하구나/ 아, 세상이 그렇게 밝 구나/ 돌풍들이 무섭게 불 때도/ 난 이렇게 비참하지 않았다"고 격 정적으로 노래한다. 1행을 제외하고 나머지 2행, 3행, 4행 다음 피 아노의 간주가 화답하듯 짧게 들어가면서 다음 행으로 넘어가고 있다. 또 4행에서 뮐러의 시에는 "이렇게 비참하지"라는 소절의 반 복이 없으나, 슈베르트는 그 뜻을 강조하고자 "난 이렇게 비참하 지, 이렇게 비참하지 않았다"고 반복해서 노래하고 있다. 그러니까 3연에서는 대기는 고요하고 세상은 아주 밝고, 돌풍이 불 때조차도 비참하게 느껴지지 않았으나 방랑자는 지금 한없이 비참하다고 느끼고 있다. 이어 3연을 같은 방식으로 반복해서 노래하고는 피아노의 아주 짧은 후주가 곡을 마감하고 있다. 더욱이 3행과 4행 "돌풍이 무섭게 불 때도/ 난 이렇게 비참하지, 이렇게 비참하지 않았다"는 폭발하듯 "터져 나오는 고통의 절정이며, 이것은 아름다운 하모니의 전환과 함께 고요한 절망으로 가라앉고 있다."(RL 284) 여기 제12곡까지가 슈베르트가 죽기 1년 전인 1827년 봄에 작곡된 연가곡의 첫 번째 부분이다.

1827년 가을 작곡된 두 번째 부분의 제13곡 〈우편 마차Die Post〉는 뮐러의 4연 3행시에 붙인 곡이다. 서정적 자아는 우편 나팔 소리를 듣고 그 이유도 알지 못한 채 흥분되는 마음을 느낀다. 그리고 나서 그 우편 마차는 연인이 사는 도시에서 온 것이라는 것을 깨닫고 그의 마음은 부질없이 다시 그녀에게로 향한다. 이 곡은 6/8 박자에 내림마장조이며, 우편 나팔이 울리는 것 같고, 우편 마차의 "말발굽 소리를 암시하는 것"(RL, 285) 같은 피아노의 빠르고 경쾌한 서주로 시작되고 1연과 3연, 2연과 4연은 같은 형식으로 되어 있다. 1연에서는 "우편 나팔이 거리에서 울려 온다/ 그렇게 높이 솟아 있는 것은 무엇인가?/ 내 마음이여"라고 약간 빠르게 노래한다. 이어 피아노의 짧은 간주로 3행에 대해서 화답하고 다시 2행과 3행을 반복해서 노래한 뒤 다시 3행 "내 마음이여"를 반복 노래하고는 피아노의 간주가 들어간다. 1연에서는 우편 마차가 나팔을 울리면서 우편물을 가득 싣고 거리로 들어온다. 그런데 방랑자에게는 편지 한 통 오지 않았다는 것을 2연에서 노래하고 있다. 2연에서는 "우편 마차는 나에게 편지 한 통 건네지 않는다/ 넌 아주 놀라면서 무엇을 재촉하는가?/ 내 마음이여"라고 노래한다. 이번에는 3행 "내 마음이여, 내 마음이여"를 반복해서 노래하고 있으며, 이어 피아노의 간주가 짧게 들어간 뒤 다시 2연 전체를 반복해서 노래한다. 그리고 3행은 마치 후렴처럼 노래하는데, "우편 마차는 나에게 편지 한 통 건네지 않는다/ 내 마음이여, 내 마음이여/ 넌 아주 놀라면서 무엇을 재촉하는가?/ 내 마음이여, 내 마음이여"라고 노래한 뒤 피아노의 간주가 들어간다.

3연에서는 "그래, 우편 마차는 도시에서 온 것이다/ 내가 사랑하는 연인이 있던 곳/ 내 마음이여"라고 노래한 뒤 1연처럼 피아노의 간주가 들어간 다음 다시 2행과 3행을 반복 노래하고 다시 "내 마음이여"는 후렴처럼 반복해서 노래한다. 그리고 잠시 피아노의 반주가 멈추었다가 4연으로 넘어간다. 3연에서 보면 우편 마차는 방랑자의 연인이 사는 도시에서 온 것이다. 4연에서는 "넌 한번 그쪽으로 보려 하는가/ 그리고 어떻게 된 일인지 물으려고 하는가?/ 내 마음이여"라고 2연처럼 노래한다. 이어 피아노의 간주가 짧게 들어간 뒤 4연 전체를 2연에서 했던 반복과 같은 방식으로 노래한다. 그러니까 "넌 한번 내다보려 하는가/ 내 마음이여, 내 마음이여/ 그리고 어떻게 된 일인지 물으려고 하는가?/ 내 마음이여, 내 마음이여"라고 노래하고는 피아노의 아주 짧게 "내 마음이여"에 답하듯 반주하면서 곡이 끝난다. 4연에서 보면 방랑자는 자신에게 정말 편지 한 통도 오지 않았는지를 확인해 보고 싶지만 실제 물어보지는 못한다. 그리고 4연을 반복 노래한 것은 비록 헤어졌지만 연인에게서 어떤 소식이라도 올까 기다리는 간절한 마음을 표현하고 있다.

제14곡 〈잿빛 머리Der greise Kopf〉는 뮐러의 같은 제목의 3연 4행

시에 붙인 곡이다. 서정적 자아는 머리에 내린 서리를 흰머리라고
착각한다. 그것은 이내 녹고 환상도 사라진다. 그는 잿빛 머리가
아닌 것에 실망하면서 죽음이 늦어지는 것을 한탄한다. 그러면서
아직 살아야 할 시간이 무척 견디기 어려울 정도로 길다고 느낀다.
그는 지금까지의 여행에서 좌절의 가장 깊은 지점에 처해 있다. 이
곡은 3/4 박자에 다단조이며, 피아노의 느리고 애수에 찬 서주로
시작된다. 1연의 1행과 2행에서는 "성숙은 하얀빛을/ 내 머리 위
로 뿌렸었다"고 조금 느리게 노래한다. 이어 피아노의 우아하고 느
린 간주가 들어간 뒤 3행과 4행 "그때 난 노인이 되었다고 생각했
다/ 그리고 난 아주 기뻤다"고 노래하고는 피아노의 느린 간주가
들어간 다음 2연으로 넘어간다. 1연에서 삶의 성숙은 하얀 머리로
상징되고 방랑자는 그것을 기쁘게 생각한다. 3행에서 뮐러의 시는
"의미했다"로 되어 있으나 슈베르트는 그의 가곡에서 "생각했다"로
그 뉘앙스를 바꾸고 있다.

〈잿빛 머리〉의 악보 일부

　2연의 1행에서 3행에서는 "하지만 그것은 금방 이슬로 사라졌
다/ 난 다시 검은 머리를 가지게 되었지/ 난 내 젊음이 두렵다"고
노래하는데 3행은 격정적으로 노래한 다음 피아노의 간주가 들어

간다. 4행 "아직 관까지는 얼마나 떨어져 있나"를 느리게 노래하고 다시 반복 노래할 때는 낭송조로 노래한다. 2연에서 보면 하얀 머리는 이슬처럼 사라져 버리고 다시 검은 머리로 돌아갔는데 그는 오히려 이런 젊음을 두려워한다. 그 이유는 죽음까지 그만큼 더 멀리 있다고 여겨졌기 때문이다. 그러니까 낭만주의의 주 모티브 가운데 하나인 죽음에 대한 동경이 이 부분에서 강조되고 있다.

3연의 1행과 2행에서 "저녁놀에서 새벽빛까지/ 많은 머리가 잿빛이 되었지"라고 느리게 노래한 뒤 피아노의 우아하고 느린 간주가 들어간다. 3행과 4행에서 "누가 그것을 믿을까? 내 머리는/ 이 모든 여행 동안 그러지 않았다는 것을"이라고 노래하고, 다시 4행이 반복 노래된 뒤 피아노의 느리면서도 우아한 후주가 곡을 끝내고 있다. 4연에서는 많은 사람들의 머리가 밤사이에 잿빛이 되는데 견주어서 방랑자는 그의 모든 여행 중에 그러지 않았다는 것을 누가 믿을까라고 반문하고 있다. 여기서 잿빛 머리나 흰머리는 삶의 성숙을 의미하는 동시에 죽음에 좀 더 가까이 이른 것을 의미하고 있다. 방랑자는 그의 검은 머리가 성숙해서 잿빛이 되었다고 여겼는데 그 성숙이 이슬처럼 사라지자 축복받지 못하고, 행운이 없는 젊은 시절에 대해서 두려움을 느끼고 있다. 이 "방랑자는 출구가 없는 낭만적 삶의 절망의 형상이 되고"(RL, 285) 있다.

제15곡 〈까마귀Die Krähe〉는 뮐러의 같은 제목의 3연 4행시에 붙인 곡이다. 도시를 떠나온 이후 까마귀 한 마리가 계속 서정적 자아를 따라오고 있다. 그는 새에게 그의 삶은 곧 끝날 것이기 때문에 그의 무덤까지 충직하게 따라오라고 한다. 이 곡에서 까마귀는 죽음의 상징이 되고 있으며 그는 새에게 친구처럼 말을 건네고 있다. 이 곡은 2/4 박자에 다단조이며, 까마귀가 나는 것을 연상시키는 적당한 빠르기의 부드러운 피아노 서주로 시작된다. 1연에서는 "까마귀 한 마리가 나와 함께/ 도시에서 나왔다/ 오늘까지 계속/ 내 머리 주위를 날아다녔다"고 약간 느리게 노래한다. 이어 피아노의 간주가 들어간 뒤 2연으로 넘어간다. 1연에서는 까마귀가 도시에서부터 방랑자와 동행하고 있다.

2연에서는 "까마귀, 놀라운 동물이여/ 날 떠나려 하지 않니?/ 금방 여기 전리품으로서/ 내 몸을 붙잡게 되는 것을 의미하니?"라고 노래하고는 피아노의 간주가 들어간다. 2연에서 까마귀가 그를 떠나지 않고 동행하는 것은 죽음에 가까이 이른 그를 전리품으로 여기기 때문이다. 3연에서는 "이제, 그리 멀지 않을 것이다/ 방랑 지팡이에 기대서/ 까마귀여, 내게 모습을 보이렴/ 무덤까지 신의를 다하렴"이라고 노래하는데, 여기서 4행은 격정적으로 노래한다. 그리고 다시 3행과 4행을 반복해서 노래한 뒤 피아노의 후주가 곡을 끝내고 있다. 3연에서는 이제 방랑자는 더 멀리 방랑 지팡이를 짚고 가지 않을 것이며, 까마귀에게 그의 무덤까지 신의를 다해 동행하라고 주문한다. 이로써 방랑자의 죽음이 가까이 오고 있음을 알 수 있다.

제16곡 〈마지막 희망Letzte Hoffnung〉은 뮐러의 같은 제목의 3연 4행시에 붙인 곡이다. 이 곡은 3/4 박자에 내림마장조이며, 이 시에는 바람이 나무에 매달린 마지막 잎들과 놀고, 방랑자의 희망은 그 나뭇잎에 걸려 있으나 나뭇잎이 떨어짐과 함께 그의 희망도 떨어져 버린다. 이 곡은 대화하듯 피아노의 서주로 시작된다. 이 "가시적이고 가벼운 피아노의 스타카토 반주는 바람에 흔들거리는 나뭇잎들의 하강과 상승을 그리고 있다."(RL, 286) 1연에서는 "여기 저기 나무들에/ 여러 색깔의 나뭇잎이 보인다/ 난 나무들 앞에 머문다/

종종 생각에 잠겨 서 있다"고 너무 빠르지 않게 보통 속도로 노래하고는 피아노의 간주가 들어간다. 2행 "여러 색깔의 나뭇잎이 보인다"는 뮐러의 시에선 여러 개의 나뭇잎이 아니라 알록달록한 잎 하나라고 묘사되어 있다. 1연에서 방랑자는 여기저기 나무들에 매달린 잎들을 보면서 생각에 잠겨 종종 나무들 앞에 서 있곤 한다.

2연에서는 "나뭇잎을 차례로 본다/ 거기 내 희망이 매달려 있다/ 바람이 내 나뭇잎과 놀고 있다/ 난 떨 수 있을 만큼 몸을 떤다"고 노래하고는 피아노의 간주가 들어간다. 2연에서는 방랑자가 나뭇잎에 그의 희망을 걸어 놓았고 나뭇잎에는 바람이 불고 있다. 3연의 1행과 2행에서는 "아, 나뭇잎이 땅으로 떨어진다/ 내 희망도 그와 함께 떨어진다"고 1행은 격정적으로 노래하고 2행은 그와 대조적으로 느리고 낮게 노래하고는 피아노의 간주가 들어간다. 3행 "내 자신이 함께 땅으로 떨어진다"는 다시 격정적으로 노래하고 피아노의 간주가 들어간다. 4행 "난 내 희망의 묘지 위에서 울고 운다"는 느리게 노래하고 다시 4행을 아주 느리게 반복해서 노래한 뒤 피아노의 후주가 조용하게 곡을 마무리하고 있다. 4행에서 "운다"를 두 번 반복한 것은 슈베르트가 덧붙인 것이다. 그리고 3연에서 나뭇잎이 땅으로 떨어지는 것은 그의 희망도 함께 떨어지는 것을 의미할 뿐만 아니라 그 자신 또한 땅으로 떨어진 희망의 무덤 위에서 울고 있다. 더욱이 4행 "난 내 희망의 묘지 위에서 운다"를 반복해서 노래한 것은 이제 희망은 사라지고 가까이 이른 죽음을 강조하고 있다.

제17곡 〈마을에서Im Dorfe〉는 뮐러의 같은 제목의 2연시에 붙인 곡이다. 1연은 8행시, 2연은 4행시로 되어 있다. 서정적 자아는 밤에 마을을 지나가고 목줄에 묶여 있는 개들이 짖어 대면서 그를 쫓는다. 개들이 목줄을 하고 있다는 것은 주인의 의지에 따른다는 것을 의미하며, 그 대립적인 존재인 자유롭고 창조적인 방랑자를 향해서 짖어 대고 있다. 사람들의 꿈은 희망으로 간주되지만 서정적 자아에게는 모든 꿈들이 사라지고 더 이상 희망은 존재하지 않는다. 슈베르트의 제17곡은 라장조에 피아노의 빠른 서주로 시작된다. 이 곡에서는 피아노의 반주가 선도하면서 각 행을 노래하거나 단어의 반복이 유난히 자주 나타나고 있다.

1연에서는 "개들이 짖어 대고, 개 줄이 쩔렁거린다/ 인간들은 자기 침대에서 자고 있다/ 그들은 가지지 않은 많은 것을 꿈꾼다/ 좋은 것과 성난 것 속에서 상쾌하게 행동한다/ 아침 일찍 모든 것은 사라졌다"고 노래한다. 2행에서 뮐러가 코를 골고 자고 있다고 묘사한 것을 슈베르트는 그냥 잠잔다는 동사로 바꾸어서 표현하고 있다. 3행 "그들이 가지지 않은 많은 것을 꿈꾼다" 앞에서 피아노의 반주가 먼저 나오고 있다. 그리고 5행 "아침 일찍 모든 것은 사라졌다"고 보통 속도로 노래하고 이어 피아노의 간주가 들어간다. 6행에서 8행까지 "지금 그들은 꿈의 남은 부분을 즐겼다/ 그리고 뭔가 남기를 바란다/ 그들 베개 위에서 다시 발견하기를 바란다"고 노래한 뒤 피아노의 간주가 들어가고 있다. 더욱이 여기서는 각 행마다 단어나 어구 반복, 예를 들면 "지금", "바란다", "다시 발견하기를"반복해서 노래하는 특징을 보이고 있다. 그러니까 1연에서 방랑자가 마을로 들어서자 개들이 짖어 대고 개의 목에 매달려 있는 줄들이 짤랑거리는 소리를 내는데 사람들은 깊은 잠에 빠져서 많은 꿈을 꾼다. 아침에 일어나면 꿈들은 사라지고 그 꿈들의 일부가 단편적으로 파편처럼 기억될 뿐이다.

<마을에서>의 악보 일부

2연에서는 "너희 깨어 있는 개들이여, 짖어서 날 멀리 보내렴/ 졸음이 오는 시간에 날 쉬게 하지 마라/ 나에겐 모든 꿈들도 끝나고 있다/ 난 잠자는 사람들 사이에서 왜 지체하려 하나?"라고 노래하고, 3행 앞에서 피아노의 반주가 먼저 들어가는 특징을 보이고 있다. 다시 3행과 4행을 반복해서 노래한 뒤 피아노의 부드러운 후주가 곡을 끝내고 있다. 이 3연에서는 마을에선 모두 곤하게 잠이 들어 있는데 개들만이 잠이 깨어서 낯선 방랑자를 향해 짖어 대고 그로 하여금 이곳을 떠나게 한다. 이제 방랑자는 쉬면서 꿀 꿈도 없고, 그래서 지체 없이 이 마을을 떠난다.

제18곡 <폭풍 치는 아침Der stürmische Morgen>은 뮐러의 같은 제목의 3연 4행시에 붙인 곡이다. 서정적 자아는 돌풍에 꼴사나워진 아침 하늘을 본다. 구름들은 찢기고 태양은 그 뒤로 붉게 빛나고 있다. 서정적 자아는 <강 위에서>의 경우와 마찬가지로 아침 하늘을 춥고 거친 겨울과 같은 자신의 마음에 비교하고 있다. 이 곡은 라단조이며, 비바람 부는 궂은 날씨를 연상시키는 피아노의 아주 빠른 서주로 시작된다. 1연에서는 "폭풍이 어떻게 찢어 놓았나/ 하늘의 잿빛 옷을/ 구름 조각들이/ 희미한 다툼 속에 여기저기 흩날린다"고 아주 빠르고 힘차게 노래한다. 4행을 반복해서 노래한 뒤 피아노의 간주가 들어간다. 1연에서 보면 폭풍이 잿빛 하늘을 가르고, 먹구름들은 여기저기 흩어져 있다.

2연에서는 "붉은 화염들이/ 그들 사이에서 끌어당긴다/ 난 그것을 아침이라 부르고/ 내 감각에 따라 아주 당연하게"라고 힘차게 노래한다. 폭풍이 치는 가운데 새벽녘의 붉은빛이 나타나고 3연에서 방랑자는 자신의 초상이 그려진 하늘을 본다. 그런데 그건 다름 아닌 춥고 거친 겨울이라고 여긴다. 3연에서는 "내 마음은 하늘을 본다/ 자신의 초상이 그려져 있는/ 그것은 겨울일 뿐이다/ 겨울은 춥고 거칠구나"라고 노래한다. 3행은 낭송조로 노래하면서 다시 한 번 반복해서 노래하고 4행 "겨울은 춥고 거칠구나" 또한 낭송조로 노래한다. 이어 피아노의 격렬한 피아노의 후주로 곡이 끝나고 있다. 이 곡에서는 절망과 죽음에 대한 동경 한가운데서도 잠시 아침의 여명을 보지만 끝내 그의 모습은 여전히 추운 겨울, 곧 절망과 가까이 다가온 죽음을 느낄 뿐이다.

제19곡 〈착각Täuschung〉은 뮐러의 같은 제목의 10행시에 붙인 곡이다. 서정적 자아는 빛이 내뿜는 따뜻함과 내밀함은 착각이라는 것을 알지만 방랑할 때 그 빛을 따라가고 있다. 이 착각은 서정적 자아로 하여금 그의 비참함에서 벗어나게 하고 있다. 이 시는 〈도깨비불〉과 내용적으로 유사하다. 이 곡은 6/8 박자에 가장조이며, 가볍게 불빛이 춤추는 듯한 피아노의 명랑한 서주로 시작된다. 또 이 "가볍게 춤추는 피아노 반주의 리듬은 그 현상들의 비현실적인 것, 기만하는 것을 암시하고 있다."(RL, 287) 1행에서 4행까지는 "불빛 하나가 다정하게 내 앞에서 흔들거린다/ 난 그 빛을 가로세로로 쫓아간다/ 난 기꺼이 그 빛을 따라가서 본다/ 그것이 방랑자를 유혹하는 것을"이라고 약간 빠르게 노래한다. 특징적인 것은 각 행마다 피아노의 반주가 각 행의 노랫말에 응답하듯 반응하면서 노래 부른다는 점이다. 5행에서 10행까지는 "아, 누가 나처럼 그렇게 비참할까/ 다양한 계책에 기꺼이 몰두한다/ 얼음, 밤, 두려움 뒤에 있는 것/ 그에게 밝고 따뜻한 집을 가리킨다/ 그리고 그 안에는 사랑스러운 영혼이 있다/ 착각만이 나에게는 이익이 되는구나"라고 이어서 노래하고는 피아노의 후주가 곡을 끝내고 있다. 이 곡에서는 불빛 하나가 방랑자에게 다정하게 흔들거리며 유혹하자 그는 그 빛을 따라간다. 하지만 끝내 미혹됐다는 것을 깨닫고는 비참하다고 느낀다. 얼음, 밤, 두려움 속에서 연인이 사는 밝고 따뜻한 집을 보는 듯한 착각에 빠졌는데, 차라리 그런 착각이 오히려 반갑다.

제20곡 〈길 표지판Der Wegweiser〉은 뮐러의 같은 제목의 4연 4행시에 붙인 곡이다. 서정적 자아는 다른 사람과 마주치지 않기 위해서 숨겨진 길로 나서면서 왜 고독을 찾는지 스스로에게 물음을 던지고 있다. 그는 많은 길 표지판 이외에 자신의 죽음으로 가는 길을 보는데, 여기에는 서정적 자아의 죽음에 대한 동경이 강하게 반영되어 있다. 이 곡에서는 "낭만적인 방랑가가 섬뜩하고 유령적인 것으로 바뀌고"(RL, 288) 있다. 이 곡은 2/4 박자에 사단조이며, 피아노의 느리고 부드러운 서주로 시작된다. 1연의 1행과 2행에서는 "왜 난 이 길들을 피하려고 하나/ 다른 방랑자들이 걸어간 곳을"이라고 부드럽고 적당한 속도로 노래하고는 피아노의 간주가 들어간다. 3행과 4행에서는 "숨겨진 계단을 찾는가/ 눈에 덮인 높은 바위를 지나서?"라고 노래한다. 다시 3행과 4행을 반복해서 노래한 뒤 4행 "눈에 덮인 높은 바위를 지나서"를 반복해서 노래하고 이어 피아노의 간주가 들어간다. 1연에서 방랑자는 다른 방랑인들이 걸어간 길이나, 길 표지판이 가리키는 길들을 피하고 눈 덮인 바위 사이에서 숨겨진 계단을 찾고 있다. 2연의 1행과 2행에서는 "난 아무것도 하지 않았다/ 난 사람들을 두려워해야만 했다"고 노래하고 다시 2행은 반복해서 부드럽게 보통 속도로 노래한다. 3행과 4행에서는 "어떤 멍청한 열망이/ 날 이 황량한 곳으로 내모는가?"라고 높은 톤으로 노래하고, 다시 4행은 반복해서 노래된다. 3행과 4행의 노래와는 대비적으로 피아노의 간주는 느리고 조용하게 연주된다. 2연에서는 어떤 열망이 방랑자로 하여금 황량한 그 길로 접어들게 하는지 의문이 제기되고 있다.

〈길 표지판〉의 악보 일부

3연의 1행과 2행에서는 "길 표지판들이 거리에 서 있다/ 도시들을 가리키면서"라고 부드럽게 노래하고 피아노의 간주가 들어간다. 3행과 4행에서는 "난 특이하게 방랑한다/ 쉬지 않으면서 쉼을 찾고 있다"라고 노래하는데, 이번에는 더욱이 4행을 높은 톤으로 노래하고, 다시 3행과 4행을 반복 노래한다. 이어 피아노의 편안한 간주가 이어진다. 3연에서는 방랑자가 도시들을 가리키는 길 표지판을 거리에서 보지만, 그 길로 가지 않는다. 그는 다른 방랑인과 달리 특이한 방랑을 하는데, 쉬지 않으면서도 쉴 곳을 찾는다. 4연에서 보면 방랑자가 찾아 쉴 곳은 다름 아니라 아무도 돌아온 적이 없는 길, 죽음의 길로 가는 것이다. 드디어 그는 4연에서 보면 그 길로 가는 표지판을 발견한다. 4연의 1행에서 3행에서는 "난 길 표지판 하나가 서 있는 것을 본다/ 내 눈앞에서 헷갈리지 않은 채/ 난 하나의 길로 가야만 한다"고 전체적으로 부드러운 낭송조로 노래한다. 그리고 3행은 반복해서 노래되고, 4행을 느리면서도 다소 높은 낭송조로 노래한다. 그러니까 이제 방랑자는 아무도 돌아오지 않았던 길로 가야만 한다고 여긴다. 이어 피아노의 반주가 선행되면서 4연을 느리고 낮은 낭송조로 노래한다. 그리고 4행은 처음보다 더 부드럽고 느린 낭송조로 반복해서 노래하고는 피아노의 후주가 4연의 낭송조의 분위기대로 짧게 스타카토로 곡을 끝내고 있다. 그러니까 4연의 반복을 통해서 방랑자의 죽음에 대한 동경이 강조되고 있다.

제21곡 〈여인숙Das Wirtshaus〉은 뮐러의 같은 제목의 4연 4행시에 붙인 곡이다. 서정적 자아는 묘지를 지나 방랑하다가 한 여인숙, 곧 죽은 자들의 집을 보지만 무덤은 열려 있지 않고 자신은 배제된다고 느낀다. 그래서 그의 방랑길은 계속된다. 이 곡은 유절가곡으로서 바장조이며, 피아노의 아주 느리고 긴 서주로 시작된다. 1연에서는 "죽은 자의 밭으로/ 내 길이 나를 이끌었다/ 난 이곳으로 귀향하려고 한다/ 난 내 집에 있다고 생각했다"고 장송곡처럼 느리고 음울하게 노래하고 피아노의 느리고 긴 간주가 들어간다. 이제 방랑자는 죽은 자들의 집, 동시에 자신의 집이라 여겨지는 곳으로 영원히 귀향하려고 한다. 2연에서는 "너희 죽은 자들의 푸른 화환이/ 표시가 될 수 있다/ 지친 방랑자를/ 서늘한 여인숙으로 초대한다"고 노래하고는 1연의 간주와 같은 멜로디의 피아노 간주가 들어간다. 2연에서 죽은 자들의 묘지에 놓인 화환이 그 집으로 가는 표시이며, 이제 지친 자신을 그곳으로 초대한다고 여긴다. 3연에서 방랑자는 그 집에 혹시 방이 없을까 하여 무엇보다도 자신이 지치고 다쳤음을 강조하면서 어떠한 경우라 하더라도 그곳에서 쉬려고 한다. 3연에서는 "이 집엔/ 방들이 모두 차 있나?/ 난 누워야 할 만큼 지쳐있고/ 치명적으로 다쳤다"고 노래하고는 피아노의 간주가 들어간다. 그런데 인정머리 없는 주인이 그에게 들어오는 것을 거절했고, 그로 말미암아 방랑자는 지팡이를 벗 삼아 다시 방랑 길을 계속 갈 수 밖에 없다. 그래서 아직 방랑자는 죽음에 이르지 못한다. 4연에서는 "인정머리 없는 여인숙 주인이여/ 넌 날 거절하는가?/ 이제 그래 계속 가자, 계속/ 내 충직한 방랑 지팡이여!"라고 노래한다. 더욱이 3행은 느리면서 높은 톤으로 노래하고 있다. 그리고 3행과 4행을 반복해서 노래한 뒤 피아노의 아주 느린 후주가 곡을 끝내고 있다.

제22곡 〈용기Mut〉는 뮐러의 같은 제목의 3연 4행시에 붙인 곡이며 다시 삶의 의지를 보여 주고 있다. 서정적 자아는 영혼의 고통을 명랑함으로 억제하면서 그것을 축출하고자 한다. 고통을 느끼지 않으려고 그는 더욱 과장해서 이 지상에는 신이 존재하지 않으며, 오히려 인간들 자신이 신이라고 여긴다. 이런 시도는 삶을 끝내지 않으려는 의지의 표현이라 할 수 있다. 이 곡은 "힘찬 리듬들, 노랫말이 메아리의 합창처럼 화답하는 피아노의 간주들로 말미암아 연가곡에서 가장 인상적인 곡 가운데 하나이다. 단조와 장조의 중단 없는 조바꿈은"(RL, 289) 방랑자의 내면에서 벌어지는 격렬한 갈등을 암시하고 있다. 이 곡은 유절가곡으로서 2/4 박자에 가단조와 사단조로 되어 있으며, 눈송이가 얼굴을 때리듯 피아노의 힘차고 드라

마틱한 서주로 시작된다. 1연의 1행과 2행 "눈이 내 얼굴 위로 날
아든다/ 난 그것을 아래로 털어낸다"라고 아주 빠르고 힘차게 노래
하고는 피아노의 짧고 쾌활한 간주가 들어간다. 3행과 4행에서 "가
슴 속에서 내 마음이 말을 할 때면/ 난 밝고 명랑하게 노래한다"고
빠르게 노래하고는 피아노의 명랑한 간주가 들어간다. 1연에서는
방랑자가 얼굴에 날아드는 눈을 털어내고, 그리고 가슴 속에서 그
의 마음이 말을 할 때면 그는 그것을 밝고 명랑하게 노래한다.

　2연의 1행과 2행에서는 "내게 말하는 것을 듣지 못하는가/ 귀
가 없나"라고 노래하고는 피아노의 짧은 간주가 들어간다. 3행과
4행에서는 "나에게 한탄한 것을 느끼지 못하나/ 한탄은 바보들을
위한 것이다"라고 노래하고는 다시 피아노의 간주가 들어간다. 2
연에서 방랑자는 자신의 마음속 한탄의 소리를 듣지 못했는지를
자문하면서 한탄은 바보 짓거리라고 여긴다. 3연의 1행과 2행에
서는 "세상으로 즐겁게 들어간다/ 바람과 날씨를 거슬러서"라고
노래하고 피아노의 짧은 간주가 들어간 뒤 "지상에는 어떤 신도
있으려 하지 않는다/ 우리 자신이 신들이다!"라고 노래하고 피아
노의 간주가 들어간다. 3연에서 방랑자는 궂은 날씨에도 늘 즐겁
게 세상으로 들어가 봤는데, 그곳에선 사람들이 신이었다. 이어
3연 전체를 반복해서 노래한 뒤 피아노의 명랑한 후주가 곡을 끝
낸다. 이 곡은 이 연가곡 전체에서 아주 드물게 명랑하고 쾌활한
분위기를 띠고 있다.

　제23곡 〈환각의 태양들Die Nebensonnen〉은 뮐러의 같은 제목의
10행시에 붙인 곡이다. 환각으로 말미암아 서정적 자아는 하늘에
세 개의 태양이 떠 있는 것을 보았다고 여긴다. 게다가 한때 자신
은 세 개의 태양을 가졌다고 말하는데, 그 가운데 가장 좋은 두 개

는 이미 져 버렸다. 이제 그 세 번째 태양도 져 버리기를 바라고 있다. 이 세 번째 태양은 서정적 자아의 삶이자 그의 사랑을 의미하며 다른 두 개의 태양은 믿음과 희망을 의미한다. 서정적 자아는 방랑 중에 기독교적 미덕들 가운데 두 가지인 믿음과 희망을 잃어버렸고 여전히 그를 괴롭히는 사랑도 잃게 되길 바라고 있는 것이다. 또 다른 해석으로는 처음 두 개의 태양은 연인의 눈동자를 의미한다. 방랑자는 연인의 눈동자가 태양처럼 하늘에 떠 있는 것을 본다. "이 환영은 잃어버린 사랑에 대한 숭배이며 이로써 이 지상의 고통의 영역에서 멀어지게 된다."(RL, 287) 그리고 남아 있는 다른 한 태양은 그의 방랑하는 삶을 의미한다고 볼 수 있다. 이제 그것도 머지않아 끝내려 하고 있다.

이 곡은 3/4 박자에 가장조이며, 피아노의 느리고 전원적 분위기의 서주로 시작된다. 1행과 2행에서는 "난 하늘에 세 개의 태양이 떠 있는 것을 보았다/ 길고 확실하게 그것을 보았다"고 너무 느리지 않게 노래하고는 피아노의 아주 짧은 간주가 들어간다. 3행에서 8행에서는 "그것들은 거기 그렇게 비스듬히 서 있었다/ 내게서 멀어지려고 하지 않는 것처럼/ 아, 너희들은 내 태양이 아니다!/ 다른 사람들의 얼굴을 봐라!/ 그래, 최근에 난 세 개를 가졌다/ 이제 가장 좋은 두 개가 떨어졌다"고 노래한다. 4행 "내게서 멀어지려고 하지 않는 것처럼"은 뮐러의 시에서는 "내게서 멀어질 수 없는 것처럼"이라고 되어 있다. 슈베르트는 할 수 없는 것이 아니라 하려고 하지 않는다는 의지의 표현으로 그 뉘앙스를 바꾸고 있다. 더욱이 5행에서 7행까지는 느리지만 높은 톤으로 노래하고 8행은 느린 낭송조로 노래하고는 피아노의 간주가 들어간다. 9행과 10행에서는 "세 번째만 뒤에서 걸어갔다/ 어둠 속에서 난 더 편안해진다"고 느리게 노래하고는 서주처럼 피아노의 느리고 편안한 후주가 곡을 끝내고 있다. 이 곡에서는 방랑자가 하늘에 떠 있는 세 개의 태양을 보았는데, 그 가운데 가장 좋은 두 개는 떨어져 나갔고, 실제 하나의 태양만 남아 있었으나 그마저도 뒤에서 비추기 때문에 방랑자는 오히려 어둠을 더 편안하게 느낀다. 서정적 자아는 어둠을 강하게 의식함으로써 삶의 의지보다는 죽음에 대한 동경을 더 가까이 느낀다.

마지막 제24곡 〈거리의 악사Der Leiermann〉는 뮐러의 마지막 시이자 같은 제목의 5연 4행시에 붙인 곡이다. 서정적 자아는 아무도 주목하지 않는 늙은 칠현금 주자를 주목하고 있다. 그의 음악은 완전히 무관심에 직면해 있고, 오직 개들만이 마치 그 음악에 반응하듯 으르렁대고 있다. 하지만 악기 주자는 아랑곳하지 않고 자신의 음악을 연주하는데, 그가 방랑자의 이야기를 계속 연주해 줄 것인지를 묻는 물음에는 서정적 자아의 희망 상실과 치유될 수 없는 상태가 계속되는 것을 의미하고 있다. 그래서 이 연가곡의 결말은 혹독한 낭만적 아이러니라 할 수 있다. 칠현금 주자는 몸이 얼어붙은 채 칠현금을 연주하지만 아무도 칭찬하거나 연주를 듣고자 하지 않는다. 이 곡은 3/4 박자에 나단조와 가단조로 되어 있으며, 하프 소리를 내는 피아노의 낭만적이고 고요한 서주로 시작된다. 1연, 3연, 5연은 같은 형식이고, 2연과 4연이 같은 형식으로 되어 있으며 항상 피아노의 연주에는 늘 하프 소리가 들어가 있다.

1연의 1행과 2행에서는 "저 위 마을 뒤에/ 한 칠현금 주자가 서 있다"고 약간 느리고 부드럽게 노래하고는 피아노의 간주가 들어간다. 3행과 4행에서는 "굳어진 손가락으로/ 그는 할 수 있는 곡을 연주하고 있다"고 노래한 뒤 피아노의 간주가 들어간다. 1연에서는 칠현금 주자가 마을 뒤쪽 언덕에서 굳어진 손가락으로 연주하고 있다. 2연의 1행과 2행에서는 "얼음 위에 맨발로/ 그는 이리저리 움직인다"고 노래하고는 피아노의 간주가 들어간다. 3행과 4행에서는 "그의 작은 접시가/ 빈 채 그의 곁에 놓여 있다"고 노래하고는 피아노의 간주가 들어간 뒤 다시 3행과 4행을 반복해서 노래한 다음 또 피아노의 간주가 들어간다. 2연에서 보면 거지 연주자는 얼음 위에서 연주하면서 맨발로 얼지 않기 위해서 분주히 움직이고, 그의 접시는 비어 있다. 더욱이 3행과 4행 "그의 작은 접시가/ 빈 채 그의 곁에 놓여 있다"를 반복해서 노래한 것은 그 칠현금 주자의 가난을 강조하고 있다. 게다가 누구도 그의 연주를 좋아하지 않을 뿐만 아니라 아무도 그에게 관심을 보이지 않으며 오직 그의 주위에서 개들만이 으르렁거리며 위협할 뿐이라는 것을 3연에서 보여 주고 있다. 3연의 1행과 2행에서 "어느 누구도 그의 연주를 듣는 걸 좋아하지 않는다/ 어느 누구도 그를 보지 않는다"고 노래하고 피아노의 간주가 들어간다. 3행과 4행에서는 "개들은 으르렁댄다/ 그 노인의 주위에서"라고 노래한 뒤 피아노의 간주가 들어간다.

4연의 1행과 2행에서는 "그는 그것을 그대로 내버려 둔다/ 하고 싶은 대로 모든 것이 연주되고"라고 노래한 뒤 피아노의 간주가 들어간다. 3행과 4행 "그의 칠현금은/ 결코 그의 곁에 조용히 있지 않는다"를 노래한 다음 피아노의 간주가 짧게 들어가고 다시 3행과 4행을 반복해서 노래한 뒤 피아노의 간주가 들어간다. 4연에서 보면 칠현금 주자 노인은 개가 짖어 대는 것, 아무도 관심을 보이지 않는 것에 개의치 않고 그가 하고 싶은 대로 연주를 계속한다. 5연의 1행과 2행에서는 "경이로운 노인이여/ 내가 그대와 함께 가야 하나?"라고 방랑자가 묻는다. 피아노의 간주가 들어간 뒤 3행과 4행에서 "내 노래들을 위해서/ 그대의 칠현금이 연주하고자 하나?"라고 노래한 뒤 피아노의 후주가 곡을 마무리한다. 더욱이 4행은 격정적으로 노래하고 있다. 여기서 방랑자가 노인에게 그의 이야기를 연주하려는 것인지 묻는 것은, 바로 방랑자의 이야기가 계속될 것이라는 점을 암시하고 있다. 이렇게 거지 칠현금 주자에게 던지는 방랑자의 마지막 물음이 사실 방랑자의 "마지막 말"(RL, 290)이 되고 있다. 또한 이것은 병이 깊은 작곡가 자신의 마지막 말이기도 하며, 이로써 24곡으로 구성된 《겨울 나그네》의 연가곡이 끝난다. 그리고 마지막 곡의 물음처럼 슈베르트의 연가곡이 시대를 넘어 계속 연주될 것인가로 대치해 보면, 그 답은 시대를 넘어 그의 연가곡은 계속 불릴 것이라고 할 수 있다.

3.3 슈만의 연가곡들

슈만 '가곡의 해'라 일컬어지는 1840년 30세의 슈만이 하이네의 시집 《노래집》에 의거해서 두 편의 연가곡을 작곡하였다. 같은 해 2월 7일 슈만이 클라라에게 보낸 편지에서 본격적인 가곡 창작의 시작을 알린 이후 2월 24일 "난 지난 며칠 동안 하이네 시들에 곡을 붙여 연가곡을 끝마쳤소"[38]라고 그녀에게 기쁜 마음으로 하이네의 9편 연작시에 곡을 붙인 그의 첫 연가곡인 《하이네-연가곡》(Op. 24)의 작곡 소식을 알렸다. 슈만은 이 연가곡을 파리에 있는 시인에게 헌정하고자 같은 해 5월 23일 편지를 보냈으나 회신

---

38) Eva Weissweiler/ Susanna Ludwig (Hg.): Clara und Robert Schumann. Briefwechsel. Kritische Gesamtausgabe, Bd. III (1840~1851), Frankfurt/M. 2001, 946쪽.

을 받지 못했는데 여러 연구에 따르면 하이네가 우편물을 실제 받지 못했던 것으로 추정되고 있다.[39] 그 밖에 슈만의 주요 연가곡들,《미르테의 꽃》(Op. 25),《아이헨도르프-연가곡》(Op. 39), 샤미소 작품에 곡을 붙인《여자의 사랑과 삶》(Op. 42), 하이네 시에 곡을 붙인《시인의 사랑》(Op. 48) 또한 1840년에 작곡되었다. 이 연가곡들이 베토벤이나 슈베르트의 작품과 다른 점은 슈만이 독자적으로 시를 선별해서 연작 형태의 가곡으로 작곡했다는 것이다.

더욱이 1840년 슈만이 가곡을 집중적으로 작곡할 때 무엇보다도 연가곡 작곡에 큰 관심을 보였고, "그의 이런 연가곡 경향은 그 어느 작곡가에게서도 유사하게 나타난 경우가 없었다."(Günther Spies 1997, 107) 그리고 그의 연가곡에는 좁은 의미의 연가곡 형태와 독자적인 서정시 선택에 따른 연작 형태의 차이점이 불분명하였다. 이 점에서 그의 연가곡이 발표된 이후 문제가 있는 것으로 비판을 받았는데, 그 당시 음악 비평에서는 문학적 측면을 강조했기 때문에 연가곡에 나타난 음악적 관계는 중요하게 여기지 않았다. 그래서 연가곡의 텍스트는 시인이 쓴 연작시에 바탕을 둔 경우에만 인정하였고, 작곡가가 임의로 시를 선택하여 연작 형태의 가곡으로 만든 경우는 인정하지 않는 분위기가 지배적이었다. 이런 관점에서 에두아르트 한슬리크는 19세기 말에 슈베르트의《아름다운 물방앗간 아가씨》를 '진짜 연가곡', 슈만의《시인의 사랑》을 '이른바 말하는 연가곡'으로 낮게 평가하였다.[40] 또한 오늘날은 연가곡

---

39) 1843년 파리에 있던 하이네가 자신의 시에 곡이 붙여진 독일 가곡을 본 적도 들은 적도 없다고 말했는데, 이것으로 보면 슈만의 우편물을 하이네가 받지 못했다고 추정할 수 있다. André Boucourechliev: Robert Schumann in Selbstzeugnissen und Bilddokumenten, Hamburg 1958, 88쪽 참조.

40) Reinhold Brinkmann: Kapitel VI: Das 19. Jahrhundert, in: Hermann Danuser

전곡을 노래하는 것이 당연하다고 여기지만 베토벤, 슈베르트, "슈
만의 시대에는 거의 생각할 수 없는 일"이었고,[41] 19세기 말까지도
실험적인 일이었다. 이 점에서 이들의 연가곡 구상은 시대를 앞선
새로운 음악의 길이었다.

1〉《하이네-연가곡》(9곡)

슈만의 《하이네-연가곡》(Op. 24)은 하이네의 《노래집》
(1826~1827)에 실린 연작시 《노래들》의 첫 번째 시에서 아홉 번째
시에 붙인 곡들이다.[42] 하이네의 이 시들은 1816년과 1820년 사
이에 쓰인 것이고 처음 《민네노래들Minnelieder》(1822)로 출판했을
때는 제목을 붙였으나 나중 《노래들》로 출판했을 때는 제목을 달
지 않았다. 그 이유는 각 시의 독자성 대신에 독자로 하여금 "연작
시적 연관성을 주목하도록"[43] 하려고 제목을 포기한 것이라 할 수
있다. 슈만은 이러한 하이네의 의도를 제대로 이해한 작곡가라고
할 수 있는데, 그는 《노래들》에 곡을 붙인 151명의 작곡가들 가운
데 하이네의 연작시를 유일하게 연가곡으로 작곡했다.(WS, 9) 슈만
의 경우 각 시의 특성을 반영하여 "개별 노래가 고립되어 있으면서
도"(WS, 10) 서로 연관성을 지닌 대화의 연가곡으로 만들었다.

(Hg.): Musikalische Lyrik, Laaber 2004, 67쪽 참조.

41) Christiane Tewinkel: Lieder, in: Schumann. Handbuch. Ulrich Tadday (Hg.),
Stuttgart 2006, 412쪽.

42) Heinrich Heine. Sämtliche Gedichte. Kommentierte Ausgabe, Bernd Kortländer
(Hg.), Stuttgart 2006, 39~44쪽. 이하 (HG, 쪽수)로 표기함.

43) Christiane Westphal: Robert Schumann. Liederkreis von H. Heine op. 24,
München 1967, 11쪽. 이하 (WS, 쪽수)로 표기함.

그리고 이 연가곡의 주제는 헤어 나올 수 없는 불행한 사랑의 관계이다. 하이네에게 이 불행한 사랑의 관계는 단순히 사랑하는 사람 관계만을 의미하는 것이 아니라 그가 속했던 당시 독일의 상황과도 밀접한 연관이 있다. 자신의 고향인 라인 지역이 나폴레옹의 지배를 거쳐 다시 프로이센에 속하게 되었고, 그의 사회비판적 시대 시들은 검열에 걸리거나 출판이 금지되면서 하이네는 끝내 파리에서 여생을 보내게 된다. 그러한 과정에서 하이네의《노래들》에 실린 시들은 낯설어져 버린 고향의 현실과 사회적으로 고립된 "경험들에 대한 은유"(WS, 6)가 되었다. 하이네가 느꼈던 이러한 시대에 대한 큰 절망을 작곡가 "슈만은 개인적 운명에서 겪은 고통의 표현일 뿐만 아니라 시대에 대한 고통의 표현으로서 이해했다."(WS, 7)

슈만의《하이네 연가곡》(Op. 24)의 개별 곡명은 무제로 되어 있는 하이네 시들의 각 첫 행에서 나오고 있다. 제1곡 〈아침에 일어나서 묻는다Morgens steh' ich auf und frage〉는 하이네의《노래들》첫 번째 무제 2연 4행시에 곡을 붙였고, 하이네의 시는 민요적 서정시 전통에 따라 쓰였다. 이 시에서 서정적 자아는 자신의 운명 때문에 고통받는 사람이며, 이 시는 연작시의 기본 주제를 다루고 있기 때문에 중요한 위치를 차지하고 있다. 슈만의 제1곡은 라장조이며, 피아노의 낭만적이고 부드러운 스타카토 서주로 시작된다. 1연에서는 "아침에 일어나서 묻는다/ 사랑하는 이가 오늘 오나?/ 저녁이면 난 쓰러져서 한탄한다/ 그녀는 오늘도 오지 않았다"고 느리게 노래한다. 1연의 4행은 마지막 일부분 단어를 반복해서 "그녀는 오늘도 오지 않았다, 오늘도"라고 노래하고 있다. 그러니까 1연에서 서정적 자아는 아침에 일어나서 오늘은 연인이 올까 기대했으나 끝내 그녀가 오지 않자 저녁에 이에 대해 한탄하고 있다. 이어 피아노 간주 없이 바로 2연으로 넘어가고 있다.

2연에서는 "내 근심과 함께 밤에/ 잠을 이루지 못한 채 깨어 누워 있다/ 반쯤 졸음에 잠겨 꿈꾸면서/ 난 낮에도 헤맨다"고 노래하고는 피아노의 부드러운 후주가 곡을 끝내고 있다. 2연 2행은 하이네의 시와 달리 "잠을 이루지 못한 채 누워 있고, 잠이 깬 채 누워 있다"고 노래한다. 4행 또한 "꿈꾸듯"을 덧붙여서 "꿈꾸듯 난 낮에도 헤맨다"고 노래한다. 2연에서 서정적 자아는 근심으로 밤에 잠을 이루지 못하고 낮에도 그로 말미암아 꿈꾸듯 몽롱하게 지낸다. 끝내 서정적 자아에게 그녀가 올 것인가 하는 물음에 대해서 돌아온 답은 한탄뿐이다. 따라서 한탄이나 근심은 내일을 모르는 오늘의 세계에 서정적 자아가 처해 있음을 보여 주고 있다.

슈만의 제2곡 〈날 충동질한다Es treibt mich hin〉는 하이네의《노래들》두 번째 무제의 3연 4행시에 곡을 붙였다. 이 시는 첫 번째 시에 견주어 훨씬 고조된 감정과 표현이 나타나고 있다. 첫 번째 시에 나타난 절망적 태도가 두 번째 시에서는 인내심을 잃게 되고, 고통과 더불어 서정적 자아는 더욱이 주위에서 배반감을 느끼면서, 자연과 하나가 되는 것 같은 조화로운 경험들은 그에게 배제된다. 이 곡 〈날 충동질한다〉는 나단조이며, 피아노의 빠른 서주로 시작된다. 1연의 1행에서 2행까지 "날 여기, 저기로 충동질한다/ 여전히 몇 시간, 하지만 난 그녀를 봐야만 한다"고 빠르게 노래한다. 3행 "아름다운 처녀 가운데 가장 아름다운 그녀를"은 나중 부분으로 가면서 노래가 느려지고 있다. 반면 피아노는 빠르게 간주를 연주하고는 4행에서는 "너 가련한 마음이여, 뭘 그렇게 어렵게 반항하나!"라고 노래한다. 여기서 슈만은 "충직한 마음"을 "가련한 마음"으로 바꾸고 있다. 그리고 나서 4행의 노래 다음 바로 2연으로 넘어가고 있다. 그러니까 1연에서는 서정적 자아의 마음이 이리저리 흔들리는 가운데 한편으로는 가장 아름다운 연인을 만나고 싶어 하면서도, 다른 한편으로는 그의 마음이 그것을 거부하고 있다.

2연에서는 "시간은 게으른 백성이다/ 유쾌하고 게으르게 끌려간다/ 하품하면서 자신의 길을 슬며시 간다/ 너 게으른 백성이여, 분주히 움직이렴!"이라고 보통 속도로 노래하다가 더욱이 4행은 강하게 노래하고, 반면 피아노는 빠른 간주를 연주한다. 2연에서는 자연적이고 물리적인 시간의 흐름을 서정적 자아는 느리다고 느낀다. 그래서 시간은 게으르고 하품하면서 움직이는데, 이제 분주히 움직이라고 주문한다. 여기서는 물리적 시간의 흐름과 서정적 자아의 시간에 대한 느낌 사이에 불일치 또는 시간과 조화가 이루어지지 않음을 드러내고 있다. 마지막 3연의 1행 "날뛰는 서두름이 나를 재촉하며 붙잡는구나"는 강하고 보통 속도로 노래한다. 그러다가 2행 "그러나 결코 계절의 여신들은 사랑하지 않았다"를 다소 느리게 노래하고는 "결코, 결코 계절의 여신들은 사랑하지 않았다"고 아주 느리게 반복해서 노래한다. 3행과 4행에서는 "은밀히 잔인한 끈에 묶여 맹세하였다/ 그들은 사랑의 서두름을 교묘하게 비웃는다"고 다소 빠르게 노래하고는 피아노의 빠르고 짧은 후주가 곡을 마감한다. 3연에서는 서정적 자아가 사랑의 격정으로 말미암아 마음이 쫓기는 데 견주어서, 사랑하지 않기로 은밀히 맹세한 자연의 여신들은 사랑의 동요를 알지 못할 뿐만 아니라 오히려 사랑하는 마음이 서두르는 것을 비웃는다. 따라서 이 곡에서는 무엇보다도 자연과 서정적 자아가 하나가 되는 조화로움은 없으며 오히려 분열되고 있음이 드러나고 있다. 이 점에는 세계가 분열되었다는 하이네의 진단이 들어 있다. 하이네는 "예술을 수단으로 시민적 의식을 자신과 화해시키는 것을 꿈꾸었던 독일의 고전주의와 낭만주의 작가들과는 달리"(HG, 1075) 오히려 적극적으로 그 시대의 분열된 시대상을 그의 작품에 반영하였다. 한편, 슈만의 곡에서는 하이네의 시가 담고 있는 뜻을 최대한 음악적으로 반영하고 있다.

슈만의 제3곡 〈나무들 아래에서 거닐었네Ich wandelte unter den Bäumen〉는 하이네의 〈노래들〉 세 번째 무제 4연 4행시에 곡을 붙이고 있다. 하이네의 시에서 서정적 자아의 세계는 인간과 자연의 공동체에서 뭔가 초시간적 유효성이 생겨나는 그런 치유된 세계와 동떨어져 있다. 그 반대로 신뢰할 수 없는 것이 인간과 자연 사이를 가로막고 있으며, 새와 서정적 자아의 두 세계는 화해할 수 없이 대립되어 있다. 새들은 저 높은 곳에 속해 있고 "귀엽고 귀한 말"을 지저귀는 데 견주어서 서정적 자아는 낮은 곳, 나무 아래에 있다. 이로써 두 세계는 확연하게 다를 뿐만 아니라 더욱이 마지막 시행 "그러나 난 누구도 믿지 않지"는 저항적이며, 자아와 세계 사이의 소통되지 않는 적대성을 강조하고 있다.

제3곡은 나장조로 편안한 산책을 떠올리는 피아노의 느리고 다소 긴 서주와 함께 시작된다. 그리고 피아노의 간주는 없으며, 후주는 서주와 마찬가지로 느리게 연주되면서 곡을 마감한다. 1연에서는 "나무들 아래에서 거닐었네/ 내 괴로움을 홀로 안은 채/ 그때 옛 꿈이 왔지/ 그리고 내 가슴으로 슬며시 스며들었지"라고 전체적으로 다소 느리게 노래하고 피아노 간주 없이 2연으로 넘어간다. 여기 1연에선 서정적 자아가 괴로운 마음으로 나무 아래에서 산책을 할 때 그의 마음에 옛꿈이 슬며시 되살아났다. 2연 "누가 너희들에게 이 말을 가르쳤나/ 너희 새들이 공중 높은 곳에서/ 조용히 침묵하라, 내 마음이 그것을 들으면/ 다시 고통스러워하게 되지"라

고 노래한다. 2연에서는 새들이 배운 말을 공중에서 지저귀자 서
정적 자아는 이 말을 듣게 되면 고통스러워지기 때문에 새들에게
침묵하라고 요구한다. 그런데 새들이 지저귄 말이 무엇인지는 분
명하게 나오지 않고 있다. 그러나 다음 연에서 그 말이 무엇인지
어느 정도 짐작케 한다.

3연에서는 "한 처녀가 왔다가 갔지/ 그녀는 항상 노래를 불렀
지/ 그때 우리들은 새들을 잡았어/ 귀엽고 귀한 말을"이라고 지금
까지의 톤과 달리 부드럽고 느리고 속삭이듯 노래한다. 여기서는
그녀가 항상 노래를 불렀고, 그 노래는 귀엽고 귀한 말이며, 새들
을 붙잡아서 이것을 새들에게 알려 주었다. 그러니까 그녀의 노래
는 귀엽고 귀한 말이며, 이것을 이제 새들이 노래하고, 그러면 서
정적 자아는 그것을 듣고 괴로움을 느끼게 된다. 4연에서는 "너희
들은 그것을 나에게 설명하지 않지/ 너희 새들은 얼마나 영리한지/
너희들은 내 근심을 훔쳐보려 하지/ 그러나 난 누구도 믿지 않지"
라고 노래하고는 다시 4행을 반복해서 노래하고는 피아노의 느리
고 아름다운 후주로 곡을 마감한다. 4연에서 보면 새들은 그 말을
서정적 자아에게 설명하지 않은 채 그의 근심을 살피려고 하자, 그
는 누구도 믿지 않기 때문에 자신의 마음을 드러내려 하지 않는다.
이렇게 자연과 서정적 자아의 세계는 서로 화해할 수 없이 분리되
고 있다.

슈만의 제4곡 〈사랑, 사랑이여Lieb' Liebchen〉는 하이네의 《노래
들》 네 번째 무제 2연 4행시에 곡을 붙였다. 그리고 여러 작곡가
가 이 시에 가장 많은 곡을 붙여서 "전체 59편의 곡이 작곡되었
다."(WS, 17) 이 시에서 처음에는 거의 느낄 수 없는 무서운 분위기
의 전환이 두 개의 명령문에서 가장 뚜렷하게 이루어지고 있다. 시

서두의 감동적인 분위기는 연인에게 그녀의 손을 서정적 자아의
뛰는 가슴에 얹어 놓으라는 요구와, 동시에 목수의 관 짜는 망치질
소리와 이중으로 어우러지고 있다. 심장은 사랑의 자리인데, 이것
이 방에 웅크리고 있다가 두근거리고 평상시보다 더 강하게 방망
이질한다. 여기서 사랑은 목수의 모습, 곧 죽음의 모습으로 나타나
고 있는데, 처음에는 서정적 자아의 상대가 연인이라고 여기게 되
지만, 마지막 명령형 문장, "아! 목수 장인이여, 서둘러라"를 통해
서 죽음을 뜻한다는 것을 알게 된다.

   제4곡은 마단조이며, 피아노의 서주와 후주 없이 단 한 번 1연
이 끝나면 피아노의 짧은 간주가 들어간다. 1연에서는 "사랑이여,
사랑이여, 내 심장에 손을 얹으렴/ 아, 넌 어떻게 방에서 두들기
는 소리를 듣고 있니?/ 거기엔 한 목수가 가난하고 비참하게 거주
하고 있다/ 그는 내 관을 짜고 있다"고 보통 속도로 노래하고는 피
아노의 간주가 들어간다. 1연에서는 서정적 자아가 연인에게 그의
가슴에 손을 얹어 놓고 심장이 뛰는 소리를 들어보라 한다. 그 뛰
는 소리는 바로 거기 사는 목수가 서정적 자아의 관을 짜느라 내
는 망치질 소리이다. 처음 1행에서 3행까지는 섬뜩한 느낌이 없지
만, 4행 "그는 내 관을 짜고 있다"에서 섬뜩한 분위기로 전환되고
있다. 그러니까 그것을 연인더러 들어 보라고 권유한 것이다. 2연
에서는 "낮이나 밤이나 망치 소리와 두들기는 소리가 난다/ 그것
이 오래전에 나의 잠을 가져가 버렸다/ 아! 목수 장인이여, 서둘러
라/ 내가 곧 잘 수 있게끔"이라고 노래하면서 피아노의 후주 없이
곡이 끝나고 있다. 2연에서 보면, 목수는 낮이나 밤이나 서정적 자
아의 관 짜는 일에 몰두하는데, 서정적 자아는 이미 오래전에 잠을
잃어버렸고, 이제 깊은 잠을 마침내 자기 위해서 목수에게 그의 관

을 서둘러 짜 달라고 부탁하고 있다.

슈만의 제5곡 〈내 고통의 아름다운 요람Schöne Wiege meiner Leiden〉은 하이네의 《노래들》 다섯 번째 무제의 6연 4행시에 곡을 붙였다. 이 시는 작별을 주제로 하고 있으며 요람과 묘지의 형상들이 탄생과 죽음이라는 전통적 의미로만 고정될 때는 하이네의 시가 지닌 패러독스를 거의 알아챌 수 없다. 그러나 그의 시에서는 "요람과 묘지가 둘 다 시작을 의미하는 것, 곧 사랑의 시작이자 모든 고통의 시작이다."(WS, 19) 왜냐하면 서정적 자아는 피곤한 몸을 이끌고 영원히 끊임없이 방랑하기 때문이다. 그러니까 그의 방랑은 늘 시작만 있고, 끝이 없는 고통의 길인 것이다. 제5곡은 마장조이며, 피아노의 긴 후주가 특징적이고, "성악가와 피아노 반주는 동등하게 서로 보완하는 파트너가 되고 있다."(RL, 332) 이 곡은 피아노의 반주가 먼저 들어가며 1연에서는 "내 고통의 아름다운 요람/ 내 안식의 아름다운 무덤/ 우리가 헤어져야만 했던 아름다운 도시/ 안녕이라고 내가 너에게 소리친다"고 노래하고 2연으로 넘어간다. 4행은 "안녕이라고 내가 너에게 소리친다, 안녕, 안녕"이라고 안녕을 두 번 더 반복해서 노래하고 있다. 1연에서 보면 고통은 아름다운 요람이고 안식은 아름다운 무덤, 곧 태어남은 고통이고 죽음은 안식인 것이다. 그리고 서정적 자아는 연인과 헤어져야만 했던 도시에서 그녀에게 안녕이라고 말한다.

2연에서는 "안녕, 그대 성스러운 문지방이여/ 거기서 사랑하는 이가 편안하게 거닌다/ 안녕! 너 성스러운 곳이여/ 거기서 난 그녀를 쳐다보았다"고 노래하고 다시 "안녕, 안녕"을 덧붙여 노래하고 바로 3연으로 넘어간다. 2연에서 서정적 자아는 연인이 거니는 곳을 향해서, 또 그녀를 만났던 곳을 향해서도 안녕이라고 작별을 전한다. 3연에서는 "내가 널 결코 보지 못했더라면/ 아름다운 마음의 여왕이여!/ 결코 일어나지 않았을 텐데/ 지금 내게 이렇게 비참한 일이"라고 노래하고는 피아노의 간주가 들어간다. 3행에서 "결코, 결코 일어나지 않았을 텐데"라고 부사 '결코'를 반복해서 노래하고 있다. 여기에서는 그녀를 만나지 않았더라면 서정적 자아에게 그렇게 비참한 일이 일어나지 않았을 것이다. 4연에서는 "난 네 마음을 결코 건드리려 하지 않았다/ 난 결코 사랑을 간청하지 않았다/ 다만 고요한 삶을/ 네 숨결이 불어오는 곳에서 원했다"고 노래한다. 그리고 4행의 일부 "네 숨결이 불어오는 곳에서"는 반복해서 노래한다. 4연에선 서정적 자아가 그녀에게 사랑을 구걸하지는 않지만 그녀의 곁에서 고요한 삶을 살고자 했다고 노래한 것이다.

5연에서는 "하지만 넌 나를 안에서 내쫓고/ 네 입은 혹독한 말을 한다/ 망상이 내 마음을 헤집는다/ 내 마음은 병들고 아프다"라고 노래한다. 서정적 자아의 기대와는 달리 그녀는 그를 멀리하고 혹독한 말도 서슴치 않는다. 망상이 그를 사로잡으면서 그의 마음은 아프고 병이 든다. 6연에서는 "사지가 늘어지고 초췌해진다/ 방랑 지팡이를 짚고 난 계속 걸어간다/ 내 피곤한 머리를 쉴 수 있을 때까지/ 멀리 서늘한 무덤으로"라고 노래한다. 2행에서 "걸어간다"는 반복해서 "방랑 지팡이를 짚고 난 계속 걸어간다, 걸어간다"로 노래한다. 6연에서 보면 서정적 자아의 사랑이 거절되면서 몸은 지친 채 몸을 뉘일 무덤을 향해서 계속 방랑길로 나선다. 여기서 하이네의 시는 끝나는 데 견주어서 슈만은 1연을 다시 반복한다. 하이네는 죽음의 안식을 얻게 될 때까지 피곤한 몸을 이끌고 방랑하는 서정적 자아의 모습을 강조하고 있다. 반면 슈만은 1연을 반복 노래하게 한다. 1연의 1행에서 3행까지는 그대로 반복하고 4행의 경우는 "안녕, 안녕"이라고 거듭 노래하고는 피아노의 긴 후주가 곡을 마감하고 있다. 이렇게 1연을 반복해 고통의 요람과 안식의 무덤을 강조한 것이다. 이런 노랫말과 달리 피아노의 반주는 화려하게 연주되면서 대비적 그리고 보완적으로 나타나고 있다.

슈만의 제6곡 〈기다려, 거친 선원이여 기다려Warte, warte wilder Schiffmann〉는 하이네의 《노래들》 무제 5연 4행시에 붙인 곡이다. 이 시에서는 물(항구, 선원)의 요소가 에리스로 대변되는 불의 요소와 대비되고 있으며, 서정적 자아는 이브에서 시작되어 트로이를 몰락시킨 싸움의 여신 에리스를 거쳐 연인에게로 안내되고 있다. 그러면서 그의 운명은 천국에서 추방된 아담 및 트로이의 몰락과 비교되고, 기독교적 요소와 고대 안티케 신화의 요소가 서정적 자아의 갈등을 표현하는 데 쓰이고 있다.

제6곡은 마장조이며, 이 곡에서는 역설의 음악 해석이 두드러지고 있다. 노랫말의 내용이 담고 있는 격정은 다양한 톤으로 부르는 데 견주어서 피아노는 시종일관 격정적으로 반주되면서 노랫말의 목소리 톤과 대비를 이루고 있다. 이 곡은 피아노의 격정적 반주가 선행되면서 1연의 노랫말이 시작된다. "기다려, 기다려, 거친 선원이여/ 내가 항구로 널 바로 따라갈게/ 두 명의 처녀와 난 작별하네/ 유럽과 그녀와"라고 노래한다. 2행에서는 "바로"가 세 번 마지막에 반복되어 "내가 항구로 널 바로 따라갈게, 바로, 바로, 바로"라고 노래한다. 1연에서는 서정적 자아가 유럽과 그녀와 이별한 뒤 바로 선원과 함께 항해하기 위해서 항구로 가려 한다. 2연 "피투성이 샘이여, 내 눈에서 솟구쳐라/ 피투성이 샘이여, 내 몸에서 뚫고 나와라/ 내 뜨거운 피로/ 내 고통들이 써 놓은 것을"이라고 역설의 완화된 톤으로 노래한다. 이어 시의 분위기처럼 피아노의 격정적인 간주가 들어간다. 2연에서는 격렬하게 그의 고통들이 써놓은 것들을 그의 몸에서, 그의 눈에서 뜨겁게 솟구치게 하라고 주문한다. 여기서는 서정적 자아의 고통이 마치 화산 분출처럼 터져 나오는 데 견주어서 슈만의 곡에서는 오히려 완화된 톤으로 노래한다.

3연에서는 "아, 내 사랑, 왜 바로 오늘/ 내 피를 보려고 넌 몸을 떠는가?/ 넌 보았다, 내가 창백하고 고통스럽게/ 네 앞에 여러 해 서 있다는 것을"이라고 다소 느리게 노래한다. 슈만의 곡에서 두드러진 점은 이런 아이러니한 음악적 표현이다. 노랫말의 내용은 격정적인 데 견주어서 멜로디는 오히려 느려지거나 완화되면서 그런 격정을 오히려 약화시킨다. 이와 달리 피아노의 간주는 격정적으로 노랫말의 내용을 그대로 반영하는 특징을 보이고 있다. 3연에서 서정적 자아는 그녀가 바로 오늘 그의 마음속 열정을 보고 왜 몸을 떠는지, 그리고 그가 그녀 앞에 여러 해 동안 창백하고 고통스럽게 있었다는 것을 알았는지를 묻고 있다. 4연에서는 "넌 아직도 옛 노래를 아니/ 천국의 뱀에 대한/ 사악한 사과 선물로 말미암아/ 우리의 조상을 비참함으로 떨어뜨렸던?"이라고 다소 느리게 노래한다. 여기서는 기독교 모티브가 들어가서, 뱀의 유혹에 따라 사과를 먹고 천국에서 쫓겨나 비참한 세계로 떨어진 인류의 조상에 대한 옛이야기를 그녀가 알고 있는지를 묻고 있다. 이 물음은 서정적 자아의 운명을 아담에 비유하여 표현하고 있다.

5연에서는 "모든 재앙은 사과들이 가져왔다/ 이브가 이로써 죽음을 가져왔다/ 에리스는 트로이에 화염을 가져왔다/ 넌 둘 다 가져왔다, 화염과 죽음을"이라고 노래한다. 여기서는 이브가 가져온 사과로부터 재앙은 시작되었고, 전쟁의 여신 에리스는 트로이를 몰락하게 하는 화염을 가져왔는데, 서정적 자아의 연인은 이 두 가지를 모두 그에게 가져다주었다. 바로 재앙과 죽음을 가져온 그녀를 강조하기 위해서 4행은 "너, 네가 둘 다 가져왔다, 화염과 죽음을"이라고 "너"를 반복해서 노래하고, 처음 "너" 다음에 피아노의 간주가 들어간 뒤 "네가 둘 다 가져왔다, 화염과 죽음을"이라고 격정적으로 노래하고는 피아노의 격정적이다가 다소 부드럽고 느려지는 후주로 곡이 끝난다. 이 마지막 연에서 그녀가 그에게 준 고통이 이브가 가져온 죽음과 에리스가 가져온 재앙을 합친 것과 같다는 표현은 하이네 시에 전형적으로 나타나는 과장된 표현 가운데 하나이기도 하다.

슈만의 제7곡 〈산과 성이 내려다보았다Berg' und Burgen schaun herunter〉는 하이네의 《노래들》 무제의 4연 4행시에 붙여진 곡이다. 하이네의 여섯 번째 시에서 보면 서정적 자아는 연인과 작별하고 선원을 따라 항해하려 했는데 일곱 번째 시에서 보면 이제 배를 타고 있다. 이 시에서 황금빛 물결들과 위험한 심연의 형상은 어떤 상징적 의미도 가지지 않지만, 강물의 속성은 연인에 비유되어서 묘사되고 있다. 또한 〈로렐라이〉에 나타난 이중성(아름다운 노래와 죽음)처럼 이 시에서도 강물이자 연인의 이중성(화려함과 밤/죽음)이 나타나고 있다. 그런데 2연의 3행과 4행에서 서정적 자아가 깊이 마음에 묻어 두었던 고요한 감정들이 깨어난다고 했는데, 그 감정들이 무엇인지 직접적으로는 드러나지 않는다. 그 대신 불쑥 황금빛 물결의 화려한 형상이 나오고, 라인 강은 겉으로는 반짝이지만 내면에는 죽음과 밤을 감추고 있는 위험한 모습을 지니고 있다. 이 강물의 모습은 연인에 비유되고, 화려하면서도 위험한 강물과 기쁨과 간계를 지닌 연인의 모습은 서정적 자아에서 멀어질 수

밖에 없다. 그래서 서정적 자아는 자신의 감정을 표현하지 못하게 되고, 대신 "다정하게 고개를 끄덕이고, 경건하고 부드럽게 미소" 짓는 표현으로 그로테스크하게 미화되고 있다. 이러한 시적 표현은 그의 감정을 드러낼 수 없는 "무력감을 감추려는"(WS, 24) 인상을 주고 있다.

제7곡은 유절가곡으로서 가장조이며, 피아노의 잔잔한 물결을 연상시키는 서주로 시작된다. 1연에서는 "산들과 성들은 내려다본다/ 거울처럼 맑은 라인 강물을/ 내 배가 용감하게 노를 저어 간다/ 주위는 햇빛으로 감싸인다"고 편안하게 노래하고 피아노의 간주가 들어간다. 1연에서 서정적 자아는 따사로운 햇살을 받으며 배를 타고 가는데 라인 강변에 있는 언덕들과 성들이 라인 강을 내려다보고 있다. 4행은 반복 노래하면서 배 주위로 따뜻한 햇빛이 비추는 것이 강조되고 있다. 2연에서는 "난 고요히 놀이를 본다/ 구불구불 움직이는 황금물결의 놀이를/ 고요히 감정들이 깨어난다/ 내가 깊이 마음에 묻어 두었던"이라고 노래하고, 다시 4행을 반복 노래한 뒤 피아노의 간주가 들어간다. 2연에서는 서정적 자아가 배를 타고 가면서 강물의 물결이 이는 것을 보자 그의 마음 깊이 묻어 두었던 감정들이 되살아난다.

3연에서는 "다정하게 인사하면서 축복하면서/ 강물의 화려함이 아래로 유혹한다/ 하지만 난 강물을 안다, 겉으로는 반짝이지만/ 그 안에는 죽음과 밤을 감추고 있다"를 노래하고 다시 4행 "그 안에는 죽음과 밤을 감추고 있다"고 반복해서 노래하고는 피아노의 간주가 들어간다. 그러니까 여기서는 강물이 다정하게 인사하면서 유혹하고 겉으로는 반짝이지만 속에는 죽음과 밤을 감추고 있다. 이러한 강물은 연인에 비유되고 있는데, 4연에서 그 점이 드러나고 있다. 4연에서는 "겉으로는 기쁨, 마음에는 간계/ 강물이여, 넌 사랑하는 사람의 형상이다/ 그토록 다정하게 고개를 끄덕일 수 있다/ 그토록 경건하고 부드럽게 미소 짓는다"고 노래한 뒤 4행을 반복해서 노래하고는 피아노의 편안한 후주가 곡을 끝내고 있다. 마지막 4연에서 겉으로는 기쁜 듯, 마음에는 계책 가득한 강물은 이제 서정적 자아의 연인의 형상이 되고 있다. 그 모습은 다정하고, 경건하게 부드러운 미소를 띠고 있다. 이러한 외형적 형상에 견주어 내면에는 간계가 가득하다는 점에서 연인의 모습은 괴기스럽게 미화되어 있다.

슈만의 제8곡 〈처음에 난 거의 낙담하고자 했다Anfangs wollt ich fast verzagen〉는 하이네의 《노래들》 무제 4행시에 붙인 곡이다. 감정의 세계와 관련해서 말이 없는 것은 하이네 서정시에서 중심이 되고 있으며 더욱이 제8곡에서, 연가곡이 실제로 끝나는 곡에서 주제화되고 있다. 이제 서정적 자아는 자기 주장과 무기력 사이의 모순에 더 이상 붙들려 있지 않다. 왜냐하면 그것은 모순을 넘어 말의 토대를 빼앗아 가 버렸기 때문이다. 곧, "그 과정이 어떻게 이루어졌는지, 그는 얼마나 고통스러웠는지를 설명하기 위해서 그에겐 더 이상 언어가 사용되지 않는다."(WS, 25) 그래서 이 맥락에서 깊이와 진지함을 담고 있는 일상적 표현 가운데 하나인 "나에게 묻지 마라, 어떻게는"이라는 표현이 적절한 대응이 되고 있다.

제8곡은 라단조이며, 피아노의 느리고 다소 힘찬 서주로 시작되고 4행시는 낭송조로 노래된다. 1행에서 4행까지 "처음에 난 거의 낙담하고자 했다/ 그리고 내가 그것을 결코 짊어질 수 없다고 생각했다/ 하지만 난 그것을 짊어졌다/ 그러나 나에게 묻지 마라, 어떻게는?"이라고 낭송하듯 또박또박 노래한다. 그리고 4행의 일부, "어떻게는" 묻지 말라는 아주 고요하게 노래하면서 피아노 후주 없이 그대로 곡이 끝나고 있다. 여기에서 서정적 자아는 낙담과 실망, 무력감을 그대로 지니고 있으나 어떻게 그것을 지니고 살 수 있는지에 대해서는 묻지 말라고 주문하고 있다. 이로써 서정적 자아는 자신의 고통을 표현할 언어를 상실하고 있으며, 그것은 언어로 표현할 수 없는 극도의 무력감임을 드러내고 있다. 이렇게 이 연가곡의 내용은 이 제8곡에서 끝나고 있다.

슈만의 제9곡 〈미르테의 꽃과 장미Mit Myrten und Rosen〉는 하이네의 《노래들》 아홉 번째 무제 5연 4행시에 붙인 곡이다. 그런데 슈만은 한 연을 덧붙여서 6연 4행시처럼 작곡하였고, 이 시는 본질적으로 연작시 밖에 놓여 있으며 하이네 노래들의 피날레를 장식하고 있다. 여기서는 다시 관의 은유, 사랑과 죽음의 대립 그리고 대비적인 표현들이 뚜렷하게 나타나고 있다. 하이네는 그의 시에서 시적 창조 과정을 생생하게 묘사하고 있는데 시인에게서 노래들이 불쑥 터져 나오고, 그 노래들은 창조 과정에서 완전한 생명을 얻고 "번쩍이는 불꽃"으로 흩뿌려진다. 이 시가 연작시에 덧붙이는 관점은 아주 흥미롭고 새로운데, 과거의 고통으로 회귀하고 거기서 깨어나는 노래들이 좀 더 자유롭고, 좀 더 행복한 미래로 향하게 한다. 그런 미래에는 "노래의 마력"이 마침내 해체되는데, 먼저 노래들은 스스로 마술에 걸려 있으며 독자로부터 새로운 불꽃이 점화되기를 기대한다. 그 새로운 불꽃으로 말미암아 노래의 마력이 해체되며, 노래의 마력에 걸려 있던 불안과 고뇌는 마력이 해체됨과 동시에 사라지고, 그 마력이 해체된다는 것은 서정적 자아의 희망이 영원한 비탄에서 해방되는 것을 의미한다. 그래서 하이네는 그의 시를 미래에 대한 낙관적 전망으로 끝내고 있다. 이 미래에는 어둠이 극복되고 불안에서 해방된 삶이 서정적 언어의 새로운 길을 가능케 하고 있다. 이 점에서 "시를 쓰는 것은 하이네에게 미학적 관심사 이외에 내적 자유의 장이기도 하다."(WS, 28)

제9곡은 라장조이며, 피아노의 다소 빠르고 경쾌한 서주로 시작된다. 1연에서 슈만은 하이네의 시에 없는 "미르테의 꽃"을 덧붙이면서 시행을 변경하고 있다. 슈만과 하이네 시를 비교하면 다음과 같다.

슈만

미르테의 꽃과 장미로, 사랑스럽고 성스럽게
향기 나는 실측백나무와 금박으로 사랑스럽고
죽음의 제단처럼 이 책을 장식하고 싶구나
그리고 내 노래들을 그 안에 묻고 싶구나

하이네

장미, 실측백나무, 금박으로
성스럽게 장식하고 싶구나
죽음의 제단처럼 이 책을
그리고 내 노래들을 그 안에 묻고 싶구나

슈만의 곡 1연에서는 "미르테의 꽃과 장미로, 사랑스럽고 성스럽게/ 향기 나는 실측백나무와 금박으로/ 죽음의 제단처럼 그 책을 장식하고 싶구나/ 그리고 내 노래들을 그 안에 묻고 싶구나"라고 노래한다. 슈만의 곡에서는 서정적 자아가 미르테의 꽃, 장미, 향기나는 실측백나무와 금박으로 그의 노래들을 담고 있는 책을 죽음의 제단처럼 사랑스럽고 성스럽게 장식하고자 한다. 다음은 하이네 시에 없는 내용으로 슈만이 하나의 연을 추가해서 곡을 붙이고 있다. 이 연의 1행에서 "아, 내가 사랑을 거기 덧붙여 묻을 수 있다면"이라고 노래하고는 피아노의 간주가 들어간다. 2행에서 4행까지 "사랑의 무덤엔 평화의 꽃이 자라고/ 거기서 꽃이 피어나고, 사람들은 그것을 꺾는다/ 내가 무덤에 묻혀 있다면 나에게서 꽃이 피어난다"고 노래하고 4행의 일부 "내가 무덤에 묻혀 있다면"을 반복 노래하고는 피아노의 간주가 들어간다. 여기에서 슈만은 하이네의 시에 덧붙여서 노래가 담긴 책에 서정적 자아의 사랑도 함께 묻게 된다면 그 사랑의 묘지에서 평화의 꽃이 피고 그것을 사람들이 꺾어 가고, 무덤에 묻혀 있는 그의 몸에선 꽃이 피어난다. 이렇게 하이네의 시에 새로운 사랑, 평화의 뜻이 더해지면서 "이해와 화해하는 감정의 따뜻함"(RL, 333)이 슈만의 곡에서 강조되고 있다.

하이네의 시 2연에 곡을 붙인 1행에서 4행까지 "한때 아주 거칠었던 노래들이 여기 있다/ 에트나 화산에서 터져 나오는 용암처럼/ 가장 마음 깊은 곳에서 솟구쳐 나왔던/ 주위에는 많은 번쩍이는 불꽃들이 흩어진다"고 지금까지와는 달리 다소 힘차고 강하게 노래한다. 그러니까 여기서는 한때 거칠었던 노래들이 서정적 자아의 가장 마음 깊은 곳에서 화산의 용암처럼 솟구쳐 나오고 이 노래들은 주위에 번쩍이는 불꽃들을 뿌리게 된다. 3연의 1행과 2행에서는 "이제 그것들은 말없이 죽은 것처럼 있다/ 이제 그것들은 차갑고 안개처럼 창백하게 응시한다"고 느리고 낮게 노래한다. 3행 "하지만 다시 옛 불꽃이 그것을 새롭게 되살린다"는 다소 빠르게 노래하고는 4행 "사랑의 혼이 언젠가 그 위로 움직여 가면"은 다시 느리게 노래한다. 이어 3행과 4행을 다시 반복해서 다소 힘차게 노래한다. 3연에서 보면 현재는 그 노래들이 죽은 것처럼 침묵하고 창백하게 응시하고 있으나 사랑의 혼과 만나면 화려한 불꽃을 다시 피우게 된다.

4연에서는 "그리고 내 마음속에 많은 예감이 커진다/ 사랑의 혼이 언젠가 그 위로 녹는다/ 언젠가는 이 책이 네 손에 닿는다/ 먼 나라에 있는 너, 사랑스런 이에게"라고 부드럽고 느리게 노래한다. 이제 시인인 서정적 자아의 마음속에는 많은 예감이 생겨나고 사랑의 혼이 자리 잡고 그리고 언젠가는 멀리 있는 연인에게 그 노래들이 담긴 책이 전달된다. 그러면 마지막 5연에서 보여 주는 바와 같이 노래의 마력이 풀리면서 노래의 글자들은 그녀의 아름다운 눈을 쳐다보면서 슬픔과 사랑의 입김으로 그 뜻을 속삭이게 된다. 5연에서는 "그러면 노래의 마력이 풀리고/ 창백한 글자들이 너를 쳐다본다/ 그것들은 간청하듯 아름다운 눈을 본다/ 슬픔과 사랑의 입김으로 속삭인다"고 낮고 부드럽게 노래한다. 이어 피아노의 느리고 잔잔한 후주와 함께 곡이 끝난다.

슈만의 연가곡에서 더욱이 마지막 제9곡은 제1곡에서 제8곡까지의 내용을 총체적으로 마감하는 피날레로 만들면서 새롭게 하이네 연작시에 뜻을 부여하고 있다. 그것은 다름 아니라 삶과 세상에 대한 온갖 실망, 좌절, 고통, 무력감에도 아랑곳하지 않고 슈만은 다시 노래를 통해서 새롭게 세계와 삶을 구축하였다. 이로써 슈만은 《하이네-연가곡》을 통해서 하이네가 추구하던 희망, 삶의 의지를 강조하고 있을 뿐만 아니라 뜻이 완결되는 형식의 연가곡을 만들고 있다.

2〉《시인의 사랑》(16곡)

오늘날 일반적으로 슈만과 하이네의 관계를 연결 짓는 대표 작품이 연가곡《시인의 사랑Dichterliebe》(Op. 48)이다. 이 연가곡은 앞서 언급한 1827년 출간작 하이네《노래집》에 실려 있는 65편시로 구성된《서정적 간주곡》에서 20편의 시를 발췌하여 슈만이 연가곡으로 작곡하였다. 그런데 이 20편에서 최종 16편으로 언제 줄였는지는 정확하지 않지만 4편의 시를 제외시킨 것은 그 내용이 너무 비관적이라는 클라라의 의견에 따라 1843년 12월 27일 슈만에게 출판 교정을 요청했을 때 이루어진 것으로 추정되고 있다.[44] 최종 16편으로 구성된 연가곡 〈시인의 사랑〉은 1844년 출간되었다.(Ernst Burger 1999, 187)

그런데 출간 10여 년이 지난 뒤 전문가 그룹에서 이 작품에 대한 평가가 상반되게 나왔는데 1852년 바그너부터 시작된 반유대주의 정서가 뒤늦게 다시 점화되어서 1856년 같은 해에 시인과 작곡가는 이미 사망한 상황에서 두 사람이 여론의 도마 위에 올랐다. 한쪽에서는 하이네의 시임에도 아랑곳하지 않고 낭만주의 작곡가 슈만이 성공적으로《시인의 사랑》을 작곡했다고 높게 평가하였고, 다른 한쪽에서는 하이네의 시이기 때문에 음악적으로 실패하지 않을 수 없다고 비판했다.[45] 슈만의 연가곡은 하이네 시에 곡을 붙

---

44) 이 4편의 가곡들은 내용적으로 가장 어둡고 무겁다. 그 가운데 3편은 죽음에 대한 생각으로 가득 차 있고, 〈내 마차는 천천히 달린다〉는 막 죽음을 알리는 것으로 보이는 전율스러운 만남이 묘사되어 있다. 이 곡들은 나중 각 2곡씩 Op. 127과 Op. 142에 삽입되었다. Günther Spies, 124쪽.

45) Albrecht Riethmüller: Dichterliebe. Liederkreis aus Heinrich Heines Buch der Lieder für eine Singstimme und Klavier op. 48, in: Robert Schumann.

였다는 이유만으로 본질과 도무지 상관없는 정치적 해석을 낳았는데 하이네는 아마 독일 문학사에서 생전에 그리고 사후에 그토록 많은 지지와 반대의 격렬한 소용돌이를 겪은 유일무이한 작가였다고 할 수 있다.[46] 더욱이 나치 시대에 독일 가곡이 가장 독일적인 것으로 주목받으면서 그 가곡에 가장 많은 시를 제공한 하이네는 민요처럼 작자 미상으로 처리되는 비운을 겪기도 하였다.(Theodor Adorno 1974, 95)

반면 오늘날은 슈만의 연가곡《시인의 사랑》이 슈베르트의《겨울 나그네》와 더불어 "유럽 가곡예술의 절정"[47]으로 평가받고 있다. 더욱이 이 작품에서 피아노 반주는 그 어느 작품에서보다도 아름답고, 서정적으로 목소리와 더불어 연주되는데 때로는 가곡이 아니라 피아노곡을 듣는 것으로 착각하게끔 한다. 슈만이 1830년대 피아노곡 작곡에 집중하다가 1840년 폭발적으로 가곡을 작곡하게 된 데에는 적어도 목소리와 피아노의 결합이 음악을 풍부하게 할 수 있다는 생각에서 비롯되었다고 볼 수 있다. 슈만은 19세기 모든 음악 장르에 다 적용되었던 절대음악의 관점처럼 언어로 표현할 수 없는 것을 음악으로 표현하는 것이 가능하다고 생각했으며, 그 표현 수단이자 음악적 해석의 동반자로서 피아노를 중요하게 여겼다.(Arnfried Edler 1982, 219) 그래서 그의 가곡에서

Interpretation seiner Werke, Helmut Loos (Hg.), Bd. 1, Laaber 2005, 315쪽.

46) 하이네를 찬미하거나 적대하는 133명 대표 인사들의 글들은 Dietmar Goltschnigg/ Hartmut Steinecke (Hg.): Heine und die Nachwelt. Geschichte seiner Wirkung in den deutschsprachigen Ländern. Texte und Kontexte, Analysen und Kommentare. Bd. 1: 1856~1906, Berlin 2006, 153~555쪽.

47) Paul Peters: Musik als Interpretation: Zu Robert Schumanns Dichterliebe, in: Heine-Jahrbuch 1994, Joseph A. Kruse (Hg.), Jg. 33, Hamburg 1994, 124쪽.

는 피아노와 음성이 대등하게 때로는 피아노가 목소리보다 더 주
도적으로 나타난다.

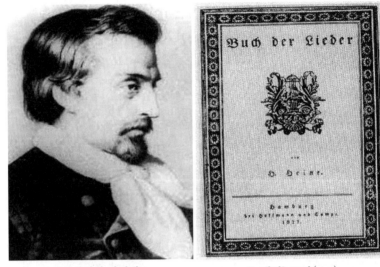

| 하인리히 하이네 | 《노래집》 표지(1827) |

하이네의 《서정적 간주곡Lyrisches Intermezzo》이나 슈만의 《시인의
사랑》에는 두 예술가의 사랑의 고통에 대한 개인적 체험이 공통으
로 깊이 반영되어 있다. 그러나 그 표현에 있어서는 차이가 있는
데, 그것은 하이네의 비극적 사랑과는 달리 슈만의 사랑은 이루어
질 수 있었던 점에서 비롯하고 있다.[48) 하이네의 65편으로 이루어

---

48) 하이네는 1816년 봄 막 성년의 나이에 접어들 무렵, 은행원 견습을 위해
  서 함부르크로 갔고, 그곳에서 자신의 부유한 삼촌의 딸인 사촌 아말리에를
  알게 되었고 그녀를 사랑하게 되었다. 당시 시작詩作에 더 많은 관심과 재능
  을 보였던 하이네에게 아말리에는 아주 친절했지만 그를 사랑하지는 않았
  다. 하이네가 쓴 시에 대해서는 더구나 별 관심을 보이지 않았으며, 1821년
  프로이센의 한 지주와 결혼하였다. 이해 가을 하이네는 〈난 원망하지 않는
  다〉를 썼고 1821~1822년에 〈서정적 간주곡〉에 실린 다른 시들도 지었다.

진 《서정적 간주곡》의 주요 내용인 사랑의 시작, 사랑의 고통과 단념은 16편으로 구성된 슈만의 연가곡에서도 핵심 내용으로 압축되어 나타나고, 낭만적 핵심어들인 꽃, 새, 사랑, 노래, 눈물, 꿈과 같은 어휘들이 돋보이며, 언어의 연상 작용을 통해서 음악 시들은 서로 절묘하게 연결되고 있다.

제1곡 〈아름다운 오월에Im wunderschönen Monat Mai〉는 하이네의 2연 4행시(HG, 80)에 붙인 곡이며, 민요처럼 유절가곡이다. 이 곡은 우아하게 피아노의 섬세한 서주가 노래의 시작을 알리는데 이 음은 간주와 후주에서도 거의 같게 반복된다. 하이네 시는 음울하지 않은 분위기를 지녔으나, 슈만은 처음 노래에서부터 불협화음을 통해서 "연가곡 전곡을 관통하는 이율배반을 암시"(Elisabeth Schmierer 2007, 122)하고 있을 뿐만 아니라 성악가의 "목소리가 만들어 내는 정서보다도 피아노에 더 의존해서 음악적 명상들을"(Lorraine Gorell, 2005, 29) 서정적으로 표현하고 있다. 노래는 첫사랑의 감동적인 순간을 기억하는 과거의 내용으로 되어 있으며, 서정적 자아인 시인이 아름다운 오월에 사랑을 느끼기 시작했고, 고백하는 단계까지 연역적으로 고양된다. 1연의 1행에서 4행까지 "아름다운 오월에/ 모든 꽃봉오리가 피어났을 때/ 그때 내 마음속에서/ 사랑이 싹텄다"고 노래하고는 피아노의 간주가 들어간다. 1연에서는 아름다운 오월에 모든 꽃봉오리가 피어날 때 시인의 마음에서도 사랑이 생겨났다.

Albrecht Dümling (Hg.), 117쪽 참조.

〈아름다운 오월에〉의 악보 일부

2연의 1행에서 4행까지는 "아름다운 오월에/ 모든 새들이 노래했을 때/ 그때 난 그녀에게 고백했지/ 내 동경과 소망을"이라고 노래한다. 2연에서는 서정적 자아가 아름다운 5월에 모든 새들이 노래할 때 그녀에게 그의 동경과 소망을 고백했다. 1연 4행 "사랑이 싹텄다"와 2연의 마지막 행 "내 동경과 소망"은 가장 높은 음으로 고양된 뜻을 살리고 있는데, 이로 말미암아 "앞을 지향하는 동경의 감정이 지배적인지 또는 멜랑콜리한 회상이 지배적인지가 열려 있다."(Dümling, 119)

제2곡 〈내 눈물 속에서 피어났구나Aus meinen Tränen sprießen〉(2연 4행시)와 제3곡 〈장미, 백합〉(6행시)는 마치 하나의 노래처럼 이제 사랑은 변화되어 눈물 속에서 많은 꽃들이 피어났고, 한숨은 나이팅게일의 노래가 됨으로써 사람에서 자연으로 옮겨 갔다가, 제3곡에서 다시 시인의 사랑은 "작은 사람, 섬세한 사람, 순수한 사람, 유일한 사람"으로 옮겨온다. 제2곡은 하이네의 2연 4연시(HG, 80~81)에 곡을 붙였고, 피아노의 서주, 간주, 후주가 없이 노랫말의 반주만 나온다. 1연의 1행에서 4행까지는 "내 눈물 속에서 솟아나왔다/ 많은 만발한 꽃들이/ 그리고 내 탄식들은/ 나이팅게일의 합창이 되었다"고 빠르지 않게 노래한다. 1연에서 보면 눈물 속에서 꽃들이 만발했고 서정적 자아의 탄식은 새의 합창이 되고 있다. 2연의 1행에서 4행까지는 "사랑이여, 네가 날 사랑할 때/ 난 너에게 모든 꽃들을 선사하지/ 네 창문 앞에서 울려 퍼지게 되지/ 나이팅게일의 노래가"라고 노래하고는 피아노의 후주가 곡을 마감한다. 2연에선 연인이 서정적 자아를 사랑할 때 그는 온갖 꽃들을 그녀에게 선물하고, 나이팅게일은 그녀의 창문 앞에서 지저귄다. 이렇게 비탄이 희망으로 바뀌고 있다.

　제3곡 〈장미, 백합Die Rose, die Lilie〉은 하이네의 무제의 6행시 (HG, 81)에 붙인 곡이다. 이 곡에는 피아노의 후주만 들어 있다. 피아노의 빠른 반주와 함께 6행에서 "장미, 백합, 비둘기, 태양/ 한때 난 사랑의 환희 속에 이것들을 사랑했지/ 난 그것을 더 이상 사랑하지 않는다, 내가 사랑하는 것은 오직/ 작은 사람, 섬세한 사람, 순수한 사람, 유일한 사람이다/ 그것 자체가, 모든 사랑의 환희/ 장미, 백합, 비둘기와 태양이다"라고 빠르게 노래한다. 5행에서 슈만은 "사랑의 샘"을 "사랑의 환희"로 단어를 바꿈으로써 사랑의 기대감을 강조하고 있다. 이어 3행의 끝 부분과 4행에서 "내가 사랑하는 것은 오직/ 작은 사람, 섬세한 사람, 순수한 사람, 유일한 사람이다"라고 반복해서 빠르게 노래하고 이어지는 피아노의 후주가 곡을 끝내고 있다. 여기서는 한때 서정적 자아가 장미, 백합, 비둘기, 태양 등 자연을 사랑했으나 지금은 자연이 아니라 사랑의 기쁨 그 자체는 작고, 섬세하고, 순수하고 유일한 사람이 되고 있다. 그러니까 이 사랑하는 사람은 장미, 백합, 비둘기와 태양 등 자연이 됨으로써 자연이 의인화되어 그녀의 형상과 일치되고 있다.

　제4곡 〈네 눈을 보면Wenn ich in deine Augen seh'〉은 하이네의 무제

2연 4행시(HG, 81)에 붙인 곡이다. 이 시에서 연인의 눈을 보면 모든 고통과 아픔이 사라진다고 서정적 자아는 천천히 노래를 시작하고, 눈, 입, 입맞춤, 가슴 등의 감각적 시어를 통해서 사랑이 고조되는 것을 표현함과 동시에 사랑한다는 말을 들으면 "심하게 울지 않을 수 없다"고 이율배반적 심정을 드러내고 있다. 이 곡에는 피아노의 후주만 들어 있고, 피아노의 느린 반주와 함께 1연에서 "내가 네 눈을 보면/ 내 아픔과 고통이 모두 사라진다/ 게다가 내가 너의 입에 입맞춤하면/ 난 완전히 건강해진다"고 느리게 노래한다. 1연에서는 서정적 자아가 연인의 눈을 보면 모든 고통이 사라지고 게다가 입맞춤까지 하면 그는 완전히 건강해진다. 2연에서는 "내가 네 가슴에 기댈 때면/ 천상의 기쁨 같은 것이 내 위로 엄습한다/ 게다가 네가 난 널 사랑해라고 말할 때면/ 난 열렬하게 울지 않을 수 없다"고 노래하는데, 더욱이 3행은 아주 부드럽게 마치 사랑해라는 말을 하듯 노래한다. 그러니까 2연에서는 서정적 자아가 그녀의 가슴에 기대면 천상의 기쁨이 엄습하는 듯했고 게다가 그녀의 사랑 고백은 서정적 자아로 하여금 감격의 눈물을 흘리게 하였다.

제5곡 〈내 영혼을 담그고 싶구나Ich will meine Seele tauchen〉는 하이네의 무제 2연 4행시(HG, 82)에 곡을 붙였고, 거의 같은 음의 유절가곡이며, 피아노 베이스음의 7도 화음으로 노래가 시작하는 것은 꿈과 같은 비현실"(Dümling, 121)을 표현하고 있다. 이 시에는 꽃(백합)의 은유에 에로틱한 상상이 반영되어 있으며, 한때 사랑의 "달콤하고 아름다운 시간에" 있었던 입맞춤에 대한 기억을 통해서 시인의 감정은 고양되면서 그 동경이 표현되어 있다. 이와는 달리 피아노의 긴 후주는 정적이고, "점점 느리게"(Clara Schumann, 93)로 연주함으로써 오히려 슬픔과 체념을 느끼게 하고 있다. 이 곡에는 피아노의 후주만 있는데, 곡은 피아노의 반주와 함께 1연에서는 "내 영혼을 담고 싶구나/ 백합의 꽃받침 속으로/ 백합은 내뿜는다/ 내 연인의 노래 하나를"이라고 너무 느리지 않게 노래한다. 1연에서는 서정적 자아가 연인의 노래 하나를 울려 퍼지게 하는 백합의 꽃술 속에 그의 영혼을 담고 싶어 한다. 2연에서는 "노래는 두려워하면서 떤다/ 그녀의 입에서 나온 입맞춤처럼/ 그녀가 내게 언젠가 주었던/ 아름답고 달콤한 시간에"라고 노래한 뒤 피아노의 길고 아름다운 후주가 곡을 끝낸다. 2연에서 보면 백합의 노래는 언젠가 아름답고 달콤한 시간에 그녀가 그에게 주었던 입맞춤처럼 떨리고 있다.

제6곡 〈라인 강에, 아름다운 강물에Im Rhein, im schönen Strome〉는 하이네의 무제 3연 4행시(HG, 84~85)에 붙인 곡이다. 제5곡의 꽃에 투사된 감각적이고 작은 내밀함과는 대조적으로 제6곡에서는 라인 강에 비친 "거대하고, 성스러운 쾰른"을 향하여 있던 서정적 자아의 높은 시선은 서서히 그 거리감이 좁혀져서 성모마리아의 모습에서 자신의 연인을 발견한다. 느리지만 강한 포르테로 시작하는 이 곡은 2연 다음의 피아노 간주를 통해서 그 내용이 두 부분으로 나뉘고 있다. 처음 부분은 1연과 2연의 내용이며, 라인 강에 비친 쾰른 성당과 시인의 마음에 빛을 비추는 성모상이 묘사되어 있고, 두 번째 부분은 3연의 내용으로서 꽃과 천사와 더불어 마리아는 시인의 연인으로 전환되고 있다.

피아노의 반주와 함께 1연에서는 "라인 강에, 성스러운 강물에/ 물결 속에 비친다/ 그 거대한 성당과 함께/ 크고 성스러운 쾰른이"라고 장엄하고 힘차게 노래한다. 1행에서 "아름다운 강물" 대신에 "성스러운 강물"이라고 슈만은 단어의 뉘앙스를 바꾸고 있다. 1연에서는 거대하고 성스러운 쾰른 성당이 라인 강의 물결에 반사되고 있다. 2연에서는 "성당에는 한 형상이 서 있다/ 황금색 가죽에 그려진/ 내 삶의 황량함에/ 다정하게 그것이 비치고 있다"고 다소 부드럽게 노래하고는 피아노의 간주가 들어간다. 2연에서는 쾰른 성당 안에 황금색 가죽 위에 그려진 한 형상이 있는데, 이것은 그의 황량한 삶에 다정하게 스며들었다. 이어 3연에서 보면 2연의 형상이 구체화되면서 신비롭게 변한다. 3연에서는 "꽃들과 천사들이 움직인다/ 우리의 사랑하는 성모마리아 주위로/ 눈들, 입술들, 뺨들/ 이것들은 꼭 연인과 닮아 가고 있다"라고 부드럽게 노래하고는 피아노의 길고 아름답고 낭만적인 후주가 곡을 끝내고 있다. 2연에서 언급한 형상은 바로 성모상이며 그 주위로 꽃들과 천사들이 모여들었는데, 그 형상의 눈, 입술, 뺨은 연인의 것과 닮았다고 여기면서 성모상에 연인의 모습을 투사하고 있다.

제7곡 〈난 원망하지 않는다Ich grolle nicht〉는 하이네의 무제 2연 4행시(HG, 87~88)에 붙인 곡이며, 이 연가곡에서 가장 유명한 곡 가운데 하나이다. 하이네는 앞서 각주에서 언급한 것처럼 그의 사촌 아말리에가 결혼한 해인 1821년에 이 시를 썼다. 하이네의 2연 4행시에서 서정적 자아는 그의 연인이 겉으로는 화려함을 지녔으나 내면에는 비참함이 도사리고 있음을 알았기 때문에 떠난 사랑을 원망하지 않는다. 하이네의 시는 다음과 같다.

하이네

난 원망하지 않는다, 내 마음이 부서진다 해도,
영원히 잃어버린 사랑! 난 원망하지 않는다.
네가 다이아몬드의 화려함 속에서 빛나지만,
그 빛이 내 마음의 밤을 비추지는 않는다.

난 이미 알고 있다. 난 너를 꿈속에서 보았다,
네 마음의 방에 있는 밤을 보았다,
네 마음을 갉아먹는 뱀을 보았다,
내 사랑, 그리고 난 네가 얼마나 비참한지를 보았다.(HG,87)

이와 달리 슈만은 다음과 같이 "영원히 잃어버린 사랑"과 "원망
하지 않는다"를 강조하고 있다.

슈만

난 원망하지 않는다, 내 마음이 부서진다 해도,
영원히 잃어버린 사랑, 영원히 잃어버린 사랑, 원망하지 않는다, 원망하
지 않는다.
네가 다이아몬드의 화려함 속에서 빛나지만
그 빛이 내 마음의 밤을 비추지는 않는다는 것을 난 이미 알고 있다

난 원망하지 않는다, 내 마음이 부숴진다 해도.
난 너를 꿈속에서 보았고, 네 마음의 방에 있는 밤을 보았고,
네 마음을 갉아먹는 뱀을 보았고, 내 사랑, 그리고 네가 얼마나 비참한지
를 보았다.
난 원망하지 않는다, 원망하지 않는다.(Clara Schumann, 96~97)

따라서 슈만의 가곡에서는 서정적 자아가 떠나 버린 사랑을 원
망하고 있거나, 또는 원망하지 않기 위한 반항적 자부심이거나 또
는 양자의 감정을 내보이고 있다. 더욱이 마지막 부분에서 "원망
하지 않는다"를 반복함으로써 더욱 그 이율배반성이 강하게 나타
나고, 피아노의 후주로 메아리처럼 강조되고 있다. 그뿐만 아니라
"영원히 잃어버린 사랑"에서 음이 우울하게 하강하는 것이 아니라
기쁘게 고양되는 것 또한 아이러니이다. 여기서 재미있는 점은 하
이네의 경우, 정말 떠나 버린 사랑이기 때문에 체념이나 단념이 쉬

운 반면, 슈만의 경우 사랑을 얻으려 오랫동안 고투하였던 점에 비
추어 본다면 이 곡에서 서정적 자아의 단호함과 의지는 그대로 슈
만 자신이라는 것을 알게 해 준다.

제8곡 〈꽃들, 작은 꽃들이 그것을 알았다면Und wüßten's die Blumen,
die kleinen〉은 하이네의 4연 4행시(HG, 89)에 붙인 곡이며, 제7곡보
다 솔직하고, 우아하게 "얼마나 깊이 마음이 아픈지"가 표현되어 있
다. 이번에는 작은 꽃들, 새들, 별들로부터 위로를 구하는 마음이
나타나는데 이것은 비현실화법으로 되어 있으며, 마지막 4연은 직
설법으로서 끝내 서정적 자아는 오직 한 사람에게서 위안을 바라지
만 그 가능성이 없다는 것을 보여 주고 있다. 이러한 내용에 맞추어
서 슈만의 곡도 자연에게서 위안을 구할 때는 빠른 노래와 32분음
표의 피아노 반주로 명랑하게 연주되다가 마지막 시인의 마음이 찢
어지는 고통을 표현할 때는 피아노 반주가 바뀌고, 더욱이 피아노
의 후주는 그런 괴로운 마음을 불협화음으로 보여 주고 있다.

이 곡은 피아노 서주 없이 바로 노랫말이 나온다. 1연에서는 "꽃
들, 작은 꽃들이 그것을 알았다면/ 내 마음이 얼마나 깊이 상처받
았는지를/ 그들은 나와 함께 울었을 텐데/ 내 고통을 치유하기 위
해서"라고 노래한다. 1연에서는 서정적 자아의 마음이 얼마나 깊
이 상처받았는지를 작은 꽃들이 알게 된다면 그의 고통을 치유하
기 위해서 함께 울었을 것이라고 노래한다. 2연에서는 "나이팅게
일들이 그것을 알았다면/ 내가 그토록 슬프고 아프다는 것을/ 그들
은 명랑하게 울리게 했을텐데/ 상쾌한 노래를"이라고 노래한다. 여
기선 서정적 자아의 고통을 새가 알았다면 그를 위로하기 위해서
오히려 명랑한 노래를 불렀을 것이다. 3연에서는 "그들이 내 고통
을 알았다면/ 황금빛 별들이/ 그들은 높은 곳에서 내려와/ 나에게

위로의 말을 건넸을 텐데"라고 노래한다. 이번에는 별들이 그의 고통을 알았다면 높은 하늘에서 내려와 그에게 위로의 말을 건넸을 것이라고 노래한다. 4연에서는 "그들 모두가 그것을 알 수는 없다/ 다만 한 사람은 내 고통을 안다/ 그녀 자신의 마음도 갈갈이 찢겼고/ 내 마음도 찢겨졌지"라고 노래하고는 피아노의 후주가 곡을 마무리한다. 이 마지막 연에서 서정적 자아는 꽃, 새, 별은 그의 고통을 알지 못하며 오직 한 사람만 그의 고통을 알지만 정작 그녀의 마음도 찢겼기 때문에 서정적 자아의 마음을 치유하기는커녕 오히려 그의 마음도 그녀와 더불어 찢길 뿐이다.

제9곡 〈그건 플루트이자 바이올린Das ist ein Flöten und Geigen〉은 하이네의 무제 2연 4행시(HG, 88)에 붙인 곡이다. 이 시에서는 결혼식 장면이 나오고, 서정적 자아는 냉정하게 그 장면을 관찰하고, 천사들의 흐느낌이 그의 고통스러움과 슬픔을 대신하고 있다. 슈만은 2연 4행시를 음악적으로 세 번의 피아노 간주를 통해서 형식상 네 가절로 나누지만, 내용으로는 두 부분으로 나누어서 결혼식 음악의 명랑함(1~3가절)과 슬픔(4가절)으로 대비하고 있다. 더욱이 노랫말과 피아노의 간주는 서로 대화하면서 결혼식 윤무의 흥겨움을 묘사하고, 천사의 흐느낌에 아랑곳하지 않고, 피아노의 긴 후주는 생생하게 결혼식의 춤과 악기 연주가 계속 진행되고 있다는 느낌을 줌으로써 연가곡 전반에 흐르는 아이러니의 한 면을 보여 주고 있다. 또 시의 2연 2행에서 하이네는 "북과 샬마이의/ 울림과 으르렁거림"이라고 표현한 것을 슈만은 북과 샬마이를 포함해서 악기의 울림을 뜻하는 병렬적인 낱말로 만들고 있다.

이 곡은 피아노의 경쾌한 서주를 시작으로 1연의 1행과 2행에서 "그건 플루트이자 바이올린이다/ 트럼펫들이 크게 울려 퍼진다"고

노래하고, 2행은 반복해서 노래한 뒤 피아노의 간주가 들어간다. 3
행과 4행에서는 "그때 결혼식 윤무를 춘다/ 내 가장 사랑하는 사람
이"라고 노래하고 다시 4행은 반복해서 노래한 다음 피아노의 간
주가 들어간다. 여기 1연은 두 차례 피아노 간주에 따라서 두 가절
로 나뉘고 있다. 플루트, 바이올린, 트럼펫이 혼례 음악을 연주하
고 서정적 자아의 연인은 결혼식에서 춤을 추고 있다. 2연의 1행
"그건 울림이자 으르렁거림이다"는 두 번 노래하고 2행 "북과 샬마
이"라고 노래한 뒤 피아노의 간주가 들어간다. 이로써 세 번째 가
절이 생겨난 것이다. 하이네는 여기서 북과 샬마이에서 울려 나오
는 울림이자 우르릉거림으로 표현하였으나, 슈만은 병렬적으로 울
림과 우르릉거림, 북과 샬마이라고 바꾸어 표현하고 있다. 이어 3
행에서 "그 사이에서 흐느끼고 신음한다"고 두 번 노래하고는 4행
에서 "사랑스러운 천사들이"라고 노래한 뒤 피아노의 긴 후주가 곡
을 끝내고 있다. 여기서는 북과 샬마이가 울려 퍼지는데, 그 음악
들 사이에서 천사들은 서정적 자아를 대신해서 사랑의 고통으로
흐느끼고 신음하고 있다. 그러니까 서정적 자아는 연인의 결혼식
을 보면서 사랑의 고통으로 괴로워하고 있다. 그런 그의 마음에 연
민을 느끼듯 피아노의 후주가 길게 연주되고 있다.

〈그건 플루트이자 바이올린〉의 악보 일부

제10곡 〈난 그 노래가 울리는 소리를 듣는다Hör' ich das Liedchen klingen〉는 하이네의 무제 2연 4행시(HG, 98)에 붙인 곡이다. 이 곡에서는 제7곡에 나오는 영원히 잃어버린 사랑에 대한 노래가 아직도 계속되고 있으며, 서정적 자아는 그 노래를 듣는다. 피아노의 서주가 그 노래를 느리고 부드럽게 시작하고, 그것을 들은 서정적 자아는 눈물 속에서 고통이 용해되는 것을 경험한다. 동경이 서정적 자아로 하여금 "숲의 높은 곳으로" 가게 하는 부분에서는 상승음이 아니라 오히려 하강 음으로 곡을 붙여서 그의 절망을 강화하고, 그 절망이 크다는 것은 더욱이 19박절에서 4옥타브의 차이를 둔 피아노 반주를 통해서 강조되고 있다. 그러나 마지막 노랫말과 더불어 피아노의 긴 후주는 다시 또 사랑의 노래를 한다는 느낌을 주고 있다. 이 곡은 피아노의 느리고, 슬프고, 아름다운 서주로 시작되고 노랫말도 같은 분위기로 진행된다. 1연에서는 "난 그 노래가 울리는 소리를 듣는다/ 한때 연인이 불렀던/ 그래서 내 가슴은 터지려고 한다/ 거친 고통의 충동 앞에서"라고 애잔하게 노래한다. 1연에서 보면 서정적 자아는 한때 연인이 불렀던 노래를 듣자 요동치는 마음의 고통으로 가슴이 터질 것 같다고 느낀다. 이어 피아노의 간주 없이 바로 2연으로 넘어간다. 2연에서 "어두운 동경이 나를 뒤흔든다/ 숲의 정상으로 올라가도록/ 거기서 눈물로 터져 나온다/ 내 너무 큰 고통이"라고 노래하고 피아노의 후주가 곡을 끝내고 있다. 2연에서는 서정적 자아가 희망 없는 동경에 사로잡혀 숲 정상으로 올라가서 그의 큰 고통을 눈물로 터뜨리고 있다.

제11곡 〈한 청년이 한 처녀를 사랑하다Ein Jüngling liebt ein Mädchen〉는 하이네의 무제 3연 4행시(HG, 98)에 붙인 곡이다. 이 곡은 피아노의 명랑하고, 짧은 서주를 시작으로 3연 4행시를 피아노의 간주에 의해서 두 부분(1연과 2/3연)으로 나누고 있으며, 서정적 자아를 그냥 방관자이자 관찰자로 만들고, 누군가 엇갈린 사랑을 경험하게 되면 "가슴이 쪼개진다"고 표현하고 있다. 이런 시 내용과 달리 곡의 멜로디는 아주 명랑하고, 밝고, 힘이 있는 것이 오히려 과장된 표현이자 역설로 나타나고 있다. 이 제11곡은 피아노의 명랑하고 짧은 서주로 노래가 시작되면서 1연에서는 "한 청년이 한 처녀를 사랑한다/ 그녀는 다른 사람을 선택했다/ 그런데 그 다른 남자는 다른 여자를 사랑한다/ 그리고 그녀와 결혼했다"고 명랑하고 빠르게 노래하고는 피아노의 간주가 들어간다. 1연에서는 엇갈린 사랑을 표현하고 있는데, 어느 청년이 한 처녀를 사랑했으나 그녀는 다른 남자를 좋아하고, 그 남자는 다시 또 다른 여자를 사랑해서 결혼했다. 2연에서는 "그 소녀는 홧김에 결혼한다/ 첫 번째 가장 좋은 남자와/ 그녀를 쫓아왔던/ 젊은이는 그것에 화가 난다"고 노래한다. 그러니까 그녀는 자신을 좋아하는 남자 가운데 첫 번째 사람과 결혼했는데, 그 사람이 그 젊은이는 아니었다. 그래서 그에게는 그녀의 결혼이 언짢다. 3연에서는 "이건 어느 옛날이야기이다/ 하지만 그건 항상 새롭게 남아 있다/ 그녀가 그의 곁을 지나갈 때면/ 그의 가슴은 찢어진다"고 노래하고는 피아노의 후주가 곡을 마감하고 있다. 3연에서 보면 그 젊은이의 짝사랑은 이미 지난 일이지만, 여전히 그녀를 보면 새롭게 고통이 되살아나면서 그의 가슴이 미어진다.

제12곡 〈밝은 여름날 아침에Am leuchtenden Sommermorgen〉는 하이네의 무제 2연 4행시(HG, 101)에 곡을 붙였다. 이 곡은 제11곡의 역설적 명랑함과 대조적으로 피아노의 우아하고, 아주 느린 서주를 시작으로 시인이 여름날 아침에 정원을 산책할 때 꽃들이 그를 위로하고자 말을 걸지만 소용이 없으며, 그는 "슬프고, 창백한 남자"의 모습으로 나타나고 있다. 이 부분에서는 느리게 꽃들이 말하는 낭송조가 되지만 피아노의 긴 후주는 가장 높은 음에서 명랑하게 시작되어 서서히 3옥타브가 하강하면서 곡을 끝내고 있다. 이 곡은 피아노의 서주와 함께 시작하고 1연의 1행과 2행에서 "밝은 여름날 아침에/ 난 정원을 서성거린다"고 노래하고는 피아노의 간주가 들어간다. 3행과 4행에서 "꽃들이 속삭이고 말을 한다/ 그러나 난 말없이 거닐 뿐이다"라고 노래하고 다시 피아노의 간주가 들어간다. 1연에서 보면 서정적 자아는 1인칭으로 등장한다. 그가 밝은 여름날 아침 정원을 서성거릴 때 꽃들이 그에게 말을 걸지만 그는 말없이 그냥 거닐 뿐이다. 2연에서는 "꽃들이 속삭이고 말을 한다/ 그리고 연민에 차서 날 쳐다본다/ 우리들의 누이에게 화내지 마라/ 너 슬프고 창백한 남자여"라고 노래하고는 피아노의 낭만적이고 긴 후주가 곡을 끝내고 있다. 2연에서 1행과 2행은 그 꽃들이 연민에 차서 서정적 자아를 쳐다본다. 3행과 4행은 꽃이 직접 서정적 자아를 "슬프고 창백한 남자"라고 일컬으면서 그에게 화내지 말라고 당부한다.

제13곡 〈난 꿈속에서 울었네Ich hab' im Traum geweinet〉는 하이네의 무제 3연 4행시(HG, 101)에 곡을 붙인 것이다. 이 곡은 2도 음정의 차이를 두고 노랫말이 피아노의 서주 없이 바로 시작되고 있다. 이 곡에서는 낭송조 노래가 불릴 때 피아노가 침묵하고, 목소리가 쉬면 피아노가 노래하는 방식으로 엇갈려서 마치 장송곡처럼 연주되고 있다. 무엇보다도 이 시에서는 하이네의 전도된 표현이 대표적으로 잘 드러나고 있다. 그러니까 연인이 죽었을 때는 눈물이 뺨으로 고요히 흘러내렸고, 연인이 떠났을 때는 쓸쓸하게 오랫

동안 울었고, 그의 곁에 연인이 다정하게 있을 때는 눈물바다가 된
다는 점에서 그러하다. 또 제1곡 〈아름다운 오월에〉처럼 "꿈속에
서 울었네"와 "꿈을 꾸었다"는 시행은 각 연마다 1행과 2행에서 반
복되면서, 연역적으로 그 내용이 깊어지는 특징을 보이고 있다. 처
음에는 눈물이 뺨에서 흘러내렸고, 다음은 오랫동안 울었고, 마지
막은 눈물이 홍수를 이룬 것으로 슬픔이 고조되고 있다. 이 민요처
럼 단순하고 자연스러운 하이네 3연 4행시가 그대로 슈만의 음악
으로 전이되어, 1연과 2연은 같은 방식으로 피아노 반주 없이 목소
리가 노래하고, 피아노가 화답하는 짧은 반주를 하면서 진행된다.
그러다가 3연에 이르면 슬픔이 커져 가는데 목소리는 더욱 작고,
부드러우면서 슬프게 노래하고, 피아노도 함께 반주하면서 슬픔을
강조해서 짧게 피아노의 스타카토 후주가 덧붙여진다.

이 곡은 제10곡 〈난 그 노래가 울리는 소리를 듣는다〉의 연장
선상에서 피아노의 서주 없이 1연의 1행과 2행에서 "난 꿈속에
서 울었네/ 네가 무덤에 있는 꿈을 꾸었다"고 느리고 슬프게 노
래한 뒤, 각 행의 노랫말 다음 피아노의 역동적 반주가 대답하
듯 반응하면서 3행과 4행으로 넘어간다. 이때 노랫말의 분위기
와 피아노의 반응은 서로 대비적으로 나타나고 있다. 3행과 4행
에서 "난 깨어났고 눈물이/ 뺨에서 흘러내렸다"고 노래하자 4행
다음 피아노의 반주가 노랫말에 반응하고는 2연으로 넘어간다.
1연에서는 1인칭 서정적 자아가 그녀가 죽은 꿈을 꾸면서 꿈속
에서 울다가 잠이 깨었으나 여전히 그의 뺨에서는 눈물이 흐르
고 있다. 2연에서는 "난 꿈속에서 울었다/ 네가 날 떠나는 꿈을
꾸었다/ 난 깨어났고 난 울었다/ 오랫동안 심하게"라고 노래하
고는 피아노의 간주가 들어간다. 2연은 1연과 같은 방식으로 1

행과 2행 다음 피아노의 반주가 반응을 보이면서 대화하듯 진행된다. 여기 2연에서는 서정적 자아가 이번에는 그녀가 그를 떠나는 꿈을 꾸면서 꿈속에서 울었고 깨어나서도 오랫동안 심하게 울었다. 3연의 1행과 2행에서 "난 꿈속에서 울었다/ 네가 나에겐 여전히 좋았던 것 같다는 꿈을 꾸었다"고 노래하고, 3행과 4행 "난 깨어났고 점점/ 내 눈물은 밀물이 되어 흐른다"에서는 마치 슬픔에 벅차서 노래를 제대로 잇지 못하듯 낭송조로 노래한다. 하이네는 3연 2행에서 네가 내 곁에 머물러서 좋다는 꿈을 꾸었다고 표현하고 있다. 슈만의 곡 3연에서는 서정적 자아가 그의 사랑이 변함없다는 것을 꿈꾸자 꿈속에서 울었고 깨어나서는 밀물처럼 많은 눈물을 흘리면서 울고 있다. 그런 자제할 수 없는 기쁨의 눈물을 피아노의 스타카토 후주가 휴지부를 두어 연주하면서 곡을 끝내고 있다.

제14곡 〈밤마다 꿈속에서Allnächtlich im Traume seh' ich dich〉는 하이네의 무제 3연 4행시(HG, 106)에 붙인 곡이다. 제13곡의 슬픔을 극복할 수 있는 것은 이번 곡에서 서정적 자아가 날마다 꿈속에서나마 그의 연인을 만날 수 있다는 점을 통해서 가능하다. 이 곡은 그런 의미에서 연인의 다정함이 강조되고, 하이네의 시와는 달리 죽음이라는 작별의 뜻이 약화되어 있다. 그것은 각 연마다 피아노의 간주에 따라서 꿈에서 깨어남과 동시에 꿈이 금방 잊히는 것으로 강조되고 있으며, 피아노의 후주도 그것을 뒷받침하듯 간주보다도 짧게 끝나고 있다.

이 곡은 피아노의 서주 없이 바로 1연에서 "밤마다 꿈속에서 난 너를 본다/ 다정하게 인사하는 너를 본다/ 큰 소리로 울면서 난/ 네 귀여운 발아래로 쓰러진다"고 느리게 노래한 뒤 피아노의 간주가 들어간다. 2행에서만 한 단어 "다정하게"가 반복되고 있다. 1연에서는 1인칭 서정적 자아가 밤마다 꿈속에서 다정하게 그에게 인사하는 연인을 보자 큰 소리로 울음을 터뜨리며 감격해서 그녀의 발아래로 쓰러진다. 2연에서는 "너는 나를 슬프게 쳐다본다/ 그리고 금발 머리를 흔든다/ 네 눈에서 흘러나온다/ 진주 같은 눈물방울들이"라고 느리게 노래하고는 피아노의 간주가 들어간다. 2행에서 1연에서처럼 한 단어 "흔든다"가 반복되고 있다. 2연에서는 꿈속 연인이 서정적 자아를 슬프게 쳐다보면서 머리를 흔들고, 진주 같이 굵은 눈물방울이 그녀의 눈에서 흘러나온다. 두 사람의 상반된 모습을 볼 수 있는데, 서정적 자아는 그녀가 꿈속에서 다정하게 대해 주는 것에 감격해서 눈물을 흘렸는 데 견주어서 그녀는 그와의 작별을 염려하면서 눈물을 흘리고 있다.

3연에서는 "넌 나에게 은밀하게 작은 소리로 말한다/ 그리고 나에게 실측백나무 다발을 준다/ 내가 깨어나자 그 다발은 사라진다/ 그리고 그 말도 난 잊었다"고 노래하고는 마치 한순간 꿈으로 사라진 것을 강조하기 위해서 피아노의 후주가 아주 짧게 연주되면서 곡이 끝나고 있다. 1연과 2연에서와 마찬가지로 2행에서 한 단어 "다발"은 반복되고 있다. 3연에서 보면 그녀는 꿈속에서 그에게 뭔가를 은밀하고 나지막하게 말하면서 측백나무 다발을 주었는데, 그가 꿈에서 깨어나자 그 다발도 그녀가 했던 말도 다 사라져 버린다. 그리고 현실에 덩그마니 혼자 서정적 자아가 남겨져 있다.

제15곡 〈옛 동화에서 손짓하다Aus alten Märchen winkt es〉와 제16곡 〈오래되고 사악한 노래들〉은 이 연가곡에서 6연 4행시로서 한 쌍을 이루고 있다. 제15곡에서는 시인이 자신의 마음을 무겁

게 하던 모든 꿈들에서 벗어나고, 그의 사랑 이야기는 옛 동화이
자 옛 노래가 되어서 연인에 대한 구체적 동경은 낭만적 마력의
나라에 대한 일반적 꿈으로 바뀐다. 슈만은 하이네 시의 3연과
4연의 내용을 완전히 새롭게 바꾸어서 가장 낭만적 어휘들을 만
들어 낸다. 그것들은 황금빛 저녁노을에서 피어난 꽃, 태곳적 멜
로디, 노래하는 나무, 춤추는 안개, 흩날리는 불빛, 찰랑거리는
샘물이다. 음악적으로도 춤추는 것 같은 6/8 박자의 활기찬 리
듬, 피아노의 명랑하고 쾌활한 서주를 시작으로 "옛 동화에서/
하얀 손이 손짓하며"라고 마술의 나라에 대해서 노래한다. 그 순
서는 피아노 서주→1-2연의 노랫말→피아노 간주→3연 1-2행
의 노랫말→피아노 간주→3연 3행-4연-5연-6연→피아노의 후
주이다.

이 곡은 하이네의 6연 4행시(HG, 99~100)에 붙인 곡이며, 피아
노의 명랑하고 경쾌한 서주와 함께 노래가 시작된다. 1연에서는
"옛 동화에서 손짓한다/ 하얀 손을 들어 올려/ 그때 노래하고 울
린다/ 어느 마술의 나라에 대해서"라고 다소 빠르게 노래한다. 1
연에서는 옛 동화에 어느 마술의 나라에 대한 이야기가 나온다.
그곳에는 다양한 꽃들이 저녁노을 속에 향기를 풍기면서 신선하
게 만발해있다. 2연에서는 "다양한 꽃들이 만발한 곳/ 황금빛 저
녁놀에서/ 사랑스러운 향기를 풍기며 빛난다/ 신부 같은 얼굴로"
라고 경쾌하게 노래하고는 피아노의 간주가 들어간다. 3행에서
하이네는 다양한 꽃들이 "우아하게 관찰된다"고 했으나 슈만은
꽃들이 "사랑스러운 향기를 풍기며 빛난다"고 표현을 바꾸고 있
다. 3연의 내용을 슈만은 새롭게 만들었는데, 하이네와 슈만의 3
연을 비교하면 다음과 같다.

하이네	슈만
그곳에선 모든 나무들이 말하고	초록 나무들이 노래한다
합창처럼 노래한다	태곳적 멜로디를
그리고 소리 나는 샘물들이	대기는 은밀하게 울리고
춤곡처럼 터져 나온다	새들은 요란스레 지저귄다

3연에서는 나무들이 태곳적 멜로디를 노래하고, 그 울림은 메아리처럼 대기 가운데 퍼지고 새들은 그것을 요란스레 지저귄다. 이어 피아노의 간주가 들어간 다음 4연으로 넘어간다. 4연 또한 슈만이 하이네의 시와는 상관없이 독자적으로 만들고 있다. "그리고 안개 형상들이 솟아오른다/ 대지로부터/ 그리고 가벼운 윤무를 춘다/ 황홀한 합창 속에"라고 노래하고는 5연으로 넘어간다. 이 4연에서는 안개 형상들이 대지에서 피어오르고 황홀한 합창에 맞춰 가벼운 윤무를 추고 있다. 이와 달리 하이네의 시 4연에서는 "사랑의 방식이 울린다/ 네가 그것을 결코 듣지 못한 듯/ 달콤한 만남이/ 너를 달콤하게 취하게 할 때까지"라고 되어 있다. 다음 두 연은 슈만이 추가해서 시를 짓고 곡을 붙인 것이다. 첫 번째 연에서는 "그리고 푸른 불꽃이 타오른다/ 모든 잎과 어린 가지에서/ 붉은 빛들이 달려온다/ 이리저리 혼란스럽게 돌면서"라고 여전히 빠르게 노래한다. 여기서는 푸른 불꽃이 모든 잎과 가지에 타오르고 붉은 빛은 이리저리 혼란스럽게 돌고 있다. 다음 연 "시끄러운 샘들이 터져 나온다/ 거친 대리석에서/ 그리고 드물게 시냇물에/ 반향을 일으킨다"고 노래한다. 여기서는 샘들이 요란스럽게 대리석 사이에서 흘러나오고, 시냇물에 가끔은 그 소리가 반향을 일으킨다.

하이네 시 5연에서는 "아, 내가 그곳으로 갈 수 있다면/ 내 마음은 거기서 행복할 텐데/ 모든 고통은 사라지고/ 자유롭고 축복에 차 있을 텐데"라고 지금까지와는 달리 노래가 느려진다. 서정적 자아가 그 마술의 나라로 갈 수 있다면 행복할 것이고 고통은 사라지고 자유롭고 축복에 차 있을 것이라고 기대하고 있다. 그런 기대감을 반영하듯 노래가 느려진다. 마지막 6연에서 "아, 기쁨의 나라여/ 난 가끔 꿈속에서 그 나라를 본다/ 하지만 아침 해가 뜨면/ 허망한 거품처럼 달아나 버린다"라고 느리게 노래한다. 다만 4행 "허망한 거품처럼 달아나 버린다"는 낭송조로 노래하고, 반복해서 노래할 때는 더욱 느리고 나지막한 낭송조로 허망한 느낌을 강조하고 있다. 이어 피아노의 느린 스타카토 후주가 곡을 마무리하고 있다. 이 마지막 연에서 서정적 자아는 꿈속에서 가끔 그 기쁨의 나라를 보았으나 아침 해가 뜨면 그것은 거품처럼 허망하게 사라져 버린다.

제16곡 〈오래되고 사악한 노래들Die alten, bösen Lieder〉은 하이네의 무제 6연 4행시(HG, 112)에 붙인 곡이다. 이 곡은 이 연가곡의 절정으로 피아노의 짧은 서주를 시작으로 "오래되고 사악한 노래들"이라는 노랫말과 더불어 끝내 시인의 꿈, 낭만적 환상들, 사랑을 모두 관에 묻고 그 고통도 함께 묻는다. 시인은 자신의 사랑과 고통을 담기 위해서는 하이델베르크 성에 있는 맥주 통[49]보다도 더

---

49) 하이델베르크 성Heidelberger Schloss의 나무로 만든 엄청나게 큰 맥주 통은 맨 처음 1589년에서 1591년 사이에 만들어졌고, 그 크기는 127,000리터를 담을 수 있었으나 30년 전쟁 때 파괴되었다. 두 번째 맥주 통은 1664년 만들어졌고, 195,000리터를 담을 수 있었으나 팔츠 왕위계승전쟁 때 파괴되었다. 1724년에서 1728년 사이에 만들어진 세 번째 맥주 통은 두 번째보다 더 많은 양의 맥주를 담을 수 있었으나 자체 결함이 생겨서 네 번째 맥주통이 1751년 다시 제작되었고, 221,726리터를 담을 수 있었다. 오늘날 하이델베르크 성에서 볼 수 있는 맥주 통은 바로 이 네 번째 것이며, 실제 219,000리터를 담을 수 있다고 한다. http://de.wikipedia.org/wiki/

크고, 마인츠의 다리보다 더 긴 관이 필요하며, 그 관을 운반하는
데 열두 명의 거인이 필요하고, 워낙 관이 크니까 바닷속으로 수장
해야 한다고 노래한다. 라인 지역과 관련한 여러 비유를 통한 수사
학적 과장은 이 연작시를 종결하는 마지막 시로서 그 과장이 압권
이다. 이에 걸맞게 슈만 또한 팡파르 같은 한 옥타브의 피아노 서
주가 울리고, 상징적 매장을 뜻하는 부분에서는 괴기스럽게 낮은
음으로 표현한다. 이어서 낮은 소리로 그 관을 가져오는 목적과 기
능을 설명하는데 그것은 "내 사랑과 내 고통을 그 안으로" 놓기 위
해서이다. 이 연가곡에서 가장 유명한 피아노 후주는 내림라장조
로 바뀌어서 지금까지의 모든 어둠을 물리치고 희망찬 분위기로
전환하여 연가곡을 마감하고 있다.[50] 이러한 피아노의 역할은 기악
적 서정시로서 말이 없는 가운데 말을 하고 있다.

　이 곡은 피아노의 무겁고 장엄한 서주를 시작으로 1연에서는
"오래된 사악한 노래들/ 나쁘고 악한 꿈들/ 이것을 지금 우리가
묻어야 한다/ 커다란 관을 가져와라"라고 보통 속도로 힘차게 노
래한다. 1연에서 서정적 자아에게는 지금까지 오래되고 사악한
노래와 꿈들이 있었는데 이제 이것을 커다란 관 속에 묻어 버리
려고 한다. 2연에서는 "난 많은 것을 그 안에 집어넣는다/ 하지
만 말하지 않는다, 무엇인지를/ 관은 더 커야만 한다/ 하이델베
르크 성의 맥주 통처럼"이라고 여전히 당당하게 노래한다. 2연에
서 서정적 자아는 관 속에 많은 것을 집어넣으려 하지만 그것이

Heidelberger_Schloss 참조.

50)　음악에서 보통 "장조는 명랑하게 울리고 단조는 슬프게 울린다." Dachs-
　　Söhner: Harmonielehre. Für den Schulgebrauch und zum Selbstunterricht. Erster
　　Teil, München 1953, 2쪽.

무엇인지는 말하지 않은 채 그 노래를 담을 관은 하이델베르크 성에 있는 엄청나게 큰 맥주 통처럼 커야 한다고 말한다. 관의 크기에 빗대어서 그의 고통스럽고 오래된 노래의 무게와 크기를 가시화하고 있다.

3연에서는 "죽은 자를 위한 들것을 가져와라/ 단단하고 두꺼운 판자로 된 것/ 또한 그것은 더 길어야만 한다/ 마인츠에 있는 다리만큼 또는 더 긴"이라고 노래한다. 이번에는 서정적 자아가 묻을 시신은 엄청나게 커서, 그에 걸맞게 마인츠 다리만큼 길거나 또는 그보다 더 길고 단단하고 두꺼운 판자로 된 들것을 가져오라 한다. 4연에서는 "그리고 나에게 12명의 거인을 데려오렴/ 그들은 힘이 더 세야만 한다/ 성스러운 크리스토프만큼이나 또는 그보다 더 힘센/ 라인 강가 쾰른 성당에 있는"이라고 노래한다. 여기서는 관과 들것을 들고 갈 거인이 12명이나 필요한데, 그 거인은 쾰른 성당에 있는 거대한 성상 크리스토프보다도 더 커야 한다. 5연에서는 "그들이 관을 들고 가야 한다/ 그리고 물속으로 내려놓아야 한다/ 왜냐하면 그렇게 큰 관에는/ 커다란 무덤이 보장되어야 하니까"라고 느린 장송곡풍의 낭송조로 노래한다. 여기서는 그 거인들이 관을 들고 가서 물속으로 수장시켜야 하는데, 그 관의 크기가 육지에 묻기에는 너무 크기 때문에 그 크기에 맞게 물속에 수장해야 한다고 노래한다.

6연에서는 "너희들은 아는가, 왜 관이/ 그토록 크고 무거운지를?/ 내가 내 사랑과/ 그리고 내 고통을 그 안에 놓았다"고 느린 장송곡풍의 낭송조로 노래한다. 여기서 보면 왜 그 관이 그토록 무거운지가 드러나는데, 그것은 그의 사랑과 고통을 담고 있기 때문이다. 그러니까 그의 사랑과 고통은 하이델베르크의 맥주 통 만큼이나 크고, 그것을 담을 관은 마인츠 다리보다 더 길어야 하고, 그 관을 운반할 사람은 큰 석상 크리스토프보다 더 키가 큰 거인 12명이 필요하며, 이렇게 큰 관은 땅에 묻을 수 없어서 바다에 수장해야 된다고 노래하고 있다. 이렇게 과장된 하이네의 표현은 폭소를 터뜨리게 하지만 슈만의 음악적 해석을 통해서 서정적 자아의 사랑과 고통의 뜻을 되짚어 보게 하고 있다. 이어 느린 피아노의 후주와 함께 지금까지 장송곡 같은 낭송조의 분위기는 사라지고 피날레 피아노곡처럼 낭만적이고 아름답게 독자적으로 곡을 끝내고 있다.

위에서 고찰한 바와 같이, 음악적 서정시로서 슈만의 연가곡은 문학 독자로서의 서정시 읽기이자, 피아노 가곡으로 탁월하게 음악적 해석을 함으로써 새로운 창조를 한 것이다. 이 점에서 슈만의 연가곡은 민네장에서 나타났던 '말과 음의 일치'라는 예술 전통을 계승하고 있으며, 하이네의 서정시들은 슈만의 가곡을 통해서 불멸의 작품이 되고 있다. 슈만 연가곡의 노랫말은 무엇보다도 당시의 새로운 시인 혼으로 등장한 하이네의 서정시가 가장 적합하였고, 그에게 연가곡 작곡에 최상의 조건을 제공한 셈이다. 슈만은 하이네의 시가 지닌 언어의 서정성을 언어와 음으로 극대화하였고, 하이네의 역설성은 음악적으로 새롭게 강조되면서 독창적 연가곡을 낳았던 것이다. 이것은 슈만이 지닌 문학과 음악의 이중 재능 또는 이중 천성의 덕택이기도 하다.

3〉 아이헨도르프-연가곡(12곡)

슈만 부부와 아이헨도르프는 1847년 1월 15일 처음으로 빈에서 만났다. 슈만의 아내 클라라는 그 당시 노년에 이른 아이헨도르프와 나눈 덕담을 다음과 같이 기록하고 있다. "아이헨도르프는 로베르트가 그의 가곡에 생명을 불어넣었다고 말했으나, 나는 오히려 그의 시들이 작곡에 생명력을 주었다고 답변했다."(Berthold Litzmann 1920, 151) 말할 것 없이 이것은 서로의 단순한 덕담일 수 있지만, 이후 아이헨도르프는 슈만 부부에게 바로 5일 전 만났던 "좋은 기억을 위해서"(Wolfgang Boetticher 1979, 50) 4행시 한 편을 보냈다.

아이헨도르프는 슈만에게 하이네와 더불어 '새로운 시인 혼'이자 가곡의 발전에 이바지하는 "독일의 새로운 시인 파"[51] 가운데 한 사람이었다. 슈만은 아이헨도르프의 22편에 곡을 붙였는데 16편 피아노 독창곡은 '가곡의 해'에 작곡했고, 6편은 합창곡으로 1847년과 1852년 사이 그의 두 번째 가곡 창작 시기에 작곡했다.[52] 슈만은 아이헨도르프 연가곡을 완성한 직후 그 감격을 가장 먼저 클라라에게 알렸는데, 1840년 5월 22일 편지에서 "아이헨도르프 연가곡은 나의 가장 낭만적 작품"(Bw, 1043)이라 했고, 아도르노Theodor Adorno가 "위대한 서정적 연가곡 가운데 하나"(Adorno 1974, 87)라고 했듯이, 이 작품은 독일 가곡에서 슈만과 아이헨도르프라는 이름을 늘 함께 떠올리게 한다. 또 "많은 청중에게 독일 낭만주의의 훌륭한 가곡 예술에 대한 감명을 주는 사례"[53]이며, 지금까지

---

51) Robert Schumann: Lieder und Gesänge (1843), in: Gesammelte Schriften über Musik und Musiker, Reprint, Bd. 4, Wiesbaden 1985, 263쪽.

52) 그밖에 13편의 시가 〈좌우명 모음집 Mottosammlung〉에 수록되었으나 위의 4행시와 더불어 미작곡으로 남아 있다. Leander Hotaki: Robert Schumanns Mottosammlung, Übertragung, Kommentar, Einführung. Freiburg 1998, 437쪽 참조.

53) Peter Andraschke: Liederkreis nach Joseph Freiherrn von Eichendorff für eine

도 중단 없이 성악가들이 부르는 노래이다. 이런 점에서 아이헨도르프의 사후 명성이 돈독하게 된 것은 "본질적으로 그의 시에 곡이 붙여짐"[54]으로써 가능했다. 같은 맥락에서 아이헨도르프의 〈여명〉을 더욱이 좋아했던 토마스 만도 "슈만이 그렇게 훌륭하게 천재적으로 작곡하지 않았다면 아마도 그것을 그렇게 사랑하지 않았을 것"(Dieter E. Zimmer 1961, 170)이라고 했다.

1842년 초판과 1850년 수정판이 나왔던 슈만의 작품 39번 연가곡은 아이헨도르프의 산문들과 1837년 출간된 그의 서정시집에서 발췌된 시들에 곡을 붙인 것이다. 최종 12편을 선택해서 각 편마다 제목을 붙인 연작 형태로 만들었는데, 이것은 작곡가 슈만의 의도와 해석에 따라 새롭게 연가곡이라는 형식으로 재창조된 것이다. 게다가 슈만은 종종 음악을 "자신의 개인적 생각과 삶에 일어난 사건들을 반영하는 수단"(Veronica Beci 2006, 32~33)으로 삼았는데, 그의 편지 및 여러 사정과 기록들에 따르면 아이헨도르프 연가곡의 형성 과정은 그의 자전적 상황과 더욱이 밀접하게 연관되어 있음을 알 수 있다. 1839년 7월 15일 슈만은 클라라와의 결혼을 극단적으로 반대하는 그녀의 아버지 프리드리히 비크Friedrich Wieck 때문에 라이프치히 법원에 소송을 제기했는데, 이때부터 판

Singstimme und Klavier op. 39, in: Robert Schumann. Interpretationen seiner Werke. Helmut Loos (Hg.), 206쪽. 음악사에서 보면 낭만주의 음악은 백년 이상 진행되었고, 베토벤부터 슈베르트, 슈만과 멘델스존을 지나 차이콥스키, 브람스, 브루크너, 리하르트 슈트라우스, 레거, 라흐마니노프, 말러와 젊은 쇤베르크까지에 이른다. Gerhard Schutz: Romantik. Geschichte und Begriff, München 1996, 80쪽 참조.

54) Wolfgang Frühwald: Die Erneuerung des Mythos. Zu Eichendorffs Gedicht Mondlicht, in: Wulf Segebrecht (Hg.): Gedichte und Interpretation, Bd. 3: Klassik und Romantik, Stuttgart 1984, 395쪽.

결이 나올 때까지 그의 삶에서 가장 힘든 순간들을 겪지 않을 수
없었다. 더욱이 한때는 스승과 제자 사이이자 정신적 우정을 쌓았
던 비크 선생과의 갈등은 그에게 큰 부담이었고, 이로 말미암아 슈
만이 겪은 정신적 고통은 이루 말할 수 없이 컸다. 한편 비크는 딸
의 결혼을 끝까지 허락하지 않으려고 심하게는 슈만이 알콜 중독
자라는 허위 사실을 만들어서 1840년 1월 법원에 판결유예 신청을
했고, 이것은 비크가 슈만에게 가한 가장 혹독한 일이었다.(Barbara
Meier 1995, 72) 이런 상황은 그의 가곡 작곡에 그대로 반영되어서 음
울한 분위기가 지배하는 시들이 먼저 작곡되었다. 그의 〈노래집 1
권〉과 〈2권〉에 따르면, 그 작곡 순서는 〈숲의 대화〉로 시작되어
〈산성에서〉로 끝났다.[55] 마지막 곡 〈산성에서〉의 나이 든 기사는
바로 비크의 자화상으로 풀이할 수 있으며, 클라라와의 결혼에 대
한 불확실성이 반영되어 비관적인 시행 "아름다운 신부가 울고 있
다"(EG, 119)[56]로 끝맺이했다. 이후 1842년 8월 연가곡 초판에서는
12편 노래의 순서가 〈낯선 곳에서〉로 시작되어서 〈봄밤〉으로 끝나
고 있다. 이것은 1840년 8월 법원의 최종 판결 이후 9월 12일 클
라라와 결혼하였는데 바로 이런 개인적 상황이 반영되어서 그 순
서가 바뀌었다고 볼 수 있다.[57] 더욱이 〈봄밤〉의 마지막 행 "그녀

---

55) 슈만이 원래 구상했던 연가곡 순서는 〈숲의 대화〉→〈낯선 곳에서〉→〈달
   밤〉→〈간주곡〉→〈아름다운 이방인〉→〈낯선 곳에서 (Ich hör …)〉→〈우울〉→
   〈봄밤〉→〈정막〉→〈여명〉→〈숲에서〉→〈산성에서〉였다. Günther Spies, 115
   쪽 참조.

56) Joseph von Eichendorff: Sämtliche Gedichte und Versepen, Leipzig 2007,
   Hartwig Schultz (Hg.), 233쪽. 이하 (EG, 쪽수)로 표기함.

57) 이번에는 12편 노래의 순서가 〈낯선 곳에서〉→〈간주곡〉→〈숲의 대화〉
   →〈정막〉→〈달밤〉→〈아름다운 이방인〉→〈산성에서〉→〈낯선 곳에서 (Ich
   hör …)〉→〈우울〉→〈여명〉→〈숲에서〉→〈봄밤〉이다. 가곡 순서 변경과 관

는 너의 것, 그녀는 너의 것!"(EG,305)이라는 끝맺음은 모든 어둠을
물리친 당당함과 승리감을 반영하고 있다.

12편으로 이뤄진 《아이헨도르프-연가곡》(Op.39)의 음악적 구성
은 아이헨도르프 "텍스트의 내용과 가장 밀접한 관계"(Adorno, 89)
속에서 이뤄지고 있으며, 조 편성은 올림바단조로 시작해서 올림
바장조로 끝나는데 연가곡의 1/3은 단조로 편성했고, 처음 세 곡
과 마지막 세 곡의 조는 대칭적이다.[58] 연가곡은 주로 변형 분절가
곡 또는 aba 가절을 사용하고 있으며, 연작의 음악적 통일성은 피아
노의 서주, 간주, 후주를 통해서 이뤄지고 있다. 연가곡의 내용으
로 보면 크게 두 부분으로 나뉘어 있는데 처음 곡에서 제6곡까지가
첫 번째 부분, 제7곡부터 마지막 곡까지가 두 번째 부분이며, 12편
서정시는 제1곡 8행시를 제외하고는 모두 4행시로 이뤄진 2연시
(제2 · 11곡), 3연시(제5 · 6 · 9 · 12곡), 4연시(제3 · 4 · 7 · 8 · 10
곡)로 되어 있다.

첫 번째 부분의 제1곡에 쓰인 〈낯선 곳에서In der Fremde〉는 8행
시(EG, 233)이며, 이 시에는 유년 세계 상실을 평생 안타까워했던
시인의 심정이 잘 반영되어 있다. 서정적 자아가 고향으로 돌아왔
으나 그의 부모는 이미 오래전에 죽었고, 아무도 그를 알아보는 사
람이 없는 상황에서 이제 곧 그에게도 "고요한 시간", 곧 죽음이 다
가오고, 그곳에서 쉬게 된다고 노래하고 있다. 슈만의 제1곡 〈낯선
곳에서〉는 올림바단조로 되어 있고, 아이헨도르프의 시어를 부분

련해서 또 다른 여러 가지 해석들이 있다. Christiane Tewinkel: Lieder, in:
Schumann. Handbuch. Ulrich Tadday (Hg.), 414~416쪽 참조.

58) 전체 곡의 조 편성은 fis-A-E-G-E-H/e-a-E-e-A-Fis로 되어 있다.
Günther Spies, 116쪽 참조.

적으로 반복, 생략, 첨가, 낱말 순서 바꾸기를 하여 부드러우면서
도 우울한 분위기를 묘사하고 있다. 이 곡에서 첫 번째 가절(1행과
2행)과 두 번째 가절(3행과 4행)의 멜로디는 같고, 템포는 빠르지
않으면서 조용하게 노래한다.(Clara Schumann, 28~49) 1행에서 4행까
지 "번갯불 뒤로 고향에서 붉게/ 구름들이 이쪽으로 몰려온다/ 그
런데 아버지와 어머니는 오래전에 돌아가셨고/ 그곳에선 날 알아
보는 사람이 더는 아무도 없다"고 노래한다.

이어 5행에서 8행까지 "이제 곧 고요한 시간이 온다/ 그때 나도
쉬게 되리, 내 위로/ 아름다운 숲의 고독이 살랑거린다/ 여기선 더
이상 아무도 나를 알아보는 사람이 없다"고 노래한다. 슈만은 5행
에서 "이제 곧"과 6행의 일부 "그때 나도 쉬게 되리"를 반복 노래
함으로써 그 고요한 시간이 정말로 오고 있으며 그곳에서 쉬고 싶
다는 뜻이 생생하게 돋보이고 있다. 게다가 "곧"에 이어서 처음으
로 피아노에서 고양되는 5도 음정이 나타나고 이것은 연가곡의 중
요한 반복 모티브이며, 항상 긍정적인 뜻을 담고 있다. 비록 죽음
이 다가오고 있지만 여기서는 오히려 그 고요한 시간을 소망하고
기다리는 긍정적 의미와 더불어 그 희망을 상징하고 있다. 또 시
의 8행에서 부사 "또한"을 생략함으로써 그냥 중립적 의미로 아름
다운 숲의 고독이 살랑거리는 곳에서 그를 알아보는 사람이 더 이
상 없다고 음악적으로 해석되고 있다. 그 밖에 7행의 일부분 "아름
다운 숲의 고독"과 8행 "그곳에선 날 알아보는 사람이 더는 아무도
없다"를 반복함으로써 그 뜻이 시 텍스트에서 더욱 강조되고 있다.
슈만의 곡에서는 낱말 순서 바꾸기와 부사 생략으로 중립적 뜻이
강조되거나, 시행 반복으로 죽음에 대한 동경이 두드러진다. 그러
면서 피아노의 후주가 외로움과 죽음을 동경하듯이 부드럽게 곡을

마무리한다.

제1곡의 슬픈 분위기와는 달리, 제2곡 〈간주곡Intermezzo〉은 사랑의 기쁨을 노래한다. 이 시는 1810년 약혼녀 루이제 라리쉬를 위해서 썼다고 추정되는 아이헨도르프의 〈간주곡〉(EG, 105) 2연 4행시에 바탕을 두고 있다. 이 시는 사랑하는 사람의 밝고 명랑한 모습이 서정적 자아의 마음 깊숙이 자리 잡고 매순간 그것을 느끼며, 마음속에선 아름다운 옛 노래가 흘러나오고 그 노래는 사랑하는 사람에게 전해진다는 밝은 내용을 담고 있다. 슈만의 곡에서는 1연 반복을 통해서 사랑의 기쁨이 강조되고, 이로 말미암아 3연 4행시로 노래되고 있다. 실제는 제1연의 3행과 4행이 다소 변용되고 있지만, 1행과 2행의 멜로디는 반복되고 있어서 후렴과 같은 역할을 하고 있다.

슈만의 〈간주곡〉은 가장조로 되어 있고, 5도 음정 모티브는 1연 1행 다음에 나오면서 즐거움과 희망을 상징하고 있다. 슈만의 곡에서는 제1연을 다시 반복하여 노래하지만 연 구분 없이 작곡되었다. 피아노의 반주를 시작으로 1연에서는 "너의 아름다운 모습을/ 난 마음 깊은 곳에 지니고 있다/ 그 모습은 아주 신선하고 명랑하게/ 매 순간 나를 쳐다본다"고 빠르지 않게 노래한다. 1연에서는 서정적 자아의 마음에 그녀의 아름다운 모습이 나타나고 그 모습은 아주 신선하고 명랑하게 매순간 그를 쳐다본다. 2연에서는 "마음은 고요히 내면에서 노래한다/ 오래되고 아름다운 노래를/ 그건 공기 가운데서 흔들거리며/ 너에게로 서둘러 간다"고 노래하는데, 3행과 4행의 노랫말은 지금까지의 부드러운 톤과는 달리 다소 격정적으로 노래한다. 이어 1연을 반복해서 노래하는데, 마지막 4행에서 단어 첨가가 이뤄져 "매순간, 매순간 나를 쳐다본다"고 노래함으로써 매순간 그녀의 밝은 모습이 그를 쳐다보는 것이 강조되어 있다. 이어 피아노의 편안하고 아름다운 후주가 곡을 마무리하고 있다.

제3곡 〈숲의 대화Waldesgespräch〉는 소설 《예감과 현재》의 15장에서 대화 형식으로 두 사람이 노래한 로렐라이에 대한 내용이다. 이것은 〈숲의 대화〉(EG, 69~70) 4연 4행시로서 한 남자가 추운 날 늦은 시각에 말을 타고 외롭게 긴 숲을 지나는데 숲에서 만난 아름다운 여자를 집으로 데려다 준다고 하자 그녀는 자신이 누구인지 몰라서 그런 친절을 베푼다고 응수한다. 남자는 그제야 그녀가 바로 숲 속의 마녀 로렐라이인 것을 알았고, 그는 결코 숲에서 빠져나가지 못할 것이라고 로렐라이가 말한다는 내용이다. 아이헨도르프 또한 헤르더의 민요적 특성을 반영하여 옛날부터 전해 오는 민담처럼 자신의 아름다움으로 남자들의 넋을 빼앗고 목숨을 잃게 만드는 로렐라이를 다루고 있는데, 이번에는 그녀가 숲의 "마녀 로렐라이"다. 이와 달리 브렌타노와 하이네의 로렐라이는 물(라인 강)의 마녀이며, 브렌타노는 그녀를 "여마술사Zauberin"[59]로, 하이네는 "가장 아름다운 처녀Die schönste Jungfrau"(HG, 115)로 묘사하였다.

슈만의 곡에서는 두 사람의 주고받기 대화가 서로 다른 음악적 영역에서 진행되는데, 1연과 3연의 기사는 활기차고 힘찬 목소리의 남성적 음색이다. 이에 견주어 2연과 4연의 로렐라이는 높고 부

---

59) Clemens Brentano: Zu Bacharach am Rhein, in: Werke. Bd. 2, Wolfgang Frühwald/ Friedhelm Kemp (Hg.), München 1980. 426~428쪽. 브렌타노는 1801년 처음으로 로렐라이 민담을 시로 썼는데, 담시 〈라인강변 바하라흐〉는 소설 《고드비》에 들어 있으며, 담시의 내용은 '로레 라이Lore Lay'가 '마술사'로서 자신의 아름다움으로 남자들의 넋을 빼앗고 목숨을 잃게 만들었기 때문에 사형에 처해야 하는 상황인데, 그녀에게 연민을 느꼈던 주교가 그녀를 사형 대신에 수도원으로 보내는 판결을 내렸고, 그곳으로 가는 도중에 그녀는 라인 강에 스스로 목숨을 던진다는 것이다는 것이다.

드러운 섬세한 여성적 음색으로 표현된다. 다만 로렐라이가 마지
막으로 기사에게 "결코 숲을 빠져나가지 못할 것"이라고 위협할 때
는 단호하면서 아주 강한 바리톤과 같은 음색으로 표현되고, "위
협적 유혹을 강조하는 분열된 변음들은 음악적으로 가장 독창적이
다."(Adorno, 91) 또한 단어 변경, 시어와 시행 반복 및 피아노의 격
동적인 후주를 통해서 로렐라이의 위협이 더욱 잘 강조되고 있다.
더욱이 이 노래에서는 남자가 짧고 자음이 풍부한 말을 하는 것과
달리, 마녀는 길고 어두운 모음을 선호하는 점에서 아이헨도르프
시가 가진 음악성이 잘 드러나고 있다. 그런데 원 텍스트와 비교해
서 눈에 띄는 점은 1연 1행에서 진행의 뜻이 상태의 의미로 전환되
고, 2연 4행, 3연 2행, 4연 1행에서 단어나 어구가 반복되고 4연
마지막 행의 "결코"는 두 번 반복됨으로써 더욱이 숲에서 빠져나올
수 없다는 것이 잘 강조되어 있다.

〈숲의 대화〉의 악보 일부

　이 곡에는 피아노의 서주, 간주, 후주가 들어 있으며, 1연에서
는 "이미 늦은 시각이고 날도 춥다/ 넌 왜 외롭게 숲을 지나 말 타
고 가니?/ 숲은 길고 넌 혼자다/ 너, 아름다운 신부여! 내가 널 집

으로 데려다 주마"라고 기사가 노래한다. 여기서는 어느 기사가 숲에서 늦고 추운 날 혼자 말을 타고 길을 가는 여자에게 집으로 데려다 주겠다고 제안하고 있다. 3행에서 슈만은 "숲이 크다" 대신에 "숲이 길다"고 단어를 변경하고 있다. 그리고 4행 숲에서 만난여자를 "아름다운 신부"라고 아이헨도르프는 기존의 로렐라이와는다르게 표현함으로써 숲에서 만난 젊은 여성에 대한 기사의 호감을 가장 적극적으로 드러내고 있다. 2연에서는 "남자들의 꾀와 계책은 크고/ 내 마음은 고통으로 무너졌다/ 숲 속 사냥 호른이 이리저리 헤매고/ 오 달아나라! 너는 내가 누구인지 모르는구나"라고로렐라이가 노래한다. 4행에서는 단어 반복이 이뤄져 "오 달아나라, 오 달아나라, 넌 내가 누구인지 모르는구나"라고 노래한다. 여기서 로렐라이는 남자들은 꾀와 계책이 많은 데 견주어 여자는 그로 말미암은 고통 때문에 속앓이를 한다고 하면서 숲에선 여기저기 사냥 호른 소리가 울려 퍼지고 그녀는 다름 아닌 숲 속 마녀라는 것을 그가 모르고 집으로 데려다 준다는 것이기 때문에 오히려기사더러 달아나라고 말한다. "오 달아나라"를 반복하여 노래한 것은 마녀가 지닌 위험한 힘을 강조하고 있다.

3연에서는 "말과 여자는 아주 훌륭하게 치장했다/ 젊은 여인은아주 아름답구나/ 이제 난 너를 안다 – 신이여 나와 함께 하시길!/넌 마녀 로렐라이구나"라고 기사가 노래하고는 피아노의 간주가들어간다. 2행에서 아주 아름답다는 반복해서 "젊은 여인은 아주아름답구나, 아주 아름답구나"라고 노래한다. 이 3연에 와서야 기사는 자신이 만난 여인이 마녀 로렐라이라는 인식하지만, 이에 개의치 않고 그녀의 아름다운 모습과 훌륭하게 치장된 말에 감탄할뿐이다. 4연에서는 "넌 나를 알아보는구나 – 높은 돌 위에서/ 내

성이 고요하게 라인 강을 깊이 내려다본다/ 이미 너무 늦었고, 추워졌다/ 넌 결코 이 숲에서 나오지 못한다"고 노래하고는 피아노의 격동적인 후주가 다소 길게 연주되면서 곡이 끝나고 있다. 3연의 1행 일부 "넌 나를 알아보는구나"는 반복해서 노래하고 4행의 단어 "결코"는 두 번 반복해서 "넌 결코 이 숲에서 나가지 못한다, 결코, 결코"라고 노래하고 있다. 이렇게 해서 기사는 끝내 로렐라이 때문에 숲에서 빠져나오지 못한 채 목숨을 잃게 된다.

제4곡 〈정막Die Stille〉 또한 《예감과 현재》의 같은 15장에서 나왔으나 그 분위기는 도무지 다르다.[60] 서정적 자아는 새라면 바다를 건너 멀리 하늘에 닿을 때까지 날아갈 텐데라고 가정법으로 노래하고 있으며, 아이헨도르프의 〈정막〉(EG, 133)은 원래 4연 4행시로 되어 있지만 슈만은 3연을 생략하고 대신 1연을 반복하고 있다. 이 곡은 처음에는 빠르지 않으면서 점점 낮은 소리로 부드럽게 시작하지만 "난 새가 되기를 바란다" 부분에서는 템포가 활기차게 바뀐다. 그리고 음은 다르지만 1연의 텍스트 내용이 반복되고, 템포는 다시 원래대로 조용하게 바뀌면서 피아노의 후주가 곡을 마무리한다.

Es weiß und rät es doch kei-ner, wie mir so wohl ist, so wohl!

〈정막〉의 악보 일부

이 곡은 피아노의 연주 없이 바로 노랫말이 나오는데, 1연에서는 "아무도 알지 못하고 조언도 주지 않는다/ 어떻게 해야 잘 지내는지를/ 아, 한 사람만 그걸 알아 준다면/ 그 밖에 아무도 알아서

---

60) Eichendorff: Ahnung und Gegenwart, 239~240쪽.

는 안 된다"고 노래한다. 2행에서는 부사를 덧붙여서 "어떻게 해야 잘 지낼는지, 잘 지낼는지를", 그리고 4행에서는 단어 반복이 들어가서 "아, 한 사람, 한 사람만이 그걸 알아 준다면"이라고 노래 부르고 있다. 여기서는 어느 누구도 알지 못하고 조언도 주지 못하지만 오직 한 사람만은 그것을 알고 그가 잘 지낼 수 있도록 조언을 주기를 서정적 자아는 바라고 있다. 2연에서는 "밖 눈 속에선 그리 고요하지 않다/ 말없이 그리 침묵하고 있지 않다/ 하늘 높이 떠 있는 별들은/ 내 생각들로서"라고 노래한다. 여기서는 서정적 자아가 밖에 쌓인 눈 속은 그리 고요하지 않으며, 자신의 생각을 담은 하늘에 떠 있는 별들 또한 그리 말없이 침묵하고 있지 않다고 여긴다. 이어 아이헨도르프의 시 3연은 생략되고 바로 4연으로 넘어가서 슈만이 곡을 붙이고 있다. "내가 새였으면 좋겠다/ 그러면 바다 위를 날아갈 텐데/ 바다를 지나 더 멀리/ 내가 하늘에 닿을 때까지"라고 노래한다. 여기서는 서정적 자아가 새라면 바다 위를 지나 하늘까지 닿을 텐데라고 소망을 표현하고 있다. 여기서 하늘은 서정적 자아가 귀향하게 되는 집을 상징하고 있다. 그리고 다시 1연 전체를 반복해서 노래한 뒤, 마지막 4행에서는 한 번 더 반복해서 "그 밖에 아무도 알아서는 안 된다"고 노래하고 피아노 후주와 함께 곡이 끝난다.

제5곡 〈달밤Mondnacht〉은 이 연가곡에서 가장 많이 알려진 노래이며, 슈만이 이 곡을 클라라의 친모에게 감사의 뜻에서 1840년 5월 그녀의 생일 선물로 헌정한 곡이기도 하다. 이 곡에 대해서 클라라는 "이 노래는 아주 멜랑콜리하고 너무나 우울해서 용기를 내지 않고서는 노래할 수 없어요"(Eva Weissweiler, 1032)라고 쓰고 있다. 〈달밤〉은 음악과 시가 아주 특이하게 상호 보완적이며, "음악이라는 수단을 통해서 텍스트의 내용을 내적으로 환기시키는 새로운 창조"(Wolfgang Frühwald, 397)를 했다. 아이헨도르프의 〈달밤〉(EG, 266~267)은 3연 4행시로 되어 있고, 1연 1행에서 "마치 하늘이 대지와 고요히 입맞춤하는 것 같았다"는 접속법을 사용함으로써 민요시의 단순성을 보여 주는 동시에 하이네의 "옛날부터 전해 오는 한 이야기"(HG, 115)처럼 비밀스러운 비현실 세계를 보여 주고 있다.

아이헨도르프의 시는 "하늘과 대지의 입맞춤"으로 시작하고 있는데, 이것은 "고대 신화에서 분리되었던 하늘과 땅이 신비하게도 일심동체로 낭만화되고 있다."(Reinhold Brinkmann 1997, 15) 그리고 4행에서는 꿈과 연결되어 땅은 하늘을 꿈꾸게 된다. 1연은 전체적으로 비현실 화법으로 표현되고 있는 데 견주어서 2연에서는 직설법으로 바람의 작용에 따라서 땅 위의 움직이는 자연 현상들이 묘사되어 있으며, 이것은 하늘과 땅의 입맞춤으로 빚어진 결과라고 볼 수 있다. "바람이 들판을 지나갔다"는 표현은 하늘과 땅의 중간자인 바람이 대지 위로 내려온 것이며, 이어 바람에 따라 이삭은 부드럽게 물결쳤고, 숲은 나지막하게 살랑거리는 소리를 냈다. 이 현상들은 땅 위에서 벌어지고 있으며, 물결치는 시각적 묘사와 살랑거리는 청각적 묘사를 통해서 더욱 감각적으로 되고 있다. 3연에서 서정적 자아가 처음으로 등장하고, "내 영혼은 날개를 활짝 펼쳐서" 집으로 날아가는 형상으로 묘사되어 있다. 4행의 마지막 단어 '집Haus'은 1연에서 말한 '하늘Himmel'을 뜻하며, 이것은 두운법으로 서로 연결되어 "분명하게 같은 영역임을"(Reinhold Brinkmann, 16) 시사하고 있다. 그래서 이제 하늘은 영혼의 집이다.

〈달밤〉의 악보 일부

또 아이헨도르프의 시에서는 자연이 정지된 모습이 아니라 움직임의 과정으로 나타나고 있다. 바람이 불고, 이삭들이 물결치고, 숲이 살랑거리고, 영혼은 날아간다와 같은 표현들이 대표적으로 자연의 움직임을 보여 주고 있다. 그런데 그 움직임의 방향이 1연에서는 하늘이 땅과 입맞춤함으로써 아래를 향해서 수직적으로 되었다가, 2연에서는 바람의 작용에 따라서 땅 위의 수평적 상태가 되었다가, 3연에서는 하늘의 집으로 귀향하는 뜻이 되어 위를 향해서 수직적으로 바뀌고 있다. 그러니까 부호로 표시하면 ↓ ↔ ↑로 움직이는 자연의 형상이다. 그런데 여기서 귀향한다는 것은 죽음을 뜻하는 것이며, 집이 죽음의 뜻을 함축하고 있는 것은 그의 연작시 〈내 아이의 죽음을 위하여Auf meines Kindes Tod〉에서 "넌 이미 집으로 가는 길을 찾았구나"[61]와 같은 맥락이며, 노발리스의 《밤의 찬가》, 빌헬름 뮐러의 "너 지친 방랑자여, 넌 집에 있구나"에서도 같은 맥락이다. 이 점에서 아이헨도르프의 〈달밤〉에는 그보다 앞선 낭만주의 시인들의 집과 죽음을 동일시하는 점이 수용되

---

61) Joseph von Eichendorff: Gedichte, Peter Horst Neumann (Hg.), Stuttgart 1997, 147쪽.

어 있다. 그런데 〈달밤〉의 서정적 자아는 3연 4행의 가정법 "마치 집으로 날아가는 듯하였다"는 표현에 의해서 귀향하는 것이 아니라 마치 귀향하는 것 같은 단계에 머물러 있다. 이것은 현실이 아니라 서정적 자아의 상상력 또는 그의 소망을 뜻함으로써 "열린 공간과 열린 결말"(Brinkmann, 42)을 지향하고 있다. 이 점에서 아도르노는 그냥 "비현실적 상태에 머무르고 있다"(재인용 Brinkmann, 21)고 해석하고 있다.

한편, 슈만의 음악적 서정시에서는 오히려 서정적 자아의 소망이 현실로 묘사되고 있다. 처음 부드럽고 평온한 피아노의 서주를 시작으로 아주 부드럽고 속삭이는 듯한 목소리가 천천히 읊조리듯, 1연에서 "하늘이 은밀하게/ 대지와 입맞춤하는 듯하였다/ 대지는 꽃들의 희미한 빛 속에서/ 하늘을 꿈꾸지 않을 수 없는 듯하였다"고 노래한다. 1연이 끝나면 피아노의 간주가 이어지고 2연으로 넘어간다. 2연에서는 "바람이 들판을 지나갔고/ 이삭들은 살포시 고개를 수그리고 있었다/ 숲들은 나지막하게 살랑거리는 소리를 냈고/ 밤은 별들로 아주 밝았다"고 노래한다. 그리고 3연은 2연에 바로 이어서 노래한다. 그러니까 그 구성이 피아노의 서주→1연→피아노의 간주→2연과 3연→피아노 후주로 되어 있다. 3연에서는 "그리고 내 영혼은/ 그 날개를 활짝 펼쳐서/ 고요한 나라들을 지나/ 마치 집으로 날아가는 듯하였다"고 노래한다. 이렇게 2연에서 바로 3연으로 연결된 것은 3연 1행의 접속사 "그리고"의 언어적 의미대로 이행된 셈이다. 이것은 1연의 하늘과 땅의 입맞춤은 비현실이 아니고 현실이며, 그 효과로서 2연의 바람의 작용이 지상에서 이뤄졌고, 바로 3연으로 연결되어 영혼의 집으로 귀향하는 것으로 해석할 수 있다. 이 음악적 효과는 귀향

의 의미로서 낭만화된 죽음을 강조하고 있다. 이렇게 슈만의 음
악적 시 읽기는 원래 텍스트에 나타난 비현실 화법을 음악적 직
설법(현실 화법)으로 바꿈으로써 "아이헨도르프 서정시의 은밀한
본질"[62], 곧 귀향, 죽음에 대한 동경을 노출시키고 있다. 그리고
그 피날레는 피아노의 후주로 천천히 길고, 아주 부드럽게 마무
리되는데 "이 후주의 아름답고 표현이 풍부한 울림들은 모든 절
망과 모든 고통을 넘어서 화해의 우주를 펼치고 있다."(Brinkmann,
42) 그래서 슈만의 〈달밤〉을 듣고 있으면 낭만파 화가 카스파 다
비트 프리드리히의 그림들에 나타난 자연 분위기를 연상시키고,
잔잔한 여운이 남는 느낌은 그의 그림들에 그려진 인물들의 뒷모
습을 연상시킨다.[63]

　연가곡의 첫 부분은 제6곡 〈아름다운 이방인Schöne Fremde〉으
로 끝나고 있다. 이 곡은 아이헨도르프의 같은 제목의 3연 4행시
(EG, 256)에 붙인 곡이며 이 시에는 아이헨도르프의 전형적인 밤
장면이 나오는데, 그것은 불안하고 위협적으로 나타나다가 마침
내 "앞으로 올 위대한 행복"에 대한 예언 속에서 절정을 이룬다.
이 곡은 피아노의 반주와 함께 바로 1연에서 "나무우듬지들이 살
랑거리면서 무서워 떤다/ 이 시간에/ 반쯤 무너진 벽 주위를/ 오
래된 신들이 맴도는 것처럼"이라고 노래한다. 그러니까 오래된
신들이 특정한 시간에 무너진 성벽 주위를 돌 때처럼 나무 우듬
지들이 흔들거리면서 두려움에 떤다. 2연에서는 "여기 미르테의
꽃 나무 뒤/ 은밀한 여명의 화려함 속에/ 넌 꿈속에서처럼 무얼

---

62)　Brinkmann: Kapitel Ⅵ: Das 19. Jahrhundert, 68쪽.

63)　예를 들면〈Der Mönch am Meer〉,〈Der Wanderer über dem Nebelmeer〉,〈Frau im Fenster〉. http://de.wikipedia.org/wiki/Caspar_David_Friedrich 참조.

중언부언 말하나/ 나에게, 환상적인 밤이여?"라고 노래한다. 2연에서는 서정적 자아가 밤더러 미르테의 꽃 나무 뒤에서 그리고 은밀한 여명 속에서 뭐라 알 수 없는 말을 하는 것이냐고 묻고 있다. 3연에서는 "모든 별들이 나에게 반짝인다/ 빛나는 사랑의 눈빛으로/ 취한 듯 먼 곳으로 말을 한다/ 미래의 위대한 행복에 대해서 말하듯"이라고 노래한다. 여기서는 모든 별들이 사랑의 눈빛으로 서정적 자아에게 미래의 위대한 행복에 대해서 말하고 있다. 이렇게 슈만은 이 절정을 힘차고 확신에 찬 음색으로 곡을 붙이고, 피아노 후주가 이것을 강조해서 힘차고 비교적 길게 대응하면서 곡이 끝난다. 이렇게 아이헨도르프 연가곡의 첫 번째 부분은 대체로 긍정적인 내용을 담고 있다.

이와는 달리 연가곡의 두 번째 부분 제7곡은 가장 어두운 내용의 아이헨도르프의 4연 4행시 〈산성에서Auf einer Burg〉(EG, 119)로 시작된다. 담시적 성격을 지닌 이 시에는 늙은 기사가 매복하여 있는데, 그의 수염과 머리는 자라지만 이미 마음은 돌처럼 굳어 있고, 수백 년 전부터 조용한 암자에 있다. 밖은 고요하고 평화로운데 철새들만 외롭게 노래한다. 산상 아래에서는 결혼식이 벌어지고 즐거운 음악이 연주되는데 "아름다운 신부는 울고 있다". 슈만의 가곡에서는 2연 이후 피아노의 짧은 간주가 들어가고, 1연과 3연의 음이 같으며, 더욱이 피아노 파트는 조용하게 거의 들리지 않을 정도로 아주 낮게 반주한다. 피아노는 짧은 간주를 제외하고는 처음으로 서주와 후주 없이 목소리를 뒷받침함으로써 슬픈 이야기 시를 낭송하는 느낌을 자아낸다.

〈산성에서〉의 악보 일부

이 곡에서는 피아노의 반주가 극도로 자제되어 있으며 서주와 후주는 없이 아주 느린 간주가 2연 다음에 한 번 나올 뿐이다. 1연에서는 "망보면서 잠든 채/ 저 위에 늙은 기사가 있네/ 소낙비가 그 위로 지나가고/ 숲은 울타리를 지나 살랑거리는 소리를 낸다"고 노래한다. 그러니까 한 나이 든 기사가 망을 보면서 성에서 잠들었고 소낙비가 지나가자 숲은 살랑거린다. 2연에서는 "수염과 머리카락은 다 자랐고/ 가슴과 곱슬머리는 돌처럼 굳어 버린 채/ 그는 수백 년을 그렇게 앉아 있다/ 저 위 고요한 암자에"라고 낭송조로 느리게 노래하고는 피아노의 간주가 들어간다. 그러니까 2연에서 보면 그 기사는 수백 년을 그렇게 산성의 고요한 암자에 앉아 있으며 그의 수염과 머리카락은 다 자랐고 가슴과 곱슬머리는 돌처럼 굳어 있다. 3연에서는 "밖은 고요하고 평화롭다/ 모든 것들이 계곡으로 모였다/ 숲새들은 외롭게 노래한다/ 빈 창 아치에서"라고 노래한다. 3연에서 보면 성 밖은 고요하고 평화로우며, 모든 것들이 계곡으로 모여들었고 새들은 외롭게 비어 있는 창 상부의 아치에서 노래한다. 4연에서는 "결혼식이 저 아래에서 진행되고 있다/ 햇빛이 비치는 라인 강에서/ 음악가들

은 경쾌하게 연주하는데/ 아름다운 신부는 울고 있다"고 노래한
다. 마지막 "신부가 울고 있다"에서 '울고 있다'는 아주 길게 노래
함으로써 많은 여운을 남기고 곡이 끝난다. 이 마지막 연에서 보
면 산성의 고요함과 평화로운 자연 풍경이나 기사의 엄숙함과 달
리 저 아래 라인 강변에서는 결혼식이 열리고 있고, 음악가들은
축가를 연주하는데 아름다운 신부는 울고 있다. 마지막 4행 "아
름다운 신부가 울고 있다"는 표현을 통해서 지금까지의 평화, 엄
숙함, 새들의 노래는 빛을 잃게 되고 오직 신부의 슬픔이 무엇인
지에 대한 관심이 고조되고 있다.

    제8곡 〈낯선 곳에서In der Fremde〉는 "난 시내의 찰랑거리는 소
리는 듣는다Ich hör' die Bächlein rauschen"로 시작되는 아이헨도르프
의 같은 제목의 4연 4행시(EG, 142)에 붙인 곡이며, 1연을 제외
하고는 직설법과 비현실 화법 시행으로 이뤄져 있다. 서정적 자
아는 숲 속 시냇물 소리를 여기저기서 듣지만 자신이 어디에 있
는지 알지 못하고, 나이팅게일은 옛날의 아름다운 시절에 대해서
얘기하고 싶어 하고, 자신을 기다리던 사랑하던 사람은 이미 "오
래전에 죽었다." 전체적으로 부드럽고 은밀한 템포로 노래한다.
1연은 피아노의 빠르고 짧은 서주와 함께 "시냇물이 졸졸거리는
소리는 듣는다/ 숲 여기저기서/ 숲에서도, 시내의 졸졸거리는 소
리에도/ 난 내가 어디에 있는지 모르겠구나"라고 노래한다. 여기
서는 서정적 자아가 숲에서 여기저기 시냇물이 흐르는 소리를 듣
지만 정작 자신이 있는 곳은 어디인지 모르고 있다. 2연에서는
"나이팅게일들은 파닥거린다/ 여기 외로움 속에/ 마치 그들은 말
하고자 하는 듯하다/ 오래된 아름다운 시간에 대해서"라고 노래
한다. 2연에서는 나이팅게일이 날개를 파닥이며 마치 아름다운

옛 시간에 대해서 말하려는 듯하다.

3연에서는 "달빛은 날아간다/ 그래서 내가 마치 내 아래/ 계곡에 있는 그 성을 본 듯한데/ 하지만 그건 여기서 아주 멀리 있다"고 노래한다. 여기 3연에서, 달빛이 비추자 서정적 자아는 바로 자신이 서 있는 곳 아래에서 성을 본 것 같지만 실제는 그 성이 아주 멀리 있다. 4연에서는 "정원에 있는 듯하다/ 하얗고 붉은 장미들이 가득/ 내 연인이 나를 기다리고 있는 듯하다/ 이미 오래전에 죽은"이라고 노래하는데, 4행은 두 번 반복되면서 피아노의 후주가 곡을 끝내고 있다. 4연에서 보면 정원에는 하얀색, 붉은색 장미들이 가득 피어 있고, 그리고 이미 오래전에 죽은 그의 연인이 서정적 자아를 기다리고 있다고 여긴다. 이로써 자연스럽게 죽은 연인에 대한 그리움이 겹치면서 죽음에 대한 동경이 강조되고 있다.

제9곡 〈비애Wehmut〉는 아이헨도르프의 같은 제목의 3연 4행시 (EG, 99)에 곡을 붙였고, 서정적 자아는 나이팅게일처럼 명랑하게 노래할 수 있지만 그 노래 속에 깃든 내적 고통을 아무도 느끼지 못한다는 내용으로 되어 있다. 마지막 행 "노래 속에 깃든 깊은 고통"(EG, 100)의 노랫말과 더불어 저음의 피아노 후주로 곡을 마감한다. 이 곡은 피아노의 짧은 서주가 먼저 들어가며 1연에서 "난 종종 잘 노래할 수 있다/ 내가 명랑한 것처럼/ 하지만 은밀히 눈물이 흐르고/ 그때 내 마음은 자유로워진다"고 느리게 노래한다. 그러니까 서정적 자아는 종종 명랑한 것처럼 노래하지만 마음속으로는 슬픔을 느끼고 그로 말미암아 눈물이 흐르면 오히려 마음이 자유로워짐을 느낀다.

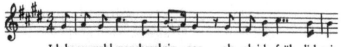

Ich kann wohl manchmal sin - gen, als ob ich fröh - lich sei;

〈비애〉의 악보 일부

피아노의 간주 없이 바로 2연으로 넘어가서 "나이팅게일들은 그
걸 허락한다/ 밖엔 봄기운이 완연하고/ 동경의 노래가 울려 퍼진
다/ 내 감옥의 무덤에서"라고 노래하는데, 3행과 4행은 다소 격앙
되게 노래한다. 2연에서는 나이팅게일은 서정적 자아가 노래하는
것을 허락하고 밖에는 봄기운이 완연한 가운데 자신의 감옥과 같
은 무덤에서 동경의 노래가 울려 퍼진다. 더욱이 2연 4행에서 슈만
은 '새장'을 '감옥'이라고 단어를 변경함으로써 동경의 노래는 이제
새장의 무덤이 아니라 감옥의 무덤에서 울린다고 표현하고 있다.
이것은 아주 강하게 닫히고 갇힌 상황을 의미하며, 이 단어 변경
에는 1840년 당시 슈만의 몹시 괴로운 개인 상황이 깊이 반영되어
있다. 3연에서는 "그때 모든 마음들이 귀 기울인다/ 모든 것이 기
뻐한다/ 하지만 아무도 고통을 느끼지 못한다/ 노래 속에 깃든 깊
은 아픔을"이라고 노래하고는 피아노의 후주가 곡을 마무리한다.
여기 3연에서는 모두 노래에 귀를 기울이고 노래에 기뻐하지만 그
노래 속에 깃든 깊은 고통과 아픔은 아무도 느끼지 못한다. 슈만은
이 곡에서 피아노 반주를 아주 간단하고 단음적으로 형상화하면서
텍스트와 멜로디를 표면에 내세우고, 마지막에 가서 피아노 반주
는 더욱 독자적으로 변화하고, "깊은 고통"을 보여 주는 후주에서
는 아주 저음으로 처리된다.

제10곡 〈황혼의 여명Zwielicht〉은 《예감과 현재》의 17장에서 발
췌하였고, "여명이 그 날개를 펼치려고 한다Dämmrung will die Flügel

spreiten"로 시작하는 같은 제목의 아이헨도르프의 4연 4행시(EG, 120)에 붙인 곡이다. 이 곡은 거의 유절가곡에 가깝지만, 이 연가곡에서 "가장 훌륭한 작품" 가운데 하나이며, "가장 깊고, 가장 어두운 감정의 지점"(Adorno, 90)을 묘사하고 있다. 이 곡에서는 사방에서 몰려오는 위험, 심하게는 가장 가까운 친구로부터 오는 위험도 경고하고 있다. 〈여명〉은 〈달밤〉의 목가적 평화로움이 악마적으로 바뀌었다고 할 수 있다. 예를 들면, 〈달밤〉에서 "하늘이 대지와 조용히 입맞춤하는 듯하였다"에서 〈황혼의 여명〉에서는 어두워지는 장면을 통해서 이율배반적인 노래로 바뀐다. 슈만의 서정적 가곡에서는 피아노가 느리고, 조용하고, 길게 서주를 한 다음 〈달밤〉에서 묘사한 하늘과 땅의 일치가 이번에는 분열의 의미로서 "여명이 그 날개를 펼치려고 한다"라고 나지막하게 노래를 시작한다.

이 곡은 피아노의 아름답고 느린 낭만적인 서주로 시작한다. 1연에서는 "여명이 날개를 펼치려고 한다/ 나무들은 두려움에 떤다/ 구름들은 무거운 꿈처럼 움직인다/ 이 두려움은 무엇을 의미하는가?"라고 느리고 부드럽게 노래한다. 1연에서는 여명 때 나무들이 두려움에 전율하고, 구름들이 느리게 흐르는 것을 보면서 서정적 자아는 이것을 두려움의 표시라 여긴다. 2연에서는 "넌 한 마리 노루를 무엇보다도 사랑하나/ 그러면 혼자 풀을 뜯게 내버려 두지 마라/ 사냥꾼들이 숲으로 가서 사냥 나팔을 분다/ 목소리들이 여기저기 흩어진다"고 노래한다. 2연에서 심상치 않은 분위기가 나온다. 이 분위기에서는 노루 한 마리가 혼자 풀을 뜯는 것조차 조심해야 한다. 왜냐하면 사냥꾼들이 사냥 나팔을 불면서 사냥길에 나섰기 때문이다. 그뿐만 아니라 3연에서 친구도 믿지 말라고 경고하는데, 그 이유는 다정하게 말한다 하더라도 그의 머릿속에는 전쟁을 생각하고 있기 때문이다. 3연에서는 "넌 친구 한 사람 이 지상에 가지고 있나/ 이 시간에는 그를 믿지 마라/ 눈과 입으로는 다정하지만/ 그는 평화 때도 음험하게 전쟁을 생각한다"고 노래한다. 4연에서는 "오늘 피곤하게 지는 것이/ 내일 새롭게 태어나듯 솟아난다/ 많은 것을 밤에 잃어버렸다/ 조심해라, 용감하게 깨어 있으라"고 노래한다. 더욱이 마지막 4행은 낭송조로 경고하듯 또박또박 힘차게 노래하는데, 이 낭송은 서정적 자아에게 위협에 맞서도록 격려하는 동시에 순간의 위험을 경고하고 있다. 피아노의 후주 또한 같은 분위기를 짧은 스타카토로 연주하면서 곡을 끝내고 있다.

제11곡 〈숲에서Im Walde〉는 아이헨도르프의 같은 제목의 2연 2행시(EG, 272)에 곡을 붙였고, 즐거운 사냥 장면이 아주 생동감 있게 그려지다가 그 분위기가 두렵게 바뀐다. 더욱이 피아노의 짧고 명랑한 서주 이후 목소리와 피아노가 마치 대화하듯이 활기 있게 1연으로 이어진다. 1연에서는 "절정이 산을 따라 이뤄졌다/ 난 새들이 지저귀는 소리를 들었고/ 그때 많은 기사들이 빛을 발했고 발트호른이 울렸다/ 그건 즐거운 사냥이었다"라고 명랑하고 경쾌하게 노래한다. 각 행 노랫말이 끝나면 피아노의 간주가 경쾌한 사냥 분위기를 강조하듯 짧게 들어간다. 그래서 노랫말과 피아노가 서로 대화를 하고 있다는 인상을 주고 있다. 1연이 끝나면 피아노의 간주가 명랑하게 연주되다가 어둡게 바뀌는데, 이러한 피아노의 간주는 반전의 뜻을 내포하고 있다. 2연의 1행에서 "미처 생각할 겨를도 없이, 모든 소리가 사라졌다"고 노래하고는 피아노의 간주가 들어간다. 2행에서 4행까지 "밤이 그 사냥 모임을 덮지만/ 산에서 숲이 살랑거리는 소리가 들린다/ 그리고 난 마음 깊은 곳에서 두려

움에 떤다"고 노래한다. 이 마지막 행 "마음 깊은 곳에서 두려움에
떤다"는 가장 낮은 바리톤으로 반복해서 노래하고는 피아노 후주
없이 곡이 끝나고 있다. 2연에서는 갑자기 숲에서 사냥을 멈추고
미처 생각할 겨를도 없이 모든 소리들이 사라져 버린다. 밤은 모든
것을 덮고, 정적 속에 산속 숲의 살랑거림 소리만 들리자 서정적
자아는 두려움에 떤다. 이 두려움이 구체적으로 무엇인지는 알 수
없다.

제12곡 〈봄밤Frühlingsnacht〉은 아이헨도르프의 같은 제목의 3연 3
행시(EG, 305)에 붙인 곡이며, 정원에는 봄 내음이 가득하고, 바로
앞의 제11곡에서 무서워 떨던 마음은 이제 모든 것을 극복한 승리
의 기쁨으로 바뀐다. 3연 마지막 행 "그녀는 너의 것, 그녀는 너의
것!"을 나이팅게일이 노래함으로써 지금까지 연가곡에 나타났던
모든 비관적 분위기를 반전시키고, 서정적 자아의 극적인 기쁨의
절정과 당당한 승리감을 보여주고 있다. 이것은 《예감과 현재》에
서 주인공이 이루 형언할 수 없는 사랑의 황홀감에서 "그녀는 나의
것! 그녀는 나의 것!이라고 잇달아 마음속으로 외쳤던"[64] 것과 똑
같은 상황이다. 연가곡의 마지막 곡에서 피아노의 화려하고 빠른
서주, 간주, 후주가 연가곡을 완결된 형식으로 만들고 있다. 이 곡
은 피아노의 밝고 경쾌한 서주가 들어가며 1연에서 "정원 위 대기
를 지나/ 숲새가 날아가는 소리를 들었다/ 그건 봄 향기들을 의미
한다/ 아래엔 이미 꽃이 피기 시작한 것이다"라고 밝게 노래한다.
1연에서 보면, 서정적 자아는 공중으로 날아다니는 새들의 소리를
들으면서 지상에 꽃이 피는 봄이 왔음을 알게 된다. 2연에서는 "난
환호하고 싶구나, 난 울고 싶구나/ 있을 수 없는 일인 것 같은 생각

---

64) Eichendorff: Ahnung und Gegenwart, 79쪽.

이 든다/ 옛 기적이 다시/ 달빛과 함께 비춰드는 것 같다"고 노래 하고는 피아노의 간주가 들어간다. 여기서는 서정적 자아가 너무 기쁜 나머지 눈물을 흘리고 옛 기적이 달빛과 함께 다시 비치는 것 처럼 지금 자신에게 일어난 일에 대해서 감격하고 있다. 그 감격을 피아노의 간주가 강조하고 있다.

3연에서는 "달, 별들이 그걸 말한다/ 꿈속에선 초원이 그것을 살랑거린다/ 나이팅게일들은 그걸 노래한다/ 그녀는 너의 것! 그 녀는 너의 것!"이라고 노래하고는 피아노의 승리에 찬 후주로 곡 이 끝나고 있다. 마지막 3연에서 보면 달, 별, 초원, 나이팅게일 이 그녀는 서정적 자아의 것이라고 노래하고 있다. 이로써 서정 적 자아가 지금까지 겪은 모든 고통은 사라지고 연인을 얻게 됨 으로써 기쁨과 승리를 만끽하는 것으로 이 연가곡은 끝나고 있 다. 그러니까 아이헨도르프 연가곡에서는 죽음에 대한 동경을 지 니고 있었던 서정적 자아가 사랑의 기쁨을 겪었고, 숲에서 빠져 나올 수 없는 경험을 했으며, 새처럼 하늘로 귀향하기를 소망하 였고, 하늘과 땅의 일심동체가 되는 신비체험을 했으며, 미래의 위대한 행복을 예상했으나, 결혼식을 앞둔 신부가 울고 있었고, 앞으로 올 행복을 기대하지만 다시 깊은 고통으로 우울한 심정 이 되었고, 드디어 가까운 친구로부터 위협을 감지하였고, 다시 행복에 대한 기대감을 품지만 여전히 마음 깊은 곳에서 두려움을 느끼고 있다가 드디어 이 모든 것을 극복하는 행복한 결말을 경 험한다. 이렇게 슈만은 《아이헨도르프–연가곡》(Op. 39)에서 그의 개인적 상황을 그대로 반영해서 곡의 순서를 정했고, 또한 아이 헨도르프 시를 자신의 상황과 일치시키는 음악으로 훌륭하게 재 창조했다고 할 수 있다.

4〉《여자의 삶과 사랑》(8곡)

아델베르트 샤미소Adelbert von Chamisso(1781~1838)는 옛 로트링 겐 귀족 가문 출신 장교의 일곱 자녀 가운데 5번째 자녀로 1781 년 1월 프랑스에서 출생했고 1838년 8월 베를린에서 사망했다. 그는 프랑스 태생의 독일 식물학자이자 시인이었으며, 식물 분야 연구에서는 샤미소 대신에 '샴CHAM'으로 불렸다. 원래 그의 프랑 스 이름은 루이 샤를 아델레이드Louis Charles Adélaide de Chamissot였 으며, 1804년 아델레이드를 아델베르트로 개명하였다. 그는 일 찍 프로이센과 프랑스, 두 나라의 국가 대립을 경험하였고 자신 의 삶에서 그것을 하나로 합치려고 노력했으며, 그의 시대에 가 장 인기 있는 시인 가운데 한 사람이었고, 정치적이고 시대 비판 적 서정시를 썼다.

아델베르트 샤미소가 베를린에서 살게 된 것은 부모의 정치적 망명에서 비롯하였다. 그의 부모가 왕정에 찬성하는 입장을 취했 기 때문에 샤미소 가족은 1789년 프랑스 대혁명 이후 1790년 자 신들이 살던 성과 프랑스를 떠나야만 했다. 이들은 프랑스 혁명군 을 피해서 네덜란드와 남독일을 거쳐 1796년 베를린에 정착하였 다. 베를린에서 샤미소는 1689년 위그노파가 세운 프랑스 김나지 움을 다니면서 1796년 프로이센의 왕비 루이제 프리데리케Luise Friederike(프리드리히 빌헬름 3세의 왕비)의 사동이 되었고 1798년 에서 1807년까지 프로이센 군대에서 군 임무를 이행하였다. 샤미 소는 나폴레옹을 반대했기 때문에 프로이센과 프랑스 전쟁 동안 프로이센 편에서 군대 생활을 했다. 그러면서도 그의 마음에선 자 신이 프랑스인이라는 점을 강하게 의식하였고, 그의 부모와 형제는 1801년 프랑스로 돌아갔다.

샤미소는 1804년부터 독일의 낭만주의 시인 친구들과 함께 베를린 문학 연감을 편찬했고 이후 그는 아델베르트 샤미소로 불렸다. 문학 동인에는 에두아르트 히치히Julius Eduard Hitzig, 프리드리히 푸케Friedrich de la Motte Fouqué, 카를 아우구스트 바른하겐Karl August Varnhagen von Ense, 그의 누이 로자 마리아Rosa Maria, 프리드리히 노이만Friedrich Wilhelm Neumann이 속해 있었다. 이들 이외에도 피히테, 호프만E. T. A. Hoffmann, 알렉산더 훔볼트, 울란트, 마담 슈타엘Madam von Staël 등과도 교류를 맺었다. 더욱이 슐레겔을 통해서 알게 된 마담 슈타엘이 독일 친화적이라는 이유로 프랑스에서 추방되었을 때 샤미소는 그녀의 입장에 동조하였다. 슈타엘 부인이 겐프Genf 호수 근교에 정착했을 때 샤미소는 그녀의 집에 몇 달 체류하면서 식물에 관심을 기울이게 되었고 베를린으로 돌아온 뒤 32세가 되어 베를린 대학에서 자연과학을 집중적으로 공부했다.

1815년에서 1818년까지 그는 자연 과학자로서 북극으로 가는 새로운 길을 발견하고자 나선 러시아 탐험대에 합류하였다. 독일계 러시아 선장 오토 코체부Otto von Kotzebue가 이끄는 탐험대는 러시아의 재정 지원을 받아서 태평양의 폴리네시아Pazifik Polynesien와 하와이Hawaii에서 연구를 했고 전설적인 북서쪽 해로를 발견하였다. 샤미소는 알래스카 해안의 많은 부분을 해도로 그렸고 알래스카Alaska 식물을 연구했으며, 에스키모Eskimo와 알류산Aleuten의 생활 습관들을 글로 썼다. 또한 하와이와 폴리네시아 주민들에 대한 그의 편견 없고 인간적 묘사들은 감동을 불러일으켰으며, 베링해 북쪽에 있는 샤미소 아일랜드Chamisso-Insel는 그의 이름을 따서 명명했다. 샤미소는 베를린 대학에서 명예 박사를 받았고, 왕실 식물

표본실의 전문위원이 된 이후 1819년 자신보다 20세가 젊은 안토니 피아스테Antonie Piaste와 결혼했다. 1833년 왕실 식물 표본실의 책임자가 된 이후 죽을 때까지 그 지위를 유지하였고, 이 직업 덕택에 그의 미래는 안정을 얻었다. 샤미소의 아내가 일곱 번째 아이를 낳다가 36세의 나이로 사망할 때까지 그들은 행복한 결혼 생활을 영위하였으며, 이러한 경험을 바탕으로 1830년에 연작시《여성의 사랑과 삶Frauenliebe und−leben》을 썼고, 이 작품에 슈만이 곡을 붙였다. 샤미소는 1831년 처음으로 옛 시들을 모아 첫 번째 시집을 출간하였다. 그리고 훔볼트의 제안으로 샤미소는 1835년 5월 7일 베를린 학술원 회원이 되었다.(Robert Fischer 1990)

| 아델베르트 샤미소 | 샤미소를 기리는 베를린 기념문 |

샤미소는 자신의 아내보다 약 1년 정도를 더 살았으며, 1838년 8월 21일 베를린에서 사망했다. 샤미소의 모국어는 프랑스어였으나 독일어로 불멸의 작품들을 남기는 데 성공하였다. 샤미소는 세계적으로 유명한 노벨레《페터 슐레밀의 놀라운 이야기Peter Schlemihls wundersame Geschichte》를 썼고 1814년 출판되었다. 이 작품

은 흥미로운 줄거리로 이루어져 있는데, 어느 날 몹시 힘든 항해에서 돌아온 페터 슐레밀이 부유한 상인 토마스 존을 알게 되었고 그의 집 정원에서 특이한 노인과 만나게 된다. 노인은 페터에게 그의 그림자를 결코 고갈되지 않는 금으로 가득 찬 자루와 바꾸자는 제안을 한다. 슐레밀은 그 제안을 받아들인다. 그런데 이것은 바로 인간 사회로에서 단절되는 것을 의미하는 것이었다. 사람들은 그가 그림자가 없다는 것을 알게 되자마자 그에게 두려움을 느꼈고 그를 멀리하거나 조롱하였다. 그래서 그는 산간지역에 있는 온천으로 가서 그가 그림자가 없다는 사실을 모르는 그의 충직한 하인의 도움으로 살아가게 된다. 그러다가 어느 날 그는 아름다운 민나를 만나 사랑하게 되었고 그의 비밀은 그의 두 번째 하인에게 폭로된다. 그러자 민나의 아버지는 그에게 그림자를 되돌려 받아오면 민나와 결혼을 허락하겠다고 말한다. 그때 노인이 다시 나타나자 슐레밀은 자신의 그림자를 되돌려 줄 것을 요구한다. 그런데 그 노인의 진짜 천성은 악마였고, 게다가 아주 공손한 악마였다. 그 악마 노인은 슐레밀이 영혼을 넘겨준다면 그림자를 되돌려 줄 준비가 되어 있다고 말한다. 그러면서도 악마는 슐레밀이 어떤 명성을 얻게 될 것인지를 그의 눈앞에 보여줌으로써 그를 다시 한 번 설득하려고 한다. 그는 악마의 유혹을 거절하고 그림자를 판 대가로 받은 금자루를 내던진다. 이로써 악마와 계약이 깨어졌고 이후 그는 외롭게 삶을 영위하지만 그는 자연 연구자이자 개인 교사로서 만족스럽게 산다. 이 이야기는 그 시대와 후대의 예술가들에게 많은 영향을 끼쳤는데, 예를 들면 호프만의 《섣달그믐 밤의 모험Die Abenteuer der Sylvester—Nacht》의 네 번째 장 〈거울에서 사라진 모습Das verlorene Spiegelbild〉에서 슐레밀의 이야기를 확대하여 썼고, 오펜바흐

Jacques Offenbach의 오페라 《호프만 이야기Les Contes d'Hoffmann, Hoffmanns Erzählungen》의 일부 대본으로도 쓰였다.[65]

슈만은 샤미소가 1830년에 쓴 연작시 《여성의 사랑과 삶》[66]에 곡을 붙였는데, 슈만보다 먼저 1836년 카를 뢰베가 이 연작시 전체에 곡을 붙였다. 이 작품은 "시인에 의해서 계획된 연작시의 진짜 멜로드라마로서"(RL, 353) 소녀와 같은 사랑, 결혼, 엄마로서의 행복에서부터 남편의 죽음까지를 경험하는 한 여성의 삶의 길이 묘사되어 있으며, 묘사된 여성의 삶은 19세기의 충직하고 헌신적인 아내의 도덕적 규범에 일치하고 있다. 샤미소는 9개의 시로 이뤄진 연작시를 썼으나 슈만은 그 가운데 마지막 시, 곧 나이가 든 그 여성이 손녀딸에게 여성으로서의 삶을 얘기하는 시를 제외한 나머지 8편의 시에 곡을 붙였다. 슈만의 이 연가곡은 여성 성악곡이며, 노랫말과 피아노의 파트는 서로 조화를 이루면서, 때로는 피아노의 후주가 매번 노랫말을 승화시키듯 아름답고 우아하게, 때로는 정열적으로, 다양하게 분위기를 바꾸는 특징이 돋보인다.

슈만의 《여자의 사랑과 삶》(Op. 42)의 제1곡 〈내가 그를 본 이후 Seit ich ihn gesehen〉는 2연 8행시로 되어 있다. 이 곡은 피아노의 반주가 선행되면서 1연에서 "내가 그를 본 이후/ 난 눈멀어 버렸다고 생각한다/ 내가 처다보는 곳마다/ 난 그만을 본다/ 꿈에서 깨어난 것처럼/ 그의 모습이 아른거린다/ 가장 깊은 어둠 속에서/ 더 밝게 솟아 나온다"고 느리고 부드럽게 노래한다. 마지막 8행에서 부사는 반복해서 "더 밝게, 더 밝게 솟아 나온다"고 노래하고는 피아

---

65) http://de.wikipedia.org/wiki/Peter_Schlemihls_wundersame_Geschichte

66) Adelbert von Chamisso: Frauen-Liebe und Leben, in: Sämtliche Werke, Bd. 1, Darmstadt 1975, 147~155쪽.

노의 간주가 들어간다. 1연에서는 서정적 자아가 사랑을 발견하는
내용으로서 사랑하는 사람을 만난 이후 그녀가 쳐다보는 곳마다
그가 보이고 그의 모습이 아른거리며, 아주 어두운 곳에서도 그의
모습이 선명하게 보인다. 2연의 7행과 8행은 1연의 1행, 2행의 내
용과 같다. 2연에서는 "그렇지 않으면 빛도 없고 색도 없다/ 내 주
위의 모든 것이/ 자매들과 놀이를/ 난 더 이상 바라지 않는다/ 오
히려 울고 싶구나/ 조용히 방에서/ 내가 그를 본 이후/ 난 눈멀어
버렸다고 생각한다"고 노래하고는 피아노의 긴 후주가 곡을 마무
리한다. 2연에서는 만약 그가 없다면 그녀 주위의 모든 것은 빛을
잃고 색도 바래 버리며, 이제 다른 자매들과 놀이도 바라지 않을
뿐만 아니라 오히려 조용히 방에서 사랑의 감동으로 울고 싶어 한
다. 피아노의 긴 후주는 이렇게 그녀는 첫사랑을 발견하고 감격해
하는 것을 강조하고 있다.

《여자의 사랑과 삶》 제1곡의 악보 일부

제2곡 〈그, 모든 이 가운데 가장 훌륭한 자Er, der herrlichste von
allein〉는 샤미소의 6연 4행시에 곡을 붙였고, 다시 1연을 반복함으
로써 마치 7연 4행시처럼 노래하고 있다. 피아노의 서주를 시작으
로 1연에서는 "그, 모든 이 가운데 가장 훌륭한 자/ 얼마나 부드
럽고, 얼마나 좋은지!/ 성스러운 입술, 맑은 눈/ 밝은 감각과 확고

한 용기"라고 격정적으로 노래한다. 서정적 자아의 사랑하는 사람은 모든 사람 가운데 가장 훌륭하고, 부드럽고 좋은 사람이며 성스런 입술, 맑은 눈, 밝은 감각과 확고한 용기를 지닌 사람이다. 이어 피아노의 아주 짧은 간주가 들어간 뒤 2연으로 넘어간다. 2연에서는 "그곳 푸른 깊이에서처럼/ 밝고 훌륭하게, 그 별/ 따라서 그는 내 하늘에서/ 밝고 훌륭하고, 높고 멀리"라고 1연과 마찬가지로 격정적으로 노래한다. 2연에서 보면 그는 높은 하늘에 뜬 밝고 훌륭한 별처럼 그녀의 하늘에 밝고 높고, 멀리 훌륭하게 빛을 비추고 있다. 이어 피아노의 간주가 들어간 뒤 3연으로 넘어간다. "거닐어라, 거닐어라 너의 길들을/ 너의 빛만을 관찰하고/ 겸손하게 그를 관찰하고/ 성스러워지고 슬퍼하라"고 노래한다. 그러니까 3연은 서정적 자아가 자신에게 이르는 말로서, 오직 그녀 삶의 빛인 그만을 겸손하게 관찰하며 그와 더불어 성스러움과 슬픔을 함께 하라고 주문하고 있다. 이것이 그녀가 따라야 할 길이자 삶의 궤적인 것이다. 3연의 노랫말에 이어 바로 4연으로 넘어간다.

4연에서는 "내 고요한 기도를 듣지 마라/ 네 행복에 바쳐진/ 하찮은 하녀여, 날 모르면 안된다/ 위대하고 높은 별!"이라고 노래하고 다시 4행 "위대한 높은 별"은 되풀이해서 노래한다. 이러한 반복으로 그가 위대하고, 존경스러운 존재라는 점을 강조하고 있다. 여기서는 그에게 바쳐진 고요한 기도 대신 위대하게 높이 떠 있는 별과 같은 존재인 그를 알아야만 한다고 주문하고 있다. 5연에서는 "모든 이 가운데 가장 위엄 있는 자가/ 네 선택을 기쁘게 한다/ 난 고귀한 자를 축복하고자 한다/ 수천 번이나"라고 노래한다. 여기 5연에서 그는 모든 사람 가운데 가장 위엄 있는 자이고 수천 번이나 축복을 받는 자이니 그녀는 기쁘고 행복한 선택을 한 것이다. 6연에서는

"그리고 기뻐하면서 울려고 한다/ 그러면 난 성스럽고, 성스럽다/ 내 마음이 깨어져야만 한다면/ 깨어져라, 마음이여, 무엇이 중요한가!"라고 노래하고는 피아노 간주가 들어간다. 여기서 그녀는 너무 기쁜 나머지 눈물이 나고, 자신이 정화되고 있다고 느끼면서 어떤 고통이 닥친다 하더라도 받아들일 마음의 준비가 되었다는 것을 보여 주고 있다. 샤미소의 시는 여기까지지만 슈만은 1연을 한 번 더 노래하고 피아노의 후주로 제2곡을 마무리 짓는다. 이렇게 슈만은 1연을 반복함으로써 그의 훌륭한 존재를 다시 부각시키고 있다.

제3곡 〈난 이해할 수 없다Ich kann 's nicht fassen〉은 샤미소의 3연 4행시에 붙인 곡이다. 이 곡 또한 제2곡과 마찬가지로 1연을 반복해서 마치 4연 4행시처럼 노래하고 있다. 제3곡은 피아노의 서주 없이 바로 노랫말이 나오는데, 1연에서는 "난 이해할 수 없다, 믿을 수 없다/ 꿈이 날 현혹하였다/ 어떻게 그가 모든 이 가운데서/ 팔을 높이 들어 올려 날 행복하게 한단 말인가?"라고 격정적으로 노래한다. 1연에서 그녀는 그가 모든 사람 가운데 그녀를 행복하게 하는 일이 가능한 것인지 믿기지 않아서 오히려 상상이 그녀를 현혹하였다고 여긴다. 2연에서는 "그가 말하는 듯하였다/ 난 영원히 너의 것이라고/ 난 여전히 꿈을 꾸는 듯하였다/ 그러나 그건 결코 그럴 수가 없다"고 노래하는데, 1행에서 3행은 꿈꾸듯 부드럽게 노래하고 4행은 다시 현실로 돌아와서 격정적으로 톤이 바뀌고 또 한 번 4행 "그러나 그건 결코 그럴 수가 없다"를 반복한다. 2연에서는 그가 영원히 그녀의 것이라고 가장 달콤하고 그녀가 믿기 어려운 말을 했는데, 그것은 현실이 아니라 그냥 꿈인 것 같다고 여긴다. 왜냐하면 그것은 결코 그럴 리가 없다는 생각이 들기 때문이다.

3연에서 그렇다면 그녀는 차라리 그가 그녀를 영원히 사랑한다는 환상 속에, 끝없는 즐거움이자 눈물 속에 그냥 죽게 내버려 두라고 노래한다. 3연에서는 "오 꿈속에서 날 죽게 내버려 두렴/ 그의 가슴에 안겨/ 가장 성스러운 죽음을 들이마신다/ 끝없는 즐거움의 눈물 속에서"라고 다시 격정적으로 노래한다. 그리고 다시 1연의 노랫말을 반복 노래한 뒤 피아노의 간주가 들어간다. 이러한 간주에는 사랑하는 사람이 그녀를 행복하게 해 주는 것에 대한 벅찬 기쁨이 표현되고 있다. 다시 1행과 2행에서 "난 이해할 수 없다, 믿을 수 없다/ 꿈이 날 현혹하였다"고 거듭 노래하고는 피아노의 후주가 곡을 끝낸다.

제4곡 〈내 손가락에 끼워진 너, 반지여Du Ring an meinem Finger〉는 샤미소의 5연 4행시에 붙인 곡이다. 그런데 1연과 5연은 같은 내용이기 때문에 실제로 4연 4행시라고 할 수 있다. 이 곡은 피아노의 서주와 간주 없이 후주만 들어 있다. 1연에서는 "내 손가락에 끼워진 너, 반지여/ 내 금반지여/ 난 경건하게 널 입술로 누른다/ 경건하게 널 내 가슴으로 누른다"고 느리고 평화롭게 노래한다. 1연에서는 그녀가 손가락에 끼고 있는 금가락지에 입맞춤하고 가슴에 갖다 대면서 사랑의 뜻을 되새기고 있다. 2연에서는 "난 그것을 꿈꾸었다/ 유년 시절의 평화로운 꿈을/ 난 나 자신을 잃어버렸다고 생각했다/ 황량하고 끝없는 공간에서"라고 노래한다. 그녀는 유년 시절의 평화로운 꿈을 늘 기대해왔는데 현실의 황량하고 끝이 없어 보이는 공간에서 자신을 잃었다고 생각한다.

Du Ring an mei-nem Fin - ger, mein gol-de-nes Rin-ge-lein

《여자의 사랑과 삶》제4곡의 악보 일부

그런데 3연에서 보면 그녀가 끼고 있는 결혼반지를 통해서 그녀가 가야 할 길과 삶의 무한한 가치를 깨닫게 된다. 3연에서는 "내 손가락에 끼워진 너, 반지여/ 그때 넌 날 가르쳤지/ 넌 내 눈길에 열어 주었지/ 삶의 끝없는 가치를"이라고 노래한다. 4연에서는 "난 그에게 봉사할 것이고, 그를 위해 살 것이다/ 그에게 완전히 속할 것이다/ 스스로 주면서/ 그의 광명에서 나를 발견할 것이다"라고 다짐하듯 다소 격정적으로 노래한다. 여기 4연은 결혼한 여성의 삶의 길을 분명하게 보여 주고 있다. 그녀는 남편에게 봉사하고 그를 위해, 그에게 속한 존재로서 헌신하면서 그의 광명과 같은 존재 속에서 자신을 발견할 것이라고 다짐하고 있다. 곧 여기서는 전통적인 아내의 상이 그려지고 있다. 슈만이나 샤미소는 그들의 삶에서 이러한 여성을 아내로 두었고 그 모습이 노랫말과 음악으로 재현되고 있는 것이다. 그리고 다시 1연에서는 "내 손가락에 끼워진 너, 반지여/ 난 경건하게 널 입술로 누른다/ 경건하게 널 내 가슴으로 누른다"고 다시 부드럽고 평화롭게 노래하고는 피아노의 후주가 곡을 마무리한다. 슈만이 1연을 반복한 것은 후렴처럼 반지로 상징되는 결혼의 뜻을 재차 강조하고 있다.

제5곡 〈자매들이여, 나를 도와주렴Helft mir, ihr Schwestern〉은 샤미소의 5연 6행시에 붙인 곡이다. 이 곡에는 피아노의 서주와 후주만 있으며, 밝은 피아노의 서주와 함께 1연이 시작한다. "자매들이여, 나를 도와주렴/ 친절하게 나를 꾸며 주렴/ 행복한 자가 오늘 나에게 봉사하게 된다/ 분주히 감으렴/ 내 이마 주위로/ 만발한 은매화 장식을"이라고 노래한다. 여기에선 그녀에게 오는 그를 맞이하기 위해서 은매화 장식을 이마에 두르는데 자매들에게 도와 달라고 요청하고 있다. 2연에서는 "내가 만족할 때/ 기쁨에 찬 마음으로/ 연인의 팔에 놓여 있을 때/ 그는 항상 소리쳤다/ 마음속 동경을/ 오늘은 서둘러서"라고 노래한다. 여기 2연에서는 그녀가 기쁨에 차서 만족스럽게 그의 팔에 안겨 있으면 그는 마음속 동경을 크게 말하는데, 오늘은 기다릴 사이도 없이 서둘러 그 동경을 말하게 될 것이다. 3연에서는 "자매들이여, 날 도와주렴/ 피하도록 도와주렴/ 끔찍한 두려움을/ 난 맑은 눈으로/ 그를 맞이한다/ 기쁨의 근원인 그를"이라고 노래한다. 3연에서는 그녀가 끔찍한 두려움은 피하고 맑은 눈으로 기쁨의 근원인 그를 맞이할 수 있도록 자매들에게 도와 달라고 청한다.

4연에서는 "내 연인이여/ 너는 내게 모습을 나타냈구나/ 태양이여, 나에게 네 빛을 주겠니?/ 날 기억하게 하렴/ 날 겸손하게 하렴/ 내 주인에게 머리 숙여 인사하게 하렴"이라고 노래한다. 여기서는 드디어 그가 그녀 앞에 태양처럼 모습을 드러내면, 그녀를 기억하게끔 겸손하게 그에게 머리 숙여 인사하리라고 스스로 다짐한다. 5연에서는 "자매들이여, 그에게 뿌리렴/ 그에게 꽃을 뿌리렴/ 그에게 막 봉우리가 맺힌 장미를 가져다주렴/ 너희들, 자매들이여/ 나는 슬픔에 잠겨 인사한다/ 즐겁게 너희 무리와 작별하면서"라고 노래한 뒤 마지막 6행 "즐겁게 너희 무리와 작별하면서"를 반복한다. 이어 행진곡풍의 피아노 후주가 곡을 마감한다. 여기 5연에서는 그녀가 자매들에게 그를 위해 막 봉우리가 맺힌 장미꽃들을 환영의 인사로 뿌리게 하고, 그녀가 그들과 이제 작별해야 하는 일은 슬프지만 그와 함께 가는 일은 기쁜 일이기 때문에 "즐겁게 너희 무리와 작별"하는 일이 가능하다.

제6곡 〈달콤한 친구여, 그대는 보는가Süßer Freund, du blicktest〉는 샤미소의 5연 8행시에 곡을 붙였으나 3연은 생략했기 때문에 4연

8행시로 되어 있다. 이 곡은 피아노의 느린 서주로 시작되며 1연에
서 "달콤한 친구여, 그대는/ 날 놀라서 쳐다보는구나/ 그것을 이해
할 수 없니/ 내가 울 수 있다는 것을/ 젖은 진주의/ 흔치 않은 장식
을/ 기쁨에 차서 떨게 내버려 두렴/ 내 눈에서"라고 아주 느리게 노
래한다. 슈만은 마지막 8행에서 샤미소의 "눈썹"이라는 표현 대신
에 "눈"이라고 바꾸어 표현하고 있다. 그러니까 1연에서 달콤한 친
구인 남편은 그녀의 눈물이 무엇을 뜻하는지 이해하지 못하고, 그
렇다면 그냥 그녀의 기쁨에 젖은 눈물이 흘러내리게 내버려 두라고
한다. 2연에서는 "내 가슴은 아주 두렵고/ 아주 기쁨에 차 있다!/
내가 언어로/ 어떻게 말해야 할지를 안다면/ 와서 네 모습을/ 여기
내 가슴에 감추렴/ 네 귀에 속삭일 것이다/ 내 모든 기쁨을"이라고
노래한다. 2연에서 그녀의 가슴은 한편으로는 두렵고 다른 한편으
로는 기쁨을 느끼는데, 그것을 언어로는 표현할 길이 없다. 그래서
그의 모습이 그녀의 가슴에 새겨지고 그녀는 그의 귀에다 모든 기
쁨을 속삭이게 된다.

《여자의 사랑과 삶》제6곡의 악보 일부

　이어 샤미소의 3연은 생략되고 바로 4연으로 넘어가서 곡이 계
속된다. 4연의 1행에서 4행까지 "그대는 눈물이 무엇인지 아는가/
내가 흘릴 수 있는 눈물을/ 그대는 그것을 보지 못하나/ 그대, 사

랑하는 남편이여"라고 노래하는데, 4행에서 단어 반복이 이루어져 "그대, 사랑하는, 사랑하는 남편이여"라고 노래하고는 피아노의 간주가 들어간다. 5행에서 8행까지 "내 가슴에 머물러라/ 이 두근거림을 느껴라/ 난 단단히 더욱 단단히/ 그대를 껴안고 싶구나"라고 노래하고, 7행의 일부분 "단단히 더욱 단단히"를 반복해서 노래한 다음 피아노 간주가 들어간다. 여기서는 그녀가 왜 눈물을 흘리는지 남편이 정말 모르는 것에 대한 원망이 들어 있으며, 그러면서도 그녀의 마음속 두근거림을 그가 느낄 수 있도록 단단히 그를 껴안고 싶어 한다. 여기서는 무심한 남편의 마음과 그녀의 섬세한 사랑의 마음이 대비되고 있다. 마지막 연 "여기 내 침대 곁/ 요람은 공간이 있다/ 그것이 고요히/ 내 성스러운 꿈을 숨기고 있는 곳에/ 아침은 올 것이다/ 꿈이 깨어나는 곳에서/ 거기서 그대의 모습이/ 나를 향해 미소 짓는다"고 노래한다. 그런데 이 5연에서는 피아노 후주가 연주되면서 맨 마지막에 "그대 모습"이라는 노랫말이 고요하고 느리게 겹치면서 곡이 끝나고 있다. 이러한 기법은 가곡에서 매우 드문 사례일 뿐만 아니라 특이하게도 노랫말이 마치 기악곡의 일부처럼 장식이 되는 동시에 시어의 뜻을 강조하는 데 이용되고 있다. 마지막 5연에서 그녀의 침대는 요람이며, 거기에는 그녀의 성스러운 꿈이 숨어 있고 아침이 오면 그 꿈은 깨어나고 그때 그는 그녀를 향해서 미소 짓는다. 행복한 일상이 여기서 강하게 드러나고 있다.

제7곡 〈내 가슴에, 내 마음에An meinem Herzen, an meiner Brust〉는 샤미소의 7연 2행시에 붙인 곡이다. 이 곡은 피아노의 강렬한 반주와 함께 1연에서 "내 가슴에, 내 마음에/ 그대 나의 기쁨, 그대 나의 즐거움"이라고 빠르게 노래하고는 2연으로 넘어간다. 2연에서는 "행복은 사랑, 사랑은 행복/ 난 그것을 말했고 거둬들이지 않는다"고 노래하고는 바로 3연으로 넘어간다. 3연에서는 "난 행복이 과하다고 생각했다/ 하지만 지금 너무 행복하다"고 노래한다. 여기 3연의 1행에서 너무 행복하다는 것을 슈만은 행복이 과하다는 뉘앙스로 바꾸고 있다. 그것은 그냥 행복한 것이 아니라 너무 행복해서 과연 그래도 되는가 하는 마음이 숨어 있는 것이다. 지금까지에서 보면 그는 그녀의 기쁨이자 즐거움이며, 행복은 사랑이고 사랑은 행복이며, 지금 그녀는 마음으로부터 아주 행복하다고 여기고 있다. 4연에서는 "그녀는 젖을 주고, 사랑한다/ 그녀가 먹을 것을 준 아이를"이라고 노래하고 이어 5연으로 넘어간다. 5연에서는 "어머니만이 안다/ 사랑한다는 것과 행복하다는 것이 무엇인지를"이라고 노래한다. 6연 "오, 난 그 남자를 안타깝게 여긴다/ 어머니의 행복을 느낄 수 없으니"에 이어 7연에서는 "그대 사랑스럽고, 사랑스런 천사, 그대여!/ 그대는 나를 보고 미소까지 짓는다"라고 노래한다. 그런데 7연의 경우 1행과 2행이 도치되어 있는데, 샤미소의 시에서는 "그대는 나를 보고 미소까지 짓는다/ 그대 사랑스럽고, 사랑스러운 천사, 그대여!"라고 되어 있다. 4연에서 7연까지의 내용은 이제 그녀는 어머니로서 기쁨을 누리고 있는데, 그녀가 아이에게 젖을 주고, 아이를 사랑하며 오직 여성만이 어머니로서 사랑과 행복을 느끼기 때문에 그 점에서 남편이 모성애의 행복을 느낄 수 없는 점을 아쉬워한다. 그러면서도 그녀를 향해 미소 짓는 남편을 사랑스러운 천사라고 여긴다. 그리고 1연을 반복 노래한 뒤 피아노의 후주가 곡을 끝내고 있다.

제8곡 〈이제 그대는 나에게 첫 고통을 주었다Nun hast du mir den

ersten Schmerz getan〉는 샤미소의 3연 4행시에 붙인 곡이다. 이 곡은 피아노의 강렬한 스타카토 반주가 선행되면서 노랫말이 나온다. 1연에서는 "이제 그대는 나에게 첫 고통을 주었다/ 하지만 충격이 컸다/ 그대는 잔다, 그대 단호하고 몰인정한 남자여/ 죽음의 잠을"이라고 아주 느리고 강렬하게 노래한다. 이제 그녀는 남편의 죽음 앞에서 비탄과 한탄을 하는데, 그녀는 처음으로 충격적인 고통을 겪게 된다. 그래서 그녀는 버림받은 존재로서 멍하니 앞을 바라다보면서 세상은 공허하고 자신이 사랑하면서 살았다는 것은 과거의 일이고 지금은 더 이상 살고 싶지 않은 심정이 2연에서 절실하게 표현되고 있다. 2연에서는 "버림받은 여인이 앞을 멍하니 보고 있다/ 세상은 비어 있고/ 난 사랑했고 살았다/ 난 더 이상 살고 있지 않다"고 노래한다. 이어 3연 "난 고요히 내면으로 물러난다/ 베일이 내려오고/ 그때 난 그대와 나의 지나간 행복을 느낀다/ 그대 내 세상이여!"라고 장송곡처럼 엄숙하고 비탄에 잠겨 노래하면서 피아노의 아주 느린 후주가 곡을 끝내고 있다. 3연에서 그녀는 내면의 세계로 고요히 물러나면서 그들이 나누었던 과거의 행복을 회상하고 있다. 그러니까 죽음을 통해서 그들이 나뉜다 하더라도 그녀에게 온 세상이었던 남편과의 행복을 기억하면서 이 연가곡은 끝나고 있다.

《여자의 사랑과 삶》 제8곡의 악보 일부

슈만 이전에 카를 뢰베는 샤미소 연작시 전체, 시 9편에 곡을 붙였으나, 슈만이 샤미소의 9번째 시에 곡을 붙이지 않은 점은 연가곡의 흐름과 내용으로 볼 때 훨씬 설득력이 있다. 왜냐하면 어머니의 죽음을 통해서 그녀의 삶이 딸에게로 이어져 여성의 삶과 사랑, 행복과 고통이 연속되는 것을 표현하고 있는 샤미소의 마지막 시는 효과가 적은 추가 내용을 덧붙인 것이기 때문이다. 긴장감과 시적 줄거리에서 볼 때 첫 번째 시에서 여덟 번째 시까지가 가장 적절하다고 슈만은 보았고, 실제로도 그러하다고 볼 수 있다.

추록: 니체의 샤미소 가곡〈폭풍우〉

니체가 샤미소 시에 곡을 붙인 가곡들의 경우, 연가곡은 아니지만 드물게 샤미소의 텍스트에 곡을 붙였다는 점에서, 또 니체가 남긴 20여 편 가곡 가운데 비교적 많은 세 편에 샤미소의 시가 쓰인 점에서 추록으로 다루고 있다. 여기서는 대표적으로 〈폭풍우Unge-witter〉를 살펴보고자 하는데, 니체가 20세인 1864년 샤미소의 이 6연 4행시[67]에 곡을 붙였다. 니체의 곡은 행진곡풍의 멜로디를 지니고 있으며, 피아노의 서주, 간주는 없고 후주만 있다.

1연에서는 "성의 높은 성첩 위에/ 늙은 왕이 서서/ 음울하게 내려다보았다/ 먹구름이 덮인 나라를"이라고 느리고 담담하게 노래한다. 여기서는 늙은 왕이 성첩에 서서 먹구름이 잔뜩 낀 나라를 걱정스레 내려다보고 있다. 왜 근심하는 것인지는 명확하지 않지만 궂은 날씨는 상징적 의미이며, 실제는 나라를 위협하는

---

67) http://gedichte.xbib.de/Chamisso_gedicht_Ungewitter.htm

상황이 외부에서 일어났기 때문에 음울한 마음을 왕이 가지고 있다고 할 수 있다. 2연에서는 "폭풍우가 몰려왔다/ 강력한 돌풍과 함께/ 그는 오른손으로 쥐었다/ 그의 칼자루를"이라고 노래한다. 이제 왕의 마음이 어두운 이유가 무엇 때문인지 좀 더 명확해지고 있다. 2연에서는 강한 바람과 함께 폭풍우가 몰려오고, 왕은 칼 손잡이를 오른손으로 쥐어서 전투태세를 갖추고 있다.

3연에서는 "왼손은, 그 손에서 떨어져 나갔다/ 황금색 옥쇄는 이미/ 우울한 이마 위의/ 무거운 황금 왕관을 붙들고 있었다"고 바리톤이 노래한다. 3연에서는 그가 왼손에 쥐고 있던 황금색 옥쇄는 이미 바람에 날아갔고, 이제 그 왼손이 이마 위의 황금 왕관을 꾹 눌러 붙잡고 있다. 4연에서는 "그때 그의 정부가 잡아끌었다/ 가만히 그의 외투 자락을/ 당신은 한때 날 사랑했지요/ 그런데 이제 날 더는 사랑하지 않나요?"라고 노래하고는 짧은 간주 겸 휴지부가 들어간다. 이번에는 서정적 자아의 왕에 대한 서술에서 벗어나, 왕의 연인이 직접 왕의 외투 자락을 끌어당기면서 옛날에는 그녀를 사랑했는데 지금은 사랑하는 것 같지 않다고 투정 부리는 대사로 바뀐다. 그래서 이 곡에서 유일하게 그녀의 대사 다음 짧은 피아노 간주와 휴지부가 들어가면서 5연으로 넘어가고 있다.

5연에서는 "사랑, 즐거움, 연정이 무엇이오?/ 치우시오, 그대 달콤한 모습이여!/ 폭풍우가 몰려오고 있소/ 격렬한 돌풍을 동반하고 이 위로"라고 노래하고 있다. 여기서는 폭풍우가 강한 돌풍을 동반하고 성으로 몰려오고 있는 상황에서, 왕은 그녀에 대한 사랑, 즐거움은 이제 뜻이 없다고 응수한다. 폭풍우가 성으로 몰려온다는 것은 큰 위기가 성에 닥치고 있음을 암시하고 있으며 이런 때에는 사랑은 아무 의미도 지니지 못하게 된다. 6연에서는 "성첩 위에서/ 난 칼과 왕관을 가진 왕이 아니오/ 난 격동의 시기에/ 그저 힘없이 두려움에 사로잡힌 아들일 뿐이오"라고 노래한다. 여기서 보면 왕이 자신의 심경을 토로하고 있는데, 그는 위기에 처한 나라를 위해 아무것도 할 수 없으며 그저 두려움에 사로잡혀 있는 작은 존재가 되고 있다. 샤미소의 시는 여기서 끝나고 있으나 니체는 5연에서 "사랑, 즐거움, 연정이 무엇이오?/ 치우시오, 그대 달콤한 모습이여!/ 폭풍우가 몰려오고 있소/ 격렬한 돌풍을 동반하고 이 위로"라고 반복해서 노래한 뒤 피아노 후주로 곡을 끝내고 있다. 그러니까 니체의 곡에서 사랑과 사랑의 즐거움이라는 것은 더욱 뜻이 없다는 것을 마지막 5연 반복을 통해서 강조하고 있다.

3.4 브람스의 연가곡

1〉 티크가 음악에 끼친 영향

루트비히 티크Ludwig Tieck(1773~1853)는 시인, 작가, 번역가이자 편집인이었으며, 독일 낭만주의에서 가장 영향력이 큰 문인 가운데 한 사람이었다. 그는 일찍 시를 쓰는 일에 관심을 두었고 1799년 노발리스, 슐레겔 형제와 예나에서 교류하기 전부터 수많은 작품들을 발표하였다. 나중 브렌타노, 아르님, 아이헨도르프, 호프만, 푸케 등과 같은 후기 낭만주의 시인들은 티크의 초기 작품에서 낭만적 문학 유산을 발견하였고 그의 많은 문학 모티브들과 문체 요소들을 수용하였다. 티크는 80세에 이르는 긴 생애 동안 여러 문학 장르와 형식을 시험했는데, 그것은 동화, 소설, 노벨레, 서정시 및 드라마에까지 이른다. 1797년에서 1804년 사이 그는 대표작인 《금발의 에크베르트Der blonde Eckbert》, 《프란츠 슈테른발트의 편력시대Franz Sternbalds Wanderungen》, 《장화 신은 고양이Der gestiefelte Kater》, 《아름다운 마겔로네와 페터 폰 프로방스 백작의 사랑 이야기Liebesgeschichte der schönen Magelone und des Grafen Peter von Provence》(이하 《마겔로네》), 《제노베바Genoveva》, 《멜루지네Melusine》, 《황제 옥타비아누스Kaiser Octavianus》 등을 발표했다.

　티크는 1782년 베를린에서 김나지움을 다녔고 그곳에서 빌헬름 하인리히 바켄로더를 알게 되었으며, 1792년에서 1794년 사이 할레, 괴팅겐, 에어랑겐에서 역사, 인문학, 고전과 현대문학을 공부했다. 그가 공부하는 목적은 자유로운 작가가 되는 데 필요한 소양을 쌓는 일이었다. 에어랑겐에서 공부하던 시기 정신적 친구였던 바켄로더와 함께 뉘른베르크, 스위스 및 여러 곳으로 여행을 했으며, 1794년 티크는 에어랑겐에서의 공부를 중단하고 베를린으로 돌아와서 1799년까지 이곳에서 지냈다. 이 시기 그는 법학을 시작했다가 다시 중단했고, 그의 첫 번째 작품과 소설들은 1795년 두 권으로 출간되었다. 1798년 함부르크에서 결혼한 이후 1800년까지 예나에 체류하면서 슐레겔 형제, 노발리스, 브렌타노, 피히테, 셸링과 교류하였다. 이른바 예나의 초기 낭만주의에 슐레겔 형제도 합류하였으며 이들이 낭만주의를 이론화하였다. 1801년 티크는 괴테와 실러를 드레스덴에서 알게 되었고 같은 해 가족과 함께 치빙겐Ziebingen으로 이사를 가서 1819년까지 친지의 시골 별장에서 살았다. 1803년부터 그는 베를린과 치빙겐을 오가면서 생활하였고, 바티칸에 소장된 독일 고문헌을 공부하기 위해서 이탈리아로 가기도 했다. 그 밖에 세르반테스의 돈키호테, 셰익스피어의 여러 작품을 번역 출판했으며, 한스 작스Hans Sachs, 그리피우스Andreas Gryphius 등의 작품을 편집해 출판하기도 했다. 1819년부터 1841년까지는 주로 드레스덴에 살았으며, 1820년대 궁정 극장의 극작가로서 중요한 영향력을 끼쳤다. 그가 드레스덴에 체류하는 동안에는 주로 노벨레 형식의 글들을 썼으며, 1850년 그의 작품들은 12권으로 출간되었다. 1841년에는 프리드리히 빌헬름 4세Friedrich Wilhelm IV.가 티크를 베를린으로 초대했고, 1842년 그에게 학문과 예술을 위한 명예 훈장을 주었다. 티크는 1853년 베를린에서 사망하였다.[68]

루트비히 티크의 《마겔로네》는 16세기 민중본으로 거슬러 올라가는데, 1527년 파이트 바르베크Veit Warbeck가 프랑스 기사문학《나폴리 왕의 딸 마겔로네와 프로방스 백작의 아들 페터라 불리는 기사에 관한 아름답고 짧은 이야기》를 독일어로 번역하였다. 이 번역본은 16세기에 적어도 17판이 인쇄될 정도로"(Edward Mornin 2007, 66) 인기가 있었다. 티크는 18세기 말 옛 독일 문학과 민중본을 수집하는 일을 시작했다가 마겔로네 이야기를 알게 되었다. 1797년 "티크는 민중본의 이야기를 개작함으로써 그의 독자들에게 그가 스스로 즐겼던 기쁨을 전달하고자"(Mornin, 67) 했으며, 프랑스 민중본의 이야기를 현대적이고 낭만적 요소가 압도적으로 지배하는 이야기로 개작하였다.

---

68) Claudia Stockinger/ Ronald Weger: Tieck-Bibliographie, in: Ludwig Tieck.
  Leben - Werk - Wirkung, Claudia Stockinger/ Stefan Scherer(Hg.), Berlin
  2011, 697~807쪽 참조.

루트비히 티크   브람스의《아름다운 마겔로네》CD판 표지

　그런데 아름다운 마겔로네에 관한 이야기의 가장 초기 모티브
는《천일야화》에서 볼 수 있다. 칼레단의 카마르알자만 왕자가 요
정들의 장난으로 우연하게도 자신의 곁에서 잠자는 중국 공주 부
두어에게 반해서 서로가 끼고 있던 반지를 바꾸어 낀다. 그리고 왕
자는 다시 잠에 빠져들었고, 잠이 깬 공주 또한 그에게 반한다. 이
후 정령이 그녀를 고국으로 데려가 버려서 만나지 못하다가 중재
자의 도움으로 두 사람은 중국에서 만나 결혼하게 된다. 칼레단을
방문하러 가는 여행 중에 쉬다가 새가 공주의 부적을 훔쳐 가 버리
고 왕자는 새를 쫓다가 낯선 나라에서 길을 잃는다. 여러 모험 끝
에 그는 부적을 찾았고 보물도 발견하게 된다. 고향으로 돌아오는
길에 왕자는 배를 놓쳤고, 보물만 흑단의 섬 왕국에 당도한다. 이
곳은 부두어 공주가 다스리는 왕국이었고, 칼레단으로 가는 길목
에 있는 곳이었는데 여기서 두 사람이 재회하게 된다.[69] 이 이야기
가 지중해를 거쳐 남유럽으로 건너갔고 그곳 설화와 결합되었다.

---

69)　앙투안 갈랑, 임호경 번역,《천일야화 3》, 열린책들, 2010, 857~951쪽
　　참조.

이 결합에서 나온 익명의 프랑스 기사소설 《프로방스의 피에르
와 아름다운 마겔로네》(1453)에는 기독교적 색채가 강하게 나타나
고 있으며, 마겔로네와 페터의 사랑 이야기의 줄거리는 티크가 대
체로 프랑스 민중본을 비슷하게 수용하고 있다. 이 민중본에서는
행방불명된 왕자를 마겔로네가 그리워하면서 로마로 순례 여행을
떠났고 자선병원과 수도원을 지중해에 있는 어느 섬에 세웠으며
나중에 병이 든 페터가 이곳에서 그녀와 재회하게 된다.[70] 한편,
티크는 그의 작품에서 기독교적 요소를 배제시켰는데, 예를 들면
마겔로네는 페터가 사라진 뒤 로마로 순례를 가지 않았으며, 자선
병원이나 교회를 지은 것이 아니라 전원적 고독으로 물러나서 페
터를 다시 만날 때까지 어느 소박한 양치기 오두막에서 생활한다.
티크의 작품에서 이렇게 기독교적 요소와 종교성이 배제되는 것보
다 "더 눈에 띄는 점은 힘 있는 서술 형식의 색조, 서정적 언어, 항
상 바뀌는 다양하고 음악적인 분위기의 형상들로 말미암아 원본의
구체적 대상들이 해체되는 점이다."(Mornin, 68)

　18장으로 이루어진 티크 작품의 각 장에는 서사적 이야기 이외
에 주로 페터가 불렀던 노래가 서정시 형태로 들어 있다. 티크는
이 서정시를 모두 노래라고 표현하고 있으며, 그 밖에도 티크는 수
많은 노래들도 있다는 것을 작품 여러 곳에서 암시하고 있다. 예를
들면 자연 그 자체가 음악적 형상들로 묘사되곤 한다.

　그녀의 연인의 노래는 하프의 울림처럼 푸른 하늘에서 울려왔고, 황금빛
날개의 새들은 놀라서 하늘로 날아오르면서 노래 악보를 알아보았다. 쾌
청한 구름들은 멜로디를 들으며 흘러가고, 장밋빛 붉은색으로 물들었고

---

70) Peter Jerusalem (Hg.): Deutsche Volksbücher. Die schöne Magelone (1535),
　　München 1912, 9~75쪽.

다시 울림이 울려왔다.[71]

여기에 나와 있는 '하프', '울림', '노래', '악보', '멜로디' 등의 어휘는 모두 직접 음악과 관계가 있다. 자연뿐만 아니라 인간의 내면 세계도 음악이라고 표현되고 있다. "내면의 음악이 나무들의 살랑거림과 졸졸 흐르는 물의 찰랑거림보다 더 크게 울렸기 때문에 그는 주변에서 아무 소리도 듣지 못했다."(TM, 13) 그뿐만 아니라 실제 페터가 들은 달콤한 음악, 그 "음악은 속삭이는 시냇물처럼 고요한 정원을 통해서 흘러들었고, 마치 음악의 물결이 그녀의 옷자락에 입맞춤"(TM, 13)하는 것 같다는 표현 등에서 볼 수 있는 것처럼 음악과의 연관성은 티크의 작품 전체에 고루 스며 있다. 또한 기사라기보다는 전형적인 낭만적 인물인 페터에게는 "사랑은 달콤한 음조"이고 "환상적인 멜로디"(TM, 5)였다.

티크는 1797년 발표한 그의 《마겔로네》에서 나폴리 왕의 딸 마겔로네와 프로방스 백작의 아들 페터의 낭만적인 사랑을 다루고 있다. 페터는 세상을 두루 경험하다가 나폴리에서 열린 기사 시합에 참여하게 되었고 여기서 마겔로네를 만난다. 마겔로네의 아버지가 다른 기사를 그녀의 배필로 예정해 두고 있던 가운데 그녀와 페터는 서로 사랑에 빠졌고 두 사람은 함께 궁을 몰래 떠난다. 그런데 두 사람이 프로방스로 가던 중 쉬다가 까마귀 한 마리가, 그가 그녀에게 사랑의 징표로 주었던 세 개의 반지를 싼 작은 보자기를 훔쳐 가 버린다. 그래서 페터는 그 새를 쫓다가 길을 잃은 채 보트를 타고 물살에 밀려 표류하다가 포로가 되어 아랍인의 땅에 당도하게 된다. 이곳 술탄은 그를 총애하였고 정원지기로 삼아서 페

---

71) Ludwig Tieck: Liebesgeschichte der schoenen Magelone und des Grafen Peter von Provence, Stuttgart 2007, 20쪽. 이하 (TM, 쪽수)로 표기함.

터는 그곳에서 2년을 보낸다. 나중 그에게 연모의 마음을 가진 술탄의 딸 술리마가 함께 궁성을 빠져나가자고 그에게 제안하였고, 페터는 마겔로네가 그 사이 슬픔으로 죽었다고 생각했기 때문에 프로방스 고향으로 돌아가고자 술리마의 제안을 받아들인다. 하지만 꿈에 마겔로네를 본 뒤 혼자 바다로 나갔다가 프랑스 배 한 척을 만난다. 그래서 프로방스로 항해를 하게 되었고, 그곳으로 가던 길에 어느 섬에 당도했는데, 기진맥진한 채 뭍에 혼자 남겨진 그를 한 양치기 처녀가 돌봐 줘서 건강해졌다. 그녀가 바로 마겔로네였으며 이들은 오랜 시간 뒤에 재회하게 된 것이다. 한편, 마겔로네는 페터가 사라져 버린 사이 비탄에 잠겼다가 어느 나이 든 목동의 집에서 전원적 은둔 생활을 하게 된다. 이곳에서 그녀는 물레를 감으면서 멀리 있는 그녀의 연인에게 건네는 우수에 찬 노래들을 부르곤 하였다. 나중 페터는 프로방스에 도착해서 부모와 다시 만났고, 마겔로네를 아내로 맞이해서 행복하게 된다. 그리고 마겔로네를 재회한 곳에 성을 하나 짓고 기념수도 심었다. 그 밖에 새는 훔쳐 간 세 개의 반지를 물속으로 빠뜨렸고 그것을 한 마리 물고기가 삼켜 버렸지만, 한 어부가 그 물고기를 잡아서 축제 때 왕에게 선물함으로써 반지는 원래 주인에게 되돌아간다. 그러니까 티크는 민중본의 이야기를 소재로 모험과 위험들, 사랑의 동경과 고통, 선상의 곤경, 포로 생활을 거쳐 마침내 행복으로 가는 기사문학을 쓴 것이다.

여러 음악가들은 티크의 《마겔로네》의 음악적, 낭만적, 전원적 분위기에 이끌렸다. 그래서 루이제 라이하르트, 멘델스존, 브람스가 이 작품에 나오는 노래들을 중심으로 곡을 붙였으며, 이 가운데서 브람스의 《마겔로네 로만체》는 유일하게 티크의 《마젤로네》에 나오는 서정시 거의 모두에 곡을 붙였고, 또 가장 많이 노래 불리는 독일 예술가곡에 속한다. 이 점에서 브람스를 통해서 "독일 민중본에 대한 관심을 일깨우고자 했던 티크의 소망"(Edward Mornin, 72)이 이루어진 셈이다. 브람스는 18장의 이야기로 구성된 티크의《마겔로네》가운데 15편 시에 곡을 붙였다. 제1장 "줄거리 전 이야기"는 시인의 관점에서 낭만주의적으로 가능한 모든 요소들을 언급하면서 잊힌 옛날이야기를 새롭게 이야기하겠다고 한다. 여기에 실린 시에는 브람스가 곡을 붙이지 않았다. 제16장 "기사는 여행 중이다"에서 프로방스 궁정에서 왕과 왕비는 세상을 혼자 여행 중인 페터 왕자를 염려했고, 왕비는 아들이 죽지 않았을까 하는 염려까지 한다. 그런데 이즈음 왕궁에서 축제가 열렸는데 한 어부가 커다란 물고기를 선물로 가져왔다. 그 생선의 배에서 왕자의 반지 3개가 나왔고 그것을 본 왕비는 아들이 살아 있으며, 그가 신의 시험을 모두 극복했다고 여긴다. 한편, 페터는 고향에 가까이 이른 것을 알고 뭍에 상륙했고 주위에 핀 아름다운 꽃들을 보고 마겔로네를 생각하면서, 오래전에 지었던 자신의 노래가 기억났는데, 이 시에도 브람스가 곡을 붙이지 않았다. 제17장 "페터는 어부에게 발견되었다"에서 자정이 지난 뒤 달이 떠오르고 몇몇 어부가 나룻배를 타고 섬에 나왔다가 한 젊은이를 발견했는데 처음에는 모두 그가 죽은 것이라고 짐작한다. 그러나 그는 오랫동안 실신 상태였다가 깨어난 뒤 어부들에게 오두막으로 가는 길을 물었고 마침내 그곳으로 간다. 오두막 문 앞에는 아름다운 아가씨가 앉아 있었고 그녀의 발아래 양이 풀을 뜯고 있었으며 페터가 초원을 걸어오자 그녀가 노래를 불렀는데, 이 시에도 브람스는 곡을 붙이지 않았다. 티크의 작품에서 보면 각 장마다 나오는 시를 노래라 표현한 점은, 낭만주의 시인들에게 시와 노래가 동일한 것이었으며, 시를 낭송하는 것은 노래를 부르는 것과 같았기 때문이다.

2〉 티크의 《마겔로네 로만체》(15곡)

브람스의 《아름다운 마겔로네 로만체Schöne Magelone, Romanze》(Op. 33) 창작 과정은 별로 알려진 것이 없으나, 슈베르트의 《겨울 나그네》 또는 《아름다운 물방앗간 아가씨》와 달리, 또 슈만의 연가곡들과 달리 브람스는 완결된 형태의 연가곡을 작곡할 의도가 처음에는 없었다고 볼 수 있다.(Hans A. Neunzig 2008, 58) 왜냐하면 그는 성악가 율리우스 슈토크하우젠의 격려로 1861년 처음 네 편의 시에 곡을 붙였고, 두 편은 그 이듬해에 작곡했으며, 나머지 9편을 다 작곡할 때까지 7년가량이 걸렸기 때문이다. 1869년 함부르크 초연에서는 바리톤 슈토크하우젠이 노래했고 브람스가 피아노를 쳤다. 그런데 브람스는 마겔로네 이야기에 담긴 중세적 분위기와는 거리는 두어서 그의 곡에는 중세적-고대 세계의 분위기가 들어 있지 않다. 오히려 독일 가곡 창작에서 지금까지 아무도 하지 않은 대담한 음악적 시도를 행하였는데, 오케스트라 파트와 같은 피아노 연주, 여러 울림의 풍부하고 조화로운 연결, 표현의 낭만적 풍성함 등이 그러하다.

> 브람스의 이 연가곡은 서정 시인으로서 브람스가 서사적 서술자로서 나타나고 있다는 점에서 특별한 위치를 점하고 있다. 그는 놀라운 이야기를 그림처럼 아름다운 일련의 음의 형상으로 보고하고, 생생한 음색으로 기쁨과 장소들을 묘사하고, 다양한 개별 형상들로부터 낭만적인 기사 세계를 장식하고 있다. 그래서 사람들은 이 연가곡을 브람스의 유일한 오

페라라고 명명하고자 한다. (…) 브람스는 이 특별함을 암시하고자 이
연가곡에 '로만체'(민요조 설화시)라는 제목을 골랐다. 조 편성은 전체가
연관성을 지니고 있는데, 시작과 끝의 조가 높은 내림마장조, 낮은 다
장조로 되어 있고 이 둘 다 영웅적이고 기사적인 조의 특성을 지니고 있
다.(RL, 442)

브람스의 연가곡에는 단 하나의 유절가곡도 들어 있지 않다.
브람스는 로만체를 서정적 분위기의 형상들, 피아노가 반주뿐만
아니라 독자적인 표현을 하도록 작곡하였다. 앞서 언급한 것처럼
브람스는 티크의 18편의 이야기로 구성된 《아름다운 마겔로네》
에서 2장에서 15장 그리고 마지막 18장에 실린, 시 15편에 곡을
붙여 《아름다운 마겔로네 로만체》로 곡명을 정했다. 브람스의 이
연가곡은 그의 유일한 연작 형태의 곡이다.

브람스의 제1곡 〈그건 누구도 후회하게 하지 않았다Keinen hat es
noch gereut〉는 티크의 《마겔로네》의 제2장 〈어떻게 낯선 가인이 프
로방스 백작의 궁정에 당도했는가〉에 나오는 가인의 노래에 붙인
곡이다. 이 시는 7연으로 되어 있으며 각 연의 행은 불규칙하게 이
루어져 있다. 티크의 작품 제2장에서는 아름답고 훌륭한 아들을
둔 백작이 오랫동안 프로방스를 다스리고 있는데, 그 아들은 부모
의 기쁨이었다. 한번은 이곳에 세상 경험을 많이 한 가인이 왔고,
프로방스 기사들에게 다른 나라로 교양 여행을 떠나보도록 조언
을 한다. 그러면서 그는 류트를 들고 〈그건 누구도 후회하게 하지
않았다〉(TM, 6~7)를 부르기 시작했다. 평소 먼 곳에 대한 동경심
을 지니고 있던 프로방스 백작의 아들인 젊은 페터는 이 노래를 조
용히 듣고 잠시 생각에 잠겼다가 자신에게 지금 부족한 것이 무엇
인지를 깨닫게 된다. 그는 세상을 알기 위한 여행과 모험을 하려고
결심하고 부모에게 허락을 구한다. 그는 부모에게 "기쁨과 어려움

을 경험하고 존경받고 유명한 사람으로 고향에 돌아오고자 멀리, 낯선 세계로 여행하는 것이 지금 나의 유일한 소망입니다"(TM, 8)라고 말한다. 처음에는 아들의 여행에 염려하던 부모는 그의 청을 받아들인다. 더욱이 그의 어머니는 축복과 함께 3개의 반지를 그에게 건네주며 정말 사랑하는 사람을 만나면 그 반지를 주라고 말한다. 페터는 아침이 오자 부모와 작별한다.

브람스의 제1곡 〈그건 누구도 후회하게 하지 않았다〉는 피아노의 크고 힘찬 연주를 시작으로 1연의 1행과 2행에서 "누구도 그건 후회하게 하지 않았다/ 말에 올라탄 사람은"이라고 행진곡풍으로 노래하고는 피아노의 간주가 들어간다. 피아노 반주의 주 모티브는 말이 속보로 가볍게 움직이는 모습을 그리고 있으며, 더욱이 "말에 올라탔다"에서는 말을 탄 것 같은 리듬이 나오고 "이것은 노래 전체를 역동적으로 만든다."(RL, 443) 3행과 4행에서는 "신선한 유년 시절에/ 이 세상을 두루 거쳐 가기 위해서"라고 노래한다. 이어 피아노의 간주가 들어간다. 그러니까 1연에서는 이 세상을 두루 경험하기 위해서 말을 타고 길을 떠나는 사람은 이 여행을 후회하지 않는다고 노래하고 있다. 6행으로 구성된 2연은 "산들과 초원들/ 외로운 숲/ 소녀와 여인들/ 화려한 옷/ 황금 장신구/ 모든 것이 아름다운 모습으로 그를 기쁘게 한다"고 노래한다. 그러니까 여행 중에 마주치는 자연 초목, 화려한 옷과 장신구를 두른 여인네들, 이 모든 아름다운 모습이 여행자를 기쁘게 한다. 이어 피아노의 간주가 들어가면서 3연으로 넘어간다.

3연에서는 "기묘하게/ 모습들이 달아난다/ 꿈꾸듯 달아오른다/ 유년 시절 취한 감각에서의 소망들이"라고 노래하고는 피아노의 간주가 들어간다. 3연에서 그가 만난 사람들은 묘하게도 그에게

서 멀어지고, 그의 유년 시절의 소망들은 생생하게 되살아난다. 4
연에서는 "명성이 그에게 장미를 흩뿌린다/ 재빨리 그의 길에/ 사
랑하고 예뻐 한다/ 월계수와 장미가/ 그를 더 높이, 더 높이 이끈
다"고 노래한 다음 피아노 간주가 들어간다. 그런데 마지막 5행의
일부는 반복해서 노래한다. 여기 4연에서 젊은 시절의 가인은 여
행 중에 여러 명성을 얻었고 장미꽃 선물을 받았으며 사람들의 호
의와 사랑을 얻었고 그에 대한 칭송은 계속 높아만 간다. 5연의 1
행에서 3행까지 "그의 주위로 기쁨이 퍼지고/ 적들은 부러워한다/
굴복하면서, 영웅을"이라고 노래하고 2행 일부와 3행을 반복 노
래하고는 피아노의 간주가 들어간다. 4행과 5행에서 "그리고 그
는 겸손하게 선택한다/ 가장 그의 마음에 드는 소녀를"이라고 노래
하고 피아노 간주가 들어간 다음 4행과 5행에서 다시 노래하고 5
행 일부를 또 한 번 반복한 다음 피아노 간주가 들어가고 있다. 그
러니까 5연에서는 여행자 가인이 주위에서 기쁨과 부러움을 얻고,
게다가 자신의 맘에 드는 소녀를 택하자 적들조차도 그를 영웅으
로 여기고 부러워한다.

6행으로 이루어진 6연에서는 "산들과 들판들/ 외로운 숲들을/
그는 다시 그리워한다/ 눈물에 젖은 양친/ 아, 그들의 모든 동경
들/ 가장 사랑스러운 행복이 그 모든 것을 하나로 만든다"고 노래
한다. 그러니까 여행자는 그가 지나온 산, 들판, 숲을 헤아려 보고
눈물로 작별한 부모를 생각하면서 그들의 모든 동경들이 자신의
행복을 통해서 하나가 된다고 여긴다. 이어 피아노의 간주가 들어
간 뒤 7연으로 넘어간다. 7행으로 이루어진 7연에서는 "여러 해가
지나서/ 그는 아들에게 설명한다/ 편안한 시간에/ 그리고 그의 상
처를 보여 준다/ 용감함의 대가를/ 그렇게 그 나이는 여전히 생생

하게 머물러 있다/ 여명 속 한 줄기 빛으로서"라고 노래한다. 5행
에서 "용기", 6행에서 "그 나이", 7행에서 "한 줄기 빛"은 반복해서.
나오고 다시 7행 전체 "여명 속 한 줄기 빛으로서"를 반복한 뒤 피
아노의 후주가 곡을 마감하고 있다. 이 마지막 7연에서는 많은 세
월이 흐른 뒤 아들에게 자신의 경험을 들려주는데, 가인은 아직도
여명의 한 줄기 빛으로 그 젊은 나이를 기억하고 있다. 연가곡에서
이 제1곡은 "줄거리의 흐름을 미리 암시하는 일종의 서곡의 역할
을 하고 있다."(RL, 443) 다시 말하면, 가인의 노래를 통해서 페터
의 운명이 예시되고 있다.

　브람스의 제2곡은 티크의 제3장 "어떻게 기사 페터가 그의 부모
와 작별했는가"에 들어 있는 8행시에 붙인 곡이다. 이 장에서는 페
터가 말에 오르자 아버지는 그에게 축복을 내리면서 당부의 말을
한다. 언제나 좋은 벗과 사귀고, 기사 신분의 법도와 명예에 어울
리는 행동을 하라고 당부한다. 페터는 용기를 얻고 말에 박차를 가
하였다. 그의 머릿속에는 옛 노래가 떠올랐고, 〈믿으렴! 활과 화살
은〉(TM, 10)이라고 큰 소리로 노래하기 시작한다. 여러 날 여행 끝
에 그는 나폴리에 당도하였는데, 이곳으로 오는 도중 나폴리 왕과
그의 아름다운 딸 마겔로네에 대해서 많은 말을 들었다. 그래서 그
는 직접 그녀의 얼굴을 보고 싶었다. 마침 이곳 궁정에서 기사 시
합이 열리고 어느 기사나 겨루기에 나설 수 있다는 것을 알고 나폴
리 성으로 간다.

　제2곡 〈믿으렴! 활과 화살은Traun! Bogen und Pfeil〉은 피아노의 서
주 없이 바로 노랫말이 나오며 이 연가곡에서 가장 간단하고 가장
규칙적 가곡 가운데 하나이다. "A-B-A-B-A 도식에 따라 제1곡
의 팡파레 모티브를 연상시키는 힘차고 빠른 박자의 주 멜로디가

처음에는 내림마장조, 다장조로 변하면서, 피아노 간주가 두 부분으로 나뉜다. 마지막 소절은 주 멜로디인 다단조를 장조로 밝게 바꾼다."(RL, 444) 1행에서 4행까지 "믿으렴! 활과 화살은/ 적을 막는 데 좋다/ 그런데 도움이 안 되면/ 가련한 사람은 운다"고 힘차고 씩씩하고 다소 빠르게 페터가 노래한다. 이어 3행과 4행을 반복해서 노래한 다음 피아노 간주가 들어간다. 5행에서 8행 "고귀한 자에게 평안이 깃들고/ 태양이 빛나는 곳에선/ 암벽들이 가파르다/ 하지만 행복은 그의 친구다"라고 약간 느리게 노래하고는 8행을 반복해서 노래한 뒤 다시 같은 방식으로 1행에서 8행까지 반복해서 노래한다. 그리고 1행에서 4행을, 다시 3행과 4행을 반복 노래한 뒤 피아노의 후주가 곡을 끝낸다. 여기서는 활과 화살은 적을 쏘아 맞추는 데 유용하며, 그것이 도움이 되지 않는 사람은 비참하게 울지만 그의 고결한 마음에는 평안이 깃들고, 태양이 비치는 곳에선 암벽들이 가파르게 보이기는 하지만 행복은 그의 친구라고 노래하고 있다.

브람스의 제3곡 〈고통인가, 기쁨인가Sind es Schmerzen, sind es Freuden〉는 티크의 작품 제4장 "페터는 아름다운 마겔로네를 본다"에 나오는 6연시에 붙인 곡이다. 이 장에서 보면, 공주는 기사 시합을 참관하였고, 시합에서 페터가 우승을 하게 되자 왕은 그가 누구인지를 알아오도록 했으나, 페터는 자신이 프랑스 출신의 가난하고 비천한 귀족이며 굳이 이름을 드러내고 싶지 않다고 말한다. 두 번째 시합에서도 페터가 승리하였고, 이번에 처음으로 그는 마겔로네를 가까이 볼 기회를 얻었으며, 명예와 칭찬도 받았다. 페터는 정원을 산책하면서 내면의 소리, 나무들의 속삭임과 물의 찰랑거림을 들으면서 생각에 잠겨 있다가 여러 차례 마겔로네의 이름을 읊조린다. 그러고 나서 그 이름을 자신도 모르게 크게 소리쳐 불렀다고 생각했기 때문에 스스로 깜짝 놀랐다. 페터는 자신의 생각에서 깨어났고 그의 뺨은 눈물에 젖었다. 그러면서 그는 나지막하게 마겔로네를 사랑하는 것이 〈고통인가, 기쁨인가〉(TM, 14~5)를 노래하기 시작한다. 그는 스스로를 위로하면서 이제 그의 사랑은 그녀에게 달렸다고 여긴다.

제3곡 〈고통인가, 기쁨인가〉는 "오페라와 같은 형식의 가곡이며, 몽상하는 듯한 내림가장조의 피아노 서주는 고대의 세레나데와 유사하다."(RL, 444) 이 곡은 피아노의 아주 낭만적이고 아름다우며 긴 서주로 시작하고, 1연에서 4연까지는 4행시로 되어 있고, 5연 6행과 6연은 7행시로 되어 있다. 브람스는 더욱이 5연과 6연에서 다양한 시구의 변화를 음악적으로 재현하고 있다. 1연 "고통인가, 기쁨인가/ 내 가슴을 스쳐 지나가는 것은?/ 모든 옛 소망들이 분리되고/ 수천 개의 꽃들이 만발한다"고 애잔하게 노래한다. 이에 견주어서 바로 이어지는 피아노 간주는 아르페지오 화음으로 낭만적이고 화려하게 나온다. 1연에서는 서정적 자아의 가슴을 스쳐 가는 것이 사랑의 고통인지 아니면 사랑의 기쁨인지 의문을 제기하면서 모든 옛 소망들이 분리되어 수천 개의 꽃으로 피어나는 것을 느낀다. 2연에서는 "눈물의 여명을 지나/ 나는 멀리 태양이 뜬 것을 본다/ 어떤 갈망! 어떤 동경인가!/ 내가 주제넘게? 가까이 가도 되나?"라고 노래한다. 이어 피아노의 화려한 간주가 들어간다. 여기 2연에서는 페터가 눈물로 흐려진 눈으로 멀리 태양이 떠 있는 것을 보면서 어떤 갈망과 동경을 가지고 있는지, 좀 더 가까이 그것에 다가가도 되는지 자문하고 있다.

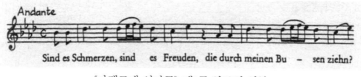

《마겔로네 연가곡》 제3곡 악보의 일부

　3연과 4연은 유절가곡 형식으로 3연의 1행과 2행에서 "아, 눈물이 떨어진다/ 그로 말미암아 내 주위가 어두워진다"고 노래한 뒤 피아노의 애잔한 간주가 들어간다. 3행과 4행에서는 "어떤 소망도 생겨나지 않는 듯/ 미래는 희망이 비어 있다"고 노래하고 피아노의 간주가 들어간다. 그러니까 3연에서는 서정적 자아가 눈물을 흘리고 있으며 이로 말미암아 그의 주위가 어두워지고 미래에 대한 불확실성이 드러나고 있다. 4연의 1행과 2행에서 "노력하는 마음이여, 그렇게 두근거려라/ 그렇게 눈물이 흘러내린다"고 노래하고는 피아노 간주가 들어간다. 3행과 4행에서 "아, 즐거움은 더 깊은 고통이구나/ 삶은 어두운 무덤이구나"라고 여전히 느리게 노래하고는 다시 피아노의 간주가 들어간다. 4연에서는 눈물이 흐르고 마음이 두근거리는 페터가 즐거움은 더 깊은 고통이고 삶은 어두운 무덤이라고 여긴다. 5연에서는 "부채 없이/ 내가 견뎌야만 하나?/ 어떤가, 꿈속에서/ 모든 생각들이/ 이리저리 흔들리는 것은/ 난 나 자신을 아직도 잘 모른다"고 빠르게 노래한다. 이어 5연 전체를 반복해서 노래하고는 피아노 간주가 빠르게 들어간다. 반복할 때 5행의 부사를 되풀이하여 "이리저리, 이리저리 흔들리는 것은"이라고 노래한다. 5연에서는 페터가 삶을 잘 견뎌야 하지만 그렇지 못하고, 이런저런 생각들로 흔들리는 자신이 누구인지 알 수 없다고 여긴다.

6연의 노래는 극적인데 6연의 1행에서 3행까지 "너희 선량한 별들이여, 오 내 말을 들으렴/ 푸른 초원이여, 내 말을 들으렴/ 그대, 사랑이여, 성스러운 맹세를 들으렴"이라고 빠르게 1행과 2행을 노래하고는 3행부터 다시 느려진다. 4행과 5행에서 "내가 그녀와 멀리 떨어져 있게 되면/ 차라리 죽고 싶구나"라고 느리고 단호한 낭송조로 노래한다. 6행과 7행에서는 "아, 그녀의 눈빛 속에/ 삶 그리고 희망과 행복이 깃들어 있다"고 한탄하듯 다소 빨라지면서 노래한다. 6행에서는 탄식을 강조하고자 "아, 아, 아 그녀의 눈빛 속에"라고 노래한다. 그러니까 6연에서 페터가 별들에게, 푸른 초원에게, 그리고 연인에게 그의 성스러운 사랑의 맹세를 들으라고 요구한다. 그러면서 그녀의 눈빛에는 삶, 희망, 행복이 깃들어 있는데, 그런 그녀와 멀리 떨어져 있게 되면 차라리 죽는 것이 낫다고 여긴다. 이어 피아노의 아주 짧은 간주가 들어간 뒤 4행과 7행에서 "내가 그녀와 멀리 떨어져 있게 되면/ 차라리 죽고 싶구나/ 아, 그녀의 눈빛 속에/ 삶, 희망과 행복이 깃들어 있다"고 반복해서 노래한다. 이번에는 7행에서 단어 반복이 들어가서 "아, 그녀의, 그녀의 눈빛, 눈빛 속에" 삶, 희망, 행복이 있다고 노래한다. 노랫말의 분위기와 달리 피아노 후주는 담담하게 연주되면서 곡이 끝난다. 이 곡에서는 첫사랑의 혼란, 고통과 즐거움 사이의 동요, 절망과 불확실하고 멀리 있는 희망 사이의 동요가 표현되어 있다.

브람스의 제4곡 〈사랑은 먼 나라에서 왔다Liebe kam aus fernen Landen〉는 티크의 작품 제5장 "어떻게 기사가 아름다운 마겔로네에게 소식을 보냈나"에 나오는 7연 4행시에 붙인 곡이다. 이 5장에서는 페터를 보았던 마겔로네 또한 그에게 연정을 느끼게 된다. 잠자리에 들어서도 낮에 보았던 기사 시합이 아른거리고 승자가 된 알 수 없는 사람에 대한 생각으로 잠을 이루지 못한다. 그녀는 유모에게 그 아름답고 용감한 영웅에 대해서 얘기하고 유모는 그가 그녀의 신분에 부합하지 않는다고 여긴다. 그러면서 어디서 왔는지 알수 없는 사람에게 그녀의 마음이 쏠리는 것에 대해서 염려한다. 아침에 유모는 그 기사를 교회에서 보았고 그도 그녀에게 목례한다. 유모는 그 기사에게 신분과 이름을 묻지만 그는 귀족 가문 출신이며 그의 가문은 역사책에 기록될 정도이기는 하지만 구체적으로 밝힐 수는 없다고 말한다. 그러면서 페터는 유모에게 자신이 가지고 있던 반지 하나를 마겔로네에게 전해 달라고 부탁한다. 그리고 양피지에 쓴 사랑의 시도 함께 보낸다. 사랑의 감정에서 나온 그의 글은 〈사랑은 먼 나라에서 왔다〉(TM, 19)로 시작되었다. 이 노래는 마겔로네의 마음을 사로잡았고 그녀는 그것을 여러 차례 읽어 보았다. 그 표현은 바로 그녀 자신의 표현과도 같았다. 그녀는 꿈에 페터를 만났고 이 아름다운 꿈에서 깨어나자 유모에게 꿈 이야기를 한다. 이제 페터는 마겔로네에게 행복일 수도 불행일 수도 있다고 유모는 생각한다.

《마갈로네 연가곡》 제4곡 악보의 일부

제4곡 〈사랑은 먼 나라에서 왔다〉에는 후주와 각 연마다 피아노 간주가 들어가 있으며, 피아노의 서주 없이 바로 1연의 노랫말이 나온다. 노래는 전체적으로 "느리게–빠르게–느리게 형식으로 구성되어 있고 첫 부분은 안단테, 중간 부분은 포코 비바체이며 다시

A-B-A 도식에 따라 세 부분으로 나뉘어 있다."(RL, 446) 1연에서
는 "사랑은 먼 나라에서 왔고/ 어떤 존재도 그것을 뒤쫓지 않았다/
그런데 여신이 나에게 손짓했고/ 달콤한 끈으로 나를 휘감았다"고
노래한다. 그리고 4행을 반복해서 노래한 다음 피아노의 간주가
들어간다. 1연에서는 사랑은 먼 곳에서 왔고 어느 누구도 그 사랑
을 뒤쫓지 않는데 여신이 손짓해서 그는 달콤한 사랑의 끈으로 묶
인다. 2연에서는 "그때 난 고통을 느끼기 시작했다/ 눈물이 시야를
어둡게 하였다/ 아! 무엇이 사랑의 행복인가/ 난 이 놀이가 무엇이
기에 한탄하나?"라고 노래하는데 4행에서는 일부가 반복되어 "난
이 놀이가 무엇이기에 한탄하나? 이 놀이가 무엇이기에"라고 노래
하고는 피아노의 간주가 들어간다. 서정적 자아는 사랑의 고통을
느끼기 시작했고 눈물이 시야를 어둡게 했는데, 무엇이 사랑의 행
복이고, 무엇 때문에 사랑의 놀이로 말미암아 한탄하게 되는지에
대해서 물음을 제기한다.

　3연에서는 "난 아무도 멀리서 찾지 못했다/ 그 여신의 모습이 유
쾌하게 말했다/ 넌 그 힘을 느껴 보라고/ 마음을 묶고 있는"이라고
노래하는데 4행은 다시 반복되어서 "마음을 묶고 있는"이라고 노
래한 뒤 피아노 간주가 들어간다. 3연에서는 페터가 자신의 고향
에서는 연인을 찾지 못했는데 이제 이곳에서 연인을 만나 비로소
그녀로부터 사랑의 힘을 느끼게 된다. 4연에서는 "내 모든 소망들
이 날아갔다/ 공중의 푸른 공간으로/ 명성이 나에겐 아침의 꿈처
럼 여겨졌다/ 파도의 출렁이는 울림처럼"이라고 노래하고는 피아
노 간주가 이어진다. 4연에서 페터의 소망들은 흔적 없이 공중으
로 날아갔고 명성은 아침에 잠이 깨면 사라지는 꿈처럼 그리고 이
내 사라지는 파도의 울림처럼 여겨졌다. 5연에서는 "아! 누가 내

사슬들을 풀 것인가?/ 팔은 묶여 있었다/ 근심의 벌레들이 날아다니고/ 어느 누구도, 어느 누구도 날 구하려고 하지 않는가?"라고 노래한 뒤 피아노 간주가 들어간다. 5연에서는 페터의 팔은 사랑 때문에 고통의 사슬로 묶여 있었는데, 누가 그것을 풀어 줄 것이고 이 근심들로부터 누가 그를 구할 것인지 의문을 제기한다.

6연에서는 "내가 거울을 봐도 되나/ 내 앞에서 희망이 붙들고 있는 거울을?/ 아, 이 세상은 사람들을 얼마나 기만하는지/ 아니, 그녀를 믿을 수 없다"고 노래한 뒤 피아노의 간주가 들어간다. 여기서는 페터가 희망이 만든 거울을 보아도 좋은지 묻고, 세상은 믿을 수가 없으며 게다가 그녀는 더 믿을 수 없다고 여긴다. 7연에서는 "오, 하지만 흔들리게 하지 마라/ 무엇이 너에게 강함을 주는가/ 유일한 사람이 너를 사랑하지 않는다면/ 쓸쓸한 죽음만이 병든 자에게 남아 있을 뿐이다"라고 노래하고, 다시 4행을 반복해서 노래한 뒤 피아노의 후주와 함께 곡이 끝난다. 마지막 7연에서 페터는 사랑에 대한 회의와 고통으로 흔들리지 말자고 다짐하면서, 그가 유일하게 사랑하는 사람이 그를 사랑하지 않는다면 끝내 그것은 그에게 죽음만을 의미할 뿐인 것이다.

브람스의 제5곡 〈그렇게 넌 가난한 사람에게So willst du des Armen〉는 티크의 작품 제6장 "어떻게 기사는 마겔로네에게 반지를 건넸는가"에 나오는 4연 6행시에 붙인 곡이다. 이 6장에서 페터는 다시 유모를 교회에서 보았고 그녀를 통해서 마겔로네가 그의 편지를 받았다는 사실에 안도감을 느낀다. 교회에서 페터의 유일한 기도는 마겔로네를 그의 아내로 맞이하게 해 달라는 것이었다. 다시 그는 양피지와 반지 하나를 유모에게 건네면서 마겔로네가 이것을 그를 기억하는 징표로 삼도록 부탁한다. 유모는 서둘러 마겔로네에게 돌아왔고 페터에 대한 사랑으로 병이 날 지경에 이른 그녀는 유모가 나타나자 벌떡 일어난다. 유모가 모든 것을 설명하면서 반지를 주자 그녀가 소리치기를 그 반지는 바로 그녀가 꿈에서 보았던 것이라고 감격한다. 그리고 편지에는 〈그렇게 넌 가난한 사람에게〉(TM, 22~3)라는 페터의 노래가 적혀 있다.

제5곡 〈그렇게 넌 가난한 사람에게〉는 이제 노래의 톤이 기쁘고 희망에 차 있다. "멜로디는 단순하고 자연스러운 감정에 사로잡혀 있지만 피아노 반주의 강력하고 예리한 화성은 행복한 동요의 격정"(RL, 446)을 표현하고 있다. 이 곡은 피아노의 빠른 반주를 시작으로 1연 1행에서 3행까지는 "그렇게 넌 가난한 사람에게/ 연민을 느끼려 하는가?/ 그건 꿈이 아니었나?"라고 다소 빠르게 노래한 다음 피아노의 간주가 들어간다. 4행에서 6행까지는 "샘물이 졸졸거리듯/ 파도가 쏴쏴 몰려오듯/ 나무가 살랑거리듯"이라고 노래하는데, 6행은 단어가 반복되어 "나무가 살랑거리듯, 살랑거리듯"이라고 노래하고는 피아노 간주가 들어간다. 그러니까 페터는 자신에게 호의를 보이는 마겔로네의 마음을 읽게 되자 너무 감격스러워서 꿈은 아닌지 물음을 던진다. 2연에서는 "나는 깊이 누워 있었다/ 두려운 방에 갇혀서/ 이제 그 빛이 나에게 인사한다!/ 얼마나 빛들이 유희하는지!/ 그것들은 눈멀게 하고, 그린다/ 내 수줍은 얼굴을"이라고 노래하고 다시 6행을 반복해 노래한 뒤 피아노 간주가 들어간다. 2연에서는 두려움에 사로잡혀 방에 있던 페터에게 이제 그녀의 밝고 눈부신 빛이 그에게 인사하고 그의 수줍은 얼굴을 비춘다.

3연 1행에서 3행까지는 "내가 그것을 믿어야 하나?/ 어느 누구도 내게서 빼앗지 않을 것인가/ 귀중한 망상을?"이라고 노래하고 다시 3행은 반복해서 노래한다. 4행에서 6행까지는 "하지만 꿈들은 사라지고/ 사랑만이 사는 것을 의미한다/ 환영받는 길이여!"라고 노래하고 다시 6행을 반복해서 노래한 뒤 피아노 간주가 들어간다. 3연에서는 페터가 마겔로네에게 사랑받는 것, 그리고 누군가 그 사랑을 빼앗아 가지나 않을지 염려가 들기도 하지만 끝내 꿈들은 사라진다 하더라도 사랑은 남는다고 여긴다. 사랑만이 삶이기 때문에 페터는 그 사랑을 환영한다. 4연 1행에서 3행까지 "얼마나 자유롭고 얼마나 명랑한가/ 이제 더 이상 서두르지 마라/ 순례자의 지팡이를 버리렴!"이라고 노래한 뒤 피아노의 간주가 들어간다. 4행과 5행에서는 "너는 극복하였다/ 너는 그것을 발견하였다"고 노래하고 6행에서는 단어 반복이 이루어져 "가장 성스러운, 가장 성스러운 장소를"이라고 노래한 뒤 피아노의 후주가 들어간 다음 곡이 끝난다. 마지막 4연에서 페터는 자유롭고 즐거운 기분이고, 이제 순례자의 지팡이를 들고 다른 곳으로 갈 필요가 없으며, 사랑의 고통을 극복하고 가장 성스러운 사랑의 장소를 발견한 것이다.

브람스의 제6곡 〈내가 어떻게 이 기쁨을Wie soll ich die Freude〉은 티크의 작품 제7장 "어떻게 고귀한 기사가 다시 아름다운 마겔로네의 소식을 받았나"에 나오는 6연시에 붙인 곡이다. 이 7장에서 보면 페터는 다음 날 아침 다시 교회로 갔는데, 유모에게 마겔로네의 소식을 듣기 위해서였다. 유모는 다음 날 기사에게 비밀스러운 정원 문을 거쳐서 그를 기다리는 마겔로네에게 안내하기로 약속한다. 페터는 얼마 동안 자신이 유모로부터 들을 말에 감격해 한다. 그러다 그는 류트를 들고 〈내가 어떻게 이 기쁨을〉(TM, 25~26)이라고 노래를 시작한다.

제6곡 〈내가 어떻게 이 기쁨을〉은 피아노의 연주에서 "베이스와 최고음부 사이에서 가곡 멜로디로 바뀌는 떨림음 모티브는 피아노 반주에 주체적 독자성을 부여하고 있다. 연가곡 가운데 가장 훌륭하고 음악성이 풍부한 가곡의 하나인 이 곡은 작은 소나타에"(RL, 446) 비교된다. 이 곡은 피아노의 밝은 서주와 함께 시작되며 4행으로 이루어진 1연에서 "내가 어떻게 이 기쁨을/ 환희를 견딜 수 있나?/ 가슴의 설렘 속에/ 영혼이 떼어 놓지 않은 것을"이라고 경쾌하게 노래한 뒤 피아노의 간주가 들어간다. 3행과 4행은 단어 반복이 들어가면서 "가슴의 설렘, 설렘 속에/ 영혼이, 영혼이 떼어놓지 않은 것을"이라고 노래한다. 1연에서는 페터가 마음이 설레고 영혼이 함께 하는 기쁨과 환희의 벅찬 감격을 느끼고 있다.

6행으로 이루어진 2연에서는 "이제 사랑의 시간들이/ 사라졌을 때/ 무엇 때문에 욕망이/ 암울한 황량함 속에서/ 기쁨 없는 삶을 끌고 가는가/ 해안가 어느 곳에도 더 이상 꽃들이 피지 않을 때?"라고 노래하고 피아노 간주가 들어간다. 여기서는 페터가 사랑의 시간이 사라졌을 때, 해안가에 꽃이 한 송이도 피지 않을 때, 무엇 때문에 기쁨 없는 삶을 영위해야 하는지 물음을 제기하고 있다. 4행으로 이루어진 3연에서 "청동을 매단 발로 어떻게/ 시간에 쫓기지 않으며 차근차근 걸어가나!/ 내가 헤어져야만 하는데도/ 그녀의 발걸음은 깃털처럼 가볍게 난다!"고 노래하고 4행을 반복해서 노래한 뒤 피아노 간주가 들어간다. 3연에서는 페터가 무거운 발걸음으로 그녀와 헤어져 걸어가는 것과 달리 그녀의 발걸음은 가볍다는 점을 비교하고 있다. 이것은 현실이 아니라 페터의 상상 속에서 마겔로네가 보여 줄 것으로 예상되는 모습인 것이다.

6행으로 이루어진 4연에서는 "동경에 찬 힘이여, 울려라/ 깊고 충직한 가슴에서/ 류트 울림이 울려 퍼지는 것처럼/ 그런데 삶의 가장 아름다운 즐거움이 달아난다/ 아, 이내 곧/ 난 환희를 거의 의식하지 못한다"고 노래한다. 더욱이 4연에서는 단어 반복이 자주 있는데, 3행 "류트 울림이 울려 퍼지는, 울려 퍼지는 것처럼", 5행 "아 이내 곧, 아 이내 곧", 6행 "난 환희를, 환희를 거의 의식하지 못한다" 부분은 느리게 노래한다. 그리고 다시 5행과 6행을 같은 방식으로 반복해서 노래한 다음 피아노의 간주가 들어간다. 그러니까 4연에서 동경은 충직한 그의 가슴에서 류트처럼 울려 퍼지는데, 그녀와 헤어짐으로 말미암아 페터는 기쁨과 환희를 느낄 수 없다.

8행으로 이루어진 5연에서는 "찰랑거려라, 계속 찰랑거려라/ 시간의 깊은 강물이여/ 넌 내일에서 오늘로 바뀐다/ 이 장소에서 저 장소로 간다/ 너는 지금까지 나를 움직여 왔다/ 이제 즐겁게, 그리고 고요하게/ 계속 그렇게 하려 한다/ 그것이 원하는 바대로"라고 4연처럼 느리게 노래한 뒤 피아노의 간주가 들어간다. 5연에서는 단어 반복이 나타나는데, 3행에서는 "내일에서 오늘로 바뀐다, 내일에서 오늘로", 4행에서는 "이 장소에서, 이 장소에서 저 장소로 간다", 8행 "그것이, 그것이 원하는 바대로"라고 노래한다. 여기 5연에서 시간의 강물은 계속 흐르고 때는 내일에서 오늘로 바뀌고, 장소도 옮겨지는데 지금까지 페터는 시간의 흐름 속에 실려 즐겁고 때로는 고요하게 시간이 가는 대로 살아왔다.

8행으로 이루어진 6연의 1행부터 4행까지는 "난 자신을 비참하게 주목할 필요는 없다/ 그때 유일한 사람이 손짓한다/ 사랑은 나를 죽게 하지 않는다/ 이 삶이 가라앉을 때까지"라고 빠르게 노래하고, 4행은 반복해서 노래한 뒤 피아노 간주가 들어간다. 5행과 6행에서 "아니, 강물은 점점 더 넓어진다/ 하늘은 내게 점점 더 명랑해진다"고 노래한 다음 6행을 다시 반복해서 노래한다. 7행과 8

행에서 "난 즐겁게 노 저어 내려간다/ 사랑과 삶, 사랑과 삶을 동시에 무덤으로 데려간다"고 노래하는데, 8행에서는 "사랑과 삶"이라는 단어를 거듭 노래하고 있다. 이어서 피아노의 간주가 들어간다. 그리고 나서 5행에서 8행이 여러 가지 변용을 거쳐 반복되는데, 먼저 5행에서 7행을 이어 노래하고 다시 7행 "난 즐겁게 노 저어 내려간다"를 노래한 다음 8행 "사랑과 삶을 함께 무덤으로 데려간다"를 노래한다. 그리고 8행의 일부 "사랑과 삶을 함께 무덤으로"를 다시 노래하고 짧은 피아노 간주 뒤에 또 한 번 반복한다. 마지막으로 8행 "사랑과 삶을 함께, 함께 무덤으로 데려간다"를 노래하고는 피아노의 후주가 곡을 끝낸다. 이 마지막 연에서는 연인의 손짓으로 페터의 사랑은 끝나지 않았으며 그의 삶도 영위되는데 시간의 강물은 점점 더 넓어지고 하늘은 점점 맑아지며 그는 즐거운 마음으로 노를 저어 가면서 사랑과 삶을 동시에 무덤까지 가져가려 한다.

브람스의 제7곡 〈이 입술을 떨게 했던 것이 그대였나War es dir, dem diese Lippen bebten〉는 티크의 작품 제8장 "어떻게 페터는 아름다운 마겔로네를 방문했는가"에 나오는 3연시에 붙인 곡이다. 이 장에서는 페터가 유모의 주선으로 마겔로네를 만나게 된다. 두 사람은 같은 마음으로 사랑을 느꼈고, 그는 그녀에게 그의 세 번째 반지를 선물한다. 그녀는 그의 충직한 마음에 감동을 받고, 목에 걸고 있던 황금 목걸이를 그에게 걸어 준다. 이것을 늘 지니고 다니면서 자신을 기억해 달라고 말하자 페터가 깜짝 놀라고, 그녀는 그를 포옹하면서 입맞춤한다. 그녀와 작별한 뒤 페터는 방으로 돌아와서 큰 감격으로 〈이 입술을 떨게 했던 사람이 그대였나〉(TM, 27~28)를 노래하기 시작한다.

바로 제7곡에서는 첫 만남의 행복이 표현되어 있다. "밝은 라장조로 강조된 멜로디는 이 행복을 자유롭게 흐르게 하고"(RL, 447) 있다. 이 곡은 피아노의 서주 없이 5행으로 이루어진 1연에서 "이 입술을 떨게 했던 것이 그대였나/ 달콤한 입맞춤을 준 것이/ 지상의 삶이 이렇게 즐거울 수 있을까?/ 아, 어쩌면 빛과 광채가 내 눈앞에서 아른거리듯/ 모든 감각이 그 입술을 열망할 수 있을까!"라고 격정적으로 노래하고 다시 5행을 반복해서 노래한 뒤 피아노의 짧은 간주가 들어간다. 4행에서 단어 반복이 이루어져 "아, 빛, 빛과 광채가 내 눈 앞에서 아른거리듯"이라고 노래한다. 1연에서는 빛과 광채가 페터의 눈앞에서 흔들거리듯 마젤로네의 입맞춤으로 말미암아 그는 지상의 즐거움을 경험한다.

2연에서 페터는 그녀의 맑은 눈에서 그를 향한 동경을 보았고, 그의 가슴은 두근거렸으며 수줍음으로 그의 눈길은 땅으로 향했으며 대기 가운데 사랑의 노래가 울려 퍼졌다. 2연의 1행과 2행에서 "그 맑은 눈에서/ 내게 다정하게 눈짓하는 동경이 빛났다"라고 노래한 다음 피아노의 간주가 들어간다. 3행에서 5행에서 "모든 것이 가슴에서 울렸다/ 내 시선들은 아래로 향하였다/ 그리고 산들바람이 사랑의 노래를 속삭인다"고 노래하고 5행을 한 번 더 노래한 뒤 피아노 간주가 들어간다. 이어 단어가 반복된 채 2행 "내게 다정하게, 다정하게 눈짓하는 동경이 빛났다", 3행 "모든 것이, 모든 것이 가슴에서 울렸다", 4행 "내 시선들, 내 시선들은 아래로 향하였다"를 다시 노래한다.

3연에서는 다시 시행 반복이 이루어지면서 다양하게 변용된다. 8행으로 이뤄진 3연의 1행에서 6행까지 "별 한 쌍처럼/ 너의 눈들이 빛났다, 뺨이/ 금발 머리를 흔들었다/ 눈빛과 웃음이 흔들렸

다/ 사랑의 날개를, 그리고 달콤한 말들이/ 가장 깊숙한 열망을 깨
웠다"라고 노래한 뒤 피아노 간주가 들어간다. 그러고 나서 4행에
서 6행을 다시 노래한 다음 피아노의 짧은 간주가 들어간다. 7행
과 8행에서는 "오 입맞춤이여, 너의 입, 너의 입은 아주 붉게 타올
랐다/ 나는 죽었고, 삶은 가장 아름다운 죽음에서 발견되었다"고
노래하는데, 7행에서는 "너의 입"을 반복해서 노래하고, 8행에서
"삶"은 한 번 반복, "가장 아름다운"은 두 번 반복해서 노래한 다음
피아노의 후주가 곡을 끝내고 있다. 이 마지막 연은 감각적인 사랑
에 대한 묘사가 중심을 이룬다. 그녀의 눈은 한 쌍의 별처럼 빛났
고 그녀의 뺨에 금발 머리가 찰랑거렸고, 눈빛과 웃음이 사랑의 날
개를 흔들었으며 달콤한 말들은 그의 가장 깊은 열망을 깨웠다. 그
리고 그녀의 입은 입맞춤으로 붉어졌고 페터는 사랑의 절정에서
죽음에 대한 동경을 드러내고 있다.

   브람스의 제8곡 〈우리는 헤어져야만 한다Wir müssen uns trennen〉
는 티크의 작품 제9장 "아름다운 마겔로네를 위한 시합"에 나오는
7연시에 붙인 곡이다. 1연에서 5연까지는 4행시, 6연은 6행시, 7
연은 5행시로 되어 있다. 이 장에서는 나폴리의 왕 마겔론이 딸을
기사 하인리히 카르포네과 머지않아 결혼시키려 하고 있다. 그 기
사도 결혼하고자 하는 의도에서 왕의 궁정에 머무르면서 여러 기
사들과 시합을 벌이고 있다. 한편 페터가 이곳을 떠날 것을 마겔로
네가 염려하자 그녀에게 자신은 여기 그대로 머무를 것이라고 위
로한다. 마겔로네는 자신을 카르포네와 결혼시키려는 아버지의 계
획 때문에 페터에게 몰래 성을 빠져나가자고 제안한다. 페터는 그
녀와 함께 자신의 부모가 있는 성으로 가서 그녀를 아내로 맞으려
고 한다. 마겔로네는 자신의 계획이 드러나지 않도록 조심하면서

필요한 모든 준비를 하고 유모에게조차 알리지 않는다. 페터는 그녀와 도주함으로써 이곳과도 작별해야 한다고 여기고 〈우리는 헤어져야만 한다〉(TM, 31~32)를 류트에 맞춰 노래하기 시작한다.

제8곡은 피아노의 느린 서주로 시작되면서 1연의 1행에서 3행까지 "우리는 헤어져야만 한다/ 사랑스런 현악기여/ 달려가야 할 시간이다"라고 느리게 노래하고, 4행에서는 반복이 들어가서 "멀지만, 원하던 목적을 향해서, 멀지만 원하던 목적을"이라고 노래한다. 1연에서 이제 페터가 나폴리를 떠나 멀지만 원하는 목적을 위해서 가야 할 시간이 되었음을 노래하고 있다. 이어 피아노의 간주 없이 바로 2연으로 들어간다. 2연에서는 "난 싸우러 나간다/ 빼앗기 위해/ 내가 전리품을 얻으면/ 집으로 서둘러 갈 것이다"라고 비장한 낭송조로 노래하고는 피아노의 간주가 들어간다. 여기 "난 싸우러 나간다"에서는 16분음표가 예리하게 찢어지는 32음표로 바뀐다."(RL, 447) 2연에서 페터는 그녀를 빼앗기지 않기 위해서 싸우러 나가는 기사처럼 의연한 자세를 보이면서 그녀를 데리고 자신의 성으로 가려고 한다.

3연에서는 "붉은 노을의 광채 속에/ 난 그녀와 함께 도망간다/ 내 창이 우리를 보호하고/ 여기 강철 갑옷이 있다"고 비장하게 노래한다. 3행에서 단어 반복이 이루어져 "창이, 창이 우리를 보호한다"고 노래하고 4행은 다시 반복되는데, 이번에는 3행 일부와 함께 "창, 여기 강철 갑옷이" 그들을 보호한다고 노래하고는 피아노의 연주가 빨라지면서 4연으로 넘어간다. 3연에서 보면, 페터와 마겔로네가 저녁노을이 질 때 나폴리 성에서 빠져나갈 때 창과 갑옷이 그들을 보호하게 된다. 4연에서는 "오라, 사랑스러운 무기들이여/ 종종 장난삼아 사용하곤 하였다/ 이제 내 행복을 비호하렴/ 이 새로운 삶의 길에서"라고 보통 속도로 노래한 뒤 피아노의 간주가 들어간다. 4연에서는 창과 갑옷과 같은 무기들을 종종 재미 삼아 사용했지만 이제 새로운 삶의 길에서는 그들의 행복을 보호하는 무기가 된다.

5연의 1행에서 3행까지는 "난 재빨리 물결 속으로 몸을 던진다/ 난 훌륭한 흐름에 인사한다/ 이미 많은 사람들은 가라앉았지만"이라고 보통 속도로 노래하고, 4행에서 단어를 반복하여 "용감한 수영자, 용감한 수영자는 위에 떠 있다"고 씩씩하게 노래한다. 이어 피아노의 빠르고 짧은 간주가 들어간다. 여기 5연에서 페터는 삶의 거친 물결에 빠지게 된다 하더라도 물에 가라앉지 않고 용감하게 수영하는 사람처럼 좌절하지 않겠다는 의지를 드러내고 있다. 6연의 1행에서 4행까지는 "아, 즐거움을 누리는 것은/ 고상한 혈통에 어울리며/ 기쁨을 지키는 것은/ 나의 귀한 자산!"이라고 노래한 다음 피아노의 간주가 들어간다. 5행과 6행에서 "조롱을 견디지 못하는가/ 용기가 없는 사람은"이라고 강한 톤으로 노래하고 다시 5행과 6행을 반복해서 노래한 다음 피아노의 느리고 긴 간주가 들어간다. 6연에서 보면 고상한 혈통은 즐거움을 누릴 줄 알고, 그의 귀한 자산은 바로 기쁨을 지키는 것이며, 용기가 없는 사람은 조롱의 고통을 견디지 못한다. 7연에서는 "고삐를 내려라/ 행복한 밤이여!/ 날개를 펴라/ 멀리 언덕을 넘어/ 아침이 우리에게 웃음 짓는다!"고 부드러우면서 느리게 노래한다. 그리고 5행 "아침이, 아침이 우리에게 웃음 짓는다"고 부드럽게 노래한 뒤 피아노의 잔잔한 후주가 곡을 끝낸다. 7연에서 그들은 말에서 내려 행복한 밤을 맞이하고, 아침은 그들에게 미소를 짓게 될 것이라고 도주의 성공과 행복을 페터가 기대하고 있다.

브람스의 제9곡 〈연인이여, 그늘 속에 쉬렴Ruhe, Süßliebchen, im Schatten〉은 티크의 작품 제10장 "어떻게 마겔로네는 그녀의 기사와 함께 도망쳤는가"에 나오는 3연 8행시에 붙인 곡이다. 이 장에서는 페터와 마겔로네가 밤을 틈타 도주한다. 아침에 유모는 공주가 없어진 사실을 알게 되었고 왕은 그녀가 유괴되었다고 생각한다. 왕은 많은 사람들을 풀어 공주를 찾아오게 했으나 별 소용이 없었다. 말을 타고 달아나던 두 사람, 더욱이 그녀는 아침이 오고 점심 때가 되자 크게 피곤함을 느낀다. 그래서 그들은 숲에 다다라 말에서 내리고, 페터가 펼쳐 놓은 그의 외투 위에서 마겔로네는 휴식을 취하게 된다. 페터는 미소를 지으면서 그녀의 아름답게 잠든 모습을 지켜보다가 〈연인이여, 그늘 속에 쉬렴〉(TM, 35)을 노래하기 시작한다.

브람스의 제9곡에서 2도에서 8도 음정까지 뻗어 있는 자장가의 동반 모티브는 마력적인 효과를 내고 있다. 명랑하고 고요하며 항상 다시 휴지부에 따라 중단되는 멜로디가 피곤을 부드럽게 잠으로 넘어가게 돕는 듯하다."(RL, 448~9) 이 곡은 피아노의 서주와 함께 시작되며, 각 행 노랫말에 피아노가 화답하듯 반주하면서 다음 행으로 넘어가는 특징이 있다. 8행으로 이루어진 1연에서는 "연인이여, 그늘 속에 쉬렴/ 푸르스름하게 어두워지는 밤의/ 초원에서 풀들이 살랑거리고/ 그늘은 부채질하면서 네 몸을 식혀 준다/ 그리고 충직한 사랑이 감시한다/ 자라, 잠들어라/ 숲이 나지막하게 속삭인다/ 영원히 난 너의 것"이라고 부드럽고 느리게 노래한다. 1행과 4행을 제외한, 나머지 여섯 개의 행에서는 노랫말 다음 피아노의 간주가 화답하듯 짧게 들어가면서 다음 행으로 넘어가고 있다. 그리고 8행 "영원히, 영원히 난 너의 것이다"를 반복해서 노래한 다음 피아노의 느리고 긴 간주가 들어간다. 1연에서 서정적 자아는 자신과 함께 도망 온 연인에게 저녁의 그늘 아래 쉬라고 말한다. 초원의 풀들은 살랑거리고 그늘은 그녀의 땀을 식혀 주니 이제 편안히 잠들라고 하면서 그는 영원히 그녀의 것이라고 속삭인다.

2연에서는 "너희들, 숨겨진 노래들이여, 침묵하라/ 가장 달콤한 휴식을 방해하지 마라/ 새들의 무리가 엿듣는다/ 시끄러운 노랫소리들은 잠잠하다/ 사랑이여, 네 눈을 감아라/ 잠자라, 잠들어라/ 어두워지는 빛 속에/ 난 너의 파수꾼이 되고자 한다"고 느리게 노래한다. 그리고 마지막 8행 "난 너의 파수꾼이 되고자 한다"를 반복하고 피아노의 평화롭고 긴 간주가 들어간다. 여기 2연에서도 1연과 마찬가지로 노랫말과 피아노 파트가 서로 대화하듯 주고받기를 이어가는데 1행을 제외하고 나머지 일곱 개의 행은 모두 노랫말 다음 피아노 반주가 짧게 화답하고 다음 행으로 넘어간다. 2연에서는 달콤한 휴식을 방해하지 않도록 노래들은 침묵하고 새들의 합창도 잠잠하다. 그의 연인은 눈을 감고 잠들었고, 그는 그녀의 파수꾼이다. 이어 피아노의 평화롭고 긴 간주가 들어간 뒤 3연으로 넘어간다.

3연의 1행에서 5행까지는 "너희들, 멜로디여, 계속 중얼거리렴/ 너 고요한 시내여, 졸졸 흐르렴/ 아름다운 사랑의 환상이여/ 멜로디로 말하렴/ 부드러운 꿈들이 그것을 따라 헤엄친다"고 강한 톤으로 노래한다. 2행은 단어가 반복되어 "너 고요한, 너 고요한 시내여, 졸졸 흐르렴"이라고 노래하고, 3행과 5행 다음 피아노가 화답하듯 반주되고 있다. 6행에서 8행까지는 "속삭이는 숲을 지나/ 황금빛 꿀벌이 웅성거린다/ 너를 재우려 웅얼거린다"고 다시 부드럽게 노래한다. 그리고 8행에서 단어를 반복하고 "너를 재우려, 재우려 웅얼거린다"고 한 번 더 노래한 뒤 피아노의 후주가 곡을 끝내고 있다. 이 3연에서는 노래의 멜로디가 고요한 시내처럼 졸졸 흐르는데 아름다운 사랑의 환상이 곧 그 노래의 멜로디가 된다. 부드러운 꿈들은 시내를 따라 황야를 지나가고, 꿀벌들은 그녀를 재우려고 자장가를 웅얼거린다. "아름답고 시적인 천진함과 낭만적 세련됨이 일치된 이 노래는 마겔로네 연가곡 가운데 가장 인기를 얻었고 종종 단독으로 불리곤 한다."(RL, 449)

브람스의 제10곡 〈절망Verzweiflung〉은 티크의 작품 제11장 "어떻게 페터가 아름다운 마겔로네를 떠났는가"에 나오는 4연 4행시에 붙인 곡이다. 이 장에서는 두 사람의 사랑이 시험받게 된다. 페터는 그녀가 자신이 준 세 개의 반지를 붉은색 천에 넣어 가슴에 얹어 놓은 점이 기뻤고, 그 어느 때보다 행복을 느낀다. 그러던 순간 까마귀가 반지 주머니를 얼른 부리로 낚아채서 날아가 버렸다. 페터는 까마귀를 쫓다가 바다 한가운데로 오게 되었고, 마겔로네에게로 돌아갈 수 없게 되자 불안과 절망에 사로잡힌다. 끝내 그는 그녀를 만날 수 있다는 모든 희망을 잃은 채 큰 소리로 〈포말이 이는 파도여, 그렇게 울려라〉(TM, 39)라고 노래하기 시작한다. 그러다 나룻배를 탄 채 자포자기 상태로 잠에 빠져든다.

작곡가가 제목을 붙인 제10곡 〈절망〉은, 우아한 브람스 연가곡에서 거칠고 어두운 톤으로 노래하며, 회오리바람이 불듯 빠르고 극적인 피아노 서주로 시작된다. 1연에서는 "포말이 이는 파도여, 그렇게 울려라/ 내 주위를 빙글빙글 감으렴!/ 불행이 내 주위에서 큰 소리로 짖어대고/ 무서운 바다가 화를 내도 좋다!"고 빠르게 노래한다. 2행과 3행은 각각 반복하고, 4행은 단어 일부 "무서운 바다"를 반복한다. 1연에서는 불행이 서정적 자아를 덮치고, 바다의 물결은 거칠게 일고 있다. 2연에서는 "난 돌풍 부는 날씨에 웃는다/ 만조의 성난 분노를 멸시한다/ 오, 바위들이 날 내동댕이쳐도 좋다/ 그건 결코, 결코 좋은 일이 되지 않을 것이다"라고 빠르게 노래하는데, 4행에서 부사 "결코"를 거듭 노래하고 다시 4행 전체를 반복해서 노래한 다음 피아노 간주가 들어간다. 2연에서는 페터가 돌풍 부는 날씨에도 용기를 내고 만조의 성난 물결에도 신경 쓰지 않으며 바위가 자신을 내동댕이친다 하더라도 견딜 수 있다고 여긴다.

3연에서는 "난 탄식하지 않을 것이며, 이제 실패해도 좋다/ 깊은 물에서 사라져도 좋다/ 내 눈은 결코 더 이상 밝아지지 않을 것이다/ 내 사랑의 별을 보기 위해서"라고 느리게 노래하곤 피아노의 느린 간주가 빠르게 바뀌면서 4연으로 넘어간다. 3연에서 페터는 실패하더라도 비탄에 빠지지 않을 것이며, 물속에 잠길 것 같은 위험을 느끼면서는 사랑의 별조차도 볼 수 없을 것 같다고 여긴다. 4연의 1행과 2행에서 "그렇게 궂은 날씨에 아래로 굴린다/ 너희 돌풍이여, 나를 쉬게 하라"고 빠르게 노래하고는 다시 2행을 반복해서 노래한다. 3행 "바위에서 바위로 부딪힌다"도 반복해서 노래한 뒤 4행에서 "난 실패한 사람이다"라고 노래하는데, 일부 단어가 반복되어 "난 실패한 사람이다, 실패한 사람"이라고 노래하고는 피아노의 후주가 곡을 마무리 짓고 있다. "난 실패한 사람이다, 실패한 사람"이라는 이 정열적인 비탄은 "6화음에 따라 어두워지는 마지막 행에서 절정을 이루고 있다."(RL, 449) 그러니까 4연에서 보면 궂은 날씨에 돌풍까지 부는데, 페터는 바위에 이리저리 부딪히면서 바닷속에 가라앉게 되는 실패한 사람이다. 이런 페터의 절망적인 마음을 강조해서 브람스는 제목을 〈절망〉이라 붙인 것이다.

브람스의 제11곡 〈얼마나 빨리 사라지나Wie schnell verschwindet〉는 티크의 작품 제12장 "아름다운 마겔로네의 한탄"에 나오는 7연 4행시에 붙인 곡이다. 이 장에서는 마겔로네가 잠에서 깨어났을 때, 그녀 곁에 페터가 없는 것을 알게 되자 깜짝 놀란다. 게다가 그를 더 이상 찾을 수 없게 되자 그녀는 자신이 무슨 잘못을 했는지 고민하고 그녀의 사랑에 부담을 느껴서 그가 떠나 버렸나하는 한탄을 한다. 그러던 가운데 페터가 묶어 놓은 말이 숲에 그대로 있는 것을 보고 자신이 잘못 생각했음을 깨닫게 된다. 그러면서 그가 의도적으로 그녀를 떠난 것이 아니라는 사실을 알고 어떤 모험이 그들을 헤어지게 하는가라고 의문을 제기한다. 그렇다고 이제 아버지에게로 돌아갈 수도 없으니 어디 조용한 집이 없는지를 찾아보게 된다. 그녀는 경건하고 충직하게 오직 그녀의 연인만을 생각하고 싶었다. 숲에서 먹을 것을 찾았고 가까운 언덕 위에 있는 작은 오두막을 하나 발견하였다. 그녀는 이 평화롭고 고요한 곳에서 살기로 마음먹었다. 그 오두막에는 나이 든 목동 부부가 살고 있었는데, 이들은 기꺼이 그녀에게 안식처와 도움을 준다. 이번에는 마겔로네가 외로움을 느끼며 문가에 앉아 물레를 감으면서 〈얼마나 빨리 사라져 버리는가〉(TM, 43~4)를 노래하기 시작한다.

제11곡 〈얼마나 빨리 사라지나〉는 처음으로 마겔로네의 입장에서 노래하고 있으며, "중간에서 잠시 장조로 전환되는 우아하고 비가적인 단조의 멜로디"(RL, 450)이다. 이 연가곡에서 제1곡은 가인의 노래, 제11곡은 마겔로네의 노래, 제13곡은 술리마의 노래이며 나머지 12곡은 모두 페터의 노래이다. 그렇다면 이 연가곡에서 이 세 곡은 페터가 부르는 목소리와는 완전히 다른 톤으로 노래하여야 할 것 같은데, 그렇게 되면 브람스의 연가곡은 좀 더 오페라

에 가깝게 되겠지만 "아마도 그것은 작곡가의 의도와 일치하지 않
을 것이다."(RL, 450) 이 곡은 피아노의 애잔하고 낭만적인 서주로
시작되고, 1연에서 "얼마나 빨리 사라지나/ 그렇게 광명의 빛이/
아침은/ 꽃다발이 시든 것을 발견한다"고 애잔하게 마겔로네가 노
래한다. 1연에서는 마겔로네가 밝은 빛은 얼마나 빨리 사그라지는
지, 아침이 되면 화려했던 꽃다발도 시드는 것을 아쉬워한다. 2연
에서는 "어제 빛났던 것이/ 모든 화려함 속에/ 그것은 시들었다/
어두운 밤에"라고 노래하고는 이번에는 피아노의 간주가 들어간
다음 3연으로 넘어간다. 2연에서도 어제 화려하게 빛났던 것이 덧
없이 하룻밤 사이 시들어 버린다고 마겔로네가 한탄한다. 3연에서
는 "삶의 파도가/ 꿈틀거린다/ 그리고 밝게 물들인다/ 그러나 그건
이익이 되지 않는다"고 노래한다. 이어 3행과 4행을 반복 노래한
다음 피아노의 간주가 들어간다. 3연에서는 삶의 파도가 꿈틀거리
고 생동감이 넘치지만 그것은 그녀와 상관없는 일이다.

《마갈로네 연가곡》 제11곡의 악보 일부

4연의 1행과 2행에서는 "태양은 기울고/ 붉은 빛은 달아난다"고
노래하고 피아노 간주가 들어간다. 이어 3행과 4행에서는 "그늘이
떠오른다/ 어둠이 몰려온다"고 노래하고는 역시 피아노 간주가 이
어진다. 곧, 4연에서는 태양이 서산에 지고 어둠이 몰려오고 있다.
5연 "그렇게 사랑이 꿈틀거린다/ 사막으로/ 아, 사랑은 머물 것이

다/ 무덤까지"라고 노래한다. 5연에서는 비록 사랑이 곤경에 처해 있다 하더라도 그들의 사랑은 무덤까지 가게 될 것이라고 그녀는 스스로 다짐한다. 6연에서는 "하지만 우리는 깨어난다/ 깊은 고통을 향해/ 조각배는 부서지고/ 빛은 해체된다"고 노래하고 피아노 간주가 들어간다. 여기서는 마겔로네가 절망에서 벗어나고 싶지만 다시 깊은 고통의 나락으로 빠져들고 배는 부서지고 빛은 사라진다. 7연에서는 "아름다운 나라로부터/ 멀리 옮겨졌다/ 황량한 해변으로/ 우리들 주위로 밤이 지배하는 곳에"라고 노래하고는 다시 3행과 4행을 한 번씩 더 노래한 뒤 피아노 후주가 곡을 끝내고 있다. 7연에서는 아름다운 나라인 고향에서 멀리 떨어져 황량한 해변으로 오게 되었고 그녀의 주위에는 밤이 지배하고 있다고 마겔로네는 슬프게 노래한다.

브람스의 제12곡 〈이별임에 틀림없나Mußes eine Trennung geben〉는 티크의 작품 제13장 "페터는 황야에 있다"에 나오는 4연 4행시에 붙인 곡이다. 이 장에서 페터는 태양이 물결 위로 떠오르자 서서히 몽롱한 의식에서부터 벗어난다. 그는 다시 아랍의 선원들에게 붙들렸고 그들은 그를 술탄에게 바치려고 데려간다. 술탄은 그의 외모가 예사롭지 않음을 발견하고 그를 정원지기로 삼는다. 술탄이 그에게 호의를 보이자 궁정의 모든 사람들이 마찬가지로 호의를 보였다. 종종 그는 정원에서 아름다운 마겔로네를 생각하면서 저녁에 치터를 가지고 동경에 찬 노래 〈이별임에 틀림없나〉(TM, 45)를 노래하기 시작한다.

제12곡 〈이별임에 틀림없나〉는 장조와 단조가 섞여 있고, 마지막 소절에서의 장조는 "마치 작은 희망의 빛줄기처럼 승리를 내포하고 있다."(RL, 450) 이 곡은 피아노의 짧은 서주로 시작되고 "이별임에 틀림없나/ 충직한 마음을 깨트리는?/ 아니, 난 이것을 삶이라 명명하지 않는다/ 죽는다는 것이 그렇게 혹독한 것은 아니다"라고 보통 속도로 노래하고는 피아노의 간주가 들어간다. 1연에서는 페터가 지금 마겔로네와 이별하여서 자신의 충직한 마음이 깨진 것인가라고 의문을 제기한다. 그러면서 이것을 삶이라 해야 한다면 차라리 죽음이 더 낫다고 여긴다. 2연에서는 "나는 양치기의 피리 소리를 듣는다/ 난 비탄의 마음에 잠긴다/ 저녁놀을 보며/ 열렬하게 너를 생각한다"고 노래하고는 피아노 간주가 들어간다. 2연에서는 페터가 양치기의 피리 소리를 들으면서 슬픔에 잠기고 저녁놀을 보면서 그녀를 더욱 간절하게 생각한다.

3연에서는 "진정한 사랑은 없는 것인가?/ 고통과 이별이어야만 하나?/ 내가 사랑받지 못했더라면/ 여전히 희망의 빛이라도 가졌을 텐데"라고 노래한다. 2행에서 단어 반복이 있고, 원래 시어인 "슬픔" 대신에 "이별"로 단어를 바꾸어서 "고통, 고통과 이별이어야만 하나?"라고 노래하고 있다. 3연에서는 고통과 이별이 없는 진정한 사랑은 없는 것인지 물으면서, 페터는 사랑받지 않았더라면 차라리 희망의 빛이라도 있었을 것이라고 생각한다. 이번에는 피아노 간주 없이 바로 4연으로 넘어간다. 4연에서는 "그러나 난 이제 한탄해야만 하나/ 무덤이 되는 희망은 어디에 있는가?/ 멀리서 난 내 비참함을 짊어져야만 한다/ 은밀히 내 마음이 부서진다"고 노래하고 4행을 다시 반복한 다음 피아노의 후주가 곡을 마감하고 있다. 4연에서는 마겔로네와 이별을 겪은 뒤의 아픔으로 페터의 마음은 비참하고, 희망이 없는 것은 무덤과 같은 것이라고 한탄한다. 그러면서도 이 고통을 짊어질 수밖에 없어서 마음이 무너지는 것 같다고 느낀다.

브람스의 제13곡 〈연인이여, 어디에서 주저하나Geliebter, wo zaudert〉는 티크의 작품 제14장 "유목민 술리마가 기사를 좋아한다"에 나오는 8연 4행시에 붙인 곡이다. 여기서는 페터가 낯선 나라에서 많은 자유를 누리자 술탄의 시종들은 그의 처지를 부러워한다. 그러나 그는 혼자 정원을 산책할 때면 한숨을 쉬고 큰 소리로 탄식한다. 그렇게 거의 2년이 지났으나 그는 연인에게도 고향으로도 돌아갈 수 없다. 봄이 다시 오자 그는 깊은 슬픔에 잠긴다. 그런데 술탄에게는 아름다운 딸 술리마가 있었고 그녀는 그를 사랑한다. 페터는 그녀가 아름답다고는 여겼으나 그의 마음은 여전히 마겔로네를 향하고 있었다. 그리고 고향으로 가고자 하는 마음이 컸는데, 그것을 알고 술리마는 그와 함께 이곳을 빠져나가자고 제안한다. 그녀는 배를 타고 떠날 모든 준비를 하였고, 페터는 마겔로네가 그 사이 사랑의 고통으로 죽었을 것이라고 생각하고 술리마의 제안을 받아들인다. 그러다가 페터는 정원의 나무 그늘에서 잠시 졸다가 꿈에 마겔로네를 보게 되면서 그녀에 대한 자신의 불충을 인식하게 된다. "모든 과거가 가장 생생한 모습으로 그의 가슴을 지나갔고 행복한 사랑의 매 순간은 모든 축복받는 감성으로 되살아났다. 그리고 깨어났을 때 그는 그 자신에게, 또 자신의 계획에 놀랐다."(TM, 47) 그는 약속된 술리마의 신호와 〈연인이여, 어디에서 주저하나〉(TM, 48~49)라는 그녀의 노래를 들었다. 페터가 이 노래를 듣자, 그 노래는 자신의 충직하지 못하고 흔들리는 마음을 표현한 것이라는 생각이 들어서, 그는 혼자서 노를 힘껏 저어 갔고 해안가의 노래는 점점 희미하게 들린다. 그는 뭍에서 멀어지고, 그 노래가 울리는 곳에서 달아나고자 더욱 힘차게 노를 저어 간다.

제13곡 〈연인이여, 어디에서 주저하나〉에는 이국적인 멜로디

의 피아노 반주가 눈에 띄며, 빠르고 경쾌한 서주로 시작된다. 1
연에서는 "연인이여, 어디에서 주저하나/ 너의 헤매는 발이?/ 나
이팅게일이 조잘거린다/ 동경과 입맞춤에 대해서"라고 술리마가
노래한다. 4행을 반복해서 노래하고는 피아노의 간주가 들어간
다. 1연에서는 술리마가 페터에게 어디에서 그의 발걸음이 멈추
었는지 물으면서 나이팅게일은 동경과 입맞춤에 대해서 재잘거린
다고 노래하고 있다. 2연에서는 "나무들이 속삭인다/ 황금빛 속
에서/ 꿈들이 스며든다/ 내 창가로"라고 노래하고는 4행 "창가
로"는 반복해서 노래한 뒤 피아노 간주가 들어간다. 2연에서는
저녁노을 속에 나무들이 속삭이고, 페터에 대한 동경과 꿈은 그
녀의 창가로 스며든다.

3연에서는 "아, 넌 애타는 마음을 아는가/ 두근거리는 가슴의/
이 마음과 노력/ 가득 찬 고통과 가득 찬 기쁨을"이라고 노래한다.
여기서는 그를 기다리는 마음으로 술리마가 지닌 가슴 두근거리는
동경과, 그녀의 마음, 노력, 고통과 기쁨을 페터가 아는지 묻고 있
다. 피아노 간주 없이 바로 4연으로 넘어가서 "서두름의 날개를 펼
치게 하라/ 나를 네게서 구하라/ 밤이 왔을 때/ 우리는 여기서 달
아나자, 우리는 여기서 달아나자"고 노래한다. 그리고 3행과 4행
에서 밤이 오면 함께 달아나자고 반복해서 노래한 뒤 피아노의 간
주가 들어간다. 여기 4연에서는 페터와 함께 아버지의 나라에서
도망가고자 하는 술리마의 초조한 마음을 표현하고 있다. 5연에서
는 "부풀어 오른 돛이여/ 공포는 허튼 소리다/ 저기, 파도 너머/
조국이 있다"고 노래하고, 다시 4행을 반복해서 노래한 뒤 피아노
의 간주가 들어간다. 5연에서는 그들이 함께 타고 갈 돛단배의 돛
이 부풀어 오르면 공포도 없어지고, 파도 너머에 그들이 정착할 또

다른 조국이 있다고 술리마가 노래한다.

6연에서는 "고향이 달아난다/ 그렇게 멀어져 간다/ 사랑이여, 그것이/ 강력하게 마음을 끈다"고 노래하고, 4행을 반복해서 노래한 다음 피아노 간주가 들어간다. 여기서는 술리마의 고향은 멀어져 갈 것이고 그녀의 마음은 사랑의 힘에 강력하게 이끌리게 된다. 7연 "들어라! 기쁨에 차서/ 바다에서 파도가 친다/ 폴짝 뛰고 뛰어오르고/ 용감하게"라고 노래한다. 그리고 피아노의 간주 없이 바로 8연으로 넘어간다. 7연에서 파도는 기쁨에 차서, 그녀의 마음처럼 용감하게 파도친다. 8연에서는 "그들이 한탄해야만 하나?/ 그들이 너를 부른다/ 그들은 알고 짊어진다/ 여기에서부터 사랑을"이라고 노래한다. 이어 3행과 4행을 반복해서 노래한 뒤 피아노 후주로 곡을 끝맺는다. 술리마는 고향의 바다가 그녀를 부르면서 한탄하고, 그녀의 사랑은 여기서부터 무거운 짐을 짊어져야 한다는 것을 고향 바다가 알고 있다고 노래한 것이다.

브람스의 제14곡 〈내 마음은 얼마나 기쁘고 신선하게 솟아나나 Wie froh und frisch mein Sinn sich hebt〉는 티크의 작품 제15장 "어떻게 페터가 다시 기독교인에게로 왔는가"에 나오는 5연 4행시에 붙여진 곡이다. 이 장에서는 페터가 새로운 용기를 얻고 흔들리는 배에 탄 채 〈내 마음은 얼마나 기쁘고 신선한가〉(TM, 50)를 노래하기 시작한다. 멀리서 배 한 척이 그가 있는 쪽으로 왔고, 그 배의 선원들이 기독교인이라는 것을 알게 된다. 그는 그들이 프랑스로 간다고 했을 때 참으로 기뻐한다.

브람스의 제14곡 〈내 마음은 얼마나 기쁘고 신선하게 솟아나나〉는 "다섯 부분으로 나뉘고 론도형식의 노래(A-B-A-C-A)이며, 연인과 고향을 곧 다시 만나게 될 것이라는 확실한 예감으로 가득 차 있다."(RL, 452) 이 곡은 피아노의 서주와 함께 시작되고, 1연에서 "내 마음은 얼마나 기쁘고 신선하게 솟아나나/ 모든 두려움이 물러난다/ 새로운 용기를 지닌 가슴이/ 각성하여 새로운 열망을 추구한다"고 노래한 뒤 피아노의 간주가 들어간다. 4행에서는 "새로운"이라는 단어가 반복되고 있다. 1연에서는 페터의 마음이 신선해지고 그에게서 모든 두려움이 사라지면서 새로운 용기와 열망이 생겨난다. 2연의 1행과 2행에서 "별들이 바다에 비친다/ 밀물이 황금빛으로 빛난다"고 노래하고 2행을 반복한다. 3행과 4행에서 "난 비틀거리며 여기저기 뛰어다녔다/ 그리고 나쁘지도 않고, 좋지도 않았다"고 노래한 뒤 피아노의 간주가 들어간다. 2연에서는 별들이 바다에 비치고 밀물은 황금색으로 빛나는 가운데 페터는 비틀거리며 여기저기를 뛰어다녔고, 그는 그것이 특별히 좋지도 나쁘지도 않았다고 여긴다.

3연에서는 "하지만 생겨났다/ 의심과 비틀거리는 마음이/ 오, 나를 데려가렴, 너희 흔들거리는 파도여/ 이미 오랫동안 그리워했던 고향으로"라고 노래한 뒤 피아노 간주가 들어간다. 3연에서는 고향으로 갈 수 없을 것 같다는 의심이 들지만 페터는 오래전부터 가고 싶은 그곳으로 파도가 실어 가 주기를 바라고 있다. 4연에서는 "사랑스럽고 여명에 찬 먼 곳에서/ 거기에서 내밀한 노래들을 부른다/ 각 별에서/ 그것은 부드러운 눈길로 내려다본다"고 노래하고는 다시 4행을 반복해서 노래한 다음 피아노의 간주가 들어간다. 4연에서는 동이 터 오는 먼 곳에서 은밀한 노래가 페터를 부르고, 별들은 부드러운 눈길로 먼 곳을 내려다본다. 5연에서는 "너 충직한 파도여, 잔잔하게 하라/ 날 멀리 있는 길로 안내하렴/ 인기 많은 문지방으로/ 마침내 내 행복을 향해"

라고 노래하는데 4행에서는 부사 "마침내"를 반복해서 노래하고 있다. 이어 4행을 같은 방법으로 노래하고는 피아노의 후주 없이 곡이 끝나고 있다. 5연에서는 파도가 이제 잔잔해져 고향으로, 행복의 땅으로 가게 되기를 바라는 간절한 심정을 페터가 노래하고 있다.

브람스의 연가곡 마지막 제15곡 〈충직한 사랑은 오래 지속된다 Treue Liebe dauert lange〉는 티크의 작품 마지막 제18장 "결정"에 나오는 5연시에 붙인 곡이다. 이 장에서, 고향 프로방스로 가려던 길에 우연히 육지에 당도한 페터가 노래의 강력한 힘에 이끌려 오두막으로 가게 된다. 마젤로네는 페터를 보자마자 그가 누구인지를 알아보았고 그녀의 모든 근심은 눈 녹듯 사라진다. 그녀는 오두막으로 돌아가서 옷을 갈아입고 옛 모습을 드러내자 그도 그녀를 알아본다. 두 사람은 재회의 기쁨을 누린 다음 페터의 부모 집으로 함께 가서 결혼식을 올리고 모든 것이 큰 행복과 기쁨 속에 놓이게 된다. 마젤로네의 아버지인 나폴리의 왕 또한 사위와 화해를 했으며 딸의 결혼에 만족하였다. 페터는 마젤로네를 다시 발견한 곳에다 화려한 여름 별장을 지었고, 그녀에게 도움을 준 목동을 관리인으로 삼았다. 또 페터는 자신의 젊은 아내와 함께 그 궁성 앞에 나무 한 그루를 심고 나서, 〈충직한 사랑은 오래 지속된다〉(TM, 59~60)고 사랑의 도덕을 노래하기 시작한다. 이로써 지고한 사랑이 승리하는 행복한 결말로 끝나고 있다.

제15곡 〈충직한 사랑은 오래 지속된다〉는 티크의 작품에서 보면 이중창으로 노래하는 것이 적합할 것 같은데, 브람스는 독창곡으로 작곡하였다. 이 곡은 피아노의 편안한 서주로 시작해, 1연의 1행과 2행에서 "충직한 사랑은 오래 지속된다/ 많은 시간을 견디어 낸다"

라고 노래한다. 2행은 단어를 반복해서 "많은, 많은 시간을 견디어
낸다"고 노래한다. 3행과 4행에서는 "의심이 그것을 두렵게 하지
않는다/ 항상 사랑의 용기는 건강하다"고 느리게 노래한다. 그리고
4행을 한 번 더 노래하는데 이번에는 부사 "항상"을 덧붙여서 "항
상, 항상 사랑의 용기는 건강하다"고 노래한다. 1연에서 진실한 사
랑은 많은 시간을 견디어 내면서도 지속되고, 사랑에 대한 의심도
두려운 일이 아니며 사랑의 용기는 늘 건강하다고 노래한다.

2연에서는 "빼곡하게 무리를 지어 바로 들이닥치고/ 망설임을
요구한다/ 돌풍과 죽음, 그런 위험들에 맞서서 간다/ 충직한 마
음이여, 사랑은"이라고 노래한 뒤 피아노의 간주가 들어간다. 2
연에서는 돌풍과 죽음과 같은 위험들은 무리를 지어 들이닥치고,
사랑에 대한 의심을 일으키지만 사랑은 그런 위험들에 맞서게 한
다. 3연에서는 "안개처럼 뒤로 물러선다/ 마음을 붙들고 있던 것
이/ 명랑한 봄의 시선에/ 멀리 있는 세계가 열린다"고 격정적으
로 노래하고 4행 "멀리, 멀리 있는 세계가 열린다"를 거듭 노래하
는데, 이때 부사 "멀리"는 반복된다. 이어 피아노의 간주가 들어
간다. 3연에서는 마음에 부담을 주던 것들이 안개처럼 뒤로 물러
나고, 명랑한 봄의 시선에 새로운 세계가 나타난다.

《마갈로네 연가곡》 제15곡의 악보 일부

4연에서는 여러 가지 변용이 이루어지는데, 1행에서 3행까지

"쟁취된다/ 극복된다/ 행복이 사랑으로부터"라고 노래한 다음 피아노의 간주가 들어간다. 그러니까 행복은 사랑으로부터 쟁취되고 완성되는 것이다. 4행에서 14행까지는 "사라졌다/ 시간들이/ 그것은 뒤로 달아난다/ 성스러운 기쁨이/ 잔잔해지고/ 채워진다/ 취한 듯 기쁨에 두근거리는 가슴이/ 그것은 분리된다/ 고통으로부터/ 영원히/ 그리고 결코"라고 노래한다. 14행을 반복한 뒤 15행 "사랑스럽고, 성스러운 천상의 기쁨이 사라지지 않는다"고 노래한다. 그러니까 불행의 시간들은 멀리 사라지고 성스러운 기쁨이 두근거리는 가슴을 채우고, 고통으로부터 영원히 분리된다. 그래서 사랑스럽고, 성스러운 천상의 기쁨이 영원하게 된다. 이어 "천상이 기쁨/ 그것은 분리된다/ 고통으로부터/ 영원히/ 결코/ 사랑스럽고, 성스러운 천상 기쁨이 사라지지 않는다/ 그것은 분리된다/ 고통으로부터/ 영원히/ 결코/ 사랑스럽고, 성스러운 천상 기쁨이 사라지지 않는다. 진실한 사랑은 오래 지속된다/ 많은, 많은 시간을 견디어 낸다/ 천상의 기쁨이여!"라고 노래하면서 이 연가곡의 피날레를 장식하고 있다. 이 행복한 결말에서 사랑의 찬가는 영원하게 될 것임을 보여 주고 있다. 이것은 낭만주의 문학에서 좀체 볼 수 없는 지상에서의 행복한 결말인 것이다. 그래서 브람스의 이 마지막 곡은 특별한 크기와 복잡한 형식을 지니고 있으며, '충직한 사랑은 오래 지속된다'는 주 멜로디가 처음이자 종결로서 가곡의 중요 부분을 감싸고 있다. 그리고 이 곡은 즉흥적이고 서정적인 분출이 아니라 형상화된 예술 작품이자 화려한 찬미가인 "베토벤의 오페라 《피델리오》 피날레에서처럼 진정한 사랑의 승리를 표현하고 있다."(RL, 454)

3.5 쇤베르크의 연가곡

1〉슈테판 게오르게의 시 세계

슈테판 게오르게Stefan George(1868~1933)는 독일의 서정 시인이
었고, 더욱이 프랑스 상징주의 시인들의 영향을 받았으며, 19세
기 말 이후 순수 심미주의 '예술을 위한 예술'에 충실하였다. 그
의 독자적 미학과 철학, 서정시에 대한 생각을 중심으로 게오르
게파가 형성되기도 하였다. 게오르게는 빙겐Bingen 근교의 뷔데스
하임Büdesheim에서 출생하여 1882년부터 다름슈타트Darmstadt에 있
는 루트비히 게오르크 김나지움Ludwig—Georgs—Gymnasium을 다녔
다. 그는 원본을 직접 읽기 위해서 이탈리아어, 히브리어, 그리
스어, 라틴어, 덴마크어, 네덜란드어, 폴란드어, 영어, 프랑스어,
노르웨이어 등 여러 외국어를 독학으로 익히기도 하였다. 그의
언어에 대한 재능은 그로 하여금 여러 비밀스러운 언어들을 발전
시키게 하는 계기가 되기도 하였다.

그는 학창 시절부터 시를 쓰기 시작했으며 1888년 김나지
움 졸업시험Abitur을 마친 다음 유럽의 대도시 런던, 파리, 빈
을 여행하였다. 1891년 빈에서 그는 후고 호프만스탈Hugo von
Hofmannsthal을 알게 되었고, 파리에서는 스테판 말라르메Stéphane
Mallarmé와 그의 친구들을 만났고, 이후 말라르메는 게오르게에
게 지속적으로 영향을 끼쳐서 '예술을 위한 예술'의 엘리트 예술
관을 발전시킨 계기가 되었다. 그 밖에 파리에서 폴 베를렌Paul
Verlaine도 알게 되었고 프랑스 상징주의자들의 영향으로 당시 독
일에서 주도적 경향을 보였던 사실주의와 자연주의에 대해서는

관심을 보이지 않았다. 1889년부터 그는 3학기 동안 베를린 대학 철학부에서 공부하다가 학업을 중단했다. 이후 평생 동안 친구나 출판인 집을 전전하면서 어느 한 곳에 거주하지 않았다. 나중에는 빈번하게 양친 집에 머무르곤 했고 부모에게 유산을 물려받았지만 항상 스스로 자급자족하려고 노력하였다.

　게오르게는 1892년 카를 아우구스트 클라인Carl August Klein과 함께 잡지를 만들어서 보들레르Charles Baudelaire, 베를렌, 말라르메처럼 예술에 충실한 문학 작업을 하였다. 이 시기 게오르게는 낭독회에서 신부 복장을 하고 자신의 시를 낭송하기도 했고, 청중이 감동해서 그의 시 낭송에 귀를 기울이기도 하였다. 게다가 그는 몇몇 청중만 옆방에서 만나기도 하였고 그의 책들은 지식인 독자층에서 인기가 있었다. 심하게는 1904년부터 그의 책들이 독자적인 활자, 곧 그의 친필에 따른 게오르게 활자로 찍혀 나오기도 했다.[72] 게오르게의 예술에 대한 생각들은 인문학계에서 점점 큰 반향을 일으켰고, 더욱이 20세기 초 독일 문예학과 인문학에 많은 영향을 끼치게 된다. 예를 들면 게오르게와 가까운 프리드리히 군돌프Friedrich Gundolf는 하이델베르크 대학의 독문학 교수직을 맡고 있었는데, 그는 "독일어와 독일 시인 정신의 재탄생"을 자신에게 주어진 역사적 과제라고 보았다. 그러한 개혁의 역사적 소명을 이루기 위해서 그는 니체와 게오르게를 모범으로 삼았다.(Friedrich Gundolf 1921, 1~2)

---

72)　http://textkritik.de/schriftundcharakter/sundc020george.htm. 참조.

슈테판 게오르게

　게오르게는 창작 활동 이외에 번역가로도 활동하였다. 단테의 작품, 셰익스피어의 소네트, 보들레르의《악의 꽃Blumen des Bösen》등을 번역하였다. 한편, 1892년부터 게오르게와 같은 생각을 하는 시인들이 그의 주위로 모였고 그와 함께 정신적으로 유대 의식을 느꼈다. 파울 게라르디Paul Gerardy, 카를 볼프스켈 Karl Wolfskehl, 루트비히 클라게스Ludwig Klages, 카를 구스타프 폴 묄러Karl Gustav Vollmoeller 등이었다. 1900년 이후에 그 그룹의 성격이 바뀌어 젊은 회원들이 많아지면서 게오르게는 일종의 교육가이자 대가로서 존경을 받았다. 게오르게의 친한 벗으로 빈의 호프만스탈을 들 수 있는데, 이 관계는 호프만스탈보다 6살 많은 게오르게의 편에서는 동성애적 접근도 내포하고 있었다. 그는 자제할 수 없는 충동으로 1891년 예고 없이 호프만스탈을 방문해서 그를 놀라게 하기도 하였다. 이후 두 사람의 문학적 교류는 15년 정도 더 이어졌으나 끝내 두 사람 사이의 기대는 서로에 대한 실망으로 나타나고 예술적 생각들은 점점 대립되어 나갔다.

게오르게는 드라마나 서사문학보다 서정시를 훨씬 가치 있는 것으로 여겼기 때문에 서정시 창작에 집중했으며 호프만스탈도 그러기를 바랐으나, 그는 점점 드라마와 같은 문학적 형식의 글 작업에 전념했다. 1904년 호프만스탈은 게오르게에게 《구원된 베니스》라는 비극 작품을 헌정했으나 게오르게는 그것을 거절하였으며, 1906년 3월에 그들의 관계는 완전히 단절되었다.

게오르게 문학 그룹에는 젊은 슈타우펜베르크Stauffenberg 3형제, 그 가운데 나중에 히틀러 암살 계획이 탄로되어 형장의 이슬로 사라진 클라우스Claus 슈타우펜베르크도 속해 있었다. 게오르게는 40세가 되던 1907년부터 자급자족한 예술을 위한 예술보다는 더욱 예언적이고 종교적 성격을 띤 작품 세계로 넘어가게 된다. 따라서 그의 주변에 같은 문학적 생각을 가지고 있던 수평적 친분 관계가, 오히려 새로운 젊은 사람들이 가담하면서 게오르게를 추종하는 관계로 변모하게 된다. 게오르게는 1918년 종전, 파괴, 혼돈을 자신의 생각에 대한 확인으로 받아들였다. 바이마르 공화국에서 그는 이상주의 젊은이들의 우상이 되었으며, 당시 허무주의에 반대하면서 예술에 관심 있는 젊은이들의 버팀목이 되기도 하였다. 1927년 프랑크푸르트 시는 그를 첫 괴테문학상 수상자로 결정하였으나 그는 수상을 거절하였다. 그는 자신의 후기 작품 《새로운 천국Das neue Reich》(1928)에서 새로운 정신적, 영성적 귀족주의의 토대에서 나온 사회개혁을 꿈꾸었다. 그런데 이 시집에 근거해서 나치가 그를 자신들의 목적에 합당하게 이용하려 했으나 게오르게는 순수한 정신적 단계에서 하나의 왕국을 실현코자 하였기 때문에 전체주의 시스템의 정치적 실현에는 반대하였다. 1933년 나치가 권력을 잡자 요제프 괴벨스Joseph Goebbels가 그에게 새로운 독일문학아카데미 회장 자리를 제안했으나 게오르게는 거절하였고, 나치스 차원에서 준비한 그의 65세 생일 축하연에도 가지 않았다. 그는 병이 들어서 스위스로 갔고 로카르노 의 병원에서 1933년 12월 사망하였다. 그의 스위스 행이 망명이었 는지 아니면 잠시 체류였는지는 불명확하다.[73]

게오르게의 서정시는 문체로나 형식으로나 의식적으로 일상 언어에서 벗어나 있다. 그의 초기 작품들의 주제는 죽음, 이루어 지지 않은 비극적 사랑, 자연에 대한 끌림이다. 이와 달리 그의 후기 작품들의 지향점은 새로운 아름다운 인간 창조였으며 예술 적 국가를 지향하였다.(Bruno Hillebrand 2000, 452) 이 점에서 프리드 리히 니체가 게오르게에게 많은 영향을 끼쳤고,(Hillebrand, 51) 니 체의 후계선상에서 게오르게의 예언적 역할은 그의 시대 시에서 드러나고 있다. 그 밖에 게오르게의 몇몇 작품을 음악적 텍스트 로 사용한 사람들로는 리하르트 몬트Richard Mondt, 아르놀트 쇤베 르크, 안톤 베베른, 게르하르트 프롬멜Gerhard Frommel, 테오 피셔 Theo Fischer, 게르하르트 피셔-뮌스터Gerhard Fischer-Münster, 볼프 강 림Wolfgang Rihm이 있다. 게오르게는 1895년《목동 시 및 찬양 시, 설화와 노래 그리고 매달려 있는 정원들의 책들Die Bücher der Hirten- und Preisgedichte der Sagen und Sänge und der hängenden Gärten》을 발표하였다. 이 가운데 쇤베르크가 연작시《매달려 있는 정원들 의 책들》에 1908년과 1909년 사이에 곡을 붙였다.

---

73) 슈테판 게오르게의 생애와 관련해서 Franz Schonauer: Stefan George. Mit Selbstzeugnissen und Bilddokumenten. Reinbek bei Hamburg 2000 참조.

2〉 쇤베르크의 가곡 세계

아르놀트 쇤베르크Arnold Schönberg(1874~1951)는 오스트리아 작
곡가, 음악 이론가, 작곡 교사, 화가였다. 그는 빈Wien의 유대 가
문 출신이었고, 출생 당시 빈에서는 반유대주의 분위기가 확산되어
있었다. 헝가리 출신으로 빈에서 사업을 하는 아버지 사무엘Samuel
쇤베르크와 프라하 출신 파울리네 나호트Pauline Nachod 사이에서
1874년 9월 13일 빈에서 태어났다. 그의 음악적 재능은 일찍 나타
나서 9세 때에 바이올린과 작곡 공부를 시작하였다. 그는 실업계
학교를 빈에서 다녔고 이때 행진곡과 폴카를 작곡하기도 했다. 그
러나 1889년 아버지의 사망으로 가족의 생계를 걱정하지 않을 수
없게 되자 1891년 학교를 그만두고 빈에 있는 한 개인은행에서 견
습 생활을 시작하였다. 음악에 대한 열정은 이때부터 울타리 너머
로 보는 것에 만족해야 했고, 가끔 표를 사서 여러 오페라를 관람하
기도 했으며 특히 바그너의 악극들을 선호했다.

아르놀트 쇤베르크

쇤베르크 자신의 기억에 따르면 그의 예술가적 발전에 도움을

준 사람으로 세 명이 있다. 먼저 오스카 아들러Oskar Adler는 음악 이론, 시학, 철학에 대한 기본 지식을 그에게 전해 주었다. 다비트 요제프 바흐David Joseph Bach는 윤리학과 도덕뿐만 아니라 "익숙한 것에 대한 저항"을 일깨워 주었다. 지휘자 알렉산더 쳄린스키는 1895년 쇤베르크가 첼로 주자로서 아마추어 오케스트라에 입단하자 그의 재능을 인정하였고, 1898년 빈 무지크페어라인Wiener Musikverein에서 최초의 현악 4중주 연주를 할 수 있도록 도와주었다.[74] 쇤베르크는 쳄린스키에게서 몇 달 동안 작곡 수업을 받기는 했으나, 브람스, 바그너, 말러, 요한 제바스티안 바흐, 모차르트의 작품들을 연구해 독학으로 작곡을 익혔다. 그는 쳄린스키를 통해서 빈의 음악 생활과 그 주변을 직접 경험할 수 있었고, 뫼들링Mödling의 합창단에서 지휘를 맡기도 하였다. 1898년 쇤베르크는 프로테스탄트 친구 발터 프리아우Walter Priau의 영향으로 세례를 받았다. 그리고 쇤베르크는 일차적으로 바흐Sebastian Bach와 모차르트, 두 번째로 베토벤과 바그너를 높게 평가하였다.

1901년 10월 7일 그는 쳄린스키의 누이동생 마틸데Mathilde 쳄린스키와 빈에서 결혼했고, 이들 사이에 두 명의 자녀를 낳았다. 그는 1901년 창설된 문학 카바레의 음악 지휘를 잠시 맡았고 1902년 리하르트 슈트라우스의 초대로 슈테른Stern 콘저바토리Konservatorium(음악아카데미)에서 화성학을 가르치다가 1년 뒤 빈으로 돌아왔고, 여기서 말러를 개인적으로 알게 되었다. 1904년 안톤 베베른과 알반 베르크가 그의 제자가 되었다. 제1차 세계대전 발발 때까지가 그의 주요작품 창작 시기였으며, 그의 최초의 현악기와 실내교향곡이 이때 작곡되었다. 1910년 빈 아카데미 작곡 교수직에

---

74) http://de.wikipedia.org/wiki/Arnold_Schönberg. 참조.

응했으나 기회를 얻지 못했고 1년 뒤 슈테른 콘저바토리움 교수
로서 베를린으로 돌아왔다. 1915년 그는 군대에 소집되었고 예비
장교로서 교육을 받았다. 쇤베르크는 1917년 다시 징집되어 군악
대에서 그의 임무를 끝냈다. 제1차 세계대전이 끝나고 그는 빈에
서 음악 개인 연주를 위한 협회를 창설하여 그 시대의 중요한 작품
들을 연주할 기회를 마련하였다. 벨러 버르토크Béla Bartók, 드뷔시
Claude Debussy, 말러, 피츠너Hans Pfitzner, 라벨Maurice Ravel, 막스 레
거, 슈트라우스, 스트라빈스키Igor Strawinsky와 같은 수많은 작곡가
의 작품들이 이 협회의 공연 프로그램에 들어 있었다. 뫼딩에서 그
는 개인적으로 많은 유명한 음악가와 작곡가들을 가르쳤는데, 그
들 가운데는 한스 아이슬러Hanns Eisler, 루돌프 콜리시Rudolf Kolisch,
막스 도이치Max Deutsch와 카를 랑클Karl Rankl이 있었다.

1906년에서 1913년 사이 쇤베르크는 집중적으로 그림에도 몰
두하였다. 평생 동안 그는 열 번의 전시회를 열었고 그 가운데는
그의 친구이자 동료인 바실리 칸딘스키Wassily Kandinsky의 주도 아
래 열린 전시회도 있었다.[75] 1911년 12월 그의 〈붉은 눈길Der rote
Blick〉(1910)을 포함한 4편의 그림들이 칸딘스키의 도움으로 처음
전시회에 출품되었다. 화가로서 비전문성 때문에 많은 비판적 평
가를 받았지만 쇤베르크 사후 그의 그림들은 중요한 뜻을 띠고 있
으며, 오늘날은 오스카어 코코슈카Oskar Kokoschka, 에곤 실레Egon
Schiele, 리하르트 게르스틀Richard Gerstl, 구스타프 클림트, 막스 오펜
하이머Max Oppenheimer와 알베르트 귀터스로Albert Paris Gütersloh 사이
에 독자적 위치를 점하고 있다. 내용적으로 보면, 쇤베르크의 3백

---

75) Alexander L. Ringer: Arnold Schönberg, Stuttgart 2002, 27쪽. 이하 (RS, 쪽
     수)로 표기함.

점이 넘는 그림들은 다양한 장르의 작품으로서 주로 자화상과 초
상화들, 풍경화 등으로 구성되어 있다. 그의 음악 작품들과 마찬가
지로 1906년과 1911년 사이에 창작된 그림들의 구성 기법은 자유
로운 연상에 따른 것이고, 칸딘스키에 따르면 "그의 주관적 감성을
고정"시키고자 그림을 그렸고, 그것들은 내적 필연성의 결과라고
볼 수 있다.[76]

쇤베르크가 옛 대가들의 작품을 통해서 작곡을 독학으로 배웠던
것과 달리 그림의 경우는 아마추어로서 접근했다. 그는 이론과 미
학 교육을 받지 못했지만 비율과 균형에 대한 신뢰할 만한 감성으
로 그림을 그렸다. 쇤베르크가 어느 정도로 그림을 그의 음악과 연
결시켰는가는 현존하는 문헌으로는 분명치 않다. 한편으로 그는
1913년 "그림과 음악은 하나도 일치하는 것이 없다. 내 음악은 순
수 음악적 이론의 결과이고 순수 음악적 사건으로서 평가되어야만
한다."고 말하기도 했고, 또 다른 한편으로는 1949년 "그림은 나
에게 작곡하는 것과 같은 일이었다. 나를 표현하고, 내 감정과 생
각, 그리고 감성을 알리는 가능성이 있다."[77]고 하기도 했다. 이러
한 쇤베르크의 진술을 토대로 볼 때 그의 그림과 음악은 직접적 연
관성은 없으나 둘 다 그 자신의 감성과 생각을 표현하는 주요한 수
단이었던 것은 틀림없다.

그림과 음악의 이중 재능을 지닌 쇤베르크는 1909년 무조음악
을 시작으로 1921년 십이음기법을 정립하였는데, 그는 그의 제자
요제프 루퍼Josef Rufer에게 1921년 7월 다음과 같이 말했다. "난 다
음 세기를 위한 독일 음악의 우월성을 보장할 수 있을 만한 것을

---

76) http://de.wikipedia.org/wiki/Arnold_Schönberg 참조.

77) http://de.wikipedia.org/wiki/Arnold_Schönberg 참조.

발견하였네."(재인용. Hans Heinz Stuckenschmidt 1974, 252) 그는 이 십이
음기법Zwölftontechnik으로 모든 작품에 이론적인 내적 구조를 부여
할 수 있게 되었는데, 그의 제자들은 이 기법을 열광적으로 수용했
고, 더욱이 테오도어 아도르노가 그 기법에 찬사를 보냈다. 1945
년 이후 많은 작곡가들이 이 기법을 수용했고, 안톤 베베른은 평생
동안 이 십이음기법으로 작곡하였으나 정작 쇤베르크는 원하는 목
적에 이르는 신뢰할 만한 길이라고 이 기법을 보았을 뿐이다.(RS,
92) 그래서 그는 이 십이음기법을 평생 그의 주요 작품에서 사용하
기는 하지만 《관악 오케스트라》(Op. 43a) 등에서는 전통적인 음조
체계로 회귀하기도 하였다. 한편, 쇤베르크의 50세 생일에 즈음해
서 에르빈 슈타인Erwin Stein은 그의 "조의 해체는 모든 형식을 구성
하는 음악 원칙들을 뒤흔들었다"[78]고 평했다.

　쇤베르크는 음악에서 자기 규율이 강하고 엄격한 교육자였다.
곧 "예술가적 원칙, 자기 규율과 타협 없는 성실성은 쇤베르크의
확신에 따르면 진정한 예술가를 단순한 전문가와 구별하는 윤리적
조건들이기도 하였다."(RS, 81) 한스 아이슬러는 그에게 엄격한 스
승이 필요했는데, 그가 바로 쇤베르크였다고 회상하였다.

> 난 엄격한 스승이 필요했다. 그래서 아르놀트 쇤베르크에게로 갔다. 그는
> 마이스터 과정에 날 받아 주었고 난 그에게서 대위법과 작곡을 공부했다.
> 그는 엄격한 스승이었다.[79]

78)　Erwin Stein: Neue Formprinzipien, in: Arnold Schönberg zum fünfzigsten
　　Geburtstag, 13. September 1924, Sonderheft der Musikblätter des Anbruch,
　　Wien 1924, 287쪽.

79)　Hanns Eisler: Musik und Politik. Schriften 1948~1962, Günther Maier (Hg.),
　　Leipzig 1982, 336쪽.

또한 쇤베르크는 건축가 친구 아돌프 로스Adolf Loos에게서 예술가 윤리와 예술적 진실에 대한 입장에 대하여 많은 영향을 받았는데, "음악은 장식하는 것이어서는 안 되며 진실한 것이어야 한다"(재인용 RS, 81)는 쇤베르크의 신조는 바로 로스의 미학과 직접 연관되어 있다. 그 밖에 쇤베르크의 음악 강의나 강연의 목적은 학생들이 독자적으로 창작에 대한 기쁨을 느끼고 이를 유지하도록 촉구하는 데 있었다. 그의 주위에 알반 베르크, 안톤 베베른, 한스 아이슬러, 카를 랑클, 요제프 루퍼 및 다른 제자들과 비평가들이 같은 생각으로 모였으며, 흔히 이 그룹은 빈 음악파로 지칭되었다. 그리고 20세기 전반기의 피아니스트 아르투르 슈나벨Artur Schnabel 과 에두아르트 슈토이어만Eduard Steuermann, 지휘자 한스 로스바우트Hans Rosbaud와 헤르만 셰르헨Herman Scherchen 및 쇤베르크의 동서인 바이올린 주자 루돌프 콜리시Rudolf Kolisch도 이 그룹에 포함된다. 당시에 빈 음악파 이외에 베를린 음악파도 아르놀트 쇤베르크를 중심으로 형성되었다.

쇤베르크는 그의 아내 마틸데가 뫼딩에서 1923년 10월 사망하자 그 이듬해 8월에 그의 제자였던 루돌프 콜리시의 누이 게르투르트Gertrud 콜리시와 재혼하여 그녀와 사이에 세 자녀를 두었다. 쇤베르크는 1926년 프로이센 예술 아카데미에서 작곡 마이스터 과정을 가르치도록 초대되어 세 번째이자 마지막으로 베를린으로 갔다. 그러다가 히틀러가 정권을 잡기 직전 파리를 거쳐 1933년 10월 미국으로 이민을 떠났다. 파리에서 마르크 샤갈Marc Chagall이 증인이 된 유대교회당에서 쇤베르크는 젊은 시절에 포기하였던 유대 신앙으로 다시 돌아오게 된다.(RS, 48) 이후 쇤베르크는 "난 유대인이다"라는 깊은 의식에서 창작 활동을 한다. 그리고 그의 세계관은

"이스라엘이 선택된 것과 마찬가지로 음악가 또한 선택된다"(RS, 85)는 신념에 기초하고 있다. 쇤베르크는 보스턴과 뉴욕에서 1년을 보낸 뒤 1936년 캘리포니아 대학의 교수직을 맡게 된다. 이때 조지 거슈윈과 친분을 맺었는데, 그 이듬해인 1937년 거슈윈의 갑작스러운 죽음은 그에게 큰 충격을 주었다.

이 시기 미국에는 쿠르트 바일Kurt Weil, 한스 아이슬러, 에른스트 토흐Ernst Toch, 프란츠 왁스먼Franz Waxman 나중에는 아도르노 등의 망명 음악가들이 있었다. 미국은 이 당시 독일이나 오스트리아에서 온 음악가들로 예술계가 풍성하였는데, 예를 들면 1935년 아이슬러의 곡으로 뉴욕에서 브레히트Bertold Brecht의 작품 《억척어멈과 그 자식들Die Mutter Courage und ihre Kinder》이 초연되기도 하였다. 1941년 쇤베르크는 미국 시민권을 얻었으며, 미국 체류를 하면서 그의 가장 유명한 작품들 가운데 몇 작품을 완성하였다. 그 가운데는 그의 네 번째 《현악 4중주》(Op.37), 《피아노 협주곡》(Op.42), 남성 합창과 오케스트라를 위한 《바르샤바에서 살아남은 자》(Op. 46) 등을 작곡하였다. 미국 망명 이후 그는 4편의 음악 이론서, 《작곡 초보를 위한 모델Models for Beginners in Composition》, 《화성의 구조적 기능Structural Functions of Harmony》, 《대위법 초보 연습 Preliminary Exercises in Counterpoint》, 《뮤지컬 작곡의 기초들Fundamentals of Musical Composition》을 썼다. 1949년 9월 14일 그의 고향 빈은 그에게 시민증을 부여하였고, 1946년 심장마비를 겪은 뒤, 1951년 7월 13일 심장병으로 로스앤젤레스에서 사망하였다. 1951년에 쇤베르크의 죽음으로 말미암아 종교적 내용을 담은 그의 작품 세 편은 미완성이 되었다. 1928년 텍스트를 직접 쓴 《모세와 아론Moses und Aron》은 미완성 작품이기는 하지만 이미 완성된 2막으로 큰 성공을 거두었고 예언자와 신부의 극적 대치는 그의 작품 가운데 가장 표현이 풍부한 것으로 평가되고 있다. 또 쇤베르크는《행복한 손Die glückliche Hand》,《모세와 아론》,《바르샤바에서 살아남은 자 Ein Überlebender aus Warschau》의 대본을 직접 썼다. 그의 논문과 에세이들은 20세기 음악 미학의 기본서로 간주되며, 무조음악과 십이음기법은 현대음악의 이론적 토대가 되었다.

한편 1949년 초 미국에서 〈새터데이 문학 리뷰The Saturday Review of Literature〉에 실린 쇤베르크와 1929년 노벨문학상을 받은 토마스 만 사이의 격렬한 공개 서신 교환은 유럽과 미국에서 큰 관심을 불러일으켰다. 쇤베르크와 토마스 만Thomas Mann(1875~1955)은 같은 시기에 미국에 거주하고 있었고, 두 사람은 1940년에 개인적으로 만났으며, 1943년 만이 로스앤젤레스로 이사를 오게 되었을 때 두 사람의 집은 지척에 있었다. 그러나 두 사람 사이에 깊은 정신적 유대가 생긴 것은 아니었다. 왜냐하면 두 사람의 생각은 너무나 달랐고 성품도 너무 달랐기 때문이다.[80] 다만 쇤베르크는 만에게 흥미로운 음악가였으나, 아도르노가 미국으로 건너오자 만은 아도르노의《신음악의 철학Die Philosophie der neuen Musik》을 읽게 되었고 거기서 자신의 작품에 대한 착상과 본질적으로 유사한 것을 발견하였다. 아도르노는 만의 음악적 조언자가 되었고, 아도르노를 별로 좋아하지 않은 쇤베르크가 이로 말미암아 절연을 알려 올 것이라고 만은 예감했다.[81] 이후 1947년《파우스트 박사Doktor Faustus》가 출

---

80) E. Randol Schoenberg (Hrsg): Apropos Doktor Faustus. Briefwechsel Arnold Schönberg - Thomas Mann 1930/1951, Czernin Verlag 2009, 397쪽. 이 책에는 토마스 만의 14편 편지와 아놀드 쇤베르크의 편지 15편의 내용이 수록되어 있다.

81) Zeit. http://www.zeit.de/2009/12/SM-Schoenberg. 2009.3.13.

판매되었을 때 만은 쇤베르크에게 한 부를 보내면서 "아르놀트 쇤베르크, 실제 그 사람에게" 헌정한다는 내용도 함께 보낸다. 이로 말미암아 쇤베르크는 이 소설을 읽지 않은 상태에서 작품 주인공 레버퀸Adrian Leverkühn이 자신을 모델로 하고 있다고 보았다.

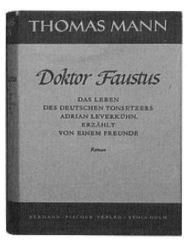

토마스 만   파우스트 박사 초판 표지(1947)

게다가 토마스 만이 그의 소설 《파우스트 박사》에서 주인공 레버퀸이 이른바 말하는 '십이음기법'을 창시했다고 설정했는데, 여기서 자신의 이름을 거론하지 않은 점에 이의를 제기하였다. 그것은 정확히 말하면 12음으로 작곡하는 기법을 의미하며, 자신 외에 어느 누구도 그 용어를 그렇게 지칭한 사례가 없다고 지적하였다. 이의 제기를 받은 만은 새로운 판본에 쇤베르크의 '십이음기법'을 암시하는 글을 싣겠다고 약속했고, 쇤베르크는 이에 대해 만족하였다. 그런데 책의 말미에, 아무도 발견할 수 없는 곳에 작게 언급된 결과에 대해서, 쇤베르크를 동시대의 오스트리아 작곡가가 아니라 "동시대의 한 작곡가이자 이론가"로 명명한 것이 그를 격분하게 하였고, 이로 말미암아 쇤베르크는 그의 공개서한에서 끝내 십이음기법은 작가 자신이 창시한 것으로 이해될 수도 있다고 결론을 지었다.

토마스 만은 쇤베르크의 심한 비난들에 대해서 우울해 했고, 만약 쇤베르크가 그 소설을 직접 제대로 읽었더라면, 그의 소설의 주인공에게 12음 작곡기법이 본질적 요인이 아니라는 것을 알았을 것이라고 여겼다. 게다가 만은 솔직히 쇤베르크의 십이음기법은 이미 20세기 예술의 한 부분이 되었고, 수많은 음악가들이 수용하여 작곡에 적용하고 있기 때문에 일종의 보편적 음악 기법으로 이해한 측면이 있었다. 그래서 십이음기법의 창시자에 대한 언급이 없다 하더라도 음악을 하는 사람은 누구나 그 기법을 누가 창시했는지는 다 아는 일이기 때문에 어느 누구도 토마스 만이 그 창시자라고 생각하는 사람은 없을 것이라고 여겼다. 실제로 소설의 주인공 레버퀸의 출신, 전통, 성격과 운명은 쇤베르크의 삶과 어떤 유사성도 없으며, 오히려 《파우스트 박사》는 니체-소설로 볼 수 있고 실제로 니체의 정신적 비극과 그의 병의 기록사에 나온 직접 인용들이 내포되어 있다. 만은 1949년 그의 편지의 말미에서 큰 명성을 지닌 쇤베르크가 화와 분노를 극복하고 안정을 찾기를 바라는 희망을 솔직하게 표현하였다.[82] 쇤베르크는 그로부터 2년 반 뒤에 세상을 떴으며, 만의 소설이 출판되었던 1947년 쇤베르크의 명성은 절정에 이르러 있었다. 그리고 만은 이 소설 후기에 주인공 레버퀸이 펼친 십이음기법은 "실제로 동시대 작곡가이자 이론가인 아르놀트 쇤베르크의 정신적 자산"이라고 덧붙였으며, 그렇게 오늘날까지도 인쇄되고 있다.

---

82) Zeit Online. 1949년 2월 3일. http://www.zeit.de/1949/05/ist-arnold-schoenberg-doktor-faustus.

제22장에서 허구로 지어진 음악적 인물, 내 소설의 비극적 주인공과 특정한 이상적 연관성에서 내가 서술한 작곡 방법, 십이음기법 내지는 일련의 기법은 실제로 동시대의 작곡가이자 이론가인 아르놀트 쇤베르크의 정신적 자산이라는 것을 독자에게 이해시키는 것이 쓸데없는 일은 아닌 것 같다. 게다가 이 책의 음악 이론적인 부분들은 쇤베르크의 화성론의 많은 세목들 덕택이다.[83]

토마스 만이 악마와 결탁한 한 천재 음악가인 레버퀸을 고안해 내기 전부터 두 사람의 사이에는 갈등이 내재되어 있었다. 거의 비슷한 나이의 이주자들의 첫 번째 편지 교환에서 유대인의 운명에 대한 서로 다른 관점을 읽을 수 있다. 쇤베르크는 유대인이었고, 그 때문에 미국으로 망명을 온 데 견주어서 만은 나치 정권에 반대해서 망명한 독일인이었기 때문에 유대인 주제와 관련해서 어느 누구도 쇤베르크만큼 직접 잘 체득하고 있는 사람은 드물었다. 왜냐하면 그는 1923년 반유대주의 폭력을 예상하였고 히틀러가 권력을 잡기 몇 달 전 미국으로 망명을 떠나왔다. 쇤베르크는 1938년 만에게 로스앤젤레스에서 프린스턴으로 편지를 썼고, 그에게 유대인을 위한 네 가지 관점 프로그램의 출판에 도움을 줄 수 있도록 부탁한다. 쇤베르크는 자신의 글에서 "유대인들은 말살되어야 하는가?" 그리고 "이 지구상 어디에 약 7백만을 위한 공간이 있는가?"라는 물음 제기와 함께 유대인 국가 창설을 위한 급진적 제안들을 썼다. 이에 대해서 토마스 만은 조심스럽게 반응하였는데, 쇤베르크의 입장을 이해하면서도 "의심할 여지없이 파시즘으로 약간 경도된 정신적 태도"라고 보았으며, 오히려 내용을 수정하는 것이 적합하다고 보았다. 그뿐만 아니라 1945년 6월 6일 만의 70세 생

---

83) Thomas Mann: Doktor Faustus. Die Entstehung des Doktor Faustus Frankfurt/ M. 1981, 677쪽.

일을 기해서 작곡한 쇤베르크의 카논 곡이 독일 피셔 출판사에서 나왔는데, 그 책자에 그의 이름이 아르놀트Arnold가 아니라 알프레트Alfred로 찍혀 있어서 몹시 화를 낸 경험도 있었다.[84] 이렇게 쇤베르크와 만의 인연은 바람직하지 않은 사례가 되었다.

쇤베르크는 연가곡 《매달려 있는 정원들의 책》, 오케스트라 가곡을 포함해서 약 150편에 곡을 붙였다. 그는 파울 하이제Paul Heyse, 리하르트 데멜Richard Dehmel, 괴테, 프랑크 베데킨트Frank Wedekind, 게오르게, 켈러Gottfried Keller, 릴케, 니체, 레나우Nikolaus Lenau, 가이벨Emanuel Geibel, 바이런Lord Byron, 페트라르카Francesco Petrarca 및 여러 시인의 시에 곡을 붙였고, 쇤베르크 자신이 직접 쓴 텍스트에 곡을 붙이기도 하였다. 쇤베르크는 독창과 피아노를 위한 게오르게–연가곡을 1908년에서 1909년 사이에 작곡하였으며, 이 작품은 1910년 1월 빈에서 초연되었다.(RS, 313) 쇤베르크는 1893년부터 여러 가곡을 작곡하기 시작하였고 게오르게의 다른 시들에도 곡을 붙였다.

3〉《매달려 있는 정원들의 책》(15곡)

그러니까 쇤베르크는 오랫동안 그의 머릿속을 맴돌던 표현과 이상적 형식, 곧 무조형식을 처음으로 《게오르게–연가곡》에 적용하였다. 쇤베르크의 연가곡 《매달려 있는 정원들의 책Das Buch der hängenden Gärten von Stefan George für eine Singstimme und Klavier》(Op. 15)은 15곡으로 이루어져 있으며, 피아노의 후주에 따라 두 부분으로

---

84) Zeit Online. Musik. 2009년 3월 13일. http://www.zeit.de/2009/12/SM–Schoenberg

나뉘고 있다. 제1곡에서 제8곡까지가 첫 부분이고, 제9곡에서 제15곡까지가 두 번째 부분이다. 그러니까 제9곡의 피아노 서주는 서곡인 것처럼 길고 느리게 연주되고 제15곡의 피아노 후주는 마치 피날레를 장식하듯 무게감이 들어 있다. 이렇게 연주되는 피아노 파트에 따라서 연가곡이 두 부분으로 나뉘고 있다. 연가곡의 노랫말은 전체적으로 느리게 노래하고, 반복되는 시행이나 단어가 하나도 없으며 곡마다 휴지부를 두어서 마치 각 곡은 저마다 독자적으로 독립된 곡이라는 인상을 주고 있다. 그래서 "전체적으로 분명한 휴지부를 통해서 각 노래들에서 변화되는 성격이 뚜렷하게 구분되고 있다."[85]

쇤베르크의 《매달려 있는 정원들의 책》은 슈테판 게오르게의 1895년 발표한 《목동 시 및 찬양 시, 설화와 노래 그리고 매달려 있는 정원들의 책》 가운데 세 번째 연작시 《매달려 있는 정원들의 책》에 붙인 곡이다. 게오르게의 연작 시집은 크게 세 부분으로 나뉘어 있고, 첫 번째 《목동 시와 찬양 시집》은 다시 두 부분으로 나뉘어서 제목이 들어 있는 14편 목동 시와 11편 찬양 시로 되어 있다. 두 번째 《설화와 노래집》은 다시 두 부분으로 나뉘어서 제목이 있는 10편 설화 시와 다시 제목이 없는 12편 연주자의 노래 시로 이루어져 있다. 세 번째 부분 《매달려 있는 정원들의 책》은 무제시 27편, 제목이 있는 시 5편으로 전체 32편으로 이루어져 있고, 이 가운데 11번째에서 25번째 무제시에 쇤베르크가 곡을 붙였다.[86]

---

85) Theodor W. Adorno: Zu den Georgeliedern, in: Arnold Schönberg. Fünfzehn Gedichte von Stefan George. Für Gesang und Klavier, Wiesbaden, 1959, 82쪽. 이하 (AS, 쪽수)로 표기함.

86) 게오르게의 《목동시 및 찬양 시, 설화와 노래 그리고 매달려 있는 정원들의 책들》 http://ngiyaw-ebooks. org/ngiyaw/george/hirten/hirten.pdf 참조.

쇤베르크는 게오르게의 시들을 접하고 새로운 작곡 기법을 적용하면서 다음과 같이 말한다.

> 게오르게의 시에 곡을 붙임으로써 수년 전부터 내 눈앞에 아른거렸던 하나의 표현 형식이자 이상적 형식에 접근하는 데 처음으로 성공했다. 그것을 실현하기 위해서 그때까지 힘과 안정을 필요로 하였다. 이제 난 이 궤도에 최종적으로 발을 내딛었고 과거 미학의 모든 장벽들을 부수었다고 생각했다.(Jan Maegaard 1972, 123)

쇤베르크의 제1곡 〈두툼한 나뭇잎 바닥의 보호 아래Unterm schutz von dichten blättergründen〉는 게오르게의 무제 8행시에 붙인 곡이며, 연가곡 첫 부분의 제1곡이다. 이 곡은 피아노의 조용한 저음의 느린 서주와 함께 시작된다. 1행에서 6행까지 "두툼한 나뭇잎 바닥의 보호 아래/ 별들에서부터 섬세한 눈송이들이 떨어지는 곳/ 부드러운 음성들이 그들의 고통을 알린다/ 갈색 심연들에서 나온 상상의 동물들이/ 대리석 수조로 빛을 내뱉는다/ 거기서 작은 시내들이 탄식하면서 서둘러 가고"라고 아주 조용한 저음으로 노래한다.

〈두툼한 나뭇잎 바닥의 보호 아래〉의 악보 일부

7행 "촛불들이 덤불을 점화하러 왔다"에서는 갑자기 고음으로 전환되었다가 8행 "하얀 형태들이 물을 나눈다"는 다시 진정된 톤으로 노래하고는 피아노의 잔잔하고 짧은 후주가 곡을 끝내고 있다. 아도르노는 이것을 "개방적이고 낭송조로 해체"(AS, 81)되고 있다고 보았다. 이 곡에서는 별들에서 눈송이들이 이 지상으로 떨어지고 나뭇잎으로 두껍게 덮인 땅바닥에서 부드러운 음성들이 고통을 토로하고, 갈색 심연에서 나온 상상의 동물들은 수조로 빛을 보낸다. 그러면 작은 시냇물은 탄식하듯 서둘러 흘러가고 촛불들은 덤불을 밝히고 눈송이들이 물을 나눈다.

쇤베르크의 제2곡 〈이 천국에서 황야는Hain in diesen paradiesen〉은 게오르게의 무제 9행시에 붙인 곡이며 피아노 서주 없이 바로 노랫말이 나온다. "이 천국에서 황야는/ 꽃들이 만발한 초원으로 바뀐다/ 홀과 채색된 타일들로/ 날씬한 황새의 부리들이 잔물결을 일으킨다/ 물고기들이 아른거리는 연못에서/ 희미한 빛의 새무리가/ 비스듬히 놓인 용마루에서 지저귄다/ 황금색 등심초들은 살랑거린다/ 하지만 내 꿈은 한 사람만을 따라간다"고 전체적으로 느린 저음으로 노래하고는 피아노의 느리고 짧은 후주와 함께 곡이 끝난다. 여기서는 천국의 황야가 꽃들이 만발한 초원으로 바뀌고, 홀과 여러 문양의 타일들이 붙은 건물로 바뀌고, 황새들은 그 부리로 물고기들이 노니는 연못에서 잔물결을 일으킨다. 또 희미하게 비치는 빛을 받으면서 새떼가 지저귀고 황금색 등심초들도 살랑거리는데 서정적 자아의 꿈은 오직 한 사람만을 따라간다.

쇤베르크의 제3곡 〈난 새로 온 자로서 너의 사냥터로 들어섰다 Als neuling trat ich ein in dein gehege〉는 게오르게의 무제 7행시에 붙인 곡이며, 피아노의 서주 없이 바로 노랫말이 나온다. 1행에서 3행까지는 "난 새로 온 자로서 너의 사냥터로 들어섰다/ 그전에 내 표정에는 어떤 놀라움도/ 내가 너를 보기 전에는 내 안에 어떤 소망도 일지 않았다"라고 다소 상기된 톤으로 노래하고는 피아노의 짧은 간주가 들어간다. 4행에서 7행까지는 "어린 손들의 주름진 곳을 겸손하게 보라/ 너에게 봉사하는 사람으로 날 선택하라/ 그리고 측은지심으로 귀하게 여기렴/ 낯선 판자 다리 위에서 발을 헛디디는 사람을"이라고 아름다운 멜로디의 곡선으로 고음으로 노래한다. 4행은 높은 톤이지만 5행부터는 다시 노래가 느려지면서 피아노의 비교적 긴 후주로 곡이 끝난다. 여기서는 서정적 자아가 낯선 자로 사냥터에 들어서는데, 그가 그녀를 만나기 전에는 그의 표정에 어떤 놀라움도 들어 있지 않으며 어떤 소망도 가지고 있지 않았다. 그녀의 가냘픈 손을 겸손하게 보면서 그녀에게 봉사할 사람으로 그를 선택하고 삶의 다리 위에서 발을 헛디디는 사람인 자신을 측은하게 보고 귀하게 여겨 달라고 한다.

쇤베르크의 제4곡 〈내 입술들이 핏기 없이 화끈거리기 때문에Da meine lippen reglos sind und brennen〉는 게오르게의 무제 7행시에 붙인 곡이며 피아노의 서주 없이 바로 노랫말이 나온다. 1행에서 3행까지는 "내 입술들이 핏기 없이 화끈거리기 때문에/ 내 발이 어디에 빠져들었는지를 주목한다/ 다른 남자들의 화려한 지역으로 빠져들었다"라고 1행과 2행은 느리게 노래하고 3행은 느리지만 고양된 톤으로 노래한 뒤 피아노의 짧은 간주가 들어간다. 그러니까 서정적 자아가 타인의 영역으로 들어갔기 때문에 입술이 핏기를 잃고 화끈거린 것이다. 4행에서 7행까지는 "여전히 이별하는 것이 나에겐 가능한 것 같았다/ 그때 높은 울타리 막대들을 통해서/ 그 앞에 내가 게으르지 않게 무릎을 꿇게 하는 그 시선은/ 물으면서 나를 찾았거나 아니면 신호를 주는 듯하다"고 노래한다. 더욱이 6행은 아주 높은 톤으로 노래하고 이와 대비적으로 마지막 7행은 낭송조에 가까운 자제된 톤으로 노래하고는 피아노 후주가 곡을 끝내고 있다. 전체적으로 이 곡에서는 "피아노가 목소리를 뒷받침하고 있다."(AS, 81) 여기서는 서정적 자아가 이별을 하는 것이 가능하다고 여기면서 울타리를 통해서 자신을 지켜보는 시선이 이별의 신호를 보내고 있다고 여긴다.

쇤베르크의 제5곡 〈말하렴, 어느 길에서Saget mir, auf welchem pfade〉는 게오르게의 무제 7행시에 붙인 곡이며, 피아노의 서주, 간주, 후주가 없이 바로 노랫말 중심으로 되어 있다. 아도르노는 이 곡이 "단음적 화음에다 불협화음적 울림 가운데서 마무리되고 있으며, 이것은 새로운 음악으로 유혹하고 있다"(AS, 81)고 보았다. 1행에서 7행까지 "말하렴, 어느 길에서/ 그녀가 오늘 지나가는지를/ 난 가장 풍성한 가게에서/ 부드러운 비단 직물을 가져올 것인지를/ 장미와 패랭이꽃을 뽑아 올 것인지를/ 난 내 뺨을 펼칠 것인지를/ 그녀의 발꿈치 아래 발판으로서"라고 약간 느리게 노래한다. 여기서는 어느 길로 그녀가 지나가는지, 직물 가게에서 그녀를 위한 비단 직물을 가져와야 할 것인지. 꽃들을 가져올 것인지, 그녀의 발아래 발판으로 자신의 뺨을 내밀어야 할 것인지를 그에게 말하라고 서정적 자아가 요구하고 있다. 그런데 그 요구의 대상이 누구인지는 명료하게 나와 있지 않다.

쇤베르크의 제6곡 〈각 작품에 난 죽는다Jeden werke bin ich fürder tot〉는 게오르게의 무제 8행시에 붙인 곡이며, 이 곡에도 피아노의 서주, 간주, 후주가 없다. 1행에서 8행까지 "각 작품에 난 죽는다/ 감각으로 내 가까이 오라고 너를 부르고/ 새로운 말들을 너와

함께 지어내고/ 임무와 대가, 보장과 금지 사항을/ 모든 것 가운데
이 고난과/ 울음, 그 모습들이 항상 달아난다/ 아름다운 어둠 속에
서 번영하였던/ 차갑고 맑은 아침이 위협할 때면"이라고 강한 톤으
로 노래가 시작되다가 다시 전체적으로 느리게 바뀐다. 이것은 "무
거운 격동과 숨소리처럼 얇은 목소리 사이에서"(AS, 81) 교환되면
서 노래하는 것을 의미한다. 여기서는 서정적 자아가 매번 죽는다
고 느끼면서도 그녀를 그에게 가까이 오게 해서 새로운 언어를 함
께 만들어 내고 임무, 대가, 보장, 금지 사항도 만들어 낸다. 그런
데 고통스럽고 슬픈 일은, 아침이 오면 어둠 속에서 아름답게 번창
하였던 모든 모습들이 사라져 버리는 것이다.

　쇤베르크의 제7곡 〈불안과 희망이 교차하면서 나를 압박한다
Angst und hoffen wechselnd mich beklemmen〉는 게오르게의 무제 7행시에
붙인 곡이며, 피아노의 서주 없이 바로 노랫말이 시작되는데, 빠르
게 노래가 시작되다가 차츰 저음과 고음 사이에서 느리게 노래되
면서 드라마틱한 효과를 주고 있다. 1행에서 7행까지 "불안과 희
망이 교차하면서 나를 압박한다/ 내 말들은 탄식으로 번져 간다/
그렇게 격정적인 그리움이 나를 위협한다/ 휴식과 잠으로 돌아가
지 못하게 하는/ 눈물이 내 침소를 적시는/ 나에게 각 기쁨을 거부
하게 하는/ 어느 친구의 위로도 바라지 않게 하는"이라고 천천히
노래한 뒤 피아노의 후주가 곡을 끝내고 있다. 서정적 자아는 불안
과 희망이 서로 교차하면서 마음을 압박한다고 느끼고 그의 말은
탄식이 된다. 휴식과 잠을 취할 수 없게 하고, 눈물이 그의 침상을
적시고, 그로 하여금 기쁨을 거부하게 하고, 어느 친구의 위로도
바라지 않게 하는 그리움이 그를 위협하고 있다.

　쇤베르크의 제8곡 〈내가 오늘 네 몸을 만지지 않는다면Wenn ich

heut nicht deinen leib berühre〉은 게오르게의 무제 8행시에 붙인 곡이
며, 피아노 반주가 먼저 들어가면서 노랫말이 나온다. 1행에서 5행
까지는 "내가 오늘 네 몸을 만지지 않는다면/ 내 영혼의 실은 끊어
질 것이다/ 긴장된 활의 현처럼/ 사랑의 징표들은 나에겐 검은 리
본을 단 상장이다/ 내가 네게 속한 이후 고통받고 있다"고 다소 빠
르고 고양된 톤으로 노래한다. 그러니까 서정적 자아가 오늘 연인
의 몸을 만지지 못하면 그의 영혼의 실은 긴장된 현처럼 끊어져 버
릴 것이고 그렇게 되면 사랑의 징표는 끝내 관에 놓인 검은색 리본
을 단 상장과 같게 될 것이라고 여기고, 그는 그녀에게 속한 존재
가 되면서 사랑의 고통을 받고 있다. 6행에서 8행까지는 "그런 고
통이 나에게 타당한 것인지 어떤지를 심판하라/ 열병처럼 뜨거운
나에게 냉기를 터뜨리렴/ 난 비틀거리며 밖에서 그것에 기댄다"고
느리게 노래하고는 피아노의 격정적인 후주가 들어간다. 여기서는
서정적 자아가 겪는 고통이 타당한 것인지 의문을 제기하면서 열
병을 앓듯 뜨거워진 그의 온몸이 차가운 냉기로 식혀지기를 바라
면서 비틀거리며 밖에 기대어 서 있다. 여기까지가 연가곡의 첫 부
분을 형성하고 있으며 제8곡은 "정열이 고조되어 가감 없는 욕망
까지 보여 주고 있다".(AS, 80)

쇤베르크의 제9곡 〈행복은 우리에게 엄격하고 깨지지 쉽다Streng
ist uns das glück und spröde〉는 그의 연가곡의 두 번째 부분을 시작하
는 곡이며, 게오르게의 무제 7행시에 곡을 붙였다. 이 곡에는 피
아노의 긴 서주와 후주가 들어 있는 것이 특징이며, 피아노의 길
고 느린 서주가 서곡으로 나오고 있다. 이어 1행에서 7행까지 "행
복은 우리에게 엄격하고 깨지지 쉽다/ 짧은 입맞춤은 무엇을 할 수
있나?/ 빗방울이 억수로 내린다/ 그을리고 창백해진 황무지에/ 반

기지 않으면서 그를 휘감는/ 새로운 청량함을 아쉬워하는/ 그리고 새로운 불길 앞에서 튀어 오른다"고 느리게 노래하고는 피아노의 비교적 긴 후주가 곡을 끝내고 있다. 여기서는 행복이란 엄격하면서도 깨어지기가 쉬운데 그가 그녀와 나눈 짧은 입맞춤이 과연 행복을 지탱할 수 있는 것인지 의문을 제기하고 있다. 그리고 그녀와 했던 입맞춤은 황무지에 내리는 거센 빗방울에 비유되어서, 바싹 마른 서정적 자아의 마음인 황무지에 억수같이 비가 내리자 그는 자신을 휘감고, 새로운 청량함과 불길을 기대하고 있다. 그런데 빗방울은 지면과 부딪히면서 위로 튀어 오를 뿐이다. 그러니까 두 사람의 교감은 잠시 지면과 부딪힐 때뿐이며 이내 물방울은 지면에서 분리되듯, 곧 그녀의 입맞춤은 그와 분리되고 있다.

쇤베르크의 제10곡 〈난 아름다운 화단을 고대하며 관찰한다Das schöne beet betracht ich mir im harren〉는 게오르게의 무제 8행시에 붙인 곡이며 피아노의 길고 느린 서주와 함께 시작된다. 1행에서 8행 "난 아름다운 화단을 고대하며 관찰한다/ 그건 진홍빛 검은색 가시로 울타리가 쳐 있다/ 그 안에 반점이 있는 꽃받침이 돌출해 있다/ 부드러운 솜털이 나 있는, 고개 숙인 양치식물/ 물처럼 푸르고 둥근 솜털 다발/ 그리고 가운데 있는 하얗고 부드러운 종들/ 그 촉촉한 입은 에덴동산에서 온 것이다/ 천상의 들판에서 온 달콤한 열매처럼"이라고 느리게 노래하고는 피아노 후주가 곡을 끝낸다. 여기서는 서정적 자아가 진홍빛 검은색 가시울타리로 둘러싸인 화단을 오래 관찰하고, 거기에서 꽃들의 꽃받침, 부드러운 솜털, 고개 숙인 양치식물 및 푸르고 둥근 솜털 다발, 그 가운데 있는 종 모양의 꽃술을 보면서 이것은 천상의 들판인 에덴동산에서 온 달콤한 열매와 같다고 여긴다.

〈난 아름다운 화단을 고대하며 관찰한다〉의 악보 일부

쇤베르크의 제11곡 〈우리는 꽃이 가득 장식된 성문 뒤에서Als wir hinter dem beblümten tore〉는 게오르게의 무제 8행시에 붙인 곡이며, 피아노의 조용한 서주와 함께 시작된다. 아도르노에 따르면 "위대한 아다지오를 대표하는 이 곡은 감정의 가장 깊은 지점에 도달하고 있다."(AS, 82) 1행에서 7행까지는 "우리는 꽃이 가득 장식된 성문 뒤에서/ 마침내 각자의 숨결을 느꼈을 때/ 고안해 낸 축복들이 우리가 되었나?/ 난 기억한다, 약한 갈대들처럼/ 우리 둘은 말없이 떨기 시작하였다는 것을/ 우리가 조용히 서로를 만졌을 때/ 우리들의 눈이 알지 못하는 동안 마주쳤다는 것을"이라고 조용하고 느리게 노래한 다음 피아노의 간주가 들어간다. 그리고 피아노 간주는 실제 후주와 같은 역할을 하면서 곡을 끝내고 있다는 인상을 더하며, 마지막 8행 "그렇게 너는 오래 내 옆에 머물러 있었다"는 아다지오 낭송조로 노래한 뒤 피아노의 후주 없이 곡이 끝난다. 여기서 서정적 자아는 연인과 함께 꽃이 만발한 성문 뒤에서 서로의 숨결을 느꼈을 때 축복을 받으며 하나가 되었다는 느낌을 받았다. 그리고 서로 조용히 애무하고, 눈길이 마주치자 약한 갈대처럼 두 사람은 말없이 감격의 떨림을 경험하였고, 그렇게 서정적 자아는 연인이 그의 옆에 오래 머물러 있었다는 것을 기억하고 있다.

쇤베르크의 제12곡 〈깊은 초원의 성스러운 휴식 때Wenn sich bei heilger ruh in tiefen matten〉는 게오르게의 무제 8행시에 붙인 곡이며, 피아노의 활기 있다가 느려지는 서주와 함께 시작된다. 1행에서 3행까지는 "깊은 초원의 성스런 휴식 때/ 우리들의 관자놀이 주위로 우리 손들을 얹어 놓았을 때/ 존경심이 우리들 지체의 열을 진정시킨다"고 느리게 노래하고는 피아노 간주가 들어간다. 여기서는 초원에서 휴식을 취하며 서정적 자아와 연인이 머리에 서로 손을 얹어 놓았고, 서로를 존경하는 마음이 그들 몸의 열기를 진정시킨다. 4행에서 6행까지는 "흉물의 그림자는 그렇게 생각하지 않는다/ 벽에 위아래로 흔들거리는 것들/ 급하게 우리가 나누어도 되는 것들은 파수꾼이 아니다"라고 노래한 뒤 다시 피아노의 간주가 들어간다. 여기서는 벽에 비치는 흔들리는 물체, 곧 그들의 그림자는 그들의 열기가 가라앉았다고 생각하지 않으며, 그들을 지켜보는 파수꾼이라 하더라도 그들을 떼어 놓을 수는 없다. 7행과 8행에서는 "도시 앞에 있는 하얀 모래는/ 우리의 따뜻한 피를 들이마실 준비가 되어 있지 않다"고 노래하고는 피아노의 후주가 곡을 끝내고 있다. 그러니까 이 마지막 두 행에서는 도시에 있는 눈 덮인 차가운 모래조차도 그들 사랑의 열기를 식힐 수가 없다.

〈깊은 초원의 성스러운 휴식 때〉의 악보 일부

쇤베르크의 제13곡 〈넌 은빛 초지에 기댄다Du lehnest wider eine silberweide〉는 게오르게의 무제 8행시에 붙인 곡이며, 이 곡에는 짧은 피아노 반주가 먼저 들어가면서 노랫말이 나오고 있다. 1행에서 8행까지 "넌 은빛 초지에 기댄다. 해안가에서/ 서랍의 고정된 꼭지 때문에/ 벼락에 맞은 것처럼 너는 네 머리를 감싸고 있다/ 넌 장신구를 가지고 놀듯 굴러간다/ 난 나뭇잎 궁형을 지키는 보트에 있다/ 난 헛되이 네가 그 보트에 오르도록 초대한다/ 점점 깊게 기울어지는 초지들을 본다/ 그리고 물에 흩어져 실려 가는 꽃들을"이라고 느리고 극단적으로 나지막하게 노래하고는 피아노의 후주가 곡을 끝낸다. 그녀는 바닷가에 있는 은빛 초지에 기대 있다가 벼락 맞은 것처럼 머리를 감싸고 구른다. 서정적 자아는 보트에서 지켜보다가 연인을 보트에 태우려 하지만 실패하고 초지가 점점 물에 잠기고 꽃들은 물 위에 흩날려 떠내려가고 있다.

쇤베르크의 제14곡 〈항상 말하지 마라Sprich nicht immer〉는 게오
르게의 무제 14행시에 붙인 곡이며, 이 곡에서는 피아노의 서주
와 간주는 없지만, 먼저 피아노 반주가 들어가면서 노랫말이 나
오고 있다. 1행에서 14행 "항상 말하지 마라/ 나뭇잎에 대해서/
바람의 약탈/ 산산조각이 나는 것에 대해서/ 잘 익은 유럽 모과
가/ 발걸음에 대해서/ 파멸자들의/ 늦게 그해에/ 떨림에 대해서/
잠자리들의/ 궂은 날씨에/ 그리고 빛은/ 그 빛의 반짝임은/ 움직
인다"고 다소 느리게 노래하고는 피아노의 짧고 느린 후주가 곡
을 끝낸다. 다만 "궂은 날씨에"의 경우는 빠른 피아노 반주가 좋
지 않은 날씨를 강조하고 있다. 여기서는 바람이 약탈해 간 나뭇
잎에 대해서, 잘 익은 모과가 산산조각이 나 버린 것에 대해서,
그해 나중 온 약탈자의 발걸음에 대해서, 잠자리들의 떨림에 대
해서 말하지 말라고 한다. 그리고 궂은 날씨에도 빛의 반짝임은
계속 움직여 다닌다.

쇤베르크의 제15곡 〈우리는 저녁 빛에 어두워진 잎사귀들을
활기 띠게 만들었다Wir bevölkerten die abend−düstern〉는 게오르게의
무제 12행시에 붙인 곡이며, 피아노의 길고 느린 서주와 함께 시
작된다. 1행에서 4행까지는 "우리는 활기 띠게 만들었다/ 저녁
빛에 어두워진 잎사귀들, 밝은 성전, 길과 꽃밭을/ 기뻐하며 −
미소 짓는 그들, 속삭이는 나/ 이제 그것이 영원하리라는 것은
사실이다"라고 느리게 노래하고는 피아노 간주가 들어간다. 여기
서는 그들이 저녁 빛에 희미해진 나뭇잎들, 빛이 환한 성전, 길과
꽃밭을 활기 있게 만들면 그것들은 기뻐하면서 미소 짓고, 영원
하게 될 것이라고 서정적 자아가 속삭인다.

〈우리는 활기 띠게 만들었다〉의 악보 일부

    5행에서 7행까지는 "키가 큰 꽃들이 창백하거나 부러진다/ 작은 호수들의 유리판이 창백해지고 부서진다/ 난 이끼 낀 잔디에 어울리지 않게 들어선다"고 노래하고는 피아노의 짧은 간주가 들어간다. 여기서는 키가 큰 꽃들은 부러지거나 시들고, 호수에 언 유리와 같은 얼음판도 깨어지면 서정적 자아는 이끼 낀 잔디밭에 발을 내딛는다. 8행에서 11행까지는 "종려나무들이 날카로운 손가락으로 찌른다/ 썩은 잎들이 부서지면서 내는 소란/ 보이지 않는 손들이 휙휙 쫓는다/ 밤, 에덴동산의 희미한 벽들 주위에서"라고 노래하고는 피아노의 긴 간주가 들어간다. 여기서는 종려나무가 예리한 가지로 쿡쿡 찌르고, 물기 마른 나뭇잎들은 부서지면서 소음을 내고 에덴동산의 희미한 벽들 주위에서는 보이지 않는 손들이 쫓고 있다. 그리고 때는 무더운 구름 낀 밤이다. 마지막 12행에서는 "밤은 구름에 쌓여 있고 무덥다"고 느리게 노래하고는 피아노의 길고, 독자적인 긴 후주가 나온다. 이 후주는 연가곡의 피날레를 장식하면서 곡을 완전하게 끝내고 있다. "이 마지막 곡은 피날레의 비중에서 위대한 기악 삽입처럼 복합적으로 펼쳐지고 있다."(AS, 81) 그 밖에 이 연가곡에서 피아노 파트는 아주 소극적이고 조심스럽게 피아니시모로 연주되고 있으며 절제된 "울림 공간 가운데서 가장 위대하고, 다양한 판타지가 요구되고 있다."(AS, 83)

제4장

기악가곡과 악극 전 단계 가곡에 나타난 시의 음악적 해석

가곡 또한 대규모의 콘서트홀에서 공연하는 20세기에 접어들면 서 피아노 반주의 가곡 형태보다는 오케스트라 반주의 가곡으로 넘어가는 경향이 주도적으로 나타났다. 더욱이 슈트라우스와 말러 가 오케스트라 가곡을 작곡하거나 이전의 피아노 가곡을 오케스트 라 가곡으로 편곡하였다. 슈트라우스는 약 33편의 오케스트라 가 곡을 작곡했으며, 말년의《마지막 네 편의 노래들》은 그의 대표적 오케스트라 가곡이다. 말러는 브렌타노와 아르님의《소년의 마술 피리》에서 각각 시를 9편, 15편 골라 피아노 가곡과 오케스트라 가곡으로 곡을 붙였고, 이 두 가곡집 제목 역시《소년의 마술피리》 (말러)이다. 그 밖에 말러는《어느 방랑하는 도제의 노래들》과《죽 은 아이를 그리는 노래》또한 피아노와 오케스트라 가곡으로 곡을 붙였다. 여기서는 대표적 기악가곡으로서 슈트라우스의《마지막 네 편의 노래들》과 말러의《죽은 아이를 그리는 노래》을 분석하고 있다.

4.1 슈트라우스의 기악가곡:《마지막 네 편의 노래들》

리하르트 슈트라우스는 헤세Hermann Hesse(1877~1962)의 시 3편, 〈봄〉, 〈가을〉, 〈자면서 걸을 때〉[87]와 아이헨도르프의 시 〈저녁노 을 속에서〉(EG, 306)에 곡을 붙여《마지막 네 편의 노래들Vier Letzte Lieder》(AV 150)을 소프라노와 오케스트라를 위한 곡으로 작곡하였 다. 슈트라우스는 젊은 시절부터 피아노 가곡들을 오케스트라 가 곡으로 편곡하거나 오케스트라 가곡들을 작곡하곤 했는데, 말년에 이르러 그는 다시 한 번 오케스트라 가곡을 작곡하였다. 슈트라우

---

87) http://de.wikipedia.org/wiki/Vier_letzte_Lieder.

스는 이《마지막 네 편의 노래들》을 1948년 스위스에서 작곡했는데, 이는 우연히 헤세를 스위스의 한 호텔에서 알게 된 뒤 그의 시에 곡을 붙인 것이었다. 헤세는 독일 작가이자 시인이며 화가였고 그의 주요 작품은《데미안Demian》,《싯다르타Siddhartha, Eine indische Dichtung》,《황야의 늑대Der Steppenwolf》 등이 있고 그 밖에 수많은 시들을 지었다. 헤세는 한국에서도 가장 알려진 독일 작가 가운데 한 사람이며, 그는《유리알 유희Das Glasperlenspiel》로 1946년 노벨문학상을 받았다. 헤세의 시에는 오트마 쇠크, 슈트라우스 등 몇몇 작곡가가 곡을 붙였으나, 헤세는 그 가운데 쇠크의 음악이 가장 자신의 시에 부합한 음악적 해석을 한다고 여겼다.

슈트라우스의《마지막 네 편의 노래들》이라는 제목은 작곡가가 붙인 것이 아니며, 또한 작곡가가 이 작품을 완결된 연가곡 형태로 구상하여 곡을 붙인 것도 아니었다. 슈트라우스 사후, 1950년에 처음 출판된 이 작품에 슈트라우스와 친분이 있었던 출판사의 에른스트 로트Ernst Roth가 서언과 함께 주제에 맞는 순서로 곡의 차례를 정하여 출판했으며, 오늘날 또한 그 순서에 따라서 연주되고 있다. 슈트라우스 작품의 작곡 순서는 네 번째 곡 〈저녁노을 속에서〉(1948. 5), 첫 번째 곡 〈봄〉(1948. 7), 세 번째 곡 〈자면서 걸을 때〉(1948. 8), 두 번째 곡 〈가을〉(1948. 9)이다. 이 가곡은 슈트라우스 사후 약 6개월 만인 1950년 5월 22일 런던에서 초연되었다. 이 작품에는 죽음과 이별이라는 주제가 역동적으로 표현되어 있는데, 이는 슈트라우스가 자신의 죽음이 다가온 것을 예감하면서 작곡하였기 때문이다.

이 곡에서 슈트라우스는 전쟁으로 말미암은 고향 도시 뮌헨의 몰락에 대한 "그의 슬픔을 23개의 솔로 현악기로 가장 강력하게 표현하였다."(RL, 637) 제1곡 〈봄〉과 제2곡 〈가을〉에서 죽음에 대한 진지한 예견과 동시에 자연현상의 냉엄함에 대한 명랑한 통찰이 잘 표현되고 있다.

> "헤세의 성스러운 기억에 남아 있는 봄의 시가 슈트라우스의 손에서는 가을의 시와 더불어 비밀스러운 방식으로 소통하는 몽상적인 환영이 되고 있으며, 더욱이 죽어 가는 여름에 대해서 말할 때 그러하다."(RL, 638)

슈트라우스의 오케스트라 가곡은 노랫말의 멜로디가 느리고 부드러운 바이브레이션에 따라 변화하고 오케스트라의 세련되고 장엄한 연주가 돋보이는, 대가다운 면모가 그대로 드러나는 곡이다. 가곡의 특징인 노랫말은 느리게 불러서 그 뜻이 듣는 청중에게 직접적으로 잘 전달될 뿐만 아니라 현악기 주도로 이루어지는 오케스트라 반주는 가곡의 폭과 음을 복합적이고 입체적으로 만들고 있다.

제1곡 〈봄Frühling〉은 헤세의 같은 제목의 3연 4행시에 1948년 7월 슈트라우스가 곡을 붙였다. 슈트라우스의 곡은 오케스트라의 짧은 서곡에 이어서 1연에서는 노랫말 "해가 지는 납골당에서/ 오랫동안 꿈꾸었다/ 너의 나무들과 푸른 대기를/ 너의 향기와 새의 노래를"이라고 소프라노가 느리게 노래한다. 4행 마지막 단어 "새의 노래"는 더욱 느리면서 장식적으로 노래하고 이어서 오케스트라 간주가 들어간다. 1연에서는 서정적 자아가 해가 질 즈음 납골당에서 나무들, 맑은 공기, 향기, 새의 노래를 오랫동안 꿈꾼다. 2연에서는 "이제 너는 닫힌 채 누워 있구나/ 번쩍임과 장식 속에/ 빛이 넘쳐 나서/ 마치 네 앞에 하나의 기적이 펼쳐지기라도 한 것처럼"이라고 노래한다. 4행의 "하나의"는 1연에서처럼 느리면서도 장식적으로 바이브레이션을 넣어서 노래하고는 오케스트라의 간주가 들어간다. 2연에서는 서정적 자아가 이제 무덤 속에 있는 너에게 말을 건네는데, 너는 마치 눈앞에 기적이 펼쳐지기라도 한듯 빛을 받으면서 누워 있다. 3연에서는 "너는 나를 다시 알아보는구나/ 너는 나를 부드럽게 유혹하는구나/ 내 온몸을 떨게 하는구나/ 너의 성스러운 현존이"라고 노래한다. 4행의 "너의 성스러운"은 두 번 더 반복되어서 "너의 성스러운, 너의 성스러운, 너의 성스러운 현존"이라고 노래하고 오케스트라의 후주가 곡을 마감한다. 이 3연에서는 서정적 자아가 무덤에 누워 있는 자를 통해서 죽음의 유혹과 전율을 느끼고 있다. 이것은 서정적 자아의 죽음에 대한 동경 또는 죽음이 임박해 있는 상황을 보여 주고 있다.

제2곡 〈가을September〉은 헤세의 같은 제목의 3연 4행시에 1948년 9월, 곡을 붙였다. 슈트라우스의 〈가을〉은 오케스트라의 서주와 함께 1연에서 "정원이 슬퍼한다/ 비가 차갑게 꽃들 속으로 내려앉는다/ 여름은 두려움에 떤다/ 고요히 그 끝을 맞이하면서"라고 노래하고는 오케스트라 간주가 들어간다. 2행의 "꽃들", 3행의 "여름은 두려움에 떤다"는 슈트라우스 특유의 느리고 화려한 장식적 음으로 노래한다. 1연에서는 정원이 여름의 떠남을 아쉬워하고 차가운 가을비가 꽃들에게 내리고 여름은 고요히 이제 끝나 가는 것에 두려움을 느낀다. 2연의 1행과 2행에서는 "나뭇가지들은 황금빛으로 방울져서/ 높은 아카시아 나무에서 떨어진다"고 노래하고는 오케스트라 간주가 들어간다. 이어 3행과 4행에서는 "여름은 놀라서 희미하게 미소 짓는다/ 죽어 가는 정원의 꿈을 향해서"라고 노래한 다음 오케스트라 간주가 들어간다. 2연의 3행 "여름", 4행 "죽어 가는 정원의 꿈" 또한 느리면서도 화려하게 노래한다. 2연에서는 아카시아 나뭇잎들이 아름다운 황금빛으로 물들어 낙엽 져서 떨어지고, 여름의 풍성함이 사라진 정원을 향해서 여름은 놀라서 희미한 미소를 짓는다.

3연의 1행과 2행에서는 "오랫동안 장미 곁에서/ 그는 멈춰 서서 휴식을 그리워한다"고 노래하는데, 더욱이 2행에서 "그는 멈춰 서서" 다음에 오케스트라 간주가 흐른 다음 나머지 "휴식을 그리워한다"고 노래하고 있다. 이어 3행과 4행에서 "천천히 그는/ 피곤해진 눈을 감는다"고 노래하는데, 여기서 3행 "크고 피곤해진 눈을"이라는 시어가 슈트라우스의 노랫말에서 "크고"는 생략한 채 노래한다. 그리고 4행에서는 반복해서 "피곤해진 눈들을, 천천히 눈들을 감는다"고 노래하고는 오케스트라 후주가 곡을 마감한다. 이 3연에서는 서정적 자아가 이제 장미꽃 옆에 멈추어 서서 휴식을 찾고 있으며, 드디어 그는 천천히 피곤해진 눈들을 감는다. 그러니까 여기서 휴식을 찾는다는 것은 죽음을 의미하고 있다.

제3곡 〈자면서 걸을 때Beim Schlafengehen〉는 헤세의 같은 제목의 3연 4행시에 1948년 8월 곡을 붙였다. 이 곡에서는 소프라노 음성이 부드럽게 흔들리는 멜로디로 노래하다가 낭송하는 기도로 바뀌고 있다. 슈트라우스의 〈자면서 걸을 때〉는 잠에 취한 듯한 분위기를 묘사하는 오케스트라의 고요하고 느린 서주와 함께 시작된다. 1연에서는 "낮이 날 피곤하게 만들었다/ 내 동경에 찬 열망은/ 다정하게 별이 반짝이는 밤을/ 마치 피곤한 아이처럼 맞아들여야 한다"고 느리고 부드럽게 노래한다. 1연에서는 낮이 서정적 자아를 피곤하게 만들었고 그의 열망은 별이 반짝이는 밤을 다정하게 맞아들인다.

오케스트라의 간주 없이 바로 2연으로 넘어가서 "손들이여, 모든 행동으로부터 벗어나라/ 이마여, 넌 모든 생각을 잊으렴/ 모든 내 감각들은 이제/ 잠 속으로 가라앉고 싶어 한다"고 노래한다. 이제 서정적 자아는 손, 이마, 감각들은 모든 제 기능에서 벗어나 오직 편안한 잠 속으로, 곧 죽음 속으로 가라앉고자 한다. 이어 오케스트라의 간주가 들어가는데, 현악기의 부드럽고 낭만적인 멜로디를 중심으로 오케스트라가 반주를 맡으면서 죽음에 대한 동경을 강조하고 있다. 3연에서는 "그리고 영혼이 감시받지 않고/ 자유로운 날갯짓으로 흔들거리고자 하는구나/ 밤의 마력적인 순환에서/ 깊이 수천 번이나 살기 위해서"라고 노래한 뒤 고요하면서도 평화로운 분위기를 자아내는 오케스트라 후주가 곡을 끝낸다. 2행 "자유로운 날갯짓으로 흔들거린다"는 슈트라우스 특유의 느린 바이브레이션으로 화려하면서도 장식적인 노랫말의 멜로디를 부여하고 있다. 3연에서는 이제 자유로운 영혼이 날갯짓하면서 밤의 순환, 곧 죽음으로 회귀하고 있다.

제4곡 〈저녁노을 속에Im Abendrot〉는 아이헨도르프의 같은 제목의 4연 4행시에 1948년 5월 곡을 붙였다. 앞서 언급한 것처럼 이 곡은 네 편 가운데 가장 먼저 작곡되었고, 말년의 병든 슈트라우스는 다른 어느 시인들보다도 낭만주의 음악가들이 사랑했던 아이헨도르프의 시로 관심을 돌렸다. 더욱이 마지막 시행 "이것은 거의 죽음인가?"에 대한 답은 그렇다, 곧 슈트라우스의 죽음에 대한 예감인 것이다. 슈트라우스의 이 마지막 곡 〈저녁노을 속에〉는 시가 짧은 것과 달리, 곡은 8분 이상 소요되는 긴 오케스트라 가곡이다. 이 곡은 현악기가 주도하는 오케스트라의 길고 부드러운 장송곡조의 서주로 시작되며 앞서 3편의 곡에서 보여 주던 장식적이고 화려한 바이브레이션 멜로디는 들어 있지 않다. 이로써 장송곡 같은 분위기로 죽음의 뜻을 강조하고 있다.

1연에서는 "우리는 고난과 기쁨을 지나/ 손에 손을 잡고 걸어갔다/ 우리는 둘 다 방랑하는 것으로부터 쉰다/ 이제 고요한 나라에서"라고 느리게 노래한 뒤 오케스트라의 짧은 간주가 들어간다. 1연에서 그들은 삶의 고난과 기쁨을 겪고 이제 손을 맞잡고 방랑을 끝낸 뒤 고요한 나라에서 쉰다. 2연에서는 "주위 계곡들이 비스듬히 기울어져 있고/ 대기는 이미 어두워지고 있다/ 두 마리 종달새가 솟아오른다/ 꿈꾸면서 향기 나는 곳으로"라고 노래한다. 2연에서는 숲속 계곡들이 비스듬히 서 있고 때는 어두워지고 있는데 종달새 두 마리는 꿈꾸면서 향기 나는 곳을 향해서 날아오른다. 2연 다음에는 오케스트라 간주 없이 바로 3연으로 넘어가고 있다.

3연에서는 "이쪽으로 오렴, 그것들을 시끌벅적하게 내버려 두렴/ 곧 잠잘 시간이다/ 우리는 헤매고 있지 않다/ 이 고독 속에서"라고 노래한다. 3연에서는 자연의 소리들을 그냥 내버려 두고 고독 속에서도 길을 잃지 않았다는 것은 바로 이제 잠잘 시간이 다가왔다는 것, 곧 죽음에 이르렀다는 것을 뜻하고 있다. 그리고 오케스트라 간주 없이 바로 마지막 4연으로 넘어간다. 4연의 1행에서 "계속 하렴, 고요한 평화여!"라고 노래하고는 오케스트라의 간주가 들어간다. 2행과 3행에서는 "그토록 깊이 저녁노을 속에/ 얼마나 우리는 방랑으로 피곤해 있는가"라고 노래한 뒤 오케스트라 간주가 들어간다. 4행은 아주 느린 낭송조와 거의 모든 단어 다음 짧은 오케스트라 간주가 들어가면서 "그건 거의 죽음인가?"라고 노래하고는 오케스트라 후주가 장송곡처럼 연주되면서 곡이 끝난다. 그러니까 4연에서는 저녁노을이 저물듯이 방랑으로 지친 마음과 정신은 끝내 고요한 평화, 곧 죽음에서 쉬게 된다. 이 점에서 앞서 언급한 바와 같이 말년의 슈트라우스는 자신에게 죽음이 임박해 있음을 예감하면서 이 오케스트라 가곡을 작곡했음을 알 수 있다.

4.2 말러의 기악가곡: 《죽은 아이를 그리는 노래》(5곡)

1900년 이후 말러는 낭만주의 시인 가운데서 뤼케르트를 높게 평가했으며 그의 시에서 특별한 감흥을 발견하게 된다. 뤼케르트는 동방 문화의 신비주의에 정신적 뿌리를 두었고 삶과 죽음에 대한 생각을 감성적인 언어로 표현하였는데, 이 점이 말러 자신의 "삶의 비참함으로부터 나올 수 있는 출구"(RL, 592)이기도 하였다. 뤼케르트는 1833년과 그 이듬해에 걸쳐 자신의 아이들의 죽음을 겪고 《죽은 아이를 그리는 노래》를 썼고, 1872년 유고집에서 423편에 달하는 이 작품이 출판되었다. 뤼케르트는 자신의 두 아이의 죽음을 극복하고자 또 그 자신의 정신적 고난으로부터 벗어나고자 이 시들을 지었던 것이다. 말러는 그 가운데 5편을 골라서 곡을 붙여 연가곡으로 작곡하였다. 이 5편 가운데 "3편은 1901년, 다른 2편은 1904년 작곡"(FM, 59)한 것으로 알려지고 있다.

그런데 말러의 연가곡 《죽은 아이를 그리는 노래》를 작곡하게 된 동기와 관련해서 여러 의문점이 있는데, 뤼케르트에게 그의 두 자녀의 이른 죽음이 이 시를 쓰는 계기가 되었던 것과는 달리 이 연가곡을 작곡하던 시기에 말러는 행복한 남편이자 아버지였다. 그의 두 딸 마리아 안나와 유스티나가 1902년과 1904년에 출생하였다. 게다가 말러는 1904년 늦은 여름을 그의 아내와 두 어린 딸과 함께 행복하게 보내고 있었다. 그의 아내 알마에 따르면 "그 여름은 좋았고, 갈등도 없었으며, 행복했다." 그래서 알마는 어떤 계

기로 자신의 남편이 《죽은 아이를 그리는 노래》 연가곡을 완성하였
는지 이해할 수 없었다. 그녀에 따르면,

> 자녀가 없거나 자녀를 잃어버린 경우에는 그런 두려운 텍스트에 곡을 붙
> 이는 것을 이해할 수 있다. 뤼케르트는 이 격동적인 시들을 상상으로 쓴
> 것이 아니라 자신의 삶의 가장 잔혹한 상실 이후 쓴 것이었다. 그런데 (말
> 러가) 겨우 30분 전에 입맞춤해 주었던 명랑하고 건강하고 사랑스러운
> 아이들이 있는데, 아이들의 죽음에 대해서 노래할 수 있다는 것을 난 이
> 해할 수 없다.(재인용 FM, 59~60)

알마의 생각과는 달리, 말러가 처음 뤼케르트의 연작시 《죽은 아
이를 그리는 노래》에 관심을 두고 그 가운데 세 편의 시에 곡을 붙
이게 된 내면적 계기는 그가 1901년 2월 대출혈로 말미암아 죽음
에 대한 공포를 겪었고, 일찍이 그의 형제자매들 가운데 6명의 유
아 사망을 체험했기 때문이라 할 수 있다. 여기에다 말러는 뤼케
르트에게서 정신적인 친밀감을 보았기 때문에 시인에게 깊이 이
끌렸고, 시인과 작곡가는 둘 다 "죽음 이후 존재의 영속성을 믿었
다."(FM, 78)

말러의 연가곡 《죽은 아이를 그리는 노래》는 뤼케르트의 같은
제목의 시집에서 시 다섯 편을 골라 1901년에서 1904년 사이에
메조소프라노 또는 바리톤과 오케스트라를 위한 가곡으로 작곡되
었으며, 1905년 1월 빈에서 말러의 지휘로 초연되었다. 말러는 죽
은 아이들에 대한 기억들을 일종의 이야기로 설명하는 시들을 조
합해서 연가곡의 텍스트로 삼았다. 이 연가곡 《죽은 아이를 그리는
노래》의 "제1곡은 라단조와 라장조, 제2곡은 다단조와 다장조, 제
3곡은 다단조, 제4곡은 내림마장조, 제5곡은 라단조와 마지막 절
라장조"(Peter Revers, 95)로 되어 있다.

〈이제 태양이 아주 밝게 떠오르려 한다〉의 악보 일부

　제1곡은 뤼케르트의 〈이제 태양이 아주 밝게 떠오르려 한다Nun will die Sonn' so hell aufgehn〉(RG, 169)로 시작되는 무제의 4연 2행시에 붙인 곡이며, 오보에와 호른을 주 악기로 해서 오케스트라 서주와 함께 시작된다. 1연의 1행에서 "이제 태양이 아주 밝게 떠오르려 한다"고 노래한 뒤 오보에 간주가 들어간 다음 2행에서 "마치 밤에 어떤 불행한 일도 일어나지 않은 것처럼"이라고 노래한다. 2행의 일부 "어떤 불행한 일도"는 반복되어서 "마치 밤에 어떤 불행한 일도, 어떤 불행한 일도 일어나지 않은 것처럼"이라고 노래하고는 오케스트라의 긴 간주가 있은 뒤 2연으로 넘어간다. 2연의 1행에서는 "불행은 단지 나에게만 일어났다"고 노래한 뒤 오보에와 호른의 간주가 들어간 다음 2행에서 "태양은 온 누리에 비치고 있다"고 노래한다. 이어 오보에와 오케스트라의 긴 간주가 서로 대화하듯 연주된다. 2행의 일부 "태양"은 반복되어서 "태양은, 태양은 온 누리에 비치고 있다"고 밝은 일출에 대한 경이로움을 노래하고 있다. 여기 1연과 2연에서, 밤새 세상에선 어떤 불행한 일도 일어나지 않은 것처럼 태양은 변함없이 밝게 떠오른다. 그런데 불행한 일은 서정적 자아에게만 일어났고 태양은 이에 무심하게 자기 궤도대로 온 세상에 빛을 비추고 있다.

3연의 1행과 2행에서는 "너는 밤이 네 안에서 교차하게 해선 안 된다/ 밤은 영원한 빛으로 가라앉아야만 한다"고 쭉 이어서 노래한다. 2행에서 "영원한 빛으로"는 반복해서 "밤은 영원한 빛으로, 영원한 빛으로 가라앉아야만 한다"고 노래하고는 오케스트라의 긴 간주가 들어간다. 여기서 불멸의 상징으로서 영원한 빛은 단어의 반복을 통해서 강조되고 있다. 4연의 1행과 2행에서는 "등불이 내 천막에서 꺼졌다/ 이 세상 기쁨의 빛들에게 축복이 있기를"이라고 노래한다. 2행에서 부분 반복으로 "이 세상 기쁨의 빛들에게 축복이, 축복이 있기를"이라고 노래하고는 오케스트라 간주가 들어간다. 이어 "이 세상 기쁨의 빛들에게"를 거듭 노래한 다음 오케스트라 후주가 곡을 끝낸다. 3연과 4연에서 영원한 빛으로 흡수되어야 할 밤은 서정적 자아의 마음에 머무를 수 없다. 그래서 밤을 영원한 빛으로 보내기 위해서 그의 방의 램프불은 꺼졌지만 세상 기쁨은 영원하기를 바라고 있다. 말러는 여기서 "모든 환상이 박탈된 희망과 위로의 희미한 빛줄기를 비치게 하고 있다."(Revers, 98)

제2곡은 뤼케르트의 〈지금 난 잘 보고 있다, 왜 그토록 어두운 불꽃들이Nun seh'ich wohl, warum so dunkle Flammen〉(RG, 163~164)로 시작되는 무제의 4연시에 곡을 붙였다. 이 시에서 1연과 2연은 4행시, 3연과 4연은 3행으로 이루어져 있다. 말러의 제2곡은 오케스트라의 무거운 서주로 시작되며 1연에서는 "지금 난 잘 보고 있다, 왜 그토록 어두운 불꽃들이/ 많은 순간에 나에게 번쩍이는지/ 오, 눈들이여, 어느 한순간에/ 너희 온 힘을 모아 집중한다"고 노래한다. 3행은 반복되는데 "오, 눈들이여" 다음 오케스트라가 화답하듯 잠시 반주가 들어가서 노랫말이 쉬면서 진행된다. 1연 다음 오케스트라의 간주가 있은 뒤 2연으로 넘어가고 있다. 여기 1연에서 왜 어두운 불꽃들이 서정적 자아에게 자주 번쩍이는지 그는 잘 보고 있으며, 눈은 그 빛에 온 힘을 집중하고 있다.

2연에서는 "하지만 안개가 나를 감쌌기 때문에 난 예감하지 못한다/ 현혹시키는 노련함에 감싸여/ 빛은 이미 귀향을 위해서 보내진다/ 모든 빛들이 유래하는 그곳으로"라고 노래한다. 4행에서는 단어를 반복해 "모든 빛들이 유래하는 그곳으로, 그곳으로"라고 노래함으로써 빛이 유래한 곳의 의미를 강조하고 있다. 이어 오케스트라의 간주가 들어간다. 여기서는 서정적 자아가 안개 때문에 번쩍이는 빛을 잘 보지 못하고 빛은 그 유래한 곳으로 되돌아가 버린다. 3연의 1행과 2행에서는 "너희들은 빛으로 나에게 말하고자 했다/ 우리는 항상 네 가까이 있고자 했다고"라고 노래한 뒤 잠시 오케스트라의 간주가 들어간 다음 3행에서 "하지만 운명에 따라 우리가 나뉘었다"고 노래하고는 오케스트라의 간주가 들어간다. 여기서는 아이들의 죽음이 빛으로 형상화되고, 그 빛은 그에게 말하기를 항상 그의 곁에 있고자 했으나 운명이 그들을 나누었다고 말한다. 마지막 4연의 1행에서 "우리를 보렴! 곧 우리는 너에게서 멀어진다"고 노래하고는 오케스트라의 간주가 들어간다. 이어서 2행과 3행에서는 "이 나날들 네 눈에 있는 것은/ 미래의 밤들마다 네게 별들이 된다"라고 노래하고는 오케스트라의 후주가 곡을 끝내고 있다. 이 4연에서 아이들은 빛으로 상징되고, 그 빛들은 서정적 자아에게서 멀어지지만 미래의 밤에 별빛으로 다시 부활하게 될 것을 예고하고 있다.

말러의 제3곡은 뤼케르트의 〈네 어머니가Wenn dein Mütterlein〉로 시작되는 무제 2연시(RG, 163)에 곡을 붙인 것이다. 말러는 뤼케르트의 1연과 2연 시 사이에 독자적으로 한 연을 첨가함으로써 마치 3연시처럼 곡을 붙였을 뿐만 아니라, 텍스트 자체의 뜻이 이 한 연이 첨가됨으로써 더욱 명료해지고 있다. 이 노래의 텍스트는 과거를 회상하는 장면이며, 죽은 딸의 부모가 삶의 장면에서 현재화되고 있다. 이 곡은 오보에가 주 악기로 등장하는 오케스트라의 평화로운 서주와 함께 시작되며 13행으로 이뤄진 1연의 1행과 2행에서 "네 어머니가/ 문으로 들어가면"이라고 노래하고는 오케스트라의 간주가 들어간다. 이 간주는 네 어머니와 다음 나오는 내가 동일인임을 환기시키는 기능을 하고 있다. 3행과 4행에서는 "난 머리를 돌린다/ 그녀를 보려고"라고 노래한 뒤 다시 오케스트라의 간주가 들어간다. 5행과 6행에서는 "그녀의 얼굴에/ 내 시선이 꽂히는 것이 아니라"고 노래한 뒤 다시 오케스트라의 간주가 들어간다. 이 간주는 그러면 죽은 아이의 어머니가 아이의 얼굴이 아니라 무엇에 시선이 갈 것인지에 대한 의구심을 자아내고 있다.

7행에서 13행까지 "대신 그곳으로/ 더 가까이 문지방으로/ 거기서, 너의/ 사랑스러운 얼굴이 되는 것 같구나/ 네가 기쁨에 차서 밝게/ 함께 들어오는 것처럼/ 내 딸아, 여느 때처럼"이라고 노래하고는 오케스트라의 간주가 들어간다. 8행에서는 단어를 반복해 "더 가까이, 더 가까이 문지방으로" 그리고 12행에서는 문장 반복으로 "함께 들어오는 것처럼, 함께 들어오는 것처럼"이라고 노래한다. 그러니까 1연에서는 어머니가 방으로 들어서고 아이를 보려고 머리를 돌렸는데, 그녀는 바로 딸의 얼굴을 보는 것이 아니라, 여느 때처럼 기쁜 얼굴로 어머니와 함께 방 안으로 들어서는 사랑스러운 얼굴이 있는 문지방으로 시선을 돌리고 있다. 이러한 표현들로 어머니의 존재는 현재화되어 있지만, 사실은 과거를 회상하는 장면이자 아이의 환영을 보고 있다는 것을 알 수 있다.

말러가 덧붙인 7행으로 이루어진 2연은, 1행과 2행에서 "네 어머니가/ 문으로 들어가면"이라고 노래하고는 오케스트라 간주가 들어간다. 3행에서 7행까지는 "촛불의 희미한 빛으로/ 나에게 항상/ 네가 함께 들어오는 것 같구나/ 뒤이어 재빨리 사라지는구나/ 여느 때처럼 방 안으로"라고 노래한 뒤 오케스트라의 간주가 들어간다. 여기서는 어머니가 저녁에 촛불을 들고 방문으로 들어서는데 그럴 때면 아이가 그녀와 함께 들어와서는 재빨리 여느 때처럼 방 안으로 사라진다고 여긴다. 그 아이가 들어간 방이 뤼케르트의 다음 시연에서 보면 아버지의 방이라는 것을 알 수 있다. 뤼케르트의 시 3행으로 이루어진 2연에서는 "오 너, 아버지의 방의/ 너무 빨리/ 꺼져 버린 기쁨의 빛이여!"라고 노래하고는 오케스트라의 긴 후주가 곡을 마감하고 있다. 여기서는 아버지의 방으로 들어간 것 같은 환영은 너무나 빨리 사라져서 기쁨의 빛도 빨리 꺼져 버리고 있다. 이러한 분위기를 반영해서 말러의 곡에서는 1행에서 단어 반복이 이루어져 "오 너, 오 너, 아버지의 방"이라고 노래하고, 2행도 반복되어 "너무 빨리, 너무 빨리", 3행도 반복되어 "꺼져 버린 기쁨의 빛이여, 꺼져 버린 기쁨의 빛이여!"라고 노래한다. 이로써 죽은 아이가 살아 있는 것처럼 방으로 들어서는 모습은 이내 과거의 일이고 지금은 환영으로서 부모가 회상하고 있는 것이다. 그들에게 아이의 죽음은 모든 기쁨의 빛이 꺼져 버린 것과 같다. 따라서 과거에 대한 회상은 오히려 아이를 잃은 것에 대한 아픔과 좌절이 커질 뿐이다.

〈네 어머니가〉의 악보 일부

　말러의 제4곡은 뤼케르트의 〈종종 난 그들이 외출했다고 생각한
다Oft denk' ich, sie sind nur ausgegangen〉로 시작되는 무제의 3연 4행시
(RG, 166~167)에 붙인 곡이다. 이 시에는 1인칭으로 나오는 서정적
자아가 죽은 아이들이 긴 산책길에 나섰다고, 아이들이 그보다 먼
저 저세상으로 가는 길에 있다고 상상하면서 스스로 위로를 찾았
고 자신의 희망했던 그런 평화를 아이들은 찾았다고 여긴다. 그래
서 제3곡에 나타난 아픔과 좌절의 자제된 슬픔은 "그날은 아름답
구나, 오 두려워 마라"라는 표현을 통해서 해체되고 오히려 아이들
이 천상 세계로, 집으로 귀향하는 것으로 승화되고 있다.

　이 곡은 오케스트라의 우아하고 짧은 서주와 함께 시작되고 1
연에서 "종종 난 그들이 외출했다고 생각한다/ 그들은 곧 다시 집
에 도착할 것이다/ 그날은 아름답구나, 오 두려워 마라/ 그들은 먼
길을 가고 있을 뿐이다"라고 노래한 뒤 오케스트라의 간주가 들어
간다. 여기서는 서정적 자아가 자신의 죽은 아이들은 외출한 것이
고 곧 다시 집에 돌아올 것이라고 생각한다. 다만 아이들이 먼 길
을 가고 있지만 두려워할 일이 아니고 그렇게 길 떠난 날이 좋다고
여긴다. 2연의 1행과 2행에서는 "말할 것 없이 그들은 외출한 것이
었다/ 이제 집에 도착할 것이다"라고 노래한 뒤 오케스트라 간주가
들어간다. 이 간주는 아이들이 외출에서 돌아오는 집이 부모의 집
이 아니라는 것을 시사하고 있다. 3행과 4행에서는 "오 두려워 마
라, 그날은 아름답구나/ 그들은 높은 곳으로 걸음을 옮기고 있다"

고 노래하고는 오케스트라의 간주가 들어가고 있다. 그러니까 아이들은 높은 곳으로, 영원한 집을 향해서 걸음을 옮기고 있으며, 그것은 두려워할 일이 아니고 그렇게 길 떠난 날은 좋은 것이다.

3연에서 보면 점진적으로 아이들이 간 곳은 부모보다 먼저 간 집이며, 환영할 곳이라는 점이 드러나고 있다. 3연의 1행과 2행에서는 "그들은 우리보다 먼저 갔을 뿐이다/ 이곳 집으로 오는 것은 원하지 않을 것이다"라고 노래한 뒤 오케스트라 간주가 들어간다. 이 간주는 아이들이 양친의 집이 아니라 모두가 귀향하는 영원한 집으로 가고자 한다는 것을 강조하고 있다. 3행과 4행 "우리는 높은 곳에 있는 그들을 따라간다/ 태양빛 속에서, 그날은 아름답구나"라고 노래하고는 오케스트라의 후주가 곡을 끝내고 있다. 그러니까 이제 부모는 자신들도 아이들이 있는 높은 곳으로 뒤따라가게 되는 것으로 위로를 구하고 있다. 그 위안은 말러에 의해서 더욱이 4행의 마지막에, "높은 곳에"를 노랫말의 피날레로 삼음으로써 강조되고 있다.

말러의 제5곡은 뤼케르트의 〈이런 날씨에In diesem Wetter〉로 시작되는 무제의 4연 4행시(RG, 168)에 붙인 곡이다. 뤼케르트의 3연과 4연 사이에 말러는 1연에서 3연 사이의 시행을 조합해서 새롭게 연을 하나 추가해서 곡을 붙였고, 이로써 5연 4행시가 되었다. 말러는 이 마지막 노래를 두 부분으로 나누고 있는데, 1연에서 4연은 고통에 가득 찬 동요하는 슬픔의 음악이며, 마지막 5연은 화해와 평화의 자장가이다. 그러니까 첫 부분은 죽음의 공포를 표현하고, 두 번째 부분은 영원을 상징하면서 모태로 귀향 또는 제4곡에서 나온 것처럼 모두가 돌아갈 "저 높은 곳"을 뜻하고 있다. 더욱이 마지막 연의 2행 "그들은 모태에서처럼 쉬고 있다"는 작곡가에 따라서 깊은 정신적 평화와 감동에 가득 찬 울림으로 표현되고 있다.

이 제5곡은 오케스트라의 돌풍 부는 궂은 날씨를 묘사하는 서주와 함께 시작되는데, 이것은 죽은 아이의 부모로 상징되는 1인칭 서정적 자아가 아이의 관을 내보내는 것에 대한 거부감과 불안을 처음부터 보여주고 있다. 1연에서는 "이런 날씨에, 이런 횡횡 바람 부는 날씨에/ 난 결코 아이들을 내보내지 않았어야 했는데/ 사람들이 그들을 밖으로 데려갔다/ 난 그것에 대해 어떤 말도 덧붙이면 안 되었다"고 노래한다. 그러니까 서정적 자아는 궂은 날씨에 아이들의 시신이 담긴 관을 묻기 위해서 사람들이 이를 밖으로 들고 나갔지만 그것에 반대하는 어떤 말도 할 수 없었다. 이런 서정적 자아의 거부하는 자세를 그대로 강조하기 위해서 오케스트라의 간주 없이 바로 2연으로 넘어가고 있다.

2연의 1행과 2행에서는 "이런 날씨에, 이런 씽씽 사나운 날씨에/ 난 결코 아이들이 나가는 것을 허락하지 말았어야 했는데"라고 서정적 자아의 여전한 거부감을 노래한 뒤 오케스트라의 간주가 들어간다. 이어 3행과 4행에서는 "난 그들이 병이 날까 봐 두려워했다/ 이제 그것은 공허한 생각들이다"라고 노래하고는 오케스트라의 간주가 들어간다. 그러니까 아이들이 죽었기 때문에 그들이 병이 날까 봐 두려워했던 생각들도 모두 공허한 것이 되어 버린다. 3연의 1행과 2행에서 "이런 날씨에, 이런 쌩쌩 경악스러운 날씨에/ 내가 아이들이 밖으로 나가는 것을 허락하지 말았어야 했는데"라고 노래한 뒤 오케스트라 간주가 들어간다. 여기서도 여전히 서정적 자아의 거부감이 강조되어 있다. 뤼케르트의 텍스트에는 부정의 뜻을 나타내는 '결코 아니다'가 빠져 있는데, 이것은 오타일 가능성이 높으며, 말러의 노랫말에서처럼 이 부사의 뜻을 삽입해야 시행의 의미가 정확해진다. 3행에서 "난 그들이 내일 죽게 될까 봐 염려하였다"고 노래하고는 다시 오케스트라 간주가 들어간다. 이어 4행 "이제 그것은 염려할 필요가 없다"고 노래하고는 다시 오케스트라 간주가 들어가고 있다. 이러한 간주는 이제 서정적 자아가 아이들이 혹시 다음 날 병이 나서 죽게 되는 것이나 아닌지 염려했으나 이미 아이들이 죽음으로써 모든 근심이 종결되거나 무의미해지는 것을 강조하고 있다.

다음 4연은 말러가 조합한 4행시인데, 1행에서 "이런 날씨에, 이런 쌩쌩 경악스러운 날씨에"라고 노래한 뒤 오케스트라 간주가 들어가고, 이것은 고약하고 궂은 날씨를 재차 강조하고 있다. 또한 서정적 자아의 불안한 마음과 죽음에 대한 거부감을 날씨를 통해서 드러내는 것이기도 하다. 2행에서는 "난 아이들을 밖으로 내보내지 말았어야 했는데"라고 노래하고 다시 오케스트라 간주가 들어간다. 오케스트라 간주는 지금까지 1연, 2연, 3연 2행의 내용을 재차 강조하는 뜻을 담고 있다. 3행에서는 "사람들이 그들을 밖으로 데려갔다"고 노래하고는 오케스트라 간주가 들어간다. 이어 4행에서는 "난 그것에 대해 어떤 말도 덧붙이면 안 되었다"고 노래하고는 오케스트라 간주가 들어간다. 이렇게 4연은 종합해서 서정적 자아의 거부감과 동시에 체념을 두드러지게 나타낸다.

이제 마지막 연은 지금까지와 달리 서정적 자아의 평화롭고 화해적 자장가 내지는 이별가가 되고 있다. 1행과 2행 "이런 날씨에, 이런 휙휙 바람 부는 날씨에/ 그들은 쉬고 있다, 모태에서처럼"이라고 노래하고는 오케스트라의 간주가 들어간다. 1행에서 궂은 날씨의 뜻을 강조해서 "이런 날씨에, 이런 씽씽 사나운 날씨에, 이런 휙휙 바람 부는 날씨에"라고 노래하고 2행에서 문장과 부사구가 반복되어서 "그들은 쉬고 있다, 그들은 쉬고 있다, 모태에서처럼, 모태에서처럼"이라고 노래한다. 비록 비바람이 치는 궂은 날씨라 하더라도 지금까지와는 달리 화해적이고 평화롭게 아이들이 어머니의 모태와 같은 곳에서 쉬고 있다고 노래하면서 자장가와 같은 분위기를 자아내고 있다. 동시에 서정적 자아가 최종적으로 사랑하는 아이들과 작별해야만 하는 것을 표현하는 이별가가 되고 있다. 3행과 4행에서 "어떤 궂은 날씨에도 두려워하지 않고/ 신의 손에 감싸여서"라고 노래한다. 더욱이 4행의 노랫말 다음 다시 2행을 반복해서 "그들은 쉬고 있다, 그들은 쉬고 있다, 모태에서처럼, 모태에서처럼"이라고 노래하고는 오케스트라의 평화롭고 긴 후주가 곡을 끝내고 있다. 이렇게 이 곡은 "낮게 울리는 장조에서 화해의 울림을 볼 수 있다."(RL, 593)

앞에서 다루었던 슈트라우스의 오케스트라 가곡들을 비롯한 기악가곡은 피아노 가곡보다 길게 연주되는 특징을 지니고 있다. 슈트라우스의 《마지막 네 편의 노래들》의 경우, 제1곡은 3분 46초, 제2곡과 3곡은 각각 5분 20초 이상, 제4곡은 가장 긴 8분 27초로 전체는 약 22분 이상 연주된다. 피아노 가곡과 견주어서 기악가곡들은 성악가와 함께 오케스트라가 협주를 하고 있음을 알 수 있다. 또한 말러의 기악 연가곡 《죽은 아이를 그리는 노래》의 경우는 24분이 넘게 연주된다. 말러의 경우도 슈트라우스와 마찬가지로 성악이 오케스트라와 협주를 하고 있다는 강한 인상을 준다. 따라서 가곡의 노랫말이 지닌 서정성을 잃지 않으면서도, 복합적이고 입체적으로 오케스트라가 연주됨으로써 가곡의 다양성과 흥미로움을 강화시키고 있다. 실제로 슈트라우스가 지향한 '음악시Tondichtung'라든가 바그너의 '악극Musikdrama'으로 넘어가기 이전 기악가곡들이 좀 더 활성화되지 못한 점은 음악사에서 아쉬운 점이기도 하다. 왜냐하면 슈트라우스와 말러의 기악가곡에서 보여 주는 것처럼 말과 음의 일치가 피아노 가곡 못지않게 서정성을 지니면서도 오케스트라가 지닌 풍부하고도 다양한 음이 노랫말을 뒷받침하고 있기 때문이다. 말할 것 없이 오트마 쇠크뿐만 아니라 20세기의 작곡가들이 기악가곡 작곡을 시도하기는 했으나 1950년대 이후에는 가곡 창작이 퇴조하게 된다.

4.3 바그너의 악극 이전 단계의 가곡들

1〉 바그너의 음악 세계

리하르트 바그너Richard Wagner(1813~1883)는 독일 음악사에서, 더욱이 언어와 음악과의 관계에서 독보적인 존재이며, 그 관계가 가곡에서 절정을 이룬 것이 아니라 그의 악극을 통해서 현대음악에서 오페라와 대등한 음악을 창조했다. 바그너는 작곡가, 시인, 작가, 음악 감독 및 지휘자였으며, 그는 가장 독일적인 텍스트를 썼고 음악을 작곡했으며, 바그너가 창설한 바이로이트 음악제는 오늘날까지 독일을 대표하는 세계적인 음악제로 자리 잡고 있다. 그는 극적 줄거리를 전체 예술 작품으로 형상화하고 거기에 텍스트, 음악, 연출 지시 등을 통해서 낭만주의 음악의 표현력과 오페라의 이론적, 실천적 토대를 근본적으로 바꾸었다. 그는 전통적 오페라 형식은 개혁될 수 없고, 오직 "자신의 문학적이고 음악적인 형식으로 게르만 신화의 정신에서 나온 고대 비극을 혁신"[88]하는 것이 그

---

88) Martin Geck: Richard Wagner, Reinbek bei Hamburg 2004, 46쪽. 이하

해결 방안이라고 보았다. 그는 그런 음악을 오페라가 아니라 '악극'
으로 명명했고, 그 악극으로 말미암아 그는 19세기 유럽 음악의 가
장 중요한 개혁자 가운데 한 사람이 되었다.

바그너는 자신의 관점에서 볼 때 쇠퇴하는 연극을 개혁하고,
예술의 힘으로 더 나은 민중 교육에 이바지하고자 했으며 그로
말미암아 세계가 개선되기를 바랐다. 이 점에서 나중 브레히트
가 서사극을 통해서 얻고자 한 교육 효과 및 계몽과 비슷한 맥락
을 볼 수 있다. 이미 젊은 시절부터 바그너는 음악과 연극을 서
로 연결하는 이념에 사로잡혀 있었는데, 그것은 그리스 비극의
전통에 바탕을 두고 새로운 예술의 방향을 정하는 것이었다. 그
래서 음악의 도움으로 극적 줄거리는 메시지가 될 수 있고, 문학
의 음악화는 추가로 표현력을 얻는다고 보았다.(GRW, 155) 그뿐
만 아니라 "춤, 문학, 음악이 일치된 음악적 드라마를 실현할 수
있다"(GRW, 63)고 보았다. 새로운 음악적 드라마는 신화 속에서
찾을 수 있고 "시인의 과제는 신화를 해석하는 데"(Richard Wagner
1888, 64) 있으며, 현대에서는 신화를 새롭게 창작하고 "드라마 속
에서 현재의 삶에 충실하게 가장 이해할 수 있는 묘사로 옮겨져
야 한다"(Wagner, 88)고 보았다. 이것은 음악 없이는 가능하지 않
고 음악이라는 수단을 거쳐서 신화는 감정을 더 잘 전달할 수 있
으며, 이 일은 작곡가인 동시에 문학을 창작하는 생산자일 때 더
쉽게 전달할 수 있다고 보았다. 이러한 바그너의 생각은 그의 미
래 악극에 대한 초석이라고 할 수 있다.

바그너의 작품은 낭만주의 음악의 절정이며 많은 동시대인 및
후대의 작곡가들에게 큰 영향을 끼쳤다. 베토벤 사망 때까지 고전

(GRW, 쪽수)로 표기함.

주의 시대에는 선율학이 주도적 위치를 차지했고 작곡가의 개인적 언어로 간주되었으나 화성학이 바그너와 리스트와 더불어 대두되었다. 더욱이 화성론이 강조된 《트리스탄》은 19세기의 음악 언어이자 현대음악의 시발점으로 간주되었다.(Dieter de la Motte 1985, 212) 음악 장르에서 볼 때, 바그너의 의미는 이른바 말하는 오페라의 발전 과정에서 악극으로 전개시킨 점에 있다. 예를 들면, 베버의 《마탄의 사수》는 아리아, 듀엣, 합창 등이 개별 순서에 따라 묘사되고 이로써 낭송조의 음악이 서로 연결되는 데 견주어서, 바그너의 경우에는 이른바 말하는 끝없는 멜로디와 줄거리가 지배한다. 이와 관련해서 바그너는 다음과 같이 말했다.

> 아리아, 듀엣, 피날레 등등 현대적 장을 나는 포기해야만 했고 그 대신 그것은 설화로 설명되어져야만 했다.[89]

또 그의 악극에서는 아리아가 없는 대신 노래하는 이야기 내지는 독백, 대화 등이 들어 있다. 이것은 고립되어 있는 것이 아니라 줄거리와 오케스트라 음악에 따라 서로 섞여 있다. 게다가 바그너는 주 모티브, 곧 특정한 인물, 대상, 감정(사랑, 동경, 분노)에 특정한 음악적 모티브를 부여하고 항상 그 인물, 대상, 감정이 나타날 때는 반복해서 나오게 한다. 바그너는 생각하고 느낀 것을 음악적으로 표현하고자 했으며, 그런 의도가 들어 있는 음악으로 미처 알려지지 않은 심리적 효과를 청중에게 주었다.

바그너의 음악 세계를 좀 더 이해하기 위해서 그의 삶을 고찰하면 다음과 같다. 리하르트 바그너는 1813년 5월 22일 카를 프리드리히Carl Friedrich 바그너와 요한나 로지네Johanna Rosine의 9번

---

89) Richard Wagner: Sämtliche Briefe, Bd. 2, Wiesbaden 2012, 314쪽.

째 자녀로 라이프치히Leipzig에서 태어났고 1813년 8월 성 토마스 교회Thomaskirche에서 빌헬름 리하르트 바그너로 세례를 받았다.[90] 그의 아버지는 그가 출생한 지 6개월 만에 티푸스로 사망했고, 문학, 음악, 그림에 관심이 많았던 그의 어머니는 그 이듬해 연극 배우이자 남편의 친구였던 루트비히 가이어Ludwig Geyer와 재혼한다. 이후 바그너 가족은 드레스덴으로 이사를 갔으며, 바그너의 형제 가운데 절반이 나중에 직업으로 연극이나 음악을 했다. 한편, 가이어는 바그너 가족을 자신의 가족으로 잘 돌봤으나, 1821년 9월 사망함으로써 이후 바그너의 형제들은 여러 친척집에 흩어져서 지냈다. 바그너는 1922년 12월부터 드레스덴에서 학교를 다녔고, 그의 가족들이 프라하에서 1827년 다시 라이프치히로 돌아온 뒤부터 바그너는 그들과 함께 지내게 되었고 라이프치히 니콜라이 김나지움을 다녔다.

아버지가 없는 바그너에게 이 시기 그의 삼촌 아돌프 바그너가 모범이 되었으며, 삼촌의 서재에서 셰익스피어와 낭만주의자들의 작품을 읽었고 학생 시절부터 극작품을 쓰기 시작하였다. 16세가 된 바그너는 라이프치히에서 빌헬미네 슈뢰더-데브리엔트가 주인공을 맡은 베토벤의 오페라 《피델리오》를 처음으로 보았다.(GRW, 14) 이때부터 그는 음악가가 되려는 결심이 확고해졌고, 1831년부터 라이프치히 대학에서 음악을 공부하였으며 작곡은 토마스 교회의 악장 크리스티안 테오도어 바인리히Christian Theodor Weinlig에게서 배웠다. 더욱이 카를 마리아 베버Carl Maria Weber의 음악은 그에게 결정적 영향을 끼쳤는데, 뒷날 바그너는 "내가 베버에게서 받

---

90) 1813년에는 쥬세피 베르디와 게오르그 뷔히너도 태어났다.

은 인상들이 없었다면 난 결코 음악가가 되지 못했을 것"[91]이라고 1873년 10월 코지마에게 말했다. 그뿐만 아니라 베토벤의 교향곡, 그 가운데서도 7번은 그에게 큰 감동을 주었다.

> 내게서 가장 고상한 초지상적 오리지널에 대한 상이 생겨났고, 이것은 무엇과도 비교할 수 없었다. 이 상은 셰익스피어와 함께 내 안에 하나로 흘러들었다. 황홀한 꿈속에서 나는 그 둘과 마주쳤고 보았고 말을 했다. 깨어났을 때 난 감동의 눈물에 젖어 있었다.[92]

그러니까 베버는 바그너를 독일 낭만주의 오페라가 지닌 마력의 세계로 안내했고, 베토벤은 이상주의 예술 작품을 위한 열정적인 투쟁자로서 그에게 영향을 끼친 것이다. 또 바그너는 호프만의 후기 낭만주의에 영향을 받아서 자신의 첫 악극 《결혼Die Hochzeit》을 작곡하려는 계획을 세웠다. 그는 텍스트를 직접 썼으나 작곡은 도중에 중단되어 미완성 원고로 남았다.

한편, 작가이자 시사 평론가인 하인리히 라우베Heinrich Laube가 1833년 바그너에게 '신독일파'의 이념을 고취시켰고, 1815년에서 1848년 3월 혁명 이전까지의 혁명적 문학 운동의 정신에 영향을 받게 된다. 동시에 바그너는 악극 《요정들Die Feen》 작곡을 시작했고 뷔르츠부르크 극장의 합창단장이 되기도 하였다. 라우베가 주도하는 〈우아한 세계를 위한 신문Zeitung für die elegante Welt〉에 바그너는 〈독일 오페라Die Deutsche Oper〉라는 글을 싣기도 하였다. 1834년 그가 마그데부르크Magdeburg 극장의 여름 시즌의 음악 감독으로

---

91) Cosima Wagner: Die Tagebücher. Martin Gregor-Dellin und Dietrich Mack (Hg.). Bd. 1, München 1976, 745쪽.

92) Richard Wagner: Mein Leben. Martin Gregor-Dellin (Hg.), München 1976, 37쪽.

있을 때 자신보다 4살 연상인 연극배우 민나 플라너Minna Planer를 알게 되어 열정적으로 사랑에 빠졌다. 바그너는 1835년 악극 《사랑의 금지Das Liebesverbot》의 텍스트를 쓰고 작곡을 시작했으며, 두 번째로 마그데부르크 음악제를 이끌었다. 1836년 11월 24일 바그너는 23세의 나이로 쾨니히스베르크Königsberg에서 민나 플라너와 결혼하였으며, 이듬해 그곳 음악 감독이 되었다. 그러나 그의 음악 활동은 성공적이지 못했을 뿐만 아니라 여러 지인들에게 생활비를 빌려서 살아야 할 만큼 궁핍했다.

바그너는 1842년 초연된 악극 《리엔치Rienzi》를 작곡했고, 빌헬름 하우프Wilhelm Hauff의 동화 《유령의 배Gespensterschiff》를 접하게 되었다. 그리고 나서 음악극을 계획했으나 재정적 이유로 끝내 실현하지 못한다. 또한 1839년 바그너는 빚쟁이들로부터 도주해서 몰래 아내와 함께 러시아-동프로이센 국경을 넘어서 작은 배를 타고 런던으로 향한다. 폭풍우가 치는 날 배를 타고 가다가 노르웨이 해안에 여러 차례 정박했고 그러다 마침내 4주가 걸리는 선박 여행을 하면서 《방랑하는 네덜란드인Der fliegende Holländer》을 작곡할 영감을 받았다. 런던에 잠시 체류한 뒤 바그너 부부는 파리로 갔고, 여기서 그 시대 오페라 작곡으로 큰 명성을 얻고 있던 마이어베어를 만났다. 바그너는 1840년대 초 파리에서도 궁핍한 생활을 했다. 그는 《리엔치》를 1840년에 완성했고, 그 이듬해 《방랑하는 네덜란드인》의 텍스트를 쓰고 곡을 붙였다. 마이어베어는 그의 재능을 인정하여 후원하였으나, 인간적으로는 토마스 만의 말처럼 "외상의 천재Pumpgenie"에게 실망하게 된다. 파리는 당시 유럽에서 주도적 예술 무대였으며, 바그너는 여기서 오페라와 멜로드라마의 영향을 받게 된다. 또 생계를 위해서 여러 잡지에 글을 기고했고 음악적 일용 작업을 위탁받기도 하였다. 게다가 돈이 없어서 《방랑하는 네덜란드인》 텍스트를 파리 오페라에 팔기도 했다. 파리에서 그는 하이네와 리스트를 알게 되었고, 점점 정치적 사건들을 경험하게 되었다. 바그너는 젊은 시절 프랑스혁명과 혁명주의자들에게 비호의적이었으나, 이곳에서는 역사적인 세계가 이날부터 자신에게 시작되었다고 여겼다.

> 역사적인 세계가 나에게 이날부터 시작되었다. 말할 것 없이 나는 첫 프랑스혁명의 끔찍한 종양의 흔적에서 벗어난 용기 있고 승리에 찬 민중투쟁의 형식으로 묘사된 혁명을 위한 모든 당파를 받아들였다.[93]

이 시기 바그너는 루트비히 포이어바흐Ludwig Feuerbach의 종교 비판 철학과 프랑스의 초기 사회주의자이자 이론가인 피에르-조제프 프루동Pierre-Joseph Proudhon의 이론들을 접하게 된다. 더욱이 프루동의 무엇이 소유인가라는 물음은 그에게 설득력 있게 다가온다. 소유가 특권을 내포하는 한 특권적인 소유는 도둑질이라는 입장은 더욱이 그의 니벨룽겐 드라마에서 핵심 내용이 된다. 그리고 바그너는 스스로를 "정치적 예술가"(GRW, 19)라고 여겼다.

1842년 바그너는 드레스덴 궁정 오페라로부터 그의 《리엔치》를 상연코자 한다는 연락을 받게 된다. 이를 계기로 그는 바로 파리를 떠나서 드레스덴에 정착하게 된다. 이 작품은 드레스덴에서 10월 20일 상연되었고, 큰 성공을 거두었으며 젊은 바그너의 예술적 능력을 인정받는 기회가 되었다.

> 전 도시를 관통하는 혁명, 흥분이었다. 난 네 번이나 환호해서 부르는 것을 들었다. 사람들은 이곳에서 마이어베어의 상연 성공은 내 작품 《리엔

---

93) Richard Wagner: Mein Leben, 47쪽.

치》에 비교할 수 없다고 확인시켜 주었다.[94]

당시 언론은 온통 찬사 일색이었고 바그너는 화젯거리였으며, 이후 수년 동안 이 작품은 바그너의 가장 인기 있는 작품이 되었다. 반면 1843년 1월 《방랑하는 네덜란드인》의 드레스덴 연주는 호평과 혹평으로 나뉘었다. 같은 해 2월 바그너는 드레스덴 궁정 오페라의 카펠마이스터로 임명되었고, 얼마 뒤 추가로 드레스덴 합창단장을 맡았으며, 이 합창단의 요청으로 기념비적 합창곡 〈예수 제자들의 사랑의 만찬Das Liebesmahl der Apostel〉을 작곡하여서 1843년 7월 6일 공연하였다. 그러나 바그너는 이후 오라토리움 작곡에는 거리는 두었다. 1844년 오페라 《탄호이저Tannhäuser und Sängerkrieg auf Wartburg》 텍스트와 작곡에 매진하였고 이 작품은 이듬해 10월 19일 드레스덴에서 초연되었다. 1845년 7월에는 《뉘른베르크의 마이스터 가수Die Meistersinger von Nürnberg》 초고를 쓰면서 독일 설화, 더욱이 니벨룽겐 신화와 성배 신화에 몰두하였다. 그리고 《로엔그린Lohengrin》의 작곡 구상을 시작하였다. 1846년 바그너의 베토벤 9번 교향곡 지휘는 한스 뷜로브Hans Bülow에게 깊은 감명을 주었으며, 이후 뷜로브는 바그너 음악의 열렬한 지지자가 되었다. 1848년 봄에는 바그너보다 2살 연상인 리스트가 처음으로 드레스덴에서 바그너를 만났고, 얼마 지나지 않아서 바그너가 바이마르로 리스트를 방문함으로써 두 사람의 오랜 우정이 시작되었다.

바그너는 연극적 음악을 위한 자극을 얻기 위해서 1848년 빈으로 갔다. 이어 드레스덴에서 3월 혁명의 영향으로 공화국이 태동하기를 바랐고, 그런 노력에 합류했으며, 이때 러시아인 아나키스

---

94) Richard Wagner: Briefe, Bd. 2, 167쪽.

트 미하일 바쿠닌Mikhail Bakunin을 알게 되었다. 바그너는 궁정 극장에서 연극 혁신을 위해서 노력했으며 예술의 이상적 이념을 전개시키려고 하였다. 1849년 봄 바그너는 드레스덴 5월 봉기에 간여하였고, 이 봉기가 실패한 뒤 드레스덴 경찰에서 지명수배가 내려지자 그는 가짜 여권으로 스위스로 간다. 바그너는 "어느 누구도 정치화되지 않고는 창작할 수 없다"(Wagner, 53)는 입장을 지녔는데, 여기서 말하는 정치란 일상적 정치보다는 위대한 전체를 찾는 것, 바그너가 인류의 태초 신화들에서 자신의 미래로 전이될 수 있는 것을 찾는 것이었다. 바그너는 1849년 여름, 예술은 정치적 산물이라는 입장에서 〈예술과 혁명〉을 발표하였다. 그러면서 "한때 예술이 침묵했던 곳에서 국가의 지혜와 철학이 시작되었다. 지금 국가의 지혜와 철학이 끝난 곳에서 예술가들이 다시 시작"[95]해야 한다고 주장하였다. 그러면서 예술과 사회적 운동의 공동 목표는 "강하고 아름다운 인간"[96]이었다.

한편, 민나는 남편의 정치적 입장과 활동에 충격을 받았고 그가 다시 드레스덴으로 돌아오기를 원했다. 그 사이 허락을 받지 않고 드레스덴을 떠났기 때문에 바그너는 1849년 6월 22일 드레스덴 궁정 극장장이라는 직위에서 해제되었다. 1850년 8월 28일 리스트가 바이마르에서 《로엔그린》을 초연하였고, 이즈음 바그너는 스위스에서 망명 생활을 하고 있었다. 바그너는 1852년 《니벨룽겐의 반지Der Ring des Nibelungen》를 창작하였으며, 그 이듬해 《라인의 황금Das Rheingold》 작곡을 시작해서 1854년 1월 작곡을 마쳤다. 그는 1855년 3월부터 7월 말까지 영국에서 객원 지휘자로 있었고, 10

---

95) Richard Wagner: Die Kunst und die Revolution, Leipzig 1849, 1쪽.

96) Wagner: Die Kunst und die Revolution, 44쪽.

월 파리에 있는 리스트의 집에서 지냈는데, 이때 처음으로 15세가 된 그의 딸 코지마를 만났다. 바그너는 1856년 작센 왕에게 사면을 요청하는 편지를 보냈다. 1857년 한스 뷜로브와 코지마가 베를린에서 결혼했고 바그너가 있는 취리히로 신혼여행을 왔다. 같은 해 바그너는 《트리스탄과 이졸데Tristan und Isolde》를 작곡하기 시작하였다. 1858년 민나는 남편의 후원자 베젠동크Wesendonck의 아내 마틸데Mathilde에게 보낸 바그너의 내밀한 편지를 보고는 마음 깊이 상처를 받고 얼마간 요양을 필요로 했다. 바그너는 민나와 거리를 두기 위해서 베니스로 갔으나, 1859년 봄, 오스트리아 당국의 지배를 받던 베니스를 다시 떠나야만 했다. 그는 루체른Luzern으로 향했다가 파리로 갔고, 1860년 부분 사면을 받아서 다시 독일 땅을 밟을 수 있게 되었다. 1862년 11월 민나를 마지막으로 다시 만났고, 그녀는 언론을 통해서 바그너와 코지마Cosima의 관계를 알게 되었다. 1862년 작센 왕이 바그너의 완전한 사면을 허락했기 때문에 라이프치히에서 연주가 가능케 되었다.

루트비히 2세   바이로이트에 있는 리하르트 바그너 축제 극장

그러나 바그너는 여전히 경제적으로 곤란을 겪고 있었는데, 이런 어려움과 개인적 절망으로부터 마지막 구원은 뜻밖에 1864년 5월 4일 루트비히 2세로부터 나왔다. 그는 18세의 나이에 아버지 막시밀리안Maximilian의 뒤를 이어 왕위에 올랐다. 바그너는 루트비히 2세가 가장 아끼는 작곡가이자 아버지와 같은 조언자이자 친구이기도 했다. 그가 만났던 바그너에 대한 인상을 한때 약혼녀였던 소피 샤로테에게 다음과 같이 말했다.

> 내가 그와 악수했을 때 그의 감사에 내가 얼마나 부끄러워했는지 네가 증인일 수 있다면 좋을 텐데. 그의 위대한 니벨룽겐 작품은 그의 완성일 뿐만 아니라 그의 생각대로 상연될 것이고 그렇게 되도록 도울 것이다.(Otto Strobel 1936, 35)

바그너는 자신의 예술관을 확고하게 실현하고자 하였으며, 루트비히 2세에게서 같은 생각을 발견하였고 두 사람은 뮌헨에서 예술 이상(극장, 음악 학교, 예술 교육)을 실현하고자 했다. 이 계획은 처음에는 실패했으나 뒷날 두 사람이 바이로이트에서 실현하였다. 루트비히 2세는 바그너가 죽을 때까지 그를 지원했는데 "두 사람의 공통점은 예술에서 존재의 뜻을 유일하게 보았다는 점이다."(GRW, 87)

한편 1864년 6월 7월 코지마가 슈타른베르거Starnberger 호숫가에 있는 바그너의 집에서 지냈고, 루트비히 2세는 바그너와 코지마의 관계를 탐탁하게 여기지 않으면서도 바그너를 위해서 뮌헨에도 거처를 마련해 주었다. 1865년 6월 10일《트리스탄과 이졸데》가 초연되었다. 그런데 바그너와 루트비히 2세의 낭비벽이 여론의 도마 위에 오르자 바그너는 바이에른을 떠나 스위스로 갔다. 그 사이 1866년 1월 25일 그의 아내 민나가 드레스덴에서 사망했다. 3월 바그너는 루체른 근처 시골로 이사를 갔고, 거기서 《뉘른베르크의 마이스터 가수》의 작곡을 계속했으며 이 작품은 1868년 6월 21일 뮌헨에서 초연되었다. 1866년 여름 코지마가 그녀의 두 딸과 바그너의 딸 이졸데Isolde를 데리고 그에게 왔고 1867년 2월 바그너의 두 번째 딸 에바Eva를 출산했다. 1869년 5월 19일 처음으로 바그너와 니체가 만났고 이후 니체는 규칙적으로 20번 이상 바그너를 방문했다.(GRW, 103) 이때 니체는 바그너를 매우 찬미했고, 1888년 바그너를 정신적으로 자신과 "가장 가까운 사람"(Dieter Borchmeyer 1998, 73)이라고 하였다. 말할 것 없이 바그너는 자신보다 31살 젊은 니체를 "호의와 교만함이 뒤섞인 마음"(GRW, 104)으로 대했다.

1869년 1월부터 코지마는 바그너의 집에 지속적으로 머물렀고, 같은 해 6월 바그너의 세 번째 아이 지크프리트Siegfried가 태어났다. 마침내 1870년 7월 코지마는 한스 뷜로브와 이혼했고 바그너와 코지마는 루체른에서 그 다음 달 8월에 결혼했다. 바그너는 1871년 바이로이트 음악 축제를 열어서 《니벨룽겐의 반지》를 공연하겠다고 공표하였다. 4월 바그너는 바이로이트Bayreuth를 거쳐 베를린으로 가서 비스마르크Otto von Bismarck 수상을 알현했고 바이로이트 축제에 독일제국의 지원을 얻고자 했으나 실패했다. 1872년 바그너 지원 협회와 독지가들의 후원 및 루트비히 2세의 지원이 이뤄지면서 축제 기금을 조달받았고 같은 해 봄 바그너 가족은 바이로이트로 이사했으며 바그너의 생일날인 5월 22일 바이로이트 축제 극장의 기초를 놓을 수 있었다. 바그너는 1873년 건물 신축 기금을 마련하고자 자주 연주 여행을 했으며 같은 해 8월 브루크너와 니체가 바이로이트로 바그너를 방문했다. 이해 니체는 중병을 앓았고,

바그너 또한 건강이 쇠약해졌다.

리하르트 바그너

코지마 바그너

한편, 바그너는 바이에른의 국왕 루트비히 2세에게 1873년 12월 막시밀리안 예술 및 학문상을 받았고, 《니벨룽겐의 반지》는 1874년 11월 작곡이 완성되어 루트비히 왕에게 헌정되었다. 1875년 바이로이트 음악 축제 극장이 건립되었고 이곳에서 바그너는 오케스트라를 눈에 보이지 않는 위치에 놓고 청중이 오직 극적 줄거리와 음악의 청각적 효과에만 집중할 수 있도록 하였다. 그리고 축제 극장은 음향을 극대화하는 쪽으로 설계가 이루어져 있었다.

음악적 드라마나 종합예술 작품의 이념은 인정을 요구한다. 더욱이 음악의 면에서. 그것은 숨겨진 오케스트라와 함께 시작되었고, 이것은 바이로이트 축제 극장의 설계 때부터 고려되었으며 이로 말미암아 더 나은 음향 효과는 오늘날까지도 그 매력을 지니고 있다.(GRW, 124~5)

1876년 8월 13일 바이로이트 음악 축제에서 황제 빌헬름 1세의 참관 아래 《니벨룽겐의 반지》가 공연되었다. 토마스 만은 이 작품과 관련해서 다음과 같이 언급하였다. "니벨룽겐의 반지는 나에게 작품의 총체로 남아 있다. 괴테와는 반대로 바그너는 완전히 그 작품의 주인이자 힘, 세계, 성공을 한 사람이었다."(Thomas Mann 1963, 60) 한편 1876년 가을 바그너는 이탈리아로 갔고 마지막으로 소렌토Sorrento에서 니체를 만났다. 1877년에서 1879년 바그너는 《파르지팔Parsifal》 작곡에 전념하였고 1882년 7월 26일 두 번째 바이로이트 축제에서 이 작품이 초연되었다. 또 뮌헨에서 《파르지팔》 서곡이 루트비히 2세를 위해서 상연되었는데, 이것은 두 사람 사이의 마지막 만남이 되었다. 같은 해 9월 16일 바그너는 가족과 함께 다시 베니스로 갔고 여러 주를 리스트와 함께 지냈다. 바그너는 1883년 2월 13일 베니스에서 코지마의 품에 안겨 사망했으며, 루트비히 2세의 지시로 바이로이트에 안장되었다.

그런데 삶과 음악에서 그 어느 음악가도 바그너처럼 극단적 평가가 양립하는 경우는 드물다. 바그너를 거절했던 브람스와 차이콥스키와 같은 작곡가 이외에도 니체, 아도르노, 만, 카를 마르크스가 바그너를 비판하는 입장을 취했다. 니체는 《음악 정신에서 나온 비극의 탄생Die Geburt der Tragödie aus dem Geiste der Musik》에서 독일 문화의 개혁자로 바그너를 칭송했고 《바이로이트의 리하르트 바그너 Richard Wagner in Bayreuth》 에세이를 그에게 헌정하기도 했다. 그러다가 《인간적인, 너무나 인간적인Menschliches, Allzumenschliches》에서는 서서히 바그너 찬미에서 벗어났고, 나중에는 《파르지팔》을 비독일적인 데카당스 작품이라고 비판하였다. 니체의 바그너 비판은 다양하게 나타났는데 더욱이 바그너의 후기 작품들을 계기로 점화되었으나, 초기 작품 및 《니벨룽겐의 반지》에까지 이르렀다. 한때 쇼펜하우어의 제자였던 니체는 스승의 염세주의에 반대하면서 그에게서 멀어져 갔고 바그너에 끼친 쇼펜하우어의 영향을 분석하기도 하였다. 니체는《니벨룽겐의 반지》를 두고 쇼펜하우어를 번역한 것이라고 보았는데, 쇼펜하우어의 허무주의를 바그너가 끝없이 칭송하였다고 본 것이다.《니체 대 바그너Nietzsche contra Wagner》에서 니체는 바그너의 데카당스에 대한 공격과 비난을 이어갔다.

토마스 만은 에세이, 강연, 소설에서 항상 바그너에 전념했다. 한편으로는 그의 음악의 마력에서 빠져나오지 못하면서도 다른 한편으로는 많은 논문과 편지에서 바그너의 약점을 분석하였다. "난 그의 음악에 귀 기울이고 놀라고 지켜보는데 지치지 않는다. 말할 것 없이 의심쩍은 마음을 가지고 있다는 것도 인정한다." [97]1933년 바그너의 사망 50주기를 맞이해서 만이 쓴《리하르트 바그너의 고통과 위대함Leiden und Größe Richard Wagners》에서 바그너의 작품 및 인간 바그너와 대립하게 된다. 또 만은 1933년 뮌헨을 바그너의 도시라고 명명하는 운동을 접하면서 이에 반대하였고, 많은 바그너 지지자들은 만을 비난하였다. 토마스 만은 1938년 취리히 대학에서 한《리하르트 바그너와 니벨룽겐의 반지Richard Wagner und der Ring des Nibelungen》라는 강연에서도 바그너의 음악에 대한 지속적인 관심과 비판적 입장을 보여 주었다. 이 밖에도 아도르노는 《바그너에 대한 시도Versuch über Wagner》라는 그의 책에서 바그너의 음악을 비판하였다. 심하게는 카를 마르크스가 바이로이트 축제를 "바이로이트 바보 축제"라고 비하하였고 바그너를 "국가에 종속된 음악가"라고 조롱하였다. [98]

---

97) Thomas Mann: Leiden und Größe Richard Wagners, in: Gesammelte Werke, Bd. 9, Frankfurt&M. 1974, 401쪽.

98) Marx/ Engels: Werke Bd. 34, Berlin 1966, 23쪽.

그리고 바그너의 반유대주의Antisemitismus는 오늘날까지도 다양한 시각과 해석을 낳고 있다. 《음악에 나타난 유대주의》에서 보여 주듯이 바그너의 반유대주의는 19세기 독일과 유럽에 만연된 전형적 반유대주의관을 보여 주고 있다. 반유대주의는 마르틴 루터에게로 거슬러 올라가며, 루터는 반유대주의를 여러 글에서 표현하였고 이후에도 유럽에서는 유대인의 돈에 대한 관심과 인색함을 부각시켜서 반유대주의가 퍼져 나갔다. 실제 유대인은 직업과 신분의 제약 때문에 상인이나 고리대금업에 주력하였다. 반유대주의는 바그너의 주변에서 적극적 반향이 있었는데 더욱이 코지마는 지독한 반유대주의 입장을 지녔다. 또 1908년 바그너의 딸 에바와 결혼했던 영국 작가 휴스턴 스튜어트 체임벌린Houston Stewart Chamberlain 또한 반유대주의 입장을 굳게 지녔다.

한편, 아돌프 히틀러Adolf Hitler에게 바그너는 우상이었고, 빈 시절 규칙적으로 오페라를 관람하면서 바그너에 몰두했다. 낭만주의적 천재 개념은 히틀러에 의해서 오도되었고, 히틀러는 바그너에게서 천재 개념을 찾았으며, 바그너를 "독일 민족이 가졌던 가장 위대한 예언적 인물"이라고 평했다. 바그너와 히틀러라는 주제는 수 세기 동안 연구되어 출판되었고 토마스 만 또한 이 주제를 다루었는데, 그는 "바그너 안에는 여러 히틀러가 있다"고 보았다.[99] 이스라엘은 수년 동안 바그너 수용에 비판적이었다. 공개 공연은 아니었지만 유대인 지휘자 다니엘 바렌보임Daniel Barenboim은 많은 비판을 무릅쓰고 이스라엘에서 《트리스탄과 이졸데》 서곡을 2001년 7월 지휘하였다.[100] 2010년 11월 처음으로 바그너 협회가 이스라

---

99) http://de.wikipedia.org/wiki/Richard_Wagner.

100) http://de.wikipedia.org/wiki/Daniel_Barenboim.

엘에서 창설되었고, 바이로이트 바그너 축제에서 이스라엘 실내관 현악단Israel Chamber Orchestra이 《지크프리트Siegfried》를 연주하기도 하였다. 오늘날은 서서히 이스라엘 음악인들에게 바그너가 수용되는 양상을 보이고 있다.

2〉 악극 이전 단계의 가곡: 《괴테의 파우스트 가곡》(7곡)

바그너는 니체처럼 가곡을 약 20편 작곡하였는데 이는 주로 그의 작곡 활동 초기에 이루어졌다. 바그너는 1832년 라이프치히 대학 학창 시절에 《괴테의 파우스트 가곡Sieben Kompositionen zu Goethes Faust》(Op. 5)을 작곡하였는데, 이 곡은 6편의 노래와 한 편의 멜로드라마로 구성되어 모두 7편 시에 붙인 곡이다. 제1곡 〈군인들의 노래〉, 제2곡 〈보리수 아래에 있는 농부들〉은 노래극과 같은 효과를 내는 신선한 곡들이다. 제3곡 〈브란더의 노래〉는 유머가 들어 있는 곡이며, 제4곡 〈메피스토펠레스의 노래 I〉에서 왕이 벼룩을 키우는 유머는 기괴한 데 견주어서, 제5곡 〈메피스토펠레스의 노래 II〉 세레나데는 현악기를 타면서 자제되고 내밀한 울림을 지니고 있다. 제6곡 〈내 마음의 고요는 사라졌다〉는 간단하고 가곡적인 단조 멜로디이며, 서주, 간주, 후주는 슈베르트의 곡에서처럼 물레 감는 소리를 연상시키고 있다. 제7곡 〈그대, 고통의 왕국이여, 가엾게 여겨주세요〉는 멜로드라마로서 강한 인상을 주는 곡이며, 겸손, 불안, 파고드는 고통의 표현들이 극작가를 연상시키는 음악적 기법을 쓰고 있다.

바그너의 《괴테의 파우스트에 붙인 가곡》의 제1곡 〈군인들의 노래Lied der Soldaten〉는 괴테의 《파우스트》의 제1부 《성문 앞》에 나오

는 군인들의 대사에 붙인 곡이다.[101] 바그너의 〈군인들의 노래〉는
군대 행진곡풍의 피아노의 명랑한 서주로 군인들의 합창이 나온
다. 7행으로 이루어진 1연의 1행에서 4행까지는 "거성들/ 높은 성
벽들과 성첩이 있는/ 소녀들/ 우쭐대며 조롱할 줄 아는"이라고 경
쾌하게 노래하고는 또한 같은 분위기의 피아노 간주가 들어간다.
5행에서 7행까지는 "난 그것들을 얻고 싶다/ 노력은 담대하고/ 그
대가는 훌륭하다"고 노래한다. 그러고 나서 다시 6행과 7행을 반
복 노래한 뒤 다시 7행을 세 번 반복해서 "그 대가는 훌륭하다, 그
대가는 훌륭하다, 그 대가는 훌륭하다"고 노래한 다음 피아노의 짧
은 간주가 들어간다. 그러니까 1연에서 군인들은 성이라면 높은
성벽과 성첩이 있어야 하고 소녀들은 우쭐거리며 자랑할 줄 알아
야 하며, 그런 성과 처녀들을 정복하고 싶어한다. 그 노력은 대담
하고 힘들지만 그 대가는 충분하다고 여긴다. 더욱이 6행과 7행을
반복한 것은 그런 군인들의 공명심을 강조하기 위해서다.

　6행으로 이루어진 2연의 1행에서 4행까지는 "그리고 트럼펫의
울림은/ 우리로 하여금 구혼하러 가게 한다/ 기쁨이 되는 것처럼/
그렇게 파멸에도 이른다"고 노래한 뒤 피아노의 짧은 간주가 들어
간다. 여기서 트럼펫이 울리는 소리는 군인들로 하여금 성과 처녀
들을 정복하러 가도 좋다는 신호이며, 그 일은 기쁨이 될 수도 있
고 그 반대로 파멸에 이를 수도 있다. 다음 5행과 6행에서 보면 그
들은 그것을 향해서 돌진하며 동시에 그것이 군인들의 삶인 것이
다. "그것이 일종의 돌격이다!/ 그것이 삶이다"라고 군인들이 씩씩
하게 노래한 다음 피아노 간주가 들어간다. 또한 6행으로 이루어

---

101)　Goethe: Faust, Goethes Werke, Erich Trunz (Hg.), Bd. III, München 1982,
　　34~35쪽. 이하 (GF, 쪽수)로 표기함.

진 3연에서는 "소녀들과 거성들이/ 함락되어야만 한다/ 노력은 담대하고/ 그 대가는 훌륭하다/ 그래서 군인들은/ 거기에서부터 앞으로 돌진한다"고 이어서 노래하고는 피아노의 후주가 진정된 톤으로 곡을 마감하고 있다. 여기 3연에서는 군인들이 끝내 처녀와 성 들을 함락하는데, 그 노력은 힘이 들지만 그 대가는 훌륭하기 때문에 앞을 향해서 계속 돌진해 나간다고 노래하고 있다. 바그너의 이 가곡에서 보면, 1839년부터 1840년 사이에 프랑스어로 번역된 하이네의 〈두 명의 척탄병〉에 곡을 붙인 가곡처럼 군대 행진곡풍의 분위기가 극대화되어 있다. 게다가 합창곡으로 노래함으로써 군인들의 씩씩함, 앞을 향해서만 나아가는 박진감과 돌격하는 듯한 자세가 돋보이고 있다. 이런 점에서 바그너의 이 가곡은 19세기의 슈베르트, 슈만, 브람스, 볼프와 같은 낭만적이고 서정적인 기존의 가곡과는 상당한 거리감이 있다.

바그너의 제2곡 〈보리수 아래 농부들Bauern unter der Linde〉은 괴테의 《파우스트》 제1부의 《성문 앞에서》 가운데 〈보리수 아래 농부들. 춤과 노래〉에서 4연 8행시(GF, 36~37)를 발췌하여 곡을 붙인 것이다. 피아노의 춤추는 장면을 연상케 하는 빠르게 구르는 듯한 연주에서, 차츰 느려지며 독창과 합창이 함께 어우러져 매우 흥미롭게 노래하고 있다. 1연과 3연은 테너가 주로 노래하면서 혼성합창이 들어가고, 2연과 4연은 소프라노가 주로 노래하고 혼성합창이 들어가는 형식이다. 1연의 1행에서 3행 "목동이 춤추러 가기 위해서 멋지게 단장했다/ 알록달록한 색깔의 재킷을 입고, 리본과 화환으로 치장하고/ 그는 화려한 장식을 단 옷을 입었다"고 테너가 노래한 뒤 피아노의 간주가 들어간다. 4행에서 5행에서는 "이미 보리수 주위엔 사람들이 잔뜩 모여 있었다/ 모두 다 미친 듯이 춤추었다"고 테너가 흥겹게 노래한다. 이어 6행과 7행은 한껏 춤을 추면서 달구어진 흥을 표현하는 의성어들로 이루어져서 "얼씨구, 얼씨구!/ 절씨구! 얼싸! 아싸!"라고 혼성합창으로 노래한다. 이 부분은 후렴으로 각 연마다 들어가 있는데 실제 노래할 때는 6행의 경우 반복되어 "얼씨구, 얼씨구, 얼씨구, 얼씨구!"로 노래하며 7행에는 더 많이 반복되어서 "절씨구! 얼싸! 얼싸, 아싸! 얼씨구!"로 노래하고는 8행에서 "그렇게 바이올린이 흥겹게 연주하였다"라고 테너가 노래한다. 이어 8행이 반복되어서 "그렇게 바이올린이 흥겹게 연주하였다"고 혼성합창이 노래하고는 피아노 간주가 들어간다. 그러니까 1연에서 한 목동이 한껏 멋을 내고 옷을 차려입고는 춤추러 나간다. 그리고 보리수 아래 이미 많은 마을 사람들이 모여서 흥겹게 바이올린 춤곡에 맞추어서 춤을 추고 있었다.

2연의 1행에서 3행까지는 "그는 서둘러 다가갔다/ 거기서 한 처녀와 부딪쳤다/ 그의 팔꿈치로"라고 이번에는 소프라노가 경쾌하게 노래한다. 4행에서 5행까지는 "생기발랄한 처녀가 몸을 돌리면서/ 말했다. 그건 어리석은 일이라고 생각해요"라고 또한 소프라노가 노래한다. 이어 6행과 7행은 1연에서와 마찬가지 방법으로 후렴으로 노래한 뒤 마지막 8행 "그렇게 형편없이 굴지 마세요"라고 소프라노가 노래하고, 다시 8행이 반복되어 이번에는 혼성합창이 노래한 뒤 피아노의 간주가 들어간다. 여기 2연에서 보면 그 목동은 서둘러 춤추는 사람들 사이로 들어가서 함께 춤을 추다가 팔꿈치로 한 처녀와 부딪쳤는데, 그녀는 그에게로 몸을 돌려서 그렇게 그녀와 부딪치는 것은 미숙한 일이라고 말하면서 그렇게 시시하게 춤추지 말자고 제안한다.

3연의 1행에서 3행까지는 "하지만 돌면서 춤은 성급히 돌아갔다/ 그들은 오른쪽으로 춤추다가, 왼쪽으로 춤추었다/ 모든 치마들이 나풀거렸다"고 테너가 노래한 뒤 피아노의 간주가 들어간다. 이어 4행에서 5행까지는 "그들의 얼굴은 붉어졌고 화끈거렸다/ 숨을 내쉬면서 서로 팔을 끼고 잠시 쉬었다"고 테너가 노래한다. 그리고 6행과 7행은 앞서와 같은 방법으로 후렴으로 노래하고 8행에서 "팔꿈치에 허리가 부딪친다"라고 테너가 노래하면 이어 반복해서 혼성합창이 8행을 노래한 다음 피아노의 경쾌한 간주가 들어간다. 3연에서 보면 춤추는 아가씨의 당부에도 아랑곳하지 않고 빠르게 춤추면서 왼쪽, 오른쪽으로 돌기도 하고, 처녀들의 치마가 흩날리면 그들의 얼굴은 수줍음으로 붉어지면서 화끈 달아오르기도 하고, 남자들의 팔꿈치에 허리가 부딪치기도 한다.

4연의 1행에서 3행에서는 "나에게 그렇게 추근거리지 말아요/ 많은 사람은 자신의 신부조차도/ 속이고 거짓말하지 않나요!"라고 처녀의 입장에서 소프라노가 노래하고 피아노의 간주가 들어간다. 4행에서 5행까지는 "그는 그녀를 옆으로 데려가면서 알랑거렸다/ 그리고 멀리 보리수에서 소리가 퍼져 나갔다"고 이번에는 혼성 이중창으로 노래한다. 다음 6행과 7행은 앞의 연들과 같은 방식의 후렴으로 노래한다. 8행 "환호하는 소리와 바이올린 연주가 함께 울린다"는 다시 혼성 이중창으로 노래하고, 8행의 반복은 혼성합창으로 노래한다. 이어 피아노의 춤추는 장면을 연상시키는 경쾌한 후주의 마지막 부분에서 "얼씨구"라고 혼성합창과 함께 곡이 끝나고 있다. 여기 4연에서 보면 남자들의 추근거림과 보리수 근처에서 이루어지는 농부들의 흥겨운 춤은 환호하는 소리와 바이올린 소리가 서로 어우러지면서 널리 퍼져 나가고 있다.

바그너의 이 가곡은 경쾌한 무도곡으로 각 연마다 테너와 소프

라노가 번갈아 가면서 노래하고 혼성합창은 후렴에 늘 함께 하고,
마지막 연에서는 소프라노, 혼성 이중창, 혼성합창으로 변하면서
곡의 다양성이 돋보이고 있다. 이 곡 또한 지금까지 주도적으로 다
루었던 19세기 낭만주의 가곡들과는 큰 거리가 있으며, 악극으로
넘어가기 이전 바그너의 과도기적 가곡 내지는 실험적 가곡의 성
격을 볼 수 있다. 피아노 악기만을 반주로 하면서도 목소리의 다양
한 변화와, 합창과 이중창을 삽입함으로써 마치 기악가곡처럼 입
체적인 극적 효과를 최대한으로 끌어내고 있다.

바그너의 제3곡 〈브란더의 노래Branders Lied〉는 《파우스트》의
《라이프치히 아우어바흐 주막》에 나오는 3연 7행시(GF, 69) 브란
더의 노래와 흥겨운 합창에 곡을 붙였다. 이 곡은 뢰베의 담시 가
곡을 떠올리게 하면서도 유머가 들어 있다. 피아노 스타카토의
짧은 서주와 함께 1연에서는 "지하 주막 둥지에 들쥐가 한 마리
있었다/ 그것은 비계와 버터만 먹고 살았다/ 뚱뚱하게 배가 살쪘
다/ 루터 박사처럼/ 하녀 요리사가 독약을 놓았다/ 그때 쥐에게
는 세상에서 움직일 여지가 너무 좁았다/ 마치 몸속에 사랑을 품
고 고통스러워하듯이"라고 바리톤이 낭송하듯 분명하고 강한 톤
으로 노래한다. 그리고 마지막 7행 "마치 몸속에 사랑을 품고 고
통스러워하듯이"를 흥겨운 남성합창이 후렴으로 노래한 뒤 피아
노의 짧은 간주가 들어간다. 여기 1연에서 보면 지하 주막의 한
둥지에 기름진 것만 먹어서 마치 마르틴 루터처럼 뚱뚱해진 배를
가진 쥐 한 마리가 살고 있는데, 어느 날 주막의 하녀 요리사가
독을 놓자 그것을 먹고는 쥐가 괴로워한다. 그 모습을 마치 사랑
으로 괴로워하는 것처럼 풍자하고 있다.

2연에서는 "들쥐는 주위를 뛰어다니다가 빠져나왔다/ 모든 썩

은 웅덩이에서 물을 빨아 마셨다/ 온 집안을 이로 갈고 할퀴었다/ 그 무엇도 그 분노를 삭이는 데 도움이 되지 않았다/ 여러 차례 불안 때문에 위로 뛰어오르는 듯했다/ 이내 그 가련한 동물은 지쳐 버렸다/ 마치 몸속에 사랑을 품고 고통스러워하듯이"라고 또한 바리톤이 노래한다. 이어 마지막 7행의 후렴은 경쾌하게 남성합창이 노래하고는 피아노의 간주가 들어간다. 그러니까 2연에서는 독을 먹은 쥐가 주막 주위를 미친 듯 헤매다가 밖으로 나와서는 썩은 웅덩이의 물을 마시고 온 집안을 할퀴고 불안해서 뛰어오르기도 하다가 마치 사랑의 괴로움으로 지쳐 버리는 것처럼 이내 지쳐 버린다. 쥐는 지치고 불안하지만 그것을 보는 사람들은 이제 쥐를 처치하게 되어서 기뻐하는데, 그 모습은 독을 놓은 하녀를 통해서 표현되고 있다.

3연에서는 "들쥐는 밝은 날 불안에 떨면서 나와서는/ 부엌으로 뛰어들어 갔다/ 아궁이 곁으로 쓰러져서는 몸을 떨면서 누워 있었다/ 비참하게 거친 숨을 몰아쉬었다/ 그때 독을 놓은 여자가 웃고 있었다/ 저런! 쥐가 한계에 이르러 기진맥진하네/ 마치 몸속에 사랑을 품고 고통스러워하듯이"라고 바리톤이 노래하고, 이어 남성합창이 경쾌하게 7행을 후렴으로 노래하고는 피아노의 아주 짧은 후주가 스타카토로 곡을 끝내고 있다. 이 마지막 연에서 보면 독을 먹은 쥐가 드디어 부엌 아궁이에 쓰러져서 몸을 부들부들 떨면서 거친 숨을 몰아쉰다. 쥐가 죽어 가는 모습은 마치 사랑의 고통을 몸속에 지니고 고통스러워하듯 숨을 헐떡이는데 그것을 하녀가 의기양양하게 쳐다보고 있다. 바그너의 이 제3곡에서도 피아노 연주의 비중보다는 노랫말의 다양한 변화에 중심을 두면서 드라마틱하게 노래하는 특징을 지니고 있다. 이것은 음악적 효과보다도 연극적 대사의 효과가 강조되고 있다고 볼 수 있다.

바그너의 제4곡 〈메피스토펠레스의 노래Lied des Mephistopheles I〉는 괴테의 《파우스트》의 《라이프치히 아우어바흐 주막》에서 메피스토펠레스의 노래에 곡을 붙였다. 이 부분은 프로시, 브란더, 메피스토펠레스 사이에 나오는 대화에서 발췌한 3연 8행시(GF, 71)이다. 프로시가 "벼룩은 내게 깨끗한 손님"이라고 하자 그에 대한 대답으로 메피스토펠레스가 노래한 부분을 중심으로 곡을 붙였다. 이 곡은 화려하고 아주 짧은 피아노 서주와 함께 시작되고 간주와 후주 없이 노랫말 중심으로, 제3곡과 마찬가지로 피아노의 반주는 지극히 보조적 수단으로 제한하면서 바리톤의 목소리가 극적으로 노랫말의 텍스트를 전달하고 있다. 그 텍스트의 내용은 제3곡에서처럼 많은 유머가 들어 있고 귀족과 평민이 벼룩에 물렸을 때 보여주는 대비적 자세가 웃음을 자아내고 있다.

8행으로 이루어진 1연에서는 "옛날에 왕이 한 사람 있었다/ 그는 큰 벼룩 한 마리를 가지고 있었다/ 그는 그것을 적잖이 좋아하였다/ 자신의 친아들 못지않게/ 어느 날 그는 재단사를 불렀고/ 재단사가 다가왔다/ 저기서, 귀공자의 옷을 재라/ 그의 바지 치수도 재라"고 바리톤이 서술자와 왕의 입장에서 노래한다. 1연에서 보면 어느 옛날 큰 벼룩 한 마리를 키우고 있는 왕이 살았는데 그는 자신의 아들처럼 그 벼룩을 아꼈고, 재단사를 불러 그의 치수를 정확히 재서 옷을 만들어 오게 하였다. 2연으로 넘어가기 전에 괴테의 작품에서는 1연과 2연 사이에 브란더의 대사가 나오는데, 벼룩의 치수를 꼭 맞게 재서 옷을 만들도록 다짐을 받으라는 대사가 나온 다음 메피스토펠레스가 노래를 계속한다. 반면 바그너의 곡에서는 피아노의 간주 없이 바로 2연의 노랫말로 넘어가고 있다. 또

한 8행으로 이루어진 2연에서는 "벨벳과 비단으로 만든/ 옷을 이
제 그에게 입혔다/ 옷에는 리본도 둘렀다/ 또한 거기에 십자가도
달았다/ 그는 바로 장관이 되었고/ 커다란 별 훈장도 달고 있었다/
그러자 그의 형제자매들도/ 궁정에서 지체 높은 귀족이 되었다"고
바리톤이 노래한다. 그러니까 이제 기사의 복장과 같이 화려하고
위엄 있는 의복을 입은 벼룩이 장관이 되고, 훈장도 달고 있을 뿐
만 아니라 그의 벼룩 형제자매들도 궁정으로 와서 높은 신분의 귀
족으로 생활하게 된다. 나중에 벼룩들은 사방 누구나 물고 가렵게
했으나 궁정의 사람들은 그것을 잡아 없애지도 못하고 가려움증에
시달리는 괴로움을 겪게 된다.

　8행으로 이루어진 3연에서는 "궁정의 귀족들과 귀부인들/ 그
들은 아주 괴로웠다/ 왕비와 시녀는/ 벼룩에 물리고 갈퀴였다/
그들은 탁하고 쳐 죽여서도 안 되었다/ 그런데 가려움은 그들을
떠나지 않았다/ 우리라면 탁하고 쳐서 숨통을 막아 버린다/ 하나
가 물면 바로 그렇게 한다"고 바리톤이 풍자적으로 노래한다. 이
어 마지막으로 7행과 8행에서 "우리라면 탁하고 쳐서 숨통을 막
아 버린다/ 하나가 물면 바로 그렇게 한다"고 흥겨운 남성합창으
로 곡이 끝나고 있다. 이 반복되는 노래는 궁정의 삶과 평민의 삶
을 대비적으로 강조하는 효과를 지니고 있다. 여기서 보면 궁정
의 귀족들, 귀부인들, 시녀들, 왕비는 벼룩에 물려서 긁지만 벼
룩 한 마리도 죽이지 못한다. 그렇게 벼룩에 물려서 가려움 때문
에 고생하고 있는 데 견주어서, 보통 사람은 벼룩에 물리면 바로
벼룩을 잡아 없앨 수가 있다. 이 점에서 왕이 중심이 되는 궁정
생활과 일반 시민들의 삶이 대비적으로 드러나고 있으며, 왕에게
벼룩을 없애자는 제안은 엄두도 내지 못한 채 궁정 사람들이 벼

룩에 물리는 상황은 폭소를 자아내고 있다.

바그너의 제5곡 〈메피스토펠레스의 노래 II〉는 괴테의《파우스트》의《밤, 그레첸의 문 밖 거리》에서 메피스토펠레스가 치터를 들고 부르는 2연 8행시(GF, 117)에 붙인 곡이다. 이 곡은 세레나데이기는 하지만 담시를 낭송하는 분위기로 노래되고, 피아노의 짧은 서주와 함께 시작된다. 1연에서는 "너는 나에게 뭘 하려는 것이냐/ 사랑하는 사람의 문 앞에서/ 카타린, 여기서/ 하루를 일찍 살펴볼 때?/ 그만 두어라, 그만두어라!/ 그가 너를 통과시킨다/ 소녀로서 들어올 때는/ 그러나 소녀로서 물러나게 되지 않는다"고 바리톤이 노래한 다음 피아노의 짧은 간주가 들어간다. 여기 1연은 메피스토가 카타린이라는 처녀에게 건네는 말이다. 그는 사랑하는 사람의 문 앞에서 뭘 하고 있는지 물으면서, 그녀에게 그의 집으로 들어가지 말라고 하는데 그녀가 들어갈 때는 처녀이지만 나올 때는 그렇지 못하다고 말한다. 2연에서는 "너희들 조심해라/ 일이 끝나면/ 잘 자라고 인사할 뿐이다/ 너희 가련하고 가련한 물건들이여/ 너희들은 자신을 사랑해라/ 도둑에게/ 어떤 사랑도 보이지 마라/ 손가락에 반지를 끼게 될 때까지는"이라고 바리톤이 경고하듯 또박또박 대사를 읊듯이 노래한 뒤 피아노의 짧은 후주와 함께 곡이 끝난다. 2연에서는 메피스토가 처녀들에게 남자들을 조심하도록 경고하고 있는데, 그들은 일이 끝나면 그냥 밤 인사를 하고 헤어지기 때문에 그런 도둑 같은 남자들에게 사랑을 주지 말고 손가락에 결혼반지가 끼워질 때까지 조신하도록 주의를 주는 교훈적 내용이다.

바그너의 제6곡 〈내 마음의 고요는 사라지고〉는 괴테의《파우스트》에서 그레첸이 방에서 물레를 돌리면서 부르는 10연 4행시(GF, 107~108)에 곡을 붙였다. 이 곡에서 피아노의 서주, 간주, 후

주는 슈베르트처럼 물레 감는 소리를 연상시키는데, 바그너의 경
우 물레 도는 소리가 더 사실적이고 힘차게 표현되고 있다. 피아
노의 짧은 서주와 함께 1연에서는 "내 마음의 고요는 사라지고/
마음은 무겁다/ 난 그 고요를 결코 다시는 찾을 수 없네/ 결코 다
시는"이라고 소프라노가 애절하게 노래한다. 1연, 4연, 8연은 같
은 내용으로 되어 있어서 바그너의 가곡에서는 그레첸의 애절하
고 슬픈 마음을 반영한다. 이에 견주어서 그 사이에 놓여 있는 연
들과 9연과 10연은 격동적인 처녀의 열정적인 마음을 대비되게
보여 주고 있다. 그리고 1연에서 3연, 4연에서 7연, 8연에서 10
연은 하나의 그룹으로 묶여서 교차 유절가곡의 특징을 보이고 있
다. 바그너는 사실적으로 그레첸의 노래를 표현하고 있으며, 앞
서 언급한 다른 괴테의 가곡들에 견주어서 피아노의 물레 감는
장면을 강조하는 연주가 돋보이고 있다. 또한 피아노의 역할이
적극적으로 나타나는 점이 바그너의 다른 가곡들과 견줄 때도 예
외적이다. 노랫말의 내용은 앞서 슈베르트의 곡에서 자세하게 다
룬 바가 있어서 여기서는 생략하고, 다만 서로 대비되는 점에 대
해서만 언급하고자 한다.

　슈베르트는 〈물레 감는 그레첸〉에서 단어 반복이나 연을 추가함
으로써 유절가곡의 단조로움을 깨뜨리고 있으며, 피아노는 그레첸
의 역할에 늘 고정된 채 물레 돌리는 소리를 그려 내고 있다. 이것
은 목소리와 대등하게 역할 분담을 하면서 곡의 완성도와 예술성
을 높이고 있다. 단어 반복과 피아노 간주를 보면, 바그너의 곡에
는 1연에서 3연 사이에 단어 및 문장 반복과 피아노의 간주가 없
이 진행되는 데 견주어서 슈베르트의 경우 1연 3행의 일부와 1연
다음에 피아노 간주가 있다. 두 작품 모두 3연 다음에 피아노의 주

모티브 간주가 들어가 있다. 4연은 1연과 같은 내용이고, 5연에서 7연까지는 두 곡 모두 피아노의 간주 없이 노래하는데, 5연과 6연 은 비교적 부드럽고 애잔하게 노래하다가 7연에서는 높은 극적 톤 이 들어가 있다. 5연에서는 사랑하는 사람을 기다리다가 집 밖으 로 나가서 기다리는 모습이 강조되어 있다. 이어 6연에서는 그레 첸이 사랑하는 사람의 고상한 걸음걸이, 우아한 모습, 입가에 떠도 는 미소, 눈에 빛나는 광채를 기억하면서는 절정에 다가선 사랑의 느낌을 두 작곡가의 가곡 모두에서 고양된 음으로 노래하고 있다. 7연에서는 사랑하는 사람과 손을 꼭 잡고 그와 나눈 입맞춤에서 사 랑의 기쁨이 절정에 달한다. 바그너의 곡에서는 7연에서 그 절정 에 이르면서 휴지부 없이 노래하고는 물레 돌리는 소리를 연상시 키는 피아노의 간주가 들어간다. 이와 달리 슈베르트의 경우 7연 의 3행과 4행 "꼭 잡아준 그의 손/ 아, 달콤한 그의 입맞춤" 부분 에서는 피아노의 물레 소리도 잠시 멈추고 가장 고조된 낭송조로 표현되고 있다.

8연의 내용은 1연과 같고, 9연은 전체적으로 높은 톤으로 노래 한다. 10연은 그레첸이 기쁜 마음으로 사랑하는 사람과 입맞춤할 것이지만 그 입맞춤으로 말미암아 모든 것이 헛되게 될 수 있다 는 것을 예감하고 있다. 여기서 슈베르트의 경우는 10연을 반복 노래하고, 다시 10연의 1행 "내 가슴이 흐뭇하도록"과 2행 "그대 와 키스하리라"를 반복함으로써 사랑에 대한 동경을 강화하고 있 다. 그러다 마지막으로 다시 고통이 시작되고 끝이 없다는 뜻을 강조하고자 1연의 1행과 2행 "내 마음의 고요는 사라지고/ 마음 은 무겁다"를 피아니시모로 노래한 뒤 피아노의 짧은 후주와 함 께 노래가 끝난다. 반면 바그너의 경우, 10연에서 문장이나 단어 반복 없이 노래되고는 또한 짧은 후주가 곡을 마감하고 있다. 여러 가지 점에서 바그너의 곡은 슈베르트의 곡과 유사한 점이 있는데, 무엇보다도 피아노가 물레 돌리는 소리를 연상시키고 있는 점, 그레첸의 애절하고 슬픈 마음과 사랑에 대한 동경이 강조되는 점, 세 부분으로 나뉜 유절가곡 및 교차 유절가곡, 세 부분의 끝에 피아노의 물레 돌리는 소리의 주 모티브가 들어가는 점 등에서 유사성을 볼 수 있다. 그러면서도 바그너의 곡은 마치 피아노 반주의 장식 없이 노랫말에 충실한 격정적이고 슬픈 노래 같다는 인상을 주고 있다.

바그너의 마지막 제7곡 〈그레첸의 멜로드라마Melodram Gretchens〉는 앞에서 다룬 괴테의 《파우스트에 붙인 곡》들과는 아주 다른 새로운 양식의 곡이다. 이 곡은 《파우스트》의 《밤, 그레첸의 문 밖 거리》에서 그레첸이 성모상 앞의 화병에 신선한 꽃을 꽂으면서 하는 독백(GF, 114)에 곡을 붙였다. 이 곡은 가곡이라기보다는 노랫말이 돋보이는 연극 대사와 같은 강한 인상을 주고 있다. 만약 피아노 반주 없이 이 곡을 듣게 된다면 그것은 가곡이 아니라, 《파우스트》의 어느 부분에 등장하는 여주인공 그레첸의 연극 대사로 보아야 할 정도이다. 그래서 그것은 바그너 자신이 이 곡에 멜로드라마라는 부제를 단 이유이기도 하다. 노랫말의 전달력은 이렇게 곡을 붙임으로써 그 내용이 강화되고, 그레첸의 절실한 기도를 아주 직접적으로 전하는 효과를 내고 있다. 만약 피아노 반주가 없는 연극 대사였다면 그러한 효과는 감소할 수밖에 없을 것이다. 이 점에서 바그너는 이 곡으로 하여 악극으로 넘어가는 과정에 있다는 것을 보여 주고 있으며, 곡 전체가 낭송조보다도 더 강한 그레첸의 간절한 기도를 연극 대사로 드라마틱하게

읊고 있으며, 거기에 피아노의 반주가 노랫말의 단조로움을 감소
시키는 음악적 효과를 주고 있다.

바그너의 이 곡은 피아노의 긴 서주와 함께 시작되면서 3행으
로 이뤄진 1연에서 "아, 가련하게 여겨 주세요/ 그대 고통의 왕
국이여/ 그대의 모습을 내 고통으로 돌리시어!"라고 연극적 대사
로 소프라노가 낭송한다. 1연에서 보면 그레첸이 성모마리아에
게 자신을 가련히 여겨 자신의 고통을 굽어살펴 달라고 기원하
고 있다. 이 곡에는 피아노의 간주가 마지막 연에서 한 번 나올
뿐 연 구분 없이 노랫말의 내용에 중점을 두고 있다. 3행으로 이
루어진 2연에서는 "가슴에 칼을 맞은 듯/ 수천 배의 고통을 느끼
면서/ 그대는 아드님의 죽음을 쳐다보지요"라고 소프라노가 낭송
한다. 여기서는 성모마리아가 아들의 죽음을 지켜보면서 가슴에
칼을 맞은 것처럼 커다란 고통을 느끼는 것을 그레첸이 상기하고
있다. 3행으로 이루어진 3연에서는 "그대는 아버지를 향해 쳐다
보면서/ 한숨을 보내지요/ 아드님과 그대의 고난 때문에 하늘로"
라고 낭송한다. 그러니까 그레첸은 성모마리아는 천상의 하느님
을 향해서 아들 예수와 자신의 고난 때문에 한숨을 실어 보내고
있다고 여긴다.

6행으로 이루어진 4연에서는 "누가 느낄까/ 쑤시듯 아픈 것
을/ 내 뼈마디에 깃든 고통을?/ 내 가련한 마음이 두려워하는
것/ 두려움에 떨면서 바라는 것을/ 그대, 그대만이 알고 있어요"
라고 노래한다. 여기서 그레첸은 자신의 고통을 성모마리아의 고
통에 비교하면서 그녀를 제외한 어느 누구도 성모마리아의 고통
을 이해하지 못하며, 또한 그레첸이 진정으로 바라는 것이 무엇
인지를 성모마리아는 알고 있다고 여긴다. 5연에서는 "내가 어디

로 가든지 상관없이/ 얼마나 아픈지, 얼마나 아픈지, 얼마나 아픈지요/ 여기 내 마음이/ 아, 혼자 있기만 하면/ 눈물이 나서, 눈물이 나서, 울고 있을 뿐입니다/ 가슴이 무너질 뿐입니다"라고 노래한다. 그레첸은 어디로 가든 그녀의 마음은 사랑의 고통으로 얼마나 아픈지, 혼자 있으면 항상 눈물이 나고 가슴이 무너지는 것 같은 고통을 느끼고 있다.

6행으로 이루어진 6연에서는 "내 창문 앞 화분들을/ 난 눈물로 적셨어요, 아!/ 내가 이른 아침에/ 그대에게 드릴 꽃들을 꺾었을 때"라고 노래한다. 그레첸은 성모마리아에게 바칠 꽃을 이른 아침에 꺾을 때면 항상 슬픔이 엄습하면서 자신의 창문 앞 화분들은 그녀의 눈물로 젖게 된다. 4행으로 이루어진 7연에서는 "내 방을 환하게 비추었어요/ 태양이 일찍 떠올라/ 나는 모든 근심에 잠겨 앉아 있었지요/ 침대에서 깨어나"라고 노래한다. 그러니까 그녀는 잠에서 깨어나 침대에 앉아서 근심에 빠져 있는데, 이에 아랑곳하지 않고 태양은 환히 떠올라서 그녀의 방을 밝게 비추고 있다. 4행으로 이루어진 마지막 8연의 1행에서 "도와주세요! 이 치욕과 죽음에서 구해 주세요"라고 낭송하고는 피아노의 간주가 들어간다. 이것은 이 곡 전체에서 처음이자 마지막 피아노의 간주이다. 이어서 2행에서 4행까지 "아, 가련하게 여겨 주세요/ 그대 고통의 왕국이여/ 그대의 모습을 내 고통으로 돌리시어!"라고 낭송하고는 피아노의 후주가 잔잔하게 곡을 끝내고 있다. 여기 2행에서 4행은 1연의 내용과 동일하다. 이로써 그레첸은 성모마리아에게 자신의 고통을 물리칠 수 있도록 도와 달라는 기원을 하고 있다.

바그너의 마지막 곡은 제6곡 〈내 마음의 고요는 사라지고〉와 내용적으로 연장선상에 있다. 제6곡에서는 그레첸의 사랑의 고통,

동경, 재회에 대한 갈망이 강하게 묘사되어 있고 제7곡에서는 그
레첸이 성모마리아에게 모든 고통과 죽음에서 벗어날 수 있도록
구원을 요청하는 기도를 드림으로써 완결된 이야기 구조를 보여
주고 있다. 그렇지만 음악적 표현 방식에서는 아주 다르게 나타나
고 있는데, 제6곡은 전통적 가곡의 특징을 그대로 살려서 사실적
으로 음악적 해석을 하는 데 견주어서 제7곡은 기존의 모든 가곡
양식에서 벗어나서 연극 대사와 같은 방식의 음악 형식을 취하고
있다. 이러한 악극 형태의 가곡은 바그너의 경우가 유일무이하며,
그의 마지막 곡은 음악적인 노랫말이 아니라 연극 대사로 간주될
수 있는 극적 낭송인 것이다.

4.4 쇠크의 기악 연가곡: 《산 채로 묻히다》(14곡)

쇠크는 고트프리트 켈러Gottfried Keller(1819~1890)의 연작시 〈산
채로 묻히다〉에 1926년 곡을 붙였고 1927년 3월 2일 빈터투어
에서 처음으로 공연하였다.(Chris Walton 1994, 172) 고트프리트 켈
러는 스위스의 시인이자 풍경화가이고, 정치가였으며 19세기 독
일 문학의 대표적인 작가 가운데 한 사람이다. 그의 주요 작품
은 소설 《초록색의 하인리히Der grüne Heinrich》, 《젤트빌라 사람들
Die Leute von Seldwyla》과 시들이 있다. 켈러의 시에는 오트마 쇠크
가 가장 많은 곡을 붙였고, 브람스, 볼프, 파울 힌데미트, 한스
피츠너, 쇤베르크를 포함해서 70명 이상의 작곡가가 곡을 붙였
다.[102]

---

102) Gottfried Keller: Lebendig begraben. Sämtliche Werke, Bd. 1, Berlin 1961,
    111~115쪽 참조.

고트프리트 켈러   오트마 쇠크의《산 채로 묻히다》CD표지

바리톤, 합창과 오케스트라를 위한 켈러의《산 채로 묻히다》(Op. 40)에 곡을 붙인 쇠크의 오케스트라 연가곡은 지금까지 여러 음악가들의 가곡 형식을 종합한 새로운 형식의 마지막 대가곡이라 할 수 있다. 독창곡이라는 점에서 예술가곡 형식의 기본을 지키고 있으면서도 오케스트라 반주를 최소화하면서 노랫말을 보조하고 있다는 점에서는 음악보다도 시의 의미에 더 비중을 두었고, 연가곡 형식에서도 지금까지 다른 음악가들의 피아노 반주의 연가곡이나 오케스트라 반주의 연가곡과는 달리 쇠크의 작품에서는 제1곡에서 제15곡까지 하나로 연결되어 곡의 구분 없이 이어서 노래하는 특징이 있다. 게다가 바그너의 연극 대사와 같은 노래의 악극 형식 또한 섞여 있다. 쇠크는 켈러의 연작시에 나타난 어둡고 섬뜩한 공포의 환영에서 자신의 상황을 은유적으로 표현하는 것이 가능하다고 보았고, 이 "연가곡의 결말은 죽음이 아니라 삶을 향한 고백이다"(RL, 793)라고 했다.

쇠크의 연가곡《산 채로 묻히다》의 제1곡은 "얼마나 쿵쿵 울리는지!Wie poltert es! – Abscheuliches Geroll"로 시작되는데, 이 곡은 켈러의 연작시 1번 무제의 5연 4행시에 붙인 곡이며, 쇠크의 연가곡에서는 오케스트라 반주가 노랫말을 보조하는 극히 소극적 역할에 머무르고 있다. 이 곡은 마치 무덤을 깨우듯 북소리를 동반한 강렬하고 어두운 오케스트라의 짧은 서주와 함께 시작된다. 1연에서는 "얼마나 쿵쿵 울리는지! 자갈 더미가 무섭게 내는 소리/ 잿더미와 토지에서 나온, 곰팡이가 핀 뼈들!/ 난 웃을 수 없고 또한 울 수도 없다/ 하지만 그것이 어떻게 끝나게 될지 놀라게 된다"고 느리고 엄숙하게, 거의 낭송조에 가깝게 바리톤이 노래한다. 여기서는 잿더미와 땅에서 울려 나오는 묵중한 자갈돌들과 뼈들이 움직이는 소리가 크게 쿵쿵 울리자 서정적 자아는 울 수도 웃을 수도 없이 오직 어떻게 이 일이 끝날지 놀라워할 뿐이다. 그러면서 간간히 북소리와 오케스트라의 반주가 무섭게 쿵쿵 울리는 소리를 상기시키고 있다. 그러니까 1연은 일종의 이 연가곡의 도입부로서 어떻게 이야기가 끝날지에 대해서 긴장감을 부여하고 있다.

2연에서는 "지금은 조용하다, 그들은 집으로 천천히 간다/ 나를 7피트 깊이의 이곳에 뉘이고/ 이제 환상이여! 너의 독수리들을 날게 하라/ 그것들은 결코 여기서 날 밖으로 끌어내지는 못한다"고 노래한다. 2연 1행의 경우 "지금은 조용하다" 다음에 북소리와 오케스트라 간주가 짧게 들어가면서 오히려 조용하지 않음을 강조한다. 그러니까 갑자기 찾아온 고요는 사람들이 1인칭의 서정적 자아를 무덤에 깊게 묻고 집으로 돌아감으로써 일어난 일이고, 환상에게 독수리처럼 날개를 펴라고 주문하지만 그것이 그를 무덤 밖으로 꺼내지는 못한다. 맨 마지막 연작시에 보면 서정적 자아는 실제 무덤에 묻힌 것이 아니라 스스로 묻혀 있다고 상상했음을 알 수

있는데, 이 점에서 환상이 그를 꺼내지 못하는 것은 당연한 일이
된다. 왜냐하면 그를 무덤에 가둔 것은 그의 상상이기 때문이다. 3
연 "그건 이제 경이로운 시간이다!/ 어두운 묘지에는 비도 오지 않
고 움직임도 없다/ 나무 벌레로서 영혼이 산책하는 동안/ 전나무
목재에서, 그것은 영원인가?"라고 노래한다. 그러니까 어두운 묘
지에 누워 있다는 것은 경이로우며, 묘지에는 어떤 움직임도 없고
비도 내리지 않는다. 오직 나무를 파먹는 벌레처럼 영혼이 전나무
목재에서 산책하는 동안이 바로 영원인가라고 물음을 제기한다.

4연에서는 "사람들은 거짓을 일삼는 종족이고/ 그리고 무덤에
갈 때까지도 속였다/ 중요한 곰팡이까지도 나와 더불어 가차 없이
속였다/ 슬프다, 거짓말은 그 스스로 복수한다는 것이"라고 노래하
고는 오케스트라의 짧은 간주가 잠시 들어간다. 4연에서 보면 인
간은 무덤에 갈 때까지도 거짓말을 일삼으며, 거짓은 서정적 자아
자신뿐만 아니라 썩게 만드는 곰팡이까지도 속였는데 거짓말은 그
스스로 복수한다. 그러니까 죽지 않았으나 죽어 무덤에 산 채 묻혀
있다는 서정적 자아의 상상이 바로 거짓인 것이다. 5연에서는 "거
짓말쟁이들이 벌 받지 않고 떠나간다/ 아, 그러나 거짓인 나는 각
오해야만 한다/ 죽음이 분노해서 나와 다툴 수 있다는 것을/ 내 삶
의 힘을 한 방울씩 마시면서"라고 노래한다. 이 마지막 연에서 보
면, 종종 거짓을 일삼는 사람들이 벌을 받지 않는 경우가 있으나
끝내 죽음이 분노해서 거짓을 행한 자와 다투면서 그의 삶의 에너
지를 소진시킨다. 이어 후주이자 다음 제2곡의 서주로 북소리와
오케스트라의 묵중한 연주가 들어간다. 앞서 언급한 것처럼 쇠크
의 연가곡에서는 곡들 사이의 구분이 없거나 또는 짧게 오케스트
라의 연주가 후주이자 서주 역할을 동시에 하면서 다음 곡으로 넘

어가는 특징을 보인다.

제2곡은 켈러의 같은 연작시 2번 "무력한 젊은이로서 난 거기 누워 있다Da lieg' ich denn, ohnmächtiger Geselle"로 시작되는 무제의 6 연 4행시에 붙인 곡이며, 제1곡의 오케스트라 후주이자 제2곡의 서주는 각 곡의 구분 없이 하나로 이어진 형태이다. 1연에서는 "무력한 젊은이로서 난 거기 누워 있다/ 구멍으로 내던져져서, 마치 거리의 영웅처럼/ 분노의 물결로 소음을 내는 자이고/ 파헤쳐진 밭에 있는 눈먼 두더지이다"라고 거의 낭송조에 가깝게 바리톤이 느리게 노래하고는 오케스트라의 짧은 간주가 천천히 들어간다. 1연에서 보면 1인칭 서정적 자아는 아무 힘을 쓸 수 없는 젊은이이며 노숙자인 거리의 영웅처럼 무덤으로 내던져져서 무력하게 되어 버렸고 분노의 소리를 지르지만 마치 파헤쳐진 논밭에 있는 눈먼 두더지와 같은 존재가 되어 버린다. 2연에서는 "자, 무엇이 올지 난 기대하고자 한다/ 끝내 여기가 평화로운 집이구나/ 난 굳어진 몸의 지체들에서 감각을 느끼지 못한다/ 하지만 편안한 영혼이 내게서 명랑하게 빛을 발한다!"고 노래한다. 여기서는 무덤에 내던져진 서정적 자아는 분노를 멈추고 이제 앞으로 무슨 일이 일어날지 기대를 하면서 오히려 무덤이 그에게는 평화로운 집이라고 여긴다. 그러면서 그의 몸은 굳어져서 감각을 느끼지 못하지만 영혼은 편안하다고 느낀다.

3연에서는 "이제 내가 영원한 생각을 가지고 있다면/ 사람들이 그것을 끝없이 시험해 보자고 하는/ 그렇게 난 좁은 장 속에 누워 있고 싶다/ 편안하게 생각하면서 최후의 심판이 올 때까지"라고 노래한다. 여기서는 서정적 자아가 영혼의 불멸에 대한 생각을 하게 되고, 보통 사람들도 항상 그것을 확인하려고 하는데 그는 이제 작은 관 속에 누워서 심판의 날이 올 때까지 누워서 편안히 기다리고 자 한다. 4연에서는 "누가 알겠는가, 아마도 그날이 그만 한 크기 로 자라나서/ 화산 같은 힘으로 변화하여/ 화염의 폭발 속에서 이 무덤을 열고/ 나에게 새로운 삶의 여정을 먼저 비출지를!"이라고 노래한다. 여기서는 심판의 날이 오고, 그날은 화산 같은 힘으로 변화되어 그의 무덤을 열고 그에게 새로운 삶의 길을 비추어 줄지 도 모른다고 기대한다.

5연에서는 "얼마나 아름다운가, 내 머리 위에/ 저녁 이슬이 빛바 랜 꽃들을 신선하게 할 때/ 목사는 아마 기쁘게 산책하면서 생각했 을 것이다/ 그의 밑에서 번갯불이 유희를 한다고"라고 노래한다. 5 연에서는 서정적 자아의 머리 위, 곧 바깥세상에서 저녁 이슬이 생 기 잃은 꽃들을 신선하게 만드는 것은 아주 아름다운 일이며, 마 을 목사는 번갯불의 번쩍임은 유희를 하는 것이라 생각할지도 모 른다. 6연에서는 "자신의 빛줄기에서 빛난다고/ 여기 아래에 있는 인간 영혼은 생각하나?/ 아마 이것은 저주의 고통들이다/ 은밀하 게 빛나면서 영원히 가라앉는다!"고 노래한다. 이 마지막 6연에서 보면, 무덤에 뉘인 한 인간, 곧 서정적 자아의 영혼은 자신의 몸에 서 빛이 나온다고 생각한다. 그러나 이것은 끝내 저주의 고통들이 며 아무도 모르게 빛나면서 영원히 가라앉는다. 마지막 4행은 정 말 빛이 영원히 가라앉아서 어두워지는 것처럼 아주 천천히 낮은 소리로 읊조리듯 노래하고는 오케스트라의 후주나 서주 없이 다음 제3곡으로 넘어가고 있다.

제3곡은 켈러의 같은 연작시 3번 "아, 이게 무엇인가? 동경이 다시 꿈틀거린다Ha! was ist das? Die Sehnen zucken wieder"로 시작되는 무제의 5연 4행시에 붙인 곡이며, 오케스트라의 반주가 먼저 짧게 들어가면서 노랫말이 시작된다. 1연에서는 "아, 이게 무엇인가? 동경이 다시 꿈틀거린다/ 봄의 환희처럼 새롭게 피가 솟구친다/ 녹아 없어지는 육체의 지체들이 확대된다/ 그리고 가슴에 젊은 삶의 용기가 용솟음친다"고 노래한다. 여기에서는 서정적 자아의 마음 속에 다시 동경이 꿈틀거리고 봄의 기쁨처럼 새롭게 피가 솟구치며 녹아 없어질 것으로 여겼던 몸의 지체들이 되살아나고 삶의 용기가 생겨난다. 그래서 이것은 도무지 무엇인가라고 의문을 제기하고 있는 것이다. 2연에서는 "이제 그 일이 일어났고 원망이 터져 나온다/ 나뭇조각들이 목덜미 아래에서 삐거덕거린다/ 난 내 시신의 방을 만져 보면서 잰다/ 내 소름 끼치는 운명에서부터 잰다"고 노래한다. 이제 서정적 자아는 무덤 속에서 자신에게 일어난 일에 대해서 원망하는 마음이 들었고 관이 삐거덕거리고 그는 자신의 소름 끼치는 운명에 바탕을 두고 무덤 방의 크기를 재고 있다.

3연에서는 "오 망상이여, 멈추렴! 난 여전히 마이스터이다/ 마지막 숨결까지 그렇게 남아 있다/ 너희 가련한 삶의 영혼들이여, 모여 와서/ 내가 성실하게 지녔던 깃발을 성실하게 지키렴"이라고 노래한다. 이제 망상은 그만두고, 여전히 마지막 숨이 끊어질 때까지 마이스터였던 그의 삶의 길을 다른 영혼들에게 성실하게 따르라고 주문하고 있다. 4연에서는 "경련하듯 불끈 쥔 주먹들을 펴고/ 가슴에 겸손하게 얹어 놓으렴/ 고통이 수십 배로 내 가슴을 에워쌀 때/ 난 의식적으로 확고하게 내 자신에게 머물러 있고자 한다"고 노래한다. 서정적 자아는 삶의 영혼들에게 불끈 쥔 주먹을 펴서 가슴에 얹어 놓으라고 주문하면서 자신이 수십 배로 고통을 겪는다 하더라도 그것을 견디어 내겠다고 다짐하고 있다. 5연에서는 "지상의 관용자들에게서 잃어버린 자리를 얻고자/ 난 여기 지옥의 문 곁

에서 투쟁하려 한다/ 난 고통의 쓰디쓴 잔을 마시려 한다/ 오 영혼
의 위로자인 유머여, 내 잔을 붙잡으렴"이라고 노래하고는 오케스
트라의 짧은 후주가 들어간다. 이 마지막 5연에서 보면, 서정적 자
아는 여전히 삶에 대한 동경을 품고 있는데, 그는 자신의 잃어버린
지상에서의 자리를 찾기 위해서 지옥문 곁에서 투쟁하고 고통의
쓴잔을 마신다. 그러면서 영혼의 위로자에게 그의 잔을 잡으라고
주문한다.

제4곡은 켈러의 같은 제목의 연작시 4번 "하이에나가 있는 사
막 모래에 내가 누워 있구나Läg' ich, wo es Hyänen gibt, im Sand"로 시
작되는 무제의 3연 4행시에 붙인 곡이다. 전체적으로 빠른 낭송조
로 노래한다. 1연에서는 "하이에나가 있는 사막 모래에 내가 누워
있구나/ 난 희망에 차서 밤을 얼마나 고대하는지/ 굶주린 하이에
나 한 마리가 이쪽으로 달려올 때까지/ 구멍 난 묘지로부터 포효하
며 날 파헤치러!"라고 바리톤이 낭송조로 노래한다. 서정적 자아는
하이에나가 사는 사막 모래의 묘지에 누워 있고, 그는 희망에 차서
밤을 고대하지만 굶주린 야생동물은 구멍 틈 사이로 묘지를 파헤
치러 날뛰고 있다.

2연에서는 "난 얼마나 기쁘게 굶주린 짐승과/ 내 목숨을 놓고,
끊임없이 투쟁하는구나!/ 사막 모래에서 난 그것과 싸웠다/ 그리고
확실히 안다, 내가 그것을 굴복시키게 된다는 것을"이라고 낭송조
로 노래한다. 여기서는 서정적 자아가 자신의 목숨을 놓고 굶주린
하이에나와 투쟁을 벌이지만 끝내 그 동물을 이길 것이라는 것을
안다. 3연에서는 "난 등 뒤에서 그 짐승을 뒤흔들고/ 새로 태어난
것처럼 시체를 싸고 있는 천에서 껑충 뛰어오르게 될 것이다/ 노래
하면서 집을 향해 가서는 즐겁게/ 의사의 귀 주변에다 시체를 파헤

친 자를 내동댕이치게 될 것이다"라고 노래하고는 후주이자 다음 곡의 서주인 오케스트라의 연주가 이어진다. 이 3연에서 서정적 자아는 이제 그 짐승을 제압하고 자신을 감싸고 있던 천에서 빠져 나와 즐겁게 집으로 가서는 의사에게 그 짐승을 내보이게 될 것이라는 삶의 희망을 보이고 있다.

제5곡은 켈러의 같은 제목의 연작시 5번 "들어라! 거의 들리지 않는 목소리와 외침 소리를Horch! Stimmen und Geschrei, doch kaum zu hören"로 시작되는 무제의 5연 4행시에 곡을 붙였다. 명랑한 오케스트라 반주와 함께 1연에서는 "들어라! 거의 들리지 않는 목소리와 외침 소리를/ 멀리서 묵중하고 혼란스럽게 울린다/ 난 안다, 날마다 밤마다 그것이/ 죽은 자의 잠, 별의 고요한 궤도를 방해하는 것을"이라고 낮고 느린 낭송조로 바리톤이 노래한다. 이 1연에서는 사람의 목소리와 외침 소리가 날마다 밤마다 멀리서 들려오는데, 이것은 죽은 자의 잠과 고요한 별의 궤도를 방해한다. 2연에서는 "주막에서 나오는 술 취한 교회지기가/ 달빛을 받으며 집 앞에 앉는다/ 시편을 읊조리지만 그녀는 그것을 거의 듣지 않았다/ 그리고 그의 아내가 뛰어나와서 그를 잡아끈다"고 노래한다. 여기서는 주막에서 술을 잔뜩 마신 교회지기가 달빛을 받으며 집 앞에 앉아 시편을 낭송하지만 그의 아내는 그 낭송을 듣지 않고 술 취한 남편을 집 안으로 끌고 들어간다.

3연에서는 "그를 들어가게 했고 심하게 꾸짖는다/ 그 젊은이는 맑고 끈기 있게 읊조린다/ 그렇게 연습되어 이중창에 섞인다/ 고양이의 울음소리와 달빛 속에 개 짖는 소리에"라고 여전히 낭송하듯 노래한다. 여기서는 아내가 집 안으로 들어온 그를 심하게 비난하지만 그는 아랑곳하지 않고 낭랑하게 시편을 낭송하고, 그의 낭송은 달밤에 고양이의 울음소리와 개 짖는 소리에 섞인다. 4연에서는 "그것이 가까이 있어야만 한다, 내가 그것을 들을 수 있도록/ 전래해 오는 오래된 성직의 동굴이/ 보여다오, 불량배 때문에 방해받은 것을/ 외침 소리, 넌 무엇을 할 수 있나, 너 무덤에 묻힌 영혼이여!"라고 멜로디와 함께 노래된다. 그리고 다음 5연으로 넘어가기 전 문이 닫히는 소리를 연상시키는 오케스트라의 짧은 간주가 들어간다. 4연에서는 오래된 성직의 동굴을 서정적 자아가 경험할 수 있도록 그것이 가까이 있어야 했고, 누구의 방해도 없이 그것을 직접 보고자 한다. 그러나 무덤에 갇힌 영혼은 소리 내어 외치는 것 이외에 할 수 있는 일이 아무것도 없다.

5연은 다시 낭송조로 바뀌면서 1행의 일부분 "문이 닫힌다" 다음에 오케스트라의 짧은 간주가 들어간 뒤 나머지 부분 "소란이 사라졌다"고 노래한다. 이어 2행에서 4행 "내가 죽음을 향해서 소리친다 하더라도 도움이 되는 것은 없다/ 그들은 큰 귀들을 끔찍하게 막았다/ 깊은 곳에서 나오는 삶의 외침 소리에"라고 낭송조로 노래한다. 그러니까 이 마지막 연에서는 묘지의 문이 닫히고 밖에서 들려오던 소란도 사라졌으며, 무덤에 갇혀 있는 서정적 자아가 죽음을 향해서 삶의 외침을 내질러 대지만 죽음은 귀를 단단히 막고 있다. 이어 오케스트라의 아주 낮고 짧은 후주가 나오는데, 이것은 죽음이 귀를 꽉 막고 삶의 소리를 듣지 않으려는 귀머거리 상황을 강조하고 있다.

제6곡은 켈러의 같은 제목의 연작시 6번 "그들이 마침내 관을 여기 내려놓았을 때Als endlich sie den Sarg hier abgesetzt"로 시작되는 무제의 7연 4행시에 붙인 곡이다. 1연에서는 "그들이 마침내 관을 여기 내려놓았을 때/ 적절한 마지막 순간에 관 뚜껑이 들어 올려졌고/ 매 순간 난 보았다/ 어떻게 태양이 지면서 빛을 내는지를"이라고 낭송조로 바리톤이 노래한다. 1연에서는 사람들이 관을 무덤에 내려놓으면서 잠시 관 뚜껑이 열리자 서정적 자아는 저녁노을의 빛을 보았다. 2연에서는 "저녁노을 빛에 비치어/ 난 다시 한 번 모두의 얼굴을 보았다/ 저 위 황금빛 평화 속에 있는 탑 꼭지를/ 그건 섬광이었고 그들은 다시 닫았다"고 노래하고는 아주 짧게 오케스트라 간주가 들어간다. 여기서는 서정적 자아가 무덤 앞으로 비치는 저녁노을 속에 사람들의 얼굴을 다시 한 번 볼 수 있었고 평화롭게 저녁노을을 반사하고 있는 탑 꼭대기를 보았는데, 사람들이 다시 관을 닫았기 때문에 그건 마치 잠시 스쳐 가는 섬광과 같을 뿐이었다. 바로 뒤따르는 짧은 오케스트라 간주가 순간적으로 스치는 섬광을 강조하고 있다.

3연에서는 "난 열리고 닫히는 사이에 보았다/ 3월의 눈들이 무덤 주변에 얼마나 쌓여 있는지를/ 날씨는 바뀌어야만 한다/ 그것이 이 가벼운 관으로 촉촉이 스며들기 때문에"라고 낭송조로 노래한다. 3연에서 보면 서정적 자아는 관이 열리고 닫히는 사이에 3월의 눈이 무덤 주위에 쌓여 있는 것을 보았는데, 녹는 눈이 촉촉하게 묘지 안으로 스며들기 때문에 계절이 바뀌기를 바라고 있다. 4연에서는 "난 끄르륵거리는 소리를 듣는다, 부드럽고 낮게/ 눈뭉치가 겨울의 얼음 속에서 해체되는 것을/ 가장 가련한 봄의 친구인 나 또한 깨어났다/ 그런데 어두운 밤에는 움직일 수가 없다"고 노래한다. 실제 서정적 자아는 묘지 안에서 부드럽고 나지막하게 눈뭉치가 얼음에서 해체되는 소리를 듣고, 이제 봄이 온 것을 느끼면서 깨어나지만 어두운 밤에 몸을 움직이지 못한다. 5연에서는 "씨앗이 얼마나 힘차게 내뻗는지/ 어린 줄기는 따뜻한 빛을 그리워하고/ 난 붙잡혀 있는 내 몸을 내뻗는다/ 하지만 그것은 결실 없고 화만 나는 시간낭비이다"라고 노래한다. 봄이 오자 씨앗이 싹을 틔우고 나무줄기가 따뜻한 봄빛을 그리워할 때 서정적 자아 또한 몸을 내뻗어 보지만 아무 소용이 없는 점에 화가 나고 시간만 낭비한다고 생각한다.

6연에서는 "사람들은 거기 위쪽으로 크게 두드리는 소리를 듣지 못하는가/ 여기 만발해서 피어날 준비가 된 마음을?/ 그들은 알지 못한다, 저 아래에서 어떤 일이 있는지/ 어떤 마술지팡이도 이 삶의 혈기를 보여 주지 못한다!"고 이번에는 다소 멜로디의 변화가 있는 낭송조로 바리톤이 노래한다. 여기서는 서정적 자아가 무덤에서 밖을 향해서 문을 두드리지만 밖의 사람들은 그것을 도무지 듣지 못하며 이곳에서 무슨 일이 일어나고 있는지도 알지 못한다. 게다가 마술 지팡이라 하더라도 서정적 자아가 지닌 삶을 향한 의지를 알아채는 데 도움이 되지 않는다. 7연에서는 "살며시 오는 듯했다/ 옛 보물과 샘의 원천인 무덤, 이쪽으로/ 오직 돈과 재산을 향해 있는 그의 막대는/ 따뜻하고 붉은 샘물을 느끼지 못한다"고 낭송조로 노래하고 오케스트라의 짧은 후주가 들어간다. 이 마지막 연에서 보면 누군가 보물을 캐러 묘지 쪽으로 왔으나 그들이 찾는 것은 보물이었기 때문에 서정적 자아의 삶의 의지가 담긴 따뜻하고 붉은 샘물은 도무지 인식하지 못한다. 이로써 무덤 안에 산채로 묻혀 있는 서정적 자아에게는 삶으로 나갈 수 있는 기회가 철저하게 차단되어 있다. 그런 갇히고 완결된 상황을 잠시 나오는 오케스트라의 후주가 강조하고 있다.

제7곡은 켈러의 같은 제목의 연작시 7번 "들어라, 마침내 내 널 빠지로 떨린다!Horch – endlich zittert es durch meine Bretter!"로 시작되는 무제의 5연 4행시에 붙인 곡이다. 1연에서는 "들어라, 마침내 내 널빤지로 떨린다/ 어떤 마력적인 금속 울림인가/ 어떤 지상의 날씨인가/ 내 귀를 전율시키면서 치는 것은?"이라고 낭송조로 노래한다. 1연에서 보면 무덤에 누워 있는 서정적 자아가 목관을 거쳐서 어떤 마력이 있는 금속 울림 같기도 하고 궂은 날씨가 빚어내는 소리 같기도 한 것이 그의 귀를 전율시키면서 때리는 소리를 듣는다. 2연에서는 "돌연 그것이 내 두려운 한탄들을 멈춘다/ 난 귀 기울였다, 헤아리면서 조용히 그리고 대체로 희망에 차서/ 11번, 12번, 정말로 12번 쳤다/ 그건 크게 드르렁거리며 울렸던 종탑 시계였다"고 노래한다. 그러니까 서정적 자아가 유심히 들은 소리는 교회의 종탑 시계가 12번 친 울림이었다. 외부로부터 그 소리를 듣는 순간 자신의 비탄도 멈추었고 삶의 희망이 솟아난다. 3연에서는 "그건 큰 종이고, 공중에 떠 있는 아이다/ 그 소리가 가장 깊은 바닥으로 울려온다/ 벽들과 무덤들을 통해서 길을 내고 있다/ 내 가련한 묘지로 노래를 보내고 있다"고 노래한다. 여기서는 공중에 떠 있는 교회의 종탑 시계 소리가 서정적 자아의 무덤으로까지 울려왔고 무덤의 벽과 무덤들을 거쳐서 노랫소리처럼 울려오고 있는 것이다.

4연에서는 "이제 확실히 지붕들에 따뜻한 해가 비치었다/ 햇빛이 비치는 봄을 따라, 밝은 천공의 푸르름으로/ 이제 벽난로에서 연기가 잔물결로 나온다/ 사람들은 푸른 초원으로부터 유혹을 받고"라고 여전히 낭송조로 노래한다. 노랫말의 뜻을 강조하듯 가볍고 밝은 분위기의 현악기 연주가 처음으로 돋보인다. 4연에서 보면 이제 봄이 되어 봄 햇살이 지붕 위를 비추고, 벽난로에선 빛에 의해서 잔물결이 만들어지면서 연기가 새어 나오고 사람들은 푸른 초원으로부터 봄나들이 유혹을 받는다. 마지막 5연에서는 "너 종의 노래여, 넌 왜 무덤 속에 있는 날 비웃는가/ 신의 만찬에 오라고 부르는 자여/ 넌 내 배고픔이 달갑지 않아 경고하는가/ 초라하고 고요한 식사 자리에 갈 수는 없나?"라고 노래한 뒤 고요하고 서정적인 오케스트라의 짧은 후주가 들어간다. 여기서는 봄이 찾아온 바깥세상과는 달리 무덤 속에 있는 서정적 자아를 교회의 종소리가 비웃고 있으며, 신의 만찬에 오라는 초대는 그에게는 해당되지 않는다.

제8곡은 켈러의 같은 제목의 연작시 8번 "그때 난 그 장미를 먹어 치웠다Da hab' ich gar die Rose aufgegessen"로 시작되는 무제의 2연 4행시에 붙인 곡이다. 1연에서는 "그때 난 그 장미를 먹어 치웠다/ 그들이 내 메마른 손에 주었던/ 난 다시 장미들을 먹을 것이라고/ 난 내 삶에서 결코 생각할 수 없었는데"라고 전체적으로 아주 느리게 노래한다. 여기서는 서정적 자아가 장례식 때 자신의 관으로 던져 준 장미를 먹었다. 살아생전에는 먹어 본 적이 없지만 이제 다시 장미를 먹게 될 것이다. 2연에서는 "난 알고 싶다, 그것이 붉은색인지/ 하얀색 장미였는지를?/ 오 신이여, 날마다 우리에게 당신의 빵을 주십시오/ 당신이 원하시면 사악함으로부터 우리를 구원하소서"라고 노래한다. 마지막 3행과 4행은 더욱이 애원하듯 기도하는 마음을 담아 느리고 부드럽게 노래하는 데 견주어 북소리가 두드러진 오케스트라 반주가 대비적으로 나타나면서 마치 다음 곡과 하나인 것처럼 바로 제9곡으로 넘어가고 있다. 2연에서는 서정적 자아가 그의 식용이 된 장미의 색이 붉은지, 하얀지 모르지만, 신에게 일용할 양식과 악으로부터 그를 구원해 달라고 기도하고 있다.

　　제9곡은 켈러의 같은 제목의 연작시 9번 "12번 쳤다, 왜 정오인가?Zwölf hat's geschlagen — warum denn Mittag?"로 시작되는 무제 3연 4행시에 붙인 곡이다. 가볍게 시계 치는 소리의 오케스트라 반주와 함께 1연 "12번 쳤다, 왜 정오인가?/ 아마 시계 소리는 자정을 알리는 것일 테다/ 지금 저 위 천상의 별들이 흘러가고 있는지/ 모르겠구나, 그것을 볼 수가 없구나"라고 마치 낭송시처럼 바리톤이 노래한다. 1연에서는 제7곡 내용의 연장선에서 12번 울리는 시계 종소리가 정오가 아니라 자정을 알리는 것이라고 서정적 자아는 생각한다. 그러면서도 하늘에 별들이 떠 있는지, 무덤에 누워 있는 그는 볼 수가 없다.

　　2연에서는 "아, 자정이구나! 밝은 희망의 빛이여!/ 그 빛이 밤마다 많은 묘지를 훔쳐 갔다/ 무덤 파는 인부는 아마도 살며시 이쪽으로 오겠지/ 그리고 살아 있는 나를 놀라서 풀어 주겠지!"라고 노래한다. 여기선 서정적 자아가 시계 종이 12번 울린 것은 자정을 뜻하고, 시계 종소리가 울리는 것을 들으면서 삶의 희망이 생겨나고 그 희망의 빛이 밤마다 묘지에 깃드는데, 무덤 파는 인부가 그가 있는 곳으로 와서 살아 있는 그를 무덤에서 꺼내 줄 것이라고 여긴다. 그런데 그 인부는 무덤에서 귀중품을 찾기 위해서 온 자인 것이다. 3연에서는 "한데 그가 여기서 어떤 귀중품을 찾나?/ 그는 너무 잘 알지, 내게서 아무것도 발견하지 못할 것이라는 것을/ 금반지는 내게서 빠졌고/ 죽음은 네게 소용이 없지!"라고 여전히 낭송조의 톤으로 노래하고는 오케스트라의 잔잔하고 짧은 후주가 들어간다. 후주이기는 하지만 다음 제10곡으로 안내하는 서주처럼 울리고 있다. 3연에서 보면 무덤 파는 인부는 산 채 묻혀 있는 서정적 자아로부터 귀중품은 하나도 얻지 못하게 될 것이다. 이미 그의 손가락에서 금반지는 누군가 빼어 갔고 죽음도 직업이 무덤 파는 일인 인부에겐 별 뜻을 지니지 못한다.

제10곡은 켈러의 같은 제목의 연작시 10번 "그래, 내겐 떠나버린 사랑이 있었던 것 같다Ja, hätt' ich ein verlaßnes Liebchen nun"로 시작되는 무제 3연 4행시에 붙인 곡이다. 우수와 회상에 차서 노래하지만 이 곡은 어둡고 음울한 분위기의 이 연가곡 전체에서 유일하게 낭만적 분위기를 띠고 있다. 1연에서는 "그래, 내겐 떠나 버린 사랑이 있었던 것 같다/ 붉게 동이 틀 때보다 먼저 한탄하러/ 내 신선한 침대에 쉬러 오는 사랑이/ 달콤한 공포와 함께 내가 부르는 소리를 들은 것 같다"고 애수와 회상에 잠겨서 노래한 다음 현악기를 중심으로 한 오케스트라의 낭만적이고 짧은 간주가 들어간다. 한때 그에게도 사랑하는 사람이 있었고, 그녀는 이른 아침에 그가 부르는 노래를 듣고는 두려워하면서도 그에게로 오곤 한다.

2연에서는 "왜 난 단 한 사람에게도 말하지 않았는가/ 신선한 사랑이 내 마음에 싹텄다는 것을?/ 난 망설였고 그것을 표현하지 않았다/ 병이 왔고 이 무슨 훌륭한 익살극인지!"라고 노래한 다음 1연에서와 마찬가지로 오케스트라의 간주가 짧게 들어간다. 그는 그녀에게 자신의 마음에 싹튼 사랑을 고백하는 것을 주저했고 고백하지 않았다. 그러다 병이 들었는데, 이 모든 것이 한편의 조소극 또는 우스꽝스러운 익살극 같다고 여긴다. 3연에서는 "그녀가 외롭게 그리고 사랑받지 못한 채/ 생각에 잠겨 종종 그녀가 눈을 내리깔 때/ 오 그녀가 안다면, 그런 마음이 있다는 것을/ 잔디 아래 두근거리면서 그녀를 생각하는"이라고 노래하고는 오케스트라의 짧은 후주가 들어간 뒤 다음 곡으로 바로 넘어간다. 여기서는 그녀가 그의 사랑을 알지 못한 채 종종 땅으로 시선을 보내면서 생각에 잠기고, 끝내 외롭게 떠나 버린다. 그래서 그가 산 채로 묘지에 누워서 가슴 두근거리며 그녀를 생각하는 것을 알지 못한다.

제11곡은 켈러의 같은 제목의 연작시 11번 "쪼개진 전나무는 얼마나 훌륭했는지Wie herrlich wär's, zerschnittner Tannenbaum"로 시작되는 무제 4연 4행시에 붙인 곡이다. 이 곡 또한 제10곡처럼 이 연가곡 전체에서 낭만적이고 노랫말의 톤이 다양하게 전개되고 있으며 각 연마다 오케스트라의 간주가 들어가는 특징을 지니고 있다. 1연에서는 "쪼개진 전나무는 얼마나 훌륭했는지/ 넌 가느다란 돛대로서 솟아오른다/ 푸른 하늘로 장식된다/ 햇빛 비치는 밝은 항구의 문 앞에서"라고 편안하고 느리게 노래하고는 오케스트라의 부드러운 간주가 들어간다. 1연에서 보면 쪼개진 전나무로 가느다란 돛대를 만들었고 맑은 날 항구의 문 앞에서 푸른 하늘에 나부끼고 있다. 2연에서는 "저기에 우리는 언젠가 함께 있어야만 한다/ 흔들거리는 돛단배에서 난 네게 기대었다/ 넌 슈바르츠발트에서 왔고, 난 저 위 라인 지역에서 왔지/ 친구들이여, 우리는 바다로 나아가자"고 느리게 노래한 다음 오케스트라의 짧은 간주가 들어간다. 여기서는 서정적 자아가 한때 돛단배에서 그 전나무 돛대에 몸을 기대었고 언젠가 다시 함께 있어야 한다고 여긴다. 그 전나무는 슈바르츠발트에서, 그는 라인 지역에서 왔는데 함께 다시 바다로 항해하자고 제안한다.

3연에서는 "배가 난파해서 파편으로 쪼개졌다/ 넌 파열하여 갑판 위로 떨어졌고/ 난 단단한 손으로 널 붙잡았지/ 그렇게 우리 둘은 세상 끝으로 헤엄쳤지"라고 갑자기 빨라진 톤으로 노래하는데, 이것은 배가 난파하는 급박한 상황을 연상시킨다. 이어 오케스트라의 간주가 짧게 나오고 4연으로 넘어간다. 3연에서는 그들이 탄

배가 난파해서 전나무 돛대가 갑판 위로 떨어지자 그가 그것을 붙잡았고 다행히 그는 그 돛대에 실려 부서진 배에서 벗어나 뭍으로 멀리 헤엄쳐 갈 수 있었다. 4연에서는 "가장 좋았던 것은 네가 높이 자유롭게 서 있는 것이었지/ 전나무 숲에서, 꼭대기는 새들의 노래로 가득했고/ 난 네 곁을 어슬렁거리며 지나가게 될 것이다/ 내가 가고자 했던 곳은 푸른 산을 따라 가는 것이지"라고 노래하고는 오케스트라의 후주가 들어가면서 다음 곡으로 넘어가고 있다. 4연에서는 전나무가 원래대로 높이 자유롭게 숲에 서 있는 것이고, 그 꼭대기에 새들의 노랫소리로 가득할 때면 서정적 자아는 그 곁을 천천히 지나가게 될 것이고, 그가 정말 원하는 것은 녹음 우거진 산을 걷는 것이다. 이로써 산 채로 묻혀 있지만 삶으로의 회귀를 강하게 바라는 서정적 자아의 마음을 표현하고 있다.

제12곡은 켈러의 같은 제목의 연작시 12번 "내가 보았던 첫 번째 전나무는Der erste Tannenbaum, den ich gesehn"으로 시작되는 무제의 14연 4행시에 붙인 곡이며 대체로 낭송조로 노래하고 있다. 1연에서는 "내가 보았던 첫 번째 전나무는/ 촛불이 반짝이는 크리스마스트리였다/ 난 내 앞에 사랑스럽게 빛을 발하면서 서 있는 것을 본다/ 밝은 방 안에 있는 초록색의 기적이"라고 느린 낭송조로 노래한다. 1연에서 서정적 자아가 맨 처음 보았던 전나무는 장식이 달린 크리스마스트리였고, 그것은 사랑스럽게 빛을 발하며 서 있었고, 그건 방 안을 밝게 하는 초록의 기적이었다. 2연에서는 "거기선 내가 날마다 가장 먼저 잠에서 깼다/ 나뭇가지들에서 그 장식을 훔치려고/ 그런데 가장 마지막 사람으로 난 달콤한 열매를 꺾었다/ 동시에 기적을 믿는 믿음이 중요했다"고 느린 낭송조로 노래한다. 여기선 서정적 자아가 나뭇가지의 장식을 가지려고 맨 먼저 일찍 잠이 깨었으나, 실제는 맨 마지막에야 전나무의 장식을 가졌는데 중요한 것은 기적을 믿는 마음이다.

3연에서는 "그러고 나서 봄에 처음으로/ 침엽수 숲에서 길을 잃었을 때/ 높은 고요한 기둥들을 지나 몰래 빠져나갔다/ 초원이 새로운 지저귐으로 혼란이 바로잡힐 때까지"라고 다소 빨라진 낭송조로 노래한다. 여기서는 그 뒤 봄이 되자 서정적 자아는 침엽수 숲으로 갔다가 길을 잃었고, 새롭게 새들의 지저귐 소리를 듣고서야 그는 높은 전나무들 사이로 빠져나올 수 있었다. 4연에서는 "오 기쁨이여! 내가 거기서 보이지 않은 채/ 크리스마스트리의 숲에서 놀고 있었고/ 그 부드러운 숲 정상의 바람이 내 머리카락 가까이/ 더욱이 내 정수리를 시원하게 해 주었다"라고 멜로디가 일부 들어간 낭송조로 노래한다. 이 4연에서는 서정적 자아가 그 전나무 숲에서 놀았고, 숲에 부는 바람이 그의 머리카락을 날리게 하고 그로 말미암아 머리 정수리가 시원해졌던 일을 회상하고 있다.

5연에서는 "작은 전나무에 있는 한 작은 거인을/ 난 만족해서 보았다. 크리스마스트리가 피어났던 곳에서/ 난 용감하게 아주 작은 전나무를 움켜잡았고/ 내 발로 그것을 힘 있게 비틀면서 구부렸다"고 다소 빠르고 강한 낭송조로 노래한다. 서정적 자아는 전나무를 트리로 사용하고자 아주 작은 전나무를 움켜잡아 발로 비틀어서 구부렸다. 6연에서는 "내 위에는 푸른 공간만이 있었다/ 내가 땅에 몸을 바짝 붙였을 때/ 아래에서 가느다란 줄기의 가장자리를 통해서 보았다/ 어떻게 땅과 호수가 은빛 대기 중에 흔들렸는지를"이라고 느린 낭송조로 노래한다. 6연에서 서정적 자아는 바닥에 누워서 머리 위에는 푸른 하늘과 나무줄기 사이로 대지와 호수가 은빛 대기에 흔들리는 것을 보았다.

　7연에서는 "난 그렇게 누워 있었고, 살랑거리는 소리가 나면서 흩어졌다/ 공기의 입김이 곱슬머리를 통해서 나에게 살랑거렸다/ 높은 곳에선 솔개가 비스듬히, 재빨리 움직였고/ 그것의 날갯짓이 내 귀를 때렸다"고 다소 빠르고 강한 낭송조로 노래한다. 서정적 자아는 여전히 누워서 나무의 살랑거리는 소리를 들었고 바람이 그의 머리를 지나갔고 하늘에선 솔개가 빠르게 움직이는 날갯짓이 그의 귀를 스쳐 갔다. 8연에서는 "그것은 가까이 움직이면서 내 머리 위에 있었다/ 그 눈은 어두운 보석처럼 반짝였다/ 날개의 얇은 가장자리에서/ 빛이 줄기로 비치는 것을 보았다"고 느린 낭송조로 노래한다. 여기서는 솔개가 그의 머리 위에 있었고 그 눈은 보석처럼 빛났으며 그 날개의 가장자리에 햇빛이 나무줄기로 비쳤다.

　9연에서는 "내 얼굴에 그 그림자가 드리웠고/ 타오르던 내 뺨이 식었다/ 뜨거운 피를 가진 어느 인도의 제후 때문에/ 그런 양산이 솟아난 것이었을까?"라고 느린 멜로디가 들어간 낭송조로 노래한다. 9연에서는 서정적 자아의 얼굴에 솔개의 그늘이 드리웠고 그로 말미암아 뜨거운 뺨이 식었다. 그러면서 이 그림자는 어느 인도 제후의 뜨거운 피를 식히기 위한 양산과 같은 것인가라고 자문한다. 10연에서는 "난 그렇게 누워 있다가 갑자기 가까이 쳐다보았다/ 도마뱀이 호기심 어린 눈빛으로/ 가장 가까운 나뭇가지에서 내 눈을 내려다보는 것을/ 흔들거리는 다리 위에서 한 아이가 밀물 속으로 뛰어드는 것을"이라고 느린 낭송조로 노래한다. 10연에선 서정적 자아가 여전히 누운 채 도마뱀이 가까이 있는 나뭇가지에서 자신의 눈을 내려다보고, 흔들거리는 다리에 서 있던 아이가 다이빙하려는 것을 보았다.

　11연에서는 "난 더 이상 그런 선량한 시선으로 보지 않았다/ 그

리고 생생하게, 조용히, 섬세하게 빛나면서/ 그것은 밝은 초록이었
고 나는 마지막 숨결이 지나가는 것을 보았다/ 부드러운 가슴에 만
발한 장미처럼 창백하게"라고 느린 낭송조로 노래한다. 여기서는
서정적 자아가 그런 것들에 대해서는 이제 큰 관심이 없으며, 밝은
초록색의 전나무 사이로 조용히 섬세하게 빛나면서 마지막 숨결이
지나가는 것을 보았다. 12연에서는 "그것은 내 푸른 눈을 들여다
보았는가?/ 그것은 가지로부터 내 이마 위로 내려왔다/ 앞으로 걸
어간다, 그것이 내 목을 감을 때까지/ 섬세한 장신구, 그 지체들이
쉬는 듯하다"고 느리고 다소 높은 톤의 낭송조로 노래한다. 12연
에서는 마지막 숨결이 그의 눈을 들여다보고, 전나무 가지에서 분
리되어 그의 이마 위로 내려왔는데, 그는 그것이 장신구처럼 그의
목을 감쌀 때까지 앞으로 걸어간다.

13연에서는 "난 움직이지 않은 채 가볍게 눌러서/ 목에 가느다
랗게 맥박이 뛰는 것을 느꼈다/ 그건 유일하고 가장 아름다운 장식
이었다/ 내가 내 삶에서 지녔던"이라고 느리고 낮은 톤의 낭송조로
노래한다. 여기선 서정적 자아가 여전히 움직이지 않은 채 자신의
목에 손을 가볍게 눌러서 맥박이 뛰는 것을 확인한다. 14연에서는
"그 당시 난 하찮은 범신론자였고/ 어린 나무 밑에서 성스럽게 쉬
었다/ 하지만 각 기한을 알지 못했다/ 나무 밑동에 그런 널빤지들
이 싹트고 있다는 것을"이라고 느린 낭송조로 노래하면서 곡이 끝
난다. 14연에서는 서정적 자아가 한때는 범신론자였고 어린 나무
밑에서 쉬었는데, 그는 그런 나무들이 언제인지는 알 수 없지만 언
젠가는 관의 널빤지로 사용된다는 것을 알게 된다.

오케스트라 반주가 들어가면서 제13곡의 노랫말이 시작된다. 이
곡은 켈러의 같은 제목의 연작시 13번 "내가 보았던 가장 아름다운

전나무Der schönste Tannenbaum, den ich gesehn"로 시작되는 무제 8연 4
행시에 붙인 곡이다. 1연에서는 "내가 보았던 가장 아름다운 전나
무/ 그건 60그루의 자유의 나무였다/ 보호 축제에서 꼭대기에는
진홍빛 바람이 일고/ 그 밑동에서 맑은 물이 흘렀다"고 노래한다.
여기서는 서정적 자아가 본 가장 아름다운 전나무는 키가 약 40미
터 가까이 이르는 자유를 상징하는 나무였으며, 그 나무를 보호하
는 축제가 열렸을 때 진홍빛 바람이 나무 꼭대기에서 일렁이고 나
무 밑동에는 물이 흘렀다. 2연에서는 "네 개의 관들은 살아 있는
샘물을 부었다/ 둥근 화강암으로 된 잔으로/ 갈색 옷을 입은 사수
들이 그쪽으로 몰려왔다/ 은빛 잔들을 흔들면서"라고 노래한다. 여
기서는 그 큰 나무에 샘물을 붓기 위해서 네 개의 관이 동원되었고
그 물은 둥근 화강암으로 된 잔 속으로 부어졌으며 사수들이 은빛
잔을 흔들면서 그쪽으로 몰려왔다.

3연에서는 "인간의 무리가 눈에 띄지 않게 많아졌다/ 모든 끝에
서 남성합창이 울려왔다/ 하늘 천막으로부터 작열하는 7월 태양빛
이 흘러들었다/ 내 아버지의 명예 때문에 빛나면서"라고 고양된 낭
송조로 노래한다. 3연에서는 사람들이 점점 눈에 띄지 않게 나무
주변으로 몰려와서는 사방에서 남성합창의 찬미가 울려 퍼졌고
7월의 여름 하늘에선 태양이 비추었고 선조들의 명예로 말미암아
더욱 빛났다. 4연에서는 "빼곡하게 무리 지어서 거기 잔의 가장자
리에서/ 나도 큰 소리로 노래했다, 15세의 소년이/ 샘물가 내 맞은
편에 서 있었다/ 로만 계통의 말을 하는 예쁜 소녀가"라고 노래한
다. 여기서는 15세의 소년이었던 서정적 자아도 많은 사람들 사이
에서 큰 소리로 노래했고, 그의 맞은편에는 프랑스 혈통의 한 예쁜
소녀도 서 있었다.

5연에서는 "그녀는 그리종의 끝자락 계곡에서 왔다/ 알프스 장미들을 검게 엮어 들고 왔다/ 그러곤 그녀 아버지의 승리의 잔을 가득 채웠다/ 그 안에서 여름밤의 별 같은 그녀의 눈이 빛났다"고 노래한다. 그러니까 그 소녀는 장미를 엮어 머리에 꽂고 어느 시골 계곡에서 왔고 그녀 또한 그녀 아버지의 승리를 기리는 잔을 가득 채웠으며 그녀의 눈은 여름밤 별처럼 빛나고 있었다. 6연에서는 "그녀는 천진하게 공평무사한 휴식 속에/ 맑은 샘물로 잔을 가득 넘치게 하였고/ 그 안에 태양이 비치는 것을 쳐다보았다/ 가득 찬 잔이 비워져 그녀 맘에 들 때까지"라고 노래한다. 프랑스에서 온 그 소녀는 천진하게 휴식을 취하면서 그녀의 잔도 맑은 샘물로 가득 넘치게 하였고, 잔이 완전히 빌 때까지 그 속에 태양이 비치는 것을 보았다.

7연에서는 "날 인지하면서 그녀는 즐거운 기분으로 던졌다/ 샘물로 그녀의 머리카락에서 장미 한 송이를/ 물에 물결들이 일었고/ 내가 기쁘게 꽃들의 인사를 받을 때까지"라고 노래한다. 7연에서는 그녀가 즐거운 기분으로 빈 잔을 내려놓았고, 그녀의 머리카락에 꽂혀 있던 장미 한 송이를 샘물로 던지자 파문이 이는데 그는 즐겁게 그녀가 던진 장미꽃의 인사를 받는다. 8연에서는 "난 그때 신선한 자유의 기쁨을 느꼈다/ 마음속엔 조국에 대한 사랑이 싹텄다/ 소년의 가슴에서 흔들렸고 살랑거렸다/ 높은 전나무에 이는 강한 봄바람처럼"이라고 노래하고는 오케스트라의 후주가 들어간다. 이 후주는 다음 곡의 서주 역할을 하면서 바로 이 연가곡의 마지막으로 안내하고 있다. 이 마지막 연에서 보면 서정적 자아는 그곳에서 신선한 자유의 기쁨과 조국에 대한 사랑이 싹트는 것을 느꼈고 소년의 마음에는 키가 큰 전나무에 이는 강한 봄바람처럼 감동이 찾아왔다.

이 연가곡의 마지막 제14곡은 켈러의 연작시 14번 "다시 친다, 15분 그러고는 12번!Und wieder schlägt's − ein Viertel erst und Zwölfe!"으로 시작되는 무제의 6연 4행시에 붙인 곡이다. 이 마지막 시에서 보면 지금까지 서정적 자아는 병이 들었고 가상으로 산 채 묻혀 있는 존재였다는 것을 알 수 있으며, 이제 그런 환영에서 벗어나 삶으로 회귀하고자 하는 강한 의지를 보이고 있다. 어둡고 음울한 분위기에서 벗어나 긴 겨울을 지난 환한 봄빛처럼 오케스트라의 반주와 성악가의 음색이 조화롭게 어우러진 대단원을 보여주고 있다. 1연에서는 "다시 친다, 15분 그리고 12번을!/ 먼저 15분을, 신이여 나를 도우소서/ 시간이 흘러갔다, 내가 다시 움직일 수 있게 된 이후부터/ 난 많은 날이 흘러가기를 꿈꾸었다"고 노래하고는 오케스트라의 간주가 짧게 들어간다. 1연에서는 시계 종탑에서 15분 그리고 12시를 알리자 서정적 자아는 신에게 그를 도와 달라고 기도하면서 지금까지 많은 고통의 날이 흘러가기를 꿈꾸어 왔다. 오케스트라의 간주는 이제 그가 산 채로 묻혀 있다는 환영에서 벗어나게 되는 것을 미리 암시하고 있다. 다음 2연에서 그 점이 명확해지는데, 2연에서는 "난 자유다, 고통은 방향을 틀었다/ 세상을 지나서 그 빛줄기를 보낸다/ 그것은 시간과 공간을 이 관에서 해체한다/ 난 혼자이지만 혼자가 아니다"라고 결연하게 노래한다. 여기서 보면 이제 서정적 자아는 고통에서 벗어나 완전한 자유를 경험하는데, 고통은 방향을 틀었고 시간과 공간이 그가 산 채 묻혀 있다고 여기는 관에서 해체된다. 그래서 그는 혼자이면서도 혼자가 아니라고 느낀다.

3연에서는 "난 내 쓰디쓴 고통과 작별하였다/ 내가 작별하고자 했던 바다처럼/ 난 부글거리는 뜨거운 피가 흐르게 내버려 둔다/ 해안가에 용기에 찬 사람으로서 서 있다"고 바리톤이 결연하게 노래하고, 합창이 들어간다. 합창은 처음으로 이 마지막 곡에서 나오고 있으며 3연과 4연에 삽입되어 있다. 이로 말미암아서 오케스트라 반주, 바리톤 독창, 합창이 서로 조화를 이루면서 웅장함을 야기하고 있다. 3연의 내용은 서정적 자아가 지금까지의 환영에 사로잡혀 겪었던 혹독한 고통과 작별하고 그의 가슴에는 삶을 향한 뜨거운 피가 흐른다. 4연에서는 "너희 불충한 물결이여, 날뛰어라/ 충분히 오래 난 너희들과 움직였다/ 난 해변의 어느 사공처럼 너희들에게 노래를 전한다/ 좋은 고향과 바꾸자"라고 합창과 더불어 바리톤이 결연하게 노래한다. 서정적 자아는 지금까지 환영의 물결에 충분히 시달려 왔고 이제 삶인 고향과 바꾸자고 제안한다. 이로써 서정적 자아가 그에게 죽음의 고통을 주었던 환영과 결별한 준비가 충분하다는 것을 보여 준다.

5연의 1행에서는 "이미 난 희미하게 시간에 이어 시간이 흘러가는 것을 본다"고 노래하는데, 이때 오케스트라 반주의 소리가 커지면서 대단원의 절정을 보여 주고 있다. 2행에서 4행까지 "무한히 먼 곳으로 잃어버려 가는 것을/ 날개여, 산 정상이여, 흘러가는 구름이여/ 그런 움직임 속에 영원이 있다!"고 노래한다. 서정적 자아는 아직 미몽에서 완전히 깨어난 것은 아니지만 시간은 계속 흘러 무한히 먼 곳으로 가고 자연 속에 영원함이 있다는 것을 인식한다. 그런 인식을 반영하는 오케스트라의 짧고 화려한 간주가 들어간다. 마지막 6연 "마지막 숨결은 삶이 출렁이는 바다이다/ 생각들이 달아나면서 사라지는 곳이다/ 떠나라, 오 자아여! 허망한 바보여/ 너는 그런 존재다, 안녕 너, 잘 떠나라!"라고 단호하고 고양된 톤으로 바리톤이 노래하고는 오케스트라 후주가 북소리와 함께 곡을 끝내고 있다.

이 마지막 연에서 서정적 자아는 옛 자아와 단호하게 작별하는데, 마지막 호흡은 삶의 움직이는 바다와 같고 이제 허망한 생각들이 없어지는 곳이기도 하다. 그래서 허망한 바보와 같은 존재인 옛 자아에게 떠나라고 주문하고 있다. 이렇게 해서 서정적 자아의 의지는 최종적으로 삶으로 향하고 있다. 지금까지 서정적 자아는 병에 시달리면서 산 채 묻혀 있다는 환영으로 고통받다가 스스로 그 고통을 끊고 삶으로 회귀하는 것으로 이 대★ 연작시와 연가곡이 끝나고 있다. 작곡가 쇠크는 이 40분이 넘은 오케스트라 연가곡에서 단 한 번도 단어나 문장의 반복 없이 주로 낭송하는 형식에 의존해서 곡을 이끌고 있으며, 여느 가곡 작곡가보다도 시 텍스트에 충실하게 곡을 붙이고 있다. 그뿐만 아니라 오케스트라 연주는 노랫말을 보조하는 역할에 제한되어 있으면서도 특이한 점은 각 곡의 오케스트라 후주가 다음 곡의 서주 역할을 동시에 하거나, 또는 후주나 휴지부도 두지 않고 바로 다음 곡으로 넘어가는 작곡 기법을 사용함으로써 지금까지 다루었던 연가곡들과 달리 각 곡의 구분 없이 하나의 노랫말로 이어서 연결되게 작곡한 점이다.

이 점에서 보면 그의 연가곡은 말 그대로 연가곡이라 할 수 있으며 이러한 시도는 쇠크의 독창성을 보여 주고 있다. 또 노랫말의 긴 텍스트는 음악을 동반해서 흥미롭게 낭송시 형식을 취하고 있다. 이 점에서 보면 극적 효과를 내는 바그너의 연극 대사와 같은 가곡과도 다르고, 말러와 슈트라우스가 오케스트라 연주를 극대화하여 노랫말과 대등하게 다룬 점과도 다르다. 그러면서도 쇠크의 연가곡은 그 어떤 가곡에서도 볼 수 없는 어둡고 음울한 분위기가 낭송조의 노래로 강조되고, 후반부에 이르면 삶의 환희가 승리하는 것으로 귀결되고 있다.

　지금까지 살펴본 바와 같이, 주로 피아노와 목소리에 의존한 독일 낭만주의 예술가곡은 19세기에 절정에 있다가 20세기에 접어들면서 오케스트라 가곡이나 음악적 형태를 시 낭송이나 극적 대사와 같은 분위기의 가곡으로까지 변화하다가 서서히 전통적 양식의 가곡은 사라지게 된다. 말할 것 없이 그런 가운데서도 쇤베르크와 같은 작곡가는 전통적 가곡을 선보이기도 했으나 19세기 낭만주의 가곡처럼 시와 음악이 혼연일체된 형태는 시대와 더불어 서서히 쇠퇴하였다. 그런데 19세기 절정을 이룬 독일 예술가곡의 발전에는 같은 정신을 지녔던 수많은 시인들의 서정시들이 출간되어 널리 작곡가들에게 큰 영향을 미쳤고, 독일의 내면주의의 전통에서 시와 음악이 만나면서 음악사에서 전대미문의 독일 가곡 장르라는 특수한 영역을 개척한 것이다. 이제 이것으로 지난 몇 년 동안의 《가곡으로 되살아난 독일 서정시》에 대한 연구의 대장정을 마치고자 한다.

참 고 문 헌

앙투안 갈랑, 임호경 번역, 《천일야화 3》, 열린책들, 2010.

Abraham, Gerald: Geschichte der Musik. Teil 2, in: Das Große Lexikon der Musik, Bd. 10, Freiburg 1983.

Adorno, Theodor: Coda: Schumanns Lieder, in: Noten zur Literatur, Frankfurt/M. 1974.

Adorno, Theodor W. : Die Wunde Heine, in: Noten zur Literatur, Frankfurt/M. 1974.

Adorno: Zu den Georgeliedern, in: Arnold Schönberg. Fünfzehn Gedichte von Stefan George. Für Gesang und Klavier, Wiesbaden 1959.

Andraschke, Peter: Liederkreis nach Joseph Freiherrn von Eichendorff für eine Sing-stimme und Klavier op.39, in: Robert Schumann. Interpretationen seiner Werke. Helmut Loos (Hg.), Bd. 1, Laaber 2005.

Bauni, Axel/ Oehlmann, Werner/ Sprau Kilian/ Stahmer, Kalus Hinrich: Reclams Liedführer, Stuttgart 2008.

Beci, Veronica: Robert & Clara Schumann. Musik und Leidenschaft, Düsseldorf 2006.

Blaukopf, Herta (Hg.): Gustav Mahler Briefe. Wien 1996.

Boetticher, Wolfgagn (Hg.): Briefe und Gedichte aus dem Album Robert und Clara Schumanns, Leipzig 1979.

Bogner, Ralf Georg (Hg.): Heinrich Heines Höllenfahrt. Nachrufe auf einen streit-baren Schriftsteller: Dokumente 1846-1858, Heidelberg 1997.

Borchmeyer, Dieter: Das Tribschener Idyll. Frankfurt/M. 1998.

Borries, Erika: Wilhelm Müller. Der Dichter der Winterreise. Eine Biographie.

546

München 2007.

Boucourechliev, André: Robert Schumann in Selbstzeugnissen und Bilddokumenten, Hamburg 1958.

Brentano, Clemens: Zu Bacharach am Rhein, in: Werke. Bd. 2, Wolfgang Frühwald/ Friedhelm Kemp (Hg.), München 1980.

Brinkmann, Reinhold: Schumann und Eichendorff. Studien zum Liederkreis Opus 39, in: Musik—Konzepte 95, Heinz—Klaus Metzger/ Rainer Riehn (Hg.), München 1997.

Burger, Ernst (Hg.): Robert Schumann. Eine Lebenschronik in Bildern und Dokumenten, Mainz 1999.

Brinkmann, Reinhold: Kapitel VI: Das 19. Jahrhundert. A. Musikalische Lyrik im 19. Jahrhundert, in: Danuser, Hermann (Hg.): Musikalische Lyrik, Laaber 2004.

Budde, Elmar: Schuberts Liederzyklen. Ein musikalischer Werkführer, München 2003.

Chamisso, Adelbert: Frauen—Liebe und Leben, in: Sämtliche Werke, Bd. 1, Darmstadt 1975.

Dachs—Söhner: Harmonielehre. Für den Schulgebrauch und zum Selbstunterricht. Erster Teil, München 1953.

Danuser, Hermann (Hg.): Musikalische Lyrik, Teil 2: Vom 19. Jahrhundert bis zur Gegenwart—Außereuropäische Perspektiven, Laaber 2004.

Dümling, Albrecht (Hg.): Heinrich Heine. Vertont von Robert Schumann, Stuttgart 1981.

Edler, Arnfried: Robert Schumann und seine Zeit. Laaber 1982.

Eichendorff, Joseph: Gedichte, Peter Horst Neumann (Hg.), Stuttgart 1997.

Eichendorff: Viel Lärmen um nichts, in: Erzählungen II, Bd. 3, Brigitte Schillbach/ Hartwig Schultz (Hg.), Frankfurt/M. 1993.

Eichendorff: Ahnung und Gegenwart. Erzählungen I, Wolfgang Frühwald/ Brigitte Schillbach (Hg.), Bd. 2. Frankfurt/M. 1985.

Eisler, Hanns: Musik und Politik. Schriften 1948~1962, Günther Maier (Hg.), Leipzig 1982.

Eismann, Georg (Hg.): Robert Schumann. Tagebücher, Bd. 1 (1827-1838), Leipzig 1971.

Finscher, Ludwig: Zyklus, in: Die Musik in Geschichte und Gegenwart, Ders (Hg.), Sachteil 9, Stuttgart 1998.

Fischer—Dieskau, Dietrich: Robert Schumann. Wort und Musik, Stuttgart 1981.

Fischer, Jens Malte: Gustav Mahler. Der fremde Vertraute. Wien 2003.

Fischer, Robert: Adelbert von Chamisso. Weltbürger, Naurforscher und Dichter, Berlin 1990.

Floros, Constantin: Gustav Mahler, München 2000.

Fricke, Harald: Rückert und das Kunstlied. Literaturwissenschaftliche Beobachtungen zum Verhältnis vo Lyrik und Musik, In: Rückert—Studien. Jahrbuch der Rückert—Gesellschaft e.V. Schweinfurt, Hartmut Bobzin/ Wolfdietrich Fischer/ Max—Rainer Uhrig (Hg.), Bd. 5, Wiesbaden 1990.

Frühwald, Wolfgang: Die Erneuerung des Mythos. Zu Eichendorffs Gedicht Mondlicht, in: Wulf Segebrecht (Hg.): Gedichte und Interpretation, Bd. 3: Klassik und Romantik, Stuttgart 1984.

Geck, Martin: Richard Wagner, Reinbek bei Hamburg 2004.

Goes, Albrecht: Mit Mörike und Mozart. Frankfurt/M. 1988.

Goethe: Faust, Goethes Werke, Erich Trunz (Hg.), Bd. III, München 1982.

Goltschnigg, Dietmar/ Steinecke, Hartmut (Hg.): Heine und die Nachwelt. Geschichte seiner Wirkung in den deutschsprachigen Ländern. Texte und Kontexte, Analysen und Kommentare. Bd. 1: 1856−1906, Berlin 2006.

Gorrell, Lorraine: The Nineteenth−Century German Lied, New Jersey 2005.

Gundolf, Friedrich: George, Zeitlater und Aufgabe, Berlin 1921.

Heine, Heinrich: Die Bäder von Lucca. Bearbeitet von Alfred Opitz, GW 7/1, Manfred Windfuhr (Hg.), Hamburg 1986.

Heine, Heinrich: Sämtliche Gedichte. Kommentierte Ausgabe, Bernd Kortländer (Hg.), Stuttgart 2006.

Hillebrand, Bruno: Nietzsche. Wie ihn die Dichter sahen, Goetiingen 2000.

Honolka, Kurt: Hugo Wolf. Sein Leben, sein Werk, seine Zeit. München 1990.

Hotaki, Leander: Robert Schumanns Mottosammlung, Übertragung, Kommentar, Einführung. Freiburg 1998.

Gottfried Keller: Lebendig begraben. Sämtliche Werke, Bd. 1, Berlin 1961.

Korff, Malte: Ludwig van Beethoven, Berlin 2000.

Kortländer, Bernd: Nachwort. Heinrich Heine. Sämtliche Gedichte. Stuttgart 2006.

Leistner, M. V. (Hg.): W. Müller. Werke, Bd. 4, Berlin 1994.

Litzmann, Berthold: Clara Schumann. Ein Künsterleben, Bd. 2, Leipzig 1920.

Maegaard, Jan: Studien zur Entwicklung des dedekaphonen Satzes bei Arnold Schönberg, Bd. II, Kopenhagen 1972.

Mahler−Werfel, Alma: Mein Leben, Frankfurt/M.1963.

Mann, Thomas: Doktor Faustus. Die Entstehung des Doktor Faustus Frankfurt/M. 1981.

Mann: Wagner und seine Zeit. Frankfurt/M. 1963.

Mann: Leiden und Größe Richard Wagners, in: Gesammelte Werke, Bd. 9, Frank−

furt/M. 1974.

Marx/ Engels: Werke Bd. 34, Berlin 1966.

Meier, Barbara: Robert Schumann, Reinbbek bei Hamburt 1995.

Meyer, Herbert: Eduard Mörike, Stuttgart 1961.

Mornin, Edward: Nachwort. In: Ludwig Tick: Liebesgeschichte der schoenen Mage-
lone und des Grafen Peter von Provence, Stuttgart 2007.

Mörike, Eduard: Gedichte, Auswaohl und Nachwort von Bernhard Zeller, Stuttgart
1977.

Mörike, Eduard: Das verlassene Mägdlein, in: Eduard Mörike. Gedichte.

Motte, Dieter de la: Harmonielehre, Kassel 1985.

Müller, Wilhelm: Werke, Tagebücher, Briefe, Maria—Verena Liestner (Hg.), 5 Bde,
Berlin 1994.

Ottmann, Henning(Hg.): Nietzsche—Handbuch, Leben—Werk—Wirkung, Stuttgart
2000.

Peters, Paul: Musik als Interpretation: Zu Robert Schumanns Dichterliebe, in:
Heine—Jahrbuch 1994, Joseph A. Kruse (Hg.), Jg.33, Hamburg 1994.

Prang, Helmut: Friedrich Rückert. Geist und Form der Sprache, Wiesbaden 1963.

Quak, Udo: Eudard Mörike. Reines Gold der Phantasie. Eine Biographie, Berlin
2004.

Reuter, Hans—Heinrich: Eduard Mörike in seinem Leben und Dichten, in: Eduard
Mörike, Victor G. Doerksen (Hg.), Darmstadt 1975.

Revers, Peter: Mahlers Lieder. Ein musikalischer Werkführer. München 2000.

Riethmüller, Albrecht: Dichterliebe. Liederkreis aus Heinrich Heines Buch der Lieder
für eine Singstimme und Klavier op.48, in: Robert Schumann. Interpretation
seiner Werke. Helmut Loos (Hg.), Bd. 1, Laaber 2005.

Ringer, Alexander L. : Arnold Schönberg, Stuttgart 2002.

Rückert, Friedrich: Briefe. Rüdiger Rückert (Hg.), Bd. 1, Schweinfurt 1977.

Rückert 's Gesammelte poetische Werke, Bd. 1, Frankfurt/M. 1882, Reprint 2006.

Rückert: Hinkende Jamben, in: Carl Loewe. Balladen und Lieder, Hamburg 1969.

Rückert: Kleiner Haushalt, in: Gedichte, Stuttgart 1988.

Rückert — Nachlese, Bd. II.

Rückert: Süßes Begräbnis, in: Carl Loewe. Balladen und Lieder.

Rückerts Werke. Historisch — kritsche Ausgabe Schweinfurter Edition. Zeitgedichte

und andere Texte der Jahre 1813 — 1816. Claudia Wiener/ Rudolf Kreutner

(Bearbeitung), Bd. 1, Göttingen 2009.

Sams, Eric: The Songs of Robert Schumann. London 1969.

Schmierer, Elisabeth: Geschichte des Liedes, Laaber 2007.

Schneider, Georg (Hg.): Friedrich Rückert. Gedächtnis und Vermächtnis. Fränkische

Bibliophilen — Gesellschaft, Schweinfurt 1954.

Schoenberg, E. Randol (Hrsg): Apropos Doktor Faustus. Briefwechsel Arnold Schön —

berg — Thomas Mann 1930/1951, Wien 2009.

Schonauer, Franz: Stefan George. Mit Selbstzeugnissen und Bilddokumenten.

Reinbek bei Hamburg 2000.

Schubert Lieder, Vol. II, EMI Records Ltd. 2001.

Schumann. Briefe 1828 — 1855, ausgewählt und kommentiert von Karin Sousa,

Leipzig 2006.

Schumann, Clara (Hg.): Robert Schumann's Werke, Reprint, Bd. 2, Wiesbaden

1968.

Schumann, Robert: Lieder und Gesänge (1843), in: Gesammelte Schriften über

Musik und Musiker, Reprint, Bd. 4, Wiesbaden 1985.

Schutz, Gerhard: Romantik. Geschichte und Begriff, München 1996.

Segebrecht, Wulf: Lebt Rückert? Zur Rezeption von Rückerts Gedichten heute. In: Friedrich Rückert. Dichter und Sprachgelehrter in Erlangen, Wolfdietrich Fischer/ Rainer Gömmel (Hg.), Neustadt an der Aisch 1990.

Spies, Günther: Reclams Musikführer. Robert Schumann, Stuttgart 1997.

Stein, Erwin: Neue Formprinzipien, in: Arnold Schönberg zum fünfzigsten Geburtstag, 13. September 1924, Sonderheft der Musikblätter des Anbruch, Wien 1924.

Stockinger, Claudia/ Scherer, Stefan(Hg.): Ludwig Tieck. Leben – Werk – Wirkung, Berlin 2011.

Strobel, Otto (Hg.): König Ludwig II. und Richard Wagner im Briefwechsel, Bd. 1, Karlsruhe 1936.

Stuckenschmidt, Hans Heinz: Arnold Schönberg. Leben, Umwelt, Werk, Zürich/ Freiburg 1974.

Tewinkel, Christiane: Lieder, in: Schumann. Handbuch. Ulrich Tadday (Hg.), Stuttgart 2006.

Tick, Ludwig: Liebesgeschichte der schönen Magelone und des Grafen Peter von Provence, Stuttgart 2007.

Wagner, Cosima: Die Tagebücher. Martin Gregor–Dellin und Dietrich Mack (Hg.). Bd. 1, München 1976.

Wagner, Richard: Oper und Drama, in: Sämtliche Schriften und Dichtungen. Bd. 4, Leipzig 1888.

Wagner: Sämtliche Briefe, Bd. 2, Wiesbaden 2012.

Wagner: Mein Leben. Martin Gregor–Dellin (Hg.), München 1976.

Wagner: Sämtliche Schriften und Dichtungen. Bd. 4.

Wagner: Die Kunst und die Revolution, Leipzig 1849.

Walter,Bruno: Gustav Mahler. Wien 1936.

Weissweiler, Eva/ Ludwig, Susanna (Hg.): Clara und Robert Schumann. Briefwech-

sel. Kritische Gesamt— ausgabe, Bd. III (1840–1851), Frankfurt /M. 2001.

Westphal, Christiane: Robert Schumann. Liederkreis von H. Heine op. 24, München

1967.

Wilpert, Gero: Sachwörterbuch der Literatur, Stuttgart 1989.

Zimmer, Dieter E. (Hg.): Mein Gedicht. Begegnungen mit deutscher Lyrik, Ham—

burg 1961.

CDs.

Brahms, Johannes: Lieder, Robert Holl (bass), Andras Schiff (piano), Decca 1993.

Brahms: Die schöne Magelone, Dietrich Fischer—Dieskau (Bariton), Hermann Re—

utter (piano), Audite 2007.

Brahms: Die schöne Magelone, Christoph Prégardien (Tenor), Andreas Staier

(Hammerklavier), Senta Berger (Erzählerin), Teldec 2000.

Hensel, Fanny: Eichendorff—Lieder, Dorothea Craxton (Soprano), Babette Dorn

(piano), Naxos 2008.

Mahler, Gustav: Kindertotenlieder, Janet Baker (mezzo—soprano), New Philharmo—

nia Orchestra, EMI classics 1970.

Mahler, Gustav: Rückert—Lieder, Thomas Hampson (Bariton), Wiener Philhar—

moniker, Deutsche Grammophon 1991.

Schoenberg, Arnold: Das Buch der hängenden Gärten (op.15), Sara Connolly,

Roderick Williams, Black box 2002.

Schoeck, Othmar: Peregrina II, I, Dagmar Peckova (mezzo—soprano), Irwin Gage

(Piano), Supraphon 2000.

Schoeck: Das Hole Bescheiden, Dietrich Fischer—Dieskau (Bariton), Mitsuko Shirai (mezzo—soprano), Hartmut Höll (piano), Claves 1993.

Schubert, Franz: Winterreise, Dietrich Fischer—Dieskau (Bariton), Alfred Brendel (piano), Philips 2001.

Schubert: Die schöne Müllerin, Fritz Wunderlich (Tenor), Hubert Giesen (piano), Deutsche Grammophon 1966.

Schumann, Clara: Complete Songs, Dorothea Craxton (Soprano), Hedayet Djed—dikar (Fortepiano), Naxos 2007.

Schumann, Robert: Liederkreis op. 24 & op.39, Fischer—Dieskau, Dietrich (Bari—ton), Gerald Moore/ Hertha Klust, (Piano): EMI classics 2004.

Schumann: Frauenliebe und Leben (op.40), Anne Sofie von Otter (Mezzosopran), Bengt Forsberg (Piano), Deutsche Grammophon 1995.

Schumann: Dichterliebe op. 48, Fritz Wunderlich (Tenor), Hubert Giesen (Piano), Deutsche Grammophon 1966.

Schumann: 12 Gedichte aus Rückerts Liebesfrühling (op. 37), Thomas E. Bauer (Bariton), Susanne Bernhard (Soprano), Uta Hielscher (piano), Naxos 2003.

Schumann, Hugo Wolf: Eichendorff—Lieder, Christoph Prégardien (Tenor), Michael Gees (Piano), Hänssler classic 2006.

Strauss: Schlechtes Wetter/ Frühlingsfeier, Julia Varady (Sopran), Elena Bashikirowa (Piano), Orfeo 1992.

Strauss: Vier letzte Lieder, Gundula Janowitz (Sopran), Berliner Phiharmonier, Deutsche Grammophon 1974.

Wolf: Mörike—Lieder, Werner Güra (Tenor), Jan Schultsz (piano), Harmonia mundi 2005.

인터넷 자료

http://de.wikipedia.org/wiki/Adelbert_von_Chamisso

http://de.wikipedia.org/wiki/An_die_ferne_Geliebte

http://de.wikipedia.org/wiki/Antonie_Brentano

http://de.wikipedia.org/wiki/Äolsharfe

http://de.wikipedia.org/wiki/Arnold_Schoenberg

http://de.wikipedia.org/wiki/Beethoven

http://de.wikipedia.org/wiki/Caspar_David_Friedrich

http://de.wikipedia.org/wiki/Cosima_Wagner

http://de.wikipedia.org/wiki/Clara_Schumann

http://de.wikipedia.org/wiki/Daniel_Barenboim

http://de.wikipedia.org/wiki/Eduard_Mörike

http://de.wikipedia.org/wiki/Eichendorff

http://de.wikipedia.org/wiki/Franz_Schubert

http://de.wikipedia.org/wiki/Friedrich_Rückert

http://de.wikipedia.org/wiki/Gottfried_Keller

http://de.wikipedia.org/wiki/Gustav_Mahler

http://de.wikipedia.org/wiki/Heinrich_Heine

http://de.wikipedia.org/wiki/Hermann_Hesse

http://de.wikipedia.org/wiki/Ludwig_Tieck

http://de.wikipedia.org/wiki/Peter_Schlemihls_wundersame_Geschichte

http://de.wikipedia.org/wiki/Richard_Wagner

http://de.wikipedia.org/wiki/Richard_Strauss

http://de.wikipedia.org/wiki/Stefan_George

http://de.wikipedia.org/wiki/Thomas_Mann

http://de.wikipedia.org/wiki/Vier_letzte_Lieder

http://de.wikipedia.org/wiki/Wilhelm_Müller_(Dichter)

http://imslp.org/wiki/Category:Composers

http://gedichte.xbib.de/gedicht_Jeitteles.htm

http://gedichte.xbib.de/Chamisso_gedicht_Gern+und+gerner.htm

http://gedichte.xbib.de/Chamisso_gedicht_Ungewitter.htm

http://gedichte.xbib.de/Chamisso_gedicht_Das+Kind+an+die+erloschene+Kerze.htm

http://textkritik.de/schriftundcharakter/sundc020george.htm

http://www.autoren—gedichte.de/rueckert/aus—der—jugendzeit.htm

http://www.recmusic.org/lieder/s/schumann.html

http://www.recmusic.org/lieder/m/mahler.html

http://www.recmusic.org/lieder/s/strauss.html

http://www.zeit.de/2009/12/SM—Schoenberg

http://www.zeit.de/1949/05/ist—arnold—schoenberg—doktor—faustus

http://www.zeit.de/2009/12/SM—Schoenberg

인명 찾아보기

562